文史哲研究丛刊

文选评点述略

王书才 著

上海古籍出版社

图书在版编目(CIP)数据

文选评点述略/王书才著. —上海:上海古籍出
版社,2012.11

(文史哲研究丛刊)

ISBN 978 - 7 - 5325 - 6645 - 7

Ⅰ. ①文… Ⅱ. ①王… Ⅲ. ①《文选》—文学评论
Ⅳ. ①I206.2

中国版本图书馆 CIP 数据核字(2012)第 216782 号

文史哲研究丛刊

文选评点述略

王书才 著

上海世纪出版股份有限公司
上海古籍出版社 出版

(上海瑞金二路 272 号 邮政编码 200020)

(1)网址:www.guji.com.cn

(2)E - mail:gujil@ guji.com.cn

(3)易文网网址:www.ewen.cc

上海世纪出版股份有限公司发行中心发行经销

上海颛辉印刷有限公司印刷

开本 890×1240 1/32 印张 12.375 插页 2 字数 310,000

2012 年 11 月第 1 版 2012 年 11 月第 1 次印刷

印数:1—1,500

ISBN 978—7—5325—6645—7

Ⅰ·2614 定价:38.00 元

如发生质量问题,读者可向工厂调换

目　　录

绪　　论

　　文学评点属于古代文学研究中的重要领域之一，而《昭明文选》评点是古代文学评点的重要组成部分，同时又是"文选学"的重要内容。

　　评点之学源远流长，如果从南宋吕祖谦在《古文关键》中正式将评、点二者组合于一书算起，迄今已近千年；《文选》评点之学如果从宋末元初方回撰《文选颜鲍谢诗评》算起，也有近900年的时间。而实际上，文学评点与《文选》评点的萌芽和雏形更在唐代甚至唐代以前。这需要分别从评、点二字的源头说起。

　　《说文解字》中没有"评"字，"评"字最早出现于文献当在汉末魏初，此前虽然《太平御览》引《妇人集》班婕妤《报诸侄书》、袁宏《后汉纪》引汉灵帝《封杨赐等诏》、《群书治要》已有"评"字，然这些均系后人所引，未必没有更动，不足凭据。《后汉书·西域传》载桓帝时有人名"赵评"，《袁绍传》献帝时有人名"辛评"，《许劭传》有汉末许劭等为"月旦评"事，可证"评"字起于汉末，此前"评"字均作"平"，"评"乃后出字。《后汉书·五行志》桓帝时民谣"游平卖印自有平"，而《后汉书·窦武传》章怀太子注引作"评"，可见二字之通假关系。因汉字造字之始数量不多，故一字往往有多种意义。后因文字随时代发展，其意义趋向单一，一些义项由新出现的文字取代。评者，言也。故"平"字遂由"评"取代此义，亦同"镜"之于战国末期取代"鉴"之照物义项。

"平"字不见于甲骨文,最早见于春秋时金文,如《郜公鼎》、《者减钟》等,其字与"辩"、"辨"同源,由辨析兽类足迹以便狩猎,引申为审视地势高低而加以平整以便耕作或建筑房舍。故清人萧道管《说文重文管见》云:"辨古作'采',篆作采,与'平'形相似,义相近,音相转,故《尚书·尧典》'平章'亦作'辨章'。"①而且据吴大澂《古籀补》所引《平安君鼎》等,春秋战国时期"平"字多作从平、从土之形,是其本义为治土使平整,愈加可信。况且《尚书·大禹谟》:"地平天成。"孔《传》云:"水土治曰平。"《诗经·大雅·皇矣篇》:"修之平之。"毛《传》云:"平治其地。"更可为证。

由"平治土地"引申为凡平之称,如《周礼·夏官·大司马》郑玄注:"平者,正其职,与其位。""平",就是给予某一人物或事物恰当的定价与地位。《周礼·地官·调人》孙诒让《正义》云:"平者,断其是非,使两得其当,息其争讼也。"可见"平"就是判断各种观点,给予恰切的衡量,以止息其争论。这些"平"字义项后世遂均由"评"字来充任。

由现存传世文献来看,唐前没有以"平"为书名者,从西晋初年,以"评"为书名者层出不穷,据《隋书·经籍志》,唐前带有此类名目的书籍就有孙毓《毛诗异同评》、陈统《难孙氏毛诗评》等12种,最著名的当数钟嵘所撰评论诗歌的著作,原名为《诗评》而后来惯称为"《诗品》"者,而在《隋志》里,其原称却成了其"或名"。

后代学人称道钟嵘《诗品》为中国第一部诗话,有理论阐释,有对作家和作品的具体评价,更有对佳作名句的赞赏。其称扬名句的行为,后世评点著作里一般主要由"点"来承担。

文学评点中的"点"又称"圈点",原来只称"点"。其本义与引伸的途径不算复杂,《说文解字·黑部》:"点,小黑也。"张舜徽云:"点训小黑,自以点污为本义。……以笔灭字为点,或读书而识之

---

① 丁福保《说文解字诂林》第5095页引,北京,中华书局1988年版。

亦曰点,皆引伸义也。"①以墨点涂灭错字、衍文是汉晋时就有的习惯,读书以点标出阅读休止之处,也是至迟自西汉就有的行为,而以点、圈标出警句,却是宋元才有的事体。中间还有一些环节,如唐代称以笔濡墨为点,杜甫《重游何氏五首》之三"石栏斜点笔"即是一例。特别是东汉末年服虔所记当时称染青色为点黛②,已不再是涂灭之义,而是以画眉突出娥眉为事,其义已经重在突出、强调。虽然圈点文学作品的警策之处于宋代学者才自觉付诸实施,而"点"字具有突出、昭示等意思却是早就有了的,成为文学评点之"点",并不偶然和突兀。

现存文献最早以"评点"二字并称为一词的,当是杨维桢在元末所撰《刘彦昺集序》。杨维桢云:"予爱其诗兼诸体制各殊,特为评点,庶不负其用心之苦,使知诗者览焉。"③元末学者赖良所编《大雅集》卷首亦题"杨维桢评点"字样,自此"评点"二字并称蔚成风气。评点并称文例的出现,远远晚于南宋评点并举的实践整整二百来年。

而文学批评与鉴赏中,对具体作品的评、点二事分行,则在先秦已经萌芽,魏晋已经正式出现。《论语》中对《诗经》已经既有评论全书、全篇,又有称赞某句的记载,"思无邪"是孔子对《诗三百》的总评;《关雎》,乐而不淫,哀而不伤"是对《诗经》首篇的总评。"子夏问曰:'巧笑倩兮,美目盼兮,素以为绚兮。何谓也?'"子曰:'绘事后素。'曰:'礼后乎?'子曰:'起予者商也,始可与言《诗》已矣。'"这一节是孔子师徒对《诗经》名句言外之意的探讨。上述这些虽然仅仅涉及文献典籍的内容,话语的角度取向仅在比德与品

---

① 张舜徽《说文解字约注》卷十九,郑州,中州书画社1983年版,第75页。

② 见《太平御览》卷七一九所引。

③ 刘彦昺《刘彦昺集序》卷首,台北,商务印书馆1986年版《景印文渊阁四库全书》第1229册第717页。(以下简称为《四库全书》第某册第某页)。

性修养,然而论及全书全篇者已是"评"的滥觞,品味某句者已是"点"的滥觞。其后,《世说新语》记载东晋名士品评名篇名句诸例,已大有评点风范,一是所品者为文学作品,二是品评心态已是纯文学的。群聚而品者有谢安一家,谢安所问"《毛诗》何句最佳",已是超出比德旧贯,赞许"此句偏有雅人深致",更是纯从美学的、主观的视角着眼。纯以文学眼光鉴赏篇章及其警策语句的,《世说新语·文学篇》还记载了多则,如王孝伯以《古诗十九首》"所遇无故物,焉得不速老"为最佳,晋简文帝称道许询五言诗妙绝时人,庾亮推许庾仲初《扬都赋》可比《二京赋》,特别是潘岳评论夏侯湛《周诗》"非徒温雅,乃别见孝悌之性",既评风格又论意旨,颇为全面。钟嵘《诗品》假如附于具体选集之上,简直就是完整的评点著作,因其对作家、作品和名句论列很是全面具体。只是直到北宋,圈点之术尚未发现运用,评论家提示名言警句基本上还是依靠寻章摘句。

完整的评点样式,其必需的载体乃是文学总集或别集,目前学术界或以为盛唐时期殷璠《河岳英灵集》、高仲武《中兴间气集》已具评点的雏形,因其有作家小传与评价、有选录的作品①。如果按此标准而论,成书稍早的李善《文选注》特别是五臣《文选》注则更可谓文学评点领域导夫先河的著作。

完整的评点样式,其必需的内容乃是作品、评论和圈点三者俱备,而这到南宋吕祖谦《古文关键》才算正式告成。其书篇首总评、篇中夹评一应皆有,圈点亦略具规模。圈点包括句、读、点、抹等,元代学者程端礼《读书分年日程》曾有归结,所举《勉斋批点四书例》很有代表性,言读书时遇大纲、凡例,施"红中抹",遇警语、要语施"红旁抹",遇字义、字眼施"红点",遇不足之处则施"黑点",遇到制度、考订则施"黑抹"②。勉斋是朱熹第一传人黄榦(1152—

---

① 孙琴安《中国评点文学史》第15—23页,上海社会科学研究院出版社1999年版。
② 程端礼《读书分年日程》卷二,《四库全书》第709册第489、493页。

1221)的别号,可见南宋后期圈点之术已趋于定型化,与"评"的分工也更加明确清晰。其后元明清,圈点所施范围又泛滥及于经史子书、小说戏曲。

有了《文选》一书,才会有对《文选》的评点。而对《文选》及其中某一种文体进行自觉的评点,乃始于元初学者方回所撰《文选颜鲍谢诗评》之时。此前,李善注特别是五臣注在全篇主题意旨的概括和章句意旨的解说、字法句法段落结构的分析、整体风格的总评、作者人品和文品关系的论述四个方面,已多有接近后世评点的内容,五臣在阐释章法句法用字的艺术方面,在分析段落结构、讲究起伏照应的方面,更有精心发掘之功。方回《文选颜鲍谢诗评》选取《文选》所录颜延之、鲍照、谢混、谢瞻、谢灵运、谢惠连和谢朓七人五言诗,依照《文选》原来的顺序,一一评说批点,或考史论世以品诗,或以简洁质朴的语词赞赏所选诗歌的妙处,或指摘《文选》诗中用字运词、结构、技巧方面的瑕疵,因方回本人有独特系统的文学观点,所论颇有深度,给《文选》评点铺垫了一个很高的起点。明初刘履所撰《选诗补注》,私淑理学家真德秀《文章正宗》之说,以"明义理、切世用"为宗旨,同时又较为看重艺术水平的高下。思想内容方面着力推举《文选》中宣扬修养道德的诗作,篇章风格上推崇情义正、词气柔、含蓄淳厚的作品;以知人论世古训为指导,探讨诗作背景,以发掘创作动机;串讲诗篇时,详致细密,然而多处以阐释经学之术品评文学,侈言比兴,发掘微言大义,多流于牵强附会。

明后期评点大家孙鑛撰《孙月峰先生评文选》,成为第一部对《文选》全书加以评点的皇皇巨著。孙鑛在中国文学批评史上名气虽不及方回,其文学观点却独具特色,评点《文选》的准则旨在复古,推崇"滋味之说",标榜"格古"、"气舒"、"句浑"、"情以发之",以推源溯流、纵横比较、意象品评三种技巧,从韵律、笔力、结构章法、句法句式、用语用字等多角度,多方面概括《文选》文篇的艺术特色。孙鑛壮大了明清《文选》学评点一派,问世之后影响颇大,随后明清选学评点独成一家,清代、近代《文选》评点家何焯、方伯海、黄侃等均受其影响,将《文选》评点事业进一步发扬光大。

与孙鑛同处明代后期的邹思明、凌濛初均有评点《文选》之作。信奉王阳明之学的邹思明,崇尚才情,运笔纵肆,其《文选尤》将萧统《文选》之篇章大加删削并变更次序,并且删去六臣注所有的注释性文字,只存白文,要求后学直接从文本入手以领略古代文学家诗文辞赋作品的精髓。评点诗文辞赋,则纯用意象批评之法,评语绚烂多彩,又嗜好抒发阅读时的主观心理感受,可谓别具一格。凌濛初《合评选诗》,更自觉探求“《文选》之理”,广录刘辰翁、杨慎、袁中道、李梦阳、钟惺、谭元春等元明诸家评论《选诗》之语,可称导夫清人于光华编撰《文选集评》之先路;其对诸家评语的谨慎取舍,亦值得称道。

与孙鑛只顾单纯的文学评点有异,与其先后并称的清代著名学者何焯则是结合校勘训诂而行之,富有时代学术特色,其评点实践佳绩纷呈,诸如妙言佳句指点欣赏时用语切要质朴,章法结构分析评判时着重照应,文篇风格体味品评时推重雄健笔力,篇章旨意阐发考索时喜好索求微言大义,作者人品褒贬时强调仁孝的道德标准,不愧为清代《文选》研究特别是评点领域里的“第一人”。紧随其后的书院学者方廷珪以14年心力,撰《昭明文选大成》以指点初学者获得读书作文的门径,使其更好地应付科举考试,故而究心于标识前后段落、血脉承接、用意结穴,全篇之末则缀以长篇总评,以总括大意、畅发议论以诱发学子思路,动机颇为急功近利,议论也处处张扬明哲保身、谨慎处世的人生观,全书品格虽不算宏阔远大,然而却很能够代表清朝中期某些儒者的精神气象。

与方廷珪同时的学者于光华,则从事着更有意义的《选》学领域中的另一项事业,即辑录南朝至清代1000多年来所有论及《文选》篇章的评论,编为《文选集评》。其书全录孙鑛、何焯之言,旁及其他38位历代学者的评论,详近略远,主次分明,而且体例完备,评、点兼具，论点一致，植根中庸，力避牵强附会的诠释与评论，为保存明清选学家的评点成果作出了不可低估的贡献。

黄侃的《文选平点》，在何焯重视《文选》校勘训诂的基础上，将相关领域扩展到辨伪方面，使评点与考证紧相结合，又善于发掘篇章隐曲之旨，更擅长由此及彼，旁涉历史、社会、政治、文化，内容丰富，启迪后学非浅。

经过自唐至今《文选》诸多评点家们持续不断的努力探讨，《文选》评点方面的遗产可谓琳琅满目，底蕴丰厚，今日学者无论是出于鉴赏或是深入研究《文选》，这些精粹的评语，往往都仍被视为领悟某些作品艺术特色的向导。

文话、赋话特别是诗话，与诗文辞赋的评点关系几乎是单向的，也即诗话等直接影响文学评点，而文学评点对诗话等的影响则微乎其微。尤其是明清阶段更是如此，评点家往往借用或化用诗话、文话、赋话观点甚至直接吸纳其观点语句到评点类著作中。孙鑛《孙月峰先生评点文选》、凌濛初《合评选诗》、于光华《文选集评》等莫不如此。孙鑛评点《文选》的理论基础和品评准则大多出自宋代学者严羽的《沧浪诗话》，于光华所采40家评语，刘勰、欧阳修、祝尧、杨慎、王士禛、沈德潜等六家之语皆出自其诗话、赋话和文论专著。更显著的影响还在于，作为其时代的文坛名家，这些诗话、文话、赋话作者所倡导的文风和思潮，往往在熏陶着《文选》评点家，使其自觉不自觉地将当时风行的文学思潮贯彻到评点实践之中。所以，研究《文选》评点关注历代的诗话、文话和赋话，实是份内之举；再者，这些赋话、文话特别是宋元明三代的诗话，对《文选》作家、作品的讨论占了颇多份量，将其中这些内容放在《文选》评点领域内加以述评，不仅能够丰富《文选》评点之学的内涵，而且站在广义的《文选》评点学的角度上看，它们也可以划入《文选》评点学之列，如果我们把书名标有《文选》评点之类的书籍看作狭义的《文选》评点资料，那么把这些涉有《文选》篇章评论的诗话等看作广义的《文选》评点资料,不也是可以的吗?而且这里的"诗话"之义也取其广义,即指一切论及诗歌的篇章语句,不仅包含《六一诗话》等正式的诗话,还包含一切论诗的诗文篇章和前序后跋,这是从吴文治先生用这种广义观点编撰《宋诗话全编》、《辽金元诗话全编》和《明诗话全编》那里得到的启示。将这些内容充实到《文选》评点学的研究对象中,不仅大大充实了《文选》评点学的资料文献,而且可以看到中国古代历代学者们对汉魏六朝文学研究的接力式轨迹。每一时代他们都有关注的重点对象,将他们的议论成果串连而观,就是一部完整的中国古典文学研究史。历代学者的研究随着时代学术风尚而变易研讨对象,深入细密而又各不重复其前的观点。举例而言,对汉魏晋宋文学特别注重于诗歌的风格特色与美学价值,唐代诗格研究的重点是谢灵运,宋代则是陶渊明,明代变换为汉代诗歌特别是《古诗十九首》,清代转到曹魏文学。这种关注对象的变更与各自所处时代的世风、士风有着密切的联系,其对每一时代文学作家的评判,对相关作品内容和艺术的鉴赏也多中其肯綮,妙识迭出。

再有就是本书所述尚有历代其他各种文学选本中对《文选》作者作品的评点,这些也是与《文选》评点密切相连的,如钟惺、谭元春所撰《古诗归》。但与历代诗话相较,假如其观点未被《文选》评点著作选摘入内,则不予揽入。如真德秀的《文章正宗》、徐乾学的《古文渊鉴》,均有涉及《文选》篇章者,前者因刘履依其准则撰成《选诗补注》,故予简要评述;后者未有这种关系,只好不论。钟惺、谭元春所撰的《古诗归》,凌濛初曾将其评语摘入《合评选诗》,自然也是当有所言及的。

所遗憾者,清代诗话因为笔者所见有限,民国诗话因时代变迁撰者寥寥无几,对这两代诗话文献中《文选》评点成就的论列,颇嫌粗疏,实也是无可奈何之事。清代部分唯待此后相关文献搜辑较为全面时再来拾起题目,重加归结。其他不当之处,因笔者水平有限、所见不广,恐亦甚多,尚祈大方之家多予赐教焉。

第一章　唐代诗格类典籍与《文选》评点

唐代 300 年中尚未产生命名为"诗话"的著作。收入清代何文焕《历代诗话》的司空图的《二十四诗品》和皎然的《诗式》，收入丁福保《历代诗话续编》的齐己的《风骚旨格》，收入张伯伟《全唐五代诗格汇考》中上官仪的《笔札华梁》等 29 部书，在近现代学者看来，属于当时为初学者所撰以指示作诗戒律和规范的"诗格"类文献，而不是那种记载诗词创作逸闻佚事的诗话。从其内容上看，可谓是现存唐代文学批评文献里涉及《文选》学最多的书籍，在研究《文选》评点发展史领域中，均是值得珍视的重要资料。总结探索它们对《文选》作品的观点及其成因，具有不可替代的价值和意义。

第一节　唐代诗格里的汉魏六朝文学观

唐代诗人往往将诗歌写作视为与孔仲尼传述儒经一样神圣："夫诗者，众妙之华实，六经之菁华。虽非圣功，妙均于圣。"[①]诗歌的作用也是几乎可与造化同功的："夫诗之用，放则月满烟江，收则云空岳渎。情忘道合，父子相存。明昧已分，君臣在位。动感鬼神，天机不测，是诗人之大用也。夫诗之用，生凡育圣，该古括今，

---

① 皎然《诗式》，张伯伟《全唐五代诗格汇考》第 222 页，南京：凤凰出版社 2002 年版。本章引文出于此书者，只注其作者、书名和在《全唐五代诗格汇考》中的页码。

恢廓有容,卷舒有据,有诗之妙用也。"①既然诗歌有如此重要的价值,唐人赞赏汉魏六朝诗人,以襃扬的心态去评论他们,也就自然而然。唐人往往将五言诗的首创之功与李陵、苏武联系起来叙说,并且评判其风格。皎然平生推崇天然纯朴的创作风格,并以此为标准,对汉魏六朝诗歌加以轩轾。其《诗式》"李少卿并《古诗十九首》"条云:"西汉之初,王泽未竭,诗教在焉。……其五言,周时已见其滥觞,及乎成篇,则始于李陵、苏武。二子天予真性,发言自高,未有作用。"②所谓"作用",大致即作托物比兴,使用事典的意思,此处"天予真性,发言自高,未有作用"乃赞扬苏李诗抒其真情,纯为天籁,全然是心中情感充溢,发言即是绝妙好词,没有丝毫着意雕饰的迹象。皎然另一诗学著作《诗议》中也有类似的评价:"少卿以伤别为宗,文体未备,意悲词切,若偶中音响。"③

皎然对《古诗十九首》的评价也是颇高的:"十九首辞精义炳,婉而成章,始见作用之功,盖东汉之文体。"④"古诗以讽兴为宗,直而不俗,丽而不巧,格高而词温,语近而意远,情浮于语,偶象则发,不以力制,故皆合于语,而生自然。"⑤这些评语内容大致皆承袭钟嵘《诗品》而略加衍说和发挥,新意不很突出,又以有无讲究炼辞的"作用之功"作为区别苏李诗和《古诗十九首》的标志,并以之作为判断二者创作时代的标准和依据,不甚切合实际。然而,概括苏李诗以伤别为主旨,以《古诗十九首》为东汉的作品,体味还是准确的。

对于建安诗人,唐代某些作家略有微词,李白曾云"自从建安来,绮丽不足珍",被后人视为李白拒绝学习三曹七子诗歌的例证。

---

① 僧保暹《处囊诀》,第 497 页。
② 皎然《诗式》,第 202 页。
③ 同上,第 227 页。
④ 同上。
⑤ 皎然《诗式》,第 202 页。

皎然也是这样,他虽然赞许建安诗人,可同时亦明显地表达出不满之意,其《诗式》"邺中集"条,批评三曹七子逞才使气,背离天真自然的艺术风格,人为痕迹太露。然而他的评语还是以称扬建安文学为主的:"建安三祖、七子,五言始盛,风裁爽朗,莫之与京。"①认为建安风骨无人能及。

对魏朝正始、晋宋诗歌的评价,皎然基本上沿袭钟嵘、刘勰的观点,称许嵇康诗兴"高逸",阮籍诗趣"闲旷,亦难为等夷";西晋诗风崇尚绮靡,"宋初文格,与晋相沿,更憔悴矣"②。

大约由于宋代主要作家谢灵运是皎然的十世祖,所以皎然在批评晋宋文风的委靡时,极力推扬大谢在诗坛上的"独善"形象和无与伦比的崇高地位,以致到了过分溢美的程度:"康乐公秉独善之资,振颓靡之俗,沈建昌(沈约)评:'自灵均已来,一人而已。'"③"康乐为文,直于情性,尚于作用,不顾词彩,而风流自然。彼情景当中,天地秋色,诗之量也;庆云从风,舒卷万状,诗之变也。不然,何以得其格高、其气正,其体贞,其貌古,其词婉,其德容、其调逸、其声谐哉? 至如《述祖德》一章、《拟邺中》八首、《经庐陵王墓》、《临池上楼》,识度高明,盖诗中之日月也,安可扳援哉? 惠休所评'谢诗如芙蓉出水',斯言颇近矣。故能上蹑风骚,下超魏晋'④。用语明显仿袭钟嵘《诗品》赞美曹子建登峰造极诗歌成就的语句。皎然又云:"两重意已上,皆文外之旨,若遇高手如康乐公,览而察之,但见情性,不睹文字,盖诗道之极也。"此处语意实际上是讲大谢诗风和苏李诗歌一样既真切又自然,达到了诗艺的巅峰。

皎然这样高度评价谢灵运的诗歌艺术造诣,不仅是出于私意,

---

① 皎然《诗式》,第 202 页。
② 同上。
③ 同上,第 203 页。
④ 同上,第 229 页。

很大程度上也是唐人所公认的。王昌龄《诗格》里也曾讲到："诗有饱肚狭腹,语急言生。至极言终始,未一向耳。若谢康乐语,饱肚意多,皆得停泊,任意纵横。鲍照言语逼迫,无有纵逸,故名狭腹之语。以此言之,则鲍公不如谢也。"①王昌龄认为谢灵运才多学广,故而运笔自由,从容不迫;而鲍照则学力有些欠缺,行文造语稍见捉襟见肘之迹。由此亦可见唐人在比较鲍、谢二人诗风方面短长的一种看法。

最能够显示唐人诗格类书籍中不同凡俗观点的要数皎然对齐梁诗歌的辩护,和对抹煞六朝后期这段诗歌成就的言论的驳斥。自从唐初史学家诸人,到陈子昂、李白,再到白居易等,均曾肆意攻击过齐梁诗歌,其观点往往是认为齐梁诗歌萎靡绮丽、缺乏气骨、嘲花弄草、不关政教。对此,皎然在其《诗格》"齐梁诗"条里讲到,不能混同学术与诗歌,不能因为齐梁儒道陵夷就否定当时的文学成绩,也不能用诗里是否用事作为判定诗歌高下的标准,不能将六朝人喜好用典视为其时创作的软肋,六朝诗的格调稍弱但文气颇正:"夫五言之道,惟工惟精。论者虽欲降杀齐梁,未知其旨。若据时代,道丧几之矣。诗人不用此论,何也?如谢吏部诗:'大江流日夜,客心悲未央。'柳文畅诗:'太液沧波起,长杨高树秋。'王元长诗:'霜气下孟津,秋风度函谷。'亦何减于建安?若建安不用事,齐梁用事,以定优劣,亦请论之。如王筠诗:'王生临广陌,潘子赴黄河。'庾肩吾诗:'秦王观大海,魏帝逐飘风。'沈约诗:'高楼切思妇,西园游上才。'格虽弱,气犹正。远比建安,可言体变,不可言道丧。大历中,词人多在江外,皇甫冉、严维、张继、刘长卿、李嘉佑、朱放、窃占青山白云、春风芳草以为己有。吾知诗道初丧,正在于此,何得推过齐梁作者?"②

---

① 王昌龄《诗格》,第 164 页。
② 皎然《诗式》,第 304—305 页。

皎然的辩说不够详细,所举例证也不够丰富,说服力也不够。比如,以大历诗风变衰而否定齐梁作者也有此弊端,逻辑上说不过去。不过在唐代颇多大家奋力抨击六朝文学和齐梁诗风时,他能够不去随声附和,而是辩证地全面地观察探究文学全貌,寻觅出齐梁文学的长处所在,而且在论述中清晰地提出评价文化现象时,应当区分儒道和诗道、经术和诗艺,辨析得细致深密,承认齐梁诗风格调不够刚健,但否认其时风格不正。并认为舍弃政教而沉迷风月之景的是唐代大历间一批诗人,而非齐梁诸贤。这些观点都是很难得的,是同时代一般学人和作者所思量不及的。

　　集中表达皎然对汉魏六朝诗人高度评价的,是他用多种精妙乐器来比拟诸多诗人风格的一段赞美话语:“苏、李之制,意深体闲,词多怨思,音韵激切,其象瑟也。曹、王之制,思逸义婉,词多顿挫,音韵低昂,其象鼓也。嗣宗、孟阳、太冲之制,兴殊增丽,风骨雅淡,音韵闲畅,其象篪也。宋、齐、吴、楚之制,务精尚巧,气质华美,音韵铿锵,其象筝也。唯古诗之制,丽而不华,直而不野。如讽刺之作,雅得和平之资,深远精密,音律和畅,其象琴也。”①将曹魏诗风比作击鼓之声,形象而准确。其他比拟也大抵不差,结论仍然是以《古诗十九首》为最高。

第二节　纵横比较,评论《文选》具体篇章

　　如果说对于唐前诗歌风貌及其著名诗人的关注和评价,构成了唐人诗格类文献写作的重要背景,使人可以理解这些诗格为何引录那么多汉魏六朝的诗句作为其理论观点的例证,那么对具体篇章的评论就特别相当于文学评点的眉批,后来的眉批往往是作品总评,而在唐代诗格里此类例子颇多,而且多是直接以萧统《文

---

① 皎然《诗式》,第 346 页。

选》为对象而进行批评的。

《文选》全书分为赋、诗和杂文三大类，诗歌又分作补亡、述德、劝励、献诗、公宴、祖饯、咏史、百一、游仙、招隐、反招隐、游览、咏怀、哀伤、赠答、行旅（上下）、军戎、郊庙、乐府（上下）、挽歌、杂歌、杂诗（上下）、杂拟（上下）23 小类。王昌龄《诗格》解释了其间五六种的题意："诗有览古者，经故人之成败，咏之是也。咏史者，读史见古人成败，感而作之。杂诗者，古人所作，元有题目，撰入《文选》，《文选》失其题目，古人不详，名曰杂诗。乐府者，选其清调合律，唱入管弦，所奏即入之乐府聚之，如《塘上行》、《怨歌行》、《长歌行》、《短歌行》之类。咏怀者，有咏其怀抱之事为兴是也。古意者，若非其古意，当何有今意；言其效古人意，斯盖未当拟古。"①这节文字里的所谓"览古"，《文选》里归入"咏史"，现在看来王昌龄的再加分说有其合理性，"览古"是作者亲身面对古迹而抒情议论，"咏史"是闭门研读史书有感而发。"古意"类，王昌龄认为和"拟古"诗颇有不同，《文选》里题目含"古意"的是范云的《古意赠王中书》，归类在"赠答"里，可见萧统着眼点在"赠"，而不在"古意"二字，王昌龄将"古意"拈出，独作一类，还是有意义的。大体而言，王昌龄的解说要言不烦，有助于领会《文选》诗类的含义。

王昌龄《诗格》对《文选》个别杂文和赋篇的评价简直就等于后来的评点："《谏猎书》甚简小直置，似不用事，而句句皆有事，甚善甚善。《海赋》太能。《鵩鸟赋》等，皆直把无首尾。《天台山赋》能律声，有金石声。孙公云'掷地有声'，此之谓也。《芜城赋》，大才子有不足处，一歇哀伤便已，无有自宽知道之意。"

王昌龄是从思想内容和艺术风格两方面评判的，对作品有褒有贬，司马相如的《上书谏猎》全文仅 309 字，在汉代文章里可谓"简小"之作；其语气率直，可谓"直置"；列举古代力士乌获、庆忌、

---

① 王昌龄《诗格》，第 167—168 页。

贲育乃人中殊类，以说明兽类里也会有"同类而殊能者"构成对打猎时皇帝本人的潜在威胁，可谓"似不用事，而句句皆有事"；最后赞其"甚善甚善"。评说甚是全面精要，用词和语气绝似明清评点家常用之言。而对赋篇的评价则多为贬抑话语，不见得合乎文章的实际水平。贾谊《鵩鸟赋》首尾明晰，开头有序言、有具体时间和创作背景导入，又有疑问引发下文"异物来萃兮，私怪其故"，篇末有结论以照应篇首和题目"细故蒂芥，何足以疑"，可见王昌龄所谓"直把无首尾"的指责显然是臆断。批评鲍照《芜城赋》"一歇（当为'泻'之讹）哀伤便已，无有自宽知道之意"，也属于吹求过苛。正是由于篇末的绝望到极点的数语（"天道如何？吞恨者多！抽琴命操，为《芜城》之歌。歌曰：边风急兮城上寒，井迳灭兮丘陇残。千龄兮万代，共尽兮何言！"），才使得文章有了总结性的结尾，并且强化了作者对人类前途灰心的主题。试想如果照王昌龄所说的那样，篇尾加上一段表达自我宽慰乐天知命的话语，肯定与文章主体部分描写的繁华凋零、殿堂丘墟、美女毁灭的场景相矛盾，面对生命的绝灭还要缀上几句旷达自慰言语，将会破坏全文整体的悲怆哀伤的色调，是鲍照这样的"大才子"不会做的，可见王昌龄论诗多有妙语，论文则时有谬说，是无可讳言的。

　　唐代诗格中详细地评论具体篇章的，共有四则，可谓难得的唐人赏析《文选》作品的资料，均出于皎然的《诗格》。一则是单独鉴赏王粲《七哀》诗的："仲宣诗云：'出门无所见，白骨蔽平原。路有饥妇人，抱子弃草间。顾闻号泣声，挥涕独不还。未知身死处，何能两相完。驱马弃之去，不忍听此言。'此中事在耳目，故伤见乎辞。及至'南登灞陵岸，回首望长安'。察思则已极，览辞则不伤。一篇之功，并在于此，使今古作者味之无厌。末句因'南登灞陵岸'、'悟彼下泉人'，盖以逝者不返，吾将何亲，故有'伤心肝'之叹。沈约云：'不傍经史，直举胸臆。'吾许其知诗者也。如此之流，皆名为上上逸品者矣。"皎然既赞赏此诗叙事自然直率，不加比兴，不用事典语典，又称许作者议论含蓄，抒情委婉，做到了哀而不伤。

有两则是将同题诗篇比较而论的。班婕妤和江淹都有《团扇》诗，皎然通过仔细阅读，深刻地点出了二者的不同之处："江则假象见意，班则貌题直书。至如'出入君怀袖，动摇微风发。常恐秋节至，凉飚夺炎热'。旨婉词正，有洁妇之节。但此两对，亦足以掩映。江生诗曰：'画作秦王女，乘鸾向烟雾。'兴生于中，无有古事。假使佳人玩之在手，乘鸾之意，飘然莫偕。虽荡如夏姬，自忘情改节。吾许江生情远辞丽，方之班女，亦未可减价。"认为班婕妤诗里紧扣团扇进行描写，通过团扇在不同季节的遭际自然地展示了妇女的不能自我把握命运、惴惴小心的不幸处境。而江淹则是开头二句"纨扇如圆月，出自机中素"尚为切题，以下均是通过议论抒发女子容易被弃绝的境遇："画作秦王女，乘鸾向烟雾。采色世所重，虽新不代故。窃愁凉风至，吹我玉阶树。君子恩未毕，零落在中路。"皎然认为二诗无可轩轾，其实江淹之作多处离题，议论空泛，不及班作远甚。

皎然《诗格》"三良诗"条将曹植和王粲的同题《三良诗》也做了比较性的评述，结论亦是不分高下："陈王诗云：'秦穆先下世，三臣皆自残。'王粲云：'秦穆杀三良，惜哉空尔为。'盖以陈王徙国，任城被害以后，常有忧生之虑。故其词婉娩，存几谏也。王粲显责穆公，正言其过，存直谏也。二诗体格高逸，才藻相邻。至如'临穴呼苍天，泪下如绠縻'。斯乃迥出情表，未知陈王将何以敌。"他认为王粲诗纯为谴责秦穆公，涵义单纯；曹植诗尚有批评曹丕对待自己和曹彰刻薄寡恩、讽劝曹丕不可再对自己加以伤害等文外之旨，风格含蓄委婉。虽然皎然所说的曹、王二诗的具体创作背景难以坐实，不过这种知人论世的方法途径还是很难得的。

皎然还断定曹丕《杂诗》之二"西北有浮云"篇非曹丕所作，并且指责陈寿信笔妄撰之失："魏文帝有吞东南之意，军至扬子江口，观其洪涛汹涌，乃叹曰：'此天地之所以限南北也。'遂赋诗而还。

检魏文集，且无此诗，不知史臣凭何编录。且魏文雄才智略，本非庸主，如何有此一篇示弱于孙权，取笑于刘备？夫诗者，志之所之也。魏文志气若此，何以缵定鸿业、显致太平邪？足明此诗非魏文所作，陈寿史笔讹谬矣。"①今核对陈寿《三国志》，曹丕率军至扬子江边，望江而叹，乃黄初六年九月之事："九月，魏文帝出广陵，望大江，曰'彼有人焉，未可图也'，乃还。"②"此天地之所以限南北也"一句并非陈寿之文，乃出于裴松之注所引《吴录》。所以皎然指责陈寿"史笔讹谬"，实为无根之谈。而且《三国志》的正文和注文都没有记载"西北有浮云"一诗，缀于此处的是曹丕的另一首诗《至广陵于马上作》，而且也非出于陈寿正文，也是见于裴松之注所录的《魏书》，其诗云："观兵临江水，水流何汤汤！戈矛成山林，玄甲耀日光。猛将怀暴怒，胆气正纵横。谁云江水广，一苇可以航。不战屈敌虏，戢兵称贤良。古公宅岐邑，实始剪殷商。孟献营虎牢，郑人惧稽颡。充国务耕植，先零自破亡。兴农淮泗间，筑室都徐方。量宜运权略，六军咸悦康。岂如东山诗，悠悠多忧伤。"颇为铿锵慷慨，毫无示弱于敌的迹象。所以明代张溥曾加辩驳云："按寿正史但云引还，不言赋诗。《魏书》注载此诗（指《至广陵于马上作》），未尝示弱也。"③

最早将"西北有浮云"篇认为系曹丕此行所作的是《文选》六臣注，李善云："当时实至广陵，未至吴会，今言至者，据已入其地也。"李周翰云："此意为汉征吴之时，西北浮云，自喻也。"吕向云："弃置伐吴之役，勿复陈说，意思归也。畏人谓吴兵强而退。""弃置勿复陈"乃是汉魏乐府诗里的常用套语，五臣解释成放弃讨伐东吴战役，又将本义为出行在外的游子担心受人伤害理解为见到吴国军

---

① 皎然《诗式》，第 256 页。

② 陈寿《三国志·吴书·吴主传》，北京，中华书局版 1982 年版第 1131 页。

③ 张溥《汉魏六朝百三家集》卷二十五《魏文帝集》按语，《四部丛刊》本。

队强大因而畏惧撤兵,非常荒谬。由此可见当时皎然所用的是吕向的说法,所读《文选》本子为五臣注本,因为李善注对此句没有加注。本来五臣对此诗的注解已是错漏百出,而皎然又据此得出这篇诗歌不是曹丕所作的结论,更是错上加错。清代吴景旭在其《历代诗话》卷二十九里详加反驳,云:"余考当时伐吴,实至广陵,未至吴会,安知诗中'行行'、'吴会'之语,非别有为而作耶? 然则诗非魏文不能作。而遽引为军至江口赋诗而还者,史氏之妄也。"①吴景旭认为该诗为曹丕所作,诗的意旨也属于因"别有所为"而发,大体不错,可是仍然认为是史家将此诗系联在曹丕本次征吴之役,仍是以讹传讹。

元明之际学者刘履《风雅翼》接受该诗作于曹丕征吴之役的观点,并解释最后二句云:"此篇以浮云自喻,言由西北而至东南,其作于广陵无疑矣。且帝实至广陵而还,此云至吴会者,岂其伐吴,欲入其地而言欤? 然以末句观之,则知其心事不遂,有难以语人者,故常畏人知也。"②把"常畏人"解释成"常畏人知",添字为注,实犯了训诂学的大忌,不足取信。今人余冠英认为该诗与征吴无关,属于一首代言体的游子诗篇,抒写游子飘流外地的乡愁痛苦③,所论甚合诗意,可以廓清数百年的争论与误说了。

第三节　崇天然直寻,重杰起险作,评说《文选》里的语句

唐代诗格类书籍在评论诗歌艺术风格方面,忠实地承继南北朝文学理论观念,非常推崇自然的不加雕饰的创作方法。钟嵘曾经倡导诗歌写作以"直寻"为高:"至乎吟咏情性,亦何贵于用事?

---

① 吴景旭《历代诗话》第 301 页,北京,中华书局 1958 年版。
② 刘履《风雅翼》,《四库全书》第 1370 册第 23 页。
③ 余冠英《汉魏六朝诗选》第 101 页,北京,人民文学出版社 1958 年版。

'思君如流水',既是即目;'高台多悲风',亦唯所见;'清晨登陇首',羌无故实;'明月照积雪',讵出经史?观古今胜语,多非补假,皆由直寻。"(《诗品序》)王昌龄较之钟嵘有所深化,他不仅推崇直接传达诗人接触外在景物的瞬间产生的审美意象的写法,而且还为这种不用语典事典被钟嵘称作"直寻"的艺术创作理念进行了论证:"诗有天然物色,以五彩比之而不及。由是言之,假物不如真象,假色不如天然。如此之例,皆为高手。如'池塘生春草,园柳变鸣禽',如此之例,即是也。中手倚傍者,如'馀霞散成绮,澄江静如练',此皆假物色比象,力弱不堪也。"①认为优秀诗篇能够直接表达出天然的万物景色,这种触目动心产生的妙言警句,即使再好的比喻话语也是远远不及的,所以大谢的"池塘生春草,园柳变鸣禽",使得小谢的"馀霞散成绮,澄江静如练"瞠目其后,望尘莫及,原因就在于后者是依靠比拟才能够成句,需要依靠"绮"、"练"这一中间环节作为桥梁才使读者领悟和想象得到晚霞的瑰丽多彩和江水静谧流淌的图画,这属于假借外物以写景,显得笔力不济,柔弱不堪,所以说"假物不如真象,假色不如天然"。对此,王昌龄又说:"古诗直言其事,不相映带,所以高也。"举的例句为左思《咏史》的"振衣千仞岗,濯足万里流"。宋僧景淳亦将"直寻"类手法称作"璞玉格:如玉未琢,同天真也",所举例句也是谢灵运的"池塘生春草,园柳变鸣禽"②。可见所谓"天然直寻"风格,很大程度上也即谢灵运诗歌的艺术特色。

　　所谓"杰起险作",名目来自王昌龄的《诗格》:"诗有杰起险作,左穿右穴。如'古墓犁为田,松柏摧为薪','马毛缩如猬,角弓不可

---

　　① 王昌龄《诗格》,第166页。
　　② 景淳《诗评》,第507—508页。

张'，……此为例也。"①又云："凡诗立意，皆杰起险作，旁若无人，不须怖惧。古诗云：'古墓犁为田，松柏摧为薪。'"②可见所谓"杰起险作"，可以鲍照诗歌风格作为代表。鲍照诗风，当时就被总结为"险俗"二字，钟嵘《诗品》"宋参军鲍照诗"条云："善制形状写物之词，得景阳之诙诡。……然贵尚巧似，不避危仄，颇伤清雅之调，故言险俗者多以附照。"所谓"险"也即"诙诡"、"危仄"，言其运笔选词讲究怪异，勇于使用偏僻的字眼，诵读效果是耸人耳目，倾炫心灵，"古墓犁为田，松柏摧为薪"、"马毛缩如猬，角弓不可张"，都是读了让人很惊心动魄的。

第四节　重视委婉含蓄、物象比兴，比附语句言外之旨

唐代诗格类著作，很多部分是在探讨诗歌句子的意旨，如王昌龄《诗格》："诗有三宗旨。一曰立意，二曰有以，三曰兴寄。……有以二。王仲宣《咏史诗》：'自古无殉死，达人所共知。'此一以讥曹公杀戮，一以许曹公。兴寄三。王仲宣诗：'猿猴临岸吟。'此一句以讥小人用事也。"③又云："陶渊明诗：'养真衡茅下，庶以善自名。'此志在闲雅也。范彦龙诗：'岂知鷦鹩者，一粒有馀赀。'此志在知足也。"④

但如此简单总结句意的条目所占比例是极少的，更多的是结合物象比兴观念的阐述挖掘诗歌的言外之意。重视委婉含蓄是中国古代诗学的主要观念之一，而委婉含蓄往往与比兴相连。王昌龄《诗格》云："曹子建诗：'明月照高楼，流光正徘徊。'此诗格高，不

---

① 王昌龄《诗格》，第167页。
② 同上，第170页。
③ 同上，第182页。
④ 同上，第183页。

极辞于怨旷,而意自彰。"①"刘休玄诗:'堂上流尘生,庭中绿草滋。'此不言愁而愁自见也。"②前例王昌龄总结为"景物入兴",后者概括为"藏锋体",均为贵含蓄、避直露之义。这样的含蓄蕴藉自是容易理解,问题是唐代诗格作者并不愿意止步于此,他们还想要进一步引入经学思维模式,引入泛政治化的观念来引领诗歌创作和阐释,于是就有了将天地间万事万物与人事政治比附的解诗手法,例如王昌龄《诗格》所谓:"阮公《咏怀》诗曰'中夜不能寐',谓时暗也;'起坐弹鸣琴',忧来弹琴以自娱也。'薄帷鉴明月',言小人在位,君子在野,蔽君犹如薄帷中映明月之光也;'清风吹我襟',独有日月以清怀也。'孤鸿号外野,翔鸟鸣北林',近小人也。"这种解说较之《文选》五臣注更为牵强艰深。

将天地万物与人事比附而言,历史悠久,可谓与人类社会同时产生,属于原始思维模式的重要组成部分。中国文献里成系统的物象比附最早至少可以追溯到《尚书》,特别是《易经》。《周易正义》"履卦"云:"履虎尾,不咥人,亨。"孔颖达疏云:"此假物之象以喻人事。"又《同人》之九五云:"同人先号咷,而后笑,大师克相遇。"孔疏云:"此爻假物象以明人事。"③

《周易大传》和王弼注、孔颖达疏对象义关系阐述得非常系统而且清晰深刻,《系辞》云:"在天成象,在地成形,变化见矣。"王弼云:"象况日月星辰,形况山川草木也。悬象运转以成昏明,山泽通气而云行雨施,故变化见矣。"孔疏云:"'象'谓悬象,日月星辰也。'形'谓山川草木也。悬象运转而成昏明,山泽通气而云行雨施,故变化是也。"④《系辞》又云:"圣人设卦观象,系辞焉而明吉凶,刚柔

---

① 王昌龄《诗格》,第176页。
② 同上,第177页。
③ 孔颖达《周易注疏》,北京,中华书局1980年版《十三经注疏》本第62页。
④ 同上,第75页。

相推而生变化。"①"是故法象莫大乎天地,变通莫大乎四时,县象着明莫大乎日月。"②"子曰:'书不尽言,言不尽意。'然则圣人之意,其不可见乎? 子曰:'圣人立象以尽意。'"③都在强调意和象二者之间抽象与形象的互相依附的密切关系。《说卦》篇中又一一举例罗列能够表达卦名之意的众多卦象:"干为马,坤为牛,震为龙,巽为鸡,坎为豕,离为雉,艮为狗,兑为羊。""干为天,为圜,为君,为父,为玉,为金,为寒,为冰,为大赤,为良马,为老马,为瘠马,为驳马,为木果。"这些与文学创作和阐释尚有颇远距离,可是对中国古代诗学理念的构建意义之深远难以估量。

诗歌创作里面,《诗经》、《楚辞》也颇多运用假借物象以显示人事意义的篇章语句,到了汉魏,无论是经学还是诗学,都对借象明义的艺术作了很多系统性的阐说。《诗经》的毛亨传、郑玄笺和王逸的《楚辞章句》是其突出典型。《诗经·王风·兔爰》:"有兔爰爰,雉离于罗。"《毛传》云:"言为政有缓有急,用心之不均。"④《诗经·王风·葛藟》:"绵绵葛藟,在河之浒。"郑玄云:"喻王之同姓,得王之恩施,以生长其子孙。"⑤

王逸《楚辞章句》云:"《离骚》之文,依诗取兴,引类譬谕。故善鸟香草以配忠贞,恶禽臭物以比谗佞,灵修美人以媲于君,宓妃佚女以譬贤臣,虬龙鸾凤以托君子,飘风云霓以为小人。"这里分析了《离骚》写作方法方面的艺术特点,所谓香草美人、引喻托讽德比兴艺术手法,说得比前人更具体更明确,因而理论影响也就更大。

汉人诗歌写作中全篇构思效法《离骚》意象模式的是张衡《四愁诗》。《文选》张衡《四愁诗》序云:"时天下渐弊,郁郁不得志,为

---

① 孔颖达《周易注疏》,北京,中华书局1980年版《十三经注疏》本第261页。

② 同上,第289页。

③ 同上,第291页。

④ 孔颖达《毛诗正义》,北京,中华书局1980年版《十三经注疏》本第62页。

⑤ 同上,第265页。

《四愁诗》。屈原以美人为君子，以珍宝为仁义，以水深雪雾为小人。思以道术相报，贻于时君，而惧谗邪不得以通。"①

西汉哀帝平帝之际开始大量出现的纬书文献亦多言及万物之象与政治风云的联系，对于当时与后世比附牵强的解诗模式启发更加直接。如《易纬统卦验》："鹰者，鸷杀之鸟，德气不施，小人不就之象，故多盗贼。"②《易纬统卦验》："鹿者，兽中阳也，兽者阴，贵臣之象。"③《易纬统卦验》："鼠者居土而藏，夜行昼伏，奸人之象也。"④《易纬内传》："后妃擅国，白虹贯日。"⑤《易纬》："日者，至阳之精，象君德。"⑥《诗含神雾》："日月扬光者，人君之象也。"⑦

唐代诗格极力强调借助物象以作比兴的重要价值，唐代僧人虚中云："夫诗道幽远，理入玄微。凡俗罔知，以为浅近。善诗之人，心含造化，言含万象。且天地、日月、草木、烟云皆随我用，合我晦明。此则诗人之言应于物象，岂可易哉？"⑧运用物象比兴，可以使诗歌创作显得幽远玄妙，提高诗人的神秘感和社会地位，避免被无知浅薄之人轻视低看，因此诗人要"心含造化，言含万象"，自觉地把想要表达的义理用多彩的外物形象展示出来。这是从诗人自身角度而言的。对此五代学者徐衍归结道："虚中云：'物象者，诗之至要。'苟不体而用之，何异登山命舟，行川索马？虽及其时，岂及其用？"⑨而对于政治诗，物象比兴的作用更是重要无比，佚名《二南密旨》"论物象是诗家之作用"条云："造化之中，一物一象，皆

① 萧统编，李善注《文选》卷二十九，上海古籍出版社1986年版第1356页。
② 安居香山、中村璋八辑《纬书集成》第251页，石家庄，河北人民出版社1994年版。
③ 同上，第252页。
④ 同上，第253页。
⑤ 同上，第319页。
⑥ 同上，第332页。
⑦ 同上，第459页。
⑧ 僧人虚中《流类手鉴》，第418页。
⑨ 徐衍《风骚要式》，第452页。

察而用之,比君臣之化。君臣之化,天地同机,比而用之,得不宜乎?"[1]所以他们认为弄清物象的比喻意义和其褒贬倾向,是学习作诗时的必经门户:"明物象,如日月比君明也。残月,比佞臣也。珠珍,比仁义也。鸳鸯,比君子也。荆榛,比小人也矣。……门者,诗之所通也。如入门户,未有出入不由者也。明者如月在上,皎然可观。"[2]

为了强调物象比兴的作用,皎然在前人基础上对比兴概念作了新的解释,云:"取象曰比,取义曰兴,义即象下之意。凡禽鱼草木人物名数,万象之中义类同者,尽入比兴,《关雎》即其义也。如陶公以'孤云'比'贫士',鲍照以'直'比'朱丝',以'清'比'玉壶'。"[3]所谓"取象曰比,取义曰兴,义即象下之意",较之郑玄所谓"风,言贤圣治道之遗化也;赋之言铺,直铺陈今之政教善恶;比,见今之失,不敢斥言,取比类以言之;兴,见今之美,嫌于媚谀,取善事以喻劝之",更加着重"义"和"象"的关系,看似由泛政治化的解诗途径转到了纯粹的文学方面,其实在解释诗歌作品意旨的理论倾向和批评实践上,唐代诗格作者仍然坚持牵附现实政治和君臣大义的旧贯,甚至比起此前片段性的物象比附,更加系统化,形成了一整套语词体系。他们并不讳言其理论借自儒家经学,佚名《二南密旨》"论引古证用物象"条明确地说:"四时物象节候者,诗家之血脉也,比讽君臣之化深。《毛诗》曰:'殷其雷,在南山之阳。'雷,比教令也。'他山之石,可以攻玉。'此贤人他适之比也。陶潜《咏贫士》诗:'万族各有托,孤云独无依。'以孤云比贫士也。"把解说陶渊明诗歌与阐释《诗经》并列而论,显示出他们对自己理论观点的自信。

---

①　佚名《二南密旨》,第 379 页。
②　徐寅《雅道机要》,第 424 页。
③　皎然《诗式》,第 230 页。

唐代诗格里的物象比兴系统涉及的事物极广,大至日月星辰,小至野草鼠虫,既有名词单语,亦有动词词组,较为集中地表现在佚名《二南密旨》和僧人虚中《流类手鉴》二书,前者共列 180 馀种物象,后者共列 110 馀种物象,徐夤《雅道机要》也曾罗列 30 馀种物象。

此处不避繁冗,大致将上述这些诗格文献中所涉物象分类缕述于下,以便探究其比兴背后的底蕴。

君臣关系大致要用天象作比。可比君主的有日、明月、丈夫(与妻对称时)、父亲(与子对称时);可比臣下的有妻妾(与夫对称时)、子(与父对称时)。日与明月更可比明君。

可比君恩的有春风、雨露。可比君王一般号令的有雷声、雷电、雷霆、风雷。霹雳用以比暴虐号令。寒冬、霜霰、大雪、夏日、炎毒、酷热可比君王酷虐。残秋,比君王越来越昏乱;朔风,比君王失道。

天象亦可分别来比时局、贤人、佞臣,如黄云、黄雾,比兵革。红尘、尘埃,比兵革乱世。孤云、白云、孤烟、涧云、谷云,比贞士贤人。云影、云色、云气,比贤人之才艺。烟霞,比贤人高尚之德。佞臣,可用以比的有乱云、寒云、翳云、碧云、浮云、残月、烟雾、片云、晴霭、残雾、蝃蝀、虹蜺、飘风、苦雨、霜雹、波涛、狂风等。

时令,可比政治局势,如:早春、中春,比正风明盛。春晚,比正风将坏。夏残,比酷虐将消。秋日,比清明政治正在转为暗乱。秋风、秋霜,比政治气氛肃杀。西风、商雨、秋雨,比战争在进行。残冬,比酷虐将消,政治转向清明。白昼、中午、春日,比圣明之世;夜、深夜、中夜,比时局昏暗。残阳、落日,比乱国。

至于植物类物象,可比君子或小人的也极多。比君子贤人的有:牡丹,比君子;兰蕙,比有德有才之人。松竹、桧柏,比贤人志义。松声、竹韵,比贤人德荫。岩松、溪竹,比贤人在野。木落,比君子道清。柳絮、新柳,比经纶。野花,比未得时之君子。落花,比国中正风隳坏。可比小人的有:荆棘、荆榛、黄叶、落叶、败叶。

有的没有褒贬感情,如梧桐,比大位。百花,比百僚。百草、苔、莎,比百姓万民。苔藓,比古道。丝萝、兔丝,比依附。题百花,既可颂扬贤人在位之德,也可刺讥小人在位淫乱。

动物类亦多用来分别比拟君子小人。可比君子良臣的有:鹭、鹤、鸾、鸡、麒麟、鸳鸯、嘉鱼、病马。鸿雁,比君子孤进。蝉、猿、子规,可比怨士。獬豸,比谏臣。老鹤,比耆旧君子有远去之意。猿鸣,比君子失志。蛰龙,比隐君子未动之时。饥鹰,比烈士。

可用以比拟小人的动物名目有:蜂、蝶、鼠、蛇、燕、雀、蚤、萤、螳蛄。鹧鸪,比小人得志。犀、象,比恶人。

动物类物象不含褒贬的有:龙蛇,喻君臣。鸳鸿,比朝列。羊、犬,比小人物。

其它物类,亦可分为褒扬、贬抑和不含褒贬的三类。鼓角,比君令。棂窗、帏幕,比良善之人。石磬,比贤人声价变,忠臣欲死。琴瑟,比贤人志气,又可比廉能声价。琴、钟、瑟,比美名。馨香,比君子佳誉。泉声、溪声,比贤人清高之誉。珪璋、书籍,比有德。金玉、珍珠、宝玉、琼瑰,比仁义光华。幽石、好石,比君子之志。岩岭、孤峰、高峰、岗树、巢木,比贤臣之位。桨、棹、橹、桂楫、笔砚、竹竿、竹杖、藜杖,比君子贤人之筹策。灯、孤灯,比贤人在乱世而持道坚贞。五行均为褒义:金比义与决烈,木比仁与慈,火比礼与明,水比智与君政,土比信与长生。

即使锁和钥匙也有贤愚之别:钥匙比智人,锁比愚人。

贬刺类物象多拟小人挡阻进贤之路,习惯用水石作比,如:水边,比趋进道阻。水深、石蹬、石径、怪石,比小人当路。还有罾网,比法网细密。

不含明显褒贬倾向的有,九衢、道路,比皇道世。舟楫、桥梁,比上宰,又比携进之人。池井、寺院、宫观,比国位。寺宇、河海、川泽、山岳,可以比国。楼台、殿阁,比君臣名位。平原古岸、井田、岸涯,比帝王基业。更漏,比运数。故乡、故国、家山、乡关,比廊庙。

他山、他林、乡国，比外国。可褒可贬的，如江湖，比国家，清澄为明，混浊为暗。

　　物象比兴系统里动词词组较少，有的还是诗篇题目一类的，其义大多涉及贤人进退失意和得意，如佚名《二南密旨》"论篇目正理用"条所列举的"梦游仙，刺君臣道阻也。水边，趋造道阻也。白发吟，忠臣遭佞，中路离散也。夜坐，贤人待时也。贫居，君子守志也。……登高野步，贤人观国之光之兆也。游寺院，贤人趋进，否泰之兆也。题寺院，书国之善恶也。春秋书怀，贤人时明君暗，书进退之兆也。题百花，或颂贤人在位之德，或刺小人在位淫乱也。……观棋，贤人用筹策胜败之道也"①。即使观景患病等题目，诗格作者也认为隐含朝廷明暗、君子进退之义："登高望远，此良时也。野步野眺，贤人观国之光也。平原古岸，帝王基业也。病中，贤人不得志也。病起，君子亨通也。"②

　　如此繁富的物象，其褒贬标准却甚简单，均是沿袭汉代王逸《离骚经章句序》所谓"善鸟香草以配忠贞，恶禽臭物以比谗佞，灵修美人以媲于君，宓妃佚女以譬贤臣，虬龙鸾凤以托君子，飘风云霓以为小人"，也即按照贵贱美丑进行判别。正如《二南密旨》"论总例物象"条所谓"百鸟，取贵贱，比君子、小人也"③。

　　有了褒贬倾向，无论作诗还是读诗都可以借鉴《诗经》学里的"美刺"意识，阐释评论诗句更可从这一角度着眼，所以唐代诗格著作在发掘言外之旨方面充斥着颇多的分析美刺的条目，略举与《文选》相关的数例如下。"汉高祖歌：'大风起兮云飞扬，安得猛士兮守四方。'此见兴邦之格言"④。此系赞颂该诗具有安邦定国的宏大

---

① 佚名《二南密旨》，第 378 页。
② 徐衍《风骚要式》"兴题门"，第 452 页。
③ 佚名《二南密旨》，第 379 页。
④ 徐夤《雅道机要》，第 451 页。

气象。"江淹诗:'日暮碧云合,佳人殊未来。'此君暗臣僭,贤人不仕也"①。以为此乃讥刺当时君上昏庸、臣下擅权,君子不得仕进。前者尚算贴切,后者已大失原义。其它解说唐代诗句,往往更失于牵强比附,穿凿过甚,只是阐释者自己的深衷曲意而非作者原本所欲表达的思想观点,如虚中《流类手鉴》所谓:"马戴诗:'广泽生明月,苍山夹乱流。''苍山'比国,'乱流'比君不正也。阆仙诗:'白云孤出岳,清渭半和泾。''白云'比贤人去国也。阆仙诗:'萤从枯树出,蛩入破阶藏。'此比小人得所也。巳师诗:'园林将向夕,风雨更吹花。'此比国弱也。"②到了宋初,这种将写景罗织为议论的习气在某些诗格里已达到登峰造极的程度,出语非常荒诞乖谬,如王玄的《诗中旨格》,纯然戴着经学式的有色眼镜,触目所见,无非美刺:"周朴《秋深》:'阙河空远道,乡国自鸣砧。'此言时之将静,王道无间阻也。贯休《送边将》:'但看千骑去,知有几人归。'此刺时乱主暗也。李洞《过荆山》:'无人分玉石,有路即荆榛。'此刺,伤时之感也。裴说《过洞庭》:'恰到堪忧处,争如未济时。'此刺,贤臣知国之废兴进退之意也。"③正是因为此类奇谈怪论,使得诗格类书落下了浅薄庸劣的恶谥,元明之后此类书籍遂逐渐为博雅大家所弃。

不过客观地说,这种着重物象比兴、言外之旨的探索方法,也并非全无可取之处,对于《文选》评点来说至少有三方面的价值和意义:一是我们从中可以深入体察《文选》李善注和五臣注的时代学术背景,他们对《楚辞》、《四愁诗》、《古诗十九首》和阮籍《咏怀》诗的解说,我们可以不接受,但可以理解和原谅,而不是全盘抹杀和横加恶语。二是可以将从汉魏到唐代这种解诗作诗的模式贯穿起来,认识中国古代诗学里以经学指导诗学的这一支流从萌起于

---

① 虚中《流类手鉴》,第 420 页。
② 同上。
③ 王玄《诗中旨格》,第 457—458 页。

青萍之末到逐渐蔚成飓风又慢慢消弭的完整过程,从而得到一些借鉴和教训。三是对于用这种思维模式阐释的汉魏诗歌的文献,还是要有选择的接受,毕竟汉魏是中国古代经学的一个高峰,人们作诗解释都不自觉地受其熏陶和浸染,《文选》收录的阮籍的诗、张衡的诗,六臣注用物象比兴手法进行的推衍还是正确的。如果结合当时人们的诗学观念,对杨恽《报孙会宗书》里《南山》诗意旨和杨恽被杀的原因,也可以有深切的推论。杨恽诗云:"田彼南山,芜秽不治;种一顷豆,落而为萁。"东汉学者张晏注云:"山高在阳,人君之象也。芜秽不治,朝廷荒乱也。一顷百亩,以喻百官也。言豆者,贞直之物,零落在野,喻己见放弃也。其曲而不直,言朝臣皆谄谀也。"臣瓒注云:"田彼南山,芜秽不治,言于王朝而遇民乱也。种一顷豆,落而为萁,虽尽忠效节,徒劳而无获也。"[①]清代学者多谴责这两位《汉书》学家深文周纳、刻薄如酷吏。其实汉人就是这样看待诗歌里的意象的,杨恽也未必没有这样微言讥刺的主观动机,汉宣帝读后勃然大怒,也未必不正是这样理解的。而且到了唐代,无论颜师古的《汉书注》,还是《文选》李善注、五臣注,都认可和接受了这一阐说,原是无足惊异的。

第五节　创造"例"、"势"术语,总结句旨类别和句法形态

唐代诗格文献创造了很多"势"类术语,这些术语在宋元明清的文学评点中颇受重视并多被广泛地借鉴运用。如明清小说、戏曲和诗文评点,所出现的很多以四字成语概括章法、句法的形象,就源于唐代诗歌书籍。明代文学评点大家孙鑛在批点《文选》时就曾经使用过"吞云梦之势"(司马相如《上林赋》篇首)、"屯云浴日之势"(木华《海赋》篇首)、"飞砂(原文作"砂",此照旧)走石之势"、

---

① 班固《汉书·杨恽传》,北京,中华书局1962年版第2896页。

（王褒《洞箫赋》篇首）、"捕龙蛇搏虎豹之势"（枚乘《七发》篇首）、"绵里牵针之妙"（张协《七命》"上无陵虚之巢，下无跖实之蹊"句评）、"如龙之势"（李斯《上书秦始皇》"则是宛珠之簪，傅玑之珥"句评）、"湿绵承铅法（司马相如《封禅文》"陛下谦让而弗发，挈三神之欢"句评）等等语词①。对于这些语词的源头，历代学者往往很自然要追溯到唐代的诗格类著作里，所以对唐代诗格中有关概括和总结句法的术语名目及其涵义，作一探讨和诠释，亦是必要的。

　　唐代诗格概括总结句法的术语名目先是称"例"，不久便都称作"势"。"势"字的意义，徐夤《雅道机要》云"：势者诗之力也。如物有势，即无往不克。此道隐其间，作者明然可见。"②认为"势"是蕴含在诗歌篇章字句里的力度，是作者本身能够有所体察的，其下徐夤所举皆为一联中的二句。张伯伟认为诗的"势"力主要表现在二句之间："这些名目众多的'势'讲的实际上是诗歌创作中的句法问题。这里讲的句法，指的是由上下两句在内容上或表现手法上的互补、相反或对立所形成的'张力'。这种'张力'存在于诗句的节奏律动和构句模式之间，因而就能形成一种'势'，并且由于'张力'的正、反、顺、逆的种种不同，遂因之而出现种种名目的'势'。从晚唐五代'势'论在实际批评中的运用来看，所有的'势'都是针对两句诗而言的。"③

　　唐代较早创立诗法"势"类术语的是王昌龄，其《诗格》一书罗列的达"十七势"之多，其术语往往质朴抽象，如"感兴势"、"相分明势"、"含思落句势"、"心期落句势"等等④。这些"势"类术语中，的确有二三项是关于一联两句之间的关系的，如"直树一句，第二句

---

　　① 孙鑛《文选瀹注》，明崇祯间刻本。

　　② 徐夤《雅道机要》，第 434 页。

　　③ 张伯伟《中国古代文学批评方法研究·诗格论》，北京，中华书局 2002 年版第 374—375 页。

　　④ 王昌龄《诗格》，第 145—158 页。

入作势"、"下句拂上句势",可更多的是就多句或者全篇而论的,术语来历主要的也不是来自句与句的关系,而是复杂多样的,或者指开篇的技巧,如"直把入作势"、"都商量入作势"、"比兴入作势",或者指上下数句的承接技巧甚至全诗结构模式的,如"直树两句,第三句入作势"、"直树三句,第四句入作势",或者指修辞技巧,如"谜比势"、"直比势"、"生杀回薄势",或者指情景交融的技巧,如"理入景势"、"景入理势",不一而足。所以断言"势"类术语内涵都是指上下两句间的关系而言,未免有些片面和简单之嫌。

王昌龄创立的诸多术语在其后的唐末五代基本上就不再沿用,而是代之以四言格的以动物等命名的"狮子返掷势"等更加生动而又含混的词语,但其实质内容还是与王昌龄之说一脉相承的。

稍后于王昌龄的皎然《诗式》标出"百叶芙蓉菡萏照水例"、"龙行虎步气逸情高例"和"寒松病枝风摆半折例"三种诗势①,唐末齐己《风骚旨格》在此基础上提出"十势"之说,五代徐夤《雅道机要》提出"八势"之说,五代神彧《诗格》提出"十势"之说,其间多有因袭交叉,剔除其完全重复的,唐朝五代诸位学者大致提出了15种诗法"势"类术语,此处不揣孤陋,试加列举和略加诠释以及辨正如下:

第一,"芙蓉映水势"。皎然《诗式》云:"其华艳,如百叶芙蓉,菡萏照水。"②可见用来概括写景华丽多彩的诗句特色,其例句有曹子建诗:"明月照高楼,流光正徘徊。"谢朓诗:"金波丽鳷鹊,玉绳低建章。"江文通诗:"露彩方泛滥,月华始徘徊。""径与禅流并,心将世俗分。"最末二句是以内容而归入此类的,言其出污泥而不染、同流而不合污,如芙蓉出水一般。

第二,"龙行虎步势"。"龙行虎步势"指的是那种内容超凡脱

---

① 皎然《诗式》,第 251 页。
② 同上,第 240 页。

俗、风格飘逸的句子,皎然称之为"气逸情高",例句有左思《咏史》诗:"披褐出阊阖,高步追许由。振衣千仞岗,濯足万里流。"郑谷《梁烛处士辞金陵相国杜公归旧山因以寄赠》:"两浙寻山遍,孤舟载鹤归。"佚名《贻潜溪隐者》诗:"大国已如镜,先生犹恋山。"言天下一统,政治清明而仍志在高隐。此类大致尚可将"惊鸿背飞势"包括在里面,其例句为"龙楼曾作客,鹤氅不为臣"、"钓矶苔色老,庭树鸟声闲",亦写高隐生活,其意大致接近。

第三,寒松病枝势。寒松病枝势,也即王昌龄的"寒松病枝风摆半折例",主要是从前后两句关系着眼的,即所谓"思来景遍,其势中断",前后句意似连似断,语气倔强,如谢灵运诗:"明月照积雪,朔风劲且哀。"范洒心诗:"乔木耸田园,青山乱商邓。"佚名诗:"一心思谏主,开口不防人。"此类尚包括神或所谓"风动势",在王昌龄术语里二者是不分的,例句为"半夜长安雨,灯前越客吟"。

第四,"狮子返掷势"。对这一名目的含义,罗宗强认为撰者"未加阐释,只举诗例,而从诗例看,实不明其所指为何。如'狮子返掷势',例诗为'离情遍芳草,无处不萋萋',照字面看,狮子反掷应该是一种急促的力的回旋,而从此联诗看,并非如此"①。罗先生见难而退,谨慎可嘉。涂光社云:"'狮子反掷势'可能是以淡化的处理来反衬情思的纠结凝重。'离情遍芳草,无处不萋萋',似乎传达出两层意蕴:一层是无处不在的不可得免的离愁别绪;另一层则是人生离别已属寻常的自我解嘲。后者即有欲淡而未能淡、以退为进的效果。"②涂光社解说唐人所举例句的意旨为"无处不在的不可得免的离愁别绪"甚是,可是又说句里又有"人生离别已属寻常的自我解嘲",则不免违于作者原意,认为"'狮子反掷势'可能是以淡化的处理来反衬情思的纠结凝重"更是和诗里的情、景不

---

① 罗宗强《隋唐五代文学思想史》第446页,上海古籍出版社1986年版。
② 涂光社《势与中国艺术》第195页,北京,中国人民大学出版社1990年版。

合。张伯伟《诗格论》对这一术语进行了详细地考证,认为源自佛教禅宗的词汇,并且解释道:"这是一首给情人的送别诗。额联中'离情'是'体','芳草'是'用',却妙在体用一如,离情遍及芳草,芳草无非离情。从禅学眼光看来,这两句诗恰恰能状出禅宗第二关'尽是本分,皆是菩提'的境界,而'狮子反掷'亦即第二关,故取以为譬。"①仅就"离情遍芳草,无处不萋萋"这一句来说,这种解说可能是恰切的,可是五代神或《诗格》所举例句为"高情寄南涧,白日伴云闲",用所谓"尽是本分,皆是菩提"来解是难以通达的。可见这些术语的杜撰当然不可否认有佛教禅宗的影响,但若只是一味地用禅宗思维解说诗学名词,反而会把简单的问题复杂化,其实这些术语即使来自禅宗,也是仅仅借用其语词,在诗学里解说它们,还应从字面涵义入手,结合例句加以探讨;而且此前人们往往仅就单个例句阐发,结果是看似顺畅的观点运用到其它句子便舛硋难通。"离情遍芳草,无处不萋萋"、"高情寄南涧,白日伴云闲",体现了一种句子模式,前一句的开头二字是叙说情感,第三字为一动词,后二字言感情寄托或者托象所在,第二句对上句的末二字展开以具体其描写景色,其末尾二字又回到第一句句首的二字意义上来,犹如狮子反身,跳回原处,如"萋萋"二字回应"离情","云闲"二字回应"高情",均是如此,这当是"狮子反掷"一语的来历所在。

第五,"丹凤衔珠势"。"丹凤衔珠势"又名"灵凤含珠势",其例句有"正思浮世事,又到古城边","旋从风势乱纵横",大致指含蓄蕴藉,感情心绪含而不露的句子意态。

第六,"毒龙顾尾势"。例句为"可能有事关心后,得似无人识面时"、"潺湲缤纷下无际"。这一句式是言前面句子引发后边部分的意旨,如"潺湲缤纷"与"无际"相呼应;"有事关心"与"无人识面"

---

① 张伯伟《中国古代文学批评方法研究·诗格论》,北京,中华书局 2002 年版第30 页。

相映衬。

第七,"龙潜巨浸势"。例句为"养猿寒嶂迷,擎鹤密林疏"、"天下已归汉,山中犹避秦"、"高情同四皓,高卧翠萝间",景色全为高隐生活境域,语词风格深奥,犹如蛟龙潜藏于宽阔幽深的海洋之底。

第八,"龙凤交吟势"。例句为"昆玉已成廊庙器,涧松犹是薜萝身"。大致而言,两句所写为仕隐生活,出仕者成为朝廷栋梁,固然可嘉,犹如凤鸣九皋,声彻于天。坚持隐居者安贫乐道,遁世无闻,犹如龙吟大泽。二句所写皆为品格高贵之君子贤人或美好事物。

第九,"猛虎投涧势"。"猛虎投涧势"又名"猛虎跳涧势"、"虎纵出群势"、"猛虎出林势"、"猛虎踞林势"。例句有"仙掌月明孤影过,长门灯暗数声来"、"三间茅屋无人到,十里松门独自游"、"窗前闲咏鸳鸯句,壁上时观獬豸图"、"飘来平处添愁起"。这一术语是指此类句子写得很有风骨,犹如猛虎出山呼呼带风。特别是"飘来平处添愁起",明显地透露出这一倾向。

第十,"孤雁失群势"。"孤雁失群势"又名"孤鸿出塞势",例句为"既不经离别,安知慕远心"、"人情苟且头头见,世路欹危处处惊"、"众木又摇落,望君君不还"。此类句式大致以离别孤独为抒情中心,情调凄凉悲切。

第十一,"鲸吞巨海势"。例句为"袖中藏日月,掌上握乾坤"、"济得民安即太平",数句均突出表现出诗人胸怀大志,勇于建功立业、拯世济民的宏伟气魄。从名目和例句看这一术语当指那些意境宏大壮阔、气势恢弘的抒情诗句。

第十二,"洪河侧掌势"。诗句为"游人微动水,高岸更生风"。"侧掌"二字意为倾斜而立的手掌。"洪河侧掌"指水流湍急,此术语当言上下二句之间的意旨跳跃性很大,犹如游人在湖面如镜的水中荡舟,可是岸上已经激起大风。

第十三，"云雾绕山势"。诗句为"中原不是无麟凤，自是皇家结网疏"。此术语当是指句意篇旨隐晦含蓄，暗含讥刺，犹如浓雾笼罩着高峰，朦胧难见。如此处例句即暗暗蕴涵着对现实政治的不满，批评统治者不识贤愚。

第十四，"孤峰直起势"。例句为"山中携卷去，牓上得官归"。例句写两种斩钉截铁而又遂心如意的事件，或者弃俗入山隐居一心向佛，或者投入仕途功成名就。此术语当指那些明快爽利的诗句及其创作技巧。

第十五，"离合势"。例句为"东西南北人，高迹此相亲"。此类诗句的大致意向在于抒写隐士相逢觉得相见恨晚的情感，心态大致与白居易所谓"同是天涯沦落人，相逢何必曾相识"类似，只是这里的"沦落人"应当替换为那些睥睨流俗、自命清高者，这些高隐们心意相投，倾盖相逢便倍觉相亲。

总而言之，唐朝五代以及宋代的诗势句法，大多从句旨句意着眼，并不纯然是根据上下句关系进行分类和命名。后来元明清文学评点借鉴了很多这类术语和根据章法句法杜撰新奇生动活泼术语的做法，像所谓"草灰伏线法"、"背面傅粉法"、"大落墨法"、"锦针泥刺法"、"欲合故纵法"、"鸾胶续弦法"、"横云断山法"等等，还有前面提及的孙月峰评点《文选》时所用的那些尖新活泼的四字术语，都是与唐宋诗格里的上述势类名目一脉相承的。

第二章 唐代《文选》六臣注与《文选》评点

唐代含有接近文学评点资料的《文选》学文献有两类，一是诗格诗话之类的书籍，已见前述。二是《文选》李善注和五臣注。

《文选》李善注和五臣注，其间均包含有一些评说文篇结构和风格艺术的语句。李善注的重心在通过"弋钓书部"，"是征载籍"，着眼于字词出处而"忽发章句"；而五臣注确实重视"质访指趣"、追溯"述作之由"和揭示"作者为志"，虽于文学评论颇乏自觉，与完整的评点之学尚隔百里，不过二书均在对文学作品的训诂注释的同时，亦兼解说篇章主旨和行文特色，除了没有圈点外，可谓是最接近文学评点样式的文献了。

第一节 《文选》李善注与《文选》评点

李善注中类似文学评点的语句有五种：一是对全篇主题意旨的概括和章句意旨的解说；二是字法句法、段落结构的分析；三是整体风格的总评；四是作者人品和文品关系的论述。分述如下。.

一是概括全篇主题意旨，解说章句意旨。概括全篇主题，是后世文学评点的有机组成部分，此类文字，李注虽不及五臣注常见，却也精粹简练，毫无冗言，如《古诗十九首》"西北有高楼"篇："此篇明高才之人,仕宦未达,知人者稀也。"①宋玉《登徒子好色赋》:"此赋假以为辞,讽于淫也。"②等等。

有的是在解释篇题时揭示文章主题,典型例子为应璩《百一诗》,李注云:"张方贤《楚国先贤传》曰:汝南应休琏作《百一篇诗》,讥切时事,遍以示在事者,咸皆怪愕,或以为应焚弃之,何晏独无怪也。然方贤之意,以有百一篇,故曰百一。李充《翰林论》曰:应休琏五言诗百数十篇,以风规治道,盖有诗人之旨焉。又孙盛《晋阳秋》曰:应璩作五言诗百三十篇,言时事颇有补益,世多传之。据此二文,不得以一百一篇而称百一也。《今书七志》曰:《应璩集》谓之新诗,以百言为一篇,或谓之百一诗。然以字名诗,义无所取。据《百一诗序》云:时谓曹爽曰:公今闻周公巍巍之称,安知百虑有一失乎?百一之名,盖兴于此也。"③李善遍引群书,辩驳"百一诗"题目出于篇数、出于字数等歧说,揭示其创作动机在于讽谏劝诫。

解说章句意旨的例子,也不算鲜见。如,班固《东都赋》:"自孝武之所不征,孝宣之所未臣,莫不陆詟水栗,奔走而来宾。"李善注云:"孝武耀威,匈奴远慑;孝宣修德,呼韩入臣。举前代之盛犹不如今。"④"举前代之盛犹不如今"一句不再单纯是进行注释,而是提示班固此处述说西汉国力最强盛时期二位帝王的原因,是为了用来衬托和渲染东汉皇帝的无比威德,指点此处的写作意图和方法,接近于后来评点中的句中夹批。

鲍照《芜城赋》:"东都妙姬,南国丽人。蕙心纨质,玉貌绛唇。"李善注云:"左九嫔《武帝纳皇后颂》曰:如兰之茂。《好色赋》曰:腰如束素。"此处连用绮丽单音词描摹美女从品质到外貌的绝世超

---

① 萧统编,李善注《文选》第 1345 页,上海古籍出版社 1986 年版。本章以下所引李善注《文选》,皆依此版本,正文与注文均简称为"文选"。

② 《文选》第 892 页。

③ 同上,第 1015 页。

④ 同上,第 35 页。

凡,皆从前代篇章化出,故李善总结道:"兰蕙同类,纨素兼名,文士爱奇,故变文耳。"①认为鲍照语句自觉地变换字词以求得创新出奇的阅读效果,相当于后来评点里以夹评形式论列句法和字法。

　　王延寿《景福殿赋》:"椒房之列,是准是仪。"李善注云:"《汉旧仪》曰:皇后称椒房。《诗》曰:椒聊之实,蔓延盈升。美其繁兴也。"②言王延寿赋中言语是赞美祝愿景福殿的主人家口兴旺,点出意旨所在,亦近于评点。

　　陆机《豪士赋序》李善注云:"《吕氏春秋》曰:老聃、孔子、墨翟、关尹子、列子、陈骈、杨朱、孙膑、王寥、儿良,此十人者,皆天下之豪士。然机犹假美号以名赋也。"③在阐明"豪士"出处后,点出本篇为了讽谏西晋齐王司马冏,故而篇题取用褒美词语的良苦抉择。

　　李善很少有自觉关注为文之心的,偶尔于此着眼,阐释往往深入透彻,如刘峻《广绝交论》:"客问主人曰:'朱公叔《绝交论》,为是乎? 为非乎?'"李善注:"此假言也,为是为非,疑而问之也。""主人曰:'客奚此之问?'"李善注:"奚,何也,何故有此问也。未详其意,故审覆之也。""客曰:'夫草虫鸣则阜螽跃,雕虎啸而清风起。'"李善注:"欲明交道不可绝,故陈四事以喻之。""日月联璧,赞韠韠之弘致;云飞电薄,显棣华之微旨。若五音之变化,济九成之妙曲。此朱生得玄珠於赤水,谟神睿而为言。"李善注:"日月联璧,谓太平也;云飞电薄,谓衰乱也。王者设教,从道污隆,太平则明韠韠微妙之弘致,道衰则显棣华权道之微旨。然则随时之义,理非一途也。若五音之变化,乃济九成之妙曲。今朱公叔《绝交》,是得矫时之义,此犹得玄珠於赤水,谟神睿而为言,谓穷妙理之极也。"④注释

---

① 《文选》第 506 页。
② 同上,第 530 页。
③ 同上,第 2043 页。
④ 同上,第 2368 页。

之间多有自己的理解发明和主观性感受，并不仅仅局限于征引为注，铺陈旧文。

李善注文在串讲句意时还时而舞文弄墨，展示自己抽黄对白的骈俪才华，如曹植《赠徐干》："惊风飘白日，忽然归西山。"李善注："夫日丽于天，风生乎地，而言飘者，夫浮景骏奔，倏焉西迈，馀光杳杳，似若飘然。"显示出对时人评其为"书簏"的倔强反对。

二是字法句法和段落结构的分析。如《海赋》最后李善注引李尤《翰林论》云："木氏《海赋》，壮则壮矣，然首尾负揭，状若文章亦将由未成而然也。"因为此赋末节云："旷哉坎德，卑以自居。弘往纳来，以宗以都。品物类生，何有何无！"①全是引发下文的语气，一般作者往往放置于文章前面，此篇违背文章结构的通常规则，所以李善引用李尤的批评，指出如此结尾既像文章首尾倒置、更像文章尚未完篇的缺失。而这全是后代文末总评的样式和作用。

邹阳《上吴王书》是在吴楚七国之乱正式爆发前，作者劝阻动乱谋主吴王刘濞消弭邪谋、回头是岸的劝谏书信，因当时刘濞只是在隐秘地招兵秣马，尚未公开反叛朝廷，所以这篇文章用语上多有隐语，结构上更是扑朔迷离，所以李注先在题下阐释说："阳奏书谏，为其事尚隐，恶不指斥言，故先引秦为喻，因道胡、越、齐、赵之难，然后乃致其意。"②又在注文中针对具体段落加以分析："阳假言吴思助汉，今胡、越俱来伐之，汉虽复使梁并淮阳之兵，以遏越人粮，汉截西河以下，而助于赵，终无所益。故胡亦益进，越亦益深；此臣为大王患也。然其意欲破吴计。虽使当为乃使，越人当为吴人，辄当为御。言吴、赵欲来伐汉，汉乃使梁并淮阳之兵，以止吴人之粮，汉截西河，以御于赵。如此则赵不得进，吴不得深。阳恶指

---

① 《文选》第 552 页。
② 同上，第 1760 页。

斥,故假胡、越错乱其辞。自此以下,乃致其意焉。"①通过这些详细到令人眼花目眩的串讲,以期达到使读者明晰的效果,可见注家的苦心孤诣所在。

三是整体风格的总评。李善于题下注里多处通过引录前人史传或文学评论书籍的话语,揭示篇章创作风格和艺术成就。如张衡《西京赋》题下注云:"杨泉《物理论》曰:平子《二京》,文章卓然。"②评论赞许此赋艺术成就,已非一般注释体例,接近于后代的篇首总评。同类文字尚有木华《海赋》题下注引傅亮《文章志》曰:"广川木玄虚为《海赋》,文甚儁丽,足继前良。"③谢惠连《雪赋》题下注引沈约《宋书》云:"谢惠连……为《雪赋》,以高丽见奇。"④南朝唐代以为此赋风格"高"、"丽",主要指末段数语。繁钦《与魏文帝笺》李善注引《文章志》,评价繁钦这封书信"虽过其实,而其文甚丽"⑤。

李善也有自己出面评说作品风格的,只是非常少见,如任昉《为褚谘议蓁让代兄袭封表》:"然此表与集详略不同,疑是稿本,辞多冗长。"⑥只是未具体指出何处冗长,令人惋惜。

四是作者人品和文品关系的论述。李善秉承孟子开辟的"知人论世"的优秀文学批评传统,在探讨作品艺术风格时寻根究源,结合作者身世探讨其文风的成因,并且在许多文章题评里表达出对一些身世坎坷的作家的深切同情,语气抒情性浓烈,大有借他人酒杯浇化自我胸中垒块之状,甚至下笔为注时将自己与作者化为一人,大抒特抒人生不平之气。如《鵩鸟赋》李善注论贾谊云:"然

---

① 《文选》第 1700 页。
② 同上,第 47 页。
③ 同上,第 543 页。
④ 同上,第 591 页。
⑤ 同上,第 1821 页。
⑥ 同上,第 1747 页。

贾生英特,弱龄秀发,纵横海之巨鳞,矫冲天之逸翰,而不参谋棘署,赞道槐庭,虚离谤缺,爰傅卑土,发愤嗟命,不亦宜乎?而班固谓之未为不达,斯言过矣!"①陈说贾谊才华出类拔萃,旷世奇才,却未能获得重用,进入政权的核心机构,被贬谪在卑湿的长沙小国作一太傅,所以他发愤作此赋篇叹息自己的不幸命运,是完全应该的。而班固却在《汉书·贾谊传》"赞"语里先引用刘向对贾谊政治才华的称扬——"贾谊言三代与秦治乱之意,其论甚美,通达国体,虽古之伊、管未能远过也。使时见用,功化必盛。为庸臣所害,甚可悼痛",班固本人则故意与刘向表示不同评价以标新立异——"追观孝文玄默躬行以移风俗,谊之所陈略施行矣",有意掩盖汉文帝屈从权臣疏远能臣的过失,妄作大言抹杀贾谊的卓越政治能力:"及欲改定制度,以汉为土德,色上黄,数用五,及欲试属国,施五饵三表以系单于,其术顾以疏矣。"②并且认为贾谊"亦天年早终,虽不至公卿,未为不遇也"。所以李善不禁指斥班固"斯言过矣",为贾谊鸣冤叫屈。

刘峻字孝标,是梁代文学成就非常卓越的作家,前半生倍受颠簸流离之苦,八岁时所居青州为北魏占领,刘峻被人掠卖到中山,遇富人刘实为其赎身并教其读书。后又被北魏迁到桑干。历尽艰难南归齐梁又屡受打击压抑,甚至《文选》编者萧统的父亲梁代开国之君梁武帝也对他弃而不用。"高祖(萧衍)招文学之士,有高才者,多被引进,擢以不次。峻率性而动,不能随众沉浮,高祖颇嫌之,故不任用。峻乃著《辨命论》以寄其怀。"③如此身世引发了李善惺惺相惜的同情之泪。如果目前所存李善注乃其晚年重订,那么刘峻不幸的一生,和李善曾经被放逐南方,尝尽辛苦,后虽得北

---

① 《文选》第 604 页。
② 《汉书·贾谊传》,北京,中华书局 1962 年版第 2265 页。
③ 姚思廉《梁书·文学·刘峻传》,北京,中华书局 1973 年版第 701—702 页。

归却被摒于仕途之外的遭遇何其类似。所以刘峻《辩命论》的题下注李善写得格外愤激动情:"孝标植根淄右,流寓魏庭,冒履艰危,仅至江左。负材矜地,自谓坐致云霄。岂图逡巡十稔,而荣惭一命。因兹著论,故辞多愤激,虽义越典谟,而足杜浮竞也。"①认为作者的愤激之情非常正义,其艺术效果又能够使醉迷于追逐功名利禄的士人为之清醒,主观情感倾向的特色非常突出。

李善在郭璞《游仙诗》题下注云:"凡游仙之篇,皆所以滓秽尘网,锱铢缨绂,餐霞倒景,饵玉玄都。而璞之制,文多自叙,虽志狭中区,而辞无俗累,见非前识,良有以哉!"②这节主语内涵颇为丰富,一是它归结了游仙诗的文体内容特色在于轻蔑俗世、粪土王侯、与社会一般价值观截然对立,在于向往世外仙境,描绘仙人神人餐霞饵玉的美妙生活图景,在于表达期盼超凡脱俗、长生久视、与天地同在的理想追求;二是它揭示了郭璞《游仙诗》不同他人的同类之作,因为郭璞的诗篇多是自我抒情,而不再是以描写手法为主,主旨方面眼界关注的仍是人世间的不平和坎坷、怀才不遇的悲哀、愤世嫉俗的情怀、向往隐居的心态,但见识却高远旷达,辞句也高华典丽、精粹简练,非前代诗人同题之作所可企及。并且认为郭璞能够创作出如此杰出的佳作是非常自然的,是以其为人为学的境界作为良好基础的。

不过李善对士人也并非不加分别地一味地加以同情和赞许,他还是很有原则的,那就是士人不能攀附蓄意篡权夺位的权奸,要有见机而作、独善其身的节操。特别是对于自汉至唐多数学者均曾大加吹捧的扬雄,因其为王莽献上过抨击暴秦、颂美新朝的《剧秦美新》,李善便痛加贬斥(见扬雄《剧秦美新》题下注)③。

---

① 《文选》第 2344 页。

② 同上,第 1018 页。

③ 同上,第 2148 页。

第二节　唐代《文选》五臣注与《文选》评点

《文选》五臣注中类似文学评点的语句有三种类型①，一是文章创作主题的揭示；二是章法句法用字艺术的解说；三是段落结构的分析，分述如下。

一、解释创作背景，阐发篇章主旨

《文选》全书共 700 多篇诗文辞赋，按说注释时每篇题目下、作者名下都可以有一段注文，但实际上许多篇章李善和五臣是未加题注的，即使加了题注的，五臣和李善完全雷同或从李善注里化出的也不超过 20 篇。吕延祚的《五臣集注序言》说他所招揽的五位学者撰写此注的目的就是要纠正李善只注意征引古书以明字词出处而不顾章句的偏颇，将主要精力放在探寻"作者为志"方面，所以五臣注的题注最突出的特色是增加了许多对于具体创作动机的陈述，如：

孙绰《游天台山赋》，李注全不言作赋背景和赋意，李周翰则云："《晋书》云：孙绰字兴公，太原人也。为永嘉太守，意将解印以尚幽寂，闻此山神秀，可以长往，因使图其状，遥为之赋。赋成，示友人范荣期。期曰：此赋掷地必为金声也。"所引《晋书》非房玄龄所纂之书，所言孙绰作赋背景资料——非登山而作，乃据图而撰，甚可珍视；而且从赋的开头一节可以得到印证，即所谓"然图像之兴，岂虚也哉？非夫遗世玩道、绝粒茹芝者，乌能轻举而宅之？非夫远寄冥搜、笃信通神者，何肯遥想而存之？余所以驰神运思，昼

---

① 本节五臣注用的是浙江古籍出版社 1999 年的影印宋刊本《六臣注文选》本，以下简称为"六臣注文选"。

咏宵兴,俯仰之间,若已再升者也。方解缨络,永托兹岭,不任吟想之至,聊奋藻以散怀。"①黄侃先生《文选平点》曾强加辩驳:"五臣注不知出处者,大抵杜撰,此误解图像之兴而作此说。"②此亦贤者千虑之一失也。

刘孝标《重答刘秣陵沼书》李善注引刘峻《自序》,只述作者生平,全不涉及此篇的写作背景。刘良注文补充道:"初,孝标以仕不得志,作《辨命论》。秣陵令刘沼作书难之,言不由命,由人行之。书答往来非一,其后沼作书,未出而死,有人于沼家得书,以示孝标,孝标乃作此书答之。故云重也。"③叙述创作的由来非常明晰,远胜李注。

赵景真《与嵇茂齐书》的题解中,李善云:"赵景真《嵇绍集》曰:赵景真《与从兄茂齐书》,时人误谓吕仲悌与先君书,故具列本末。赵至,字景真,代郡人,州辟辽东从事。从兄太子舍人蕃,字茂齐,与至同年相亲。至始诣辽东时,作此书与茂齐。干宝《晋纪》以为吕安与嵇康书。二说不同,故题云景真,而书曰安。"④对于此篇作者到底是谁,首鼠两端。李周翰则做了进一步探讨,认为当系吕安所撰:"干宝《晋纪》云:'吕安字仲悌,东平人也。时太祖逐安于远郡。在路作此书与嵇康。'安[当作"康"]子绍集云:'景真与茂齐书。'且《晋纪》,国史,实有所凭。绍之家集未足可据。何者?时绍以太祖恶安之书,又父与康同诛,惧时所疾,故移此书于景真。考其始末,是安所作,故以安为定也。"⑤李周翰此处之说,多有讹字,如误嵇康之子嵇绍为吕安之子。然总体方面推衍事理,颇为可信。嵇康一生所作文章不多,作为其子的嵇绍对其篇目应该是很熟悉的,家藏有无吕安的信件,也不待归家复核便能够答出,可见嵇绍是在有意回避吕安寄信给自己父亲的史实。五臣说远胜李善的依违于二说之间的做法。

王粲《登楼赋》题注李善注,仅引盛弘之《荆州记》"当阳县城楼,王仲宣登之而作赋",刘良所说则较李注多出"仲宣避难荆州,依刘表,遂登江陵城楼,因怀归而有此作,述其进退危惧之情"数句①。范晔《逸民传论》题注李善仅引何晏《论语注》"逸民,言节行超逸"。吕向注则云:"谓自放逸,不为时俗所拘,怀道不见,杂居无名,王侯不能臣,荣利不能动,为逸人[民]。"②李善固执于必引前人含有出处之语,故多处所言甚略,不及五臣之详致深切,清晰明瞭。

司马相如《长门赋序》:"而相如为文以悟主上,陈皇后复得亲幸。"吕延济曰:"陈皇后复得幸,案诸史传,并无此文,恐叙书之误也。"③李注无此辩白话语。

有的则是对李善注文的辩驳,更加合乎作者的创作本意,如对扬雄作《剧秦美新》,李善口诛笔伐,言辞犀利,毫不容情,云:"王莽潜移龟鼎,子云进不能辟戟丹墀,亢辞鲠议;退不能草玄虚室,颐性全真;而反露才以耽宠,诡情以怀禄,素餐所刺,何以加焉!抱朴方之仲尼,斯为过矣。"④直将大文学家扬雄置于天地难容之境,而李周翰考虑到扬雄当时的具体处境,态度颇为温良,也显出了知世论人、宽恕待人的君子之风:"王莽篡汉位,自立为皇帝,国号新室,是时雄仕莽朝,见莽数害正直之臣,恐己见害,故著此文,以秦酷暴之甚,以新室为美,将悦莽意,求免于祸,非本情也。"⑤有意与李善观

①《六臣注文选》第 189 页。
② 同上,第 924 页。
③ 同上,第 275 页。
④《文选》第 2148 页。
⑤《六臣注文选》第 892 页。

点作对立,为扬雄辩护,未取李善之一味谴责态度。

此类里更多的是阐释和总结文章的主题,如:左思《招隐》诗题注刘良曰:"思苦天下溷浊,故将招寻隐者,欲以退不仕。"①王康琚《反招隐》诗题注吕向曰:"康琚以为混俗自处足以免患,何必山林,然后为道。故作《反招隐》之诗,其情与隐者相反。"②

《文选》诗篇多有运用比兴艺术手法含蓄深沉的表达言外之意的篇章,五臣挖掘言外之意的注文更具文学批评特色,如曹植《美女篇》题解张铣曰:"以美女喻君子,言君子即有美行,上愿明君而事之,若不得其人,虽见征求,终不能屈。"③曹植《杂诗六首》"仆夫早严驾"篇吕延济注云:"若济此水,惜无行舟,喻心虽愿为而不见用,所以志不闲居者,意常忧国而君不知。"④阮籍《咏怀》诗刘良曰:"咏怀者,记人情怀。籍于魏末晋文之代,常虑祸患及己,故有此诗,多刺时人无故旧之情、逐势利。而观其体趣,实谓幽深,非夫作者,不能探测之。"对这些篇章五臣均随文阐释,尚较自然,无求之过深处。此种解说方法乃汉人以政治化伦理化说《诗经》之途径,所以汉人作诗往往亦喜好以比兴之术,隐喻政治理念,如张衡《四愁诗》就是很典型的例子,五臣解说张衡此诗纯以《四愁诗序》为指导,如"美人赠我金错刀,何以报之英琼瑶",吕向曰:"美人,君也。……喻君荣我以爵禄,愿报以仁义之道以成君德也。下文类此者,以此意推之。"⑤五臣的这些诠释大体上是合乎作者意愿和古来史家观点的。

五臣揭示题意最喜好强调称说讽谏刺讥之意,如扬雄《甘泉赋》题注李周翰云:"时为赵飞燕无子,往祠甘泉宫,雄以制度壮丽,

---

① 《六臣注文选》第 384 页。
② 同上,第 386 页。
③ 同上,第 497 页。
④ 同上,第 529 页。
⑤ 同上,第 526 页。

因作此赋以讽之也。"①左思《咏史》诗"吾希段干木"篇,刘良注:
"思以干木、仲连洁己利物,以刺贪夫也。"②张协《咏史》题注李周
翰云:"协见朝廷贪禄者众,故咏此而刺之。"③均能发挥言外之意。

五臣在解说一些篇意时亦难免有强言比兴、牵强穿凿之嫌,特
别是在解释《古诗十九首》时表现得最为严重,如"青青河畔草"篇
张铣注:"此喻人有盛才,事于暗主,故以夫人事主之事托言之。言
草柳者,皆当春盛时也。""迢迢牵牛星"篇吕延济注:"此以夫喻君,
妇喻臣,言臣有才能,不得事君,而为谗邪所隔,亦如织女阻其欢情
也。""西北有高楼"篇李周翰注:"此诗喻君暗而贤臣之言不用也。
西北,乾地君位也。高楼,言居高位也。浮云齐,言高也。"这些注
释均将男女夫妻或朋友兄弟之情理解为君臣之义,其不通之处是
极其明显的。当然,自从汉代直到唐代,用如此思维模式解说《诗
经》一直占据着经学诠释中的主流,五臣不恰当地采纳这一方法,
用来阐释纯文学作品,并且影响到元末明初学者刘履《选诗补注》
的很多内容,这都是可以理解的,因为唐代诗格一类的书籍也喜欢
以同样方式倡导诗歌创作的主题丰富、蕴意深刻。

二、解说句法句旨和用字艺术

五臣注没有仅仅满足于串讲文章的句意,而是更进一步着力
于指出行文之际用词练字、夸张虚饰的艺术手法。如班固《两都
赋·西都赋》"离宫别馆,三十六所;神池灵沼,往往而在"。吕延济
云:"称神、灵,美之。"④提醒读者这里所用的"神"、"灵"二字,不可

---

① 《六臣注文选》第 121 页。
② 同上,第 369 页。
③ 同上,第 384 页。
④ 同上,第 9 页。

呆看,不可照字面理解为在西都到处都有真正的神灵所居的池塘沼泽,而是一种夸饰、虚构的艺术手法,是作者有意地要美化帝都的地理环境和辞赋文字,才这样写的。同样的例子还有,左思《魏都赋》:"清酤如济,浊醪如河。冻醴流澌,温酎跃波。丰肴衍衍,行庖皤皤。愔愔醹宴,酣湑无哗。"吕向曰:"酎,美酒也。言多如河济,故当跃波也。此皆甚言之,其实不然也。"①王延寿《鲁灵光殿赋》:"玄醴腾涌于阴沟,甘灵被宇而下臻。"李周翰曰:"言醴泉涌渠而甘露沾宇而至者,并美而言之,皆非其实也。"②何晏《景福殿赋》"故能翔岐阳之鸣凤,纳虞氏之白环。"李周翰曰:"今虽无之,过美之言也。"③皆能够深入文心,归结出汉魏晋大赋撰写中作家喜欢张扬渲染以求耸人耳目的文学心态,虽然从现在看来这些手法很易理解,不过放在那个时代还是有必要指出的。

　　有时五臣还往往针对夸张描画得惟妙惟肖、似真似幻的场景,揭示其作者用心所在,如卷二张衡《东京赋》:"尔乃卒岁大傩奴何,驱除群厉。方相秉钺,巫觋操茢。侲子万童,丹首玄制。桃弧棘矢,所发无臬。飞砾雨散,刚瘅必毙。煌火驰而星流,逐赤疫于四裔。然后凌天池,绝飞梁。捎魑魅,斫獝狂。斩蜲蛇,脑方良。囚耕父于清泠,溺女魃于神潢。残夔魖与罔像,殪野仲而歼游光。八灵为之震慑,况魁蜮与毕方。度朔作梗,守以郁垒。神荼副焉,对操索苇。目察区陬,司执遗鬼。"这一节铺叙岁末宫廷内外驱赶邪神恶鬼的大傩活动非常全面,气势磅礴。列举了各种各样的鬼神名目,描写人们对它们采取的各种不同动作,交代它们的最后归宿,文笔酣畅淋漓,张铣赞其艺术特色云:"夫大傩驱逐,岂能见鬼、

　　① 《六臣注文选》第 113 页。
　　② 同上,第 202 页。
　　③ 同上,第 212 页。

逐杀于海外、持索而缚之乎？盖作者饰其事，壮其词。"①

同时，五臣对《文选》作品的用字艺术也很关注，解释作者在选择字词时的苦心所在，如郭璞《江赋》："壮荆飞之擒蛟，终成气乎太阿。悍要离之图庆，在中流而推戈。"李周翰云："戈与剑皆刃器，故叶韵而言戈。"②其意乃谓要离本事出于《吕氏春秋·忠廉》"要离走，往见王子庆忌于卫，王子庆忌喜，……乃与要离俱涉于江。中江，拔剑以刺王子庆忌"③，原文作"剑"，不作"戈"。此处改"剑"为"戈"字，纯为押韵。或者批评作者的用字之误，如左思《魏都赋》："神钲迢递于高峦，灵响时惊于四表。温泉毖秘涌而自浪，华清荡邪而难老。"李周瀚云："邺西北有鼓山，上有石鼓之形，俗云时时自鸣，故称'灵响'。钲，金声。所以节鼓者，则此石鼓也。云钲者，文之失也。"④左思将"鼓"称作"钲"，可能也是出于"钲"字音韵较为铿锵悦耳的考虑，即使如此，牺牲典故的真实性，还是不可取的。

五臣还结合历史事实，拈出某些作品谬误的语句，如江淹《恨赋》："至如李君降北，名辱身冤，拔剑击柱，吊影惭魂。情往上郡，心留雁门。裂帛系书，誓还汉恩。朝露溢至，握手何言？"吕向曰："陵图报汉德，终而不成，为恨固已多也。然此皆随淹赋意而言，事不如此。且陵自降匈奴，汉诛其族，便怨于汉，没身匈奴中，非有报恩之意。按此乃淹文之误矣。"⑤此处吕向解释道，自己的串讲遵守的是经学领域里的"疏不破注、注不批经"的规则，是按照江淹的原文进行敷衍发挥的，江淹的原文和自己的串讲都是有违历史记载的，李陵怨汉的情绪并不具有正义性，而且李陵也并没有发誓报答汉朝大恩的举动。

---

①《六臣注文选》第59页。

② 同上，第226页。

③ 许维遹《吕氏春秋集释》第248页，北京，中华书局2009年版。

④《六臣注文选》第103页。

⑤ 同上，第286页。

串讲句意也是后来评点的组成部分,也是五臣投入心力的核心部分之一。为避免冗赘,在此仅举出一些颇为精当又胜于李善注的例子。如陆机《吊魏武帝文》:"悲夫! 爱有大而必失,恶有甚而必得;智惠不能去其恶,威力不能全其爱。"李善注云:"言爱是情之所厚,故虽大而必失之;恶是行之所秽,故虽甚而必得之。故智惠不能去其恶,威力不能用其爱,故可悲也。《尸子》曾子曰:父母爱之,喜而不忘;父母恶之,惧而无怨。然则爱与恶,其于成孝也无择。令人虽未得爱,不得恶矣。"①今按:此篇中大爱,指生;大恶,指死,才是陆机文章的原义。李善只是全照原文字面进行敷衍,没有理解上下文的含义。五臣另出注释,远胜李善。李周翰云:"人之所爱者,生也。人理有死,故必失生也。虽有智惠[慧],安能去死;虽平生有威力,身从没化,安能固全其爱乎?"张铣曰:"人之所恶者,死也;人生有涯,故必得死矣。"②所解均极贴切妥当。

又如江淹《恨赋》"于是仆本恨人,心惊不已。"李善注引《列女传》仅注了"心惊"的出处,"恨人"之义和句意仍然不明。而吕延济释云:"恨人,恨志不就也。复念古人有如我恨而至死者,将述之。"③曹植《洛神赋》:"从南湘之二妃,携汉滨之游女。叹匏瓜之无匹兮,咏牵牛之独处。"张铣曰:"此总无伉俪之偶,故叹咏之,以感陈王。"④李善云:"阮瑀《止欲赋》曰:伤匏瓜之无偶,悲织女之独勤。俱有此言。然无匹之义,未详其始。"⑤李善坚持寻觅不出字词的原始出处便付阙如的方式,看似谨慎;然而有时并不需要必定要寻得出处才能理解透彻其含义,还是应该给出阐释的,而且仅仅寻得出处,便可万事大吉,连言外之意也不用再述的做法,不见得

---

① 《文选》第 2597 页。

② 《六臣注文选》第 1101 页。

③ 同上,第 286 页。

④ 同上,第 336 页。

⑤ 《文选》第 899 页。

就妥帖。五臣根据自己的品味提出主观化的鉴赏评析,是应该得到肯定的。

以下数例,五臣能够结合作者身世,探究语句的言外之意,很是可贵。左思《咏史》诗"荆轲饮燕市"篇:"贵者虽自贵,视之若埃尘。贱者虽自贱,重之若千钧。"吕延济注:"事虽属轲,实思自谓也。思疾当时贵者,尽是小人,故轻之;贱者虽贱,则有君子,故重之。"①阮籍《咏怀》诗"湛湛长江水"篇:"朱华振芬芳,高蔡相追寻。一为黄雀哀,涕下谁能禁?"刘良注:"言魏初荣盛,后如高蔡黄雀之危,一念至此,泣涕不能禁止。"②

但五臣注也有穿凿过甚反而使解说牵强附会不可信从的,如阮籍《咏怀》诗"灼灼西颓日"篇:"灼灼西颓日,馀光照我衣。回风吹四壁,寒鸟相因依。"张铣云:"颓日,喻魏也,尚有馀德及人。回风,喻晋武。四壁,喻大臣。寒鸟,喻小臣也。"阮籍卒于魏代,晋武帝当政是所不及见到的。吕延济注此篇"宁与燕雀翔,不随黄鹄飞。黄鹄游四海,中路将安归"数句,云:"燕雀喻奸佞,黄鹄喻贤才,言世人宁与奸佞相济,其要安于爵禄,不能与贤才尽力于君而受其黜退也。"其实祢衡赋、张华赋皆曾以小鸟自比,阮籍诗旨与其相类,黄鹄指仕途得意者,燕雀指安于贫贱者,五臣的阐释恰相颠倒。

三、分析段落结构,讲究起伏照应

在唐前的注释体例中,无论是经部、史部、子部和集部,基本上没有对一篇篇文章的结构进行细密分析的,因为在传统学术中,这不属于训诂注释的内容。而在后来的评点学实践之中,这成了

---

① 《六臣注文选》第 370 页。
② 同上,第 406 页。

必备的内容之一，从宋代到民国，一直是这样的。虽然一些醉心于考据训诂的学者愤愤然抨击在评点中讲说起承转合、前伏后应、草灰伏线等等术语和做法，因为在他们眼里，这等于以八股时文之术衡量古代质朴混沌的篇章。但平心而论，讲究结构章法还是有助于更深入、更细微地理解文章主题思想和艺术妙处的。也正因为如此，才显得五臣注里那些讲求结构的条目更加值得关注、值得表而出之，虽然五臣这样作时，未必是很自觉的。

五臣注里多处发掘《文选》篇章的承上启下的结构模式，如左思《蜀都赋》"若乃卓荦奇谲，倜傥罔已。一经神怪，一纬人理。"吕向曰："神怪谓苌弘血、杜宇魄之类是也。人理，相如、君平之类是也。为下文张本。"①吕向认为左思先用"一经神怪，一纬人理"二句总领下文的内容，然后再用"远则岷山之精，上为井络。天帝运期而会昌，景福肸蚃而兴作。碧出苌弘之血，鸟生杜宇之魄。妄变化而非常，羌见伟于畴昔"，具体叙说蜀地"神怪"类的珍异事物，有岷山精灵上升至天空成为井宿，天帝也曾在蜀地降临享受人们奉献的祭品并赐福于当地百姓；周朝大夫苌弘正直忠诚，在蜀地被冤杀后，有人宝藏其血，这些鲜血三年后化为碧玉；还有蜀国古代帝王杜宇死后，化作子规鸟。这些均为蜀地神异奇丽之事，以此歌颂蜀国的"地灵""物华"；然后又用"江汉炳灵，世载其英。蔚若相如，皭若君平。王褒韡晔而秀发，扬雄含章而挺生"数句，赞赏蜀地的人文之英，特别是西汉时期这里涌现了四位出类拔萃的文化精英：司马相如、王褒和扬雄，辞赋创作成就天下莫及，文人学子握笔时都将其视为高标和楷模；严君平精研哲学，深通庄老，同样是蜀地人们引以为骄傲的前辈。

有的篇章是先分后总，五臣也予以点出，如江淹《恨赋》"郁青霞之奇意，入修夜之不旸。"吕延济云："已上恨者凡六人，已下杂论

---

① 《六臣注文选》第 80 页。

其状。淹以为今古之情，皆类于此。"①分析本赋的结构设计意图：
以点带面。下面为"或有孤臣危涕，孽子坠心。迁客海上，流戍陇
阴。此人但闻悲风汩起，血下沾衿。亦复含酸茹叹，销落湮沉"，皆
为笼统总述，不再列举其具体名姓事体，以此结尾，方有收束。

《文选》辞赋章节前后转换时喜用假设的主客之间的言谈为
枢纽，五臣对此每每加以揭示，如左思《蜀都赋》"有西蜀公子者，
言于东吴王孙"，吕向曰："太冲假立蜀公子、吴王孙相夸以奢丽，
后以魏先王引法度折之。"②左思《吴都赋》"东吴王孙㦤然而咍"李
周翰云："谓西蜀公子盛称山川险阻，而王孙以为未足多盛也。故
笑弄之，欲资其后辞。"③王褒《四子讲德论》题注吕延济曰："四子
谓微斯文学、虚仪夫子、浮游先生、陈丘子也。褒当假立以为论
端也。"④

有的则是作者自问自答，展开文章，五臣也予以点拨。如陶渊
明《杂诗》"结庐在人境"篇"问君何能尔？心远地自偏。"张铣曰：
"问君何能如此者，自以发问，将明下文也。"⑤司马迁《报任少卿
书》"特以为智穷罪极，不能自免，卒就死耳，何也？"李周翰曰："'何
也'者，设疑以发下文也。"⑥

有的则是直接指出其上下文如何过渡，如王延寿《鲁灵光殿
赋》："于是乎乃历夫太阶，以造其堂。俯仰顾眄，东西周章。"李周
翰曰："自此已上皆文考远见其状。此则过其阶以至于殿堂。"⑦张
衡《思玄赋》"心犹豫而狐疑兮，即岐阯而胪情。"李周翰曰："岐山之

---

①　《六臣注文选》第 287 页。

②　同上，第 72 页。

③　同上，第 81 页。

④　同上，第 938 页。

⑤　同上，第 542 页。

⑥　同上，第 750 页。

⑦　同上，第 199 页。

足，文王所居也。言心疑不决，故就文王陈情。文王善《易》，因以决疑矣。衡实不行，盖以神往。其下游适遐方，皆假言之而兴比类。"①这些注文，都包含着辨析段落结构的内容，和一般的诠释字词串讲句旨，自有明显的不同。

① 《六臣注文选》第259页。

第三章　宋代诗话与《文选》评点

　　赵宋一代与评论《文选》关系较为密切的有两种文献,一是诗话,二是句图。欧阳修《六一诗话》的问世,宣告了诗话的正式出现,随后作者累累。当代学者吴文治等又爬梳集部,将宋代学者文士论诗之语集为一编,成为《宋诗话全编》,洋洋亿万文字,堪称诗评资料之渊薮。高似孙《选诗句图》短短二卷,却显示出宋人对于"《文选》理"的深刻理解。宋代研究《文选》的专书尚为阙如,由宋入元的方回曾著《文选颜鲍谢诗评》,但其成书已在元代。

　　本章谨以《宋诗话全编》为主要线索,核以较为原始的文献,借以探讨宋人的唐前文学观、《昭明文选》观和对《文选》具体作家作品的评论。

第一节　宋人的汉魏六朝文学观

　　宋人喜好议论,所以在许多书籍的序跋行文里,他们总是要阐述一些对于唐前文学发展历史总貌的观点,这些构成了宋代《文选》学发生的背景和评论《文选》作家作品的前提。

　　将汉魏六朝文学分作汉魏、晋宋、齐梁三个阶段,这在许多宋人话语里都明确表白过,如范温《潜溪诗眼》云:"建安诗辩而不华,质而不俚,风调高雅,格力遒壮,其言直致而少对偶,指事情而绮丽,得风雅骚人之气骨,最为近古者也。一变而为晋宋,再变而为齐梁。"①范温虽从建安说起，而将唐前文学划分为三段的观念，还是很明晰的。严羽《沧浪诗话》亦分为如此三个时期："汉魏尚矣，不假悟也。谢灵运至盛唐诸公透彻之悟也。他虽有悟者，皆非第一义也。……试取汉魏之诗而熟参之，次取晋宋之诗而熟参之，次取南北朝之诗而熟参之。"②三个阶段的风格差异，严羽总结为汉魏质朴浑厚，晋宋高古之中已讲究锻炼警句，齐梁则是声律偶对、迫近唐风："汉魏古诗气象混沌，难以句摘。晋以还方有佳句。……建安之作全在气象，不可寻枝摘叶；灵运之诗已是彻首尾成对句矣，是以不及建安也。谢朓之诗已有全篇似唐人者。"③

　　一般说来，宋代学人文士对于周秦汉魏文学很是尊崇，对晋宋文学评价颇高，而对齐梁文学则颇轻蔑并大加挞伐。周秦时代因为《诗经》和《楚辞》炳彪史册，一直被文学界视为创作的高标和楷模，也就成了复古思潮的理想年景，不但无人敢于加以訾议，甚至给予赞美也有些多馀，因为其崇高地位是天经地义，无可争辩的，也即李觏《上宋舍人书》中所谓："有周而上，去古未远，而濬哲时起，以纲领之，彬彬之盛，如天地日月不可复誉其大而褒其明也。"④陈师道曾将周秦两汉散文分为三等，而以周文为最高："余以古文为三等：周为上，七国次之，汉为下。周之文雅；七国之文壮伟，其失骋；汉之文华赡，其失缓。东汉而下无取焉。"⑤吕本中则极重西汉文章，曾云："文章大要须以西汉为宗，此人所可及也。至于上面一等，则须审已才分，不可勉强作也。如秦少游之才，终身从东坡步骤次第，止宗西汉，可谓善学矣。"⑥

---

① 胡仔《苕溪渔隐丛话·前集》第 4 页，北京，人民文学出版社 1962 年版。
② 郭绍虞《沧浪诗话校释》第 12 页，北京，人民文学出版社 1961 年版。
③ 同上，第 151—158 页。
④ 王国轩校点《李觏集》第 290 页，北京，中华书局 1981 年版。
⑤ 陈师道《后山诗话》第 3 页，《丛书集成初编》本。
⑥ 王正德《馀师录》卷三引，《丛书集成初编》本第 43 页。

尊崇汉魏的原因，或者是认为汉代儒学兴盛，文风端正，正如徐铉所谓"汉崇儒学，史称好道之名，所以泽及四海，化成天下"①。李觏亦云："至于汉初，老师大儒未尽凋落，嗣而兴者，皆知称先圣、本仁义，数百年中，其秉笔者多有可采。"②或者是认为汉魏诗歌继承了《诗经》优秀传统，如欧阳修所云"盖诗者，乐之苗裔与？汉之苏李、魏之曹刘，得其正始"③。或者是认为秦汉散文气势磅礴，辞奇旨奥，讲得用语最简洁的是惠洪的《冷斋夜话》："西汉文章雄深雅健，其气长故也。"④讲的内容很繁复的是曾巩，他用一系列比喻描绘自己阅读周秦两汉文章时的心理感受："余读三代两汉之书，至于奇辞奥旨，光辉渊澄，洞达心腑，如登高山以望长江之活流，骇其气之壮也。故诡辞诱之而不能动，淫辞迫之而不能顾。考是与非，若别白黑而不能惑；浩浩洋洋，波彻际涯，虽千万年之远，而若会于吾心。"汉代赋篇也是宋人钦佩和学习的对象，黄庭坚云："凡作赋要须以宋玉、贾谊、相如、子云为师，略依放其步骤，乃有古风。"⑤

魏代文学与汉代一脉相承，所以也屡见称扬，如叶适《题陈寿老文集后》云："建安中，徐、陈、应、刘，争饰词藻，见称于时，识者谓两京馀泽，由七子尚存。自后文体变落，虽工愈下，虽丽益靡，古道不复庶几遂数百年。"⑥

晋宋文学在宋人的概念里是很具独立性的一段，褒扬者对其赞不绝口，贬抑之声也是不绝于耳。称许者认为其继承了汉魏诗

---

①　徐铉《徐骑省集》第 179 页，上海，商务印书馆《万有文库》本。

②　王国轩校点《李觏集》第 290 页，北京，中华书局 1981 年版。

③　李逸安点校《欧阳修全集》卷七十二《书梅圣俞稿后》，北京，中华书局 2001 年版第 1048 页。

④　惠洪《冷斋夜话》卷一"换骨脱胎法"条，北京，中华书局 1988 年版《冷斋夜话·风月堂诗话·环溪诗话》陈新点校本第 16 页。

⑤　黄庭坚《山谷集·别集》卷十五《与王立之承奉帖》，台北，商务印书馆 1986 年版《景印文渊阁四库全书》第 1113 册第 687 页。

⑥　刘公纯等校点《叶适集》第 609 页，北京，中华书局 1961 年版。

歌清新流丽的风格："魏曹植诗出于《国风》,晋阮籍诗出于《小雅》,其馀递相祖袭,虽各有师承,而去《风》、《雅》犹未远也。自魏、晋至宋,雅奥清丽,尤盛于江左,齐梁已下,不足道矣。"①

张戒《岁寒堂诗话》评论诗歌高低,主要是以言志或咏物来划分,认为古来即倡导"诗言志",所以"言志"是诗的崇高使命,作诗以能够言志为目的追求,而咏物之类毕竟不是诗的正途,当降而次之。故而以此而论,汉魏言志,值得崇尚,晋宋以下偏重咏物,诗歌的本质逐渐陵迟:"建安、陶阮以前,诗专以言志;潘陆以后,诗专以咏物。兼而有之者李杜也。言志乃诗人之本意,咏物特诗人之馀事。古诗、苏、李、曹、刘、陶、阮,本不期于咏物而咏物之工,卓然天成,不可复及。其情真,其味长,其气胜,视《三百篇》几于无愧,凡以得诗人之本意也。潘、陆以后,专意咏物,雕镌刻镂之工日以增,而诗人之本旨扫地尽矣。"②

宋人对齐梁文学几乎没有好评,绝大多数只是贬抑攻讦,他们自认为这是承袭着唐代大家的经典观点,如张表臣《珊瑚钩诗话》云:"斯文盛于汉魏之前,而衰于齐梁之后。杜老云:'纵使卢王操翰墨,劣于汉魏近风骚。'又云:'窃攀屈宋宜方驾,恐与齐梁作后尘。'意谓是耳。"③朱熹也深有体会地说:"齐梁间人诗,读之使人四肢皆懒慢不收拾。"④朱熹从阅读效果批评南朝后期诗作的萎靡颓废倾向,形象而深刻,乃体会真切之言。所以他们大都倡导学习汉魏诗歌,弃绝齐梁诗风,如吕本中云:"大概学诗须以《三百篇》、

---

① 朱弁《风月堂诗话》卷上,北京,中华书局 1988 年版《冷斋夜话·风月堂诗话·环溪诗话》陈新点校本第 99 页。

② 张戒《岁寒堂诗话》卷上,北京,中华书局 1983 年版丁福保编《历代诗话续编》本第 450 页。本书所引《历代诗话续编》皆据此本。

③ 张表臣《珊瑚钩诗话》,北京,中华书局 1981 年版何文焕编《历代诗话》本第 456 页。本书所引何文焕《历代诗话》皆据此本。

④ 黎靖德编《朱子语类》卷一百四十《论文下》,中华书局 1986 年版第 3325 页。

《楚辞》及汉魏间人诗为主,方见古人妙处,自无齐梁间绮靡气味也。"①齐梁诗成为了反面典型和学习作诗的前车之鉴。

叶梦得曾将汉魏晋宋文学不分阶段全予抹煞,只是他仅就某一方面而言,其《石林诗话》谴责唐前诗歌创作领域句旨模拟沿袭的恶习时云:"尝怪两汉间所作骚文,未尝有新语,直是句句规模屈宋,但换字不同耳。至晋宋以后,诗人之词,其弊亦然。若是虽工,亦何足道? 盖当时祖习共以为然,故未有讥之者耳。"②

至于苏轼、陈亮等人的将汉代文学也划入变衰时期的观点,在宋代文学批评界是缺乏代表性的。苏轼《答王庠书》云:"西汉以来,以文设科而文始衰。自贾谊、司马迁,其文已不逮先秦古书,况其下者? 文章犹尔,况所谓道德者乎?"③将汉人文章与品德全加污蔑,则纯是大言欺人,不足与论。同样口出狂语的还有陈亮,其《建安七子》一文云:"汉兴,文章浑厚典雅,最为近古。武、昭以后衰矣。独刘向、扬雄为能自拔也。中兴,班、张、崔、蔡相望于百七八十年之间,宁独其气格之非是,然其词意终不近也。至若建安七子之风概似矣,又争效其长于曹公父子。天固将以文其业耶? 及汉魏之际,非复数子之所能文也。曹公亦何便于此哉?"④方夔《读李翰林诗》:"自从《骚》、《选》起,众作同虫蝉。宪章日沦丧,变灭成飞烟。"⑤亦信口而发、抑扬过分、不经心思之语。

在人云亦云众口一词地贬低齐梁文学特别是齐梁诗歌的大背景下,许顗为之辩护的声音很值得关注:"六朝人之诗,不可不熟读,如'芙蓉露下落,杨柳月中疏',锻炼至此,自唐以来,无人能及

---

　　① 胡仔《苕溪渔隐丛话·后集》卷一,南京,凤凰出版社 1998 年版吴文治《宋诗话全编》本第 3951 页。

　　② 叶梦得《石林诗话》,《历代诗话》本第 434 页。

　　③ 孔凡礼点校《苏轼文集》卷四十九,北京,中华书局 1986 年版第 1422 页。

　　④ 邓广铭点校《陈亮集》第 186 页,北京,中华书局 1986 年版。

　　⑤ 方夔《富山遗稿》卷一,《四库全书》本第 1189 册第 369 页。

者。退之云'齐梁及隋陈，众作等蝉噪'，此语吾不敢议，亦不敢从。"①语气谨慎谦逊，要求客观地借鉴和学习齐梁陈隋文学里的菁华，不能一笔抹煞的意旨还是明确的。

从上述论列可以得出数项结论，一是宋人论诗注重言志，而轻视其咏物方面的功能，这实际上要求发挥诗歌创作的优秀传统，反对言而无味的诗歌创作倾向。二是崇尚浑厚典丽、刚健质朴的艺术风格，反对雕琢精巧、萎靡绮丽的创作情调。三是崇古厌新。虽然各家贬低的时代有六朝、齐梁、八代等范围大小的差异，可在将周秦三代文学当作最高楷模的观点上，却是非常一致，表现出浓重的复古理念。

第二节　参差不一的《文选》观

如果说在评价汉魏六朝文学方面，宋人意见大体一致，那么在评说萧统所编《文选》的论题上，各家则是莫衷一是。

有宋一代甚嚣其上的是以苏轼为代表的攻击和贬低《文选》的言论。其实在宋代，这种论调是伴随着西昆体的衰落而出现的，与唐代李匡乂《资暇集》、丘光庭《兼明书》观点颇有不同。李匡乂和丘光庭纯是出于所谓崇雅黜俗，对一般读书学子喜好五臣注致以忿忿不满，要与五臣为难，所以列举一些例子论证五臣注的乖疏错谬，言词激切之间，李匡乂甚至以比喻来形容李善注佳妙无比、五臣注丑陋不堪："李氏绝笔之本，悬诸日月焉。方之五臣，犹虎狗凤鸡耳。"②而宋代诸多学者文士则是将攻讦的矛头由五臣注转移到萧统本人及其《文选》本身上。

宋代初年，《文选》曾颇受好评。徐铉曾云："子桓振建安之藻，

---

① 许顗《彦周诗话》，《历代诗话》本第 383 页。
② 李匡乂《资暇集》第 5 页，《丛书集成初编》本。

昭明总著作之英,体有古今,理无用舍。"①并且还讲到隋末唐初传到北宋时的《文选》钞本。而且这一时期还流传过"选哥"三抄《文选》的佳话,"选哥"就是宋代早期的文学家宋祁。

可到了庆历年间,范仲淹登上政治舞台,就对科举和创作崇尚六朝文学的风气大为不满,并要求变革,其《奏上时务书》以文章当以教化为先的标准,指责南朝文风衰靡,痛心于当时喜好南朝文风的景象:"我圣朝千载而会,惜乎不追三代之高,而尚六朝之细。"②

孙复更是高举文以明道的大旗,声讨汉唐文学:"夫文者,道之用也;道者,教之本也。……自西汉至李唐,其间鸿生硕儒,摩肩而起,以文章垂世者众矣,然多杨、墨、佛、老虚无报应之事,沈、谢、徐、庾妖艳邪哆之言,杂乎其中,至有盈编满集,发而视之,无一言及于教化者,此非无用瞽言徒污简册者乎?"③不及教化的篇章全无存世的价值,汉唐数百年只有董仲舒、扬雄、王通和韩愈四人才入其法眼。李觏《上宋舍人书》和李复《答人论文书》亦以抨击六朝文学为能事。

王安石非常喜好汉代文学,熟习《文选》,潘真子回忆说:"东坡作《表忠观碑》,荆公真坐隅,叶致远、杨德逢二人在坐。有客问曰:'相公亦喜斯人之作也?'公曰:'斯作绝似西汉。'坐客叹誉不已。公笑曰:'西汉谁人可拟?'德逢对曰:'王褒。'盖易之也。公曰:'不可草草。'德逢复曰:'司马相如、扬雄之流乎?'公曰:'相如赋子虚大人,泪《喻蜀文》、《封禅书》耳,扬雄所著《太玄》、《法言》以准《易》、《论语》,未见其叙事典赡如此也。直须与子长驰骋上下。'"④王安石承继范仲淹、欧阳修以来偏重策论的科举考试的变

---

① 徐铉《徐骑省集》第183页,上海,商务印书馆《万有文库》本。
② 范仲淹《范仲淹全集》第200页,成都,四川大学出版社2002年版。
③ 孙复《孙明复小集·答张洞书》,《四库全书》本第1090册第174页。
④ 郭绍虞《宋诗话辑佚》第307页,北京,中华书局1980年版。

革方向,和苏轼的态度是深为一致的。

苏轼曾将北宋重策论轻诗赋的科举变革视为当朝的一大政绩:"进士之科,昔称浮剽。本朝更制,渐复古风,博观策论,以开天下豪俊之涂;精取诗赋,以折天下英雄之气。使龌龊者望而不敢进,放荡者退而有所裁:此圣人所以网罗天下之逸民,追复先王之旧迹,元臣大老,皆出此途。"①而在对待《昭明文选》的态度上,苏轼却表现出不当有的偏激,对《文选》和萧统则横施挞伐,曾数落萧统《文选》多项罪状:第一方面是不辨真伪,去取失当。苏轼袭用唐代刘知几之说,认为《文选》所录苏李诗,还有李陵《与苏武书》全系伪作,而萧统却未能辨析:"李陵、苏武赠别长安而诗有'江汉'之语,及陵《与武书》,词句儇浅,正齐梁间小儿所拟作,决非西汉文,而统不悟,刘子玄独知之。"②陶渊明乃宋代非常崇拜的大文豪,篇篇都是珠玑美玉,萧统竟然仅仅只选录了数篇诗歌和一首《归去来辞》,这是苏轼最不能容忍的,而且萧统还批评陶渊明的《闲情赋》行文缺乏讽谏之意,"白璧微瑕",认为不作最佳。苏轼讽刺道:"渊明作《闲情赋》,正所谓《国风》好色而不淫,正使不及《周南》,与屈原所陈何异? 而统大讥之,此小儿强作解事也。"③

苏轼给萧统罗列的第二方面的罪状是不通文章,拙文陋识。主要例证是宋玉的《高唐赋》、《神女赋》开头分别陈述先王和宋玉(或襄王)梦见高唐神女一事从而引出下文铺叙。《文选》将《高唐赋》自开头至"玉曰唯唯"视为序言部分,将《神女赋》开头至"玉曰唯唯"也视为开头部分。而司马相如《子虚赋》从开头到"齐王曰虽然略以子之所闻见而言之"也是叙述作文缘由,却全没有在题目下

---

① 孔凡礼点校《苏轼文集》卷七十《谢王内翰启》,北京,中华书局 1986 年版第 1338 页。

② 《苏轼文集》卷四十九《答刘沔都曹书》,北京,中华书局版第 1429 页。

③ 苏轼《仇池笔记》卷上,《四库全书》第 863 册第 3 页。

标出属于序言，而是全部都当作了赋的正文，可见萧统单单将《神女赋》、《高唐赋》划分出一段序言，纯是不识文体结构的浅陋之举①。

萧统被指责的第三方面罪状是文学创作才能庸劣，却竟然没有自知之明地编辑文章总集。此即苏轼所谓"以轼观之，拙于文而陋于识者，莫统若也"，"齐梁文字衰陋，萧统尤为卑弱"②。

这三项指责，平心而论，均有其一定道理。特别是批评萧统创作水平不高，很合乎实际，昭明太子的诗文风格实在有些平庸。可是由此而怀疑他的文学鉴赏抉择能力，恐怕是靠不住的。南朝时期文学批评方面的著名大家长于创作实践的不多，但这并不影响他们在文学理论方面的卓越建树，钟嵘《诗品》、刘勰《文心雕龙》等均是特别具有说服力的例证。所以苏东坡要从昭明太子"拙于文"推断出他"陋于识"的结论，很难令人信服。

《文选》将《高唐赋》和《神女赋》前面的叙事问答部分称作"序"，苏轼认为这暴露出萧统不识文体的缺失。可是通观《文选》赋篇的全部，会发现这样的判语失于简单粗疏，因为《文选》赋篇部分的序言问题颇为复杂，难以一例言之。

《文选》全书收录赋篇51首（《两都赋》、《二京赋》、《三都赋》、《子虚上林赋》均按一首计算），题下注明有序的一共26首，几乎占据一半数量。这些"序"，有的来自史辞，是从赋篇所出的史书里连带抄录进《文选》的，目的大约是为了讲明创作的背景来历，如扬雄的《甘泉赋序》、《羽猎赋序》、《长杨赋序》均出自《汉书·扬雄传》。

班固《两都赋序》、左思《三都赋序》、孙绰《游天台山赋序》、王延寿《鲁灵光殿赋序》、潘岳《秋兴赋序》、张华《鹪鹩赋序》、颜延年《赭白马赋序》、潘岳《闲居赋序》、向秀《思旧赋序》、陆机《叹逝赋

---

① 《苏轼文集》卷七十《谢王内翰启》，北京，中华书局1986年版第1338页。
② 《苏轼文集》卷四十九《答刘沔都曹书》，北京，中华书局版第1429页。

序》、潘岳《怀旧赋序》、潘岳《寡妇赋序》、陆机《文赋序》、傅毅《舞赋序》、马融《长笛赋序》、嵇康《琴赋序》、曹植《洛神赋序》，均出于作者自撰。

既不是史辞也不像是作者自撰的，就只有宋玉的《高唐赋》、《神女赋》和《登徒子好色赋》三篇的"序"，《高唐赋序》、《神女赋序》已见于前，《登徒子好色赋序》也是从篇首到"王曰试为寡人说之大夫曰唯唯"。

由此可见《文选》所录赋篇"序"问题的复杂性。如果按照苏轼的说法，既然司马相如《子虚上林赋》从篇首到"齐王曰虽然略以子之所闻而言之仆对曰唯唯"一段叙述写作背景和缘由的叙事文字没有称作"序"，那么，与此功用和位置相同的《高唐赋》和《神女赋》篇首一节，也不应当以"序"相称。可是照此办理，却又和仿拟此二篇之作的《舞赋》相互矛盾，因为傅毅此篇结构全从宋玉之作化出，所用假设性的君臣答问也是使用的楚襄王和宋玉，其篇首至"王曰试为寡人赋之玉曰唯唯"，这一段却是题下注明属于"序"的。

而全文纯为赋体，篇首不加叙事性文字的有张衡《南都赋》、潘岳《射雉赋》、班彪《北征赋》、曹大家《东征赋》、王粲《登楼赋》、鲍照《芜城赋》、木华《海赋》、郭璞《江赋》、鲍照《舞鹤赋》、班固《幽通赋》、张衡《思玄赋》与《归田赋》、江淹《恨赋》与《别赋》、王褒《洞箫赋》、潘岳《笙赋》、成公绥《啸赋》。

篇首有叙事性文字而未称作"序"的有潘岳《西征赋》、何晏《景福殿赋》（此篇以骈文叙事且叙事段落较长，颇为特殊）、宋玉《风赋》、谢惠连《雪赋》、谢庄《月赋》。

由此可见《文选》赋篇在标示结构方面的不一致，而且这种情况在《文选》诗歌部分和杂文部分也同样存在。先看诗歌部分篇首录"序"和不录"序"的情况。《文选》一共收录诗歌432首，题下收入原序的有韦孟《讽谏诗》、陆机《答贾长渊》、傅咸《赠何劭王济》、石崇《王明君词》、荆轲《歌》、汉高祖《大风歌》、张衡《四愁诗》、谢灵运《拟魏太子邺中集诗》八篇。还有相当于"序"的,即曹植的《上责躬应诏诗表》和潘岳的《上关中诗表》,萧统录入前者,舍弃了后者,李善注予以了补录。

这些所谓的"序",有的是作者自撰,如陆机《答贾长渊序》、傅咸《赠何劭王济序》、石崇《王明君词序》、谢灵运《拟魏太子邺中集诗序》。有的是取自史辞,如韦孟《讽谏诗序》、荆轲《歌序》、汉高祖《大风歌序》、张衡《四愁诗序》。

原诗有序而萧统未予录入的有束皙《补亡诗》、谢灵运《述祖德诗》、谢瞻《王抚军庾西阳集别时为豫章太守庾被征还东》、应璩《百一诗》、曹植《赠白马王彪》、江淹《杂体诗》。束皙《补亡诗》四首具有两种序言,一是题目"补亡诗六首"下的《补亡诗序》"皙与司业畴人肄修乡饮之礼,然所咏之诗,或有义无辞,音乐取节,阙而不备,于是遥想既往,存思在昔,补着其文,以缀旧制。"对此萧统未录。一是六篇诗歌每篇篇首的小序,如"《南陔》,孝子相戒以养也",萧统在篇题"补亡诗六首"处所云"并序",即是指此而言。

从这些例证可以看出对于收录哪些序、不录哪些序,《文选》的编者并没有一定的章法原则,所以多有前后矛盾、参差不一之处。退一步说,如果说是按照序言的文辞骈俪、藻饰华美为准,所以才录了曹植的《上责躬应诏诗表》而不录潘岳的《上关中诗表》,可是陆机的《答贾长渊序》、傅咸的《赠何劭王济序》、石崇的《王明君词序》和谢灵运的《拟魏太子邺中集诗序》,又全为散句,风格质朴,更不必讲那些取自史书里的话语作为序言的韦孟《讽谏诗序》、荆轲《歌》序、汉高祖《大风歌》序、张衡《四愁诗》序。

不仅诗歌辞赋的序言显得前后不一、不尽一致,杂文部分也是如此。《文选》杂文部分一共收录各类文章161篇(枚乘《七发》、陆机《演连珠》等均各算是一篇)。其间题下收录"序"的有24篇,其序又可分为史辞与自撰二类。

"序"文来自史辞的有6篇,即刘歆《移书让太常博士》、王褒

《四子讲德论》、扬雄《解嘲》、班固《答宾戏》、汉武帝《秋风辞》、贾谊《吊屈原文》。

　　"序"文属于正文作者自撰的有18篇，即曹植《七启》、陶渊明《归去来辞》、夏侯湛《东方朔画赞》、班固《封燕然山铭》、陆倕《新刻漏铭》、曹植《王仲宣诔》、潘岳《杨荆州诔》、《杨仲武诔》、《夏侯常侍诔》和《马汧督诔》，颜延年《杨给事诔》和《陶征士诔》，谢庄《宋孝武宣贵妃诔》、蔡邕《郭有道碑文》和《陈太丘碑文》、王俭《褚渊碑文》、陆机《吊魏武帝文》、谢惠连《祭古冢文》。袁宏《三国名臣序赞》体例较为特殊，题目上已经明白标示出全文既有"序"也有"赞"，序文部分是从全文开始到"故复撰序所怀以为之赞云"，以下才进入赞文。

　　自撰的序文均属于叙事，阐明写作文章的背景和动机。可是在《文选》杂文类里，却有些篇章里的开头部分性质和地位与书里其他篇标明是"序"文的文字是同样的，但却没有在题目下标出"并序"二字，例如王褒《圣主得贤臣颂》自开头至"敢不略陈愚心而抒情素"，陈述撰写颂文的用意，实为正文之序言而未标出。陆机《汉高祖功臣颂》从开头至"右三十一人与定天下安社稷者也"，介绍题目"汉高祖功臣"的具体名姓，为正文的歌颂张目，乃属序文，因为接着是"颂曰"二字，其下才是颂的正文。

　　最应该标出序文字样的是扬雄的《剧秦美新》起始一节，扬雄云："诸吏中散大夫臣雄，稽首再拜上封事皇帝陛下：臣雄经术浅薄，行能无异"至"作《剧秦美新》一篇，虽未究万分之一，亦臣之极思也。臣雄稽首再拜以闻曰"，这一节作为正文前面的说明部分，扬雄讲述自己出于钦佩敬仰王莽之心，模仿司马相如的《封禅文》，抒发歌颂新朝的真挚情感，很显然这节不是正文，可是萧统并未在题下标示出"序"文字样，班固《典引》也是如此，也是有序言部分而不加标示，不能不说这样处理是一种疏漏。

　　同一文体，同一种结构模式，可是在标示有无序文方面前后矛盾的现象在《文选》最后数卷里尤其突出。例如同是陆倕自己撰写的铭文,《新刻漏铭》将从开头至"乃诏小臣为其铭曰"数段称作"序",可是《石阙铭》自开头到"爰命下臣式铭盘石其辞曰",竟然没有在题目上标出这些段落乃是正文的序言。蔡邕的《郭有道碑文》、《陈太丘碑文》、王俭的《褚渊碑文》均将最后一段韵文视作正文,其前章节当作序文,可是在王巾的《头陀寺碑文》里,从篇首到"敢寓言于雕篆庶仿佛于众妙其辞曰",阐说佛理,追溯头陀寺设立的经过,依从前几篇同样文体的篇章的结构,属于序文是无可争议的,可是题目上全未标出"并序"字样。同样的不一致,也发生在沈约的《齐故安陆昭王碑文》,该文前半自"公讳缅"以下至"乃刊石图徽寄情铭颂其辞曰",均为叙述碑主一生的经历与功业,在蔡邕、王俭所撰碑文里均在题目里标出属于"序"的,可该篇没有显示如此信息。

　　《文选》最后三篇是祭文,题目里标出不标出文中有无序文也不一致。谢惠连《祭古冢文》将"东府掘城北堑"至"元嘉七年九月十四日司徒御属领直兵令史、统作城录事、临漳令亭侯朱林,具豚醪之祭,敬荐冥漠君之灵"作为"序"文;王僧达《祭颜光禄文》将"维宋孝建三年九月癸丑朔十九日辛未,王君以山羞野酌,敬祭颜君之灵"作为"序"文。夹在这两篇祭文中间的颜延年的《祭屈原文》,开头也有一段叙事文字,即"惟有宋五年月日,湘州刺史吴郡张邵,恭承帝命,建旗旧楚。访怀沙之渊,得捐佩之浦。弭节罗潭,舣舟汨渚。乃遣户曹掾某,敬祭故楚三闾大夫屈君之灵",却同样地没在题目上写清这是"序"文。可见其前后舛错不一之严重。

　　由以上诸多例子可以看出,《昭明文选》在处理作品的序文方面有着较为严重的混乱和过失,还不仅仅是苏轼所指出的将《高唐赋》、《神女赋》的正文错误地判为"序文"。

　　那么,这么多严重的混乱和矛盾是不是像苏轼所批评的,是由于萧统个人的学识欠缺所造成的呢? 看来不会是的,因为这种情况可以有多种原因造成,可谓一果多因。

一则可能是沿袭此前他人所编文学总集而来的,因为此前编录文章总集的已经有多家,诸如挚虞的《文章流别集》、李充《翰林》、刘义庆的《集林》、沈约的《集钞》、谢灵运的《赋集》、谢灵运的《诗集》等等,当代《文选》学界大多认为萧统《文选》是在前人这些总集的基础上选录而成的,如今人王立群《文选成书研究》第二章《文选成书过程研究》里就曾做过详细的论证。

二则可能是萧统或其他参编人员在选录抄写作品过程中,没有能够处理得统一,结果造成了目前这种状况。南宋前期学者王观国就是这样认为的。他说:"傅武仲《舞赋》、宋玉《高唐赋》、《神女赋》、《登徒子好色赋》,本皆无序。梁昭明太子编《文选》,各析其赋首一段为序,此四赋皆托楚襄王答问之语,盖借意也故,皆有'唯唯'之文,昭明误认'唯唯'之文以为赋序,遂析其辞。"并指出此类析文为序的过失尚见于诸多篇中,如司马相如的《子虚赋》、扬雄的《长杨赋》。他还认为:"《文选》载扬子云《解嘲》有序,扬子云《甘泉赋》有序,贾谊《鹏鸟赋》有序,祢正平《鹦鹉赋》有序,司马长卿《长门赋》有序,汉武帝《秋风辞》有序,刘子骏《移书责太常博士》有序,以上皆非序也,乃史辞也。昭明摘史辞以为序,误也。"①

王观国在这里批评了萧统两方面的失误,一是把古人文章的正文错误地拆出一段作为"序",一是将史辞抄入诗中作为"序",显然这种文体观念过于狭隘,缺乏时代观念和发展意识,是不合时宜的。还是近代学者黄侃讲得通达,他在评点《高唐赋》时曾辩解该篇题目下写有"并序"字样一事,云:"'并序'二字,未必昭明旧题,即令出于昭明,亦不足訾,至何焯所云序实与并序之序不同,盖如所论,履端皆可名序也。"②"履端皆可名序",不必固执褊狭,这可

---

① 王观国《学林》卷七《古赋序》,北京,中华书局 1988 年版第 219 页。
② 黄侃《文选平点》第 177 页,北京,中华书局 2006 年版。

以作为评量《文选》标注作品序言方面得失的准则,对萧统过加苛求或者对《文选》过失视而不见的态度均不可取。

至于苏轼责难萧统不辨真伪,去取失当,无非是以今约古,用宋代的学术眼光和结论去要求 500 年前的梁代而已。其实萧统选录苏李诗和李陵《与苏武书》,不多录陶渊明的作品,都是出于从众的心态而已,无可苛责的。而且苏轼出语也颇有浅陋缺误,如云"此渊明《咏二疏》诗也。渊明未尝出,二疏既出而知返,其志一也。或以谓既出而返,如从病得愈,其味胜于初不病,此惑者颠倒见耳。"①汉代的疏广、疏受叔侄曾经出仕,二人同为太子太傅和太子少傅,时称二疏,后来弃官归隐;陶渊明也曾如此:从 29 岁到 41 岁曾经进入仕途,作过江州的祭酒、镇军将军刘裕的参军、建威将军刘敬宣的参军、彭泽的县令,后来也是弃官归乡。由此可见,怎么可以说"渊明未尝出"呢?怎么可以说他和汉代的疏广、疏受大有不同呢?

指责《文选》收录不当的还有北宋学者吕南公,他批评萧统选录的文章很多是违背君臣伦理纲常的:"萧统所集,谬多而是少,如王俭、任昉之作,只以污人耳目。"②昭明太子选取的任昉作品有《宣德皇后令》、《启萧太傅固辞夺礼》、《百辟劝进今上笺》等,多皆为篡权夺位的权臣张目之作。王俭的作品选入《文选》的是《褚渊碑文》,褚渊和王俭都是刘宋王朝的重臣和皇亲、又都是帮助萧衍篡权的功臣,真可谓是难兄难弟。可《褚渊碑文》中却毫无羞惭之意,从封建忠节观念来衡量,甚是可羞。

学者陈仁子在肯定萧统网罗文篇的业绩的同时,也同样着重指摘了《文选》选录过程中存在将那些违背君臣大义的篇章编入总集的谬误,赵文《文选补遗原序》引其说云:"阅《文选》即以网漏吞

---

① 胡仔《苕溪渔隐丛话·前集》卷三,北京,中华书局 1962 年版第 17 页。
② 吕南公《灌园集》卷十二《复傅济道书》,《四库全书》第 1123 册第 128 页。

舟为恨，以为存《封禅书》，何如存《天人三策》？存《剧秦美新》，何如存更生（刘向）《封事》？存《魏公九锡文》，何如存蕃（陈蕃）、固（李固）诸贤论？列《出师表》，不当删去《后表》；《九歌》不当止存《少司命》、《山鬼》；《九章》不当止存《涉江》；汉诏令载武帝，不载高（汉高祖）、文（汉文帝）；史论赞取班、范，不取司马迁；渊明，诗家冠冕，十不存一二。又以为诏令，人主播告之典章；奏疏，人臣经济之方略。不当以诗赋先奏疏，矧诏令？是君臣失位，质文先后失宜。"①这些议论，均是以己律人，以今约古，未尝深入领悟萧统《文选序》中所阐述的编选宗旨，盲目地以文学要服从实用的信念、以文以载道的观点来评判《文选》。

王观国还曾批评萧统强分古人原本完整一体篇章，认为班固《两都赋》、张衡《二京赋》和左思《三都赋》原来均各是首尾贯通难以分开的一个整体，不可拆分："司马相如《子虚赋》中虽言上林之事，然首尾贯通一意，皆《子虚赋》也，未尝有《上林赋》"；而《昭明文选》却将《子虚赋》析为《子虚》和《上林》二篇，将《两都赋》析为《西都》和《东都》，将《二京赋》析为《西京》和《东京》，将《三都赋》析为《蜀都赋》、《吴都赋》和《魏都赋》，实在大错，因此他讽刺萧统不懂赋题之义："夫赋题者，纲领也；纲领正，则文意通。昭明太子何为其多析也？"②而今看来可谓吹求过甚，缺乏通达之识。王观国之言本不足辩，只是为了替昭明太子雪污，在此不避繁冗，略辩一二。

东汉荀悦《前汉纪》云："相如作《子虚赋》，上得读而善之，曰：'朕独不得与此人同时。'或对曰：'司马相如所作也。'上惊，乃召相如。复奏《上林赋》，拜为郎中。"可见至迟在东汉《子虚》和《上林》已经是单篇对称或单独称举的。干宝《搜神记》卷十三："故张衡作《西京赋》，所称'巨灵赑屃，高掌远跖，以流河曲'是也。'"可见至迟

---

① 赵文《文选补遗原序》，《四库全书》第 1360 册第 3 页。
② 王观国《学林》卷七《古赋题》，北京，中华书局 1988 年版第 219 页。

在东晋初年《西京赋》已可单称。梁沈约《宋书·礼志》云:"《东京赋》曰:'重轮二辖,疏毂飞轮。'飞轮以赤油为之。"沈约(441—513)卒于《文选》编纂之前,已将《东京赋》单称。魏收《魏书·袁翻传》:"是时修明堂辟雍。翻议曰:'张衡《东京赋》云:乃营三宫,布教班常,复庙重屋,八达九房。此乃明堂之文也。'"袁翻此奏写于北魏正始年间(504—508),当时萧统尚是幼童。则北朝亦是将《东京赋》单称。《史记·五帝本纪》"顾弟弗深考"句裴骃《集解》引徐广《史记音义》云:"左思《蜀都赋》曰:'弟如滇池。'而不详者多以为字误,学者安可不博观乎?"徐广(351—425),东晋末刘宋初学者,已将《蜀都赋》单独称说。郦道元《水经注》卷三十六云:"牂柯亦江中两山名也。左思《吴都赋》云'吐浪牂柯'者也。"郦道元生于470年,卒于527年,而《水经注》的写作年代,一般认为乃其晚年之作。当时萧统《文选》未必编纂竣工,即使竣工,也未必随即就已传到北方,所以《吴都赋》单称,已是南北学术界习惯的做法。李延寿《南史·王俭传》:"俭议曰:'汉景六年梁王入朝,中郎谒者金貂出入殿门。左思《魏都赋》云:蔼蔼列侍,金貂齐光。此藩国侍臣有貂之明文。'"王俭(452—489),南朝宋齐人,卒年在萧统出生前十多年,当时已将《魏都赋》独称。由此可见将这些赋篇单篇称说的始作俑者,均非昭明太子,而且既然名为《两都》、《二京》、《三都》,也就有了可以分为单篇、合为整体的可能性,王观国的批评也就成了无的放矢。

在苏轼对萧统、《文选》和五臣注逞才使气地进行肆无忌惮地挖苦讽刺的前后,一般文人学者还是比较客观地接受着《昭明文选》,表现出良好的学术风范。一些学者并且对苏轼《选》学基础知识方面的缺失提出了应有的批评。苏东坡激切地谴责《文选》,可是作为诗人,他对《文选》诗歌部分竟然都没有认真通读过。苏轼特别喜爱陶渊明及其诗作,撰写了100多篇拟陶诗,其《和陶归园田居》之六云:"昔我在广陵,怅望柴桑陌。长吟《饮酒》诗,颇获一笑适。当时已放浪，朝坐夕不夕。矧今长闲人，一劫展过隙。江山互隐见，出没为我役。斜川追渊明，东皋友王绩。诗成竟何为？六博本无益。"①其意境和韵脚却是步趋江淹的《杂拟诗三十首》之二十《陶征君田居》："种苗在东皋，苗生满阡陌。虽有荷锄倦，浊酒聊自适。日暮巾柴车，路阔光已夕。归人望烟火，稚子候檐隙。问君亦何为，百年会有役。但愿桑麻成，蚕月得纺绩。素心正如此，开径望三益。"②苏轼之所以误将江淹的诗篇认作是出于陶渊明笔下，是因为宋代流行的俗本《陶渊明集》错误地将江淹此篇作为陶渊明的《归园田居》组诗的末篇收入，正如韩子苍指出的："《田园》六首，末篇乃序行役，与前五首不类，今俗本乃取江淹《种苗在东皋》为末篇，东坡亦因其误和之。"③韩子苍并且指出江淹此篇中的"开径望三益"一句，与陶渊明恬淡自适的性情非常不合。而今看来，苏轼未能鉴别江淹诗不类陶渊明情韵，固是一失。然而如果他能够将《文选》诗认真诵读一过，何至于会有如此谬误？

宋代诸多文人学者推崇《文选》，大致出于两种原因，一是唐代文坛大家通过学习《文选》获得了许多突出成就，二是《文选》所选诗文辞赋本身风格浑厚朴质，虽没有唐宋诗赋的精雕细凿、玲珑剔透，却别有高古典丽的风韵。而认为唐代大家李白、杜甫、韩愈和柳宗元创作实绩均得益于对《文选》的接受和学习，乃是很多宋代学者的共识。朱熹说得最明畅："李太白终始学《选》诗，所以好。杜子美诗好者亦多是效《选》诗。"④朱熹甚至认为苏辙学习《文选》，亦得其独特之处："苏子由爱《选》诗'亭皋木叶下，陇首秋云飞'。此正是子由慢底句法。某却爱'寒城一以眺，平楚正苍然'十

①　王文诰辑注《苏轼诗集》第 2103 页，北京，中华书局 1982 年版。

②　《文选》第 1472 页。

③　胡仔《苕溪渔隐丛话·前集》卷四引，北京，中华书局 1962 年版第 25 页。

④　黎靖德编《朱子语类》卷一百四十《论文下》，北京，中华书局 1986 年版第 3326 页。

字,却有力。"①"亭皋木叶下"两句乃柳恽《捣衣》诗句,柳恽为梁代前期作家,《文选》没有收纳其诗文。此处乃苏辙与朱熹记忆有误。"寒城"云云乃谢朓诗《郡内登望》语句,在《文选》卷三十。

全面评价赞许《昭明文选》的有唐士耻、樊汝霖等人。唐士耻《梁文选序》先大力肯定了《文选》去芜存精、垂范后学的功绩:"由梁而上,异篇名什,往往而在,统之志勤矣。"然后罗列《文选》文体之广泛全面,并且认为唐代文学之所以能够涌现杜甫、韩愈等大家,是与《文选》的浸润熏陶密切相关的:"韩愈以文鸣而高许,杜甫实诗人之雄也,其训子乃曰:'熟精《文选》理。'则统也其可间诸?《选》也其可忽诸?"②樊汝霖云:"(韩愈)《秋怀》诗十一首,《文选》体也。唐人最重《文选》学。公(韩愈)以六经之文为诸儒倡,《文选》弗论也,而公诗如'自许连城价'、'傍砌看红药'、'眼穿长讶双鱼断'之句,皆取诸《文选》,此诗亦往往有其体。"③"连城"语见卢谌《览古》"连城既伪往,荆玉亦真还",在《文选》卷二十一;"红药"见谢朓《直中书省》"红药当阶翻,苍苔依砌上",在《文选》卷三十;"双鱼"见佚名《饮马长城窟行》"客从远方来,遗我双鲤鱼。呼儿烹鲤鱼,中有尺素书"等句,在《文选》卷二十七;韩愈点化为"眼穿长讶双鱼断",极写对亲友书信的渴盼心情,可谓出蓝胜蓝。

明白地提倡学习《文选》诗篇的,当时也屡有大家名人,如郭思、吕本中、朱熹等。吕本中将《文选》与儒经《尚书》相提并论,称道其风格高古:"古人文章,一句是一句,句句皆可作题目,如《尚书》。可见后人文章,累千百言,不能就一句事理。只如《选》诗,有高古气味。自唐以下无复此意,此皆不可不知也。"④郭思称道《文

---

① 黎靖德编《朱子语类》卷一百四十《论文下》,北京,中华书局 1986 年版第 3325 页。

② 唐士耻《灵岩集》卷三,民国间刊本。

③ 何溪汶《竹庄诗话》卷七"韩退之"条引,北京,中华书局 1984 年版第 133 页。

④ 王正德《馀师录》卷三引,《丛书集成初编》本第 43 页。

选》是文章祖宗,集魏晋南朝优秀文章的菁华,有成就的诗文大家如杜甫也是因宗法《文选》而独步千古:"子美教其子曰:'熟兹文选理。'文选之尚,不爱奇乎? 今人不为诗则已,苟为诗,则《文选》不可不熟也。《文选》是文章祖宗,自两汉而下,至魏、晋、宋、齐,精者斯采,萃而成编,则为文章者,焉得不尚《文选》也? ……老杜于诗学,世即谓前无古人后无来者,然观其诗大率宗法《文选》,撷其华髓,旁罗曲探,咀嚼为我语。至老杜体格,无所不备,斯周诗以来,老杜所以为独步也。"①佚名《雪浪斋日记》也说:"欲知文章之要,当熟看《文选》。盖选中自三代涉战国、秦、汉、晋、魏六朝以来文字皆有,在古则浑厚,在近则华丽也。"②

不仅评论界如此赞许《文选》,在创作领域里也涌现一些崇拜《选》诗的作家,如诗人、画家文同曾云:"常念《文选》诗,最爱颜光禄。"③林希逸也曾称赞诗人林桂云:"知子吟情美,工于学《选》诗。音惟追正始,派不入旁支。"④

南宋末年爱国诗人文天祥是《文选》的热忱喜好者,颇多讽诵心得表达于对友人后学别集的序跋间,如《张宗甫木鸡集序》:"《三百五篇》优柔而笃厚,《选》出焉,故极其平易而极不易学。予尝读《诗》,以《选》求之,如曰:'驾言陟崔嵬,我马何虺隤;我姑酌金罍,维以不永怀。'如曰:'自子之东方,我首如飞蓬;岂无膏与沐,为谁作春容?'《诗》非《选》也,而《诗》未尝不《选》。以此见《选》,实出于《诗》,特从魏而下,多作五言耳。故尝谓学《选》而以《选》为法,则《选》为吾祖宗;以《诗》求《选》,则吾视《选》为兄弟之国。予言之而

---

① 胡仔《苕溪渔隐丛话·前集》卷九引,北京,中华书局 1962 年版第 56 页。
② 胡仔《苕溪渔隐丛话·后集》卷二引,北京,中华书局 1962 年版第 9 页。
③ 文同《丹渊集》卷四《谢任遵圣光禄惠诗》,《四库全书》第 1096 册第 576 页。
④ 林希逸《竹溪鬳十一稿续集》卷二《题林桂芳洲集》,《四库全书》第 1185 册第 175 页。

莫予信也。"①

文天祥认为在思想内容、风格特色、艺术手法等方面,《诗经》与《文选》都是相通的,《诗经》的四言诗式加上一字就可以成为优美绝伦的五言《选》体诗,而《文选》的主题意旨又都是对于《诗经》的承继和在新时代的衍生,《文选》是《诗经》真正的肖子。所以钻研诗学,将《诗经》与《文选》结合而读,将会事半功倍,迅速踏上作诗的正途。这不但是极大地提高了《文选》的文学地位,而且其观点的深度和新意,乃非精熟于《文选》学者不能发也。

因为文天祥精于《文选》学,所以其门下多有从其求学者,文天祥也喜好谈论自己读《文选》时的一得之悟,如认为:"《选》诗以《十九首》为正体,晋宋间诗虽通曰《选》,而藻丽之习盖日以新。"②

仅从诗话方面来看,也可知宋代《文选》学并不寂寞,而以爱国英雄文天祥作为这一时代的这一学术领域的殿军,给整个《文选》学史增色颇多。

第三节　宋代诗话里的《文选》作品鉴赏(一)

宋代尚未出现将《文选》诗文辞赋系统地加以评论赏析的专著,只是在诗话中有指点《文选》篇章的片断文字,而且关注的局限于汉高祖《大风歌》、魏晋《三良》诗系列、陶渊明及其诗赋、大谢小谢的名篇等几个方面。

此节仅述汉高祖《大风歌》赏析评论。刘邦从汉代至迟到宋代还是很受崇拜的,司马迁《史记·高祖本纪》描写他"仁而爱人,喜

---

① 文天祥《文天祥全集》卷九《张宗甫木鸡集序》,北京,中国书店 1985 年版第 225 页。

② 文天祥《文天祥全集》卷九《萧焘夫采若集序》,北京,中国书店 1985 年版第 226 页。

施,意豁如也。常有大度,不事家人生产作业"。颇有后来的魏晋时期名士的风范。性格也是属于阳刚型的,《史记·佞幸列传》云:"至汉兴,高祖至暴抗也。"唐司马贞《索隐》解释道:"暴伉,……言暴猛伉直。"知人善任,文武效力,勇于纳谏,敏于改过,大有贤君规模。其晚年自豪:"吾以布衣提三尺剑取天下,此非天命乎?"元代以来俗士调侃嘲讽的刘邦三件事体,在司马迁笔下,本来未有值得大肆贬斥之处。一是楚军追逐时刘邦将儿女推下车子。对此,如果参照司马迁《报任安书》谈及有志之士如何对待家庭夫妻子女亲情时讲的言语,便可释然:"夫人情莫不贪生恶死,念亲戚,顾妻子,至激于义理者不然,乃有不得已也。今仆不幸,蚤失二亲,无兄弟之亲,独身孤立,少卿视仆于妻子何如哉?"颜师古注云:"言激于义理者,则不顾念亲戚妻子。"李善注云:"言己轻妻子,故反问之。"五臣吕向注:"言父母兄弟已丧,无可念矣。视我于妻子如何哉,言何足顾也。"毕竟灭掉项羽成就功业事大,而家庭儿女事小也,可见刘邦此事既然出于不得已,既不值得为之宣扬,也无必要大加渲染抹黑。二是项羽将刘太公置于案俎之上,要挟刘邦,想要让刘邦投降。刘邦说了一段看似冷漠得不讲亲情的语言:"吾与项羽俱北面受命怀王,曰'约为兄弟',吾翁即若翁,必欲烹而翁,则幸分我一杯羹。"然而此事起始乃是项羽做事不够贵族化,战争当于战场上见胜负,如何能靠扣押敌方家属威胁其生命以使对方放下武器呢?还是项伯当时讲到了一句承认刘邦有英雄气的话:"为天下者不顾家,虽杀之无益。"三是刘邦微时"不事家人生产作业",好像颇具游手好闲之态。然而这恰是突出其胸怀大志的集中表现。辛弃疾词曾云"求田问舍,怕应羞见刘郎才气",虽然刘郎指的是刘备而非刘邦,然而亦可移来作为注脚。而且"不事家人生产作业"前面尚有"常有大度"字样,合而关照方能领略人物形象本质。其实这三者就是一点,也即刘邦着眼大事忽略小事,不是患得患失、庸庸碌碌的凡夫,不是吴三桂那样不懂得"妻子岂应关大计,英雄无奈是多情"道理而"冲冠一怒为红颜"的鄙夫劣汉，而是一位不愿求田问舍的才气横溢的豪杰人物。

所以陆机曾撰《汉高祖功臣颂》赞扬刘邦"赫矣高祖，肇载天禄。沉迹中乡，飞名帝录，庆云应辉，皇阶授木。龙兴泗滨，虎啸丰谷。彤云昼聚，素灵夜哭。金精仍颓，朱光以渥。万邦宅心，骏民效足"，其文后来被萧统收入《文选》。陆云也撰有《盛德颂》，洋洋洒洒1600馀字，对汉高祖的颂扬更是不遗馀力。其序文部分先用整饬的骈文称述汉高祖一生的伟大功业和卓越美德："拔足崇长揖之宾，吐飧纳献规之客。吐猷上通，德辉下济。"用《史记·高祖本纪》所记刘邦接受郦生批评随即谦逊礼客和欣然依从张良劝谏二事作为典型事例，概括其礼贤下士、从谏如流的圣人性格，再刻画民心所向、贤才奔辏的景象："是以四海之内，莫不企景岳以接群，望广川而鳞集。乘山涉水，视险若夷；奔波阙廷，思效死节。"接着颂扬他功成弗居的伟大品格："功济宇宙，德被群生。天人允嘉，民神协爱。历数在身，有命将集，而陛下犹复允执高让，成功靡有，普天归德，群后固请。然后谒天皇于圜丘，巡万乘于帝室。率土离暴秦之乱，臣妾蒙有道之惠。"如此崇高的君王形象，真可谓"巍巍荡荡，盖天临地，自启辟以来，有皇之美，未有若圣功之著盛者也。"这样的倾心推崇，显得情真意切，自然浑厚。正是因为对于汉高祖的崇拜发自内心，陆云不避当朝君臣的猜忌，抒发自己极其盼望回到楚汉战争之际甘心作汉高祖麾下先锋奋力前驱的心愿，并为不可能实现这一梦想而遗憾到极点的心态："终怀靡及，撫心遐慕。臣命违千载之运，身生四百之外，恨不得役力圣明之鉴，寓目风尘之会，挥戈前队，待罪下军。抽锋咸阳之关，提钺项籍之领。痛心自悼，不知所裁。"①兄弟二人，一人直接歌颂汉高祖，一人歌颂其功臣以侧面颂美刘邦，都表现出对英雄时代、功高业大人生价值的真挚向

_____

① 刘运好《陆士龙文集校注》第854页，南京，凤凰出版社2010年版。

往,同样显示出魏晋文学追求遒劲风骨的一面。

唐代歌咏刘邦及其《大风歌》的仅有寥寥无几的乐府诗,如李白的《塞上曲》"武功成,汉道昌,陛下之寿三千霜。但歌大风云飞扬,安用猛士兮守四方"。到了宋代乃有张方平《高祖庙》诗和《过沛题歌风台》二绝句,三篇均口出大言。后二篇受到了个别文士的追捧,如叶梦得云:"张文定安道未第时,贫甚,衣食殆不给,然意气豪举,未尝少贬。……沛县有汉高祖庙并歌风台,前后题诗人甚多,无不推颂功德。独安道《高祖庙》诗曰:'纵酒疏狂不治生,中阳有土不归耕。偶因乱世成功业,更向翁前与仲争。'又《歌风台》曰:'落魄刘郎作帝归,樽前感慨《大风》诗;淮阴反接英彭族,更欲多求猛士为?'盖自少已不凡矣。"①究其实际,以嘲弄古人为能事,强作大言,空洞无物,颇有嘴尖皮厚之嫌。

对李白那篇涉及汉高祖的《塞上曲》,苏辙曾讥讽其"骏发豪放,华而不实,好事喜名,不知义理之所在",因为《大风歌》充分展现了刘邦的帝王气度,非李白这样的文士所能够理解②。对于苏辙的批评,宋代学者萧士赟认为冤枉了李白,他认为其诗的最后三句"陛下之寿三千霜,但歌大风云飞扬,安用猛士兮守四方"纯为衍文,本非李白之语:"诗至'汉道昌',一篇之意已足。一本云无此三句者,是也。使苏子由见之,必不肯轻致'不识理'之诮矣。"李白文献研究大家詹锳亦持此说。③ 能够从版本方面寻得根据为李太白解脱,还是很可靠的。

真正从义理方面指摘《大风歌》本身的是宋代学者黄彻等人。黄彻认为刘邦治理国家不靠贤士而靠猛士,仍是不合儒家王道理念的霸道心态:"时帝有天下已十三年,当思耆艾贤德,与共维持,

① 叶梦得《石林诗话》,北京,中华书局1981年版何文焕《历代诗话》本第427页。
② 陈宏天校点《苏辙集》第1228页《诗病五事》,北京,中华书局1990年版。
③ 瞿蜕园、朱金城《李白集校注》第272页,上海古籍出版社1980年版。

独专意猛士,何哉? 岂马上三尺、嫚骂馀态,未易遽革耶? 治道终以霸杂,盖有由然。"①认为刘邦喜爱赳赳武夫胜过儒人雅士乃其心底真言。这一观点并非黄彻首创,隋代学者王通就曾云:"《大风》安不忘危,其霸心之存乎?"②王应麟结合汉初政治局势对王通之语进行了透彻深入的阐释,指出汉高祖当时应当实践周公所谓治国立征守天下应拔举贤士,一起共行王道的教诲:"若猛士,可与除乱,不可与守成。秦有王翦、蒙恬,非无猛士也,其效可睹矣。吕后之悍戾,太子盈之柔弱,帝属意于赵王如意之类已,嫡庶之分未定,变故迩在闺闼,不在四方万里之远。求天下之真贤实德,以辅翼太子,严内外之辨,以抑母后与政之萌,事无大于此者。夫子缓颛臾而急萧墙,帝岂未之思乎? 且汉所谓'猛士',莫若越、布、敖,功高猜贰,相继夷灭;韩信、陈豨,袭迹而动,故人之绾,亦不自保:猛士其可恃以守天下乎?"③

王应麟察今究古,以周初依托贤士辅国和唐代依赖李绩治国的前后成败得失,论证猛士可与创业不可与之守成的结论,既是对陆贾、贾谊政治理论的继承,也是对于宋代既定国策的领悟和阐释。

刘邦诗虽不多,但都磅礴慷慨,意象壮阔,所以宋人褒扬者颇不鲜见,难得的是朱熹从主旨和艺术角度对此诗进行了公允的赏析,首先他接受王通的批评,认为诗里确实缺乏王道理念,但却认为千古帝王所咏韵语,从未有如此大气奇伟而又壮丽的:"美哉乎!其言之大也! 汉之所以有天下而不能为三代之王,其以是夫? 然自千载以来,人主之词,亦未有若是其壮丽而奇伟者也。呜呼雄

---

① 黄彻《䂬溪诗话》第 346 页,北京,中华书局 1983 年版。
② 王通《中说》卷四,上海古籍出版社 1986 年版《二十二子》本第 1317 页。
③ 王应麟《通鉴问答》卷三"置酒沛宫击筑自歌"条,《四库全书》第 686 册第 666 页。

哉!"①其他称赏此诗的还有周必大:"沛宫歌风云,威德加四海。雄词照千古,编简亦光彩。"②葛立方云:"高祖《大风之歌》,虽止于二十三字,而志气慷慨,规模宏远,凛凛乎已有四百年基业之气。"③陈岩肖云:"汉高帝《大风歌》,不事华藻而气概远大,真英主也。"④均揭示出其艺术成就的各个方面。

元明清三代从艺术风格方面评析汉高祖此诗的极少,今日得见的,一是明代陈懋仁云:"汉祖《大风歌》,汪洋自恣,不必《三百篇》遗音,实开汉一代气象,实为汉后诗开创。"⑤一是清代查慎行的二首:"万乘还乡父老迎,《大风》歌罢气峥嵘。不知何事翻垂泪,方觉英雄别有情。""一剑亲提帝业成,粉榆犹动布衣情。沐猴岂是真龙匹,富贵徒夸昼锦行。"⑥都对刘邦的为人、为诗进行了热情赞颂,对《大风歌》的文化意义和历史地位作了高度的推崇。

第四节　宋代诗话里的《文选》作品鉴赏(二)
——从经学到文学:魏晋《三良诗》系列评论

咏叹三良系列的诗篇,是自从魏晋一直到明清,诗人与学者都非常关注的题目,因为它牵涉到君臣关系、忠节观念、生命价值观等问题。而这一题目原来是从《诗经》发源的,属于经学的一部分。《左传》保存了与三良殉葬相关的一些原始资料。《左传》记载秦穆

---

　　① 朱熹《楚辞后语》卷一"大风歌"条,《四库全书》第 1062 册第 412 页。
　　② 周必大《文忠集》卷六《东宫出示和御制秋怀诗恭和二首》之一,《四库全书》第 1147 册第 79 页。
　　③ 葛立方《韵语阳秋》卷十九,北京,中华书局 1981 年版《历代诗话》第 645 页。
　　④ 陈岩肖《庚溪诗话》卷上,北京,中华书局 1983 年版第 165 页。
　　⑤ 任昉撰,明陈懋仁注《文章缘起》,《四库全书》第 1478 册第 206 页。
　　⑥ 查慎行《敬业堂诗集》卷九《沛县泗亭驿二首》,上海古籍出版社 1986 年版第 255 页。

公卒于鲁文公六年（前 621）："秦伯任好卒。以子车氏之三子奄息、仲行、针虎为殉，皆秦之良也。国人哀之，为之赋《黄鸟》。君子曰：'秦穆之不为盟主也，宜哉。死而弃民。先王违世，犹贻之法，而况夺之善人乎！……今纵无法以遗后嗣，而又收其良以死，难以在上矣。君子是以知秦之不复东征也。'"①

经学领域里争论的焦点是：谁来承担这次罪恶殉葬的责任？秦穆公、秦穆公的继承人秦康公还是三良自身？

力主秦穆公应当承担这一罪责的言论由来已久而且主持者颇多。《左传》作者就曾通过引录"君子"的评论以谴责穆公"死而弃民"，《史记》中秦大夫蒙毅也曾云："昔者秦穆公杀三良而死，罪百里奚而非其罪也，故立号曰'缪'。……此四君者，皆为大失，而天下非之，以其君为不明，以是籍于诸侯。"②《毛诗小序》亦责难穆公："国人刺穆公以人从死，而作是诗也。"③

清代学者毛奇龄推衍《左传》、蒙恬和《毛诗小序》之说，云三良从死本是秦穆公生前的遗令，罪责在穆公而不在嗣主康公："玩《左氏》文，则当时皆归罪穆公，不及康公，以康公不得主之故也。……当时秦穆令从已死，而三子轻生争自为殉，固非嗣主意，即嗣主亦不得禁止之故。……孔氏《正义》云：'不刺康公而刺穆公者，是穆公命从已死，此臣自杀从之，非后主之过，则是子车之殉，其必责穆公而不责康公者，已早有成论。'"④清人朱鹤龄、范家相均认为秦穆公不能移风易俗，执政时期维系秦地的野蛮落后习俗才造成了这一悲剧。朱鹤龄云："愚按三良之死，穆公命之，故《黄鸟》诗序不刺康公，而刺穆公，以其不能革西戎之俗，《左氏》亦罪穆公收其良以

---

① 孔颖达《春秋左传正义》卷十九，北京，中华书局《十三经注疏》1980 年版第1844 页。

② 司马迁《史记·蒙恬列传》，北京，中华书局版第 2568 页。

③ 孔颖达《毛诗正义》卷六，北京，中华书局《十三经注疏》1980 年版第 373 页。

④ 毛奇龄《诗传诗说驳义》卷三，《四库全书》第 86 册第 258 页。

死，难以在上也。"①范家相根据汉代齐诗学家匡衡所谓"秦伯贵信而民多从死"以立说，认为正是穆公倡导的贵信轻义之俗导致了三良的自残②。清代学者顾镇云："《黄鸟》诗，虽主于哀三良，而弃民之罪不可掩矣。"③也将批判的矛头指向秦穆公。

另一些宋元明清学者则认为应当谴责穆公之子康公，如朱熹云："穆公于此，其罪不可逃矣；但或以为穆公遗命如此，而三子自杀以从之，则三子亦不得为无罪。今观'临穴惴栗'之言，则是康公从父之乱命，迫而纳之于圹，其罪有所归矣。"④元代学者刘玉汝《诗缵绪》卷七亦持此说。明代学者季本喜逞臆说，认为穆公如此贤君必不肯以良臣殉葬，三良为贤臣，亦必不为姜妇殉身之事，亦主张康公为罪主之见，认为康公为太子时亦与三良矛盾重重，故而假借殉葬之名除掉异己："三良殉葬之事，实秦康公所驱也。康公为世子时，三良正为穆所信用，其言必有非康公所悦者，如燕惠王之于乐毅也。故使以忠殉穆公，岂非假此以害之乎？⑤深文周纳，观点新颖，将历代先君宠臣与后继新君屡屡不合故而新君必除之而后快的模式(商鞅与秦惠公、乐毅与燕惠王等)套入此事，联想颇为丰富，虽为无根游谈，也可聊备一说。清人王志长责备秦康公不能纠正父亲不合义理之遗嘱，杀人以从乱命："若康公能为魏颗不从乱命，则三良其何以死乎？君子是以深尤康公也。"⑥

学者们对三良的谴责，更多的是将其与穆公、康公放在一起加以批评的。他们认为三良之死志趣卑下、不得其所、没有价值、不足崇尚，只使人感到可悲可怜；康公冷漠无情，只是由于该诗作于

① 朱鹤龄《读左日钞》卷四，《四库全书》第0175册第68页。
② 清人范家相《三家诗拾遗》卷六，《四库全书》第0088册第555页。
③ 清代学者顾镇《虞东学诗》卷十一，《四库全书》第0089册第144页。
④ 朱熹《诗集传》第77页，上海古籍出版社1980年版。
⑤ 季本《诗说解颐正释》卷十一，《四库全书》第79册第138页。
⑥ 朱鹤龄《诗经通义》卷四引，《四库全书》第85册第110页。

康公当政时诗里未加显明指斥，然而其罪不待明言而可知，穆公死而弃民更是千秋难洗之污点。宋学者范处义云，诗里的黄鸟用来"以譬三良志趣卑下，以国之良，不能与社稷存亡，而轻于杀身，以从其君，将死既乱之命，特可哀耳，不足尚也。……使康公亦如国人，必有道以止之，奈何略不动心，《黄鸟》之诗既作于康公之时，不敢斥言其君，而康公之失亦隐然见之言外矣。"①把殉君而死一事上纲上线，认为穆公不仁、三良不孝的是宋代学者戴溪："三良之事亦异矣，一家三人皆从穆公以死。使其出于穆公之命，则为不仁；出于三良之意，则为不孝。观其诗词，以为'百夫之特'、'之防'、'之御'，则其人慷慨喜义、重然诺，非私昵于穆公者，胡为兄弟俱死？必尝受恩于穆公也。同时杀身，亦太甚矣。"②与此意见相同，宋王开祖并讥三者，云："或曰三良从穆公以死，死非正也。求殉者，君之罪也；从死者，臣之罪也；逢先君之乱志者，后君之罪也：三者均有罪，而三子为良何也？曰：亦志而已矣，非良三子也。甚哉，穆公之以人殉也！彼三子者，忘大义、狗小节，其器陋矣，岂君子所谓良乎？"③清代陈启源也认为三者皆有罪，首恶自是穆公："窃意此三人者定是然诺不苟、侠烈轻生之士，何至临穴惴栗，待人迫而纳之圹邪？但康公不特为禁止、任其自杀，则亦不能无罪。要之康公与三良，迫于君父之乱命，不能以义决从违，虽有罪，当从末减。若穆公要人以死，乃昏君虣主之所为，应为首恶也。"④

　　经学里无论对秦穆公、秦康公还是对三良的批判和谴责，都非常一致地体现了这些学者们继承晏婴拒绝殉死齐襄公时发表的宣言的精神，倡导珍视生命、视社稷重于君主等传统理念。而文学创

---

① 范处义《诗补传》卷十一，《四库全书》第 72 册第 146 页。
② 戴溪《续吕氏家塾读诗记》卷一，《四库全书》第 73 册第页 824 页。
③ 王开祖《儒志编》，《四库全书》第 696 册第 788 页。
④ 陈启源《毛诗稽古编》卷七，《四库全书》第 85 册第 431 页。

作领域,以三良为题材的诗文主旨,却较此要复杂一些,而且从魏晋到明清,颇有变化。

文学领域里以三良为歌咏评判对象而写作诗文的作家,自建安起始,有王粲、阮瑀、曹植、陶渊明、柳宗元、李德裕(《三良论》)、刘禹锡(《三良冢赋》)、刘敞、苏轼、苏辙、元代刘因、王沂、王恽、杨维桢、明代程钜、刘炳春、黄淳、王世贞、归有光、李贤、高启、张昱等。评论这些诗歌的诗话亦在在有之。探讨中国古代三良诗系列的发展轨迹和体现出的思想意识特色,也是很有意义的。按照其主旨内涵,可以分作两组来叙述,一是魏晋时期的三良诗,赞同三良从死;二是唐宋至明清,谴责批判三良殉主的行为。

魏晋时期,王粲《咏史诗》(内容以三良为对象)、曹植《三良诗》曾入选萧统《文选》,阮瑀、陶渊明这类篇章《文选》虽未收录,然而也流传至今。王粲与曹植诗的创作时间和动机,李善注均未言及。而于王粲诗,五臣吕向注云:“曹公好以己事诛杀贤良,粲故托言秦穆公杀三良自殉以讽之。”于曹植诗,五臣刘良注云:“植被文帝责黜,意者是悔不随武帝死而托是诗。”[1]其说均与原诗严重不合,因为五臣注没有对这些诗的创作时间作出正确的结论,就其字面而凭借主观印象来臆断时的写作动机和篇章主旨,是靠不住的。

当代学者徐公持等多认为当是与曹植《三良诗》同时作于建安十六年(211)。该年秋七月阮瑀、王粲与曹植等随从曹操西征马超,远至关中,当年十二月自安定还长安路经秦穆公墓附近的三良冢(《史记·秦本纪》张守节《正义》引《括地志》云:“三良冢在岐州雍县一里故城内。”),于是各写了一首以三良为题材的诗篇[2]。当时在王粲三人之外是否还有其他作者,年深历久,已难考知。

———————

① 李善等《六臣注文选》第 368 页,杭州,浙江古籍出版社 1999 年版。

② 徐公持《曹植诗歌的写作年代问题》,北京,中华书局 1979 年版《文史》第六辑第148 页。

王诗云："自古无殉死，达人所共知。秦穆杀三良，惜哉空尔为。结发事明君，受恩良不訾。临殁要之死，焉得不相随。妻子当门泣，兄弟哭路垂。临穴呼苍天，涕下如绠縻。人生各有志，终不为此移。同知埋身剧，心亦有所施。生为百夫雄，死为壮士规。《黄鸟》作悲诗，至今声不亏。"诗的开头四句对秦穆公进行了批评，仍是沿袭《左传》《毛诗序》《史记》和汉儒的一般观点，但其主体部分很快转到明畅地歌颂三良舍弃亲情、执志不移、以身报恩、慷慨赴死的豪举方面，赞扬其生为英雄、死为壮士楷模的壮烈精神，体现出一种为了君上勇于献身的思想倾向。整个诗篇主旨接近于其《从军行》所谓"弃余亲睦恩，输力竭忠贞"，所以这首诗自然是写给赏识其才华、与其有深恩大德的曹操阅读欣赏的。

明代学者陆时雍认为王粲之说乃自卑自贱之说，并加以淋漓尽致的批驳，云："既责秦穆公，复美三良。然何至作津津语？岂将为疑冢之陪葬耶？君子生为世益，死为世重，宁以妾仆自效？仲宣欲以自见，乃以自卑；百世以下，窥其隐矣。晏婴不死崔氏之难，君子不以为非，况殉葬耶？"[1]对王粲施以诛心之刑，斥责其为了求媚于曹操，对三良之死津津乐道，简直是在发誓为曹丞相殉葬，并且痛陈如此之死于国无益、于世无补，纯属君子不齿的仆妾之道。气盛言宜，正气凛然。王诗对谴责秦穆公的《黄鸟》篇从主旨倾向方面进行了天翻地覆般的改造和革新，变成了臣下自愿为君赴死的宣言，可以说是稍有缺失的。但这并不足以抹煞该诗在内容方面的翻新出奇的成就和在艺术造诣方面的出类拔萃，与曹植、阮瑀相比而言更是非常突出。

再看曹植同题材之作。曹植《三良诗》云："功名不可为，忠义我所安。秦穆先下世，三臣皆自残。生时等荣乐，既没同忧患。谁言捐躯易，杀身诚独难。揽涕登君墓，临穴仰天叹。长夜何冥冥，

---

① 陆时雍《古诗镜》卷六，《四库全书》第 1411 册第 59 页。

一往不复还。《黄鸟》为悲鸣，哀哉伤肺肝。"

　　古今学界对曹植该诗分歧颇多，仅仅创作时间、地点和动机即有三说，一是建安十六年(207)，曹植 20 岁，作于三良冢附近以抒发触景所生发的感慨，持此说者有徐公持、余冠英、张可礼、王运熙等①。一是建安二十年(211)到二十四年(215)，曹植 25 岁到 28 岁，写于邺城，抒发逐渐失宠时仍然忠诚君父曹操的心志，持此说者有清代学者朱绪曾、近代黄节和赵幼文等②。一是建安二十五年(216)到黄初七年(226)间，曹植 29 岁到 35 岁，写于自己的封地，抒发对曹丕的满腔忠心，或理解为痛悔当年未能以死殉父致有现实之艰难的心态，持此说者有唐代学者《文选》注家刘良、诗僧皎然③、清人陈祚明等④。此三说，当以作于建安十六年者为是。

　　仅从诗的本身来看，曹植此篇实在是玉石杂陈，自"秦穆先下世"到篇末多据前人话语敷衍成章，间有新意。"三良皆自残"，其语出自郑玄笺："从死，自杀以从死。"只是为了押韵，改"杀"为"残"。"生时等荣乐，既没同忧患"，即应劭所谓"秦穆公与群臣饮酒，酣。公曰：'生共此乐，死共此哀。'于是奄息、仲行、针虎许诺。及公薨，皆从死。"⑤应劭之语应当来自秦汉某一古书。无论是应劭语或古书语，博览众书的曹植总能够读得到，所以点化"生共此乐，死共此哀"为"生时等荣乐，既没同忧患"，也就是把四言改成五言，"乐"变成同义双音词"荣乐"，"哀"变为双音近义词"忧患"。

---

　　① 余冠英《三曹诗选》第 100 页，北京，人民文学出版社 1979 年版；张可礼《三曹年谱》第 118 页，济南，齐鲁书社 1983 年版；王运熙《汉魏六朝唐代文学论丛·论建安文学的新面貌》，第 5 页，上海，复旦大学出版社 2002 年版。

　　② 朱绪曾《曹集考异》卷五，民国甲寅年(1914)江慎修书屋刊《金陵丛书》本；黄节《曹子建诗注》第 54—55 页，北京，人民文学出版社 1957 年版；赵幼文《曹植集校注》第 136 页，北京，人民文学出版社 1984 年版。

　　③ 皎然著，李壮鹰注《诗式校注》第 137 页，北京，人民文学出版社 2003 年版。

　　④ 陈祚明《采菽堂古诗选》第 184 页，上海古籍出版社 2008 年版李金松点校本。

　　⑤ 司马迁《史记·秦本纪》张守节《正义》引，北京，中华书局 1959 年版 195 页。

"谁言捐躯易，杀身诚独难"，此二句实为拙句，仅仅表达的只是一个含义，即自杀甚难，表达了对生命深深的留恋之情，较之先秦重义轻死的思维模式和观念习俗，展现了崭新的生命价值观；同时这两句也是曹植对《黄鸟》诗里"临其穴，惴惴其栗。……临其穴，惴惴其栗。……临其穴，惴惴其栗"数句反复讽诵油然而生的主观体味，他真切地体验到《诗经》里三良心底实在不愿自杀的深衷隐曲。"揽涕登君墓，临穴仰天叹"，从《黄鸟》原句化出，不需赘述。"长夜何冥冥，一往不复还。黄鸟为悲鸣，哀哉伤肺肝。"按照李善注文，其出处为："李陵诗曰：'严父潜长夜，慈母去中堂。'《东观汉记》邓太后报邓阊曰：'长归冥冥，往而不反。'《礼记》曰：'亲始死，恻怛之心伤肾干肝焦肺。'《古歌》曰：'大忧摧人肺肝心。'"所以这首诗的关键乃在"谁言捐躯易，杀身诚独难"。

　　自古以来对这首短诗的阐释分歧颇多，根源在于如何解读开头两句"功名不可为，忠义我所安"。李善云："言功立不由于己，故不可为也。《吕氏春秋》曰：'功名之立，天也。'《孝经注》曰：'死君之难为尽忠。'《谥法》曰：'能制命曰义。'我谓三良也。"[1]李善认为这两句是以三良语气讲的，"为"指的是人为，"不可为"意谓建功立名是偶然的可遇不可求的事情，人的努力不能做主。而为国君殉死却是可以承诺并且可以办得到的事情，而且能够死于君难就履行了"忠君"的理念，能够控制自己的生命，死得其所，就是达到了"义"的境界，如此而死，也算是死得无所愧疚。五臣张铣注"植自言功名不可强为而致也，唯忠义我可安之"，虽然有将三良语气理解成曹植语气的失误，但大体意思和李善相同。而此二句与下文有何联系，六臣注均未涉及。

　　宋代文学家苏轼、刘克庄的理解基本上与六臣注一致，认为三良赴死出于殉身恩主，与齐人殉身报答田横如出一辙："坡（苏轼）

---

①《文选》第986页。

诗独云:'乃知三子殉公意,亦如齐之二客从田横。今人不复见此等,乃以所见疑古人。'此说甚新,后读曹子建《三良诗》云:'秦穆先下世,三臣皆自残;生时共荣乐,既没同忧患。谁言捐躯易,杀身诚独难。'乃知子建已有此论。"①此说将"杀身诚独难"理解为为君而死难能可贵。

元明之际刘履之说则与刘克庄大相径庭:"安,心所乐也。……此哀三良之不得其死也。言功名不可以强为,惟于忠义所在,乃吾心之所安也。且秦穆既死,彼三臣者皆以身殉,徒自害耳。盖臣之于君,生既同荣,死则同患,固其理也。人但言捐躯报国、不以为难,然究其所以杀身者,必欲当理而合乎忠义,使中心安焉、无所疑惑,则诚独不易矣。今三良之就死,乃不顾其非礼而曲从君命,此岂安于忠义者哉?是以不免临穴悲叹而有惴栗之意。故下文特为之哀惜也。……然魏武子疾病,欲以妾为殉,其子颗以乱命不从。陈乾昔将死,欲使二婢夹我,其子尊已以殉葬非礼,弗果杀,以此观之,则三良之殉,又乌得而许之耶?独子建此篇持论公正,诚有补于世教。"②刘履把开头二句与以下全文对立起来理解,认为曹植诗的本意在批评三良之死既不合乎"忠"也不合乎"义"。三良知道这些理念,知道自己的死没有价值,所以才有临穴悲叹的举动,所以全诗对三良既同情又批判。

明邓伯羔《艺彀》卷上联系史事,别出新解,认为曹植为哀悼自己的三位密友杨修、丁仪和丁廙撰写此篇以抒痛惜之情,以自己为秦穆、以杨修等为三良:"子建不遇登庸展亲之朝,才无所试,其志行可悯矣。所咏《三良》诗'功名不可为,忠义我所安。'独谓子车氏三子已邪?杨修以倚注遇害,丁仪、丁廙以希意族灭,铩其羽翰、严

---

① 刘克庄《后村诗话》第 101 页,北京,中华书局 1983 年版王秀梅点校本。
② 刘履《风雅翼》卷二,《四库全书》第 1370 册第 34—35 页。

其槛杙,子建视吾身已死,而三子为殉耳。"①这一说法与唐代皎然所谓"盖以陈王徙国、任城被害以后,常有忧生之虑,故其词婉娩,存几谏也"②同为捕风捉影之谈。

何焯评点曹诗的意旨云:"此秦公子高上书'臣请从死愿葬骊山之足'者也,魏祚安得长?"③判定该诗作于曹操死后曹丕为帝之时,曹丕对曹植百般迫害,曹植后悔当初未能以死从父之葬。公子高一案见于《史记·李斯列传》,云二世与赵高暴虐为政:"公子高欲奔,恐收族,乃上书曰:'先帝无恙时,臣入则赐食,出则乘舆,御府之衣,臣得赐之;中厩之宝马,臣得赐之。臣当从死而不能,为人子不孝,为人臣不忠。不忠者无名以立于世,臣请从死,愿葬郦山之足。唯上幸哀怜之。'"④

今案:作于曹操后期或曹丕为政时之所以讲不通,其中一个关键环节是对于君父之死的避讳问题。如果该诗作于曹操暮年,即使表达的是对曹操的赤胆忠心,也会极有诅咒父亲死亡之嫌,曹植那样聪明的诗人,不会不懂得这一道理。至于对何焯那样认为曹诗作于曹丕当政时之说,相应的反证亦甚多。首先,当时魏朝能否接受曹操与秦始皇的类比?曹丕能否接受与秦二世的类比?曹魏朝廷能否接受与暴虐的秦朝的类比?像何焯所谓曹植自比公子高,那么就将自己的父亲和皇兄置于何地?这是第一个不可能写于黄初年间的原因。第二,曹植会像明代邓伯羔《艺彀》推测的那样将自己比作一国之君秦穆公,将只是父亲之臣、仅是自己密友的杨修和二丁比作三良吗?这不违反自尊为君、蔑弃皇上、冒犯伦理纲常吗?在那样一个曹植整天惴惴不安、朝不保夕的环境里,曹植

---

① 邓伯羔《艺彀》,卷,《四库全书》第0856册第5页。

② 皎然著,李壮鹰校注《诗式校注》第137页,北京,人民文学出版社2003年版。

③ 何焯《义门读书记》卷四十六,北京,中华书局1987年版第892页。

④ 司马迁《史记·李斯列传》,北京,中华书局1959年版2553页。

会如此无所顾忌、愚蠢冒失吗？第三，这一题材只适合于临场发挥、相互倡和，如果阮瑀和王粲的诗作出了十来年，曹植才懵懵懂懂地捡起这一题目撰写诗歌，合乎常理吗？第四，建安十六年曹植曾随父亲西征马超，路上曾经撰写有其他作品如《述行赋》："寻曲路之南隅，观秦政之骊坟；哀黔首之罹毒，酷始皇之为君。"正像徐公持所说："在这种情况下，他再去秦穆公墓上咏一首《三良》诗，自是顺理成章事。"这样可靠的史料是不容易推翻的，没有铁实的根据否决这些材料，而想要提出让人信服的新说，恐怕只是可怜无补费精神。

陈祚明等认为曹植诗作于黄初前后的主要根据是"功名不可为，忠义我所安"。陈祚明云："此子建自鸣中怀，非咏三良也。咏三良何必言'功名不可为'，尔时三良何遽不可为功名？若咏三良，何从云'杀身诚独难'、'一往不复还'？盖子建实欲建功于时，观《责躬诗》可见。今终不见用，已矣，功名不可为矣。文帝之猜嫌起于武帝之钟爱，此时相遇不堪，生不如死，慨然欲相从于地下，而杀身良难，一往不返，徘徊顾虑，是以隐忍而偷生也。子桓既从夺嫡为嫌，其待陈思诚有生人所不能忍者，故愤懑而作，追慕三良。"①

这无非是说诗里的"我"不是三良，而是曹植，如果是三良为什么要说"功名不可为"、"杀身良独难"、"一往不复返"？可是要是反问一句的话，三良为什么就不能说这样的话呢？不知陈氏该如何回答。《文选》六臣注已经讲得极其明晰，"功名不可为"意思是建功立业的机会和时代可遇不可求，即使换一种意思也可理解为国君下令让自己殉葬，建立功业的理想就这样化为泡影了，为什么非要结合曹植后期生平理解为"今终不见用，已矣，功名不可为矣"？今人侯方元认为："但本诗首句即云'功名不可为，忠义我所安'，一个'我'字，显系诗人自况，然而建安十六年曹植正当顺境，岂知'功

---

① 陈祚明《采菽堂古诗选》第 184 页，上海古籍出版社 2008 年版李金松点校本。

名不可为'？这就与诗意不符了"，"他在内心深处承认自己……唯一的出路就只有耗尽自己的绵薄之力，心甘情愿地成为一个'忠义'之臣了：正所谓'功名不可为，忠义我所安'"①。其实，与诗意不符的，恐怕还是在于非要把"我"理解成曹植，这是个死结。而把'忠义'的内涵理解成"耗尽自己的绵薄之力，心甘情愿地成为一个'忠义'之臣"，也和古人所谓的"忠""义"相违背，《国语·晋语四》云："杀身赎国，忠也。"《逸周书·谥法》云："危身奉上为忠。"《左传》宣十五云："君能制命为义，臣能承命为信"；扬雄《法言·渊骞》李轨注云："义者，臣子死节乎君亲之难也"。《文选》李善注曾引《孝经注》"死君之难为尽忠"，又引《谥法》云"能制命曰义"。李善解"义"所引不妥，因为不管三良或是曹植是臣而不是君，没有制作命令的权力，所以仍当以李轨所谓"义者，臣子死节乎君亲之难也"为曹植诗意的正解。

综上所述，假如回到这首诗的代言体上，不纠缠于非要把"我"理解为曹植，而是理解为三良，则阐释无往而不通达。"功名不可为，忠义我所安"，言功名事业非认为个人努力所可得，而为君王殉身则是我所甘心接受的归宿。

这里确实又出现了另一问题，该诗前后文是否矛盾：既然此处说是甘心接受殒命君王的指令，为何下文又描写到"谁言捐躯易，杀身诚独难。揽涕登君墓，临穴仰天叹"？正如前面已经进行详细分析的，面对君主承诺从死是一回事，面临死亡产生对生命的眷恋、不甘心如此告别亲人又是另一回事，二者都是真实的。如此抒写反而显得全诗感情更加抑扬曲折，更有震荡读者心灵的力度。

可是从艺术成就上讲，由于曹植诗里的语句过多的从《秦风·黄鸟》和《史记》注文里脱胎而出，还是显得模拟和套用的痕迹外露，不够成熟浑然，而且思想境界也与王粲没有什么实质区别，以

---

① 侯方元《曹植三良诗考辨》，《南阳师范学院》2003 年第 11 期第 72 页、75 页。

从死为尽忠献义,也是改造了《黄鸟》诗,可是主题不及王诗的明确
条畅。由此也可见应是曹植青年时代的诗作,还存在不及王粲
之处。

　　唐代诗僧皎然评道:"二诗体格高远,才藻相邻,至如'临穴呼
苍天,泪下如绠縻',斯乃迥出情表,未知陈王将何以敌?"①较早明
确评判王诗情感浓烈沉郁,优于曹诗。明清《文选》评点家对此也
多有觉察体会。评论王粲该诗时,孙鑛云:"起四句虽涉论宗,然直
截痛快,意态固自踊跃。三陡折处笔力最高,磊落不可羁。"何焯则
总结为:"仲宣之诗,最为沉郁顿挫。略去秦穆,独原三良之志,借
题发抒,气味深厚。此以秦穆公杀三良立论,妙在却写三良心事激
昂。"皆赞许王粲诗一波三折、慷慨悲壮、内涵丰富。而评价曹植
诗,孙鑛则曰:"豪迈与仲宣同,而意态不若彼之横溢。"指出其描写
抒情均不及王诗才华横溢、淋漓极致,意蕴也显得单薄了些。何焯
评价道:"一节尽而不尽,故佳。"②虽然承认诗里有含蓄不尽之长,
还是点出了其结构单调的缺憾。

　　可是另一方面曹植按照自己的君臣关系理念在结构上做了全
新大胆的变更,他所设计诗里的"我"是一个全视角的人物,他既能
够观察三良的外表举动,更能够深入三良的内在心态;他既能够熟
悉三良生前的言行举止,也能够明晰三良死后人们的痛惜之情。
以前的同题之作极少如此的,王粲诗基本上是以旁观者口吻来描
写的,所以"《黄鸟》作悲诗,至今声不亏",不令人惊诧;而曹植诗前
面主体部分写三良生前,最后四句刻画其死后灵魂冥冥,生者悲伤
不已的情景,这一模式对后来陶渊明同题之作启发很大,陶诗可谓
完全承继了这一结构。

---

①　皎然著,李壮鹰校注,《诗式校注》第137页,北京,人民文学出版社2003年版。
②　此节孙鑛、何焯评语,均引自于光华《重订文选集评》卷五,清乾隆三十七年
(1772)版。

与此同时面世的阮瑀的《咏史》诗，云："误哉秦穆公，身没从三良。忠臣不违命，随躯就死亡。低头窥圹户，仰视日月光。谁谓此可处，恩义不可忘。路人为流涕，黄鸟啄高桑。"①内容与风格均甚平庸，钟嵘《诗品》、冯惟讷《古诗纪》评其诗风平典、缓弱，深得其实。此篇内容上倒是很有其时代特色，虽然开头责备了秦穆公，但主体部分仍是颂扬三良从命殉君，和王粲、曹植诗篇基本保持了一致。

陶渊明也曾赋咏此题，诗里首先以传记体样式，全面描写了忠臣尽心为宦、醉心功业、主上赏识、谏听计从、厚恩铭心、与君相约、慷慨赴死、杀身就义的完整过程："弹冠乘通津，但惧时我遗。服勤尽岁月，常恐功愈微。忠情谬获露，遂为君所私。出则陪文舆，入必侍舟帷。箴规向已从，讦议初无亏。一朝长逝后，愿言同此归。厚恩固难忘，君命安可违？临穴罔迟疑，投义志攸希。"最后四句描写死后人们悲切痛悼的情景，只是"我"不再完全是三良的代言人，更像是生者的形象："荆棘笼高坟，黄鸟声正悲。良人不可赎，泫然沾我衣。"②清人陶澍对诗里殉身就义的主人公进行了考究索隐，认为陶渊明影射的是晋恭帝那位"引鸩以全节"的故吏张祎③，《晋书》曾列其事迹于《忠义传》，云："张祎，吴郡人也。少有操行，恭帝为琅邪王，以祎为郎中令。及帝践阼，刘裕以祎帝之故吏，素所亲信，封药酒一罂付祎，密令鸩帝。祎既受命而叹曰：'鸩君而求生，何面目视息世间哉！不如死也。'因自饮之而死。"④从陶渊明其他诗篇歌颂节义忠烈品格的内容来看，这一推测颇为可信。

以三良为话题，歌颂君王恩德和表达臣下愿意殉身就义的作

①　逯钦立《先秦汉魏晋南北朝诗》第379页，北京，中华书局1988年版。
②　逯钦立校注《陶渊明集》第130页，北京，中华书局1979年版。
③　陶澍注《陶渊明全集》第59页，上海，中央书店，民国二十四年(1935年)版。
④　房玄龄等《晋书》第2323页，北京，中华书局1974年版。

品,在魏晋时期其他一些文章的零星语句里也有表露,如曹植的《文帝诔》"承问慌惚,悁懵哽咽。袖锋抽刃,欲自强毙,追慕三良,甘心同穴",左芬的《杨皇后诔》"嗟予鄙妾,衔恩特深,追慕三良,甘心自沉。何用存思,不忘德音;何用纪述,托辞翰林"。

总之,魏晋诗人出于种种原因,非常一致地对先秦两汉经史著作里盛行的对杀人为殉的秦穆公进行严厉批判谴责的主题,做了一番较为彻底的改造变革,王粲、阮瑀、曹植还有陶渊明,都把斥责君上转换为歌颂君恩,把怜惜三良的被迫自杀从死转换为歌颂其感恩图报、以死尽忠。这是一个时代的共同倾向,在当时君臣大义趋向混乱的时代,显示出这些思想敏感的文化精英努力反拨乱世潮流的苦心孤诣的努力(虽然王粲诗如果是表达效忠曹操时,和当时名义上汉献帝仍是的"君",曹操是"臣"这一情况有所矛盾)。他们喜欢借题发挥,喜欢思路创新,不愿意重复先秦汉代经学和史书里的常识性的观点言语,他们不是不知道秦穆公杀人以殉是滔天的罪恶,更没有混沌到不辨是非的程度,只是出于不屑陈陈相因的追求,加上与时俱进的思索探究,才使得魏晋时期的三良诗系列作品有了迥异与其前的新的面貌。

其后的唐宋元明清,作家们努力反拨魏晋诗文这样的理念以期重返先秦两汉,作品样式有诗有文,尤其又以诗话发表意见最多。

唐代两位政治家柳宗元和李德裕从不同角度评说三良事件,主旨皆在谴责批判。柳宗元《咏三良》诗,前半部分所写与魏晋诗歌如出一辙,无非陈述君臣如何同心同德、君主明哲、臣下忠信,"束带值明后,顾盼流辉光,一心在陈力,鼎列夸四方。款款效忠信,恩义皎如霜";然后又讲君臣相约生死不分生死相随并且臣下履践诺言,"生时亮同体,死没宁分张?壮躯闭幽隧,猛志填黄肠"。诗歌进行到这里几乎就是王粲等人诗歌的沿袭仿作而已。好在接着柳宗元意旨突然转向,批评以生殉死乃不合礼义的行为,"殉死

礼所非，况乃用其良。霸基弊不振，晋楚更张皇"。好像要对穆公
与三良大加挞伐，这又将重复秦汉经学的套子，如果真的如此处
理，又会和开头将穆公称作"明后"相舛而显得前后不一、自我否
定。柳宗元毕竟是诗文大家，他的笔锋又一次避开寻常思路，将批
评矛头指向此前经学史学鲜加关注的秦康公："疾病命固乱，魏氏
言有章。从邪陷厥父，吾欲讨彼狂。"①诗人轻轻放过慷慨允死的
三良，又用病人的胡话岂可认真的观点洗脱了穆公的罪责，最终让
秦康公成为最该贬斥的对象，罗列了他两大罪恶，一是"从邪"，一
是"陷厥父"。不辨是非、信从不合义理的话语，此为不明不哲；以
人从死、使自己父亲落下弃民不仁的恶名，此为不敬不孝。而不
明不哲即是昏君，不敬不孝即是逆子，无论是为君为子都是有极大
欠缺的，不合格的，由此可见作者对秦康公的深恶痛疾。作为唐代
中叶的政治家，柳宗元为何如此仇视先秦时的一位君王呢？何焯
《义门读书记》卷三十七评点柳宗元《咏史》时云："此诗以燕惠王比
宪宗，然以此称乐生，自为工也。下《三良》篇亦有指斥。"②也即认
为《咏三良》是指斥唐宪宗的。作者借题发挥指桑骂槐，行文非常
巧妙。如果按照孟子所批评的高叟读诗式的死扣字面的话，论者
可以指摘唐宪宗与秦康公事体有多处不合，康公是信从父命迫死
能臣，宪宗是违背父命残害能臣；三良是曾经许诺殉死先君，二王
八司马则是欲与贤君振兴朝廷，并不以死君为归宿，等等。可也正
是如此用多有差异的题材来展开自己的议论，才能够避免敌对势
力的深文周纳、诬蔑陷害，刘禹锡一首桃花绝句导致自身又受贬
谪，其教训不可谓不沉重。而且柳宗元锻辞炼句时还是注意了切
合自己情感内容的，例如他不讲"从命陷厥父"而写作"从邪"，就可
体味出作者既要声讨宪宗听从邪恶宦官教唆又不至于被敌手抓住

①　柳宗元《柳宗元集》第 1258 页，北京，中华书局 1979 年版。
②　何焯《义门读书记》卷三十七，北京，中华书局 1987 年版第 670 页。

把柄的苦心，因为"邪"还可以理解为不合义理的命令，仍可以用康公事来阐释。所以明代陆时雍赞扬此诗"精警，遂不觉议论之烦"①，深得文心之所在。

李德裕的《三良论》②主要探讨臣下在什么样的境况下才能够为君殉身的问题。他认为只有为仁义为社稷而献身才是有意义的，光辉的典范是代替刘邦焦身于烈焰换得大汉四百年江山的忠臣纪信。而为私利为个人荣乐而死是轻于鸿毛的，三良就属于这样一种情况。文章以与自己同为国相的晏子的名言"君为社稷死则死之"贯穿始终，理论正大，视野宏阔，议论透彻，在唐代可谓空谷足音，同时也引发了宋代讨论这一题材的先声。

宋代诗文诗话里对此发表自己意见的至少有七人，即苏轼、苏辙、俞德邻、李石、刘敞、程大昌、叶适。

刘敞揭开宋人咏叹三良的第一页，其《哀三良诗》的主旨在于歌颂为臣杀身明信、一诺千金、死守忠义的优良品德，即所谓"士为知己死，女为悦己容。咄嗟彼三良，杀身徇穆公。丹青怀信誓，夙昔哀乐同。人命要有讫，奈何爱厥躬？国人悲且歌，《黄鸟》存古风。死复不食言，生宁废其忠。存为百夫防，逝为万鬼雄。岂与小丈夫，事君谬始终。"③

虽然刘敞是宋代著名的《春秋》学家，这首诗写得实在迂腐透顶，宣扬的是一种臣下要坚守妾妇之道的观念，比起唐代李德裕生为社稷、死为社稷的理念是一严重的倒退，隐示出宋代最高统治者建国后为了朝廷的长治久安在以怎样的思想倾向教化士人，而依附政治的理学家一旦干预文学深入诗赋创作在宣导如何落后的君臣大义。即使在先秦原始儒家那里，刘敞的这种信条也会受到抨

---

① 陆时雍《唐诗镜》卷三十七，《四库全书》第 1411 册第 693 页。
② 李德裕《会昌一品集》第 251—252 页，上海，商务印书馆《丛书集成初编》本。
③ 刘敞《公是集》卷九，《四库全书》第 1095 册第 472 页。此篇一作元人张元祯作。

击的。孔子曾经把那些不问是非黑白却只顾履行自己诺言的士人称作"小人"："言必信,行必果,硁硁然小人哉!"(《论语·子路》)子贡问孔子管仲算不算仁者呢?齐桓公处死了管仲的主子,管仲不但不殉死还做了对方的国相。孔子先讲了管仲尊王攘夷的功业,又提出君子不必坚守小节小信的处世原则："岂若匹夫匹妇之为谅也,自经于沟渎而莫之知也?"(《论语·宪问》)孟子坚持民本理念,主张考虑价值轻重时应该是先民众、再社稷,再次才是君王。在这种评判格局里,刘敞赞美的昔受君恩、今殉君死、怀抱明信、死不食言的人物恐怕只能是小丈夫。虽然刘敞的本意是企图指斥那些"事君谬始终"、半途改节的叛臣,诗里表达的内容却无法升华到如此高度。

苏轼平生诗篇曾两次评说过三良事件,一篇是其少年之作《秦穆公墓诗》,所持观念与曹植没有二致,也是歌颂三良杀身从君,所不同的是将其比拟为汉初田横及其门客："橐泉在城东,墓在城中无百步,乃知昔未有此城,秦人以泉识公墓。昔公生不诛孟明,岂有死之日而忍用其良,乃知三子殉公意,亦如齐之二子从田横。古人感一饭,尚能杀其身;今人不复见此等,乃以所见疑古人。古人不可望,今人益可伤。"①不仅观念陈腐,艺术方面也相当粗糙拙陋。

对于这首思想倾向和艺术水平均有不足的作品,当时其弟苏辙的和诗便致以异议,把三位良臣的从死视为极不得已,哀叹他们想要继续为国尽力效命而却不能,批评兄长出语轻率,云："泉上秦伯坟,下埋三良士。三良百夫特,岂为无益死?当年不幸见迫胁,诗人尚记临穴惴。岂如田横海中客,中原皆汉无报所?秦国吞西周,康公穆公子,尽力事康公,穆公不为负,岂必杀身从之游。夫子

①　孔凡礼点校《苏轼诗集》卷三《秦穆公墓》,北京,中华书局1982年版第118—119页。

乃以侯嬴所为疑三子。王泽既未竭，君子不为诡。三良徇秦穆，要自不得已。"①整体而言，苏子由诗远胜其兄此作。

按照胡仔《苕溪渔隐丛话》的观点，苏轼晚年悔其少作，又撰《和陶咏三良诗》，其意与前篇完全相反，见解也更精湛："此生太山重，忽作鸿毛遗。三子死一言，所死良已微。贤哉晏平仲，事君不以私。我岂犬马哉，从君求盖帷。杀身固有道，大节要不亏。君为社稷死，我则同其归。顾命有治乱，臣子得从违。魏颗真孝爱，三良安足希？仕宦岂不荣，有时缠忧悲。所以靖节翁，服此黔娄衣。"②该诗将唐代李德裕的《三良论》转化为韵语，又有自己的深切体验发明。首先他肯定人之作为人的生命的无限的价值，像三良那样守诺捐躯简直是轻如鸿毛。这是第一层意思。然后讲为何三良之死没有意义的缘由在于臣下乃为国为社稷效力，出于公心，而非出于私人关系，臣下不是国君一人的奴仆，更不是国君可以独占的牛马走狗。这是第二层。生为社稷之臣，死为国家而死，不为国君一人而死，才算是真正的尽忠。臣下当然要勇于赴死，敢于杀身成仁舍生取义，如果君主确实是为国家死难捐躯，臣下也可以从死其后，这种大节还是应当坚持的。这是第三层。国君临死的遗命有正确的有昏乱的，臣下有权利加以判断和选择，君为社稷死则死之，君为私利而死则臣下不当从而殉身。这是第四层。大道理是这样的通达明畅，可是在现实政治实践里，臣下能够遇到和拥有这样明哲观念的君王吗？具体到三良，就像宋代学者葛立方《韵语阳秋》里提到的，如果遇到一位昏君留下一则要求从死的"乱命"，又恰巧君位继承人又是一位唯父之命是从、三年不改其父之道的

---

① 苏辙《栾城集》卷二《和子瞻凤翔八观八首·秦穆公墓诗》，北京，中华书局 1990 年版。

② 孔凡礼点校《苏轼诗集》卷四十《和陶咏三良诗》，北京，中华书局 1982 年版第 2184 页。

人物，"君命之于前，众驱之于后，欲不死得乎"？面对这两代君王的严命，面对这朝廷内外官民的驱赶，作为臣下还哪有可能拒绝这种显然违背人道和义理的殉君决定？这是第五层。面对如此专制的不尊重为臣人格和生命的政治局势，灭尽臣子全部自由的政治网罗，苏轼感到凄凉到了极点，真的感到了普天之下莫非王土、率土之滨莫非王臣的悲哀和绝望，由此彻底体悟了陶渊明为何要壮年归隐拒绝仕途诱惑的心态。所以他话锋随着思路一转，"仕宦岂不荣，有时缠忧悲。所以靖节翁，服此黔娄衣"，深切领会了庄子、黔娄、陶潜等代表的隐士文化的珍贵价值，他们在自我轻贱甘做牛马的官场之外另辟了一条虽然物质生活艰难可是却能够保全人之所以为人的底线的崎岖道路。这样的大彻大悟绝不是那位年少气盛、不可一世、醉心功业、喜欢调侃古代圣贤的苏才子所可涉足的。短短一首诗篇，代表着晚年苏东坡对于封建政治、君臣关系的认识达到了既超越昔日的自己更超越时人的绝顶高度。所以此诗一出，会心的赞誉纷纷而来，严有翼《艺苑雌黄》云："昔之咏三良者，有王仲宣、曹子建、陶渊明、柳子厚，或曰'心亦有所施'，或曰'杀身诚独难'，或曰'君命安可违'，或曰'死没宁分张'，曾无一语辨其非是者。惟东坡和陶云'杀身故有道，大节要不亏。君为社稷死，我则同其归。顾命有治乱，臣子得从违。魏颗真孝爱，三良安足希。'审如是言，则三良不能无罪。东坡一篇，独冠绝于古今。"①胡仔《苕溪渔隐丛话》亦称道苏轼此篇云："余观东坡《秦缪公墓》，诗意全与《三良诗》意相反，盖是少年时议论如此，至其晚年，所见益高，超人意表。"②宋代学者吴子良对此前三良诗系列做了一个简单的评判，大致还是合乎实际的："东坡《秦穆公墓诗》云……子由和篇云……二诗不同。愚谓子由之说稍近。君子进退存亡，要不失正

①　郭绍虞《宋诗话辑佚》第 543 页，北京，中华书局 1980 年版。
②　胡仔《苕溪渔隐丛话·后集》卷三，北京，中华书局第 19 页。

而已,岂苟为匹夫之谅哉?论者罕能知此,如王仲宣云……若然,则是三良者特荆轲、聂政之徒耳。东坡晚年《和渊明诗》云……盖其饱更世故,阅义理熟矣。前诗作于壮年气锐之时,意亦有所激而云也。"①

元代刘因《和咏三良》、杨维桢《哀三良》、明代高启《咏三良》、刘炳春《哀三良同周伯宁赋》、李贤《和陶诗咏三良》,均谴责以人从死之不仁,哀叹三良命运之悲惨;王沂《哀三良》责备康公依从乱命,使三良之死不得其所;黄淳耀《和陶诗和咏三良》、王世贞《三良诗》讥刺三良死无价值、形同妾仆;明人程钰《次咏三良》、张昱《三良诗》,鼓吹杀身报君观念,等等,数量不算很少,只是主旨皆未能突破魏晋唐宋的畛域,不论可也。顾炎武《日知录》提到明英宗读了朱熹《诗集传》里批判以人殉葬的言论后,就颁施仁政,禁止皇帝和侯王葬时以人从死。明代学者归有光《贞节妇季氏墓表》、清代学者毛奇龄《禁室女守志殉死文》激情地反对未嫁女子为未婚夫守节或殉死,都可看作是三良题材引发的言论和结果。

第五节　宋代诗话里的《文选》作品鉴赏(三)

此节述宋代学者关于陶渊明及《文选》所录诗赋的评论。宋代的学术较之唐代有了令人耳目一新的飞跃。唐代很少有文士就一个文学或文学家的课题进行严密的考证和探索,宋朝学者却已经做得很有近代模式,例如对陶渊明,宋代学者就其气节问题、品格问题、诗赋风格问题、名句警策的赏析问题,通过排比历史资料、品味诗歌内容,辩驳了此前史书和《诗品》里的一些偏颇观点,提出了不少建立于坚实研究基础上的客观崭新的观点。这些方面与《文

①　吴子良《荆溪林下偶谈》卷三"东坡颍滨论三良事"条,《四库全书》第1481册第509页。

选》学特别是《文选》评点学有着千丝万缕的联系，所以本节对其成就与不足试加评述。

一、陶渊明耻仕二朝问题

陶渊明退隐行为和诗文创作是否与陶渊明厌恶刘裕篡晋相关，至今还是有着不同意见的论题。刘宋初年与陶渊明有忘年之交的文士颜延年，撰写《陶征士诔》，云："有晋征士，寻阳陶渊明，南岳之幽居者也。"①当时入宋已有八年，陶渊明却被挚友盖棺论定称作"有晋征士"，可见陶渊明本人是以晋朝遗民自居，其亲人朋友也都认他是独立于本朝之外的人物。对此，南北朝和初唐撰写的三部史书《宋书》、《晋书》和《南史》，还有萧统所撰《陶渊明传》都是如此为其定位的。沈约《宋书·隐逸列传》云："潜弱年薄宦，不洁去就之迹。自以曾祖晋世宰辅，耻复屈身后代，自高祖王业渐隆，不复肯仕。所著文章，皆题其年月，义熙以前，则书晋氏年号；自永初以来，唯云甲子而已。"②梁代昭明太子萧统所撰《陶渊明传》云："自以曾祖晋世宰辅，耻复屈身后代，自宋高祖王业渐隆，不复肯仕。元嘉四年将复征命，会卒。时年六十三。世号靖节先生。"③《南史·隐逸列传》云："潜弱年薄宦，不洁去就之迹。自以曾祖晋世宰辅，耻复屈身后代，自宋武帝王业渐隆，不复肯仕。所著文章，皆题其年月。义熙以前，明书晋氏年号，自永初以来，唯云甲子而已。"④以上三篇传记均表彰陶渊明不事两朝、坚持隐居的节操。唯唐初所撰《晋书》虽亦将陶渊明录入卷九十四《隐逸传》，

---

① 《文选》第 2470 页。

② 沈约《宋书》第 2286 页，北京，中华书局 1974 年版。

③ 严可均《全上古三代秦汉三国六朝文》第 3068—3069 页，北京，中华书局 1958 年版。

④ 李延寿《南史》第 1858—1859 页，北京，中华书局 1975 年版。

但却不提陶潜"自以曾祖晋世宰辅,耻复屈身后代"一事,似是别有根据,不过考察当时政治局势与操笔弄刀诸人的人事环境,亦可以体味其苦衷。《晋书》成书于公元 646 至 648 年间,朝中大员甚至史家自身往往也是历仕数朝,或由隋入唐,或原为李建成门下,表彰陶潜简直是指桑骂槐或自彰己丑,所以对有关陶潜政治气节文字全予删略,这也可从《晋书·忠义传》为嵇绍辩护一节看出些端倪。嵇绍父亲嵇康为晋开国皇帝司马炎父亲司马昭枉杀,依据封建伦理所倡导的"父之仇,弗与共戴天;兄弟之仇,不反兵;交游之仇,不同国"①理念,嵇绍即使不能复仇,也不当与其杀父仇人的子孙共一朝堂。可是嵇绍不但为官于晋,而且还为保护司马炎之子,也就是司马昭之孙殉身而死。所以顾炎武在《日知录》中愤怒斥责嵇绍为无父之逆子,败坏中华传统伦理纲常之罪人:"夫绍之于晋,非其君也,忘其父而事其非君,当其未死,三十余年之间,为无父之人亦已久矣,而荡阴之死,何足以赎其罪乎!且其入仕之初,岂知必有乘舆败绩之事,而可树其忠名以盖于晚上?自正始以来,而大义之不明遍于天下。如山涛者,既为邪说之魁,遂使嵇绍之贤且犯天下之不韪而不顾。夫邪正之说不容两立,使谓绍为忠,则必谓王裒为不忠而后可也,何怪其相率臣于刘聪、石勒,观其故主青衣行酒,而不以动其心者乎?"②

　　可是《晋书》撰者却认为嵇绍无过,国君如天,是怎样也不能仇视的:"中散以肤受(即谗言)见诛,王仪以抗言获戾,时皆可谓死非其罪也。伟元(王仪子王裒)耻臣晋室,延祖(嵇绍字)甘赴危亡,所由之理虽同,所趣之途即异,而并见称当世,垂芳竹帛,岂不以君父居在三之极,忠孝为百行之先者乎?且裒独善其身,故得全其孝;而绍兼济于物理,宜竭其忠,可谓兰桂异质而齐芳,韶武殊音而并

①　孔颖达《礼记注疏》卷三,北京,中华书局 1980 年版《十三经注疏》第 1250 页。
②　黄汝成《日知录集释》卷三,上海古籍出版社 1985 年版第 1014—1015 页。

美。或有论绍者以死难获讥，扬榷言之，未为笃论。夫君，天也，天可仇乎？安既享其荣，危乃违其祸，进退无据，何以立人？嵇生之陨身全节，用此道也。"①虽然唐初这些史官也隐约透露出像嵇绍此般景况以不仕为佳、以免进退两难之意，总的倾向还是为身仕两朝、不顾节义者张目，其删去表彰陶潜忠义事迹的文句自可想而知。

宋代是张扬君臣大义、忠孝观念非常热忱的时代，史学家、经学家、理学家均不遗馀力。冯道自诩长乐老，宋初薛居正《旧五代史·冯道传》正文赞其"道之发言简正，善于裨益，非常人所能及也"，在篇末仍讥刺其"然而事四朝，相六帝，可得为忠乎！夫一女二夫，人之不幸，况于再三者哉"②！欧阳修《新五代史·冯道传》更是开章明义，攻讦冯道无羞无耻："予读冯道《长乐老叙》，见其自述以为荣，其可谓无廉耻者矣。"于叙事之间不断揭发冯道的鲜廉不忠的德行："视丧君亡国亦未尝以屑意"，"当是时，天下大乱，戎夷交侵，生民之命，急于倒悬，道方自号'长乐老'，著书数百言，陈己更事四姓及契丹所得阶勋官爵以为荣"，同时也批判了当时伦理价值观的黑白颠倒："（冯道）卒，时人皆共称叹，以谓与孔子同寿，其喜为之称誉盖如此。"③汉代文学家扬雄，六朝诸人推崇不已，袁良赞其胜于老聃，葛洪称其可比仲尼。至唐代，《文选》李善注已经揭露其草撰《剧秦美新》以谄媚篡权罪人王莽的人格缺失，五臣注为其做了辩护，言扬雄此文乃被迫而作，并非真心而为。至于北宋，王安石喜好扬雄，著文论证《剧秦美新》非是扬雄所作，又撰诗以加辩解："岂常知符命，何苦自投阁，长安诸愚儒，操行自为薄。谤诮出异已，传载因疏略。孟轲劝伐燕，伊尹干说亳。叩马触兵

①　房玄龄等《晋书》第 2323 页，北京，中华书局 1974 年版。
②　薛居正《旧五代史》第 1658 页、1666 页，北京，中华书局 1976 年版。
③　欧阳修《新五代史》第 612 页、614、615 页，北京，中华书局 1974 年版。

锋，食牛要禄爵。史官蔽多闻，自古喜穿凿。"①认为投阁、剧秦等事，犹如伊尹干汤、伯夷叩马、百里奚饭牛等乡野谣传，不足取信，并且撰诗赞许其美德云："儒者陵夷此道穷，千秋止有一扬雄。"②简直要将扬雄提拔到圣人的地位。至南宋乃舆论一律，齐贬子云。南宋初人沈作喆责其"作符命，显是隳丧大节，夫复何言？而后之儒者巧为曲说，欲以拭抹解免其恶，是教人臣为不忠也。"③朱熹《通鉴纲目》特别对扬雄施以《春秋》笔法，云"莽大夫扬雄死"④，自此扬雄名誉一落千丈，再难翻身。刘克庄更以扬雄言行与文章为证谴责扬雄为人之不堪，如《剧秦美新》将王莽比作周公、伊尹，"此时莽犹未篡，此语不过如今人称颂权贵人功德尔"，扬雄行为尚可理解和宽恕。可是王莽篡汉后，扬雄即使不能效法许由洗耳、鲁仲连蹈海，拒绝出任莽新政权的官员总是应当做得到吧。扬雄曾出仕汉朝，又出仕莽新，比起那些宁可绝食而死也不侍奉王莽的汉朝忠臣龚胜等人，扬雄"可愧死矣"⑤。不仅此也，即使在《文选》诗里颂称曹操为"元后"、为"圣君"的刘桢、王粲，也都被宋人口诛笔伐。可见宋人于君臣大义忠孝廉节之不苟。

　　而陶渊明则能够独拔群士，皎皎物表，所以宋人对其赞不绝口，不断揄扬。黄庭坚《宿旧彭泽怀陶令》探其心事云："彭泽当此时，沉冥一世豪。司马寒如灰，礼乐卯金刀。岁晚以字行，更始号元亮。凄其望诸葛，抗脏犹汉相。时无益州牧，指挥用诸将。平生本朝心，岁月阅江浪。"⑥黄彦平《彭泽怀古》言陶渊明忠于东晋，不屑利禄，蔑视攀附新朝权贵人物："不能先驱净蝼蚁，忍傍车轮攀獭

---

① 王安石《临川先生文集》卷九《扬雄》，北京，中华书局1959年版第146页。
② 同上，卷三十二《扬子》，第355页。
③ 沈作喆《寓简》卷四，《四库全书》第864册第128页。
④ 清康熙皇帝《御批资治通鉴纲目》卷八，《四库全书》第689册第500页。
⑤ 王秀梅点校《后村诗话》第111页，北京，中华书局1983年版。
⑥ 任渊等《黄庭坚诗集注》第57页，北京，中华书局2003年版。

尾。已荒松菊赋归来,颇着文章申已志。少题正朔多岁时,此志会须来者知。"①方夔亦云:"晋有靖节翁,古昔称高士。自陈簪组后,为义不两仕。虽乏报韩功,深怀帝秦耻。拂衣归故园,寒菊被栗里。醉馀洒新诗,题自庚子始。"②上述诗里提及陶渊明诗歌"少题正朔多岁时"、"醉馀洒新诗,题自庚子始",也即讲陶渊明后期作品题目不再署签朝廷年号而是标以甲子,这是否陶渊明有意为之,是宋代陶学里争论激烈的问题之一。在刘裕篡晋野心已露端倪之时,陶渊明为了显示自己的忠节,故而诗题言甲子不言朝廷年号以明自己不承认刘宋"伪政权",这一观点现在所知始于沈约《宋书》,即所谓"所著文章,皆题其年月,义熙以前,则书晋氏年号;自永初以来,唯云甲子而已"。随后萧统《陶渊明传》、李延寿《南史》、五臣《文选注》均相沿袭,宋人苏东坡、黄山谷、秦少游等诗赋也从而用之,成为事典佳话。

可是宋代毕竟是中国古代学术卓越发展走向成熟的黄金时期,前人之说究竟合乎实际与否,喜好议论辩说的宋代学者不再像唐人那般混沌承袭,而总是要探究其源流、求其真相。南北宋之交学者王观国举出一系列反证,证明所谓陶潜入宋撰诗题甲子以示拒为新朝臣民之不实,云"案宋受晋禅,岁在庚申(公元420年)。渊明以宋元嘉四年卒,岁在丁卯(427)。考渊明所著,自《庚子(400)从都还》至《丙辰(416)岁下潠田舍获稻》,其诗乃晋时所撰,亦止用甲子,未尝须用年号也。盖萧统一时契勘之误,后人遂以为诚然。"③立论甚为坚实,唯将此说仅仅追溯到萧统,距离源头尚欠距离。

胡仔《苕溪渔隐丛话·前集》卷三引思悦说云:"渊明之诗,有

---

①　黄彦平《三馀集》卷一,《四库全书》第1132册第762页。

②　方夔《富山遗稿》卷一《九日读陶渊明诗》,《四库全书》第1189册第369页。

③　王观国《学林》卷八"蹈袭"条,《四库全书》第200—201页。

以题甲子者,始庚子(公元 400 年)距丙辰(416 年),凡十七年间,只九首耳,皆晋安帝时所作也。中有乙已(405 年)岁三月为建威参军使节都经前溪作,此年秋乃为彭泽令,在官八十馀日,即解印绶,赋《归去来兮辞》。后一十六年,庚申(420 年),晋禅宋,恭帝元熙二年也。萧德施《渊明传》曰:'自宋高祖王业渐隆,不复肯仕。'于渊明出处得其实矣,宁容晋未禅宋前二十年,辄耻事二姓,所作诗但题甲子而自取异哉? 矧诗中又无有标晋年号者,其所题甲子,盖偶记一事耳。后人类而次之,亦非渊明之意也。"思悦未提及萧统亦接受陶潜入宋诗题不书年号之说,有所阙疏,然而较之《学林》,排比时间段落更加明晰,结论更有说服力。

　　今检寻陶渊明其他诗题含甲子者为《庚子岁五月中从都还阻风于规林》(作于 400 年),《辛丑岁七月赴假还江陵夜行途中》(401年),《癸卯岁始春怀古田舍》,《癸卯岁十二月中作与从弟敬远诗》,《癸卯十二月中作与从弟敬远》(三篇均作于 403 年),《乙已岁三月为建威□军使都经钱溪》(作于 405 年),《戊申岁六月中遇火》(作于 408 年),《己酉岁九月九日》(作于 409 年),《庚戌岁九月中于西田获早稻》(410 年),《丙辰岁八月中于下潠田舍获》(416 年),可见诗题只记甲子而不书朝廷年号乃其喜好,难以坐实含有暗示不为新朝百姓之意。

　　然而这些例证,只能够说明陶渊明入宋前后均有题甲子以记时的做法,不足以完全否定《宋书》所谓"所著文章,皆题其年月,义熙以前,则书晋氏年号;自永初以来,唯云甲子而已"的观点。因为在陶渊明的诗文辞赋里面,他用过两次晋代年号,如《桃花源记》"晋太元(376—396)中,武陵人捕鱼为业";《祭程氏妹文》"维晋义熙三年(407)五月甲辰,程氏妹服制再周"。而其他则只用甲子。依据袁行霈等的考证,陶渊明在刘宋时代创作的诗文有《于王抚军座送客》、《怨诗楚调示庞主簿邓治中》、《读史述九章》(以上 420年),《述酒》(421 年),《桃花源记并诗》(422 年),《答庞参军》四言

诗和五言诗(423 年),《咏贫士七首》(424 年),《有会而作》、《乞食》
(425 年),《自祭文》(427 年),一共十多篇,正文明确标示时间的二
篇,《桃花源记并诗》记渔父探桃花源事在"晋太元"中而不言作于
刘宋时代,《自祭文》言"岁惟丁卯,律中无射",也全不用刘宋年号。
由此来看,沈约等人的说法,虽然不甚准确,可是也有来由。所以
如果将这种情况解释为入宋以后陶渊明从不用刘宋年号记时,还
是切合实际的,而且《桃花源记》借言厌时避乱的世外隐者"不知有
汉,无论魏晋",对当代政治局势的弃绝,甚至对于刘宋一朝根本不
形诸笔下,其厌恶刘裕篡晋之情俨然可见。

　　正如韩子苍所说:"今人或谓渊明所题甲子不必皆义熙后,此
亦岂足论渊明哉? 唯其高举远蹈,不受世纷而至于躬耕乞食,其忠
义亦足见矣。"①虽然陶渊明诗题入宋不书刘宋年号的提法遭到宋
代某些学者的质疑,却一点也不影响他们对陶渊明以东晋遗民自
居的心态的发微和张扬,对此,宋代诗话与学术著作多有发挥。

　　南宋舒岳祥云:"渊明自言性刚才拙,与物多忤,然其诗文无一
语及时事,纵横放肆而芒角不露,故虽名节凛然而人莫测其涯涘。
《归去来》之作,人谓其耻为五斗米折腰耳,不知是时裕之威望已
隆,渊明知几而去之。此膰肉不至之意也。"②"膰肉不至",用孔子
自动离开齐国的典故,言孔子不愿提及为君者之大恶,寻机而远
遁,在此指陶渊明看到刘裕将欲篡晋,又无力抗争,故而避弃朝廷
以暗寓不仕刘宋之意。

　　葛立方云:"观渊明《读史九章》,其间皆有深意。其尤章章者,
如《夷齐》、《箕子》、《鲁二儒》三篇。《夷齐》云:'天人革命,绝景穷
居。正风凌俗,爰感懦夫。'《箕子》云:'去乡之感,犹有迟迟;矧伊

---

　　① 胡仔《苕溪渔隐丛话·前集》卷三引,北京,中华书局1962 版第 19 页。
　　② 舒岳祥《阆风集》卷十《宋刘正仲和陶集序》,《四库全书》第 1187 册第 425—
426 页。

代谢，触物皆非。'《鲁二儒》云：'易代随时，迷变则愚。介介若人，特为正夫。'由是观之，则渊明委身蓬巷，甘黔娄之贫而不自悔者，岂非以耻事二姓而然耶？"①所举例证非常典型，如秦汉之交鲁国二儒，本来在《史记》里是褒贬不明的人物，《叔孙通传》云，刘邦建汉初始群臣大多出身草莽，刘邦迫切建立君臣礼仪，叔孙通"请求杂采古礼与秦仪以成之"，"于是叔孙通使征鲁诸生三十馀人。鲁有两生不肯行，曰：'公所事者且十主，皆面谀以得亲贵。今天下初定，死者未葬，伤者未起，又欲起礼乐。礼乐所由起，积德百年而后可兴也。吾不忍为公所为。公所为不合古，吾不行。公往矣，无污我。'叔孙通笑曰：'若真鄙儒也，不知时变。'"司马迁评曰："叔孙通希世度务，制礼进退，与时变化，卒为汉家儒宗。大直若诎，道固委蛇，盖谓是乎？"②于叔孙通未有激愤强烈的贬斥。然而在晋宋之际的陶渊明看来，如此巧宦玲珑善于投机的叔孙通，侍奉过十来位主子，都以阿谀逢迎花言巧语讨其欢心取其高位厚禄；在疮痍满目、民生艰难之时兴张礼乐，根本上就有不仁不正的倾向。如此趋新迎变，更使喜好慕古的陶渊明感到颇为触目忤心，联系现实那些朝朝暮暮为新朝奠基奔走的利禄之辈更使其厌恶之极，所以他将自己的立场牢牢地放在鲁国二儒一边，用孔子所谓"宁武子邦有道则知，邦无道则愚，其知可及也，其愚不可及也"作为自己政治选择的原则，既然处在乱世，作一个拒变守古的愚夫也是甘心的。特别显示出他不满刘宋篡权、隐含自我愤怒情绪的是"易代随时，迷变则愚"，因为秦汉易代还没有涉及鲁国二儒故国什么事体，秦朝也不是其故国，二儒只是厌恶公孙通的为人和趋新逐禄的行径而拒绝与之同道，陶渊明则将咏史变为叹今，强调"易代"之际，世人纷

---

①　葛立方《韵语阳秋》卷五，北京，中华书局 1981 年版何文焕《历代诗话》本第530 页。

②　司马迁《史记》第 2722 页、第 2726 页，北京，中华书局 1963 年版。

纷"随时"变易以索富贵,自己在如此变幻不居的时势前大有歧路难行之感,所以拒绝趋炎附势,只愿和鲁国二儒一般,甘为"愚夫"。在俗人和公孙通一帮利欲熏心之辈看来冥固不化的二儒,陶渊明却引为同道,赞赏其为特行独立的"正夫"、正人君子,并且鄙视当代政治是毫无积德,"污我《诗》、《书》",决心弃世而去,甘守淡泊、安贫乐道:"逝然不顾,被褐幽居"。对于该诗,陈仁子阐释云:"'特为贞夫'一语,其不满于时人也盖深。"①南宋末年学者王应麟也以《读史述》为例,揭示陶渊明耻食二君俸禄的心境:"陶渊明《读史述·夷齐》云:'天人革命,绝景穷居',述箕子云:'矧伊代谢,触物皆非',先儒谓食薇饮水之言,衔木填海之喻,至深痛切,读者不之察尔。颜延年诔渊明曰'有晋征士',与《通鉴纲目》所书同一意,《南史》立传非也。"②刘克庄赞道:"渊明多引典训,居然名教中人,终其身不践二姓之庭,未尝谐世而世故不能害。人物高胜,其诗遂独步千古。"③由此可见,至少在一般宋代学者文士看来,陶渊明有耻食二朝的节操是无可置疑的。

二、陶渊明与禅理、"知道"问题

宋代学者评论陶渊明诗赋中思想深度,或云其"得道",或云其"深入理窟",其具体内涵值得加以探索。

葛立方在比较陶渊明诗与韦应物二人诗意的异同时云:"渊明解落世纷,深入理窟,但见万象森罗,莫非真亲,故因见南山而真意具焉。应物乃因意凄而采菊,因见秋山而遗万事,其与陶所得异

---

① 陈仁子《文选补遗》卷三十八,《四库全书》第1360册第613页。
② 王应麟《困学纪闻》卷十三,上海古籍出版社2008年版第154页。
③ 刘克庄《后村集》卷二十三《赵寺丞和陶诗序》,《四库全书》第1180册第246页。

矣。"①此处所谓"理窟"大致意谓，超凡脱俗，摆脱俗界庸庸的利害纠缠，忘怀得失，与大自然融为一体。

　　蔡绦《西清诗话》更将陶渊明与禅宗联系起来，言道陶渊明思想意旨深得禅趣，在晋代颇为超前，其禅趣之意，乃在"不立文字，见性成佛之宗，达摩西来方有之，陶渊明时未有也。观其《自祭文》则曰：'陶子将辞逆旅之馆，永归于本宅'；其《拟挽词》则曰：'有生必有死，早终非命促'；其作《饮酒诗》则曰：'采菊东篱下，悠然见南山，此中有真意，欲辨已忘言'；《答形影神》三篇，皆寓意高远，盖第一达摩也。"②乃赞许陶渊明能够了达生死，混同寿夭，且摆脱文字层面的束缚，直入宇宙本质深邃真理，于体道悟道别有领会，视野广，眼界高，胸怀旷阔，极具法眼，所以可谓"第一达摩"。对此宋代文学家也多纷纷发表自己的感触。如施德操云："渊明诗云：'山色日夕佳，飞鸟相与还。此中有真意，欲辨已忘言。'时达摩未西来，渊明早会禅。"③苏轼不满于杜甫所谓"渊明避俗翁，未必能达道"的信口之吟，加以辩解云："陶子《自祭文》出妙语于纩息之馀，岂涉生死之流哉？"④陶渊明终生忘怀生死，才能有超凡脱俗的妙语。苏轼又云："渊明《饮酒诗》云：'客养千金躯，临化消其宝。'宝不过躯，躯化则宝亡矣。人言靖节不知道，吾不信也。"⑤称赞陶渊明深得佛家"空空"之理。汪藻也认为陶渊明之高，就在于其心中不存忧喜，视万物与自我皆暂时寓于宇宙而已，所以虽遇诸多人生挫折而能够忘怀得失，无所系心："吾尝怪陶渊明作《归去来》，托兴超然，《庄》、《骚》不能过矣，……故渊明之方出也，不以田园将芜为忧；其既归也，不以松菊犹存为喜，视物聚散如浮云之过前，初未尝

① 葛立方《韵语阳秋》卷四，何文焕《历代诗话》第 515 页。
② 蔡绦《西清诗话》，葛立方《韵语阳秋》卷十二引，何文焕《历代诗话》第 575 页。
③ 施德操《北窗炙輠录》卷下，《四库全书》第 1039 册第 383 页。
④ 葛立方《韵语阳秋》卷十二引，何文焕《历代诗话》第 575 页。
⑤ 胡仔《苕溪渔隐丛话·前集》卷三，北京，人民文学出版社 1962 年版第 17 页。

往来于胸中,盖知夫物我之皆寓也,此其所以为渊明。"①许𫗧认为陶渊明的心灵能够超脱忧喜,也即达到了精神不被形体奴役的理想状态:"彭泽《归去来辞》云:'既自以心为形役,奚惆怅而独悲?'是此老悟道处。若人能用此两句,出处有馀裕也。"②苏轼亦云:"秋菊有佳色,裛露掇其英,泛此忘忧物,远我遗世情。一觞虽独进,杯尽壶自倾。日入群动息,归鸟趋林鸣。啸傲东轩下,聊复得此生。'靖节以无事为得此生,则见役于物者,非失此生耶?"③俗人的一生也即庄子为其悲哀垂怜的一种生活方式,从朝到暮,无论心中所想的、行为所作的,都是汲汲惶惶地追逐外在的利益以满足自我无穷无尽的贪欲,为了自我的贪欲,整个生活过程就像上紧了发条的闹钟一般不死不停息、不罢休。局内人乐趣无限、孜孜不倦,局外看透者视之蔑如,可悲的是一般俗人却总是看不破,即使有几个清明者看透了却又忍不过,不甘心才德各方面均不及自己的无良小人享受荣华富贵,一心想着为了所谓的公平公正而与小人争斗不息直到同归于尽,这恰是历代无论小人和大多数君子悲剧之所在。人只有跳出被外物缠绕的景况才能够实现真正的自由,特别是精神的自由自得,而这陶渊明难能可贵的做到了,其出类拔萃之一也即在此。

　　了断生死、随顺自然变化,在古贤看来乃为达道,陶渊明当然是"达道"的楷模,特别是他的《形影神》三首最集中地将自己的哲学思考所得一步深如一步展现出来。宋代学人读后多有启发,亦多有领悟。罗大经云:"'人为三才中,岂不以我故','我',神自谓也。人与天、地并立而为三才,以此心之神也。若块然血肉,岂足

---

　　① 汪藻《浮溪集》卷十九《信州郑固道侍郎寓屋记》,《四库全书》第 1128 册第 169—170 页。

　　② 许𫗧《彦周诗话》,何文焕《历代诗话》第 401 页。

　　③ 胡仔《苕溪渔隐丛话·前集》卷四,北京,人民文学出版社 1962 年版第 23 页。

以并天地哉？末云：'纵浪大化中，不喜亦不惧。应尽便须尽，无复独多虑。'乃是不以死生祸福动其心，泰然委顺养，神之道也。渊明可谓知道之士。"①人类之所以与天、地并立并称为三才，全是因为人有"神"寄寓肉体之间，倘设没了此神，一具行尸走肉，与猪马狗羊有何区别？又有何价值可言？也正因此常守精神自由不为外界所惑，随宇宙变迁才是"知道"的人生根基。

　　周密结合佛经之说，进一步揭示出陶渊明生死自然观和佛教理论的渊源关系，即使陶渊明未读佛经，其所云能够有如此深奥的哲理思索也当是善于体悟人生体悟万物之理之所得："靖节作《形影相赠神释之诗》，谓'贵贱贤愚，莫不营营惜生'，'故极陈形影之苦'，而以神辨自然以释其惑。《形赠影》曰：'愿君取吾言，得酒莫苟辞。'《影答形》曰：'立善有遗爱，胡可不自竭？'形累养而欲饮，影役名而求善，皆惜生之惑也。神乃释之曰：'大钧无私力，万理自森著。人为三才中，岂不以我故。'此神自谓也。又曰：'日醉或能忘，将非趣龄具。'所以辨养之累；又曰：'立善常所忻，谁当与汝誉。'所以解名之役，然亦仅在趣龄与无誉而已。设使为善见知、饮酒得寿则，亦将从之耶？于是又极其释曰：'纵浪大化中，不喜亦不惧。应尽便须尽，无事勿多虑。'此乃不以死生祸福动其心、泰然委顺，乃得神之自然，释氏所谓'断常见'者也。"②

　　宋人所认识到的，陶渊明深得理趣还有另一方面，即为人处事的"任真"、"凭心"，不受外物羁绊。如苏轼云："孔子不取微生高，孟子不取於陵仲子，恶其不情也。陶渊明欲仕则仕，不以求之为嫌；欲隐则隐，不以去之为高；饥则扣门而乞食，饱则鸡黍以迎客，古今贤之，贵其真也。"③葛胜仲云："有以渊明画像见观者，予赞之

---

① 罗大经《鹤林玉露》卷五"神形影"条，北京，中华书局 1983 年版第 92 页。
② 周密《齐东野语》卷九，北京，中华书局 1983 年版第 154 页。
③ 胡仔《苕溪渔隐丛话·前集》卷三，北京，人民文学出版社 1962 年版第 17 页。

云：'欲仕则弦歌必求，欲隐则著作不就，欲卧则遣客而醵醻，欲饮则从客之邂逅，欲辞则檀道济之粱肉必麾，欲取则颜延年之货泉亦受。夫惟任真自得，而颖脱不羁，所以为无怀葛天氏之民而超三季之浇陋者乎？"①又云："晋宋二史皆载陶渊明不肯束带见乡里小儿，遂弃彭泽归。意谓淡于荣利，足名高隐，不知适所以訾之也。古之达人胜士，语默隐显如固有。渊明襟量如止水，澄之挠之，未易清浊，岂以把板屈腰婴意，遽违初心哉？以陶集考之，程氏妹新娶居，急于抚亲，故在官才六旬遽归尔。"②所云未必切于史事，然而归结渊明心态亦有可取之处。

周紫芝观察到陶渊明因为胸中蕴有主见，所以才能够做到任真随性，而这却是一般利欲熏心醉心利禄的士大夫绝对达不到的境界，也是他们做不出陶渊明那样风格的诗篇的根本原因："陶渊明闲居则负耒而躬耕，年饥则叩门而乞食，盖不可不谓贫矣。至于弃官而归，则易若脱履，非其胸中自有邱壑，安能摆落世故如此。……近时士大夫多喜学渊明诗，皆故为静退远引之词，以文其歆羡躁进之失，譬犹效西子之颦而忘其语意高远，不能窥此老之藩篱也。"③从心所欲，萧然由己，不受外物与世俗羁束，此正陶渊明平生本色。

宋代是一个学术领域自由辩论的时代，在众口一词地推崇陶渊明任真自然的人生情趣时，也有个别学者对陶渊明的言行提出了批评，他们认为陶渊明的确任真，但随便离开官场撇下县令之职，却是不合乎"义"的准则的，也就是讲陶渊明弃官的理由和借口是不够充分正当的，其为人确实接近了"知道"的境界，但远远没有做到"义"，只讲"道"，不讲"义"，也即只讲求自然宇宙之理，而忽略

---

① 葛胜仲《丹阳集》卷八《书渊明集后》，《四库全书》第 1127 册第 491 页。

② 葛胜仲《丹阳集》卷十六《次韵良器真意亭探韵并序》，《四库全书》第 1127 册第 558 页。

③ 周紫芝《太仓稊米集》卷六六《书陶渊明归田园书后》，《四库全书》第 1141 册第 474 页。

人生伦理，这实际上已经偏向了佛家的泥潭，话语说来头头是道，懂得了"体"，却不懂得"用"。圣贤的为人应该是"体用"一致，"道义"整合，不能够分析拆散的。所以陶渊明比较晋宋时期同一时代的文士们，是出类拔萃的，只是其弱点缺失也是不该为之掩饰的，持这一观点的代表学者是陈渊，其语云："渊明以小人鄙督邮而不肯以己下之，非孟子所谓隘乎？仕为令尹，乃曰徒为五斗米而已。以此为可欲而就，以此为可轻而去，此何义哉？诚如此，是废规矩准绳而任吾意耳。孔子曰，和顺于道德而理于义，又曰行义以达其道。渊明至处，或几于道矣，于义则未也。舍义而言道，自圣学不传之后，其弊至今尚在，则佛之徒是已，渊明何几乎？盖孟子之言气，以为配义与道，若曰配义而已，则于体有不完；配道而已，则于用有不济。彼舍义而言道，则是有体而无用也。而可乎体用兼明，此古人所以动静如一，而圣学所以为无弊也。今言渊明气象，虽万钟不可留，数顷公田其能挽住耶？是则然矣，然不顾万钟一也。至于孟子则去其君必有谓焉，何哉？徒得其义而已。此不可不辨也。"[1]陈渊站在时代哲学思维的高度重新评判陶渊明需要很大勇气，所用"道义""体用"的概念系统也富有一定逻辑水平。这样的辩说较之当时一般学者一味地称扬陶渊明如何卓越、如何难及，更能启发后学深思，也显得更有学术价值和意义。但同时，脱离陶渊明所处的那个具体时代背景，无视陶渊明作为东晋开国功臣的后人面对君昏臣乱而自己又难以挽救的内心愤懑情怀，却来责难陶渊明不当随意弃官隐居，责难陶渊明平生实践未能体用兼顾，又不免苛责先贤。

---

[1]　陈渊《默堂集》卷十六《答翁子静论陶渊明》，《四库全书》第1139册第426—427页。

三、陶渊明诗歌辞赋风格——平淡自然真淳

宋代学人对陶渊明诗歌辞赋总体评价可以胡仔的话语为代表:"钟嵘评渊明诗为'古今隐逸诗人之宗',余谓陋哉斯言,岂足以尽之。不若萧统云:'渊明文章不群,词彩精拔,跌宕昭彰,独超众类,抑扬爽朗,莫之与京。横素波而傍流,干青云而直上。语时事则指而可想,论怀抱则旷而且真。'此言尽之矣。"①所谓"真",既指平淡,亦指自然。而宋代学者诗人心目中对陶渊明诗赋最普遍的印象是"平淡"而有厚味,自然又有奇趣,屡见于文,不胜枚举,如黄庭坚深有体味,云:"血气方刚时,读此诗(陶渊明诗),如嚼枯木;及绵历世事,如决定无所用智,每观此篇,如渴饮水,如欲寐得啜茗,如饥啖汤饼。今人亦有能同味者乎?但恐嚼不破耳。"②

1. "平淡"而有厚味

此处先述宋代文学家们对其"平淡"而有厚味方面的论列。这一方面,蔡绦推举得最高,云:"渊明意趣真古,清淡之宗,诗家视渊明,犹孔门视伯夷也。"③孟子评伯夷"圣之清者",清即指感情淡泊而不浓烈。苏轼总结得最凝练,云:"渊明作诗不多,然其诗质而实绮,癯而实腴。"④"质"、"癯"即"平淡","绮"、"腴"即有厚味。

姜夔云:"陶渊明天资既高,趣诣又远,故其诗散而庄、淡而腴,断不容作邯郸步也。"⑤亦从平、腴二者立言。

平淡之义当指抒情肃穆,无大喜大怒之态。朱熹云其《归去来

---

① 胡仔《苕溪渔隐丛话·后集》卷三,北京,中华书局1962年版第17页。

② 刘琳等校点《黄庭坚全集·外集》卷二十三《书陶渊明诗后寄王吉老》,成都,四川大学出版社2001年版第1404页。

③ 蔡绦《西清诗话》,葛立方《韵语阳秋》卷十二引,何文焕《历代诗话》第575页。

④ 陈宏天校点《苏辙集》第1110页《子瞻和陶渊明诗集》引,北京,中华书局1990年版。

⑤ 姜夔《白石道人诗说》,何文焕《历代诗话》第681页。

兮辞》可为典型:"欧阳公言'两晋无文章,幸独有《归去来辞》一篇耳。'然其词义夷旷萧散,虽托楚声而无其尤怨切蹙之病云。"①夷旷,亦即感情表达有淡淡悲切而无怨怒激情等。其《挽歌》亦饱有此风,可以拿秦观的拟作作一比较,胡仔云:"渊明自作《挽辞》,秦太虚亦效之。余谓渊明之辞了达,太虚之辞哀怨。……东坡谓太虚齐死生、了物我,戏出此语。其言过矣,此言渊明可以当之。若太虚者,情钟世志,意恋生理,一经迁谪,则不能自释,遂怏忿而作此辞。岂真若是乎?"②秦观乃贪恋世情、俗念浓厚之辈,故情感激昂。陶渊明才能够做到透视生死、平视贵贱,故能情淡语平。宋代学者叶西涧云:"古今诗学,冲淡闲远,惟陶渊明为难到。"③

厚味,乃与平淡相反而相成,其含蕴当有豪放气派,朱熹揭示道:"陶渊明诗,人皆说是平淡。据某看,他自豪放,但豪放得来不觉耳。其露出本相者,是《咏荆轲》一篇,平淡底人如何说得这样言语出来?"④

至于其诗风平淡而有厚味的成因,宋代学者亦曾有所探寻,大致云其来自"自然",如杨时云:"陶渊明诗所不可及者,冲淡深粹出于自然。若曾用力学,然后知渊明诗非着力之所能成。"⑤朱熹云:"渊明诗平淡出于自然,后人学他平淡,便相去远矣。"⑥皆是此意。

2. 自然又有奇趣

宋人所鉴赏的陶渊明诗风第二方面,乃其自然又有奇趣。于其自然,黄庭坚概括道:"渊明之诗,所谓不烦绳削而自合者,然巧于斧斤者多疑其拙,窘于检括者辄病其放。孔子曰:'宁武子其智

---

① 朱熹《楚辞集注·楚辞后语》卷四,《四库全书》第1062册第433页。

② 胡仔《苕溪渔隐丛话·后集》卷三,北京,中华书局1962年版第20—21页。

③ 蔡正孙《诗林广记》卷一引,北京,中华书局1982年版第2页。

④ 黎靖德《朱子语类》卷一百四十《论文下》,北京,中华书局1986年版第3325页。

⑤ 杨时《龟山集》卷十,《四库全书》第1125册第191页。

⑥ 黎靖德编《朱子语类》卷一百四十《论文下》,北京,中华书局1986年版第3324页。

可及也，其愚不可及也。'渊明之拙与放，岂可与不知者道哉？"①又云："谢康乐、庾义城之于诗炉锤之功不遗力也。然陶彭泽之墙数仞，谢、庾未能窥者，何哉？盖二子有意于俗人赞毁其工拙，渊明直寄焉耳。"②葛立方亦谓："陶潜、谢朓诗皆平淡有思致，非后来诗人怵心刿目雕琢者所为也。"③综上所述，"自然"即看似不加雕琢而却景色如画、万象如睹，虽挖空心思精雕细刻而远远不难及者。

诗赋之"奇趣"，也即作品蕴涵的新鲜妙处，于此宋人也多予发挥，苏轼就曾赞叹道："渊明诗初看若散缓，熟读有奇趣。"并举"蔼蔼远人村，依依墟里烟。犬吠深巷中，鸡鸣桑树颠"等句作为诗歌才高意远，造语精到的典型④。袁燮云："魏晋诸贤之作，虽不逮古，犹有舂容恬畅之风，而陶靖节为最，不烦雕琢，理趣深长，非馀子所及。"⑤既能够不烦雕刻又能够表达出深邃悠长的理趣奇致，正是人所难及而为陶渊明诗所独具的特色。平生喜好陶潜田园诗的苏东坡多有亲身体验，诗之妙处非身临其境难得真识，正如李白登上金陵城西楼俯瞰江面风景所谓"解道'澄江净如练'，令人长忆谢玄晖"。张表臣云："东坡称：'陶靖节诗云，平畴交远风，良苗亦怀新。非古之耦耕植杖者不能识此语之妙也。'仆居中陶，稼穑是力。夏秋之交，稍旱得雨。雨馀徐步，清风猎猎，禾黍竞秀，濯尘埃而泛新绿，乃悟渊明之善体物也。"⑥

叶梦得认为"诗本触物寓兴，吟咏性情，但能抒写胸中所欲言，无有不佳"，可是世人却往往将心力用在"组织雕镂"，雕章琢句方面，所以常常"语言虽工，而淡然无味，与人意了不相关"。而陶渊

① 黄庭坚《山谷集》卷二十六《题意可诗后》，《四库全书》第 1113 册第 276 页。
② 黄庭坚《山谷集·外集》卷九《论诗》，《四库全书》第 1113 册第 442 页。
③ 葛立方《韵语阳秋》卷一，何文焕《历代诗话》第 483 页。
④ 惠洪《冷斋夜话》卷一引，北京，中华书局 1988 年版第 13 页。
⑤ 袁燮《絜斋集》卷八《题魏丞相诗》，《四库全书》第 1157 册第 96 页。
⑥ 张表臣《珊瑚钩诗话》卷一，何文焕《历代诗话》第 459 页。

明诗篇之所以迥出流辈,使人读后兴味盎然,就在于诗中充满着自大自然的万般情趣。他将自己诵读陶渊明诗文之后、亲身实践所得感触抒写得更为详致:"尝观陶渊明《告俨等疏》云:'见树木交荫,时鸟变声,亦复欢然有喜。'……此皆其平生真意。及读其诗,所谓'孟夏草木长,绕屋树扶疏。众鸟欣有托,吾亦爱吾庐。既耕亦已种,时还读我书。'……直是倾倒所有,备书于手,初不自知为语言文字也,此其所以不可及。谁无三间屋,夏月饱睡读书,藉木荫、听鸟声,而惟渊明独知为至乐,则知世间好事,人所均有而不能自受用者,何可胜数?"①

　　陶渊明诗风如此精湛造诣的成因,宋代文学家所归结的大致为三项:一是人品高洁。《雪浪斋日记》云:"陶、谢(灵运)诗所以妙者,由其人品高,王、杨、卢、骆,叫呼衔鬻以为文耳。"②随心所欲贬低唐初作家肯定是不够严肃的,而将诗妙之源追溯到人品方面算是找到了根基之一,正如叶梦得所云"《归去来辞》云:'云无心而出岫,鸟倦飞而知还',此陶渊明出处大节,非胸中实有此境不能为此言也"③。二是虚静的心境。朱熹对此曾有针对性的言论,云:"今人所以事事做得不好者,缘不识之故。只如个诗,举世之人尽命去奔做,只是无一个人做得成诗。他是不识,好底将做不好底,不好底将做好底,这个只是心里闹不虚静之故。不虚不静,故不明;不明,故不识。若虚静而明,便识好物事。虽百工技艺做得精者,也是他心虚理明,所以做得来精。心里闹,如何见得。"④陶渊明作诗超群,恰恰正缘其内心虚静,不惑于外在物色的诱引淆乱,故而能够写出横越古今之作。三是缘自真诚无饰的心灵。李格非曾云:

---

① 陶宗仪《说郛》卷二十上引,《四库全书》第 877 册第 167 页。
② 何溪汶《竹庄诗话》卷一引,北京,中华书局 1984 年版第 10 页。
③ 叶梦得《避暑录话》卷一,上海书店 1990 年版。
④ 黎靖德编《朱子语类》卷一百四十《论文》,北京,中华书局 1986 年版第 3333 页。

"诸葛孔明《出师表》、刘伶《酒德颂》、陶渊明《归去来辞》、李令伯《乞养亲表》,皆沛然如肝肺中流出,殊不见斧凿痕,是数君子在后汉之末、西晋之间,初未尝欲以文章名世,而其词意超迈如此。"①语虽简单,却点出了创作出优秀诗歌辞赋的一大关键因素。

四、陶渊明名句之赏析

宋代诗话多家曾就陶渊明"采菊东篱下,悠然见南山"发表过赏析意见,这些话语又都和校勘相关。宋代陶潜集版本此句又有"望南山"写法,据宋人考证,字样歧异应自唐代既已如此,吴曾云:"东坡以渊明'采菊东篱下,悠然见南山',而无识者以'见'为'望',不啻碔砆之与美玉。然予观乐天《效渊明诗》有云:'时倾一樽酒,坐望东南山。'然则流俗之失久矣。惟韦苏州《答长安丞裴税诗》有云:'采菊露未晞,举头见秋山。'乃知真得渊明诗意,而东坡之说为可信。"②此乃从《文选》的文学接受方面论证唐代版本情况,结论可靠。至于二字的优劣,苏轼阐述得已经细致入微,后学者又多加补充弥合。苏东坡云:"近世人轻以意改书,鄙浅之人好恶多同,故从而和之者众,遂使古书日就讹舛,深可忿疾。孔子曰:'吾犹及史之阙文也。'自予少时,见前辈皆不敢轻改书,故蜀本大字书,皆善本。……陶潜诗'采菊东篱下,悠然见南山',采菊之次,偶然见山,初不用意,而境与意会,故可喜也。今皆作'望南山'。"③

苏轼本意是就当时刊书界胡乱改动原书发表的观点,但也已经涉及到用字与全句意象的生动妥帖方面的问题。另外一个场合,苏轼讲得更深透些,主要是就此句妙处议论的,云:"陶渊明意

---

① 惠洪《冷斋夜话》卷三引,北京,中华书局1984年第26页。

② 吴曾《能改斋漫录》卷三"悠然见南山"条,上海古籍出版社1979年版第57页。

③ 苏轼《东坡全集》卷一百"慎改窜"条,《四库全书》第1108册第586页。

不在诗,诗以寄其意耳。'采菊东篱下,悠然望南山',则既采菊,又望山,意尽于此,无馀蕴矣,非渊明意也。'采菊东篱下,悠然见南山',则本自采菊,无意望山,适举首而见之,故悠然忘情,趣闲而心远。此未可于文字精粗间求之,以比碔砆美玉不类。"①虽然苏东坡出言不免前后矛盾——明明正是从文字精粗间加以探求却又故作玄妙之态,云二句高低难以言表。然其以"见"为优的观点,可谓鉴赏老到,一言九鼎,自此几乎再无异议。

蔡宽夫将这一字之异强调到关乎全篇艺术高低的重要性上,云:"'采菊东篱下,悠然见南山',此其闲远自得之意,直若超然邈出宇宙之外。俗本多以'见'字为'望'字,若尔,便有褰裳濡足之态矣,乃知一字之误,害理有如是者。……若此等类,纵误不过一字之失。如'见'与'望',则并其全篇佳意败之,此校书者不可不谨也。"②

"见"之佳处,苏东坡云能够显示当时陶渊明心态虚静,蔡宽夫云能够表达出作者悠闲清远自得之意,超然物外的清高。又一文献的说法是讲苏东坡认为作"见"更有馀味,耐人思索,作"望"则意境索然:"东坡云:渊明意不在诗,诗以寄其意耳。采菊东篱下,悠然见南山,则本自采菊,无意望山,适举首而见之,故悠然忘情,趣闲而累远,此未可于文字语句间求之。今皆作望南山,觉一篇神气索然。"③总之,此为苏东坡平生评论陶渊明诗赋实践里最为得意之例,故每每言之,虽有沾沾自喜惟恐他人不知之心态,结论确实是呈现了精湛的诗学造诣。

---

① 晁补之《鸡肋集》卷三十三"题陶渊明诗后",《四部丛刊》本。
② 胡仔《苕溪渔隐丛话·前集》卷三引,北京,中华书局 1962 年版第 16 页。
③ 何溪汶《竹庄诗话》卷四引,北京,中华书局 1984 年版第 76 页。

第六节　宋代学者关于大谢名篇的评论

宋代学人与唐人相类的是,评诗时仍多将谢灵运与陶渊明相提并论,然而与唐人诗格中对谢灵运推崇极高大有不同的是,宋代学者文士对大谢品德已多疵议,葛立方指责其性格热躁趋进,有违君臣大义:"谢灵运在永嘉、临川,作山水诗甚多,往往皆佳句。然其人浮躁不羁,亦何足道哉?……武帝、文帝两朝遇之甚厚,内而卿监,外而二千石,亦不为不逢矣,岂可谓与世不相遇乎?少须之,安知不至黄散,而褊躁至是,惜哉!"①出语尖刻而不能设身处地体察大谢苦衷心曲,不仅堕入文人相轻的恶习,而且为刘宋王朝那些处心积虑打击士族人士的专制君主辩护,也不免有取悦当代皇帝和重臣之嫌,出语情调与班固责备贾谊、辩护汉文帝对贾谊已多重用的观点如出一辙。

谢灵运诗风,南北朝时期已有定评,即所谓"朝日芙蓉"之美,既自然又绚烂。叶梦得对此阐释颇为透彻:"古今论诗者多矣,吾独爱汤惠休称谢灵运为'初日芙渠',沈约称王筠为'弹丸脱手',两语最当人意。'初日芙渠',非人力所能为,而精彩华妙之意,自然见于造化之妙。灵运诸诗可以当此者亦无几。"珍奇之物正因稀见为贵。谢灵运诗之佳处多在其警策语句的锻炼,作为创造者自身,谢灵运已觉得非己所能作为,惊为神助。后世接踵探秘究奥者不胜枚举,仅就宋代而言,约有十多家。如姚勉认为此诗里的警句妙在流利自然:"'池塘生春草'此五字,何奇而谓之神哉?呜呼!是乃所以为诗也:不钩章、不棘句、不呕已心、不鲠人喉,其斯之谓诗矣!"②田承君认为表达的是大病初愈时的欢欣状态,有真切的生

---

① 葛立方《韵语阳秋》卷八,何文焕《历代诗话》第547—548页。
② 姚勉《雪坡集》卷三十八《草堂诗稿序》,《四库全书》第1184册第264页。

理心理感受作基础,所以为难得:"'池塘生春草',盖是病起忽然见此,为可喜而能道之,所以为贵。"①程大昌也理解得简洁实在,和田成君大致相同:"'池塘生春草',若只就句说句,有何佳处?惟谢公久病,起见新岁发生,故可乐耳。"②

谢灵运诗句之所以耸动诗界,在于刘宋时期存在着颜延年和谢庄等为代表的讲究铺排典故繁词雕饰的诗风,而谢灵运多少亦染有此习。然其真情迸发之际而得"池塘"一联清新流丽之句,自是一奇,又切合钟嵘所倡导的"直寻"、"即目"、不求代语运典的艺术手法,后世亦持相似之见,故而谢灵运也就因此佳句而彪炳诗史。叶梦得即持此说,认为谢灵运猝然遇景乃发此语,云:"'池塘生春草,园柳变鸣禽',世多不解此语为工,盖欲以奇求之耳。此诗之工,正在无所用意,卒然与景相遇,备以成章,不假绳削,故非常情之所能到,诗家妙处当须以此为根本,而思苦言艰者往往不悟。"③

另一位宋代学者王楙不同意叶梦得的这种看法,认为此联乃作者苦思冥想、精心所致而于梦中成就,所以视为珍奇之得:"仆谓灵运制《登池楼诗》而于西堂致思,竟日不就,忽梦惠连得此句,遂足其诗,是非登楼时仓卒对景而就者。谓猝然与景相遇,备以成章,殆恐未然。盖古人之诗,非如今人牵强辏合,要得之自然。如思不到,则不肯成章,故此语因梦,得之自然,所以为贵。"④

至于两句妙处究竟具体何在,宋代学者亦曾论及。唐子西觉得全在于玲珑自然,毫无雕琢痕迹而又绮丽新奇:"灵运在永嘉,因梦惠连,遂有'池塘生春草'之句;元晖在宣城,因登三山,遂有'澄

---

① 阮阅《诗话总龟》卷七,北京,人民文学出版社 1987 年版第 83 页。
② 程大昌《演繁露续集》卷四"会意"条,《四库全书》第 852 册第 232 页。
③ 叶梦得《石林诗话》卷中,何文焕《历代诗话》第 426 页。
④ 王楙《野客丛书》卷十九"灵运得句"条,上海古籍出版社 1991 年版第 278 页。

江净如练'之句。二公妙处,盖在于鼻无垩,目无膜尔。鼻无垩,斤将曷运? 目无膜,鎞将曷施? 所谓混然天成、天球不琢者欤?"①

曹彦约认为佳句之得与季节转换密切相连,亦与动物、植物先得春意相关,求之过深,反堕穿凿,只是论列还算有新意,聊备一说:"'牂羊坟首,三星在溜',言不可久,古人用意深远,言语简淡,必日锻月炼,然后洞晓其意。及思而得之,愈觉有味,非若后人一句道尽也。晋宋间诗人尚有古意,谢灵运'池塘生春草'之句,说诗者多不见其妙,此殆未尝作诗之苦耳。盖是时,春律将尽、夏景已来,草犹旧态,禽已新声,所以先得'变夏禽'一句。语意未见,则向上一句尤更难着。及乎惠连入梦,诗意感怀,因植物之未变,知动物之先时,意到语到,安得不谓之妙? 诸家诗话所载,未参此理。数百年间,惟杜子美得之,故云:'蚁浮犹腊味,鸥泛已春声。'句中着'犹'字'已'字,便见本意。然比之灵运,句法已觉道尽,况下于子美者乎?"②曹彦约短短一节,暴露殊多问题,一是所用版本之劣,《诗品》、《文选》等均作"园柳变鸣禽",曹氏所采则作"变夏禽",前句后句季节冲突,曹诗不察仍言之津津,可见版本之劣与学识之陋。二是固守谬文曲为辩说。"生春草"之"生"显示时为春初,为解通"夏禽",将时节阐释为夏初春末。三是牵强附会不通物理,自然界春天伊始,春意往往自土气转暖植物萌动为征兆,曹诗却言"因植物之未变,知动物之先时",殊为荒诞。有此三误,所谓喋喋而出之"愈觉有味"、"未参此理",则不足道也。

其实此前解说这两句蕴意还有更加荒唐牵强的,即唐代权德舆,云:"池塘者,泉水潴溉之地。今曰'生春草',是王泽竭也,《豳诗》所纪,一虫鸣则一候变,今曰变鸣禽,是候变也。"③并认为谢灵

---

① 魏庆之《诗人玉屑》卷十三,上海古籍出版社 1978 年版第 279—280 页。
② 曹彦约《昌谷集》卷十六"池塘生春草说"条,《四库全书》第 1167 册第 199 页。
③ 吴景旭《历代诗话》卷三十二"诗祸"条引,北京,中华书局 1958 年版第 336 页。

运以此讽刺刘宋王朝,成为后来被杀于广州的重要原因。王安石取以为美谈,这种解诗观点受到明清诗学界如王世贞①、吴景旭等的严厉批驳是非常自然的。

---

① 王世贞《艺苑卮言》卷三,北京,中华书局 1983 年版《历代诗话续编》第 995 页。

第四章 《文选》评点第一书——
元初方回《文选颜鲍谢诗评》

宋元之际的文学家方回的《文选颜鲍谢诗评》,是选学评点史上的第一部专作,试论其评点成就与特色如下。

第一节 方回生平著述、品德为人、诗歌观念和 汉魏六朝诗史观

方回生平资料见于明人程敏政《新安文献志》卷九五上洪焱祖《方总管回传》等。《方总管回传》云,方回(1227—1307),字万里,号虚谷居士,徽州歙县(今属安徽)人。其父被贬官南方,殂于广东。方回是其父在广东所得婢女所生,故取名与字如此。方回自云"先君无罪谪封川,天界遗孤出瘴烟"①,即指此事。方回幼孤,从叔父方琭学,颖悟过人,读书一目数行下。成年后赋诗为文,天才杰出。宋理宗景定三年(1262)进士,初提领池阳茶盐,累迁严州知州。德祐元年(1275),上书声讨权奸贾似道十可斩之罪,"中外快之"。入元后,官建德路总管,至元十八年(1281)离任。后徜徉于钱塘湖山间20馀年,"嗜学至老不厌,经史百家靡不研究,而议

---

① 方回《桐江续集》卷二十一《丙申生日七十自赋二首》,《四库全书》第1193册第490页。本章所引《桐江续集》皆出于此,以下只注页码。

论平实,一宗朱文公(朱熹)"①。其著作有《桐江集》八卷、《桐江续集》三十七卷。选录唐宋近体诗加以品评,名为《瀛奎律髓》,又有《续古今考》三十七卷。其研究《文选》的著作是《文选颜鲍谢诗评》四卷。

方回于诗歌风格的创作倾向一生多有变化,曾述作诗取则对象的变迁轨迹云:"然客犹疑予之作诗不无法也,则诘之曰:子之诗,初学张宛邱,次学苏沧浪、梅都官,而出入于杨诚斋、陆放翁,后乃悔其腴而不癯也,恶其弱而不劲也,束之以黄陈之深严,而参之以简斋之开宏。古体诗,其始慕韩昌黎,而惧乎博之过;慕柳柳州,而惧乎褊之过;慕元道州,而惧乎短涩之过;慕韦苏州,而惧乎谆谵之过。既而亦于子朱子有得,追谢尾陶,拟康乐,和渊明,亦颇近矣。而谓作诗无法,是欺我也。予凝思久之,而复其说曰:此皆予少年之狂论,中年之癖习也。去岁适六十一矣,始悟平生六十年之非,所作诗滞碍排比,有模临法帖之病,翻然弃旧从新,信笔肆口,得则书之,不得亦不苦思而力索也,然后自信作诗不容有法。"②由上可见,方回平生写诗先时效法过张耒(宛丘)、苏舜钦(沧浪)、梅尧臣(都官)、杨万里、陆游,觉其腴弱而去之。后又效法过黄庭坚、陈师道、陈与义等江西诗风。于古体诗初时仿拟过韩愈、柳宗元、元结、韦应物,后受朱熹倡导汉魏古诗之语的启发,又学陶渊明和谢灵运。晚年乃舍弃模仿众家之习,转而为信笔肆口以写己心。

其诗歌批评主要重心在唐宋二代,对汉魏六朝也有些涉及。对唐宋乃重其格律诗,汉魏六朝乃重其五言古体诗。他标榜的诗歌创作要领在其所谓"诗家大概"一节说得最清晰:"古诗以汉魏晋为宗而祖《三百五篇》、《离骚》,律诗以唐人为宗而祖老杜。沿其

① 程敏政《新安文献志》卷九十五上洪焱祖《方总管回传》,《四库全书》第 1376 册第 586 页。

② 《桐江续集》卷三十二《虚谷桐江续集序》,第 665 页。

流,止乾淳;溯其源,止洙泗。律为骨,意为脉,字为眼。此诗家大
概也。"①基本上还是以传统儒家崇经复古的理念为诗学基础,诗
的正宗源头是孔子所删定的《诗经》,值得学习的流派有二,一是
《离骚》与汉魏晋五言古诗,一是唐代以杜甫为高标的律诗。以南
宋中期也即乾道、淳熙(1165—1189)以后的诗篇为不足观,表示了
厌恶南宋后期江湖诗派的明确态度。之所以以汉魏晋盛唐诗为典
范,方回觉得乃因其"格高":"诗以格高为第一。《三百五篇》,圣人
所定,不敢以格目之,然风雅颂体三,比兴赋体三,一体自有一格,
观者当自得之于心。自骚人以来,至汉苏、李、魏曹、刘,亦无格卑
者。而予乃创为格高卑之论者,何也?曰:此为近世之诗人言之
也。予于晋,独推陶彭泽一人,格高足方嵇、阮。"②

　　古体诗名家中,方回最推崇陶渊明,曾云:"菊花篱下酒,万古
一渊明。"③又云:"五言古,陶渊明为根柢,三谢尚不满人意。"④并
且曾撰数十篇拟陶诗篇。关于陶渊明,方回有一段很耐人寻味的
评论,当时诗界后辈刘光撰写一篇咏叹陶渊明的诗篇,云"我爱陶
元亮,忠肝义胆存。不忘一饭报,况受累朝恩。解印彭泽县,归田
栗里村。贫非无粟在,宋粟不堪飧",请他评点,方回写道:"此等诗
当忘言,且陶元亮年六十三以死,刺史王弘之酒,亦不拒也。刘裕
后何曾不吃饭来?用夷齐周事,恐徒多纷纭。"⑤表面是讲不能将
陶渊明和伯夷、叔齐作比,伯夷、叔齐是孤竹国二位公子,周灭了
商,他们反对周王以暴易暴,饿死在首阳山,并非殉国;而陶渊明是
故朝亡后拒绝出仕,但刘宋王朝的饭还是吃的,所以最后讲刘光如

---

　　① 方回《桐江集》卷一《汪斗山〈识悔吟稿〉序》,江苏古籍出版社1988年版《宛委别
藏》本第56页。
　　②《桐江续集》卷三十三《唐长孺艺圃小集序》,第682页。
　　③《桐江续集》卷二十八《诗思十首》之十,第592页。
　　④《桐江集》卷一《送俞惟道序》,第91页。
　　⑤《桐江集》卷五《评刘元辉诗》,第330页。

此比附，徒然制造混乱。这一节是自我解嘲呢，还是隐约讽刺文坛宿敌周密等人在宋时耽于游宴戏乐、宋亡后却以遗民自命的行为呢？不得而知。

其《桐江续集》中有一则关于陶渊明诗句校勘的条目，立论甚为确切而笃实，此篇即《辨渊明诗》，其序云："渊明《读山海经》诗：'精卫衔微木，将以填沧海；形夭无千岁，猛志故常在。'此四句皆以指精卫也，谓此禽之寿，焉有千年，而报冤之意，未尝泯耳。若所谓形天，兽名，口中好衔干戚而舞者，《山海经》信有之。曾纮偶见此，即改'形夭无千岁'为'刑天舞干戚'，然辞意不相谐合。盖近世读书校雠者好奇之过也。予谓'形夭无千岁'为是，不当轻改。"诗云："微禽移木石，欲以塞东洋，赋寿何能远，衔冤未始忘；起脾讹越婢，澎浪转彭郎；轻改刑天字，于文恐未详。"[1]今按，若作"刑天舞干戚"，全诗句意转换过快，上文的"精卫"二句就没了下文；若作"形夭无千岁"，恰与"猛志故常在"互相对衬，意蕴连贯。"夭"作幼年而死，也合于精卫的身世。作"形夭无千岁"良是。

其生平品德为人，宋末周密和四库馆臣讥评甚为激烈，周密《癸辛杂识》曾专辟"方回"条进行丑诋[2]，洋洋洒洒两千来字，所攻击的罪名就有四类：

一是在故乡坑骗豪夺，作恶多端，声名狼藉，结怨甚多，遂终生不敢归乡。二是自矜诗才，以放肆为高，古稀之年与老友仇仁近因庆寿诗语闹翻几至诉之帝座。三是男女关系混乱，好色荒淫，床帷不修，少年在广州时与娼家有讼，壮年在池阳为官喜游寡妇之门，老年贪淫，前后强占女婢三人，遇饮宴喜好藏揣果肴归家与婢；一婢失去则写诗贴于广衢以觅之，见妓女则下跪，毫无羞耻之心。四是政治节操恶劣，宋末奸臣贾似道为相，方回献《梅花百咏》以媚

---

① 《桐江续集》卷十二《辨渊明诗》，第367页。
② 周密《癸辛杂识》别集卷上，北京，中华书局1988年版第249—252页。

之,遂得入朝为官;后贾似道贬死,方回为掩饰媚事贾相之迹,奏上权奸十可斩之疏。元军南下,时为严州知府的方回迎降于 30 里外并沾沾自得,作建德路总管时,又遍刮富户金银数十万两尽入私囊。

对此等无情攻讦,明代学者都穆《南濠诗话》曾记述时人语云:"吴兴唐广惟勤为人雅有风致,尤善词翰。尝手录周公谨《癸辛杂识》,见其中载方万里秽行之事,意颇弗平。是夜梦方来曰:'吾旧与周生有隙,故谤我至此。君能文者,幸为我暴之。'"对此,四库馆臣完全站在周密一边:"夫是非之公,人心具在,使密果诬蔑方回,不应有元一代无一人为回讼冤,至明而其鬼忽灵者,其说荒唐,殆不足辨。且密为忠臣,回实叛贼,即使两人面质,人终信密,不信回也,况恍惚梦语乎?"①今案元代无人为方回辩护洗白,原因可以有多种,或认为周密之书乃稗闻小说,不足采信,不值得辩驳;或元人欲驳,然而时间久远,难以有确凿根据以证周密之言为虚;或周密此书流传不广,读者甚少,无兴趣辩之,都会有的,怎么可以根据元代无人开口就坐实周密所言确切真实呢?

今人詹杭伦《方回的唐宋律诗学》列举元代文献证实了周密所述数项事件的不实,一是方回自应举就饱受贾似道及其门客迫害,构怨颇深,全无谄事贾相事。二是方回上书请诛贾似道时,贾被贬但未死,并有死灰复燃之势。三是仇远(字仁近)撰写寿诗讥刺方回,实无此事。四是方回晚年生活清贫,无搜刮富民之举。五是方回女儿嫁与程家受虐而死,方回与亲家程淳祖等诉讼又败,百般受谤,故而不愿归乡,在故里结怨是实,却非在乡有劣迹②。

今尚可补充于下。一是周密书的性质决定了其记述的内容多

---

① 纪昀《四库全书总目》卷一百四十一"癸辛杂识",北京,中华书局 1965 年版第 1201 页。

② 詹杭伦《方回的唐宋律诗学》第 236—250 页,北京,中华书局 2002 年版。

不可信。今案周密生于 1232 年，卒于 1298 年，享年 67 岁。方回生于 1227 年，卒于 1307 年，享年 81 岁。周密书里斥责方回年已古稀弃妻不归，方回 70 岁时在 1296 年，周密年在暮年，已经病卧在床，所以所记之事闻多于见，而且言者多为野人畸士，所闻话题内容态度又多不严肃，正如他自己在《癸辛杂识序》里所言："坡翁喜客谈，其不能者强之说鬼，或辞无有，则曰'姑妄言之'，闻者绝倒。洪景卢志夷坚，贪多务得，不免妄诞，此皆好奇之过也。"其所著书与谈鬼说怪妄诞不经者并提而论，其书之性质可知也。又云："余卧病荒闲，来者率野人畸士，放言善谑，醉谈笑语，靡所不有，可喜可噩，以警以思，或献一时之笑，或起千古之悲，其见给者固不少。然求一二于千百，当亦有之。"酒中谑谈，醉里笑语，岂可作为信史？连他自己都说可信者千百之中仅有一二，其它尽皆妄言虚语。所以成书的目的仅是为了无聊之时的消闲，抱着游戏心态而记："暇日萃之成编，其或独夜遐想，旧朋不来，展卷对之，何异平生之友相与抵掌剧谈哉？因窃自叹曰：是非真诞之辨，岂惟是哉？信史以来，去取不谬、好恶不私者几人？而舜伪欺世者总总也，虽然一时之闻见，本于无心千载之予夺、狃于私意，以是而言，岂不犹贤于彼哉？"这里最后数语又以污蔑古代史书的口气几乎抹煞所有信史，认为既然自古以来的史书都可以去取荒谬、私意褒贬、造伪欺世，我之此书虽多含怪诞之谈，还是胜过前人史书的。对用这样态度叙述的事情，后人特别是四库馆臣竟然虔诚地取为立论根据，并且给古人以品德为人方面的千古定论、高下抑扬，岂不令人齿冷？

　　第二，周密的有些叙述通过事理就可以推断出来是纯粹的虚构和污蔑，所谓 70 老翁与婢女的房事竟然因为"床脚摇拽有声，遂撼落壁土，适邻居有北客病卧壁下，遂为土所压"等，苟非编造者丧心病狂，或者与方回有私人仇怨，怎么会用如此违理之说、污秽之言血口喷人？

　　第三，方回降元，也不像周密所言主动投降元朝并且跑到 30

里外迎接元军。当时的局势是南宋首都已被元军占领,执政的谢太后和小皇帝下令要求各地宋朝官员停止抵抗,《元史·伯颜传》云:"分遣萧郁、王世英等,招谕衢、信诸州。二月丁酉,遣刘颃等往淮西招夏贵,仍遣别将徇地浙东、西,于是知严州方回、知婺州刘怡、知台州杨必大、知处州梁椅,并以城降。"①可见当时响应宋朝皇帝旨意归顺元军的极多。方回任知府的严州,具体情况是:"公(程龙)登咸亨七年进士第,历严州推官,与虚谷先生方回同事。北军下临安,太后手诏谕州军降,方遂以严郡入附。"②而首先倡言投降元军的不是方回,而是当地人吴宗:"会王师(元军)南征,宋运将季,君(吴宗)幡然曰:'是岂竖儒泥章句时耶?'丙子春正月,淮安忠武王以中书右丞相统大军驻杭,遣兵部郎中王世英、刑部郎中萧郁,以宋主命谕列城款附,兵且薄境上,守臣方回将出降,莫启其端,君因说曰:'死封疆社稷,义也。顾宋主念赤子无辜,毋俎刃为鱼肉,事亟矣!盍从以舒祸?'回属君以郡符来上,遂版授郡知事,政令新更,民怀首鼠,君赞幙画,劗夷奸凶,良弱安堵。"③吴宗所言颇能够蛊惑人心,其言守土之臣为保卫社稷而死,很合乎忠义的原则,可而今我们大宋皇帝顾念黎民无辜的生命,所以不愿百姓遭受屠戮,所以下令让我等归附元朝,为何不赶快顺从我宋家皇帝命令,以避屠城之祸呢?由于宋朝皇帝的投降并且命令各地停止抵抗,方回未能够与元军决战到底,气节方面自然远逊于文天祥等抗元英烈,但也算不上是主动归降,更不能因此就给他扣上一个大奸大恶的帽子。周密文中言"北军至,回倡言死封疆之说甚壮。及北

---

① 元脱脱《元史》卷一百二十七,北京,中华书局 1976 年版第 3111 页。

② 明程敏政《新安文献志》卷九十五程枢《元中顺大夫同知徽州路总管府事致仕赠中宪大夫上骑都尉追封新安郡伯程公龙家传》,《四库全书》第 1376 册第 588—589 页。

③ 元邓文原《巴西集》卷二《故征事郎徽杭等处榷茶提举司吴君墓志铭》,《四库全书》第 1195 册第 520 页。

军至,忽不知其所在,人皆以为必践初言死矣。遍寻访之不获,乃迎降于 30 里外,大帽毡裘,跨马而还,有自得之色",未免过甚其辞,其实出城献上知府印绶的是当地士人吴宗,虽然吴宗此举得到了方回的首肯,毕竟方回本人未有迎出 30 里之事。

周密为何如此不择手段地,甚至不顾错漏百出地对一位年龄大其 10 岁左右的著名诗人大泼污水,其缘故颇耐人寻味,可是由于历史文献缺乏,今人已经难以得知二人交恶的真正的具体缘由。詹杭伦文中推测了几个可能的原因,一是周密自居宋朝遗民攻击曾经仕元的方回,二是厌恶理学的周密攻击诗人兼理学家的方回,三是周密崇尚晚唐诗歌,因诗道不同而破口谩骂崇尚江西诗派的方回,对此三项詹先生都加以否定,最后倾向于认为周密乃为权相贾似道讼冤:"周密身为宋代遗民,对前朝故相(尽管是一误国宰相)不无依恋之情,又不敢触动新朝执政者,故退而对依附新朝者施加攻击,实属情理中事。"[1]

詹杭伦之说是在总结明代胡应麟、清代赵翼等人认为周密乃贾似道门客基础上引出的,有一定根据。只是不足的是,当时宋朝故臣依附元朝为官者不胜枚举,为何周密偏偏要攻击和诬蔑方回一人呢?可见这一问题还需进一步探讨。根据方回和周密所撰诸书,尚可以见出二人错牾不合的多端事体,可知方回与周密之间矛盾之复杂尖锐。

一是二人学术派别截然冲突。方回信奉程朱之学,周密尊崇陈亮所代表的以词章施用于政治、讲究事功的永康学派(或称"浙派")。而方回肆言污蔑浙派前辈陈亮,这是浙派后学周密最不能容忍的。

方回和周密对朱熹学派、陈亮学派的看法截然相反。陈亮"其为学俱以读书经济为事,嗤点空疏随人牙后谈性命者以为灰埃。

---

[1] 詹杭伦《方回的唐宋律诗学》第 246 页,北京,中华书局 2002 年版。

亦遂为世所忌,以为此近于功利,俱目为浙学"①。朱熹常与之辩论,认为"同甫在利欲胶漆盆中";清代全祖望《陈同甫论》曾说:"自陈同甫有义利双行、王霸杂用之论,世之为建安(朱熹)之徒者,无不大声排之。"②

周密对陈亮极其崇拜,在对理学派后学口诛笔伐甚至指责南宋亡于理学的同时,对陈亮则赞不绝口,云:"此外有横浦张氏子韶、象山陆氏子静,亦皆以其学传授,而张尝参宗杲禅,陆又尝参杲之徒德光,故其学往往流于异端而不自知。程子所谓今之异端因其高明者也。至于永嘉诸公,则以词章议论驰骋,固已不可同日语也。"③道光间学者王梓材曾对周密此言颇致不满,云"其《癸辛杂识后集》谓饶双峰自诡为黄勉斋门人,《杂识别集》目王厚斋为形拘,言徐径畈沽激太过,且谓其无忌惮云。至其《浩然斋雅谈》有云:'宋之文治虽盛,然诸公率崇性理卑艺文。朱氏主程而抑苏,吕氏《文鉴》去取多朱意,故文字多遗落者,极可惜。'且引叶适'洛学兴而文字坏'为至言,意欲伸文词以抑道学,与《野语》前说不自相矛盾邪?"④

与此相应,以朱子后学自命的方回在批评永康学派方面很是激烈,甚至达到了对陈亮人身攻击的地步,其《读陈同甫文集二跋》⑤对陈亮文学成就大加吹求,言其策问书简皆粗俗无文,称其为人器识欠缺,所交亦皆跌荡之辈。方回此言已足伤及陈亮平生友人朋辈。方回出言不慎的还是其《读陈同甫文集三跋》(卷三),引录了涉及陈亮的一些流言丑闻,一是言婺州富人之痴子醉扮皇

---

① 黄宗羲《宋元学案》卷五十六《龙川学案》,北京,中华书局 1986 年版第 1832 页。

② 同上,第 1843 页。

③ 周密《齐东野语》卷十一"道学"条,北京,中华书局 1983 年版第 202 页。

④ 黄宗羲《宋元学案》卷九十七"庆元学案"附"晚宋诋訾诸儒者",北京,中华书局 1986 年版第 3234 页。

⑤ 《桐江集》卷三《读陈同甫文集二跋》,第 202—294 页。

帝，使所携妓女扮皇后，使陈亮扮宰相，陈亮因此被捕入狱。二是陈亮高中状元归乡，欲取桶匠之女，虐待桶匠，被桶匠怒杀。三是预言如果陈亮不死必为权相韩侂胄心腹，并且批评叶水心讳言陈亮上述两件丑事①。

可想而知，这些言论一旦行世，都将使平时尊崇赞赏陈亮、叶适的浙派人物包括周密勃然大怒，以其之矛击其之盾，以渲染甚至编造方回的丑闻流言对其狠加鞭挞，自在情理之中，所以周密对于方回嬉笑怒骂，原因主要大致由此而来。与此相关，周密宋亡之前喜与宰相马廷鸾等豪门权贵相交，所作曲子词往往类于清客所为，清代史学家赵翼等人根据其著作里对于当时权臣家中亭台楼阁、花草虫鱼颇为熟悉等疑其曾为贾似道门客，也不是没有缘由的，对此帮闲人物，方回诗文中可能有意无意揭疼了其伤疤，如所谓"近世诗学许浑姚合，虽不读书之人皆能为五七言。无风云月露、冰雪烟霞、花柳松竹、莺燕鸥鹭、琴棋书画、鼓笛舟车、酒徒剑客、渔翁樵叟、僧寺道观、歌楼舞榭，则不能成诗。而务谀大官，互称道号，以诗为干谒乞觅之赍。败军之将，亡国之相，尊美之如太公望、郭汾阳。刊梓流行，丑状莫掩。呜呼，'江湖'之弊，一至于此！"②虽然方回谴责的主要对象是江湖派诗人，可是也曾游走南宋权贵门下的周密也会感到羞怒而反唇相讥的。

二是两人评论历史人物亦往往针锋相对，各执一端。方回喜以理学观念论史，周密喜以是否具备家庭亲情评判历史人物高下。如周密贬低汉高祖刘邦，特别对于刘邦在楚军骑兵追逐自己的危急关头将儿女推下车子和项羽将其父亲置于案俎上时刘邦口吐狠心之语的言行极度不满，其《齐东野语》云："汉高祖与项羽战于彭城，大败，势甚急，蹴鲁元公主、惠帝弃之，夏侯婴为收载行，高祖怒

---

①《桐江集》卷三《读陈同甫文集三跋》，第204—205页。

②《桐江集》卷一《送胡植芸北行序》，第102页。

欲斩婴者十馀。借使高祖一时事急,不能存二子而弃之,他人能为收载,岂不幸甚? 方当德之,何至怒而欲斩之乎? ……二祖皆创业之君而于父子之义,其薄若此,岂图大事者不暇顾其家乎? 彼唐祖者,直堕世民之计,犹可恕也。若汉祖则杯羹之事尚忍施之乃翁,何有于儿女哉?"①这是谴责刘邦不仁不孝。而方回对此的看法恰与此相反,其《续古今考》第一则就是"马迁书仁而爱人、班固书宽仁爱人"条,以理学阐释司马迁评刘邦之"仁"的深刻内涵,这简直是二人立论有意针锋相对,接下来方回"项羽置高俎欲杀太公"条先以假设问答引发问题"或谓寒浞烹后羿以食其子,子不忍食。汉王不顾其父,欲分一杯羹,无乃太甚乎?""或谓"与周密之说如出一辙。方回为汉高祖辩护道:"项羽如果杀太公,汉之臣子奋不顾死,一举而灭项羽必矣,何待于东城而后自刎? 古有复雠之礼,父之雠弗与共戴天。……天亦不容人之杀人之父也。父有子而不能雠杀己之父之人,天亦厌之矣。……靖康之难,二帝蒙尘,高庙南渡,当时诸人决不以和议为然,顾乃惑于秦桧之反间,置父兄于不问,汲汲然仅得其母韦后来归,而守偏安之业,绝中原之望,故议者亦以周平王方之。卫辄拒蒯聩,冒顿弒头曼,此不可以人理论。汉王'一杯羹'之言,心知项羽必不至杀其父,非忍也,乃所以为善待敌也。侯公一说而归,固自有时也哉。"②讲得虽然还不够充分,但大致意思还是明确的,一是刘邦与项羽曾为反秦的战友,而今虽然反目,刘邦强调二人仍是兄弟般关系,项羽自应视刘太公为己父,不当加害,也因此刘邦料想对方仅是威胁,尚不至于残害其父亲,后来果如所料,刘太公安然归来。二是如果对方敢于冒天下之大不韪害死刘太公,则汉高祖手下群情激愤,当时就将一举灭项。方回

---

① 周密《齐东野语》卷十八"汉唐二祖少恩"条,北京,中华书局 1983 年版第 329 页。
② 方回《续古今考》卷十七"项羽置高俎欲杀太公"条,《四库全书》第 853 册第357 页。

此说可谓持之有故言之成理。而周密则显然不甚了解王业建树之艰难，处于窘迫困境之不得已心态，欲以太平岁月儿女情肠评判战乱年代的英雄事业，足见其难成大事也。总之，方回、周密二人之说颇为对立。

　　三是方回当初降元，虽然出于宋朝皇帝和皇太后手谕，但毕竟有亏名节，不是光彩事体，对此方回也多次加以辩护和忏悔。他用以辩护的理由是三国时魏军入蜀，后主遂令各地守将停止抵抗一事，可是宋代是张扬君臣大义忠节至上的时期，已与魏蜀吴时代大有不同，这种拉古人为同流的做法无人苟同。他也在诗文里反复表达了忏悔，可是那些宋朝遗民对其仍旧不依不饶。而方回却不是个甘于寂寞之人，不善于低调做人，好名热衷，喜好张扬。他奋力撰写诗篇，又年纪高寿，周围又总是聚集着成群结队的诗界后学们，请其指点诗赋门径，求其作序写跋，可谓热闹非凡。当时当地，相对门庭冷落的周密等人对此不禁侧目而视，夹杂着极度蔑视又淡淡嫉妒的复杂心态，也是能够理解的。所以周密就在临死一二年里将不登大雅之堂又经不起推敲的市井流言抄撮写进了这部稗闻性质的《癸辛杂识》。

　　可是清代坚持崇实观念的全祖望和标榜"崇雅黜俗"的纪昀，出于忠奸之见，全然封闭了方回的话语权，对方回、周密二人交恶背景不加探究，对二人文章不加辨析，取周密之言以为信史。全祖望《陈同甫论》的逻辑是，即使陈亮值得批评贬低，也不该出自方回的口中，因为方回是不贞不节的贰臣："至若反面事二姓之方回，亦深文以诋同甫，谓其登第后，以渔色死非命，是则不可信者。同甫虽可贬，然未许出方回之口，况撼流俗人之传闻以周内之哉？"①至于纪昀则说得更绝，认为既然方回曾经降元，那么他的任何话语都绝对不可信，即使当面对质，我等也只会相信方回的敌人周密，不

---

　　① 黄宗羲《宋元学案》卷五十六，北京，中华书局1986年版第1843页。

会信他的。这实际上违背了古代圣贤所谓不以人废言,不以言废人的教训,作为儒学后辈,不讲究实事求是,端底不该的。还是明代学者董斯张讲得公允:"周公谨《杂识》中极诋方回无行,祝希哲乃复曲护之,余谓文士笔锋都不足据,只渠易服迎降,偃然居总管之任,便是名教扫地,祝不必过护,周亦不必苛责也。"①

就拿周密来说,其为人作为宋朝遗民自有可钦佩之处,可是立论偏激的言语在其著作里随处可见,嘲弄大儒真德秀有名无用(《齐东野语》卷一"真西山"条),影射王安石乃为"大奸大慝"(同上卷七"王敦之诈"条),挖苦洪迈自矜露丑(同上卷十"洪景卢"条),信口开河妄言前代名人不喜之书:"杜子美不喜陶诗,欧阳公不喜杜诗,苏明允不喜扬子,坡翁不喜《史记》"(同上卷十六)②,甚至在《癸辛杂识》里以欣赏态度引录嘲笑宋家开国皇帝的诗:"北客有咏前朝诗云:'当日陈桥驿里时,欺他寡妇与孤儿。谁知三百馀年后,寡妇孤儿亦被欺。'"③今案该诗乃揭露赵匡胤开国时无德,嘲笑后代继承者无能,录之以志大宋的罪恶与报应,此岂是自命为大宋忠臣遗民所当为者?

第二节 《文选颜鲍谢诗评》述论

此书一共四卷,书中选取《文选》所录颜延之、鲍照、谢混、谢瞻、谢灵运、谢惠连和谢朓七人五言诗,依照《文选》原来的顺序,一一评说批点,对《文选》里各位诗人的四言诗,诸如颜延之的《应诏宴曲水作诗》(一首)、《皇太子释奠会作诗》(一首)、《宋郊祀歌》(二首),则均不予选录置评。书里总计评骘颜延之诗 17 首、鲍照诗

---

① 明董斯张《吴兴备志》卷六,《四库全书》第 494 册第 323 页。
② 周密《齐东野语》,北京,中华书局 1983 年版。
③ 周密《癸辛杂识》别集卷上"北客诗"条,北京,中华书局 1988 年版第 253 页。

16首、谢混诗1首、谢瞻诗5首、谢灵运诗40首、谢惠连诗5首和谢朓诗21首,一共105首。

此书在方回生前并未成书,而是后学将其散评《文选》诗篇的文稿收录而汇成一书,取名为《文选颜鲍谢诗评》。《四库全书提要》考述云:此书"诸家书目皆不著录,唯《永乐大典》载之。考集中颜延之《三月三日侍游曲阿后湖作》一首,评曰:'本不书此诗,书之以见雕缋满眼之诗,未可以望谢灵运也。'又,《北使洛》一首评曰:'所以书此诗者有二。'又,谢灵运《拟邺中集》八首,评曰:'规行矩步,辇砌妆点而成,无可圈点,故仅评其诗,而不书其全篇。'则此集盖回手书之册,后人得其墨迹,录之成帙也。"①

全书评点内容大致有三:一为考史论世以品诗。此类乃结合有关史实以检核作者所抒感情当否。

如谢灵运《述祖德诗》。根据《晋书》、《资治通鉴》诸书,论列抗击前秦南侵之时,谢灵运祖父谢玄权重位尊,亦曾因疾笃乞还京口,此诗谢灵运所欲表达的对于乃祖功高赏薄的不满情绪,"似是虚言";只是借乃祖之事抒发自己的不能执掌朝柄的"怨词"(卷一)。在谢灵运《邻里相送方山诗》下,方回又一次批评谢灵运的为人弱点:"晋以来士大夫喜读老庄,而不知谦益知足之义,率多怀才负气,求逞于浇漓衰乱之世,箕颍枕漱,设为虚谈。义真之昵灵运,虽未必果有用为宰相之言,史或难信。然灵运之为人,非静退者。徐羡之、傅亮排黜,盖其自取。怀旧不能发,有不乐为郡之意。"(卷一)又谢灵运《游赤石进帆海》下评云:"晋宋间人,老庄之学终有偏处。灵运之病正在恣己自适,轻忽人物耳。任公言亦出《庄子》,谓孔子围于陈,大公任往吊之曰:'直木先伐,甘泉先竭。其意者饰智以矜愚云云,固不免也。'此寓言不足凭。灵运所以不能谢夭伐者,岂非于圣门之学有所不足哉?"(卷一)均批评谢灵运有才无学,缺

---

① 纪昀《四库全书总目》卷一八六,北京,中华书局1965年版第1686页。

乏谦退淡静的学识与涵养。

又如《登石门最高楼》评语归纳揭示谢灵运不善自得其乐独赏美景的性格弱点,云:"'惜无同怀客,共登青云梯。'灵运每有赏心之叹,即义真所谓未能忘言于悟赏者。然则赏一也,有独赏,有共赏。灵运思夫共赏者而不可得,则以独赏为憾,此尾句之意也。亦篇篇致意于斯。"(卷一)与陶渊明常能自得其乐的为人恰为相反的两极。

谢灵运《斋中读书》下评云:"'既笑沮溺苦,又哂子云阁。执戟亦以疲,耕稼岂云乐。'此一句似失言。偷一日郡斋之安,而笑夫碌碌朝列之人可也,谓胜沮溺而耕稼亦在所卑,过矣。"(卷四)其实正暴露谢灵运心态浅薄百无聊赖的热躁矛盾的方面。又如评谢瞻《九日从公戏马台集送孔令诗一首》,批评宋国初建,朝中重臣目无晋君,故谢瞻和谢灵运诗里皆有以"圣心"颂刘裕之词,云:"宋台既建,坐受九锡,则裕为君,而晋安帝已非君矣,故二谢皆以圣称宋公,然犹立恭帝,改元元熙,至二年六月而后禅。使裕脱有王敦、桓温之死,以'圣心'为诗者,能无患乎?"(卷一)又谢瞻《张子房诗》有句云:"明两烛河阴,庆霄薄汾阳。"评云:"河阴、汾阳,尧舜所居,诔裕至矣。'圣心岂徒甄',不待明年九月集于戏马台而称'圣'也。"(卷一)宋代学者对此已经屡屡摘出,方回的强调对其背景揭示得更为明晰。

二为赞赏《文选》七人诗歌的妙处所在,往往用词简洁质朴。评品《选》诗,常常仅用一字"佳"、"好",而不细述佳处究竟何在。如《九日从公戏马台集送孔令诗一首》:"逝矣将归客,养素克有终。"评云:"《易》曰:'《谦》:亨,君子有终,吉。''养素'之句,用此佳。"(卷一)颜延之《秋胡诗》:"生为久离别,没为长不归。"用意辞藻均重复了《古诗》苏武的诗句"生当复来归,死当长相思。"当时就被谢庄用来讥刺其模拟前人之作过甚①,而方回则认为:"犯苏子

---

① 李延寿《南史·谢庄传》,北京,中华书局 1975 年版第 554 页。

卿语，却用得好。"（卷一）评谢灵运《登江中孤屿》"孤屿媚中川"云："'媚'字，句中眼也。"（卷一）评谢灵运《初发石首城》"微命察如丝"："'察'字尤佳。"（卷一）评谢混《游西池诗》，言"起句十字亦佳。""'高台眺飞霞，水木湛清华'，两句俱佳。"（卷一）评语简单稚拙，只用"佳"字反复重叠。

三是指摘《文选》诗中用字运词、结构、技巧方面的瑕疵。其评诗以汉代的《古诗十九首》为最高，建安次之，晋诗又次之，南朝古体诗则更等而下之。然而《古诗十九首》创作上可望不可及，故而又以建安诗为五言古诗的标本，在评谢惠连《泛湖归出楼中玩月》里提出古诗高妙的标准是："散义胜偶句，叙情胜述景，能如是者，建安可近矣。"（卷一）以建安诗歌作为五言古诗的标本，也是其评诗的纲领。

如评谢灵运《拟魏太子邺中集诗八首》，评骘汉魏诗的高下时说："建安诗有《古诗十九首》规格。晋人至高，莫如阮籍《咏怀》，尚有径庭。灵运山水之作，细润幽怨，纤馀开爽，则有之矣，非建安手也。"（卷一）言谢诗刻画细密，已非汉魏诗歌浑朴之态。故而对大谢风格自然之作极表赞赏，如谢灵运《晚出西射堂》评云："'晓霜枫叶丹'与'池塘生春草'，皆名佳句，以其自然也。"（卷一）又评《登池上楼》云："如古诗及建安诸子'明月照高楼''高台多悲风'及灵运之'晓霜枫叶丹'，皆天然混成，学者当以是求之。"（卷一）

评谢朓《游东田诗》"鱼戏新荷动，鸟散馀花落"，云："佳之尤佳，然磔元气甚矣。"（卷三）以其雕琢过甚，损伤了自然浑厚之气。评谢灵运《永初三年七月十六日之郡初发都》："此诗排比整密，建安诸子混然天成，不如此；陶渊明剥落枝叶，不如此；但当以三谢诗观之，则灵运才高词富，意怆心恒，亦未易涯俟也。"（卷三）又评谢朓《和王主簿怨情》："'花丛随机数蝶，风帘入双燕。'灵运、惠连、颜延年、鲍明远在宋元嘉中未有此等绮丽之作也。齐永明体，沈约立为声韵之说，诗渐以卑，而玄晖诗徇俗太甚太工太巧，阴、何、徐、庾继作,遂成唐人律诗,而晚唐尤纤琐,盖本原于斯。"(卷四)皆贬抑齐梁陈诗风与唐人律诗,张扬雄浑奇崛朴质自然的古体诗格。

评谢灵运《于南山往北山经湖中瞻眺》"解作竟何感,升长皆丰容"二句云:"解作,谓雷电,升长谓草木。用两卦名为偶,建安诗无是也。"(卷一)讥其用词构句机巧太甚。

方回评论《选》诗,较明显的缺陷有二,一是品评诗的内容不合实际。如评谢惠连《泛湖归出楼中玩月》,云:"言景不可以无情,必有'近瞩窥幽蕴,远视荡喧嚣'及末句(指"晤言不知罢,从夕至清朝"),方为好诗。若灵运则尤情多于景,而为谢氏诗之冠。"(卷一)四谢诗以灵运为冠,一般不会有疑议,然其说谢灵运诗中情多于景,则未免皮相之论。灵运诗喜好起首叙游历缘起,中间绘山水景象,诗尾议论观景所获心得哲理,所乏者恰为抒情。又如评谢灵运《石壁精舍还湖中作》云:"灵运所可以观者,不在于言景,而在于言情。"(卷一)其实灵运诗里最有价值的恰是其模山范水的众多名句。方回此处之评,也与实情剌谬背离。

不足之处之二是,许多评语缺乏新意。如赞赏谢灵运诗风"自然",沿袭南朝以来的定评且不必论,其评颜延年诗作,亦是因仍自古以来的评判,如云《车驾幸京口侍游蒜山作》"皆冗而晦"(卷一);于其《拜陵庙作》评云:"全诗除两句可用,他切题处冗而晦。"(卷二)评《车驾幸京口三月三日侍游曲阿后湖作》云:"此诗十一韵,偶句栉比,全无顿挫,鲍明远以铺锦列绣目之,是也。"(卷一)品评颜延年《五君咏》时,方回更只是全引沈约《宋书·颜延之传》一段,以敷衍成文了之(卷一)。

《文选颜鲍谢诗评》虽然不是对《文选》全书的评点,且篇幅有些单薄,评语较为疏略,但它毕竟在选学评点史上占据了第一书的位置。此书作为一位当时著名文学家和文学批评家的评点实绩的总结,给古代选学评点铺垫了一个很高的起点,是值得关注和珍视的。

第五章 金元二代诗话与《文选》评点

金元二代与《文选》评点相关的有三种资料，一是赋话，即祝尧《古赋辨体》和陈绎曾《文筌·楚赋谱·汉赋谱》。二是单行本诗话，如王若虚《滹南诗话》、蒋正子《山房随笔》、杨载《诗法家数》、范椁《木天禁语》和《诗学禁脔》。三是散布在诸多学人文士集子里的序跋片断。涉及的内容大致有《文选》评论、先秦汉魏六朝诗史、赋史、《文选》所录各代作家人品和文风评论四个大的方面。其中从多方面品评陶渊明者所占比例颇大，所以关于陶渊明的评论予以单列。

第一节 金元诗话里的先秦汉魏晋南朝诗史观

金元时期学者文士评价秦汉六朝诗歌，基本上持的还是文学退化观，认为诗歌以《诗经》为巅峰，然后逐步衰落，至齐梁坠入谷底。评判诗歌辞赋的标准也非常简单明确，即创作当立足于正统儒家经学理念，为现实政治服务。如郝经作为当时儒学大师，视文学特别是诗歌的使命乃在关注现实政治、服务于构筑仁政和王道，其价值亦在此，云："《风》、《雅》之后，汉魏而下，曹、刘、陶、谢之诗，豪赡丽缛、壮峻冲淡、状物态、寓兴感、激音节，固亦不减前世骚人词客,而述政治者亦鲜。齐梁之间日趋浮伪,又恶知所谓王道者哉?"①魏晋刘宋诗歌虽然风格挺拔,可是究其价值,与齐梁却相差无几,根源就都是远离治国济民之道,缺乏实用之处。前代甚得赞许的曹操、刘桢、陶潜、谢灵运的诗篇,也难入郝经的法眼,原因正缘于此。

胡祗遹亦极重文章的实用价值,甚至连最富政治理论、人生教训的史家之书,也悍然加以贬斥:"古人之学,学为人耳;后人之学,学能言耳。义理之言,至言也;适用之学,至学也。史传之文,汉六朝唐宋诸贤之诗,文非不佳,但适用者少,不适用者多,义理醲粹者寡,浮淫虚诞者众,学者当详择之。"②

刘埙也认为诗歌变衰是因为齐梁陈三代倡导声律、致力咏物,作诗浮艳工丽而忽略于有益世道的宗旨:"建安以来,诗复盛行,历宋齐梁陈,其流之末,束字数十,逞艳夸妍,体状于风云月露之间,求工于浮声切响之末,而诗弊矣。"③

欧阳玄则认为判断诗歌水平高低、诗歌发展盛衰的标准和依据,应该是是否善于抒情,按照他的眼光看,诗的轨迹是下滑的,是一代不如一代:"诗得于性情者为上,得之于学问者次之。不期工者为工,求工而得工者次之。《离骚》不及《三百篇》,汉魏六朝不及《离骚》,唐人不及汉魏六朝,宋人不及唐人,皆此之以。"④和上述各家的标准和结论大致相同的还有陈绎曾。陈绎曾总括唐前历代诗歌风格颇为简要,亦持文学倒退观点,只是不很强烈和明显:"凡读《骚》,要见情有馀处。凡读汉诗,先真实后文华。凡读建安诗,于文华中取真实。三国六朝乐府诗,犹有真意,胜于当时文人

---

① 郝经《郝文忠公陵川文集》卷二八《一王雅序》,太原,山西人民出版社2006年版第388页。

② 胡祗遹《紫山大全集》卷二六《语录》,《四库全书》第1196册第477页。

③ 刘埙《隐居通议》卷六,《四库全书》第866册第66页。

④ 欧阳玄《圭斋文集》卷八《梅南诗序》,《四库全书》第1210册第62页。

之诗。凡读《文选》诗,分三节:东都以上主情,建安以下主意,三谢以下主辞。齐梁诸家,五言未成律体,七言乃多古制,韵度犹出盛唐人上一等,但理不胜情,气不胜辞耳。""六朝诸人,语绝意不绝。"①认为专力抒发真情的楚汉辞赋诗歌应最受尊崇,其次是有真意的,即魏晋诗歌。再次是意态缠绵悠长、富有韵度、辞藻工丽的南朝诗歌。

元末儒者李继本用传统的"文气说"解释诗歌发展所以倒退的缘由,他赞赏楚辞汉诗,因其是在风气朴茂、士气宏大的氛围里产生的。魏晋南朝世风衰靡、士气不振,所以不及楚汉文学:"楚汉去古未远,王泽未涸,士生其间,当风气朴茂之馀,其志大以宏,故发之为诗,悉和平正大之音。观乎屈原之《离骚》、《九歌》,宋玉、景差之《九辨》诸作,苏李之赠答,无名氏之《十九首》,哀而不伤,怨而不怒,其风之遗音乎? 至东汉、曹魏,降及六朝,寓县幅裂,古道风靡,作者自三曹七子以还,至沈谢诸人,才虽杰出,志则猷敝,故体裁音节,视古复殊时,非无一二道古之士,顾往往囿于气象之衰,不能振而起之,如瓦缶交击而空桑之瑟不能独胜也。"②能够结合世风士气探讨文学发展的动力,是其独得之处,至于将魏晋亦划入诗歌史的低潮,归结其风格为"秾丽夭好之词倡而恚怨哇淫之风行",是不能使人信服的。

第二节 金元诗话对《文选》的总论

金元二代,《文选》仍是培养文士的重要教科书,也是诗人喜读的典籍。《文选》诗早已成为喜欢古体诗歌者创作临摹的主要对象,习称为"选诗"或"选体"。文学家赵孟頫即爱好《文选》,作诗喜

---

① 陈绎曾《诗谱》,北京,中华书局 1983 年版《历代诗话续编》第 625 页。
② 李继本《一山文集》卷四《傅子敬纪行诗序》,《四库全书》第 1217 册第 737 页。

为"选体"，其友人张之翰曾云："子昂作'选体'，尝爱阮嗣宗。阮诗清绝处，江水上有枫。参透句中禅，诗工画尤工。"①文士赵汸回忆道，其友郭子章从学于武威余公之门，余公（今不知其名）平日即甚"崇尚选学"②。

《文选》地位，在颇多学者心目中往往与《离骚》甚至《诗经》相提并论，如吴澄云："予谓诗可选，不可删也。何也？自商颂逮周文武，讫陈灵，皆夫子所删。自楚骚逮汉魏晋，讫齐梁，皆萧纪所选。删非圣人不能，选则才士可为也。韩子曰：'曾经圣人手，议论安敢到？'邵子亦云：'删后更无诗。'删诗岂易言哉？选之可也。然灵均《九章》，《选》仅存一；渊明诸诗，《选》止留四，讵可执以为定乎？然则删固不可能，选亦未易能也。"③虽然其字面分辨《诗经》和《文选》的不同，在于《诗经》曾经孔圣人删削，地位至高无上，后代仰瞻无止。《文选》只是才子所选录，是可以褒贬补充或者加以续编，不过所谓"删固不可能，选亦未易能也"，还是赞赏了萧统纂辑《文选》的难能可贵。

将萧统功业论述得更加透彻的要算大文学家虞集，他认为将数百年诗文辞赋筛选择弃，将当时精品集于一书，是萧统的难以抹煞的贡献："数百年间，篇籍散轶，幸有此可观焉。"④

不过也有因为轻视六朝文学因而人云亦云、攻击《文选》的妄语，如郭邦彦所谓"遍读萧氏《选》，不见真性情；怨刺杂讥骂，名曰《离骚经》；颂美献谄谀，是谓《之罘铭》。……尚怜沈谢辈，满篋月

---

① 张之翰《西岩集》卷一《赵学士子昂画〈选〉诗湛湛长江水上有枫树林扇头见贶》，《四库全书》第 1204 册第 368 页。

② 赵汸《东山存稿》卷三《郭子章望云集序》，《四库全书》第 1221 册第 224 页。

③ 吴澄《吴文正公集》卷二二《周天与诗序》，《四库全书》第 1197 册第 234 页。

④ 虞集《虞集文集》卷三十二《国朝风雅序》，南京，凤凰出版社 2004 年版《全元文》第 26 册第 94 页。

露形。孔徒凡几人，入室无长卿"①。如此谵言梦呓，乃因郭氏平生大不得意，性格乖张，元好问言其"兴定五年进士，调永城簿，以退让见称，生世不幸，……郁郁不自聊，年未四十而死"，并讥刺其人"处于顽、嚚、傲三者之间"②。其《酒醒诗》云："少年骄气总消磨，万事纷纭梦里过。……今日酒酣都忘却，乱吟俳语作狂歌。"自指年少养成"骄气"，终身无成，故而无聊之极只好乱吟狂歌俳语满腔，也算还有自知之明。《中州集》录其六首，应该是创作最优之作，然观其"枣花初落路尘香，燕掠麻池乍颉颃；一片云阴遮十顷，卖瓜棚下午风凉"。"芹叶芦花岸两边，钓溪石畔落孤鸢，小畦引入平流水，麻秆森森已拍肩"。"豆叶芄芄麻叶光，植禾得雨又催黄。田家乐事谁真得，牧子行歌醉叟狂"。(《村行三首》"露重花香飘不远，风微梧叶落无声。倡楼何处教新曲，夜静月高弦索鸣"。③ 皆是仿拟杨万里诗风而小有成者，杨万里某些诗篇已经堕入庸俗无聊，郭邦彦沾沾自喜于"乱吟俳语"，使其诗作更加浅俗寡味，典型之例如"午风凉"、"谁真得"、"飘不远"等等，已无诗味，粗陋简率，以如此学识侮慢《离骚》和《文选》等典籍名著，可谓恶劣之尤。

或论《文选》作品对后世写作的影响，如白珽云："唐有《文选》学，故一时文人多宗尚之。少陵亦教其子宗文、宗武熟读《文选》。少陵诗多用《选》语，但善融化不觉耳。至如王勃诸人便不然。《滕王阁序》'层台耸翠，上出重霄；飞阁流丹，下临无地'，即王巾《头陀寺碑文》'层轩延衺，上出云霓；飞阁逶迤，下临无地'。"④这是金元时期难得的论述《文选》接受的例证。

---

① 元好问编《中州集》卷七郭邦彦《读毛诗》，北京，中华书局1959年版第377页。

② 元好问编《中州集》卷七"郭邦彦"条，北京，中华书局1959年版第377页。

③ 同上，第377—378页。

④ 白珽《湛渊静语》卷二，《四库全书》第866册第303—304页。

第三节　金元诗话对于《文选》相关作家品行问题的探讨

这一方面涉及最多的当然是对陶渊明高节人格的歌颂,详见下节专论。金元诗话中总论诗人品行与作品高下关系的是刘将孙:"夫诗者,所以自乐吾之性情也,而岂观美自鬻之技哉? 欣悲感发,得之油然者有浅深,而写之适然者有浓淡。志尚高则必不可凡,世味薄则必不可俗。"①主张作品的优劣由作者本身的志向高低决定,并举例赞叹陶渊明诗风"冲寂"、韩愈诗风"奇畅"的造诣,皆因其各自善于养气,善于修身高洁,俗辈难及。

评判具体人品,人所习见的典型是元好问《论诗绝句三十篇》。另一位著名学者王若虚对此前人所乐道的阮籍,也从正统儒学立场严厉地指责其违礼放诞,败坏士风,实为名教之罪人:"东坡诗云:'景山沉迷阮籍傲,毕卓盗窃刘伶颠。贪狂嗜怪无足取,世俗喜异称其贤。'虽诗人一时之言,其实公论也。然《志林》复云:'籍本有志于世,遭魏晋多故,乃一寓于酒',何邪? 晋人放荡,本其习俗,而好事者每为解说,子由所谓'借通达以济淫欲'者,诚中其病。古之君子避世全身,固自有道。其不幸而不免,则命也,何必秽污昏醉、为名教之罪人邪? 盖籍尝戒其子矣,曰:'仲容已预吾此流,汝不得复尔,则亦心知其非而不能自克而已。"②对苏轼为阮籍辩护的观点进行批驳。其实这种内容的话语并不新鲜,阮籍生前,何曾之徒已经当面如此地遣责过阮公,阮公默然,过后在自己文篇《大人先生论》里将与自己对立的循规蹈矩礼法之士刻画为裈中之虱。只是当年的礼法之士附依欺君冈上篡权夺位的司马氏,阮籍攻讦

---

① 刘将孙《养吾斋集》卷十《九皋诗集序》,《四库全书》第 1199 册第 91 页。
② 胡传志《滹南遗老集校注》卷二十七《臣事实辨上》,沈阳,辽海出版社 2006 年版第 315 页。

何曾之流自然具备了充沛的正义性。可是东晋末年高士陶渊明，面对的也是权臣的欺君罔上篡权夺位，陶渊明没有趋狂而是选取"狷"之一路，不与名教为难，照样保全了名节，彰显了忠义，也就反映出阮籍的平生做法不见得值得完全肯定。既然阮籍当时还有另外的不需败坏礼教就能够表达自己不愿同其流合其污的心态的途径，又为何非要像屈原《渔父》中渔父所宣扬的"世人皆浊，何不淈其泥而扬其波？众人皆醉，何不餔其糟而歠其醨"？为何不能像陶渊明那样取其中道，既不"以身之察察受物之汶汶"、"以皓皓之白而蒙世俗之尘埃"，又能够明哲保身高隐山林或田园呢？所以王若虚责备阮籍之狂诞自污败坏名教，也就具有了一定的正义性和正当性。

醇儒学者胡炳文声讨了叛主事敌的李陵和沈约："五言初，李陵岂不学者？而无以救叛汉降番之失。八病详，沈约岂不学者？而无以掩叛齐归梁之罪。彼谓'远之事君'为何事，盖后世以诗为学者，惟章句之末。心虽锦，口虽绣，而身不免为狼疾人。吾固断然谓流于一艺也，孔门学诗，端岂若是哉？"[①]在宋元时代提倡忠节，宣扬君臣大义，其积极性不言而喻，特别是对于李陵投降匈奴一事，自来宽恕过甚，同情其遭遇又能够不回避其人格缺失，才是客观全面的态度。

第四节　金元诗话对于《文选》相关作家作品的品评

金元诗话中探讨屈宋文学的颇少，论列深刻的有李孝光。他不满于浅学之辈将宋玉《高唐赋》、《神女赋》和曹植《洛神赋》理解为现实里的真实的男女恋爱的抒写，他谴责这是在亵渎神灵，而且更重要的是这类讲法违背了创作者的原意，也削弱抹煞了作品的

---

①　胡炳文《云峰集》卷三《程草庭学稿序》，《四库全书》第1199册第763页。

深刻意义。他将宋玉、曹植辞赋手法与《诗经》之学里的比兴美刺等而言之,认为宋、曹二人借鉴和效仿了汉代诠释儒经的手法:历代诠释《诗经》时,如果赞美某人则颂扬其美德之盛;如果讥刺某人,则夸张其服饰之美、颜色之丽。所以宋玉、曹植诸赋皆是假设而言之,描写女神纯是为了宣泄自身悲愤忧愁郁闷感伤的情绪,是忠实地继承着《诗经》开辟的比兴轨迹:"夫其所以爱恶之意,固以跃然于言外,如屈原之《湘君》、《夫人》、宋玉之《美人》、子建之《洛神》,亦皆为是假饰之词,以是发泄其忧怨悲愤之情,盖比兴之遗音也。"①李孝光此说立论宏大,展现出可贵的历史观念。

金元诗话评论中与《文选》直接相关的作家作品有汉高祖《大风歌》、张衡《四愁诗》和无名氏《古诗十九首》。

隋代学者王通评论《大风歌》,一方面赞其安不忘危、气象博大,一方面又责其存有"霸心",不能实践三代王道之政。对此张昱接受其称扬之语,但否定了王通所谓汉高祖诗意不醇的观点,他觉得帝王之诗不可以用一般的诗学概念去衡量和束缚,《大风歌》是一颇为完美的经典之作;汉高祖豁达大度,能够在开国之际日理万机的同时任用大儒叔孙通修礼作乐,已是甚为难得:"壮哉沛中歌,命世之雄者。帝王有大度,不在论风雅。绵蕝礼乐修,采诗固无暇。"②较之宋元某些学者苛责秦汉之交君臣不学无术的观点,显得公正可从。陈绎曾评张衡"寄兴高远,遣辞自妙",明显指的是其《四愁诗》;而对《古诗十九首》,陈氏评语后来成为诗评诸家喜好引述的精湛之言:"《古诗十九首》,情真,景真,事真,意真,澄至清,发至情。"③阐述全面而又精到。

金元时期评论曹魏文学的较之其它阶段显得资料要多得多,

---

① 李孝光《五峰集》卷二《书窈窕图后》,《四库全书》第 1215 册第 105 页。
② 张昱《可闲老人集》卷一《古诗》,《四库全书》第 1222 册第 502 页。
③ 陈绎曾《诗谱》,北京,中华书局 1983 年版《历代诗话续编》第 626—627 页。

也更深入得多。如张昱所撰《古诗》组诗十四首,五篇都是评价曹魏作家的,评曹操云:"曹公英雄姿,吐词自天成。横槊鞍马间,慷慨念平生。汝颍诸文学,敛衽奉明廷。对酒惜《时迈》,载歌伸《鹿鸣》。风云入壮怀,河山助威灵。至今邺下唱,犹擅文章名。铜雀有遗憾,哀哉《短歌行》。"前四句是对曹操其人的盖棺论定——"英雄",诗文风格——自然天成,慷慨壮烈。第五六句描绘其文坛中心的地位。七八句揭示其诗歌源出《诗经》,深得风雅之致。末尾数句显示其声名传世。评曹丕云:"魏文在世子,嗣领五官将。国事既有闲,经术尤所尚。燕游集文学,词藻咸宗仰。五星垂光彩,两曜分气象。风流积二世,况复人君量。快乐芙蓉池,乘辇一何壮。宁同汝颍士,戚戚冀所望。"总括其文学两方面的功绩,一是招揽文士进行积极创作:"燕游集文学";二是自身也多有佳篇美章:"词藻咸宗仰"。评曹植云:"东阿帝室亲,复乃贵介弟。降志词翰间,国事罔所冀。思深而文典,光彩照当世。切切陈自劾,捐躯以明志。淫情《洛神赋》,所愿以自弃。"所言则有得有失。前四句叙述其虽为魏朝皇帝亲弟,然而政治上很不得志,只好屈才于文翰领域。"思深"、"文典",言其风格,不甚了了。末四句以其《洛神赋》和《上责躬应诏诗表》作为例子代指其辞赋骈文成就,缺乏典型性。毕竟在思想内容和艺术成就方面远胜《责躬表》的不胜罗列,如《求自试表》,如《求通亲亲表》等。又信从所谓《感甄记》之类齐东野语之言,认为《洛神赋》表达的乃是叔嫂间违反道德伦理的情感,攻击曹植滥情违礼,明显缺乏诗学方面比兴寄托之类的思维修养,与张昱自许"少小诵六经"的学识不很谐和。评建安七子云:"邺中盛文词,七子相掎角。虽膺丞相辟,未免伤流落。世胄相友善,宴好以酬酢。出纳结腹心,庶僚仰殊渥。愿因云雨会,戢翼永栖托。贵贱俱黄土,徒存建安作。"着眼点在强调七子与太子曹丕关系密合,仰慕曹氏父子的恩德,并将《文选》所录应玚《侍五官中郎将建章台集诗》中"欲因云雨会,濯翼陵高梯"化为"愿因云雨会,戢翼永栖托",

以突出七子对曹家的依附关系,虽得其实情的一个侧面,却抹煞了七子的个性实质。而对祢衡的肆意污蔑更淋漓地暴露出张昱自诩先知的为人特色:"祢衡轻狡人,况以才自负。将赴渔阳挝,侮人还自侮。曹公岂容物,嫁恶与黄祖。值兹勍勒际,焉用《鹦鹉赋》。所以贤达士,贵在识时务。"末尾四句将汉末暗喻为元末,以当初"策其必败"不仕张士诚的经历①,沾沾自得而嘲弄祢衡不识时务,甚是浅薄无聊,而且也与其它篇章着力评判作品的做法相左。评阮籍云:"嗣宗绝臧否,善若处时晦。《咏怀》数十篇,卓尔追汉魏。驾车哭而返,此岂无所谓。啸登广武台,神气偶相会。从来倜傥心,土苴视富贵。惟有步兵厨,可用时一醉。"②全篇大致将《晋书·阮籍传》提炼转化为韵语,能够得其精要,只是"卓尔追汉魏"一句大有语病,阮籍本身乃曹魏之人,死时司马氏尚未称帝,此处却言"追汉魏",可知大约张昱将阮籍错误地当成了晋代人物才出此言。

陈绎曾评价晋代诗歌,用语极简,往往有自得之见,与前人之说常有歧异,如张华,钟嵘《诗品》总结其风格是意旨浅显而文辞工巧华艳,慷慨之士觉得其诗柔情浓厚而骨力不足。谢灵运批评张华"虽复千篇,犹一体耳",则嫌其内容和风格均沦于单一而缺少变化。陈绎曾则评张华诗风为"气清虚,思颇率",颇为不可理解。今试以《文选》所录张华诸诗篇为例,检核陈氏评语是否契合实际。孙月峰评张华《励志诗》云:"此篇可置左右。雅密有度,但乏新意。"言其意佳语雅,意旨陈旧;又评其《杂诗》云:"平雅无失调。"评其《情诗二首》云:"古诗中述情未有如此妍冶者,是后世艳曲所祖。"清人方廷珪则评道:"二篇为妇人思其夫而作,矜庄和婉,善于言情。"方廷珪又评其《答何劭诗二首》云:"二篇安详和雅,质有其

---

① 顾嗣立《元诗选初集》卷五十七"张昱"条,北京,中华书局 2007 年版第 2057 页。
② 此节所引张昱《可闲老人集》卷一《古诗》五篇,出自《四库全书》第 1222 册第 502—503 页。

文,此有德之言也。"再读逯钦立《先秦汉魏晋南北朝诗》所录张华全部诗作,亦无陈氏所谓思虑颇为粗率的现象,至于"气清虚",亦与张华诗风格不合,可见陈绎曾对张华诗风的判断不大合辙。

陈绎曾又评潘岳"质胜于文,有古意,但澄汰未精耳",恰与潘岳的创作实绩相反。潘岳同时诸人对其诗风已加定评,东晋李充《翰林论》赞叹其:"翩翩然如翔禽之有羽毛,衣服之有绡縠,犹浅于陆机",文采飞扬、斑斓多彩,只是用语不及陆机之深奥。谢混称许其"潘诗烂若舒锦,无处不佳;陆文如披沙简金,往往见宝",大致与李充相似。钟嵘总结道"陆才如海,潘才如江"(以上均见于钟嵘《诗品》),言陆机深奥而凝静,潘岳浅显而多有灵动之气。可陈绎曾云潘岳质朴缺乏文采,又言其篇章芜杂需要更简练些才行,所言乃陆机的短处,与潘岳无关,如此张冠李戴,如此缺乏鉴赏能力,何以取信于人? 其他如评陆机"才思有馀,但胸中书太多,所拟能痛割舍,乃佳耳",评束皙"全篇煅炼,首尾有法",评郭璞"构思险怪,而造语精圆,三谢皆出于此,杜李精奇处皆取此,本出自淮南小山"[1],虽然新意不多,然而尚得各家诗风之主流,有可取之处。

金元学人和唐宋一样喜论谢瞻、谢混、谢灵运、谢惠连和谢朓,可谓赞不绝口。对古今艳称的大谢名句,他们更是爱不释手,将"池塘春草"当作自己庭园书斋名号的屡见于史册,甚至取以作为著作集子名目,如沈梦麟眉其斋为"草轩",杨维桢名其居为"春草轩",杨士弘名其集为《览池春草集》等。元好问用登峰造极的语词称扬该句:"池塘春草谢家春,万古千秋五字新。"

只是和宋代不同的是,一些学者文士对大谢诗句是否属于警策提出异议甚至进行了否定,刘将孙认为"池塘"一联自是佳语,可是引人注目却是作者自赏自得,加上其兄弟子侄共同的吹扬才使它传播遐迩的,其实只是两句常人能及的诗句而已:"古今诗人自

---

① 陈绎曾《诗谱》,北京,中华书局 1983 年版《历代诗话续编》第 628—629 页。

得语，非其自道，未必人能得之。如谢灵运'池塘生春草'，自谓梦惠连，至如有神助，非其郑重自爱，兼家庭昆弟之乐托之里许，此五字本无工致，或者人亦皆能及也。"①姚燧也认为大谢此二句本无超凡之处，是靠吹嘘而成名的："谢池草句本无奇，千古流传五字诗。祇是可人醒枕席，许多生意在埙箎。"②王若虚否定得更加彻底："大抵诗话所载，不足尽信。'池塘生春草'，有何可嘉而品题者百端不已？"他甚至认为这只是诗史上大谢特意制造的一个虚幻的闹剧："谢灵运梦见惠连而得'池塘春草'之句，以为神助。……予谓，天生好语，不待主张，苟为不然，虽百说何益？李元膺以为反复求之，终不见此句之佳，正与鄙意暗同。盖谢氏之夸诞，犹存两晋之遗风，后世惑于其言而不敢非，则宜其委曲之至是也。"③他的依据是谢灵运仍然承袭着两晋名士夸张怪诞的遗风，所以自称该联来自梦境，来自神助，其实该联全无奇妙可称之处。为了否定传诵数百年的佳句，以至于把作者的性格人品都予以抹煞，此前此后类似的事情极为少见。如果该联并非佳句而历代津津不已，那么从刘宋至赵宋，文学家队伍的鉴赏能力也就太低级，低级到不可思议的地步了。反过来看，不是大谢诗句不佳，而是王若虚等人缺乏对文学作品应有的鉴赏能力、审美心态；同时，也是元代开始泛起的历史虚无主义思潮的一个典型表现，其他如诗文词曲创作中嘲弄历代圣贤、英雄的言论，与此都是在相同的文化背景下发生的。

---

① 刘将孙《养吾斋集》卷九《本此诗序》，《四库全书》第1199册第83页。

② 姚燧《牧庵集》卷三十四《寄题陈肩夒兄弟梦草堂》，《四库全书》第1201册第753页。

③ 王若虚《滹南诗话》，《历代诗话续编》第507—508页。

第五节　元代学者评点汉魏六朝辞赋

评论《文选》诗的资料产生较早，唐宋时期亦极其丰富，相对而言，对《文选》的赋和杂文进行文学艺术方面的赏析颇为迟滞，即使到宋、金、元亦仍数量很少。中国的诗话自钟嵘《诗品》即已出现，可是文话和赋话直到宋元方姗姗来迟。《文话》以宋代王铚《四六话》为最早。元代祝尧《古赋辩体》当算是最早的赋话，唐代佚名所撰《赋谱》属于赋格类的典型，讲述律赋的句法音律修辞，虽然王冠所纂的《赋话广聚》将其收罗其中，毕竟距离严格意义的赋话尚有距离。

本章鉴于如此情况，论及金元二代对于《文选》辞赋评论时，取材于二种书籍，一是赋话专书，即祝尧的《古赋辩体》，二是诸家别集涉及《选》赋的章节段落。

金元二代论赋内容颇为全面，关系到赋的历史演变、赋的分类、赋的结构特色、著名赋家的艺术成就与风格等等。

这些学者大多都以屈原《离骚》为辞赋始祖，并将辞赋流派一分为二，一是以体物为主的，一是杂以抒情议论的，但何者为赋的正体，元代学者分歧甚大。

袁桷以屈原《离骚》为赋祖，持赋以体物为要之说，并将古今辞赋发展史划分为四段："问：古赋当祖何赋？其体制理趣何由高古？答：屈原为骚，汉儒为赋。赋者，实叙其事，体物多而情思少，登高能赋，皆指物喻意。汉赋如杨、马、枚、邹，皆实赋体。至后汉，杂骚词而为赋。若左太冲、班孟坚《两都赋》皆直赋体。如《幽通》诸赋，又近楚辞矣。晁无咎言变《离骚》、续《楚辞》，其说甚详。私谓赋有三变，自后汉之变为初，柳子厚之赋为第二，苏、黄为第三。今欲稍近古，观屈原《橘赋》、贾生《鵩赋》为正体，又如《驯象》、《鹦鹉》诸赋犹不失古。"①所谓四段,即西汉一代为第一阶段,代表赋家是枚乘、邹阳、司马相如、扬雄,皆以体物为本。后汉至唐代中期为第二阶段,代表作家有班固、左思,赋物之外又杂有骚体之作。从唐代中叶柳宗元至北宋早期为第三阶段,从北宋中叶至元代为第四阶段。第三、第四阶段区划的标准不甚了了,即使前二阶段也不甚合理,倘设以杂有骚体为第一、第二阶段的差异,那么汉初贾谊之赋效法楚骚更甚,又为何划在第一阶段呢? 可见以"杂骚"与否划段之自我矛盾。不过袁桷很有发展视野,他以为赋就当以体物为主,抒情议论次之,远胜于同时代另一位学者祝尧那样的貌为守旧实则无据的赋体观念。

祝尧认为,赋当以表情为主要使命,体物次之:"赋之为古,亦观六义所发何如尔,若夫雾縠组丽、雕虫篆刻以从事于侈靡之辞,而不本于情,其体固已非古,况乎专尚奇难之字以为古,吾恐其益趋于辞之末,而益远于辞之本也。"②祝尧由批评赋用奇僻字词而引出赋当本乎情,立足于经学思维,以《诗经》六义之学评判赋篇,看似议论宏大,实则迂曲不通。假如赋作以抒情为主业,那么诗歌和赋区别何在? 赋本以博物为主要目的,多用奇字僻语正能够扩大读者知识的广度和深度,有何过失? 今人或指责汉赋这一特色,恰恰暴露其缺乏文字训诂根底之学问缺陷,其过在今人而不在司马相如、扬雄、王延寿、郭璞和木华等古人。

祝尧认为赋之效用以抒情为根本之说施之一切赋篇自然显有偏失,不过用于赏析借物抒情的篇章可谓得当。他结合具体作品揭示咏物之赋的创作规律和经验每有精见,如云:"凡咏物题当以此等赋(《鹦鹉赋》)为法。其为辞也,须就物理上推出人情来,直教

①　袁桷《清容居士集》卷四十二,《四库全书》第 1203 册第 568—569 页。
②　祝尧《古赋辨体》卷四,北京图书馆出版社 2006 年版王冠辑《赋话广聚》第二册第 193 页。

从肺腑中流出,方有高古气味。"①又云:"凡咏物之赋须兼比兴之义,则所赋之情不专在物,特借物以见我之情尔。盖物虽无情,而我则有情;物不能辞,而我则能辞。要必以我之情,推物之情;以我之辞,代物之辞,因之以起兴,假之以成比,虽曰推物之情,而实言我之情;虽曰代物之辞,而实出我之辞。本于人情,尽于物理,其词自工,其情自切。"②这些语句虽然都是用写作指南般的口气讲出,其实还是对《鹦鹉赋》、《鹡鸰赋》艺术特色的揭示,并且在一定程度上属于咏物赋的艺术成功规律。祝尧亦喜持抒情为主之见衡量作品高下,如评司马相如《长门赋》:"愚尝以长卿之《子虚》、《上林》较之《长门》,如出二手。二赋尚辞,极其靡丽而不本于情,终无深意远味。《长门》尚意,感动人心,所谓'情动于中而形于言',虽不尚辞,而辞亦在意之中。"③然而《子虚》、《上林》宣扬君臣大义提倡俭约治国理念,富有古代圣贤所倡劝谏之风,竟因为抒情不浓,谓其不如刻画失宠妃子心态渲染男女私情的一篇小赋,强调赋的抒情职能有些脱离了赋史实际情况。又评潘岳《秋兴赋》,揭穿潘岳言不顾行、热躁于功名利禄的内心实质,鉴识眼光力透纸背:"其情尚觉春容,其辞未费斧凿,盖汉魏流风犹有存者。夫安仁本躁者也,而篇末一段,乃强为静者之辞,要岂其真情也哉?篇中慕徒感节、惜老嗟卑、深情茇于辞表,所谓'躁人之辞多',是已。"④后来何焯点评《闲居赋》对潘岳有更尖锐的遣责和嘲弄:"既以亲疾辄去,复因免官自悔,大本既偏,自然干没不已,方贻慈亲以戚矣。此赋旨

①　祝尧《古赋辨体》卷四,北京图书馆出版社 2006 年版王冠辑《赋话广聚》第二册第 256 页。
②　祝尧《古赋辨体》卷五,北京图书馆出版社 2006 年版王冠辑《赋话广聚》第二册第 286 页。
③　祝尧《古赋辨体》卷四,北京图书馆出版社 2006 年版王冠辑《赋话广聚》第二册第 178 页。
④　同上,第 296 页。

趣近乎子幼《南山之诗》,岂恬退无欲者乎?……只是无聊,都非真乐。"①语意相同,祝尧较何焯早言了数百年,所以为贵。可见所谓"知人论世",实践中往往是根据史书中所记作者身世对照作品深文周纳,实际上也未必切合作者当时当地的创作心态。

祝尧观点大有谬误的是对鲍明远《芜城赋》的品评:"此赋虽与《黍离》、《哀郢》同情,然《黍离》、《哀郢》情过于辞,言穷而情不可穷,故至今读之犹可哀痛。若此赋,则辞过于情,言穷而情亦穷矣。故辞虽哀切,终无深远之味。"②其误有三,第一是言鲍作"与《黍离》、《哀郢》同情"。《黍离》所发乃周大夫经过宗周故墟徘徊哀伤之情,《哀郢》乃屈原作为楚国宗臣倾泄故都被毁的痛心。而《芜城赋》乃感伤因汉吴王刘濞反叛被灭、其所都广陵亦沦为荒芜之地而作③,鲍照既非宗臣亦非亡国之臣,怎么可以说是与《黍离》、《哀郢》作者感情相同呢? 第二是言《黍离》、《哀郢》情溢于辞,《芜城赋》辞溢于情,故而《芜城赋》不如前二篇。亦未考虑三篇体裁之语。前二首乃是诗歌,诗言情是传统要求,鲍赋是赋,赋以体物为能事,所以三篇这方面实缺乏可比性,不当一例论之。第三讲《芜城赋》抒发的情感不及彼二篇深沉悠远,亦未必切合实情。"它所给予读者的感受是历史的盛衰无常"④,清代文学评点家孙执升对其景中蕴情的艺术成就给予了高度评价"一时壮丽消归无有,觉古木寒鸦无非惨淡之色,从繁华写到凄凉,足令怀旧者为之堕泪,雄

---

① 何焯《义门读书记》卷四十五《文选·赋》,北京,中华书局 1987 年版第 879 页。

② 祝尧《古赋辨体》卷四,北京图书馆出版社 2006 年版王冠辑《赋话广聚》第二册第 330 页。

③ 何焯《义门读书记》认为"宋世祖孝建三年竟陵王诞据广陵反,沈庆之讨平之,命悉诛城内男丁,以女口为军赏,照盖感事而赋也"(同上,第 873 页),则为感今而赋。

④ 曹道衡、沈玉成《南北朝文学史》第 92 页,北京,中国社会科学出版社。2007版。

姿者见而心灰"①,再者其结构上的前后对比给读者的痛伤绝望感
受绝不比《黍离》和《哀郢》逊色。

　　元代学者对于辞赋具体作品艺术形式风格成就方面的赏析,
其成就远远大于对思想内容的探讨。如四库馆臣就很称扬祝尧对
汉魏大赋以问答之体展开篇章结构源流的总结,赞其:"于正变源
流,言之最确"②。祝尧是在评赏司马相如《子虚赋》时论述的:"此
赋虽两篇,实则一篇。赋之问答体,其原自《卜居》、《渔父》篇来。
厥后宋玉辈述之,至汉此体遂盛,此两赋及《两都》、《二京》、《三都》
等作皆然,盖又别为一体。首尾是文,中间乃赋,世传既久,变而又
变。其中间之赋,以铺张为靡,而专于辞者,则流为齐梁唐初之俳
体。其首尾之文,以议论为驭,而专于理者,则流为唐末及宋之文
体。"③其意乃谓汉代大赋问答体形式沿袭于屈原之作,大赋中间
以铺张扬厉描写为主的段落,后来变化为齐梁唐初的俳赋,两段的
叙述议论段落,在唐末和宋代演化为文赋。这也可谓言之有理持
之有故的一家之言。

　　以上皆为信奉程朱之学,为学尚较谨慎之学者所言。宋元时
期陆九渊一派后学亦有评论汉魏晋辞赋者,其言不循故规,往往与
传统旧说相左,陈述文章源流独出己见,根据不足,然评赏具体之
作亦有可取者,可以刘埙为代表。刘埙(1240—1319),宋朝咸淳六
年应举获郡试第一。入元朝时年 36 岁,后复食元禄,为延平路儒
学教授,晚年退居林下着《隐居通议》一书,"其论理学以悟为宗,尊
陆九渊为正传"④,四库馆臣讥其书里含乡曲门户之私见,其论汉

---

① 于光华《重订文选集评》卷二引,清同治壬申(1872 年)江苏书局刊本。
② 纪昀《四库全书总目》卷一八八"古赋辨体"条,北京,中华书局 1975 年版。
③ 祝尧《古赋辨体》卷三,北京图书馆出版社 2006 年版王冠辑《赋话广聚》第二册
第 152—153 页。
④ 纪昀《四库全书总目》卷一二二"隐居通议"条,北京,中华书局 1965 年版第
1049 页。

赋源流,云:"发于情性之真,本乎王道之正,古之诗也。自风雅变而骚,骚而赋,赋在西京为盛,而诗盖鲜,故当时文士咸以赋名,罕以诗著。然赋亦古诗之流,六义之一也。司马相如赋上林雄深博大,典丽儒伟,若万间齐建,非不广袤,而上堂下庑,具有次序,信矣,词赋之祖乎?"言相如赋作成就确乎不移,然称其地位是"词赋之祖",未免差之千里。评扬雄"学贵天人,《太玄》《法言》,与六经相表里,若《甘泉》诸赋,虽步趋长卿,而雄浑之气溢出翰墨外,则子云无之,他日自悔少作,或出于是。至若王荆公谓'赋拟相如为未工',朱文公又谓'雄赋止能填上腔子'岂以其文之不工、记之不博哉? 正以其追逐模拟,其气索耳。"吹捧扬雄子书可与六经并称,赋篇为劣,抑扬失当。又论左思《三都赋》:"自后作者继出,各有所长,然于组织错综之中,不碍纵横奇逸之势,则左太冲之赋三都,视相如尚庶几焉。"①左思之赋何来"纵横奇逸之势"? 左思又何能与长卿相比? 可见刘埙真乃隐居大言不读书者。

第六节　金元诗话序跋里的陶渊明

一、陶渊明的节操与为人

陶渊明在金元二代受到了前所未有的尊崇和效仿,朱子门下后学安熙甚至称其"乾坤一东篱,百代无与俦"②。安熙也是一位喜读《文选》的儒者,他曾讲自己"暇日读《选》诗、郭璞《游仙》篇,喟然有感"而作记③。

---

① 刘埙《隐居通议》卷六"四诗类苑"条,《四库全书》第 866 册第 66 页。

② 安熙《默庵集》卷一《病卧穷庐咏静修仙翁和陶诗以自遣适輙效其体和咏贫士七篇非敢追述前言聊以遣兴云耳》之四,《四库全书》第 1199 册第 710 页。

③ 同上卷四《题刘静修石鼎联句诗后》,第 727 页。

金元二代,中国北方与南方政权更迭均颇为频繁、时局动荡、士人漂泊流离不安,辽亡金兴、金亡元兴、北宋灭亡、南宋偏安最终覆亡,都给文人学者带来莫大的精神折磨和心理创伤,他们向往安宁平和的生活,陶渊明笔下那种恬淡静穆的田园风光成为了他们不可须臾离却的安慰剂,故国灭亡的怨恨也使他们将宋代学者已经关注的陶渊明作品里的"忠愤之情"在他们的鉴赏品评里发酵渲染,从而根据他们的各自的又是带有共性的需求创造出了陶渊明的新的形象。陶渊明在金元二代的文士学者心中有两种形象,一是淡漠功名利禄蔑视富贵荣华的高洁隐士;一是怀抱时刻盼望复仇心念故君的遗民义士。

将陶渊明理解为前者的,实是继承沿袭着唐代一般诗文里的歌咏内容,如周权所云:"渊明任疎散,出处皆逍遥。悠然解县组,不折五斗腰。晴川风日佳,归舟喜摇摇。及门对妻子,不觉衣囊枵。居贫道则腴,念淡迹已超。时复会田家,兴至不待邀。种豆在南山,种苗在东皋。投闲偶成趣,心逸身匪劳。孤怀托素琴,万事付浊醪。乐天以乘化,内适何陶陶。若人渺何许,世远不可招。千载东篱花,寒香黟丛蒿。采采不盈掬,伫立秋风高。"①周权是元代中期仕途不得意以隐居自得的人物,所以他所阐释的陶渊明诗赋表达的就是恬淡自乐的生活情趣。元末明初的张昱做官到死方才税驾,理解陶渊明也是高隐之人:"渊明君子儒,心事甚夷旷。醉来得佳眠,自谓羲皇上。文章固可诵,节概尤所仰。且无州县拘,安得言不放。托志圣贤录,千载成绝响。"②

更多的学者文学家不同意这样简单地把陶渊明叙述为万事不关心地身在现时、心归远古的羲皇上人,他们认为陶渊明心事重重,是需要发微探究才能够由表及里知其隐曲的,胡祗遹指出,陶

---

① 周权《此山诗集》卷一《读陶渊明传》,《四库全书》第 1294 册第 6 页。
② 张昱《可闲老人集》卷一《古诗》,《四库全书》第 1222 册第 503 页。

渊明绝非一位沉迷醇酒忘怀时政者："东晋中间,鄙夷国步,隐逸之士不为不多,千载而下独推渊明,何也? 诵其诗,读其书,见其为人,不得不为之称道。观渊明之《咏贫士》诸诗,暨'羲农去我久'、'东方有一士'、'先师有遗训'、'清晨闻叩门'、'辞家夙严驾'、'少时壮且励'诸章,则渊明之所学、所以自任者,岂徒嗜酒傲世、赏花柳、醉尽江山而已耶? 后人之知渊明者,目为闲适放旷、长于作诗而已,岂真知渊明者哉?"①他认为陶渊明诗文辞赋均有深意,那么陶渊明怀抱怎样的心事呢? 胡氏未予进一步陈述他的理解和观点。

赵宋遗民牟巘(1227—1311)沿用沈约、萧统以来的权威观点,也即认为陶渊明的归隐在于不满于刘裕篡权夺位:"渊明既赋此辞(指《归去来兮辞》),自是不复出。意固有在,'帝乡不可期',盖其微词所寓,而论者或未之察也。呜呼! 内望彷徨,修门愈邈,吾生行尽,去将安之,亦惟安乎天命而已,奚复疑哉? 此又致命遂志之义,与子云逊于不虞以保天命者异矣。"②

陆文圭、刘岳申、吴澄等则认为陶渊明不仅仅是一般地不满于权臣夺位,他尚有激烈地复仇兴国之志愿。陆文圭(1256—1340)宋亡曾为隐士,元朝统一后曾被迫就试应举。他认为陶渊明作品多有关于朝代废兴感慨者:"《选》诗唯陶、阮近古,神思清旷,意趣高远,直寄兴耳。魏、晋、宋之间,废兴之事可感矣,悲遇之诗以写其怀,诗不自知也,况寓之酒乎? 或讥其流连光景、殢情花草,似矣而非也。千载而下,复有如二子之所遭者,则知二子之心者矣。"③这是通过自己所经历国破家亡的切身感触来体味赏析陶诗,探究其复杂深微心曲。

<hr>

① 胡祗遹《紫山大全集》卷二十《士辨》,《四库全书》第 1196 册第 359 页。
② 牟巘《陵阳集》卷十五《题渊明图》,《四库全书》第 1188 册第 130 页。
③ 陆文圭《墙东类稿》卷九《跋袁静春诗》,《四库全书》第 1194 册第 644 页。

　　宋元之际的刘岳申认为陶渊明心事实际上和张良、诸葛孔明并无二致,都是要复仇兴国,只是时代有异,故而陶渊明有志难伸只能以诗文寄意:"陶渊明本志不在子房、孔明下,而终身不遇汉高皇、蜀昭烈,徒赋诗饮酒,时时微见其意,而托于放旷,任其真率,若多无所事者。其在晋人中,可与刘越石、陶士行并驱争先,而超然远引不可为孔文举、嵇叔夜,故其诗以至腴为至淡,以雄奇恢诡为隐居放言,要使人未易窥测。"①元代文士大都相信陶渊明晋亡之后改字元亮,以示效法诸葛孔明之意。徘徊于仕隐之间的儒者吴澄在刘申岳等人见解的基础上,又进一步发挥道,同抱兴国大志与陶渊明并称的还应加上屈原,他们都有坚持君臣大义的崇高理念,张良和诸葛虽未能完全实现宏愿,但毕竟都一展其才、略偿其志。而屈原和陶渊明则时不利力不济,空怀丹心,故而情感更加慷慨怨愤、壮怀激烈:"予尝谓楚之屈大夫,韩之张司徒,汉之诸葛丞相,晋之陶征士,是四君子也。其制行也不同,其遭时也不同,而其心一也。一者何? 明君臣之义而已。欲为韩而毙吕珍秦者,子房也;欲为汉而诛曹珍魏者,孔明也;虽未能尽如其心,然亦略得伸其志愿矣。灵均逆睹谗臣之丧国,渊明坐视强臣之移国,而俱末如之何也。略伸志愿者,其事业见于世;末如之何者将没世而莫之知,则不得不托之空言以泄忠愤:此予所以每读屈辞、陶诗而为之流涕太息也。屈子之辞、非藉朱子之注,人亦未能洞识其心。陶子之诗,悟者尤鲜,其泊然冲淡而甘无为者,安命分也。其慨然感发而欲有为者,表志愿也。⋯⋯陶子无昭烈之可辅以图存,无高皇之可倚以复雠,无可以伸其志愿,而寓于诗,倘使后之观之者,又昧昧焉,岂不重可悲也哉! 屈子不忍见楚之亡而先死,陶子不幸见晋之亡而

------

① 刘岳申《申斋集》卷一《张文先诗序》,《四库全书》第 1204 册第 180 页。

后死,死之先后异尔,易地则皆然,其亦重可哀已夫!"①吴澄阐释之语可谓透彻明晰,语句之间感叹南宋故国倾覆之情,声泪俱下,皆可会于言外。

此前由于文人学者没有经历过以汉民族为主体的政权完全被灭亡的经历和痛苦,所以对陶渊明的品德节操及其作品意旨这些方面的内涵的体味和阐释均缺乏深度,元代诸多文学研究者对此进行了卓有成就的发掘总结,这实在是他们对陶渊明之学所作的不可低估更不可抹煞的重要贡献。

关于陶渊明的人生情趣,金元学者的研究也很有创新之处。为何陶渊明喜爱菊花呢? 元人提供了两种缘由,这些缘由又都是和陶渊明的人生追求、诗文风格密切相关的。一是菊花独傲风霜,陈旅云:"昔周子谓'晋陶渊明独爱菊',又曰'菊,花之隐逸者也'。渊明为晋处士,若是花之不与群艳竞吐,而退然独秀于风霜摇落之时,则渊明可谓菊隐者矣。"②陶渊明远避喧哗尘俗,主动将自己在社会关系里边缘化,所以钟情不与百花争艳于春景而绽放于寒秋的黄菊。另一说是讲菊花与秋景并美,故陶渊明爱之,舒頔谓:"余谓景之美者,莫如秋;花之美者,莫如菊。夫秋气最清,花得气之清,所以为尤美也。春夏之花,众人所爱,渊明爱菊,亦爱其气之清者。……其高蹈清绝,千载之下一人而已。观其诗冲淡雅洁,夐出尘表,固自成一家,虽沈刘鲍谢,未易窥其藩篱。"③此说言陶渊明生平挚爱清洁,故垂青于在清冷晨露中散发清香的菊花,其人品一尘不染,其诗赋品味也是清新雅洁。二说互补相成可也。

同是喜好山水景色,陶渊明和谢灵运还是有细微而深刻的差

----

① 吴澄《吴文正公集》卷二十一《陶渊明集补注序》,《四库全书》第1197册第227页。

② 陈旅《安雅堂集》卷六《菊逸斋序》,《四库全书》第1213册第67页。

③ 舒頔《贞素斋集》卷二《云台观燕集序》,《四库全书》第1217册第572页。

异的,牟𪩘和杨维祯对此进行了可贵的探索。牟𪩘认为人们对于外物有寓意和留意的不同心态,一旦留意于物,则人就不知不觉地变为了外物的奴隶而不能自拔,寓意则是超脱于外物之上,心态还是自由逍遥的,谢灵运是留意,陶渊明是寓意,陶高于谢正在此:"人之于物,可寓意而不可留意。昔有是言矣。盖留意于物,则意为物役,不能为我乐,而适为我累耳。山本无情,而好山者每每用意过当,如谢灵运自始宁伐木开径直到临海,从者数百,骇动旁郡。……留意于物,其害乃至此。山犹尔,而况声色货利之可以动心者乎?'采菊东篱下,悠然见南山。'始无意,适与意会,千载之内,惟渊明得之,所谓'悠然'者,盖在有意无意之间,非言所可尽也。"①

杨维祯认为谢灵运喜爱山水之形,所以得到的是美景之粗者;陶渊明爱好的是山水之神,所以不出田园而深得天地美景之趣,自然陶胜于谢:"吾尝评陶、谢爱山之乐同也,而有不同者,何也?康乐伐山开道人,数百人自始宁至临海,敝敝焉不得一日以休,得于山者粗矣。五柳先生断辕不出,一朝于篱落间见之,而悠然若莫逆也,其得于山者神矣。故五柳之咏南山,可学也;而于南山之得之神,不可学也。不可学,则其得于山者,亦康乐之役于山者而已耳。吾于和陶而不陶者亦云。"②牟𪩘和杨维祯二人对陶渊明和谢灵运差异的追索达到了化境,是前人所未到者。

二、陶渊明的诗歌风格

最后归结到金元学人对陶渊明诗风的体味方面。由于宋代学者归纳得已经很全面很深入,所以这方面很难有大的创新。可贵

---

① 牟𪩘《陵阳集》卷十七《跋意山图》,《四库全书》第 1188 册第 151 页。
② 杨维祯《东维子集》卷七《张北山和陶集序》,《四库全书》第 1221 册第 438 页。

的是金元文学评论家并未将宋人之说抄撮了事，他们还是有自己的建树的。元代诸人总是结合陶渊明人品来赏析其诗。如陈绎曾云："陶渊明心存忠义，身处闲逸，情真、景真、事真、意真，几于《十九首》矣，但气差缓耳。至其工夫精密，天然无斧凿痕迹，又有出于《十九首》之表者，盛唐诸家风韵皆出此。"①元好问亦称："一语天然万古新，豪华落尽见真淳。南窗白日羲皇上，未害渊明是晋人。"②均强调其气节追求忠义，性情醇厚真诚，生活心态从容闲雅，所以创作出的诗篇淡泊隽永，韵味悠长，情感诚挚，能够带来自然清新的美妙享受。

　　陈绎曾言陶渊明诗天然圆合，乃是出于精心密致的锻炼琢磨而成，也有其一定理由，因为陶渊明曾说过"昔欲居南村，非为卜其宅。闻多素心人，乐与数晨夕。……邻曲时时来，抗言谈在昔。奇文共欣赏，疑义相与析"，又云"春秋多佳日，登高赋新诗"（《移居》），其所交往多为超脱凡俗气息之士，又相与切磋诗文，加之陶渊明本性好奇，平生喜读《山海经》、《穆天子传》等记述怪力乱神之书，所以无论其为人为文皆具奇气，只是这种奇气融于其言行诗赋之内可意会体味而难言传也。

　　元代经史大家郝经以宋元理学视角评判陶渊明诗歌的艺术造诣，同样给予了极高的评价和恰切的总结："陶渊明当晋宋革命之际，退归田里，浮沉杯酒，而天资高迈，思致清逸，任真委命，与物无竞，故其诗跌宕于性情之表，直与造物者游，超然属韵庄周一篇，野而不俗，淡而不枯，华而不饰，放而不诞，优游而不迫切，委顺而不怨怼，忠厚岂弟直出屈宋之上，庶几颜氏子之乐，曾点之适，无意于

---

　　① 陈绎曾《诗谱》，北京，中华书局 1983 年版《历代诗话续编》第 625 页。

　　② 施国祁《元遗山诗集笺注》卷十一《论诗三十首》，北京，人民文学出版社 1958 年版第 525 页。

诗而独得古诗之正,而古今莫及也。"①论述得颇为面面俱到,认为陶渊明思想境界立足于形而上,不再牵心缠绕于一般世俗庸人求田问舍等物质层面的念头和问题,情趣高尚雅致纯洁,毫无一般人物善恶兼半的心态,例如张衡《归田赋》"仰飞纤缴,俯钓长流,触矢而毙,贪饵吞钩。落云间之逸禽,悬渊沉之鲹鳎"数句就很受后人的疵议,前面写"仲春令月,时和气清,原隰郁茂,百草滋荣,王雎鼓翼,鸧鹒哀鸣,交颈颉颃,关关嘤嘤",一派天地和谐万物各得其所的美丽景象,可是接着却是写人运用机巧之心杀害鸟鱼,前后舛错矛盾,破坏了理想的气氛。陶渊明诗文从未有此景,无论是"榆柳荫后檐,桃李罗堂前","常恐霜霰至,零落同草莽","芳菊开林耀,青松冠岩列","山气日夕佳,飞鸟相与还",均洋溢着与万物和平相处或者怜惜禾稼苗木的博大情怀。又能够随顺外物本性,任其发展,即使自己的命运和秉性也不强力改变,从而保持其"真",与他人相处弃绝竞争之心,正是具备了这般儒道兼综的人生准则,所以诗歌思想内容和艺术造诣都能够像庄子的《逍遥游》一样飘逸潇洒,朴野而不粗俗,平淡而不枯槁,华美而不繁饰,放旷而不荒诞,从容闲雅,意旨含蓄,有悲凉之心而不露怨怒之情,淳厚宽和、亲情温柔,可谓达到了颜渊安贫乐道、曾皙乐于春景的贤人高度和境界。陶渊明诗文并不全部都像郝经归纳的肃穆平和,但肃穆平和却是其诗歌辞赋内容艺术之主流,也是儒家文学观念所赞许所憧憬的极致。

陶渊明诗文能够达到如此高妙的境界,不能不承认其天赋的非凡,天趣的绝妙,正如陈旅所谓"晋宋间则陶渊明为最高。后世之务为平淡者多本诸此。然而甚难也。盖平则貌凡,淡则味薄。为平淡而貌不凡,味不薄,此以为甚难也。……盖其天趣道韵之

---

① 郝经《陵川集》卷六《和陶诗集》,《四库全书》第 1192 册第 61 页。

妙,有非学力所能致者。"①魏晋数百年儒学、玄学和佛学的熏陶和浸润,博览众籍采其精妙的读书方法,还有"江山之助"——山水田园美丽风光的感染,使其最终成为了集汉魏晋古诗文辞赋之大成的一代文豪,岂非天哉!

---

① 陈旅《安雅堂集》卷五《静观斋吟稿序》,《四库全书》第1213册第58页。

第六章　明初刘履《文选补注》的评点特色

第一节　刘履生平简述与身份定位

刘履(1317—1379),元末明初著名学者,字坦之,上虞(今属浙江)人,其生平资料主要见于明朝初年学者谢肃《密菴稿》壬卷之《草泽先生行状》①。其先为沛郡人,先祖有仕于吴越者,葬于上虞,其子孙遂为上虞人,其家族为书香门第,官宦世家。刘履的高祖刘汉弼曾为南宋理宗朝侍御史。

刘汉弼,南宋宁宗嘉定九年(1216)举进士,授吉州教授。历江西安抚司干官、著作佐郎、检讨实录、监察御史、左司谏等职,以户部侍郎致仕。汉弼学明义利之辨,立朝正言敢谏,为校书郎,有论结人心、厚风俗、存纪纲、边郡守当用武臣,又论决和战以定国是、公赏罚以励人心、广规抚以用人才,皆切于时务。特别是为言官后,勇于弹劾不称职之官员,直指权相史嵩之的心腹叶贲。又倡言立圣心、正君道、谨事机、伸士气、收人才五事,理宗嘉许其言,并付诸施行。多次条奏推举人才,"皆时望所归重。汉弼以受知特异,而奸邪未尽屏汰,论议未能坚定为虑,遂感末疾,居亡何,遂卒"。

---

① 谢肃《密菴稿》,上海,商务印书馆民国二十五年(1936)版《四部丛刊三编》景印本。

死后宋朝赠谥号曰"忠"，人称"刘忠公"①，是刘履一生倍感骄傲的先辈，故而谢肃《草泽先生行状》称刘履出身于"忠义之门"。

刘履自幼聪敏，成年后更勤奋力学，诵习讲解于诸经，尤邃于《书》《诗》。开门训徒，有教无类。元顺帝至正初（1341），刘履整理编辑其高祖刘汉弼之奏议，请序于名士黄缙，黄缙为之序，且勉励其力学励行。不久，刘履佐元朝史官纂修辽、宋、金三史，并将其高祖生平资料编撰为《忠公年谱》一卷。元代末年江南大乱，刘履避地于上虞泰平山，自号草泽闲民。辟一草庐居之，撰《风雅翼》十四卷。进入明朝后，地方官屡荐而刘履辞不入仕。洪武十二年秋，诏求天下博学之士，浙江布政使强起之，至京师见明太祖于奉天殿。明太祖赐酒与食，亲试以文，将授以官。刘履辞以年迈。明太祖赐以钱钞为归里路费。未及动身而病卒京城，时为十一月二十一日，为公元 1379 年 12 月 30 日。终年 63 岁。其友人钟霆、谢肃等私谥为贞恭先生。

刘履为人气清貌恭，衣冠整肃，进退语默，一依仪礼，颇具古儒风范，其创作有《草泽稿》三卷，未刊。传于今之书唯有《风雅翼》十四卷，其中前八卷为《选诗补注》，是《文选》评点之学方面承前启后的重要著作，九、十两卷为《选诗补遗》，取散见于各书中的古歌谣词 24 首以补《文选》缺漏；十一卷至十四卷，为《选诗补编》，所选录者为唐宋各家之诗。

刘履的隐士身份，原无异议，元时、明时均未做官。可是《四库全书总目》云："元刘履撰。履字坦之，上虞人，入明不仕，自号草泽闲民，洪武十六年（当为"十二年"），诏求天下博学之士，浙江布政使强起之，至京师，授以官，以老疾固辞，赐钞遣还。未及行而卒。《浙江通志》列之《隐逸传》中。"②这样一来，刘履就成了元朝遗民，

---

① 脱脱《宋史》卷四百六《刘汉弼传》，北京，中华书局 1977 年版第 12275—12276 页。
② 纪昀《四库全书总目》卷一八八，北京，中华书局 1965 年版第 1711 页。

是决心效忠元朝而坚持不做新的朝代明朝官员的一位陶渊明那般
的人物。其实这一说法是混淆了逸民和遗民二词的区别。逸民指
遁世隐居的人，遗民指易代后不仕新朝的人士。举例来说像《论
语》里的长沮、桀溺、接舆等属于逸民，像王国维属于遗民，有的既
是逸民又是遗民，如陶渊明、伯夷、叔齐等。但刘履只能是逸民而
不是遗民，根据有二，一是他的家世和个人履历，刘履先代世代是
宋代官员，甚至他的高祖刘汉弼还作过高官，他如果说要忠于故国
的话，那他在元不仕就是宋朝遗民了？可是遗民不世袭，一般也不
这样给人定位。刘履在元代曾经协助过官方史官编撰过辽金宋三
朝的史书，可他是以平民身份参与的，并未接受元朝官职，自己和
先祖均未受过元朝的俸禄还要以其遗民自居，古无此例。这是其
一。二者是刘履自命的"草泽闲民"一词，出自左思《咏史诗》之七：
"主父宦不达，骨肉还相薄。买臣困樵采，伉俪不安宅。陈平无产
业，归来翳负郭。长卿还成都，壁立何寥廓。四贤岂不伟，遗烈光
篇籍。当其未遇时，忧在填沟壑。英雄有迍邅，由来自古昔。何世
无奇才，遗之在草泽。"取"何世无奇才，遗之在草泽"二句之意作自
己名号，明显表示着他以贤才自命和不满当时官方轻视贤才的愤
懑心态，这和他在《风雅翼》里反复表达忧世愤俗的情感是一致的，
说明刘履也想出仕以建功立业，只是时代太黑暗、朝廷太昏乱，他
才无奈隐居的。入明不仕的原因，一是南方仍很动荡，二是朝廷起
先还是冷落着他这位儒者，他又不愿意为了为官而自炫自媒，三是
皇帝下诏求贤时他年龄确实老大又身体病弱。四是明初官场甚不
易逗留，吴晗《朱元璋传》里曾列举许多例子论证明初江南地区统
治阶级内部矛盾之激烈、文字狱之严苛、为官之艰难[1]，所以像刘
履这样为了明哲保身不愿出仕的，并非个别现象，所以刘履临终四
言诗抒发的对于能够身全故去的庆幸情感很是真切："受中以生，

---

[1]　吴晗《朱元璋传》第 266—275 页，北京，人民出版社 1985 年版。

性命惟始；曷以保终，动顺斯理。再更世途，若涉渊水。跂迹弗循，百行愆已。孰尼予行，孰使予止？邈哉圣贤，道则在迩。命既衰亏，没吾宁矣。"①他评价自己的一生是战战兢兢、循规蹈矩的一生，特别在社会动荡的岁月里，江南张士诚、陈友谅、朱元璋政权林立对峙，他一不小心站错了队伍就会给自己招致滔天的耻辱，所以他干脆谁也不去依附，困守草泽作一被弃的贤才儒士，在任何境况下都不主动干谒有权有势者，所以谢肃评价他"先生生于忠义之门而有以自守，出际圣明之朝而无所于干"，"有以自守"指其在元朝以钻研儒学、整理先朝史学文献为务而不任元朝官职，洁身自好；"出际圣明之朝而无所于干"，指其晚年遭遇明朝建立又无托门求仕之举，一生隐逸，修身循礼，勤于治学，以布衣终身，所以谢肃赞扬其"谨于行而力于学，可谓善人君子矣"。由上述可见四库馆臣将其命为元朝遗民，何其荒谬？今人著文或又承袭清人此论，称从刘履《选诗补注》里看出了刘履的遗民观念：言刘履"取《文选》中的谢灵运诗，对前人训释进行删补，断以己意，是元末遗民中对谢灵运诗作出具体而系统阐释的一位文人，从中可以窥见其诗学观点和遗民观念。""作为元代遗民，他以儒实观念及比、兴体例训释前代诗作，常常在笺释中寄寓着自身的易代之感、忧国之情。他们渴望隐居山林，摆脱世事纷扰，借助山水陶冶性灵。在这一点上，他们容易与谢灵运取得思想情感上的共鸣，谢诗本身足以打动他们的灵魂。"②，所举例证则一无所见，刘履等人当时正在隐居山林，已经摆脱世事纷扰，还需要什么"渴望"呢？阅读整个《选诗补注》，可以发现刘履的确对谢灵运非常尊重，他将谢灵运的诗选入了25篇，也即《文选》里谢灵运的诗除《拟魏太子邺中集诗》八首外全予

---

① 谢肃《草泽先生行状》引。

② 杨鉴生、王芳《刘履对谢灵运诗歌的接受与评价》，《合肥师院学报》2008年第2期。

录入,第七卷全是谢灵运诗,与第六卷全选陶渊明诗相等,大谢诗占据了整个《选诗补注》八卷的八分之一,刘宋部分的二分之一。对大谢诗置于如此崇高的地位,并非是崇拜大谢的人格,相反刘履评论一改他卷知人论世、理学品人的格套,极少提及谢灵运的为人,因为这是隋唐宋元已经定论了的,无法更改,所以刘履承认谢灵运人格较之陶渊明远远不及,缺憾显然:"其后灵运在临川为有司所纠,遣使收之,乃兴兵逃逸,作诗曰:'韩亡子房奋,秦帝鲁连耻。'竟以此自致夭伐,徒为空言,而不能践,惜哉!"①责其出言狂傲自招杀身;又责其不如陶渊明能够时刻忧国,刘履对于大谢思想和人格方面的缺失不是横加辩护,而是在诠释诗歌时采取了避而不谈的策略,只论其诗的山水奇趣、艺术造诣。采取这样的与他卷他人迥异的处理方式,也有刘履的苦心,一是刘履和谢灵运都是上虞人,后辈对于本土先贤自当敬重维护,所以宋人喜欢指责的谢灵运《九日从宋公戏马台集送孔令诗》吹捧篡权之臣刘裕"良辰感圣心"违背君臣之义的话题,刘履一字不提。二是谢灵运所写的山水诗恰多与刘履当时隐居所在地理相近、景貌相似,所以触景生情,正有李白那般"解道'澄江静如练',令人长忆谢玄晖"的相同心态,体味到大谢诗的美妙亲切逼真。至于兴亡之感、遗民心态,通观《风雅翼》全书十多卷,恐怕一个字也是没有的。因为其书的宗旨主要在于用儒家经学理论阐释评点《文选》诗歌,其编撰动机、阐述理念和选择标准都是和朱熹的文学理论特别是真德秀的《文章正宗》密切联系着的。四库馆臣提到刘履的《选诗补注》在许多方面是在宋人曾原一《选诗演义》的基础上而撰写的:"是编首为《选诗补注》八卷,取《文选》各诗删补训释,大抵本之五臣旧注、曾原《演义》而各断以己意。"②今案,此处多有讹谬,宋代编选《文选》诗歌

---

① 刘履《风雅翼》卷六,《四库全书》第 1370 册第 122 页。

② 纪昀《四库全书总目》卷一八八,北京,中华书局 1965 年版第 1711 页。

的这位学人名为曾原一，不是曾原。曾原一乃南宋名士、学者，其书的名字应该称作《选诗衍义》而不是《选诗演义》。

第二节　《选诗补注》的编选宗旨及与真德秀《文章正宗》的关系

刘履《风雅翼》十四卷，其中前八卷为《选诗补注》，是《文选》评点领域中承前启后的重要文献。关于《选诗补注》的编选宗旨，明人杨慎云："刘履作《选诗补注》，效朱子注《三百篇》，其意良勤矣。"①黄宗羲云："元末有刘履者，为《选诗补注》，仿朱子之法，以赋比兴论诗，亦诸家之杰出矣。"②清《钦定续文献通考》"刘履《风雅翼》"条亦云："是编首为《选诗补注》八卷，取《文选》各诗删补训释，而各断以己意。……其去取大旨，本于真德秀《文章正宗》，其训释体例，则悉以朱子《诗集传》为准。"③《四库全书总目》评《文选补遗》一书时亦云："盖与刘履《选诗补注》，皆私淑《文章正宗》之说者。"④

而《文章正宗》编者真德秀自述其书的编辑宗旨云："故今所辑，以明义理、切世用为主。其体本乎古，其指近乎经者，然后取焉。否则，辞虽工亦不录。其目凡四，曰辞命、曰议论、曰叙事、曰诗赋。"⑤刘克庄作为《文章正宗》一书里诗赋部分的实际编者，言及真德秀当时"又以后世文辞多变，欲学者识源流之正，集录《春秋

---

①　杨慎《升庵集》卷五十八，上海，商务印书馆1935年版《万有文库》本《升庵全集》第717页。

②　黄宗羲《南雷诗文集》第22页，杭州，浙江古籍出版社1985年版沈善洪主编《黄宗羲全集》本。

③　清嵇璜等《钦定续文献通考》卷一九七，《四库全书》第630册第642页。

④　纪昀《四库全书总目》卷一八七，北京，中华书局1965年版第1703页。

⑤　真德秀《文章正宗》卷首《纲目》，《四库全书》第1355册第5页。

内外传》,止唐元和长庆之文,以明义理、切世用为主"①。

由此可见,"明义理、切世用",风格古雅,旨意近于儒经,是《文章正宗》一书取录作品的原则。然而具体到诗赋方面,又有较为具体的要求。

《文章正宗》里虽第四类名目为"诗赋",实际只有"古诗"一体。真德秀选取诗赋,是以前代理学大儒提出的诗赋发展观作为指导的,即此书《诗赋序》中所引的朱熹话语:"因知古今之诗凡有三变,盖自书传所记、虞夏以来,下及魏晋,自为一等;自晋宋间颜谢以后,下及唐初,自为一等;自沈宋以后,定著律诗,下及今日,又为一等。"朱熹当年亦曾想要编辑一部诗集:"故尝妄欲抄取经史诸书所载韵语,下及《文选》汉魏古词,以尽乎郭景纯陶渊明之所作,自为一编,而附于《三百篇》、《楚辞》之后,以为诗之根本准则。又于其下二等之中,择其近于古者,各为一编,以为之羽翼舆卫。其不合者,则悉去之,不使其接于吾之耳目而入于吾之胸次。"②但朱熹终未进行实际编撰,故真德秀欲将朱熹的设想付诸实施,编成《文章正宗》一书,"今唯虞夏二歌与《三百篇》不录外,自馀皆以文公之言为准,而拔其尤者列之此编。律诗虽工,亦不得与";至于辞赋,"则有文公集注《楚辞》后语,今亦不录。"③

刘克庄曾经回忆当初编撰《文章正宗》时,真德秀选录去取之严格,"《文章正宗》初萌芽,西山先生以诗歌一门属予编类,且约以世教民彝为主,如仙释、闺情、宫怨之类,皆勿取。予取汉武帝《秋风辞》,西山曰:'文中子亦以此辞为悔心之萌,岂其然乎?'意不欲取。其严如此。然所谓'携佳人兮不能忘'之语,盖指公卿群臣之

---

① 刘克庄《后村集》卷五十《宋资政殿学士赠银青光禄大夫真公(德秀)行状》,《四库全书》第 1180 册第 552 页。

② 郭齐等点校《晦庵集》卷六十四《答巩仲至》,成都,四川教育出版社 1996 年版第 3337 页。

③ 真德秀《文章正宗·诗赋序》,《四库全书》第 1355 册第 7 页。

扈从者,似非为后宫设。凡予所取,而西山去之者泰半,又增入陶诗甚多。如三谢之类多不入。"①

不过,诗歌毕竟以吟咏情感为主,如何显明义理、切合世用呢?真德秀自有他的将明义理咏性情相互统一的理念与途径:"《三百五篇》之诗,其正言义理者盖无几,而讽咏之间,悠然得其性情之正,即所谓义理也。后世之作,虽未可同日而语,然其间兴寄高远,读之使人忘宠辱去系吝,翛然有自得之趣,而于君亲臣子大义亦时有发焉。其为性情心术之助,反有过于他文者,盖不必颛言性命而后关于义理也。"②这就较为妥贴地解决了单纯张扬义理的古诗数量屈指可数的困境,可见真德秀的文学思想观念,并不十分狭隘迂腐固执,亦深得圣人寓教于乐的真谛,很有"文道统一"的倾向。《四库提要》对此持以异议,云,真德秀编选此书,"其持论甚严,大意主于论理而不论文。……盖道学之儒与文章之士,各明一义,固不可得而强同也。顾炎武《日知录》亦曰:真希元《文章正宗》所选诗一扫千古之陋,归之正旨。然病其以理为宗,不得诗人之趣。"③顾炎武和四库馆臣均是就其大概言之。

《文章正宗》里所录诗歌按照时代先后录入,安排在全书的卷二十二上(全部)和卷二十二下(大半部分)。其书录汉前歌诗 17 首,汉诗 14 首,魏诗 31 首,晋诗 73 首——其中陶渊明诗 50 首;刘宋诗 17 首,南齐诗 9 首。以下即为陈子昂、李白等人诗。总计录汉魏晋朝诗 144 首。

刘履《选诗补注》也是按照朝代先后顺序编订《选诗》,卷一汉诗,卷二魏代建安诗,卷三魏代正始诗与晋诗一,卷四晋诗二,卷五

---

① 刘克庄《后村诗话》前集卷一,北京,中华书局 1983 年版第 4—5 页。
② 真德秀《文章正宗·诗赋序》,《四库全书》第 1355 册第 7 页。
③ 纪昀《四库全书总目》卷一八七"文章正宗"条,北京,中华书局 1965 年版第 1699 页。

晋代陶渊明诗,卷六、卷七刘宋诗,卷八齐梁诗。

《选诗补注》编订主旨乃依照《文章正宗》,因其卷次较多,选者不一人,故亦有异同之处,具体而言之,汉诗,《文章正宗》录14首,《选诗补注》录35首,除33首《选诗》外,又增入郦炎《诗》2首。建安诗,《文章正宗》录20首,较《文选》增入曹植《怨歌行》一首,其诗篇首有"为君既不易,为臣良独难"的名句,陈述君臣当相互信任为贵的事理,不录曹操《短歌行》与曹丕的《芙蓉池作》,认为不合儒家忠君、忧国之念。《选诗补注》全部承袭真德秀书所删所增,只是将曹植《名都篇》和《美女篇》录入。

正始诗,《文章正宗》将《文选》阮籍《咏怀》17首录入6首,并增入嵇康《秋胡行》一篇,诗里发挥老庄富贵尊荣忧患独多、贫贱易居劳谦寡悔之义。《选诗补注》于《咏怀》选录13首,未录嵇康的《秋胡行》,大概是嫌其艺术上逊色,诗味寡淡而出语浅露。

西晋诗,《文章正宗》录24首,均为最有名诗人之作,应贞、司马彪等皆在不选之列。取张华诗达3首,而摒潘岳于书外,大约是因安仁节行有亏,所作又多为情诗;对张华《情诗》亦加排斥,显然是以有益教化的理学观念为准则的。《选诗补注》录晋诗55首,对于《文选》里潘岳的10篇诗作,仅录《在怀县作》"南陆迎修景"一首,其名篇《悼亡诗》三首、《河阳县作》2首,均因人而废其言。束皙《补亡诗》6首,《文章正宗》录其二,《选诗补注》一篇未录,看来刘履还是较为看重艺术水平的高下的。

东晋诗,《文选》、《文章正宗》和《选诗补注》三书选录篇目差别颇大。郭璞《游仙诗》,《文选》录7首,《文章正宗》仅录"翡翠戏兰苕"1首,《选诗补注》录5首。《文选》中陶渊明诗共录8首,《文章正宗》未录《挽歌诗》这一于教化无关的作品,增录45诗,共录陶诗篇章52首。《选诗补注》卷五全为陶诗,共37首,基本沿袭《文章正宗》所增篇目,只是为了顾及全书卷帙的匀称,删去了《杂诗》"人生无根蒂"、"昔闻长者言"等,不过陶诗中的佳作名篇仍亦落落大备。刘宋诗,《文章正宗》仅对《文选》诗加了筛选,微有增添,录诗17 首,即颜延年《五君咏》5 首、鲍照 4 首、谢灵运 7 首、谢惠连《秋怀》1 首。《选诗补注》卷七八两卷全为刘宋诗,共 50 首,较之真德秀书大有扩增。《文选》里写谢灵运诗除《拟魏太子邺中集诗》8 首外,几乎全予录入,为 25 首,占刘宋部分的二分之一。颜延年 8首,鲍照 11 首,谢瞻 3 首,谢惠连 2 首,袁淑《效古》1 首。刘履还对真德秀选录的谢惠连《秋怀》一诗表示异议,认为不值得录取。

齐梁诗,《文章正宗》选录 9 首,谢朓 7 首,沈约 2 首。《选诗补注》卷八全为齐梁诗,录谢朓 9 首、沈约 4 首、江淹 3 首。有异的是,《文章正宗》录入谢朓《游东田》,《选诗补注》不录,初看去有些不可思议,细细推敲,大约是诗里有"远树暧阡阡,生烟纷漠漠。鱼戏新荷动,鸟散馀花落。不对芳春酒,还望青山郭"6 句,对偶精工,抑扬顿挫,合乎律诗格律,远离了古诗质朴浑厚的风格。

总之,刘履作为一位理学大儒,其对于古代文学作品篇目进行删取评骘,亦是怀抱承继孔圣人删削先秦诗歌以成《诗经》的伟大使命之感,正如李白所谓"希圣如有立,我志在删述"。故而其书又取名为"风雅翼",其选诗标准,可一言以蔽之曰:"思无邪。"

第三节　《选诗补注》评论诗歌内容之准则

《选诗补注》评论诗歌内容方面的准则,全部依照《文章正宗》,严苛之处较之真德秀所执标准有过之而无不及。《文章正宗》对诗文的要求是,不能有戏谑一类的话语,不能有违背忠君思想的背景。要求创作态度严肃,并且思想纯正,而这均是刘履十分遵而行之的。如对曹操《苦寒行》一篇,刘履云:"《昭明文选》所选,此篇之外,唯《短歌》而已。而西山真氏又不取焉,且曰:'杜康,始酿酒者也,今云唯有杜康,则几于谑矣。周公吐哺,为王室致士也。若操之致士,特为倾汉计耳。独《苦寒》一篇,犹有悯劳恤下之意,故录之。'"（卷二）真德秀以《短歌行》涉嫌用词不够严肃且曹操招贤纳士图谋篡汉，故不取之，刘履书也将此一名篇摒之于外。二书舍弃曹丕《游芙蓉池》一诗，亦是尊真德秀之见而为之。刘履在曹丕《善哉行》后述道："西山真氏谓'此篇末意类《芙蓉池》，特以其中有可采者，故录之'。愚按《芙蓉池》一篇，首言'乘辇夜行游，逍遥步西园'，末言'傲游快心意，保己终百年'，则是缺人君弘济之度，纵一己流连之情，其不取也宜矣。若夫驱马出游，聊以写忧，亦人情所不能无者，读者不以词害意可也。"（卷二）

　　刘履选诗之时对于那些宣扬修养道德的诗作，反复加以赞许。如评张华《励志》诗，云："此末章言能实用其力，则德业昭著，有不难者。且举隰朋之仰慕圣贤，而益以自勉也。"又曰："余谓汉魏以下，诸诗未能如茂先此篇能以圣贤之学自励其志者，且'逝者如斯'一语，程子谓自汉以来，儒者皆不识此义。今茂先独得圣人之旨，则其只是超诣，有非浅学之士可得而拟者焉。"（卷三）赞许张华道德言论，双兼并美，元明道学倾向显然。

　　即使陶渊明的《饮酒诗》，刘履也能从中看出道学情味来，评其"羲农去我久"篇，谓："西山真氏谓渊明之学，自经术中来。今观此诗所述，盖亦可见。况能刚制于酒，虽快饮至醉，犹自警饬而出语有度如此，其贤于人远矣哉。"（卷五）

　　又如评应玚《侍五官中郎将建章台集诗》："公宴有诗尚矣。在建安间，如平原侯、王侍中、刘文学诸作盖所谓杰出者也。然其辞藻有馀，理义不足，或放志以流连，或倾情以取悦，今皆不录。唯德琏于漂泊羁寓之中，预富贵酣乐，而能以警位一语为献，岂易得哉？"（卷二）此乃认为公宴诗亦应观念纯正，不当只是纵情愉悦。

　　行旅诗也是《文选》里的一个大宗，刘履推许颜延之的《还至梁城作》一诗而删去《北使洛诗》一篇，因后者缺乏忠君忧国情感："史言延之《使洛道中》二诗，文词藻丽，为谢晦、傅亮所赏，然其《北使》一篇但怀怨叹，曾无王事靡盬之忧，故不录。若此篇之睹景增怀，

感今兴喟,自有人情之所不能无者,况其词之可观也。"(卷七)

秦穆公以三良殉葬一事,是魏晋诗人喜好咏叹的题材,刘履在评曹植《三良诗》时,批评王粲、陶渊明等人诗里赞许三良殉葬之非,称扬曹植之作独得义理之正:"以此观之,则三良之殉,又乌得而许之耶? 独子建此篇,持论公正,诚有补于世教。咏史者宜取法焉。"(卷二)

思妇诗一类,刘履亦推崇情义正、词气柔、含蓄淳厚的作品,也即像曹丕《燕歌行》一般的篇章:"则可见其情义之正,词气之柔。至如牵牛织女而下,因赋所见,而反以自况,含蓄无穷之思焉。"(卷二)

秋胡戏妻也是古人常好歌咏的题目,刘履对颜延之的《秋胡诗》情有独钟,云:"噫,古之贤妇能守节义有如此夫! 后人或有歌咏之者,词多不传。独延年此诗叙述周折,足以发其情志,虽若繁衍,而不流于靡丽,亦可使人吟讽而有以哀夫死者之不幸云。"(卷七)这位道学先生一唱三叹,既赞其诗情之正,又赞其诗风自然。

对于那些忘记君臣大义、以谀词颂赞朝中权臣的诗篇,则处处致以贬抑讥刺,如评卷二曹植《又赠丁仪王粲》"皇佐运帷幄,四海无交兵"云:"考之仲宣《从军诗》云:'筹策运帷幄,一由我圣君。'刘公干诗亦云:'昔我从元后,整驾至南乡。'是时汉帝尚存,其尊太祖皆已如此。今子建犹以皇佐称之,特异二子。盖此诗可谓上不失君臣之义,下以尽朋友之道者矣。"(卷二)对于王粲、刘桢二人诗里用词失当的抨击之意溢于言表。评谢瞻(字宣远)《张子房诗》与此相同,云:"愚谓宋公(刘裕)虽有倾晋之势,为其臣者,正当陈善闭邪以匡救之,不应豫述天子之事,而为容悦。盖宣远之心,有所忧患,务求免祸,是以陷于逢君之恶而不自知矣。"(卷七)认为谢宣远诗里有逢君之恶的语句,内容不够纯正。

不过刘履也有出语轻率不合乎《文选》实际的评说,如论袁淑(字阳源)《效古》云:"愚观宋之诗人能以忧国为心者,唯阳源一人而已。故其词气仿佛类陶靖节云。"(卷七)按,鲍照亦是刘宋诗人,其从军类诗作,诸如《东武吟行》、《出自蓟北门行》等,忧国念君之情比比皆是,而爱国情怀更浓更厚,刘氏不察,妄为此言,背实殊甚。

第四节 串讲诗篇,详致细密

《选诗补注》以《古诗十九首》开篇,乃寓含此汉诗为五言诗体最高标准楷模之意。串讲诗篇时详致细密是其补注的显著特色。注释模式则是仿效朱熹的《诗集传》,先是辨别赋比兴,然后注解关键词语,再串讲全篇。如《乐府古辞·饮马长城窟行》,首先判断诗的起始为"兴而比也"。兴者,"青青河畔草"以比下句的"绵绵思远道"。接着训诂关键字词:"青青,谓青而又青,逦迤不绝之貌。绵绵亦不绝之意也。昔,夜也。宿昔,犹言昨夜。展、转,皆寐不安席也。媚,亲好也。"再串讲全篇:"征夫之妇见河边之草,青青不绝,因思其夫行役远道,又念宿昔感于梦寐,而展转之顷已不可见,则其情愫有非它人所能知者,譬犹枯桑摇落,乃知天风,海水旷荡无障,乃知天寒,不经离别之人,焉知思远之苦"云云。又总结此篇风格、艺术成就以及读时应当注意之处:"此篇情思深婉,最宜涵咏。其词虽若间断,意实相属,读者不为旧注所惑可也。"(卷一)

所谓"旧注"指六臣注,此诗首二句"青青河畔草,绵绵思远道",张铣注曰:"此谓自春而相思也。绵绵,心不绝貌。"李善引用王逸《楚辞》注:"绵绵,细微之思也。""枯桑知天风,海水知天寒"二句,李善注云:"枯桑无枝,尚知天风;海水广大,尚知天寒;君子行役,岂不离风寒之患乎?"李周翰与李善恰恰相反:"知谓岂知也,枯桑无枝叶,则不知天风,海水不凝冻则不知天寒,喻妇人在家不知夫之信息。"二李注文虽然相反,在刘履看来均有不足之处,所以强调想要正确理解诗里情感线索,不能受旧注的误导和束缚:"读者不为旧注所惑可也。"今日看来,诗的上文是"展转不可见",下文是

"入门各自媚"，李善注将中间"枯桑知天风，海水知天寒"二句含义，解作"君子行役岂不离风寒之患乎"，与上下文缺乏联系。李周瀚将"知"增字解作"岂知"，认为二句含义为"喻妇人在家不知夫之信息"，然而"枯桑无枝叶，则不知天风，海水不凝冻，则不知天寒"，很是不合常理。刘履另出新的注解，能够自圆其说，较之旧注很是通达。

再如解说阮籍《咏怀》诗的"二妃游江滨"篇更加深透，分析其诗的思路臻于妙境："初司马昭（当作司马懿，下同）以魏氏托任之重，亦自谓能尽忠于国；至是专权僭窃，欲行篡逆，故嗣宗婉其词以讽刺之。"诗里以郑交甫与二妃的结识相交，比衬反讽司马昭父子见利忘义贪权忘忠："言交甫能念二妃解佩于一遇之顷，犹且情爱猗靡久而不忘；佳人以容好接欢，犹能感激，思望专心靡它，甚而至于忧且怨。如何股肱大臣，视同腹心者，一旦更变而有乖背之伤也。君臣朋友皆以义合，故借金石之交为喻。所谓文多隐避者如此，亦不失古人谲谏之义矣。"（卷三）其说胜于沈约注所谓"婉娈则千载不忘，金石之交一旦轻绝，未见好德如好色"之论远矣，所以清代学者何义门等学者均采纳刘履之解。

又阮籍"嘉树下成蹊"篇解说亦甚切合，挖掘深透，能得阮籍心曲："此言魏室全盛之时，则贤才皆愿禄仕其朝，譬犹东园桃李，春玩其花，夏取其实，而往来者众，其下自成蹊也。及乎权奸僭窃，则贤者退散，亦犹秋风一起而草木零落，繁华者于是而憔悴矣。"（卷三）

评陆机《招隐诗》云："士衡见朝廷仕进之难，慕山林隐居之胜，故赋是篇。"可是相对陆机贪慕功名之心来说，退隐又不能不是第二位的："此特托为空言，而不及践者，盖其幽隐之情，卒无以胜夫功名之志焉尔。"（卷四）把握陆机心态颇为深刻。

又陶渊明《拟古五首》之"少时壮且厉"篇："饥食首阳薇，渴饮易水流。不见相知人，唯见古时丘。"刘履评云："此晋亡已后愤世之词。托言少时抚剑北游，饥食首阳之薇，渴饮易水之流者，以寓夷齐耻食周粟,荆轲为燕报仇之意也。"(卷五)结合诗里所用典故,探讨陶潜内心隐约情怀,深中肯綮。

谢朓的《观朝雨》一诗,对自己面对朝中翻云覆雨、钩心斗角的血腥政争的险恶局面,既欲归隐远避又贪恋禄位富贵不愿离开朝堂的临路徘徊的复杂心态,有数句极形象的写照:"戢翼希骧首,乘流畏曝鳃。动息无兼遂,歧路多徘徊。"刘履结合李善注中所引邹阳书信和《三秦记》文句,进行了恰如其分的阐释:"今我欲敛翮而退,犹望得意以骧首;乘流而进,又畏失势而曝鳃;是以动息两难,惑于多歧而未决。"(卷八)陶渊明的"望云惭高鸟,临水愧游鱼"(《始作镇军参军经曲阿作》),谢灵运的"薄霄愧云浮,栖川怍渊沉"(《登池上楼》)都表达了类似的心情,只是陶渊明一旦做了抉择再不回头,谢灵运也就在写此诗的不久辞官返乡。而谢朓则终身左右摇摆,陷入政争而不能自拔,最后终于身名俱殒。

第五节 探讨诗作背景,以发掘创作动机

刘履探索诗篇的具体创作背景可信者,如述说潘尼《迎大驾》一诗背景云:"尼之仕也,当惠帝昏庸、诸王构隙,至于劫迁车驾,国步艰危,群凶得意,而君子不获遂其所施,故赋此诗,托为路人相劝之词,以寓退休之志焉。"(卷四)诗里"道逢深识士,举手对吾揖:世故尚未夷,崤函尚险涩。狐狸夹两辕,豺狼当路立。翔凤婴笼槛,骐骥见维絷。俎豆昔尝闻,军旅素未习。且少停君驾,徐待干戈戢。"这位"深识士"实是潘尼自谓。"狐狸"二句,说尽群凶当政的险恶局面。"翔凤"二句说尽志士君子所面对的困窘处境。

再如谢灵运《酬从弟惠连》一诗,张铣注:"报前《西陵遇风献诗》也。"李善无注。刘履补注云:"按《宋史》(即《宋书》),惠连父方明为会稽太守,灵运造焉。惠连幼有奇才,不为父所知。灵运一见嘉赏,遂与为刎颈交。其后惠连赴京师,至西陵遇风,有献康乐一

篇,故有是答。"(卷六)详引正史以明二谢交结缘由、对方赠诗时地,对于理解诗意颇有裨益。

不过此项内容,刘履书中往往求之过深,谬说之处颇多。明显有误的如,刘桢《杂诗》"职事相填委"篇,本写自己整天忙于文案处理,废寝忘食、头昏脑胀,短暂的休息时间望见飞鸟,极其羡慕它们能够自由翱翔。而刘履则曰:"此必公干输作之时所赋。"(卷二)输作从事苦力劳动时,哪会有文档堆案的事情呢?此说大谬。

傅玄(字休奕)《杂诗》"志士惜日短"篇本是感念秋来自己唯恐不能有所树立而岁月蹉跎。而刘履则认为:"此休奕伤魏祚之日蹙,虑谗邪之倾危,因物感怀而作欤?"(卷三)甚无根据。以下解诗句时将蝉、鸟认作小人,秋冬之际寒阴气候解为政治事变,树叶飘落解作君子难以保身,主观臆测色彩更突出。

有些写作背景的解释更有矛盾者,如对于谢朓《晚登三山还望京邑》,刘履《补注》先引录《丹阳记》(李善注原引之文),可见刘履亦知三山在京邑近旁,串讲时也说:"由三山而望丹阳京阙也。"刘履明晰此诗作于京邑附近登山临水之际,可是下文却说:"玄晖在郡(即宣城)既久,必有所不乐于怀,因出临江登眺,而起恋阙之思,故作是诗。"(卷八)前后错舛更不待细辨而其谬昭然。

第六节　侈言比兴,发掘微言大义

四库馆臣指出,刘履此书"诠释体例则悉以朱子《诗集传》为准"。朱熹的《诗集传》每诗每章先标出赋比兴,然后加以解说单字词语,再加串讲。而刘履此书既标榜为"风雅翼",也是如此这般,如其典型例子之一,释《古诗十九首》"涉江采芙蓉"首标"赋也",再注具体字词:"水行为涉。芙蓉,荷花也。水所钟聚曰泽。多芳草者,见可采者之非一也。"再加串讲:"客居远方,思亲友而不得见,虽欲采芳以为赠,而路远莫致,徒为忧伤终老而已。"(卷一)只是这里把全篇解作"赋"的表现手法,尚不全面,诗中尚有兴和比,言兰泽芳草虽然众多然皆弃而不取,独涉江而采芙蓉,以表现出犹如《诗经·东门》所谓"出其东门,有女如云;虽则如云,非我思存"之意,表达了专心独爱恋人的真诚笃厚。

诸如此类篇中往往赋比兴三者兼用而刘履却仅言其一的举不胜举,如卷五陶渊明《归园田居》:"少无适俗韵"篇,刘履云"赋也"(卷五)。其实诗中"误落尘网中"、"羁鸟恋旧林,池鱼思故渊。久在樊笼中"数句,皆是"比"也。左思《咏史》"郁郁涧底松"篇,刘履云"兴也"(卷三)。其实诗中也尚有"比"类手法,以涧底松树比下句之沉抑下僚的英俊之才,以山上细苗比无德乏才的贵族子弟。归结到"地势"一词也是双关,既指自然地势,更指政治地位。诗里"赋"的手法如陈述金张二族"七叶珥汉貂",冯公"白首不见招",刘履单举"兴"字是难以概括这两方面的表现手法的。

可见以"赋""比""兴"三词概括汉魏以后的诗歌表现手法显得多么不合时宜,又何其捉襟见肘。

更严重的谬误还发生在妄言比兴、以经学思维和诠释模式硬套汉魏六朝诗篇,处处将诗歌政治化,处处牵合君臣大义,这在补注《古诗十九首》中显得特别突出,处处篇篇都是这样。汉人解诗十分政治化伦理化,这在整个经学史上非常突出。但作为元明之际的刘履,在阐说这些作于东汉后期经学衰微、个人生命意识和文学意识都趋于觉醒的时代的这些诗篇,还要牵扯上这些理念,显得牵强而又矛盾,如"冉冉孤生竹"一首,明是丈夫仕宦远地久而不归,新妇怨伤之词,刘履则云:"贤者既出仕,久而未见亲用,自伤不得及时行道,以扬名后世,将与碌碌庸人俱老死而无闻,是以不忍斥言其君,乃托新婚夫妇为喻而作是诗。"(卷一)而在串讲时,又无一句联系君臣之义,因为刘履从外边硬加上去的这些理解,本身是诗句原来所无的主观臆断,所以无法加以具体讲说。又认为"凛凛岁云暮"一诗是"忠臣见弃而其爱君忧国之心不能自已,故托妇人思念其夫而作是诗"(卷一),亦是牵强附会的典型。

刘履对诗句内容的政治敏感性特别强烈,达到了"风声雨声"皆是"国事天下事"的地步,几乎无一不可以政治化,以解释儒家经典的经学思维模式去理解探究诗歌作品,比比皆是,举不胜举。

郭璞《游仙诗》"杂县寓鲁门"一首,"杂县寓鲁门,风暖将为灾。吞舟涌海底,高浪驾蓬莱。"本写神仙逍遥生活。刘履云:"此篇刺时君无戡乱之才也。言海鸟知风暖之灾而避于鲁门,以喻国家将有祸乱,当思所以豫防而消弭之,迨夫凶逆一起,则朝廷倾危,正犹海风既至,则大鱼腾跃,高浪簸掀,而蓬莱为之动摇矣。"(卷四)阐释得清新可喜,只是与下文了不相关涉,难以取信。

再如陶渊明诗《拟古》"日暮天无云"篇:"日暮天无云,春风扇微和。佳人美清夜,达曙酣且歌。歌竟长叹息,持此感人多,皎皎云间月,灼灼叶中华。岂无一日好,不久当如何?"刘履解作:"此诗殆作于元熙之初乎?日暮以比晋祚之垂没,天无云而风微和,以喻恭帝暂遇开明温煦之象。清夜则已,非旦昼之景,而达曙则又知其为乐无几矣。是时宋公肆行弑立,以应昌明之后尚人二帝之谶。而恭帝虽得一时南面之乐,不无感叹于怀,譬犹云间之月,行将掩蔽。叶中之华不久零落,当如何哉?其明年六月,果见废为零陵王,又明年被弑。此靖节预为悯悼之意,不其深欤?"(卷五)联系时事,以赋为比,则求之过深,正如钟嵘《诗品序》中所谓"若专用比兴,患在意深;意深则词踬",作诗如此,说诗也往往如此。

又,解说陶渊明《杂诗》"白日沦西阿"篇云:"此盖靖节初闻朝廷禅革命之事而深怀愤恨之词。言白日沦落,以喻恭帝之见废。月出而辉映广远,以比宋武称受禅而有天下也。"(卷五)诗里明言岁月蹉跎,昔志成空,故而悲戚难寝。又陶渊明《咏贫士诗》"朝霞开宿雾,众鸟相与飞",刘履云:"且所谓朝霞开雾喻朝廷之更新;众鸟群飞,比诸臣之趋附。"(卷五)实际上此数句,正是对前面"万族各有托"的进一步描述。

其经学思维模式还在于照搬汉人解说《诗经》的美刺说，以阐释汉魏六朝诗篇，歪曲作者的主观感情色彩，甚至于达到了颠倒相反的地步。如曹植《名都篇》，本是少年子建自述平日得意生活的经历，并未含有反省讥刺之意，而刘履云："子建见京师之士女佩服盛丽，相与游戏于郊外，而骋其射艺之精，极其宴技之乐，唯日不足，不自知其为非，故赋此以刺之也。"（卷二）

又如袁淑（字阳源）《效曹子建白马篇》诗里，对侠义少年给予深情热烈的赞颂："义分明于霜，信行直如弦"，称许其情义光明正大，行为诚信坦率。"一朝许人诺，何能坐相捐"，赞许其一诺千金，轻身重义；"嗟此务远图，心为四海悬"，赞许其忧国志远；"侠烈良有闻，古来共知然"，称许其继承了古来侠客烈士的光辉传统。而刘履则认为，"举世多尚游侠，而不知其非君子之道"，谴责贬斥游侠，思想倾向讲求正统保守，一同班固等人；并判定"阳源此诗盖刺之也"，曲解诗中末句为"篇末复言侠烈之人，甚有声闻如此。且自古知其为然，已非一日，则其感叹世道之非，意在言外，所宜详味也"（卷七）。所解恰恰与作者赞赏游侠少年的原意初衷、感情倾向正相反对。刘履并连带批评了曹植《白马篇》、鲍照《结客少年场》等诗的内容："今考子建《白马篇》，未免狃于俗习，而以游侠为贤。又如鲍明远《结客少年场行》至以侠客自居。然则阳源所见殆有卓然，度越诸子者矣。"（卷七）鲍照《拟古二首》之"幽并重骑射"篇，也是描写北方少年武艺高强并欲为国立功平定边境，感情色彩亦是以少年英雄自居的；可是刘履却认为是贬责这些侠士，言"此亦托古讽今之诗"，（卷七）真乃匪夷所思。

四库馆臣评介明末唐元竑《杜诗捃》时云："夫忠君爱国，君子之心；感事忧时，风人之旨。杜诗所以高于诸家者，固在于是。然集中根本不过数十首耳。咏月而以为比肃宗，咏萤而以为比李辅国，则诗家无景物矣；谓纨绔下服比小人，为儒冠上服比君子，则诗家无字句矣。"①将此移来评价刘履书中牵强附会的过失,并不过分。不过刘履之书对《选》诗知人论世、发掘深透、串讲细密、涵泳性情颇能会于意言之外等等优长之处,对于《文选》研究另辟新路之贡献,也是值得重视和给予肯定的。

①　纪昀《四库全书总目》卷一四九"杜诗捃"条,北京,中华书局 1965 年版第 1281—1282 页。

第七章　明代诗话与《文选》评点

第一节　明代诗话总论汉魏六朝诗歌

明代诗话论及《文选》作家作品时资料极其丰富可观，其内容主要涉及两个方面，一是对汉魏六朝文学总的评价，二是对于具体作品的赏析和品评。

先述第一方面。明代诗话对汉魏六朝文学总的评价，较之宋代更加深入细密，如对文学发展观的表述，如对汉魏六朝各代风格异同的探讨，均达到前所未有的广度特别是深度。

对文学发展的趋势，明代虽评家颇众，可是都持文学退化论观点，从明初文坛巨擘宋濂就定下了此前文学史观的基调，依此相从者弥漫大明三百年。他们得出这样结论的根据有二，汉代文学距离三代尚近，诗歌尚有浓厚的《诗经》风雅的影响，散文也得益于经学熏陶为多，而魏晋南朝，经学衰微，士人的儒学修养、作品的温柔敦厚一代不如一代，正如郝敬所谓"'温柔敦厚'四字，诗家宗印，不可易也。学温厚，常失于轻狎而少敦厚。学敦厚，常失于硬直而乏温柔。必不得已，宁直无狎也，今之为诗者，专以轻狎为兴趣。辞人才子，多轻薄之习，风流嘲谑以为佳句，其实非也。"①这是其一；

---

① 吴文治《明诗话全编》第 5912 页，南京，凤凰出版社 1997 年版。

汉代诗歌抒情最为真诚,创作态度最为自然,很少或几乎没有为文造情的,所以为高,而魏晋以后挂有"诗人"名号的作家出现了,一心盼着以文学垂名史册的心态出现了,精雕细凿不厌其劳、引经据典、讲求辞藻对偶声律等等的人为作用出现了,诗歌形式越来越精工,而感情却越来越做作、越淡薄。这是其二。此可以许学夷《诗源辨体》为代表,其云:"汉、魏五言,源于国风,而本乎情,故多托物兴寄,体制玲珑,为千古五言之宗。详而论之:魏人体制渐失,晋、宋、齐、梁日趋日亡矣。"①郝敬亦云:"凡诗,辞、情、境三者合,乃为真诗。辞、情合,境不合,为假诗。辞与境合,情不合,为浮诗。情、境合,辞不合,为钝诗。"②主张诗歌有三要素:辞藻、景象和感情,而不可或缺的是感情。他认为,诗歌的天职是以抒情为主:"后世诗不离情、境、辞三者。即所谓兴、比、赋也。太上寄情,汉魏十九首是也。其次写境,六朝诸口之作是也。其次尚辞,唐以后近体是也。"③汉魏之诗之所以高而难攀,根本因素就是作者们没有自我意识到在作诗,而只是咏叹其心,在"寄情"于语言,毫无情外追求,也无造作之态。后代诗人无论写境尚辞,都落在了第二等之下。所以明代描述诗史的语句段落虽多,但轨迹则大致相差不远。如陈沂云:"汉之诗有骚之遗音,而意复宽大,若《十九首》与苏李诸作,自是风人之体,雅淡温厚。魏乘汉后,意短而气蹙矣。惟子建才中以充之,独步于时。至晋,句刻削而意凡近。"④汉魏六朝诗体样式主要是五言诗,所以五言诗的流变过程也可大致作为当时诗歌发展的典型,胡应麟统论五言之变时,曾简洁地概括道:"(五言诗)质漓于魏,体俳于晋,调流于宋,格丧于齐。"又结合各代具体风

---

① 许学夷《诗源辩体》,北京,人民文学出版社 1987 年版第 44—45 页。
② 吴文治《明诗话全编》第 5911 页,南京,凤凰出版社 1997 年版。
③ 同上。
④ 同上,第 1944 页。

格分析道:"五言盛于汉,畅于魏,衰于晋、宋,亡于齐、梁。汉,品之神也,魏,品之妙也;晋、宋,品之能也。齐、梁、陈、隋,品之杂也。汉人诗,质中有文,文中有质,浑然天成,绝无痕迹,所以冠绝古今。魏人赡而不俳,华而不弱,然文与质离矣。晋与宋,文盛而质衰,齐与梁,文胜而质灭,陈隋无论其质,即文无足论者。"①

不但诗歌是随时代每况愈下,连带散文也大致是这样的一代不如一代,王世贞云:"西京之文实,东京之文弱,犹未离实也。六朝之文浮,离实矣。唐之文庸,犹未离浮也。宋之文陋,离浮矣。愈下矣。元无文。"②从西汉到东汉是由质实而缓弱,到六朝文风变为浮艳,到唐代变为庸凡,到宋代变为粗陋,越变越低劣,元代简直可以说没有值得一提的作家和作品。王世贞没有讲明代如何,恐怕也是令他不能满意。只有个别文学批评家才偶尔对散文创作退化论有点儿异议,如来知德认为赵宋文章优于汉代,汉代散文厚重,宋代散文轻灵:"汉文辞胜,其文浓,其味厚。宋文理胜,其文淡,其味薄。汉文如王妃、公子之妆,珠宝罗绮,灿烂摇曳。宋文如贫家之女,荆钗布裙,水油盘镜而已,而姿色则胜于富贵之家也。"③可换一种眼光看,恐怕结论恰会相反,汉代情味醇厚、辞藻富赡,宋代情味疏淡,注重义理发挥,还是汉代文章胜于宋代。再者以王妃贵妇形容汉文,以贫家少女形容宋文,其间富贵堂皇气象与贫寒简陋气息,相较而论将使贫女无地自容,岂可谓宋优于汉?

对汉代诗歌,他们最强调其根基于《风》、《骚》,得篇自然天成,风格雅润温厚。汉代诗优秀,很大原因在于与音乐的联系非常紧密,这使其与《诗经·国风》同出一流,即都是出于现实生活,或民间或宫廷,具备自然的天籁般的韵律,铿锵抑扬,旋律悦耳,特别是

① 胡应麟《诗薮·内编》卷二,上海古籍出版社 1979 年版第 22 页。
② 王世贞《艺苑卮言》卷三,北京,中华书局 1983 年版《历代诗话续编》第 985 页。
③ 来知德《来瞿唐先生日记》内篇卷一《弄圆篇》,吴文治《明诗话全编》第 4176 页。

西汉更是如此,徐祯卿揭示道:"汉祚鸿朗,文章作新,安世楚声,温纯厚雅。孝武乐府,壮丽宏奇。缙绅先生咸从附作,虽规迹古风,各怀剞劂。美哉歌咏,汉德雍扬,可为雅颂之嗣也。及夫兴怀触感,民各有情,贤人逸士,呻吟于下里;弃妻思妇,叹咏于中闺。鼓吹奏乎军曲,童谣发于闾巷,亦十五国风之次也。"①东汉虽然诗作与音乐联系不再如以前那般密切,但依然质朴纯真情感浓郁、韵味悠远,所以即使是才气慷慨的魏朝作家也是望尘莫及:"东京继轨,大演五言,而歌诗之声微矣。至于含气布词,质而不采,七情杂遣,并自悠圆;或间有微疵,终难毁玉。两京诗法,譬之伯仲埙篪,所以相成其音调也。"②

汉代没有把写诗作为人生事业和名号追求的诗人,也很少写命题诗篇,其作品都是触物兴怀,有感而发,意旨深婉,这也是汉诗形成兴象玲珑天然浑厚风格的因素之一,胡应麟曾归结为:"两汉之诗,所以冠古绝今,率以得之无意;不惟里巷歌谣,匠心信口,即枚、李、张、蔡,未尝锻炼求合,而神圣工巧,备出天造。"③许学夷以《古诗十九首》为典型例证,总结云:"汉人五言,惟《十九首》触物兴怀,未尝无立题而为之,故兴象玲珑,无端倪可执。此外因题命词,则渐有形迹可求矣。魏曹王诸子杂诗亦然。"④而一旦命题作诗,则往往人工痕迹显然,三曹七子诗篇里往往也都有这两类作品。

对于汉代和魏代诗风的差异,明代学者分析得很细致,首先归结到时代不同导致的作家学术知识人格品位各方面有了不自觉的差异,这种差异使得汉诗的古朴质实,魏人是怎么也学不得的,徐祯卿云:"魏氏文学,独专其盛,然国运风移,古朴易解。曹王数子,

① 徐祯卿《谈艺录》,何文焕《历代诗话》第 764 页。
② 同上。
③ 胡应麟《诗薮·内编》卷二,上海古籍出版社 1979 年版第 24—25 页。
④ 许学夷《诗源辩体》第 57 页。

才气慷慨,不诡风人,而特立之功,卒亦未至,故时与之阘化矣。"①
其次是从天然而成到人工造作,许学夷云:"汉、魏五言,本乎情兴,
故其体委婉而语悠圆,有天成之妙,五言古惟是为正。详而论之:
魏人渐见作用,而渐入于变矣。"②所谓作用,也即精心结撰。许学
夷还论及汉魏同者十分之三,异者十分之七:"魏之于汉,同者十之
三,异者十之七,同者为正,而异者始变矣。汉、魏同者,情兴所至,
以不意得之:故其体皆委婉,而语皆悠圆,有天成之妙;魏人异者,
情兴未至,始着意为之,故其体多敷叙,而语多构结,渐见作用之
迹。……盖魏人虽见作用,实有浑成之气,虽变犹正也,"③二代诗
歌均情感发自内心,先有情而后有诗,风格均委婉,语词皆悠长,气
质也均浑然一体。所异者魏代诗歌有些已经是为写诗而写诗(当
指游宴唱和等篇),篇幅变得更长,写景铺叙语句增多,辞藻逐渐脱
离口语,书面语成为诗篇词汇的主要来源,从而也不再脱口而出,
而是精加锻炼,用字也多加琢磨,苦心孤诣地试图获人好评,不再
是以表达出自我心意为唯一目的。正像胡应麟所谓,汉诗直写胸
臆,不加锻炼,"章法浑成,句意联属,通篇高妙,无一芜蔓,不著浮
靡";曹丕、曹植等则自觉追求以文学鸣世传名,曹丕《典论论文》极
力称道文章可传之无穷,曹植的书信也强调翰墨可以作为勋绩,所
以"努力前规,旱法句意,顿自悬殊,平调颇多,丽语错出",汉诗混
成,所以难以从中寻摘警策名句,魏朝虽然尚不以打造名句为事,
但已经丽句错出,并且诗文作家的独特风格也一一明晰,如同其
面:"仲宣之淳,公干之峭,似有可称"④。

汉魏差异之三是汉诗以抒情为主,魏诗以表意为主。"情"以

---

① 徐祯卿《谈艺录》,何文焕《历代诗话》第 764 页。
② 许学夷《诗源辩体》第 45 页。
③ 同上,第 71 页。
④ 胡应麟《诗薮·内编》第 32 页。

喜怒哀乐为内容，"意"以个人志向和从生活里获取的感触为主，"意"在一定程度上包含了"情"，可"意"毕竟内涵比"情"宽泛些。这是元代学者陈绎曾较早指出的，许学夷进行了发挥："汉、魏同者，情兴所至，以情为诗，故于古为近；魏人异者，情兴未至，以意为诗，故于古为远。同者乃风人之遗响，异者为唐古之先驱。陈绎曾云：'东都以上主情，建安以下主意。'此前人未尝道破。"①言以情为主乃承袭《诗经·国风》传统而来，以"意"为主乃开启唐代古体诗之先河。另一位学者冯复京讲得更加明晰，只是区分过于分明，反而有违实际："魏之去汉，真如美玉砆砆，形性自辨。大较汉自然，魏雕琢。汉浑朴，魏粉藻。汉温厚，魏剽急。汉情多于景，魏景繁于情。如'邪径遇空庐，仙人骑白鹿'，在汉诗平平耳，然陈王《五游》诸篇，便欲雕绘满眼，此可以得汉魏之界。"②言汉诗浑然质朴、温柔敦厚、以抒情为主，魏诗清调慷慨激昂、已多写景之句，皆可谓与实情不相远，然而讲魏诗雕琢粉藻雕绘满眼，纯是晋宋诗人陆机颜延年和齐梁作家诗风，显然与魏诗风格大相径庭。对冯复京偏激观点，明人未见有采纳者，他们一般是忽略汉魏之异，注目其同而将二者相提并论，用以和晋宋、齐梁诗风对称。

　　许学夷曾使用显有重复性的话语论述汉魏诗歌特色："汉、魏五言委婉悠圆，虽本乎情，然亦非才高者不能，但有才而不露耳。……汉、魏五言，为情而造文，故其体委婉而情深；……汉、魏五言，深于兴寄，故其体简而委婉；……汉、魏五言，声响色泽无迹可求。……汉、魏人诗，自然而然，不假悟入。"③大致归纳一下，是言汉魏诗篇语调委婉，韵律悠远，玲珑悦耳，情深而含蓄，诗篇简练而善于托物抒情，风格自然天成，不见人工造作痕迹。这当然是与晋宋齐梁相

①　许学夷《诗源辩体》第 72 页。
②　冯复京《说诗补遗》卷二，《明诗话全编》第 7197 页。
③　许学夷《诗源辩体》第 46—47 页。

对而言，和前述魏代诗风已著作用之迹并不矛盾。许学夷于魏代诗歌云其"虽渐见作用，然亦无阶级，无造诣，但才高者更条达华赡耳。……魏人五言，体多敷叙，语多构结"，所谓"构结"即讲究对偶工整。

魏朝之后便是六朝，所以明人往往喜好以"汉魏"和"六朝"对语而加以抑扬，褒赞汉魏，痛责六朝诗风。六朝诗风之弊，学者所贬主要是其时作家弃去《诗》、《骚》雅正之风，堕入志气萎靡，言语浮荡，朱右云："六朝志靡，则言荡而去古远矣。"①陈沂云："嵇、阮之作终有魏人风味，比之晋人自别。石季伦《明君词》亦不易作。齐梁以后之诗，靡丽日甚，气之降乃尔。"②胡应麟云："软媚纤靡，则六代晚唐矣。"郝敬云："六朝以靡丽伤敦厚。"李梦阳亦云，"大抵六朝之调凄宛，故其弊靡；其字俊逸，故其弊媚"③，并对当时南方诗人争相效法齐梁诗风的做法深表反感。

他们认为汉魏句法朴野，出于混沌厚重，齐梁亦有类似句法，却是出于俳偶雕琢："汉、魏人诗，语有质野，此太朴未散，如陆士衡、谢灵运等拙句，实俳偶雕刻使然。"④如所谓"盛往速露坠，衰来疾风飞"、"披拂趋南径，愉悦偃东扉"、"来人忘新术，去子惑故蹊"等，是为了结成严谨的对偶，反而染上合掌之弊。汉魏诗里类似的句法如秦嘉《赠妇诗》之"忧艰常早至，欢会常苦晚"，徐淑《答秦嘉诗》之"瞻望兮踊跃，伫立兮徘徊"，上下句不刻意回避同一字词，对偶出于自然，所以与陆机诗歌讲究句法整饬特别是六朝骈俪精严对仗细密甚至不惜出句对句意思重复的做法迥异。即便在使用语典事典方面，汉魏也和六朝不同，许学夷指出："汉、魏人诗但引事，

---

① 朱右《白云稿》卷五《谔轩诗集序》，《四库全书》第1228册第66页。
② 陈沂《拘虚诗谈》，民国二十五年刊张寿镛编《四明丛书》第四集第36册，《拘虚集》。
③ 李梦阳《空同集》卷五十六《章园饯会诗引》，《四库全书》第1262册第516页。
④ 许学夷《诗源辩体》，第111页。

而不用事,如《十九首》'谁能为此曲? 无乃杞梁妻','仙人王子乔,难可与等期',曹子建'思慕延陵子,宝剑非所惜',王仲宣'窃慕负鼎翁,愿厉朽钝姿'等句,皆引事也。至颜、谢诸子,则语既雕刻,而用事实繁,故多有难明耳。秦、汉与六朝人文章亦然。"①汉魏诗赋文章里的人名事典,与作者所欲表达的情感意旨密不可分,所以典故浅显易知;六朝用典多是为文造情,炫耀博学,所以常常用事繁复,人名事件晦涩难以索解。这些确实是汉魏与六朝文学不同追求取向所导致的差异,明代学者能够归结指出,确实较之宋人深入了许多。

六朝诗格整体风格艳丽,与汉魏诗的真切旷逸大有区分,但毕竟温情脉脉,所以还是要胜于只讲究五言七言四声八病抽黄对白等形式因素内容却淡白无味的唐代律诗,这是郝敬的观点,他认为:"汉魏人以情境为诗,多真逸,六朝人以辞彩为诗,多艳丽。虽艳丽而文生于情",又云:"诗至近体,骈丽无以复加。三百篇非不丽也,而质有其文。汉魏非不文也,而文有其质。六朝质渐微矣,丽而不骈,犹有温柔之意。至近体峻刻,使人意苦。腐毫合笔,得一语骈丽,满志矣。其实绮靡过于六朝。以近体为气格,则不得不以六朝为衰飒。诗至陈、隋,温柔极已。谓为妩媚有之,谓之衰飒,则《国风》郑、卫诸篇,尽有相似者。以近体为气格,则近代之诗,傲僻艰涩,皆气格矣。"②

郝敬还从诗歌风格的多样性论述了六朝诗歌存在的意义在于为诗苑奉献了崭新亮丽的色彩:"六朝之诗,皆为靡丽,而后推唐人为气格。夫尔雅、气格,祇可论人物、按躬行。于诗文一道,非当家。如文而已,靡丽浓郁,实为合作。不然,《昭明》一编,何以脍炙世人口也?""诗之有六朝也,犹《春秋》之有《左》、《国》也。六朝靡

---

① 许学夷《诗源辩体》,第114页。
② 郝敬《艺圃伧谭》,《明诗话全编》第5907、5910页。

曼,无伤于温柔;《左》、《国》艳丽,渐流为怪诞。今人不恶《左》、《国》叛经,而专诋六朝害诗,所谓知其一不知其它也。""六朝质渐微矣,丽而不骈,犹有温柔之意。"再者六朝作家众多,作品丰富,创新出奇风格刚健慷慨的诗人如鲍照、善于抒写愤郁情绪倾吐不得志诗人心怀的骈文家如刘峻,怎么可以用"委靡""软媚"三二词汇加以概括:"六朝如宋鲍照、齐王融,伟然博大,何可概以靡曼目之?"①这是在明代贬损六朝文学的浓烈时风里难得一见的反潮流意见,虽然这些话语也有些偏激不够全面,但归结赞赏晋宋特别是齐梁诗歌的长处而没有一笔抹杀,还是很值得珍视的。

晋代诗风内涵也是宋人所略、明人关注的重要对象,胡应麟特别看重西晋诗歌在中国古代诗史上的重要地位,他认为简直可以说晋诗是由汉魏诗风转向南朝甚至是隋唐格律诗风的枢纽:"晋、宋之交,古今诗道升降之大限乎?魏承汉后。虽浸尚华靡,而淳朴馀风,隐约尚在。步兵优柔冲远,足嗣西京,而浑噩顿殊。记室豪宕飞扬,欲追子建,而和平概乏。士衡、安仁一变,而俳偶愈工,淳朴愈散,汉道尽矣。"②起到如此作用的首推陆机:"两汉之流而六代也,其士衡之责乎!"③而且诗才之众可谓南朝之冠,诗风特色之灿烂多彩也令人惊异:"当途以后人才,故推典午。二陆、二潘、二张、二傅外,太冲之雄才,茂先之华整,季伦之雅饬,越石之清峭,景纯之丽尔,元亮之超然。方外则葛洪、支遁,闺秀则道韫、若兰。自宋迄隋,此盛未睹。"④对于晋代诗歌创作风气,明人还是多有批评指责,可以许学夷语为代表:"至陆士衡诸公,则风气始漓,其习渐移,故其体渐俳偶,语渐雕刻,而古体遂淆矣。……晋、宋间诗,以

---

①　郝敬《艺圃伧谈》,《明诗话全编》第 5906、5909、5912 页。

②　胡应麟《诗薮·外编》卷二,第 143 页。

③　同上,第 148 页。

④　同上,第 145 页。

俳偶雕刻为工。"①冯复京责备得更严厉，不但批评晋诗华言巧语繁多而缺乏真情实感，还点出每位作者的瑕疵所在："晋多能言之士，而诗不佳，诗非可言之物也。晋人惟华言是务，巧言是标，其衷之所存能几也。……晋诗如丛彩为花，绝少生韵。士衡病靡，太冲病憍，安仁病浮，二张病塞。语曰：'情生于文，文生于情。'此言可以药晋人之病。"②他觉得晋人之总的弊端在于喜好为文造情，真情不足就用雕章琢句来弥补，结果更显得感情苍白，虽然骤视华艳，细观乃纸花一丛耳，虽具其色而无其神。用此言批评晋代某些作家的某些作品很是透彻，可是要以之概括晋代诗歌全体，即使是某一诗人的全部诗篇，肯定是片面褊狭的，即使陆机，也有《猛虎行》等真情回荡的佳作。而"士衡病靡，太冲病憍，安仁病浮，二张病塞"，乃言陆机诗病在华而不实，缺乏力度；左思诗病在骄矜狂傲，好为大言；潘岳诗病在情感虚浮，语词浅易，这些评语均深文周纳，与作者最高水平的诗篇成就不相符合；而指二张（张载、张协）诗病为"塞"，更令人起疑。钟嵘《诗品》列张协于上品，评其诗歌创作："文体华净，少病累。又巧构形似之言，雄于潘岳，靡于太冲。风流调达，实旷代之高手。词采葱菁，音韵铿锵，使人味之亹亹不倦。"列张载于下品："孟阳诗，乃远惭厥弟，而近超两傅。"可见钟嵘等人对张协诗歌推崇之高，言张载远不及张协，而陆时雍将二人并论，用同一评语括之，足见其鉴赏不足服人。张载、张协的代表性诗作均录入《文选》，明清评点家的意见也均与陆时雍相左颇甚。张载《七哀诗二首》，孙鑛评云："笔力明净，平叙中寓描写之致。句句真切，点注有神，其妙处只在本色。"张协《咏史》诗，孙鑛评云："风度好，然亦以事佳，若构法似尚未尽。"何焯评云："恬退之人，自写胸臆，故其词亦潇洒可爱。"张协《杂诗》，何焯评云："胸次之高，

---

① 许学夷《诗源辩体》，第108页。
② 陆时雍《诗镜总论》，《历代诗话续编》第1405页。

言语之妙,景阳与元亮之在两晋,盖长庚、启明之在天矣。"①孙鑛、何焯所言其诗优长短处皆和"塞"字无涉,由此可见陆时雍为了品评不苟同于人,出语与实际大相径庭。

明人认为从晋代到刘宋,诗歌更加追求对偶,语言更加精雕细凿,诗风也就更远离典雅厚重而趋向浇薄靡艳,汉魏古体气质简直要消散净尽,这实际上是将刘勰的观点变本加厉地加以重述,许学夷评语可为代表:"太康五言,再流而为元嘉。然太康体虽渐入俳偶,语虽渐入雕刻,其古体犹有存者。至谢灵运诸公,则风气益漓,其习尽移,故其体尽俳偶。语尽雕刻,而古体遂亡矣,此五言之三变也。刘勰云:'宋初文咏,俪采百字之偶,争价一句之奇,情必极貌以写物,辞必穷力而造新,此近世之所竞'是也。"许学夷甚至把诗风的更移和当时服饰时尚的变动加以联系:"《南史》载灵运车服鲜丽,衣物多改旧形制,世共宗之。其畔古趋变类如此。"而且带来的一个变化是诗人喜以警句炫人,佳句渐多,"五言自士衡至灵运,体尽俳偶,语尽雕刻,不能尽举。然士衡语虽雕刻,而佳句尚少,至灵运始多佳句矣。"②归结当时谢灵运、颜延年和鲍照作诗取向的共同特色,可称恰切。只是不及陆时雍的评语更能够揭示刘宋诗歌的艺术地位:"诗至于宋,古之终而律之始也。体制一变,便觉声色俱开。谢康乐鬼斧默运,其梓庆之鐻乎?颜延年代大匠斫而伤其手也。寸草茎,能争三春色秀,乃知天然之趣远矣。"③刘宋诗歌是古体诗迅速消亡、格律诗开始形成的重要转折点,而且伴着讲究声律的抑扬顿挫、偶对的精工整饬,人为的因素越来越显著强烈,汉魏浑然天成的传统难以延续,一言以蔽之,可谓"声色大开",典

---

① 此节孙鑛、何焯评语,均见于乾隆四十三年(1778)刊于光华《重订文选集评》卷五。

② 许学夷《诗源辩体》,第108、108、109页。

③ 陆时雍《诗镜总论》,《历代诗话续编》第1406页。

型人物自是谢灵运,代表性语句乃是"池塘生春草,园柳变鸣禽",前句未曾着一"绿"字而绿色满目,洋溢字外;后者未着一声字,而春天新来的燕子、黄莺等鸟儿悦耳婉转的鸣声充盈耳边,而且后句园柳也自有浓浓绿意,二句对偶韵律之精妙更是巧夺天工,只是这样的绝对乃是苦思所得,与汉魏风格得之天籁大相径庭,所以"乃知天然之趣远矣"。

齐代诗人沈约、王融、谢朓开始运用四声八病约束五言诗的形式,明人将此视作古体诗进一步衰亡的关键事件,认为声律论导致创作习气更加卑弱,语词华美柔靡而无气骨:"至玄晖、休文,则风气始衰,其习渐卑,故其声渐入律,语渐绮靡,而古声渐亡矣。"①

陆时雍非常辩证地辨析了《诗》、《骚》之艳丽与宋齐诗艳丽的内在差别,《诗经》和《离骚》之艳是天然的,宋齐之艳是外饰的;诗风追求艳丽是正当的、无可非议的,只是需要以真切作底色,如果涂脂抹粉把原本健康红颜都全部遮蔽了,就是雕饰过甚;如果用脂粉掩饰内在的病弱丑陋,那就更流于虚伪邪恶。好在宋齐诗风仅仅是粉饰过分,还没有堕落到以美掩丑的低谷,但也照样缺乏真实的美艳气质:"诗丽于宋,艳于齐。物有天艳,精神色泽,溢自气表。王融好为艳句,然多语不成章,则涂泽劳而神色隐矣。如卫之《硕人》、骚之《招魂》,艳极矣,而亦真极矣。柳碧桃红,梅清竹素,各有固然。浮薄之艳,枯槁之素,君子所弗取也。"②

作为南朝诗史最后的一代,陈代极少受明人关注,只有辨析梁陈之异的零星语句会提及陈代诗风,如"梁诗少气,常似苒苒欲倒;陈诗无骨,常似飘扬无依,陈诗最轻"③。

梁代则被明代学者当作古诗极端衰微的一段而大承挞伐。其

①　许学夷《诗源辩体》,第 121 页。
②　陆时雍《诗镜总论》,《历代诗话续编》第 1407 页。
③　陆时雍《古诗镜》卷二十五,《四库全书》第 1411 册第 209 页。

诗风已经不是粉饰而成的艳丽，而是堕入邪径的妖艳："至梁简文及庾肩吾之属，则风气益衰，其习愈卑，故其声尽入律，语尽绮靡，而古声尽亡矣。"这一时期律诗大兴，古诗不绝如缕："五言至梁简文而古声尽亡。然五、七言律、绝之体于此而备，此古律兴、衰之几也。"①而胡应麟和何良俊却看到了梁代诗歌的两大强项，一是虽然风格卑弱已极，然诗歌创作队伍之庞大为陈隋所不及，即所谓"梁氏体格愈卑，操觚颇众，沈约、江淹、范云、任昉、肩吾、希范、吴、柳、阴、何，至萧、王、刘氏，一门之中，不啻十辈。才非晋敌，数则倍之。……故吾以合宋、齐不能当一晋，合陈、隋不能敌一梁也"②，二是诗歌本于情性，精于抒写深致柔情，格调婉转悠长，并未全部沦入萎靡："永明以后，当推徐（徐摛父子）、庾（庾肩吾父子）、阴（阴铿）、何（何逊）。盖其诗尚本于情性，但以其工为柔曼之语，故乏风骨，犹不甚委靡。"③陆时雍曾试图以最简洁的字词概括魏晋南朝诗歌特色，他觉得一个"艳"字可以贯穿这四百年的诗史，在这"艳"之共享底色外，每一代又有可以一字蔽之的异调："诗惟雅、艳二端。建安以来，日趋于艳，魏艳而丰，晋艳而缛，宋艳而丽，齐艳而纤，陈艳而浮。律句始于梁陈而古道遂以不振，雕饰盛而本实衰也。律法既开，艳流必炽，世受其趋，所必至矣。"④只是"丰"与"缛"、"艳"与"丽"区分在何处，语焉不详，而且确实难以区划，不免有玩弄辞藻之嫌，几乎没有什么实用意义。再者以魏晋基调为"艳"的结论，恐怕古今大多诗评家都不会愿意接受的。

总的来看，明代学者对于唐前诸代诗史总貌的研讨，其深度、其广度、其细密程度，都是宋人所远远不及的。

① 许学夷《诗源辩体》，第 128、129 页。
② 胡应麟《诗薮·外编》卷二，第 145 页。
③ 何良俊《四友斋丛说》卷二十四，北京，中华书局 1959 年版第 214 页。
④ 陆时雍《古诗镜》卷二十八，《四库全书》第 1411 册第 242 页。

第二节　明代诗话里对《文选》汉代作家作品的评点

明代诗话里对于《文选》具体作家作品的评点方面的资料特别繁复,而《楚辞》别为一家之学,故下文对明人所论屈宋之语不予涉及。明人著书喜引录唐宋金元之言以为己说之附翼,或注出处或不注出处,不注出处者已饱受清人今人诟病,即使注明出处者也毕竟是前人之见,所以评论明代评论《文选》作家作品成果时,自不当阑入明前诸说,概应略之,其论苏李诗亦无新意,亦概从略,但若是明人辨析其前论点的语词,则酌加关注。

明代学者出于强烈的复古倾向,对汉代文学崇拜备至,对刘邦、刘彻、韦孟、苏武、李陵、班婕妤、张衡诸人的四五七言诗,还有《古诗十九首》,赞不绝口,内容和艺术的鉴赏也多有中其肯綮的心得体验,妙识屡见不穷。

其品评途径也丰富多样,运用篇章对比、以世论诗、以人论诗、比拟取象等等论述具体诗歌的艺术特质,如评汉高祖《大风歌》,喜以项羽《垓下歌》作对照,以较其气概之异,从中理会出关乎二人胜败兴亡的心态差异等深层因素。如钱琦云:"《大风歌》则思猛士,《垓下歌》则惜妇人,刘项兴亡之几决矣。"[①]一个是期望猛士为国守边,一个是怜惜美姜无归,"战士军前半死生,美人帐下犹歌舞",如果联系汉高祖为天下而不顾家,无视父母于俎上之言行,可以看出刘邦足可成大事业,项羽则带有较强的儿女情肠妇人之仁,同时他狂躁起来又烹杀谏士、火烧咸阳,爱士之心不及刘邦远甚。能够从断章诗篇看出决定二人事业结局缘由,眼光透彻。而像唐宋二代个别诗人横口讥刺汉高祖诗的言语,明代诗话中几乎绝迹。

---

① 钱琦《钱子臆语》,上海,商务印书馆民国二十七年(1938)版《百陵学山丛书》本第13册。

　　许学夷概括《大风歌》"词旨虽直,而气概远胜",《垓下歌》"词旨甚婉,而气稍不及"①,陆时雍言"《大风》雄壮,《垓下》悲愤,其歌并以人传,气魄宛然如睹"②,亦皆深于言诗。明代学者以之横向作比的对象还有汉武帝,刘彻虽雄才大略,然其《秋风辞》与其乃祖《大风歌》之篇颇有刚柔之异,汉高祖《大风歌》天纵英作,雄壮奇伟,气概横绝,汉武《秋风辞》则柔情万端,"《大风》三言,气笼宇宙,张千古帝王之赤帜,高帝哉!汉武故是词人,《秋风》一章,几于《九歌》矣。"③虽同为千古佳作,源流界划如此分明:"《大风》千秋气概之祖,《秋风》百代情致之宗,虽语词寂寥,而意象靡尽"④。

　　明人亦善于纵向作比,或将《大风歌》与其前荆轲《易水歌》相较,从中揭出相类的英雄之气:"《大风歌》止三句,《易水歌》止二句,其感激悲壮,语短而意益长。"⑤或以之与其后的另一位英主李世民相拟:"汉太祖《大风歌》云'安得猛士兮守四方',唐太宗……二君英略古今罕及,而好士之心拳拳如此,宜乎为三代以后贤君之冠已。"⑥

　　甚至他们认为一个朝代国力的雄壮富强或者积贫积弱都与开国帝王的诗篇气魄紧密相关,胡应麟就持这一意见:"诗文固系世运,然大概自其创业之君。汉祖《大风》雅丽闳远,《黄鹄》恻怆悲哀。魏武沈深古朴,骨力难侔。唐文绮绘精工,风神独畅。故汉魏唐诗,冠绝古今。宋元二祖,词组无闻,宜其不竞乃尔。"⑦诗文关乎世运,很切合历史发展规律,可是认为开国之君一言一语都预兆

---

①　许学夷《诗源辩体》,第53页。

②　陆时雍《古诗镜》卷三十一,《四库全书》第1411册第262页。

③　王世贞《艺苑卮言》卷二,《历代诗话续编》第976页。

④　胡应麟《诗薮·内编》卷三,第49页。

⑤　李东阳《麓堂诗话》,《历代诗话续编》第1375页。

⑥　姜南《蓉塘诗话》卷九《汉高祖唐太宗好士形于言》,《明诗话全编》第3443页。

⑦　胡应麟《诗薮·内编》卷二,第23页。

着国运盛衰,未免以偏概全,难以取信于人。元世祖是未见佳诗,可是元代却曾疆域辽阔强盛一时,宋太祖何曾没有壮怀激烈篇章,如宋人陈岩肖《庚溪诗话》所载其《咏月诗》"未离海底千山暗,才到天中万国明",《咏日》句"太阳初出光赫赫,千山万山如火发。一轮顷刻上天衢,逐退群星与残月"①,亦颇大哉言也,可是开国雄主规模宏远,未必能够防范后继之君为不肖子孙,苍龙生鼠,大宋未经数君,已经是国土日蹙百里,汴京陷落又偏安江左,亡国之君最终殉身江海,岂不痛哉!

　　明人对韦孟所撰四言《讽谏诗》亦多好评,谭浚称其"隐而不私,直而不切。身退居邹,心不忘君。四言首倡,继轨周诗。"②谢榛称其"韦孟《讽谏诗》,乃四言长篇之祖,忠鲠有馀,温厚不足。"③王世贞称其继承"《雅》、《颂》之后,不失前规。繁而能整,故未易及"④。胡应麟称其"典则淳深,商、周之遗轨也","四言之赡,极于韦孟"⑤,认为即使李白、崔道融四言诗亦远远不及,睥目其后:均体现出明人好古诗风熏陶下崇尚先秦两汉文学的思想观念。只有许学夷怀有异议,指摘其结构语势太过于矜持做作,较之《诗经·大雅》距离太远:"其体全出《大雅》,然《大雅》虽布置联络,却不必首尾道尽,故从容自如,而义实较宽。韦孟、韦玄成先后布置,事事不遗,则矜持太甚,而义亦窘迫矣。"⑥如此严厉批评,其所持标准原与上述诸家相去不远,也是崇古立场所致也,只是其悬帜太高,以《诗经》为规矩衡量汉代文学的方圆,不顾其时代带来的发展景况,难免错牾不合。

---

① 宋人陈岩肖《庚溪诗话》卷上,《历代诗话续编》第 162 页。
② 谭浚《说诗》,《明诗话全编》第 4073 页。
③ 谢榛《四溟诗话》卷一,《历代诗话续编》第 1150 页。
④ 王世贞《艺苑卮言》卷二,《历代诗话续编》第 977 页。
⑤ 胡应麟《诗薮·内编》卷一,第 8 页。
⑥ 许学夷《诗源辩体》卷三,第 55 页。

　　明代文学家一致称赏张衡《四愁诗》,为"七言之祖",并探究其诗体演化轨迹,"兼本风骚",从《国风》、《离骚》发展而来。胡应麟云"章法,实本风人,句法率由骚体",也即其重章叠句、一唱三叹之章法结构,脱胎于《诗经·国风》,其句间含"兮",香草美人寄情远方的句法来自《楚辞·离骚》等篇,体制自然混成,情意婉约含蓄,其风格则兼风骚之长,是汉代文学最善于学习仿拟《诗经》屈宋的杰作:"优柔婉丽。百代情语,独畅此篇。"①"其体浑沦,其语隐约,有天成之妙"②。

　　如果说发现和归结陶渊明文学独特的艺术特色和珍贵价值的是宋代学者和诗人们,那么可以说对于汉末组诗《古诗十九首》进行透彻探讨并且从崭新的角度深入细致赏析其风格的则是明代学者们,他们对这组诗极其崇拜,王世贞赞其为五言诗里的《诗经》,许学夷称其为"千古五言之祖"。

　　他们善于运用看似矛盾的形容词汇分析概括这组诗篇在形神方面的诸多对立之处,从而将这些貌似浅易实则难及的研究对象从风格特质到艺术成因进行了全方位的挖掘,虽然他们对考证其作者身份等实证性问题兴趣不强,可将经学章句形式移置于文学特别是诗歌的鉴赏,却是他们极其擅长的,简直清人近人也是有所不及的。这方面当以刘履《风雅翼》首发其端,紧随其后者或者直捷照抄其文于己书又不予注明者,如黄溥《诗学权舆》等等,这自很受明末顾炎武、清代四库馆臣深加诟病,有些学者学识有限又喜好鉴识诗歌,所见细微稍嫌浅陋,如编撰《诗筏》的贺贻孙,撰著《古廉文集》的李时勉,句句予以串讲,虽有益初学,亦不免有些零碎不堪。三言二语点出其精髓所在的还是几位明代诗学大家,胡应麟、郝敬、陆时雍、许学夷、冯复京等。

---

　　① 胡应麟《诗薮·内编》卷三,第43页。
　　② 许学夷《诗源辩体》卷三,第65页。

　　胡应麟综合其思想意旨与语词章句两方面，以对立性词语竭力赞美《十九首》之难能可贵："诗之难、其《十九首》乎！蓄神奇于温厚，寓感怆于和平，意愈浅而愈深，词愈近而愈远，篇不可句摘，句不可字求。盖千古元气，钟孕一时，而枚、张诸子，以无意发之，故能诣绝穷微，掩映千古。世以晚近之才，一家之学，步其遗响，即国工大匠，且瞠乎后，况其馀者哉？"①在温和敦厚的语气里饱含神奇的韵味，在平和的腔调里饱含凄凉悲怆的情感，看似浅浅的意旨越体味越觉得深致透彻，看似浅近的字词越琢磨越觉得意境深邃，篇篇又是混沌一体，难以指出某句构造最佳，又难以指出某字选词最绝，令千古诗人作家，即使是魏晋南北朝的名家，即使是唐宋元明的大家也只能够仰羡，而不可能在自己的创作上达到如此完美的高度和深度。对这种词浅意深的神妙诗艺境界的钦佩，南朝钟嵘已在《诗品》中表达："文温以丽，意悲而远，惊心动魄，可谓几乎一字千金！"但其言不及胡应麟发掘得详致深入。郝敬也有类似评语，云："《古诗十九首》，所以妙绝者，不深刻而隽永，不藻绘而婉丽。各章自陈一意，旁薄悠远，而丰韵闲畅。无心遇之而妙合。着意效之而反远。"②也是讲既巧夺天工而又像脱口而成、下笔而就，而非出于苦心孤诣精雕细凿，用语如此浅易可是所表情意又是如此的隽永悠长，确是很有神妙之处。冯复京用一连串的瑰丽比喻来形容他对于《十九首》诗境的感受，显得这组诗的造诣更加神秘："《十九首》如日月丽空，苍符出水，精芒灵厚，瑞呈天呈。又如南金入冶，荆璧在璞。人钦其宝，莫名其器。文质错以彪宣，宫商调而锵美。情景回环，不求纤密而自巧。骨肤植附，无待激厉而自清。愈乎愈奇，有意无意，譬之于道所谓阶升无自，欲罢不能者也。章法之妙，不见句法。句法之妙，不见字法。镜花水月，兴象玲珑，其

---

　　① 胡应麟《诗薮·内编》卷二，第 26 页。
　　② 郝敬《艺圃伧谭》，《明诗话全编》第 5908 页。

神化所至邪?"①博喻所拟,着眼在其自然天成,如附丽长空的白日皎月那般光芒四射,如神龙天马所献河图洛书那般天赐瑞物,如浑金如玉璞,文采与质朴一体,韵律铿锵和谐悦耳,未尝施加纤密技巧却巧不可及,未尝激扬抒情而情感清切。汉乐府虽然自然工妙,可汉乐府还能够寻出蹊径,而《古诗十九首》则无径可觅,"灵和独禀,神用无方";它像五彩灿烂的云霞一般,只能出于天上织女之手,人间再巧的绣女对其只能是梦寐难及。它达到了如此高妙神秘之境,最后冯复京也只好佩服难以思量这些作者如何写出这样绝作的途径,简直像升天之阶,高不可攀,也无处可觅。

　　对于《古诗十九首》怎么能够企及,怎么能够通过学习和仿拟以达到其卓越水平,是痴迷于文学复古的明代作家和学者梦寐思之、欲罢不能而孜孜探究的问题。陆时雍认为其诀窍在于善于托物寄情:"凡诗,深言之则浓,浅言之则淡,故浓淡别无二道。诗之妙在'托',托则情性流而道不穷矣。风人善托,西汉饶得此意,故言之形神俱动,流变无方。夫岂惟诗,比干之狂、虞仲之逸,一以是道行之。屈原愤而死则直槁矣。夫所谓'托'者,正之不足而旁行之,直之不能而曲致之,情动于中,郁勃莫已,而势又不能自达,故托为一意,托为一物,托为一境以出之,故其言直而不讦,曲而不洿也。《十九首》谓之'风馀',谓之'诗母'。"②陆时雍"托"的理论可谓意义重大,适用领域广泛,可以用以托词远遁,可以用以装呆佯狂,是智者明哲保身的妙策,这适用于养生为人。不会运用于人生,只能像屈原愤激恨恨而死;不会运用于诗学,作诗只能够露骨呐喊,坠入恶诗之流。而《古诗十九首》之所以能够成为"风馀"、"诗母",就在其长于用"托"。托物言情,寄物言志可以将内在的无形之"神"披上可视可观之衣服。人的情感不能自言自语,必须托

---

① 冯复京《说诗补遗》卷二,《明诗话全编》第 7194—7195 页。
② 陆时雍《古诗镜》卷二,《四库全书》第 1411 册第 31 页。

于语词然后能够表现;创作诗歌不能够直言心怀,应当寄托于某些外物、某些景象,或者某些可以引发类似联想的别种情感,如以男女之情寄言君臣之义等等。其效果则是含蓄委婉,耐人寻味。陆时雍总结出的带有中国古诗创作和鉴赏领域里规律性的创作方法,是颇有价值的。只是在实践里诗人写诗未必能遵此而行,如明代模仿《十九首》的不乏其人,李攀龙曾撰《古诗后十九首》①,全无托物言情之妙,且对古诗亦步亦趋,甚至照搬原作字词,陈腐可厌,乃效法古诗的失败典型。

第三节 明代诗话与《文选》中曹魏作家作品评论

明代对于曹魏文学特别是诗歌的评论集中在三曹、王粲、刘桢、应玚、应璩、阮籍、嵇康,大多寥寥数语,又新见不多;偶尔有之,往往是故为奇论,不甚成理,甚至遭到同时或稍后学人的辩驳。如曹氏三人文学成就高低的次序,在钟嵘《诗品》已经解决,曹植上品,曹丕中品,曹操下品,后来虽有微调,也只是曹操置于曹丕之前而已。竹林七贤人所佩服,嵇康人格峻洁伟岸,向来无人郑重致疑。可是明代后期进入恣肆放言时期后,都有学者投以新说,遂成话题。王世贞博学多闻,偏偏轻视曹子建,云:"曹公莽莽,古直悲凉;子桓小藻,自是乐府本色;子建天才流丽,虽誉冠千古,而实逊父兄,何以故?才太高、词太华。"②连才华辞藻都成了曹植的缺陷,观点出格太甚,王世贞的拥护者胡应麟赶忙出来解释说王氏评的是乐府诗,乐府诗要求自然本色,曹植的乐府诗人为痕迹彰显,故不及其父兄。许学夷却不依不饶,认为王世贞原话讲的不是乐府而是五言杂诗,这是其一;再就乐府诗创作来看,子建之作在是某些方面不及汉代,可是

---

① 李攀龙《沧溟集》卷三,上海古籍出版社 1992 年版第 71—77 页。
② 王世贞《艺苑卮言》卷三,《历代诗话续编》第 987 页。

远胜其父的质野、其兄的冗缓:"然子建乐府五言,较汉人虽多失体,详论于后,实足冠冕一代。若孟德《薤露》《蒿里》,是过于质野;子桓《西山》《彭祖》《朝日》《朝游》四篇,虽若合作,然《杂诗》而外,去弟实远,谓子建实逊父兄,岂为定论?"①所辩甚是。

徐如珂出于对明末当代士风的深恶痛绝,承袭南朝经学家范宁等的观点,撰写论文《竹林七贤》,借题发挥而又紧扣史实,数落竹林七贤的罪责,对其做了义愤填膺的声讨,虽然结论未免有违实际,但立意崇高,笔锋犀利,乃明代文学评点中的妙作。《竹林七贤》开头标榜知识分子乃天下万民之楷模,群众所视其为是非标准的精英,更是天下安危系之于身、维系伦理纲常社会安定民生安乐天下太平重任的阶层和群体,所以其一言一行都应当慎重谨严、循规蹈矩,不能苟且疏忽,更不能亵渎玷污"士人"这一美好的名称:"士人者,天下所共以为准也。意喻色授不逾眉睫,而窥觑者辐辏;启口容声不越户庭,而倾耳者响臻,动静起居不离几席,而环视者影赴。是故端人君子重之慎之,左右规矩无少越焉,前后准绳无少悖焉,置其身于礼法之场而惴惴乎简束而不宁。亦何乐而自苦若是哉?诚谓天下之标准在是,而欲以一身维之也。"可是魏晋之时,王弼、何晏倡之于前,竹林七贤行之于后,做出本不合于贤德之事而趋时后生却赞其为贤,以致是非混淆,高下颠倒,沉湎醇酒、倨傲不情、沽名钓誉都成了"贤"德:"故以阮籍、刘伶之沉湎焉而曰贤,以嵇康、阮咸之倨侮焉而曰贤,以山涛、向秀之名高焉而曰贤,以王戎之佚游焉而曰贤。此七贤者,高枕茅庐,百无留念,肆志竹窗,一无用情,迤迤然惟骄塞世故,傲视万物,以为吾可解鹿网而超于士林矣。而不知当时士大夫其群然观法者谓何,则势不得不胥而吾从也。"当时无识之徒蜂拥而随,群起而从,汲汲攘攘,成为旷世景观。可是引发学风浮荡、弃儒经如敝屣、珍老庄如卞玉、轻视名节

---

① 许学夷《诗源辩体》卷四,第74—75页。

喜好放荡、为求官高禄厚不惜品行邪曲、荒芜职任、厌弃勤勉尽责等等恶劣官风士气的正是竹林一伙："学者祖庄老,黜六经,孰启之蠹? 自竹林之无异无同者始。谈者喜浮荡,贱名简,孰贻之诞? 自竹林之非法非训者始。立身者高放浊,狭节信,孰教之偷? 自竹林之弗轨弗则者始。仕进者贵苟得,鄙居回正,孰导之贪? 自竹林之不醒不清者始。当官者溺宴安,笑勤恪,孰滥之觞? 自竹林之若浮若沉者始。天下人驰骛于空虚放荡之中,恣肆于规矩准绳之外,相师成风,相尚成俗,遂致职废,业堕,礼坏,乐弛,历魏而晋,乱亡之相继者迄无宁日。"最后国破家亡、神州沦丧、生灵涂炭、胡马纵横,竹林七贤不得辞其咎："当夫永嘉之季,中原云扰,胡马星驰,竹林诸君子何不赋一诗、任一诞,为国家排大难耶? 则信乎其贻害者远也。"而且其人又非正宗的隐人高士,纯为哗众取宠的好名之徒:"或者乃谓士各有志焉,故或菇黄绮芝,或垂富春钓,或抱隆中膝,或发苏门啸,此人皆意有所适,非自为侈太而已。若七贤为非,则此四人者何欤? 是不然。君子诚不避山林岩野之趣,顾所以自适者,名教中自有乐地焉。如必土苴礼义,赘疣人世,而以为吾能旷达者,是率天下而荡于淫灭也。"最后徐如珂给其加以国家蠹虫之罪名,"故竹林者,祸乱之渊薮也。七贤者,国家之蟊蠹也",并认为当年范宁认为他们所招之祸害有甚于桀纣的话并不过分,结论是若是可以宽恕其间一人的话,那就只有山涛了:"欲释吴为外惧,谓武备不可弛,而典选累年,甄别不爽,又若反其旷达之习而进之谨恪焉者,如是则虽谓竹林之中有一贤可也。"①

徐氏行文淋漓尽致,虽未切合竹林在文学史特别是中国文化史上的古今公认的重要地位,可是能够深入观察竹林七贤的负面影响,还是有创新价值的。倒是明末狂人李贽侮慢嵇康,可谓肆无

---

① 徐如珂《徐念阳公集》卷三《竹林七贤》,同治求是斋本《乾坤正气集》第77册第17—18页。

忌惮,无甚情理可言:"康诣狱明安无罪,此义之至难者也,诗中多自责之辞,何哉? 若果当自责,此时而后自责,晚矣,是畏死也。既不畏死以明朋友之无罪,又复畏死以自责,吾不知之矣。夫天下固有不畏死而为义者,是故终其身乐义而忘死,则此死固康所快也,何以自责为也? 亦犹世人畏死而不敢为义者,终其身宁无义而自不肯以义为朋友死也,则亦无自责时也。"①嵇康《幽愤诗》选入《文选》卷二十三,所谓自责当指"曰余不敏,好善闇人。子玉之败,屡增惟尘。大人含弘,藏垢怀耻。民之多僻,政不由己。惟此褊心,显明臧否。感悟思愆,怛若创痏。欲寡其过,谤议沸腾。性不伤物,频致怨憎。昔惭柳惠,今愧孙登。内负宿心,外恶良朋。"嵇康本意言自己追求善道却不精通人际交往("闇人"),加上心胸褊狭,不能容污含垢,以致得罪了不良小人,遭到陷害,既没能够洗清好友吕安的冤枉("外恶良朋"),又有负于高隐孙登的谆谆告诫,细绎诗的思路,何曾有因为畏死而自责的一丝一毫痕迹? 嵇康岂畏死者耶? 审讯之中拒绝为自己申辩,临刑之时对日抚琴,从容就义,维护了名士尊严,何曾怯懦胆怯? 李贽既未仔细品味嵇康诗篇,又未认真阅读《世说新语》和《晋书》嵇康传记,便作无根之游谈,信口玷污古今正人君子共所崇拜的人格高标,足见清人谴责李贽著作多有"人头畜鸣"之处,也不全是诬蔑。

王世贞评曹操诗风云:"曹公莽莽,古直悲凉。"成为不易之论。陆时雍云其"饶雄力,而钝气不无,其言如撰锋之斧";又云"孟德老而卓,语多骯髒之气"②。评语大同小异。杨慎因其诗句法高迈,又多喜以圣贤自比,出语近乎经书,称其为"文奸"③,堕入以伦理

① 李贽《焚书》卷五,北京,社会科学文献出版社 2000 年版《李贽文集》第一卷第 192 页。

② 陆时雍《诗镜总论》,《历代诗话续编》第 1405 页。

③ 杨慎《升庵诗话》卷十"曹孟德乐府"条,《历代诗话续编》第 825 页。

论诗的旧套,大败诗兴。《文选》收录曹操诗《苦寒行》、《短歌行》二篇,陆时雍点评"对酒当歌"数句"耸然高峙,绝无缘傍,壮士搔首语,不入绮罗丽句,老气酷烈扑人"[1],可谓善得诗境。

明人于曹魏具体诗篇亦均深加品味,《文选》所收作品几乎篇篇有评,且是多家共赏,对照而观,颇增情趣,有裨理解。

《文选》录有曹丕诗《芙蓉池作》、《燕歌行》、《善哉行》、《杂诗》与文《典论·论文》多篇,宋代大儒真德秀批评其《芙蓉池作》贪图安逸不似人主,明人评诗很少像这样先德后文,主要关注其诗作艺术本身,孙鑛等《文选》评点专家是如此,一般学者也是如此。曹丕诗婉转柔美,陆时雍以美女美食喻其情味:"子桓优柔和美,读之齿犹馀芬,昔人谓其质如美媛,信然。……子桓诗顾盼生姿,五言诸作,风味气韵,贵美殊不可言。"评点《善哉行》时将其比作锦绣:"悠扬淡荡似罗绮。'靡风汤汤'四语,极自在之致。"《杂诗二首》言"此诗境不必异,语不必奇,独以其气韵绵绵,神情眇眇,一叹一咏,大足会心耳。"均着重曹丕有别于其父的诗艺方面的优美特色,较钟嵘所讥"颇有仲宣之体而乏新奇,百许篇率皆鄙直如偶语"显得全面切实。其七言乐府《燕歌行》句句协韵,陆时雍溯其体制源出汉武时的柏梁体,"宛转摧藏,一言一绪,居然汉始之音"[2],仍多汉风。许学夷则指出《燕歌行》已经"体渐敷叙,言多显直,始见作用之迹"[3],染上了新时代的风尚。二者并观,可得其整体风貌。

文论方面,为何曹丕《典论·论文》一字不涉乃弟,胡应麟推测是出于弟兄之间相互猜忌,所以二人立论往往相反对,曹丕极重文学的效用,曹植则以不能建立功业为憾,皆由此而发:"曹氏弟兄相忌,他不暇言,止如扬榷艺文,子桓《典论》绝口不及陈思;临淄书尺

---

[1]　陆时雍《古诗镜》卷四,《四库全书》第 1411 册第 43 页。

[2]　同上,第 44、44、47、44 页。

[3]　许学夷《诗源辩体》卷四,第 75 页。

只语无关文帝,皆宇宙大缺陷事,而以同气失之,何也?"并认为即使曹丕在《与吴质书》里夸赞刘桢五言诗当代无人可比也是在蔑视曹植:"公干五言,诗之善者,妙绝时伦.'正以弟兄相忌故耳。"①这就言之过甚了。

明人所谓曹植远胜父兄,首在其韵律雅致,其次在风格多样,前者最富代表性的评语,是胡应麟将曹植《名都》、《白马》、《美女》、《赠白马王》诸篇风格归结为辞极赡丽,语句工炼,讲究文饰,可见他们认为曹植诗文实绩乃天赋美才与刻意雕镂所臻。

后者是冯复京将曹植名句一一列举,称其:"'生存华屋处,零落归山丘.''名编壮士籍,不得中顾私.'何其悲壮也!'宝弃怨何人,和氏有其愆.''狐白足御冬,焉念无衣客.'何其凄惋也!'九州岛岛不足步,顾得凌云翔.''俯观五岳间,人生如寄居.'何其萧远也!'重阴润万物,何惧泽不周.''爱至望苦深,岂不愧中肠.'何其忠厚也!至于《赠白马》七首,字字肺肝流出,伤心滴泪,真所谓悲惋宏壮,情事理境,无所不有。"②也即揭示其诗风拥有宏大悲壮、萧远凄婉、自然厚重等诸多方面。

明人诗话中议论的三曹七子诗歌特色,大致可以概括如下,即曹操朴质雄浑,曹丕婉转柔美,刘桢刚健多气,王粲情浓质羸,唯有曹子建兼有多家,不名一体,的为大家。

王粲诸诗,明人评语,或者单纯从艺术着眼,或者兼顾史事与伦理背景,二者观点往往相互矛盾,如其《从军诗》,冯复京赞其"'从军有苦乐,但问所从谁.所以神且武,安得久劳师',陡然而起,有拔山举鼎之势,何其雄也?"③对这同一首诗,陆时雍责其献媚权奸,何其鄙也:"俛首依人,不觉词色俱陨。烈士风当不如是。

---

① 胡应麟《诗薮·外编》卷一,第 140 页。
② 冯复京《说诗补遗》卷二,《明诗话全编》第 7200 页。
③ 冯复京《说诗补遗》卷二,《明诗话全编》第 7201 页。

余尝谓相如《封禅颂》都是无是公语，长于贡谀；王粲《从军诗》喋喋作阿附言，几于献谀。"①贺贻孙在评点应璩《百一诗》时也捎带讽刺了王粲该诗："(《百一诗》)在邺中诸体中，颇称古淡，不独讽谏曹爽，而一段媿励惭负，深有负乘覆悚之意，诗品与人品存焉；视王粲《从军诗》，豫以圣君推曹瞒，以天朝拟邺都，而自处于负鼎之伊尹，以图篡汉兴魏之业者，相去有间矣。"②后二者的批评标准皆以传统君臣大义为先。

王粲四言，颇得好评，胡应麟许其胜于曹植，陆时雍许其含小雅之韵，"仲宣诗近子桓，稍带绮丽。四言长于言情，温厚典则，深得小雅遗教"，甚至激赏其穆如清风："《赠蔡子笃》、《士孙文始》，其言穆如清风，和气袭人，衷怀欲罄，能令闻者一起再舞。"③对其五言代表作《七哀诗》，陆时雍也多加美誉："(《七哀》)第一首载事陈情，登歌入雅，千载以下，想见其言之切而事之悲者；第二首绮靡繁缛，隐开晋渐。"④王粲前篇悲所见母弃幼子之事，后篇自言欲北归故里。

竹林七贤诗文皆佳者，惟阮籍、嵇康二人，又以阮籍平生谜团最多，广武之叹、政见向背、咏怀之旨，历代争辩不休，迄今未得分晓。仅广武山崖之叹的内涵，就至少有嘲讽刘邦项羽、嘲讽曹操父子司马懿父子、自我嘲笑三说。例如反驳讥嘲刘项者言二人皆人所难及，阮籍不当讥之；难者曰阮籍狂诞之士，何人其不敢讥？然而驳者自驳，说者自说，不能起阮籍起于九泉而问之，何解不可？杨慎持讥嘲晋魏间人说："阮籍登广武而叹曰：'时无英雄，使竖子成名！'岂谓沛公为竖子乎？伤时无刘、项也。'竖子'指晋魏间人

---

① 陆时雍《古诗镜》卷六，《四库全书》第 1411 册第 60 页。
② 贺贻孙《诗筏》，《明诗话全编》第 10400 页。
③ 陆时雍《古诗镜》卷六，《四库全书》第 1411 册第 57、58 页。
④ 同上，第 60 页。

耳。李太白诗'沈醉呼竖子,狂言非至公',亦误认嗣宗语也。"①方弘静亦持此见,只是对象更具体:"阮嗣宗竖子之叹,盖谓操、懿辈也。其辞隐,其志深矣。穷途之恸,其麦秀之悲乎?"②这一问题的解决,需要追溯一下阮籍当时发此感叹的最早出处、详细年岁、具体环境,方可有线索求其真谛。唐人所修《晋书》本传放在其将死之前,所采当有所据。

阮籍诗歌特色,李善总结为:"嗣宗身仕乱朝,常恐罹谤遇祸,因兹发咏,故每有忧生之嗟。虽志在刺讥,而文多隐避,百代之下难以情测。"着眼点不在艺术方面。明人多家曾加评说,李梦阳云:"予观魏诗,嗣宗冠焉,何则?混沦之音,视诸镂雕奉心者伦也。"③言而不详,且魏诗有曹植在,阮籍安得为冠?冯复京诸人所言详细些,冯复京云:"步兵萧条高寄,脱落世尘,想其作诗,何意雕纂,自尔神情宏放,栖托深微。"④贺贻孙云其"神韵淡荡,笔墨之外俱含不尽之思,政以蕴藉胜人耳"⑤;胡应麟谓"阮公起建安后,独得遗响;第文多质少,词衍意狭"⑥;陆时雍谓"嗣宗慎言,诗中语都与世远,缱绻情深,忧危虑切,以此当穷途之哭矣。八十二首俱忧时阅乱,无一忿世嫉俗语"⑦。陆时雍认为阮籍诗意平和温淳,未有愤世嫉俗之处,与实际尚有距离;例如"洪生资制度"篇抨击虚伪恶劣的儒士,情绪表达得颇为激切。然而与其散文《大人先生传》等相比而言,其诗还是锋芒内敛、韬光养晦的,陆时雍之说大抵不差。综合而言,上述诸人认为阮籍诗篇内容既有忧生之嗟又多志在讥

---

① 杨慎《升庵诗话》卷十三,《历代诗话续编》第 899 页。
② 方弘静《客谈》,《明诗话全编》第 3843 页。
③ 李梦阳《空同集》卷五十《刻阮嗣宗诗序》,《四库全书》第 1262 册第 464 页。
④ 冯复京《说诗补遗》卷二,《明诗话全编》第 7204 页。
⑤ 贺贻孙《诗筏》,《明诗话全编》第 10401 页。
⑥ 胡应麟《诗薮·内编》卷二,第 29 页。
⑦ 陆时雍《古诗镜》卷六,《四库全书》第 1411 册第 64 页。

刺之旨,表现形式含蓄蕴藉、隐约曲折、自然混成、飘逸潇洒、韵味淡荡、情深意厚、富有馀味,胡应麟批评其语句多而内容少,此恐不足以责阮公。至于具体篇章语句点评,陆时雍《古诗镜》曾赏析《文选》所录 12 篇,每篇一二句,多中其要。

第四节　明代诗话与晋代文学作家作品

明代学人将晋代诗歌创作成就贬得很低,陆时雍之言可为代表:"诗莫敝于晋。色闇而不韶,韵沉而不发,气塞而不畅,词重而不流,使非前有傅玄,后有陶潜,则晋可不言诗矣。"①他们对晋代诗人的评价率皆三言二语,百十作家提及的也仅是张华、张协、陆机、陆云、潘岳、左思、刘琨、卢谌、石崇、郭泰机、束皙、应贞、木华、郭璞、孙楚、王羲之(兰亭序)和陶渊明。陶渊明仍是一大宗,惜其评语多袭自宋元陈语或者就前人之言稍加敷衍。由此而观,顾炎武所谓明人百卷之书不及宋人一卷,的不虚言。较之前代有所更新的方面,是对具体作品不再笼统地大而言之,而是有了对艺术特色的深入分析,显示了明代学者在代圣贤立言的科举考试风气熏陶下,赏析体味文学篇章特别是诗歌作品方面的实绩,虽然不免零碎,对于文学研究的起点和归宿——文本的阅读还是有启发意义的。

《文选》收录张华诗歌 6 首,《励志》、《答何劭》(2 首)、《杂诗》和《情诗》(2 首),安磐表彰在晋代世风、士风和文风都浮荡不羁的氛围中,张华撰写《励志诗》自我约束自我修炼的难能可贵:"晋风浮荡不检,茂先以圣贤自励,可谓独立不群矣。史称其自少修谨,造次必以礼度,有由然哉!"赞其自觉承继了《诗经》之学的优秀传统,可谓晋代文学里的凤毛麟角:"《三百篇》后能以义理形之声韵

---

① 陆时雍《古诗镜》卷八,《四库全书》第 1411 册第 69 页。

以自振者,才见此耳。"①明代学者们对钟嵘《诗品》论张华诗风"儿女情多,风云气少"之说加以驳斥,冯复京云:"张茂先《赠何劭》二首,翩翩清绮,未失高流,'属耳听莺鸣,流目玩鲦鱼。''不曾远别离,安知慕俦侣?''朱火青无光,兰膏坐自凝。''慷慨成素霓,啸咤起清风。'并佳句也。评者乃云'儿女情多,风云气少',得无过于排击乎?"②平心而论,"慷慨成素霓,啸咤起清风"(《壮士篇》,《文选》未收)豪气洋溢,而"不曾远别离,安知慕俦侣"恰是儿女之情凸现,冯复京举此为例证,不甚切当。陆时雍赞"朱火青无光,兰膏坐自凝"二句"语气铮铮",也是溢美之辞,品味不出铮铮刚健之气。所以对前代评语不宜轻率否定,毕竟善于描摹儿女情事,最能够代表张华有异于同时代其它诗人的一面。

张协在钟嵘《诗品》里位居上品,品评极佳:"文体华净,少病累,又巧构形似之言,雄于潘岳,靡于太冲,风流调达,实旷代之高手。词彩葱蒨,音韵铿锵,使人味之亹亹不倦。"赞美其诗华美简洁,善于描写外在物色,既有超越潘岳的雄壮又有左思不及的艳丽,神采飞动,语句流利,词彩浓烈,韵律婉转,含蓄悠远,赏心悦耳,实在是当代无二的诗坛高手。可是不知是其佳篇散佚殆尽还是古今审美理念演变过巨,后代文学家很少有人重复这种句子去称说张协诗歌,陆时雍甚至批评他作品情感浅近,缺乏悠深的内涵,句子生硬对偶倒是有陆机引领的西晋习气,因为陆机诗里太多的出句对句同义合掌的拙句不胜枚举:"张协杂诗工为拟议,然无远体远情如阮籍一二语,便开踔无根矣。'重基可拟志,迥渊可比心',的是晋语。"③

张协之兄张载,钟嵘《诗品》抑在下品,评语甚简:"孟阳诗乃远

---

① 安磐《颐山诗话》,《明诗话全编》第 2120 页。
② 冯复京《说诗补遗》卷三,《明诗话全编》第 7205 页。
③ 陆时雍《古诗镜》卷九,《四库全书》第 1411 册第 84 页。

惭厥弟",只有品级没有评论,《文选》所录其《七哀诗二首》的前篇
竟获明人的赞美:"语不矜饰,修琢得佳,不令人厌。"诗的内容乃张
载游访汉代帝王陵墓时见历经战乱多被盗掘的惨状而发的感慨哀
叹。后一篇感慨时光流逝,满目秋色,只可谓悲秋而难称哀痛之
"哀",文不符题,《选诗补注》已不采录,陆时雍指"未见哀情之
甚"①,可算是替刘履作的补充说明。

对于陆机,《文选》录其诗 68 首,《诗品》置于上品并赞许其为
"太康之英",与"建安之杰"曹植、"元嘉之雄"谢灵运并列前茅,可
是此后褒扬最高的曹植、谢灵运仍然保守旧位,而陆机的地位则一
直下滑,明人批评也多着眼其主要瑕疵——强凑偶对,风骨不振。
王世贞云:"陆士衡翩翩藻秀,颇见才致,无奈俳弱何?"②概括最为
精粹。冯复京从陆机本身文论观点的缺陷挖掘其诗作多瑕的深层
症结:"陆士衡诗,其源实出陈思,但不得其神韵,而得其丽词。《文
赋》云'诗缘情而绮靡',正其一生膏肓之疾。……馀篇多排偶繁
复,并绮靡而失之。"③陆时雍也认为陆机诗篇中累句重重皆因讲
究靡丽而致:"篇中累句,皆绮靡所为。"④安磐想替他作一辩护,终
了还是承认陆机实在不及曹植、刘桢、张载、张协、左思和阮籍:"盖
士衡绮练精绝,学富而辞赡,才逸而体华,嵘之论亦是。若以风骨
气格言之,是诚在曹、刘、二张、左、阮之下也。"⑤

许学夷不避重复地罗列出陆机名篇中众多对偶句子,并与《诗
经》、曹植作比,认为陆机乃刻意打造骈句的第一人:"《三百篇》有
'觏闵既多,受侮不少'……曹子建有……'秋兰被长阪,朱华冒绿
池'等句,皆文势偶然,非用意俳偶也。用意俳偶,自陆士衡始。"甚

---

① 陆时雍《古诗镜》卷九,《四库全书》,第 83、83 页。
② 王世贞《艺苑卮言》卷三,《历代诗话续编》第 990 页。
③ 冯复京《说诗补遗》,卷三,《明诗话全编》第 7206—7207 页。
④ 陆时雍《古诗镜》卷九,《四库全书》第 1411 册第 77 页。
⑤ 安磐《颐山诗话》,《明诗话全编》第 2120 页。

至四言也是如此，陆机撰写四言诗如写碑铭，致使典丽雅润的四言诗走向衰亡："子建、仲宣四言，虽是词人手笔，实雅体也。至二陆、安仁，则多以碑铭为诗矣。"①精工细凿的后果是作品丧失了混成自然的灵气，丧失了厚重温丽的韵调，增多的是看似整饬工致实则拙笨不堪的合掌骈俪之句，给读者的印象是"情苦怯繁，下笔芜杂"、"才藻有馀，骨气不足"，"故其造端中路，整比组纤犹有词采，至于结束多懦阘不振，……皆兴尽力竭，无可奈何，放庸音以足曲耳。"②，自讨苦吃而人所厌读。明代学人将陆机诗歌创作失败原因和表现把握得如此深刻细致，恐怕别的时代都是远远不及的。

左思以《咏史》而享大名，原因在于他将咏史诗由叙事为主改造成抒情言志为主，既继承了"诗言志"的经学传统，又迎合了"诗缘情"的时代风气，故能够卓越一代彪炳千秋。这种改造诗体的功绩，胡应麟讲得很透彻："《咏史》之名，起自孟坚，但指一事。魏杜挚《赠毋丘俭》，迭用入古人名，堆垛寡变。太冲题实因班，体亦本杜，而造语奇伟，创格新特，错综震荡，逸气干云，遂为古今绝唱。"③

左思这些诗皆是通过为古人鸣不平而畅叙自己平生不能得志的怨愤，情感激切洋溢。后世读者读之往往感同身受，情愫激荡，冯复京就曾多次回忆自己阅读之际与作者心有戚戚的情境："（左诗）神襟高趣，天然写出，每读此公诗，眉宇间如有生色飞动。"又云："予每谓太冲《咏史》，直写胸怀，自辟境界，磊坷傲兀之气，凄切感慨之音，以拟古诗，虽发扬蹈厉，少伤和平，读之能使志士伸眉，才人扼腕，抗逸志于云表，荣人爵于鼠嚇，千秋绝调，固宜客儿嗟其

---

① 许学夷《诗源辩体》卷五，第88页。
② 冯复京《说诗补遗》，卷三，《明诗话全编》第7207页。
③ 胡应麟《诗薮·外编》卷二，第147页。

难及，此士衡汩汩一生，岂能作此八篇？"①他觉得这样的杰作，抒发出古往今来天地之间所有失意的志士才人的共同心声，是陆机和谢灵运那样出身的人不可能作出的，所以他认为"晋代诗人左为第一"。陆时雍对"振衣千仞冈，濯足万里流"二句大加激赏，说是"名语创获，雄视百世"，可也谈到读其它诗篇时感到文辞不雅，村俗袭人："左思气粗，每发一言，努目掀唇，头颅俱动，时觉村气扑人。凡豪则易粗，豪而卓，乃真豪矣。"②王世贞也有这种感受，许学夷辩解道仅仅部分篇章如此，有的还是很精练的："王元美云：'太冲绰有兼人之语，但太不雕琢。'愚按：太冲如《皓天舒白日》一篇，无一字不精炼。至'贵者虽自贵，视之若埃尘，贱者虽自贱，重之若千钧'等句，是太不雕琢也。方之士衡，其过不及之分欤？"③这些明显是吹求过甚，无需置辩。

　　难得的是对束皙六首《补亡诗》，明人进行了认真的点评，并且提供了有趣的观念和史料。谢榛观察到束皙诗本是补《诗经》所亡六篇，可是语言特色却没有先秦古色古香气息，倒充满着晋代追求辞藻骈偶的时风："束皙《补亡》诗，对偶精切，辞语流丽，不脱六朝气习。"④现在看来里面的对偶句触目可见，如"四诗递谢，八风代扇"，"五是不逆，六气无易"，"人无道夭，物极则长"，"鱼游清沼，鸟萃平林"，"文化内辑，武功外悠"，见出谢榛敏感的艺术鉴赏造诣，诗中辞藻雕凿、语调流丽亦时时有之，总起来说还是自然可读的。如要指摘诗里别的方面的不足，还是有的，如"养隆敬薄，惟禽之似"二句，不仅因从战国中叶的《孟子》里化出，形迹太露，而且语意甚不雅训，《诗经》里不会包含此类句子的。崇奉陆王心学、追求经

---

① 冯复京《说诗补遗》，卷三，《明诗话全编》第 7208 页。
② 陆时雍《古诗镜》卷九，《四库全书》第 1411 册第 82 页。
③ 许学夷《诗源辩体》卷五，第 92 页。
④ 谢榛《四溟诗话》卷一，《历代诗话续编》第 1145 页。

世致用的叶廷秀对束皙《南陔》一唱三叹,赞不绝口并衍述己意、大放厥词:"此诗有色养兼至之道,可谓孝矣。呜呼,人之孺慕时,依依于父母之怀,何等亲切。乃成人之后,世味蒙心,往往对妻子日浓,对父母日淡,向朋友开笑,向父母蹙额者,可胜悲哉!林和靖有言:'妻子爵禄,乃贼忠孝之具。'可谓砭世至骨。"初几句虽合义理,出语已甚庸俗浅薄;后引林和靖却令人齿冷,林氏不仕不娶,有何资格谈忠论孝? 若无妻妾,何以助养父母、延续香火? 若无爵禄,士人何以保障父母温饱? 林氏悍然言之、叶氏昏然录之,皆不思之甚,也足见陆王心学后辈言语之荒诞。

明人对陶渊明的研究无论是史实考据、字句训诂还是文学评论,在深度和广度上都远逊于宋代,陈陈相因甚至直接照抄,比比皆是。创新领域大致有二,一是对前人疏略之处加以阐发,一是对前人的观点进行驳难。

弥补前人疏略之处者,如陶渊明究竟怎么看待名声名誉,也就是他是否好名? 因为陶渊明本人诗里就有矛盾不一之句,《饮酒》其十一云:"颜生称为仁,荣公言有道。屡空不获年,长饥至于老。虽留身后名,一生亦枯槁,死去何所知,称心固为好。"可见不好名。而《拟古》其二又云:"辞家凤严驾,当往志无终。问君今何行,非商复非戎。闻有田子春,节义为士雄。斯人久已死,乡里习其风。生有高世名,既没传无穷。不学狂驰子,直在百年中。"则又赞美身后扬名。贺贻孙认为陶渊明不在乎生前声誉是可信的。至于陶潜对于身后之事的思量,贺贻孙举陶渊明《拟古诗》"生有高世名,既没传无穷"二句为例,却又断言"陶靖节绝无名根"①,论证颇为矛盾。陶渊明《杂诗》其二先将自己与醉心于建功立业的"丈夫"豪杰一类划清分界,最后叹息追逐功名之徒的所得空虚:"缓带尽欢娱,起晚眠常早。孰若当世士,冰炭满怀抱,百年归邱垄,用此空

---

① 贺贻孙《诗筏》,《明诗话全编》第 10417—10418 页。

名道。"是认为求身后立名不如生前自得其乐。而《饮酒》其二云："不赖固穷节,百世当谁传?"明显又希图死后传名,总之,陶渊明对名声抱着无可无不可态度,由其自然,不去刻意企求,正是这位自然诗人终生一以贯之的人生哲学。

宋人喜将陶渊明和张良、诸葛孔明类比,甚至认为渊明之"明"即从"孔明"而取。明代有人以实绩功业的有无,论证陶渊明不及张良,黄仲昭给予了辩解,颇有道理:"或疑靖节累世仕晋,留侯三世相韩,大致相似,而留侯始终为韩报仇,靖节则托于酒而逃焉,虽终身不仕宋,清节可尚,视留侯终有不能及者。予谓不然,留侯得汉高为之依归,故终能灭秦项以遂其报韩之愿。靖节遭时无汉高者可托以行其志,是以适意于酒以终身也。然其疾宋祖之弑夺,闵晋室之陵迟,忠愤激烈之气,往往于诗焉发之,观其咏荆轲者可见矣。靖节之与留侯迹虽不同,而心则未始不同,所谓易地则皆然者也。"①从各自时代环境论述陶渊明没有建功立业的条件,又从诗里情感称道其忠愤激烈,心态与张良全无二致,从而祛除疑惑。

杨慎则根据汉魏晋经学历史发展的情况驳斥《晋书》所谓陶渊明读书不求甚解之说,认为陶渊明厌恶两汉以降的繁琐训诂之学,注重超然真见,契合古旨。俗士不解陶公心态,便信口乱道陶渊明读书不求甚解。对此,杨慎倡言道:"予尝言人不可不学,但不可为讲师溺训诂,见渊明传语,深有契耳。"②杨慎此言虽为陶渊明辩解,实则具有时代精神在作背后推手。杨慎时期,陆王之学思潮已汹涌而来,杨慎要人弃却章句训诂,直依古人原书加以领悟,与阳明之说若合符节。至于正统儒者郝敬责备陶渊明诗文缺乏真意,

---

① 黄仲昭《未轩文集》卷四《题陶渊明诗集》,《四库全书》第 1254 册第 454 页。
② 杨慎《升庵全集》卷四十八"读书不求甚解"条,民国上海商务印书馆《万有文库》本第 531 页。

做过县令怎会耕耘农田，家境虽贫怎会至于讨饭，勤读《山海经》等怪力乱神之书却为何不读《毛诗》儒经，平生行事为何如此不合儒家圣贤准则？孙绪责问陶渊明为何撰写外祖父孟嘉的传记为何称"孟君"而不先点明相互间的亲戚关系，均可见明代中后期文士阶层思想的活跃、言论的泛滥、读书范围的不够广博和喜以主观臆见品评古人的士林风尚。至于这些质疑和问题本身，今日看去答案自明，不辩可也。

第五节　明代诗话评点南朝作家作品

明代学者文士评论的南北朝作家集中在谢灵运、鲍照和谢朓三人，其他作家则几乎未有涉及，其评语内容亦往往带有明人狂肆放言的时代特色。

一、关于谢灵运

对谢灵运的诗风，薛蕙概括为"清"、"远"二字，很得其要："曰清，曰远，乃诗之至美者也，灵运以之。白云抱幽石，绿篠媚清涟，清也；'表灵物莫赏，蕴真谁为传，远也。"[1]陆时雍评价大致相似，亦云大谢诗风自然秀丽、气韵飞动、清新飘逸、雅致脱俗，能够画出景物之神："谢康乐灵襟秀色，挺自天成；清贵之气，抗出尘表。"[2]

对于诗歌创作的艺术技巧与诗史地位，明人则多有争论。如胡应麟认为谢灵运诗佳则佳矣，只是未脱六朝雕凿窠臼，陆时雍亦随声附和，言谢客诗人工琢磨之迹比比皆露，汉魏古诗朴质浑然之

---

① 胡应麟《诗薮·外编》卷二引，第 151 页。
② 陆时雍《古诗镜》卷十三，《四库全书》第 1411 册第 110 页。

气荡然无存："谢康乐诗佳处,有字句可见,不免硁硁以出之,所以古道渐亡。"①安磐却认为谢灵运诗歌讲求对仗,艺术造诣却是精美绝伦的,而且一些篇章仍然饱有建安风骨,清切意真:"谢康乐之诗,虽是涉于对偶,然而森蔚璀玮,繁密错绣,一句一字,极其深思。昔人谓无一篇不佳,今观其《入彭蠡》、《华山冈》、《七里濑》、《始宁墅》、《富春渚》诸诗,模写行役,江山历历如画,信一代之伟作也。其中《初发石首城》一诗尤妙,稍尚风骨,不类诸作,有建安之风。"②焦竑亦为谢客辩解,认为谢客舍弃汉魏之风,追求词彩声色的奇丽铿锵,乃出于顺应时代潮流的举动,其诗兼有文学创作中可贵的神、气和情三元素,情韵格调均臻宋齐文学之高标:"弃淳白之用,而骋丹膜之奇,离质木之音,而竞宫商之巧,岂非世运相乘,古朴易解,即谢客有不得自主者耶? 然殷生言,文有神来、气来、情来。摹画于步骤者神踬,雕刻于体句者气局,组缀于藻丽者情涸。康乐雕刻组缀并擅,工奇而不蹈三敝者,神情足以运之耳。何者?以兴致为敷叙点缀之词,则敷叙点缀皆兴致也。以格调寄俳章偶句之用,则俳章偶句皆格调也。以故芙蕖初日,惠休揖其高标;错彩镂金,颜生为之却步,非此故欤?"③将谢灵运诗艺的形成与时代氛围密切联系起来,很有深度。冯复京还看到谢灵运诗的题材和风格的多样性,谢灵运不仅善于模山范水,也善于抒写悲凉的情感,可是他将谢灵运以《周易》语句入诗也当作古雅吹捧,就显然是在以败笔为警策、以糟粕为精华:"诗人经语,便有儒生气,独康乐能之。如'解作竟何感,升长皆丰容。''溽至宜便习,兼山贵止托。''蛊上贵不事,履二美贞吉。''饯宴光有孚,和乐隆所缺。'但见古色

---

① 陆时雍《诗镜总论》,《历代诗话续编》第 1407 页。
② 安磐《颐山诗话》,《明诗话全编》第 2122 页。
③ 焦竑《淡园集》卷二十二《题谢康乐集后》,北京,中华书局 1999 年版第 275 页。

可爱。"①

  谢灵运的特色最突出的是警句叠出,盛赞不绝的一直是"池塘"一联。唐代学者权德舆从经学思维视角出发以牵强比附手法刻意求其深意,王安石将权氏解说当作嘉话称赏,到了明代浅学之士王昌会将此引入己书。王世贞在诗话里只是淡淡表示权德舆和王安石之语不足信从,张萱则据以讽刺王安石不懂诗学②,冯复京斥权德舆为"腐儒",均嫌过甚其词。权德舆何尝是腐儒,唐人如此说诗乃学界流行之事;王安石何尝不懂诗艺,可能仅是临时戏谑,不可认真视之。倒是明人对于谢灵运名句艺术方面的鉴赏分析更值得关注。

  "池塘"一联,齐梁宋元大多仅仅赞赏其神韵天然有似神助,明代这样品评的也触目可见,如陆时雍所谓"'池塘生春草','杪秋寻远山,山远行不近,'非力非意,自然神韵"③,胡应麟所谓"'池塘生春草',不必苦谓佳,亦不必谓不佳。灵运诸佳句,多出深思苦索,如'清晖能娱人'之类,虽非锻炼而成,要皆真积所致,此却率然信口,故自谓奇"④。可也有学者不满足于重复这些前代学者的成说,他们进行了深层探索,发现这些看似脱口而出的佳句恰是长期苦思冥想反复寻觅倏然回首才发现的,梦里得之正可证其用思之深,切合艺术创造的永恒规律:"五言至灵运,雕刻极矣,遂生转想,反乎自然。如'水宿淹晨暮'等句,皆转想所得也。观其以'池塘生春草'为佳句,则可知矣。"⑤冯复京认为这是谢灵运长期熏陶沉浸于山水秀色,痴迷自然烟霞,久而久之,浓郁的碧湖绿树青草鸟啭

  ① 冯复京《说诗补遗》卷三,《明诗话全编》第 7218 页。

  ② 张萱《西园存稿》卷六"王荆公不知诗"条,民国商务印书馆《丛书集成初编》本第 135 页。

  ③ 陆时雍《古诗镜》卷十三,《四库全书》第 1411 册第 113 页。

  ④ 胡应麟《诗薮·外编》卷二,第 149 页。

  ⑤ 许学夷《诗源辩体》卷七,第 109 页。

鹿鸣唤起的强烈兴致和写诗冲动的结晶："（大谢）诸篇新声迥句，如'白云抱幽石，绿筱媚清涟'，……可谓神于赋咏者矣。非有山水之癖，烟霞之兴者，不能道只字。"①所以，正如谢榛指出的，妙句创作成功仅仅归因于偶然而发肯定是不够的："谢灵运'池塘生春草'，造语天然，清景可画，有声有色，乃是六朝家数，与夫'青青河畔草'不同。叶少蕴但论天然，非也。又曰：'若作池边、庭前，俱不佳。'非关声色而何？"②

中国诗里拟声绘色之句出现很早，如《诗经》"关关雎鸠"、"黄鸟于飞，集于灌木，其鸣喈喈"、"春日载阳，有鸣仓庚"、"呦呦鹿鸣，食野之苹"、"伐木丁丁，鸟鸣嘤嘤"、"鸿雁于飞，哀鸣嗷嗷"，此其为"声"；"瞻彼淇奥，绿竹青青"、"喧喧其阴，虺虺其雷"、"扬之水，白石凿凿"、"扬之水，白石皓皓"、"扬之水，白石粼粼"、"蒹葭苍苍，白露为霜"、"苕之华，芸其黄矣"、"苕之华，其叶青青"，此其为"色"。秦汉诗赋"青"、"绿"成为作家最加注目的对象，如"青莎杂树兮薲草靃靡，白鹿麏麚兮或腾或倚"（《招隐士》）、"青青陵上柏"、"青青河畔草"、"白杨何萧萧"、"秋草萋已绿，秋蝉鸣树间"，均为不自觉的天籁之言。直到东晋特别是直到刘宋谢灵运才真正有意识关照风物韵调之美、色彩之丽，领会并描摹出从冬季万物肃杀、一片萧条、满目黑白黯淡、昏鸦叫声单调刺耳到春天草木葱翠、黄鹂娇媚鸣啭、视野五光十色的变化和对比，谢灵运情性敏感、心态浮动而又艺术修养极高，由他来开启从中国质朴混重的古体诗走向追求雅致典丽以及声韵偶对等形式之美的近体诗之途径，不是最合适吗？

这方面他既继承了陆机句法的整饬、潘岳辞藻的清丽，又扩大诗句的内涵容量，避免陆机的合掌拙句和潘岳的字词浅易，从而将

---

① 冯复京《说诗补遗》，《明诗话全编》第 7217 页。

② 谢榛《四溟诗话》卷二，《历代诗话续编》第 1164 页。

诗艺向前推进了一大步,对此明人也有总结。王世贞云:"谢灵运天质奇丽,运思精凿,虽格体创变,是潘陆之馀法也。其雅缛乃过之。"①冯复京云:"谢客肆览《庄》、《易》,寓目辄书,内无乏思,外无遗物,才气纵横,跨轶士衡。然陆多平叙,佳处不可句摘,谢多刻意,佳处可以句摘,此又晋宋之辨也。"②体味一下陆机诗的语多情少、繁冗沉滞,再读大谢的诸多妙句,足以在一个方面看到谢灵运在艺术方面作出了怎样的可贵贡献。

　　谢灵运和陶渊明时代相同,一个田园诗人,一个山水诗人,很有可比性,明人所论有的甚为牵强难从,如许学夷将陶渊明比作伯夷,将谢灵运比作荀卿、扬雄,言谢灵运文体不成系统,陶渊明自成一派,伯夷、荀子有何可比,有些不知所云:"康乐诗上承汉、魏、太康,其脉似正,而文体破碎,殆非可法。靖节诗真率自然,自为一源,虽若小偏,而文体完纯,实有可取。康乐,譬吾儒之有荀、杨;靖节犹孔门视伯夷也。"倒是他用直白话语揭示出二人性情之异,颇得其真:"晋、宋间,谢灵运辈纵情丘壑,动逾旬朔,人相尚以为高,乃其心则未尝无累者。惟陶靖节超然物表,遇境成趣,不必泉石是娱,烟霞是托耳。其诗皆遇境成趣,趣境两忘,岂尝有所择哉?《本传》谓其任真自得,信然。"③大致陶渊明为人心态恬静平和,言行肃穆,淡泊功名,胸怀清澈,似浅而实深,故能自得其乐,耐得住寂寞凄凉。谢灵运则是喜好热闹之人,为人轻狂浮躁,虽然百般自我压抑浇凉热躁,仍难贬抑本性,对外界毁誉得失非常敏感,心如清池,清澈见底,微风乍起便会荡起涟漪,又平生不耐寂寥,故而诗里每每期盼友人与之同乐,与陶渊明大有异处。对此孙承恩亦有韵语加以揭示:"山水性僻,绳墨靡拘。高才傲物,谋身则疏。彭泽天

　　① 王世贞《艺苑卮言》卷三,《历代诗话续编》第 994 页。
　　② 冯复京《说诗补遗》,卷三,《明诗话全编》第 7217 页。
　　③ 许学夷《诗源辩体》卷六,第 106—107 页。

然,子亦洵美。声诗并休,静躁殊矣。"①

　　陆时雍《古诗镜》评点谢灵运诗数十篇,抽绎其大致用语,便可知他心目中的谢诗特色。一是能够惟妙惟肖绘声绘色描摹出山景水色,"最得物态","佳韵自然","佳境自成","秀色削出","本色佳妙","但俱本色,风味自成"。二是擅长融汇情感于所观美景,情趣盎然浓厚,"性情超会","得趣深妙"。三是语词简洁清逸,"郁郁清芬""语气清旷无际","语气丰容","语色清峭""悠旷,外有物色,内有性情,一并照出","情、物融然无间"。四是情真景真,诗艺臻于化境:"樵夫、渔父日夕出没山水,而灵运独赏其神","气格最遒,情长语短。含情极妙","语到真时,诗到至处,能令意象、名言俱丧"②。所指出的均合乎谢灵运诗歌创作实绩。

二、关于鲍照

　　明人品评鲍照诗可取者有三,一是陈谟阐释杜诗"俊逸鲍参军"之义:"夫俊可能也,逸为难。俊如文禽,逸如豪鹰。凡能粲然如繁星之丽天而不能回狂澜障百川者,以能俊而不能逸故尔。史称照古乐府'文极遒丽',遒斯逸矣,丽斯俊矣。⋯⋯文以气为主,以意为辅,以辞为卫,读斯集者,玩参军之辞,必求其意;求参军之意,必尚其气。"③激赏鲍照为人和诗歌豪气笼盖天下。二是许学夷怀疑《南史》所言鲍照故为拙句以避帝王嫉妒一事的真实性,他发现鲍诗拙句颇多,主要是雕镂过甚所致,未必故意而为。所谓拙句,实皆指合掌类的对偶句,许学夷所举之例,有"申黜褒女进,班去赵姬升"、"虚容遣剑佩,实貌戢衣巾"、"匹命无单年,偶影有双

---

① 孙承恩《文简集》卷四十一《古像赞・谢康乐》,《四库全书》第1271册第541页。
② 陆时雍《古诗镜》卷十三,《四库全书》第1411册第110—120页。
③ 陈谟《海桑集》卷五《鲍参军集序》,《四库全书》第1232册第583页。

夕"、"倏悲坐还合,俄思甚兼秋"等①。然而难以证实鲍照不是有意撰写这些"拙句",《南史》的作者唐代史家究竟比明人更近南朝,所以仍当以《南史》所载较为可信。三是冯复京和陆时雍评点鲍照具体作品的意见,用语颇为形象生动,冯复京将鲍照诗比为俊男靓女:"鲍参军风神特秀,……其诗如五陵少年,风流自赏。又如郑街妖姬,顾盼生姿。"②着眼在其清秀。陆时雍比之为撼山力士和沙场骑手,着眼在其材力不凡、豪气凌厉:"鲍照材力标举,凌厉当年,如五丁凿山,开人世之所未有。当其得意时,直前挥霍目无坚壁矣。骏马轻貂,雕弓短剑,秋风落日,驰骋平冈,可以想此君意气所在。"③二者合观,可得鲍照诗艺整体风貌。

三、谢朓与颜延年

　　谢朓为诗清绮秀丽,圆美流转,故南朝即谓诵读小谢诗篇口有馀香。明人亦喜用比喻况其诗韵,并与大谢相连而称。陆时雍比小谢诗风为神女仙姑,秀雅超凡:"诗至于齐,情性既隐,声色大开。谢玄晖艳而韵,如洞庭美人,芙蓉衣而翠羽旗,绝非世间物色。"又比之为甘霖红花:"熟读玄晖诗,能令宿貌一新,红药青苔,濯芳姿于春雨。"又将二家诗比作灵丹妙药:"读谢家诗知其灵可砭顽,芳可涤秽,清可远垢,莹可沁神。"④可以想见他对谢家诗作的痴迷之深。
　　二谢高低也当有一比试,自古一般认为谢朓不及谢客,明人亦持此论,并无异见:"谢吏部诗,体干不如康乐,而风华妍秀,浏亮高

---

① 许学夷《诗源辩体》卷七,第 117 页。
② 冯复京《说诗补遗》卷三,《明诗话全编》第 7219 页。
③ 陆时雍《诗镜总论》,《历代诗话续编》第 1407 页。
④ 同上。

爽,故领袖当时,辉映后叶。"①即使名句相比也是如此,因为小谢喜作比拟,大谢擅长直寻,人为逊于天然是中国诗学的恒久理念:"六朝以谢灵运、谢玄晖为国手。客问:'玄晖"馀霞散成绮,澄江净如练",比灵运"云日相辉映,空水共澄鲜",谁为较胜?'余曰:'成绮'、'如练',还只当一幅好画,灵运乃江天真景,非人力也。"②

明人诗话里对颜延年的评语几乎都是重复钟嵘,稍具新意的只有王世贞讨论颜延年四言诗的"冒头"一节。《文选》所录颜延年四言诗四篇:《应诏宴曲水作诗》、《皇太子释奠会作诗》、《宋郊祀歌》(二首),《宋郊祀歌》开头即从歌颂宋高祖刘裕险阻功德起笔,出处紧扣题目。而《应诏宴曲水作诗》开头云:"道隐未形,治彰既乱,帝迹悬衡,皇流共贯",泛说古来君王治国政迹,接下来"惟王创物,永锡洪筭"才正是从宋帝创业讲起;《皇太子释奠会作诗》大发一通"崇儒重师"的议论后才说到太子,此即所谓"冒头",《诗经》尚无此例。汉魏四言如韦孟《讽谏诗》,思王之《责躬诗》、《应诏诗》、叔夜之《幽愤诗》,亦无此种结构。王世贞认为有之自陆机、陆云兄弟始,陆机《皇太子宴宣猷堂应令》,开头回顾古史,32句后才涉及晋朝太子。陆云《大将军宴会被命作诗》从司马仲达父子创业叙述了16句才入正题——晋朝有乱,齐王平之。其它如应贞《晋武华林园宴集》自天地开辟开始,更加迂远,纯为词费,所以王世贞最后讽刺道还不如事先造好一个百事可用的篇首套子,任何官方宴会酬赠诗皆可纳之于前,岂不省事:"若尔则不必多费此等语,但成一冒头,百凡宴会酬赠,可举以贯之矣。"③可见官样文章之可厌。

---

① 冯复京《说诗补遗》卷三,《明诗话全编》第 7222 页。
② 邓云霄《冷邸小言》,《明诗话全编》第 6418 页。
③ 王世贞《艺苑卮言》卷三,《历代诗话续编》第 994—995 页。

第八章　孙鑛与《孙月峰先生评文选》

第一节　孙鑛的生平、著述与文论

　　《孙月峰先生评文选》，又名《文选瀹注》，全书包括两部分，正文的瀹注部分系闵齐华约取六臣注为之，眉批与正文中的圈点评论则出于孙鑛。孙鑛的生平资料主要见于徐乾学《明史列传》卷八十五。孙鑛，字文融，号月峰，浙江馀姚县人，生于嘉靖二十一年（1542），出身"昌明隆盛之地，诗礼簪缨之族"。孙鑛自幼资质兼人，又夙承家教，在万历二年（1574）会试中名居榜首，时年33岁，选为文选郎中。后历任兵部侍郎、右都御史，曾代理顾养谦经略朝鲜。万历十三年（1585）退居故里，以读书评点为事，博览群书，至老不倦，卒于万历四十一年（1613），享年72岁。

　　孙鑛晚年《与余君房论文书》回顾自己的读书历程，说是自幼喜好《史记》、《庄子》，成年后爱读欧阳修文集与《韩非子》，以应付科举考试；"二十九岁始读《文选》，爱其醲厚深至"。此后所读之书为《左传》、《汉书》；"至四十四家居，乃尽屏诸书，一小厨独置班、马二史，益之《国策》、《韩》、《吕》三种，以此五部音节相类，是一家耳。又二年始读《国语》，又进之《十三经》，乃大有悟。盖文章之法，尽于此矣"①！根据孙氏自述，可见明代一般学人读书范围较为狭窄，同时也反映出孙鑛读书不求博杂，重视讽咏体味。孙鑛所提到的所读之书，除欧阳修文之外，无唐宋以后者，这应该是时代文艺风潮给予他的影响。当时读书界读书范围的窄狭，正如王世贞所叹："甫离亂即从事学官，顾其所习，仅科举章程之业。一旦取甲第，遂厌弃其事。至鸣玉登金、据木天藜火之地者，叩之，自一二经史外，不复知有何书，所载为何物。"②较之王世贞所述当时一般士人，孙鑛所读之书与学识已为超群。

孙鑛文集有《姚江孙月峰先生全集》。他平生长于八股文写作，更擅长诗文批评，撰有《唐诗话》一书。在明代诗文评点史上，享有大名，是当时诗文评点界数一数二的人物，经其评点的古籍有近50种，据《孙月峰先生批评礼记》一书前所附《孙月峰先生评书》目录，这些古籍包括经史子集诸多门类，具体名目为：《诗经》、《尚书》、《礼记》、《周礼》、《左传》(以上经部)；《国语》、《战国策》、《史记评林》、《汉书》、《后汉书》、《史汉异同》、《三国志》、《晋书》、《宋元纲鉴》(以上史部)；《六子》(老、庄、列、王、荀、杨)、《韩非子》、《管韩合刻》、《吕览》、《淮南子》、《周人舆》、《食饮啄》、《漱琼瑶》、《会心案》(以上子部)；《文选》、《选诗》、《古文四体》、《李太白诗》、《杜拾遗诗》、《李杜绝句》、《杜律单注》、《杜律虞赵注》、《手录杜五七言》、《高岑王孟诗》、《韩昌黎集》、《柳河东集》、《六一集》、《苏东坡诗集》、《东坡绝句》、《今文选》、《五言绝律》、《七言绝律》、《排律辨体》(以上集部)等。其《今文选》，乃裒录明代31人之文，"观其自序，盖以李梦阳为宗"③，由此可见其评点文学及《文选》的理论倾向。

---

① 孙鑛《月峰先生居业次编》卷三《与余君房论文书》，明嘉靖刊本。本章引文均依此本。

② 王世贞《弇州山人四部稿》卷一二六《与陈户部晦伯书》，《四库全书》第1281册第127页。

③《四库全书总目》卷一九三"今文选"条，北京，中华书局1965年版第1754页。

其它方面,孙鑛还撰有《书画跋跋》六卷,四库馆臣称其"鑛以制义名一时,亦不以书画传,然所论则时有精理,与世贞长短正同,亦赏鉴家所当取证矣"①。盖文学与书画等艺术,理本相通,无怪乎其在评点《文选》时,往往能以艺术特别是绘画之理,鉴赏评析诗文辞赋。

孙鑛开始从事文学评点时是在 40 岁以后,也即 1585 年以后,当时后七子中李攀龙(1514—1570)、谢榛(1495—1575)、宗臣(1525—1560)、梁有誉(1521—1566)、徐中行(?—1578)已经去世,王世贞(1528—1590)和吴国伦已经进入衰暮之年,唐宋派唐顺之(1507—1560)、归有光(1506—1571)亦已辞世,王慎中(1509—1599)和茅坤(1512—1601)尚活跃于文坛。孙鑛与茅坤多有来往,曾撰《寿茅鹿门先生九十序》,称自幼在严肃的家教下,曾读过颇多茅坤所撰散文,并且在后来写作实践里接受了其文风影响:"先文恪公(孙鑛的父亲)最好文,虽稍长于先生,而绝敬慕先生(指茅坤),时乞先生文与鑛兄弟读之。或他处见先生文,亦必使人急录之,惟恐失。尝记鑛十许岁,时读先生所著碑记书序数十篇,其论或宏或细,莫不曲协于大道之矩,而笔力之雄劲,辞之蔚而赡,恬然平出,而有捕虬豹之势,则又时哲之所共逊焉者矣。"②只是孙鑛平生更信奉后七子的汉文唐诗之说,所以主张调和唐宋派与前后七子的理论分歧,认为当时文坛上争论激烈的这两大派归根结底并没有什么水火不容的矛盾,都是阅读先秦两汉文章、撰写唐宋流行的文体:"大都摛辞家有二轨,法古者嚄唶人,独造者诮优孟,递相非,无已时。然欧、曾何尝不枕藉经子《史》、《汉》,而今之号不作天汉以后语者又未始不屈首而撰序记也。鑛则谓其相非者迹耳。汉儒之党同门,至乃并《左》、《公》、《羊》訾之,夫岂果仇先贤哉?既立

---

① 《四库全书总目》卷一一三"书画跋跋"条,同上,第 964 页。
② 孙鑛《月峰先生居业次编》卷二《寿茅鹿门先生九十序》。

垒,不得不操戈相向,如范大夫(范蠡)、伍相国(伍员),其用计相捭
阖,誓不并立。然至夫私居而默念,又莫不心相羡服也。"①所谓
"法古者嗤巴人,独造者诮优孟",前者指主张复古的七子讥刺唐宋
派文风浅俗,后者指主张创新的唐宋派刺讥前后七子亦步亦趋古
人,陈腐庸滥。孙鑛的结论是二派的争端只是外在形迹而非内在
实质。

郭绍虞认为孙鑛乃前后七子的继承者:"孙月峰就可视为七子
文论之后劲"②,因为孙鑛非常支持李梦阳的复古观点:"自空同倡
为盛唐、汉魏之说,大历以下悉捐弃,天下靡然从之,此最是正路,
无可议者。"③而且孙鑛还有明确表白赞成七子的诗论:"诗家正
派,还在建安、开元。若务求情近,便不觉落长庆以后。"④

可是孙鑛文章里却曾多次嘲笑讥刺王世贞等人,指责王世贞、
李攀龙文章弊病颇多:"昨谬评谓大作序,不宜蹈汪(汪道昆)王(王
世贞)辙。报教犹疑之。然鑛谓不宜作彼格调者,非谓二公不由上
乘来,有不善也。第以拿山太函语,今庸夫竖子皆能道之。夫吾等
往日业举子时不甚避时套乎? 时套非恶,以其工之至,而庸众袭
之,遂成套,所谓神奇化而为臭腐也。昌黎惟陈言之务去,然彼时
所吐舍弃,今或不嫌登为上俎,斯臭腐化为神奇矣。足下于子长以
下皆不屑为,奈何从二伯之歆耶? 不闻洛阳子牛之讥乎? 鑛尝妄
谓今之摘辞者,最忌汪王,次乃于鳞(李攀龙),又上乃允宁(王维
桢)、献吉(李梦阳)。又欧苏,又韩柳。六代在可否间。班氏以上
则无须忌矣。是耶非耶? 然汪王非但时套,兼有偏敝,一以今事传
古,二持论乖僻,三好谀,四纤巧,五零碎,而总之则有二,曰不正

---

① 孙鑛《月峰先生居业次编》卷二《寿茅鹿门先生九十序》。
② 郭绍虞《中国文学批评史》下册第 261 页,天津,百花文艺出版社 1999 年版。
③ 孙鑛《月峰先生居业次编》卷三《与余君房论文书》。
④ 孙鑛《月峰先生居业次编》卷三《与吕美箭论诗文书》。

大,曰不真。然二公皆高才,欲不犯此七者亦不难。所以不能者,欲篇篇佳,语语奇耳。今其集中所具但犯此少者,即佳矣。"①可见,在他看来,李攀龙、王世贞等的创作议论乖僻、纤巧零碎、喜好阿谀、假冒古色,成了一帮庸俗后学作文模拟的俗套。对于后七子,孙鑛满意者很少,甚至直露地取笑和讽刺明代王世贞和李攀龙仿拟唐宋诗歌太甚,痕迹太露:"于鳞(李攀龙)诗自工,然恨犹是中唐调。仆往日曾语箕中曰,'大复乃一钱仲文(钱起),沧溟(李攀龙)乃一刘梦得(刘禹锡),凤洲(王世贞)乃一苏子瞻。'箕中大笑,以为然,且云此等语甚损阴骘。"只是对前七子的李梦阳他还是挺尊崇的:"空同(李梦阳)诗格调雄浑,真无可疵议,第不甚响透。其古诗真高绝,近代罕两也。"又云:"昨偶再检今诸公集,惟空同、桐野真不可及。若沧溟、凤洲、南溟(汪道昆)以全部论,自难可并。若一二篇或犹可勉而至耳。"他批评前后七子的复古理论设计的途径太狭窄,反而引发了诗坛上信口乱道的恶习:"我朝诗,成、宏以前,大约沿宋元气习,虽格卑语近,然道情事亦真率可喜。自空同倡为盛唐汉魏之说,大历以下悉捐弃,天下靡然从之,此最是正路,无可议者。……然此路终隘而不宏,近遂有舍去近体但祖汉魏之论。然有言之者,鲜行之者,则以此一路枯淡,且说物情不尽耳。近十馀年以来,遂开乱道一派,……弇州晚年诸作,实已透漏乱道端倪。"②作此文时孙鑛年已60,王世贞已辞世多年。

如此评判后七子的领袖,好像孙鑛接近于唐宋派,则又不然。他对唐宋八大家照样多有微辞。他赞同王世贞所言韩愈不懂诗歌的观点:"元美云:'昌黎于诗无所解。'即鄙见亦谓然。"③在他看来,苏轼诗篇也不是诗道正派:"若韩、苏二诗,则似非正派。韩

① 孙鑛《月峰先生居业次编》卷三《与余君房论文书》。
② 以上孙鑛之说,均见其《月峰先生居业次编》卷三《与余君房论文书》。
③ 孙鑛《月峰先生居业次编》卷三《与余君房论文书》。

古诗犹有雅旨,律诗则似未脱中晚气习,常怪此老为文,即东京以下不论,而诗却不能超脱,殆不可解。苏则格调卑浅,且复多漫兴及纵笔,虽间有工致,然于雅道亦远。"(卷三《与吕甥玉绳论诗文书》)

这样看来,明代后期文坛各家理论都不能令他完全满意,他所持的诗文创作宗旨究竟是什么呢? 郭绍虞认为:"至于月峰,实在是用唐宋派的文法,以读周秦之文。"①那么我们也可以说他是主张读唐宋八大家所读之书,学作周秦两汉般的作品。他通过总结韩愈、柳宗元、苏轼等人的读书经历,发现他们都是汲取先秦两汉文学的营养而卓成大家的,所以想要有所造诣,非读唐宋名家所读之书不可:"兄前告弟,谓宁为真韩柳,不为假《史》、《汉》,此论良是。此论在夫人亦皆能言之,不为独得。顾弟谓韩柳文虽佳,然非读韩柳文而作者,韩所读书,具在《进学解》,柳所读书具在《与韦中立书》。须读其所读乃能作其文耳。"②韩愈《进学解》讲到自己学文入门所诵之书云:"上规姚姒,浑浑无涯。周《诰》殷《盘》,佶屈聱牙。《春秋》谨严,左氏浮夸。《易》奇而法,《诗》正而葩。下逮《庄》、《骚》,太史所录。子云、相如,同工异曲。"柳宗元所读之书大体无异:"本之《书》以求其质,本之《诗》以求其恒,本之《礼》以求其宜,本之《春秋》以求其断,本之《易》以求其动:此吾所以取道之原也。参之谷梁氏以厉其气,参之《孟》、《荀》以畅其支,参之《庄》、《老》以肆其端,参之《国语》以博其趣,参之《离骚》以致其幽,参之太史公以著其洁。"(《答韦中立论师道书》)这些书目皆是汉代以前的典籍,没有六朝唐宋文献。当然后来欧阳修、王安石、三苏等讲述自身的读书创作体会时亦以得于汉前者最多,所以孙鑛从中获得了莫大的启发,认为钻研这些名家所列书目,这才是寻根得源之

---

① 郭绍虞《中国文学批评史》下册第 263 页,天津,百花文艺出版社 1999 年版。
② 孙鑛《月峰先生居业次编》卷三《与余君房论文书》。

举,而仅限读唐宋名家作品便落了第二义,少有出息。所以他认为读书不在博览而在精专,在反复讽诵而不在目观。他给外甥吕玉绳开列的书目基本上是按韩柳文章而来,甚至还创设了文章学里新的"三坟""五典""八索""九丘"之说:"偶因汪司马(汪道涵)坟雅之说,妄品古籍。窃以为《易》、《诗》、《书》,此乃三坟;《周礼》、《礼记》、《春秋三传》,此乃五典;《仪礼》、《管》、《老》、《列》、《庄》、《国语》、《策》、《骚》,此乃八索。《荀》、《韩》、《吕》、《淮南》、《史记》、《太玄》、《汉书》、《文选》、《诗纪》,此之谓九丘。学文者读此足矣。"①可见孙鑛重视精读的良苦用心,其自己读书不广,一定程度上是出于自我限域。

就是在总结唐宋文豪经验的基础上,他提出了较之前后七子更加复古的文学主张"周文汉诗":"世人皆谈汉文唐诗,王元美亦自谓诗知大历以前、文知西京而上。愚今更欲进之,古诗则建安以前,文则七雄而上。"他认为,那时的诗文简直高妙到了无与伦比的崇高地步,都是学习写作时取之不尽用之不竭的不可替代的典范:"尝妄谓商以前止《尚书》上卷,二十馀篇,此先秦也,浑而雅。《周易》、《周书》、《仪礼》,其周之旧乎?奥而则。《戴记》、《老子》、《春秋经》、《管子》、《三传》、《国语》,美哉,周之盛也,岂若此乎!文而巧,新而无穷,皆西京也。《庄》、《列》、《策》、《骚》,其周之东乎?奇而肆。韩公子、文信侯,其周之衰乎?峭而辩,皆东京也。今拟欲祖篇法于《尚书》,间及章(法)字(法)句(法)。祖章法于《戴记》、《老子》、《三传》、《国语》,间篇字句。祖意字于《易》、《周礼》、《春秋经》,间章句。不获已,乃两之以《庄》、《策》,其纵而驰也;乃任途于韩、吕。最后而陆沉于马、班。然亦慎言其馀矣。执此道以精诣,稍需之三五年,或当有悟境也。诗止建安以前,虽若未尽,然《三百

_____

① 孙鑛《月峰先生居业次编》卷三《与吕甥玉绳论诗文书》。

篇》及古歌辞奇变,固具十五。"①有了这些古典,唐诗自然可以束
之高阁,即使是唐代李杜韩柳也可以弃之一旁:"唐歌行五七言长
篇,新变声,虽足喜,要之非诵唐诗者所构。待吐语逼曹刘时,然后
博及,未暮也。李杜二家是宋诗之魔,尤当姑舍。如近日文体俱沿
韩柳,顾不枕藉于二集,此可知其解矣。"②

　　明代距离先秦比起唐宋更远,钻研的难度更大,当然可想而知
的还有口语讲白话、下笔写文言的难度,所以孙鑛提示道,学习周
汉文章要集中精力,关注诗文里的"法","法"是文章的要领精髓:
"玩味诸经,乃知文章要领惟在法,精腴简奥乃文之上品。……宋
人云:三代无文人,六经无文法。弟则谓惟三代乃有文人,惟六经
乃有文法。周尚文,周末文胜,万古文章,总之无过周者。《论语》、
《左氏》、《公》、《谷》、《礼记》最有法。"而经书乃是文章之法的渊薮:
"盖文章之法尽于经矣。皆千锤百炼而出者"③

　　学习经书自然要胜于不读经书,可是孙鑛这种极端复古的理
论和实践在明末清初却受到一次次的谴责,问题就出在孙鑛放弃
对其义理的阐释发明,仅仅品评其形式特色,所以不仅钱谦益、四
库馆臣指责他,连当代文学理论研究大家郭绍虞也批评他走上了
歪路:"明人用文学眼光来读任何书籍,固然不能说有什么大错误,
但因眼光只局于文章的形式技巧,那就所得有限。然而他们沉溺
其中,迷不如返,还自以为走的是正路呢!"④之所以只关注文学形
式而不管内容和义理,在孙鑛来说又有具体的缘由,在主观动机
上,他从根本上就没有把读书作文当成是特别严肃的有用之学,而
是作为一种自娱自乐的消遣方式、一种生活方式来施行的。他的

———————————

① 孙鑛《月峰先生居业次编》卷三《与吕甥玉绳论诗文书》。

② 同上。

③ 孙鑛《月峰先生居业次编》卷三《与余君房论文书》。

④ 郭绍虞《中国文学批评史》下册第 264 页,天津,百花文艺出版社 1999 年版。

朋友赵南星(字梦白)劝他不要过于费心于读书,他讲到读书是读书人的无可旁贷的本业,是自己人生趣味所在,是自己超脱酣醉、财货等俗人之务的清雅之举①。他觉得史学等才是经国济世的有用之学,文学纯属"无用之学",其价值也就是获得人生乐趣而已:"周文、汉诗以自乐诚有馀,若为有用之学,则将《宋史》整理一番,真不朽之业,且心行经济俱有益也。"②抱着这种态度去读书作文评点古籍,也不见得就不合乎圣贤之道,文学本是一技一艺,孔子就曾宣扬"游于艺",那么把文学当成修身养性、取悦身心的一门艺术也未尝不可。其后李渔等名士均持如此看法,只是在严肃的卫道士看来这当然是离经叛道的。

更加让卫道士感到大逆不道的是孙鑛冒犯了经书的神圣尊严。经书之所以称作"经",就是因为其记载的是古代圣王贤臣治国理民等等方面的纲常,可以敬仰可以发挥,但不能将其视作一般文学之书。虽然魏晋南北朝如刘勰等曾将其标榜为创作的楷模,但毕竟是以"征圣""宗经"为旗帜的,可是孙鑛则不同,他将孔子删定儒经与萧统编纂《文选》相提并论,竟说儒经就是孔子的《文选》,因为它们有文有诗、又是选录的总集:"鑛尝妄与知交言,《诗》、《书》二经,即吾夫子(孔子)一部《文选》。……今若取《书》亦类分之,以合于《诗缀》,即命之《宣尼文选》,亦岂不可。《书》诸体各具,《蔡传》但以训诂例之,亦未尽也。"还振振有辞地批评当时的科举教科书蔡沈的《书集传》没有把《尚书》的文体大全的特色凸现出来。这是严重混淆了经部与集部的差别,不仅违背了所谓的传统学术规范,更严重的是抹煞了经书的神圣尊严。不仅如此,他还以评点之法施于经书,指点其行文优劣。他不仅有成帙的评点《诗经》、《礼记》等经籍的数十种单行本,在其书信里亦往往屡次着笔,

① 孙鑛《月峰先生居业次编》卷三《与赵孟白论文书》。
② 孙鑛《月峰先生居业次编》卷三《与吕甥玉绳论诗文书》。

指点品赏儒经的心得，如"《周礼》是古佳书，其语有绝精练者。后世文人莫能及，然太方鲜圆活驰骋之妙。……盲史（左传）字精而有法，《国语》初变《尚书》体，是今文祖。"①加之其熏染时习，重才轻学②，厌恶讲学与程朱③，评点着力处琐细，"诗道惟在以句求"，接近明末公安、竟陵派，又甚为清前期学人所诟病。在来往书信里屡次宣扬平生推崇的文风，大致是骨力遒劲，自然本色，意格高远，音节响亮，不求偶语，稳雅妙奇，气魄宏阔雄厚。极重创新和神来之笔，曾谓："神者，情也；妙者，趣也；能者，语也；具者，格也；逸者，思也；奇者，才也。"④至于其个人创作成就，则不甚突出，未能名家。其散文风格大致模拟司马迁，力求博大宽闲风格。其诗以五言古诗较佳。

第二节　《文选瀹注》评点的标准与原则

孙鑛非常重视《文选》，多次教导后学学诗应当以《文选》为入门途径："诗宜自《选》入。……还从《选》入为高也。"⑤其晚年编撰明代佳作为《今文选》，就是企图比隆昭明太子的总集。

孙鑛于《文选》，曾经评点二书，一为《文选》，二为《选诗》。后者非《文选》全帙，此处不论。孙鑛关于《文选》的批点评语，收录于多书。如《文选瀹注》、清人于光华《文选集评》、民国时期上海大达书店所版《孙评文选》等。《孙评文选》正文与注取自胡克家刻《文

---

① 孙鑛《月峰先生居业次编》卷三《与吕甥玉绳论诗文书》。

② 孙鑛《月峰先生居业次编》卷二《辅世编序》："今摘辞者非多诵读勤讨论、巧构思、详择理，不能极雕龙之致。然及夫具是数者而仍复不工，则才短也。"

③ 孙鑛《月峰先生居业次编》卷二《送少司马淑台耿先生考绩北上序》："余少时不甚喜讲学，谓程朱已赘，何又纷纷立名目。"

④ 孙鑛《姚江孙月峰先生全集》卷九"唐诗品"，清嘉庆十九年(1814)静远轩重刊本。

⑤ 孙鑛《月峰先生居业次编》卷三《与吕甥玉绳论诗文书》。

选》，其评语名为孙评，而所录实多有清代何焯等人评语掺杂其间，此亦不论。于光华《文选集评》所收录者乃全录《文选瀹注》一书之孙鑛评语。此章所据，乃据崇祯刻本《文选瀹注》，参以《文选集评》。《文选瀹注》前有钱谦益在明崇祯七年(1634)所撰《序》、闵齐华天启二年(1622)所撰《凡例》。其正文与注，正如《四库提要》卷一九一云："是书以六臣注本删削旧文，分系于各段之下。复采孙鑛评语，列于上格。盖以批点制艺之法，施之于古人著作也。"其格式袭自评点时文之法，然孙鑛评点《文选》却基本上从文学角度出发，已经摆脱了为科举考试服务的狭隘圈子。从《文选瀹注》与《文选集评》来看，孙鑛评点《文选》，乃是在《文选》正文之上加点、加圈、加眉批、章批(即眉批)与总批(尾评)。其评点时间待考，但肯定在隆庆四年(1570)以后，因为据其自述(已见上)，隆庆四年，孙鑛29岁，方才阅读《文选》。据其生平加以推测，孙鑛评点《文选》，应该在其44岁后、罢官归里、家居读书之时。

孙鑛评点《文选》，表现出认真严肃的态度和踏实的工夫，极少妄下评语。例如，孙鑛在评陈琳《为袁绍檄豫州》处云："余读此檄，不啻三十过矣，适看《后汉书》，于《袁本初传》见之，始知其妙大约唯在锻语。锻语工，故遂觉色浓而味腴，以细为宏，以琢为肆。"于江淹《杂体诗三十首·古离别》评云："调最古，语最淡，而色最浓，味最厚，讽诵数十过，乃更觉意趣长。""读此檄不啻三四十过"、"讽诵数十过"，反复体味其风格滋味，可见评点之难，更可见孙鑛于《文选》评点所下工夫之巨，并不逊于一般考据者。作为一位八股文写作高手，于文篇撰作，亦多经验之谈，惟其极少将八股文术语用于评点《文选》，是胜过清初《文选》评点家何焯之处。惟其如此，故对于文章写作深有体验，如于李陵《答苏武书》"顾国家于我已矣，杀身无益，适足增羞，故每攘臂忍辱，辄复苟活"数句评云："此亦是实情，故说来自觉有味，然大凡文字平平正正道去，每不能动人，唯是就曲中说出直，错中说出苦，然后痛切悲至，有惊心动魄之境,此是人心不平易处。"非深入体察品味者难以言之。

　　孙鑛评价诗文辞赋的观点准则,主要有三个方面的理论来源。一是明代李东阳、前后七子的复古思潮;二是钟嵘《诗品》的"滋味说"与"推源溯流"法,三是宋代严羽《沧浪诗话》的评诗理论。只是孙鑛把钟嵘、严羽评诗、李东阳与前后七子的关于诗文的一些观点推演糅合并运用于《文选》全部文体的评价上。

　　其评点文章的主体倾向有如下两方面。

　　第一方面是立古为标,推尊古风,贬抑近今。这一观点主要采自明代李东阳以来的文学复古思潮;只是其尊古的"古"较之李东阳与前后七子有所不同,李东阳等人倡导"文必秦汉,诗必盛唐",不读大历以下书。而孙月峰更推而上之,以为最妙之文乃先秦之文,最佳之赋乃宋玉等人的赋,最好的诗乃建安七子以前的诗,比李东阳所尊的"古"还要古,力主古诗当效法周汉,散文当效法战国。他在《文选》学评点实践中,很注意在风格、章法、句法、字法各方面,以《文选》中的诗文赋与唐宋之诗文赋进行比较,特为推崇两汉前风格,多次以"古"、"古朴"、"古峭"、"古劲"等带"古"之字样作为褒语,以总结文篇及章法句法风格,而"近今"是作为贬语运用的。其中树立标准的示范性评语可以拿评点张衡《东京赋》开头一节的评点为例。张衡此赋开首云:"安处先生于是似不能言,怃然有间,乃莞尔而笑曰:'若客所谓,末学肤受,贵耳而贱目者也。苟有胸而无心,不能节之以礼,宜其陋今而荣古矣。由余以西戎孤臣而悝缪公于宫室,如之何其以温故知新,研核是非,近于此惑?'"孙鑛评曰:"此等诘折议论处,态极浓,语极腴,力最劲,打成一片,可谓百炼精钢,玩之久,意趣愈长,古来文字,唯《檀弓》、《左氏》有此境。但彼简此繁。能识其所以同,斯是悟彻关。"孙鑛此节语句的确可以视作其评骘《文选》风格的标准、纲领与宗旨,值得阐发。其所悬之高标乃先秦两汉之文,其理想的文风,乃"态浓"、"语腴"、力劲、浑厚、曲折动人、意趣悠长,经过精心锤炼而非出之率易,值得玩味。仅以其所评首二句而言，确有语意诘折、意趣悠长之文笔。对于凭虚公子的夸耀西京，安处先生略示沉默，怃然有间，茫然自失，"似不能言者"，如似无以应对对方之滔滔话语。待读完先生此节所评对方之语，方知其所"怃然"，乃是对于对方之孤陋寡闻而惋惜。尔后长篇大论，澎湃汹涌而出，章法善于转折。"似不能言者"，"怃然有间"，"莞尔而笑"，语词、句式来自儒家经典，皆系用以描述儒家大师孔夫子之语，此处借来形容安处先生，刻画其表情的前后不同变化，生动形象，如在目前，自是"态极浓"之笔；以此体现其从容不迫、涵养深沉的精神风貌，含蓄有味，语短韵长，的确"语极腴"。指摘对方"末学肤受"数语，犀利深刻，入木三分，笔力显然富于"劲"力。层次自然浑成，孙鑛赞其为"打成一片"。

　　褒扬文篇时时有"古"字的评语，例如，班固《东都赋》总评云"骨法遒紧，犹有古朴风气，局段自高。"显然"古朴风气"乃指"骨法遒紧"。遒者笔力刚健；紧者结构谨严，无有赘笔冗语。加之赋中词藻、句式多处以先秦儒典为仿拟模范，读来古色古香，故有此评："局段自高"。其它例子更多，如：

　　张衡《东京赋》："既蕴崇之，又行火焉；惵惵黔首，岂徒局高大、蹐厚地而已哉？"评云："古劲中，绝顿挫有势，全是《左氏》变出。"

　　阮籍《咏怀》："独坐空堂上，谁可与欢者。出门临永路，不见行车马。登高望九州岛岛，悠悠分旷野。孤鸟西北飞，离兽东南下。日暮思亲友，晤言用自写。"评云："苍茫直吐，最劲，而有气，风格自高古，正不必着意。"

　　王粲《七哀诗》"西京乱无象"篇首总评："亦只以古色妙，古古朴朴，更不着一绮靡语，苍劲有骨力，驱遣全是史笔。"此条最能透出"古"字与"古色"涵义，即"不着一绮靡语"、"苍劲有骨力"，用语用字"古古朴朴"等。

　　而对于"近今"作品，往往致以不满。其例如：

　　评张衡《西京赋》"若夫游鹥高翚"至"往必加双"云："《上林》、

《羽猎》、《西都》兽地各有为排句,此乃先举地及木,各以兽附于下,亦是小变。于态尽浓,第条理太分明,觉近今。""态尽浓"乃评其内容丰富生动,"近今"指"条理太分明"。"太分明"导致不够自然浑厚,人为斧凿之痕迹过于显露,自不如先秦古文古赋之浑然一体,故而致以不满。

郭景纯《江赋》总评:"典丽有之,不及《海赋》之壮,畦径太分明,便觉近今。"类似评语又见张协《七命》:"厥有云者,上冈显于羲皇,中莫盛于唐虞,迄靡着于成周。"评语:"畦径太显浅,类近代人语。"

江淹《恨赋》总评:"古意全失,然探奇搜细,曲有状物之妙,固是一时绝技。"本篇刻意为文,为文而造情,非为情而作文,故曰"古意全失"。

马融《长笛赋》:"夫固危殆险巇之所迫也,众哀集悲之所集也。"孙鑛云:"如此接下,亦是节奏,然却嫌近今。""近今"者,谓其讲求对仗,与音调之抑扬顿挫,斧凿之迹太露。观后面其对颜延年《赠王太常诗》总评:"是雕琢语,未入自然。'玉泉龙凤'等语,尽工丽,第太严重,非诗家本色。"可知孙氏贬抑"雕琢"、"工丽",崇尚"自然"、"本色"的倾向。

从上引孙鑛的褒贬评语中可以归结道,其所谓"古",即表意含蓄、笔力遒劲、结构浑然,畦径条理不甚分明;章法跌宕有致;味致浓郁,馀味悠长,风格质朴;出语自然而不雕琢,句式不求对仗。而作为贬语的"近今",则恰与此相反,乃指在六朝唐宋诗文赋写作中所有的一种倾向,即用语讲求精雕细琢,对偶力求工细严整,章法结构讲求条理分明,以及从而导致的笔力纤弱、缺乏苍劲骨力。其区分"古"、"今"之语可见于孔稚圭《北山移文》总评:"六朝虽尚雕刻,然属对尚未尽工,下字尚未尽险,至此篇则无不入髓,句必净,字必巧,真可谓精绝之甚,此唐文之祖。铸辞最工,极藻绘,极精切,若精神唤应,全在虚字旋转上。"此节评说六朝与唐代文风之差异,极是。

第二方面是汲取宋代严羽《沧浪诗话》的理论观点。在术语和一些观点方面,孙鑛采用与汲取明代从李东阳以来的"格调说",其评语的常用术语许多直接来自李东阳与李梦阳、何景明、李攀龙、王世贞等前后七子,如"格"、"调"、"音调"、"字响"、"调响"、"风调"、"风度"、"立格奇"、"有情自觉味长"等。"格调说"毕竟是当时(明代)诗论家批评的主流,也是明代诗学批评的主要观点①。"格调"包含二方面,一是"主要指诗歌的体裁、句法、音韵、声律等外在方面的问题";二是"主要用来形容诗歌内在的气度、意蕴"②。李梦阳《潜丘山人记》曾云:"夫诗有七难:格古、调逸、气舒、句浑、音圆、思冲、情以发之。七者备而后诗昌也。"③其《驳何氏论文书》又云:"高古者格,宛亮者调。"④"宛亮者调"与"调响"同义。李东阳在评论诗风时,喜好从字法、句法方面着眼;在品味古人诗的风格时,又特别注意诵咏品味其诗句,李东阳与当时编纂《唐诗品汇》的高棅都自称掩去诗作作者姓名而能通过读诵一过便能分辨出何人作品。孙鑛评点《文选》多讲字法、句法、章法、炼字,所出评语皆出于咏诵。李东阳评诗重"节奏"、"顿挫起伏"、"变化不测",贬低"平铺稳布",孙鑛亦是如此。此可见孙鑛所受李东阳、前后七子影响之明显。只是李梦阳所谓"格古、调逸、气舒、句浑、音圆、思冲、情以发之"七项,孙鑛只用其"格古"、"气舒"、"句浑"、"情以发之"。评文重情,如潘岳《寡妇赋》总评:"其道哀情悲至,令人不忍卒读。"至于"音圆"、"思冲"、"调逸",则孙鑛并不依从。孙鑛的评点对于"奇峭"之类风格称扬颇高。

---

① 袁振宇等《中国文学批评通史·明代卷》第 23 页,上海古籍出版社 1996 年版。
② 同上,第 18 页。
③ 李梦阳《空同集》卷四十八《潜虬山人记》,《四库全书》第 1262 册第 446 页。
④ 李梦阳《空同集》卷六十二《驳何氏论文书》,《四库全书》第 1262 册第 567 页。

　　品诗赏文,孙鑛受严羽的影响更大。如严羽云:"诗之品有九,曰高,曰古,曰深,曰远,曰长,曰雄浑,曰飘逸,曰悲壮,曰凄婉。其用工有三,曰起结,曰句法,曰字眼。"又云:"下字贵响。……语忌直,意忌浅,脉忌露,味忌短。"又云:"汉魏古诗,气象混沌、难以句摘。……建安之作,全在气象,不可寻枝摘叶。灵运之诗,已是彻首尾成对句矣,是以不及建安也。"又云:"须是本色,须是当行。"又云:"悟有浅深,有分限,有透彻之悟,有但得一知半解之悟。汉魏尚矣,不假悟也。谢灵运至盛唐诸公,透彻之悟也。"①领略严氏论作诗之法诸语,用于鉴赏诗文辞赋,还在于孙鑛重视评点每篇的起句、结语、句法、字法,褒扬雄浑混沌的风格,甚至将严羽"彻悟"、"灵韵"等理念直接用于批点之中,痕迹更为显然。例如《七命》"厥有云者,上罔显于羲皇,中末盛于唐虞,迩靡着于成周"一节,气象不够浑厚,斧凿之迹太露,故孙鑛评云"畦径太显浅"。此即严羽所主张的"意忌浅、脉忌露"。

第三节　孙鑛《文选》评点的具体方法

　　孙鑛评点《文选》与后来清代何义门、方廷珪及近人黄季刚等评点《文选》的最大不同,在于孙鑛评骘仅仅从艺术方面着眼,不涉及对其内容与意旨的道德伦理的评价,也很少关注篇旨章指训诂字义。其评骘欣赏,是运用李东阳与前后七子的文学主张,并汲取《诗品》与《文心雕龙》的一些评论,纯粹地从文学欣赏的角度,对于文篇的风格以及组成风格的章法、句法、字法及其源流和影响,进行简短、扼要而又生动形象的描述与评论。冯元仲在《〈诗经〉叙文》中很赞赏他的文学点评,云:"月峰孙公,举《诗》、《书》、《礼》鼎

---

① 《沧浪诗话》卷,北京,中华书局1981年版何文焕《历代诗话》第687、694、696、693、686页。

足高峙，点注判断，把搔抉剔，无入不微，无出不悍。其于诗人之神情骨髓、须麋（眉）眼目，无不照以容成，剚以青犊，贯以电影。其气严冷，不为世混；其骨孤陗，不随世，不媚世，不俯仰世。其标置如老吏断狱，一字不可增减。此吾夫子（指孔子）删定后，第一神剂霞浆也。"①此节语中所谓"点注判断，把搔抉剔，无入不微，无出不悍"，所谓"标置如老吏断狱"，都说得很实在。孙鑛往往对各类作品，从全篇风格的总评到章节层次、句法对偶、用语文字，从宏观至微观，都进行评判，出语果断简捷（即所谓"悍"），指摘古人章法句法或用字不当之处，犀利尖锐，不留情面（即所谓"如老吏断狱"）。其评骘具体方法有三种，一是"推源溯流"，二是纵横比较，三是意象品评。

"推源溯流"。这一术语是指评点时重视风格章法句法字法的承前启后。承前是指写作时间在后者从艺术方面对于前人的沿袭、效仿、学习；启后是指各方面对后来文篇包括唐宋诗文的影响与启示。"推源溯流"一语借自张伯伟《中国古代文学批评方法研究》，正如张伯伟所云"'推源溯流'法将诗人放在文学发展的历史长河中，比较前后诗人的异同高低。易言之，这种方法注重对不同作家作品彼此之间的关系的研究"②。它作为一种文学批评的具体手法，用于评点《文选》这样一部文学作品总集，是很为合适的。孙鑛评点各篇时，于赋、文、诗、骚四类，侧重点又各有差异。评点赋、文，每篇均或探究其对前人的学习、仿拟模仿、或言其于后人的启迪影响。诗、骚二类多谈句法的承前启后。但都往往一仿钟嵘《诗品》，先言总体风格、章法句法之所出，继言其笔力、气格、风度、用语的特色等，最后或言其影响后人文篇者之方面，或与前人、后

---

① 孙鑛《孙月峰先生评点诗经》卷首，济南，齐鲁书社 1997 年版《四库全书陈谟丛书》第 150 册第 48 页。

② 张伯伟《中国古代文学批评方法研究》第 179 页，北京，中华书局 2002 年版。

人相关作品及其句式等方面作一比较。

"推源",是指出对前人文篇的仿拟与改造所出之处;风格方面如,扬雄《解嘲》总评:"此仿佛《客难》体,而文却过之:气苍劲、词精腴、姿态复横溢,可谓青出于蓝。"《两都赋》总评:"赋祖《子虚》《上林》,少加充拓。"章法方面如《西都赋》"鸟则玄鹤白鹭"云云,评云:"叙鸟亦同《上林》法。"《西京赋》:"木则枞栝枞柟"云云,评云:"木草禽鱼,类叙,是《子虚》法。"句法如《过秦论》"且夫天下非小弱也"云云,评云:"此五非字,句法甚跌宕疏快,后来模拟者不知凡几,然亦非太傅自创,要从'城非不高'(指《孟子》语)四句演出。"《东都赋》:"东都主人喟然而叹曰:'痛乎风俗之移人也。子实秦人,矜夸馆室,保界河山,新识昭襄而知始皇矣。'"评云:"自《孟子》'子诚齐人变来,锻炼绝工,绝腴劲。'"

溯流,是指对后代文篇的影响的阐述。如,章法方面,《五等论》总评:"此是古今一大事,士衡与子厚(谓柳宗元)对垒角立,然彼篇机局,亦仿佛与此相似,岂子厚有意于换骨邪? 抑所论事固自有暗符者邪?"推究其对于柳宗元《封建论》的影响。《芜城赋》总评:"多偶语,锻炼甚工细,然气脉却狭小,是后世律赋祖。"孙鑛喜言六朝诗文赋之风格与唐代之区别,谢朓《游东田》题评:"浅显工缛,是初唐源本。"句法方面,如《头陀寺碑文》:"层轩延袤,上出云霓;飞阁逶迤,下临无地。"评云:"《滕王阁序》袭此四语。"《运命论》:"俯仰尊贵之颜,逶迤势利之间,意无是非,赞之如流,言无可否,应之如响;"评云:"形容情状曲至,昌黎《送李愿序》本此。"

纵横比较。此类评语不仅指出章法句法源出于何篇,且大多与所出之篇或他篇作比较,以求突出其文章特色,并且探讨阐说其胜于或逊于彼作的方面与原因。如嵇康《琴赋》:"或徘徊顾慕,拥郁抑按,盘桓毓养,从容秘玩。"评云:"叔夜最精于琴,然形容处尚不如季长《长笛》之工。盖季长刻意雕虫之技,叔夜则懒疏,或怠于深思极炼耳。"不仅评出二者高下,且论世知人,探寻嵇康此赋不如马融之作的原因。又如司马迁《报任少卿书》"且李陵提步卒不满五千"云云,评云:"此与《李答苏书》,同叙力战一事,而彼婉曲细说,此直截直下,彼浓态胜,此劲力胜,然此书神奇有馀,驱遣如意,读此复读彼,便觉彼书气萎不振。"浓态意谓婉曲细说;劲力意谓直截直下;二文文风比较颇得其实,此世传李陵之书所以为伪作也。

意象品评。此处所谓"意象品评"系借用张伯伟书中的"意象批评"一语而略加变动,因为孙鑛评点《文选》各篇风格时的评语,是通过反复涵咏品味而得出的。所取含意则一同张伯伟书中所论,"意象批评法,就是指以具体的意象,表达抽象的理念,以揭示作者的风格所在";"是用完整的审美经验提示了艺术作品的总体风格"①。孙鑛评点《文选》时所用这一方法,主要表现于两个方面,一是比喻,二是通感。孙鑛评点,高出一般文学欣赏家的,在于以富有形象性、立体性、运用现代意义上的"通感"词语与比喻的修辞手法,以简洁数语,点出其风格,把《文选》评点实践转换为带有文学创作性质的话语与活动,使读者在体味体察文篇风格时得到相应的心理享受与美学方面美的愉悦、心灵的快感与满足,唤起读者阅读时的正面感受。通感,是指从艺术感受方面形象地描述自己的心理感受,运用"通感"手法来反映文篇的抽象的艺术特色,把文学评论当作一种心理感受,然后加以综合。如其运用"腴"、"浓"、"甘"等具有视觉、触觉、味觉词语,其评文效果远远超于抽象的艺术剖析。许多文篇的评语以抒写个人心理感受,以反映文篇综合风格,颇为真切形象。如评述作品风格,用"苍翠"一词,《西京赋》开首:"汉氏初都,在渭之涘"云云,孙鑛评云:"音节铿锵,长短虚实相应,更句锤字炼,铸成苍翠之色。"还有"苍劲"、"古色"、"腴"、"浓腴"(视觉)等语;《南都赋》:"方今天地之睢剌,帝乱其政,豺虎肆虐,真人革命之秋也。"评云:"撰语甚浓腴。"宋玉《高唐赋》

---

① 张伯伟《中国古代文学批评方法研究》第 198、201 页。

总评:"古雅精腴,是《子虚》、《上林》所祖。"王康琚《反招隐》题评:
"雅腴有度,但意态不甚飞动。""甘"、"苦"(味觉),例如《西京赋》:
"昔者大帝说秦缪公而觐之,飨以钧天广乐,帝有醉焉,乃为金策,
锡用此土,而翦诸鹑首。"评云:"此意尤奇绝,而语更复腴劲,咀嚼
之甘,味满齿颊。"评以通感之语,语极形象。又有"苦涩"例,如《幽
通赋》总评:"刻雕酷炼,字字欲新,大约是规模子云,然间有过苦涩
处。此是近代刻画一派所祖。"

比喻,也是孙鑛擅长的化抽象为形象的批评方法。如评木华
《海赋》:"气概宏壮,居然有吞云浴日之势。""吞云浴日"以形容"宏
壮"之气概,极肖。王粲《公宴》诗题评:"只一感恩归美意,安用如
许语,语多则如长水酒,便觉味减。"品评王粲此篇风格,比之为添
水之酒,淡而寡味,意少言赘,意象生动。曹植《杂诗六首》题评:
"仿佛《十九首》风度,唯是面目太修洁,所以古色少逊。"以人面形
容文风,妙而核。还有以下棋比喻章法,如对于《吴都赋》结构的评
析:"是祖《上林赋》,分出山水二大宗为棋盘,而以校猎为下棋,全
在字句间用意。"又如其评张衡《东京赋》首节之语:"此等诘折议论
处,态极浓,语极腴。"其殆以杜甫诗作《丽人行》中"三月三日天气
新,长安水边多丽人,态浓意远淑且真,肌理细腻骨肉匀"数句为蓝
本化出,态浓者,姿态艳丽多姿;意远者,神情蕴藉,神气高雅不俗,
殆以国色天香以喻其文之貌。

第四节　孙鑛评点《文选》涉及的方面

文篇妙处有时须由评点家一一指出其佳处其价值何在,化妙
不可言为妙处可言。优秀的文章评点家之于文学作品,犹如造诣
高深的文物鉴赏家之于文物、美食家之于佳肴一样重要,一样不可
或缺。观孙鑛评骘任昉《为范尚书让吏部封侯第一表》之语,可知
其评文之角度和方面:"此篇合璧多,贯珠少,然风度固自胜,大约

撮得句巧;炼得意秀,点得明,应得响,其趣味全埋在用事中;所以不觉其堆铺,但见其圆妙,此乃是笔端天机,良不可及。"所说风度(风格)自胜、句巧、意秀、调响、融用事于趣味,皆是好文章之构成条件,也是其评价文章的主要方面。孙鑛评点是从韵律、笔力、结构章法、句法句式、用语用字等多角度、多方面概括《文选》文篇的艺术特色的。亦有少数归结文篇意旨的。以下每方面各举一二例以见其体例。

韵律:用韵,要求"响",即音韵铿锵。响之效果为突出醒目,引人注目。殷仲文《南州桓公九井作一首》题评:"音节振拔。"韵字为"准、尽、紧、牝、殒、菌、轸、引、泯、哂",所用韵字,多皆为含介音 i〔i〕的细音字,i〔i〕为高元音,发音时肌肉紧张,口腔较窄,有急促之感。故云其"音节挺拔"。又如,谢朓《暂使下都夜发新林至京邑赠西府同僚一首》总评云:"此玄晖最有名诗,音调最响,造语最精峭,然而气格亦渐近唐。"音调最响,至少其因之一为此诗所用阳韵,其韵已经足能给人铿锵宏壮之感,且韵字"央"、"阳"、"乡"、"梁"、"翔"又皆含介音 i〔i〕,发音急促,更增加了力度,孙鑛评语所谓"音调最响,信不虚言"。

笔力,讲究遒劲凝炼,如《幽通赋》:"养由睇而猿号兮,李虎发而石开。"评云:"'虎发'二字,特精峭,此等造语,真可谓入神。"班固将李广骤见猛虎即张弓射箭的瞬间动作,凝缩为"虎发"二字,洵是简练有力。

结构,包括行文章法和韵律节奏。章法,如《报任少卿书》"且勇者不必死节"云云,评云:"凡文字贵炼贵净,此文全不炼不净,《中庸》称有馀不敢尽,此则既无馀矣,犹哓哓不已,于文字宜不为佳,然风神横溢,读者多服其跌宕不群,翻觉炼净者之为琐小,意能豪纵不羁,……此等文字最不易学。"孙鑛指出,此篇文法、结构越众出奇,为一般作家所不敢为、所不能为,此正所以为文章大家之处,总评许其为"百代伟作"。节奏——文章节奏的急缓,亦是评点的重要方面之一,如李斯《上秦始皇书》"快意当前,适观而已矣"至"此非所以跨海内、制诸侯之术也",评云:"上面气太急,故此处散作两比,以缓调承之,亦是铺叙节奏。"再如,《古乐府·饮马长城窟行》"枯桑知天风,海水知天寒",评云:"前面调甚急,至此却用排语撒开,正是节奏,不然恐太促。"孙鑛通过讽咏此诗,体味出前半节奏快而促,极是,因其运用顶真句式,而顶真句式最能使语句节奏加快,如此处:"青青河边草,绵绵思远道;远道不可思,宿昔梦见之;梦见在我旁,忽觉在它乡,它乡各异县,展转不可见。"评语中"排语"指对偶句而言。"远道不可思"之"思"字又回应前句"思"字,有回环之妙。

　　句法,其内容包括句式、对仗等。句式,如陆机《乐府·猛虎行》开首云:"渴不饮盗泉水,热不息恶木阴。"评云:"起语奇峭,六字句甚矫健。"其语句气势矫健奇峭,源于六字句实系一五句式构成,即"渴、不饮盗泉水;热、不息恶木阴。"读去拗折。再如,潘岳《夏侯常侍诔》:"谁能拔俗,生尽其养? 孰是养生,而薄其葬?"孙鑛云:"四语体而有流动之势,固自竦俊,然正恐伤其典重。"言反问句式,不合用于典重之文。对仗,如谢灵运《入彭蠡湖口一首》题评:"撰语尽入细,然太排,微乏流动之趣。"因全诗除首尾四句非对仗,其馀者皆对偶工细,如:"千念集日夜,万感盈朝昏;攀崖照石镜,牵叶入松门。三江事多往,九派理空存。"几同唐人之排律,故孙鑛云"太排",言其太讲求对仗,语势流于呆滞,"乏流动之趣",且"千念"一联上下句义同,流于合掌。"石镜"、"松门"以地名为对,刻意求工,痕迹太露。《魏都赋》:"廓三市而开廛,籍平逵而九达。……百隧毂击,连轸万贯。"评云:"上'三市开廛,平逵九达',此'百隧毂击,连轸万贯',俱是错综对法。若作'九逵平达'亦可,却故作此等调,亦只是欲竞新变。"通过对此句式的剖析,以揭示左思作赋之时,欲超乘前人赋文而上之的良苦用心。

　　用字,即用字之法方面,孙鑛品评时所造术语有的生僻难解,如"湿绵承铅弹法",见于《封禅文》"陛下谦让而弗发"句评:"专以拙语见峭,此乃湿绵承铅弹法。"语词奇特,未曾经见。又如《东京赋》:"幕天乙之弛罟,因教祝以怀民。仪姬伯之渭阳,失熊罴而获人。"评云:"大凡文字贵新,如此二事,若用殷汤周文,则嫌眼界太熟。今用'天乙'、'姬伯'字,虽不为新,然去腐斯远,在赋中自是合格语。"孙鑛评文,谓用字厌熟贵新,表现在用事典故举例上,同为一典故,以"天乙"代"成汤",以"姬伯"代"周文",换词以新人耳目。

　　用语,此条专指孙鑛批评某些诗文中词语意旨不当。潘岳《为贾谧作赠陆机一首》诗云:"南吴伊何,僭号称王;大晋统天,仁风遐扬。伪孙衔璧,奉土归疆。"此处几句,潘岳所撰,颇为失当。陆机先代为吴执政大臣,贬吴即贬陆机之祖,况陆机有功名情结,心灵深处常引其先祖功业为骄傲与楷模;观《文选》中所选其《辩亡论》可知,潘岳此处羞辱孙吴之主,简直不与陆机留可居之地,将令陆机见之羞愤尴尬,故孙鑛云:"陆,吴人也,此等语,陆何以受之?赠人岂宜如此?"拈出用语之疵,甚是。下评批评左思《魏都赋》更为尖锐:"摹仿《东京赋》,主在赞扬德业。平子以臣颂君,无嫌过美。太冲非臣,魏多凉德,何为作此观场语。律以三长,当是乏识。"此评是孙评中少见的对文篇意旨的否定。因为左思不顾时代之差异、身分之区别,生硬模仿前人之赋,孙鑛之指摘,切中要害,甚是。再如《魏都赋》:"汉罪流御,秦余徙孥;宵貌蕞陋,禀质遴脆。""蕞陋"云云,语涉谩詈,实伤大雅,非作文应持之态,故孙鑛评云:"贬二国似太过。大凡立论须傍理。三国原不相上下,即使右魏,但略加彼善语足矣,何得如此太抑抗,且语亦近詈,尤乖大雅。"

第五节　孙鑛评点《文选》的特色与后人对其的评价

　　根据上述,孙鑛评点《文选》的突出特色可以归纳为,一是细致全面,细大不捐。大者有宏观的全篇风格的品味,有每篇的承前启后的推源溯流；有相应诸篇的纵横比较；有谋篇布局章法的剖析；有篇中指意的归结。微观方面，有句法字法的寻字摘语，对仗排比的褒贬抑扬。二是评点态度认真，孙鑛亦每言其诵读古人诗文之篇数十过以品味。评点客观严肃，褒者贬者各得其所，也比较能得其实。三是评语生动形象有趣；运用"比喻"、"通感"等修辞手法表达自己的品味所得。四是用语简洁明快，语言简短扼要，一语中的，从不枝蔓，从不长篇大论。再举数例批点文风者，如《养生论》："至于措身失理，亡之于微，积微成损，积损成衰，从衰得白，从白得老，从老得终"云云，以顶真句式，连珠而下，如此语势，孙鑛评以一字："快！"下云："仰观俯察，莫不皆然"云云，评语亦为："快。"颜延年《宋文皇帝皇后哀策文》总评："雅腴。"如评"江介多悲风，淮泗驰急流。"（曹植《杂诗·南国有佳人》）云："险急。"评"飞观百馀尺，临牖御棂轩。远望周千里，朝夕见平原。"（曹植《杂诗·飞观百馀尺》）云："宏壮。"前句因句中有"悲风"、"驰"、"急流"字眼；后者中"百馀尺"、"周千里"，场景辽阔。评语揭示风格皆极为简洁。

　　作为卓有影响的第一部评点《文选》全书的书籍，孙鑛壮大了明清《文选》学评点一派，问世之后影响颇大，除闵齐华《文选瀹注》全载入书外，清代于光华《文选集评》一书亦将其全部录入。直到民国年间还有上海大达书店将其录入胡刻《文选》之上，初学之士，奉为读本；惠泽初学，功在不少。另一方面，从明末清初开始，便有人出于门户之见，或者其他因素，对于孙鑛评点大加挞伐。其中最早的是钱谦益。崇祯本《文选瀹注》是钱谦益做的序言，其《序》中表扬《文选瀹注》为"学圃之津涉，文苑之钤键。……其有功于斯文甚大"。虽为只赞闵齐华之《文选瀹注》，然而其序作于闵齐华《文选瀹注·凡例》撰成十二年后，应该见到孙鑛评语，乃仍为此褒扬之序。可是在其文集中钱谦益却对孙鑛深致不满："评骘之滋多也，论议之繁兴也，自近代始也。而尤莫甚于越之孙氏、楚之钟氏（钟惺）。孙之评《书》也，于《大禹谟》则讥其渐排矣；其评《诗》也，于《车攻》则讥其'选徒嚣嚣,背于有闻无声矣'。尼父之删述,彼将操金椎以击之;又何怪乎于孟坚之史、昭明之《选》,诋诃如蒙僮而挥斥如徒隶乎?"①

　　孙鑛对于《文选》篇章的确多有指摘其疵弊之处,诸如句式的"稚拙"、风格的"欠洒脱"、节奏的"太局促"、旨意的"乏新意"等等批评时时可见;至于批评萧统之处,亦时而有之。可问题不在是否有所疵议,而在于这些疵议是否合乎实际。以上文中所举诸例批评《文选》有些诗文不完善处,绝大多数不是妄议。至于批评萧统,有二方面,一是编次失当,如贾谊《鹏鸟赋》题评:"此赋虽以赋名,然却只谈理,宜入'志'类为得。"可为一家之言。今人文学史批评萧统《文选》有"形式主义倾向",也往往以篇目的归类错谬为例证。二是去取不当,孙鑛文集中对此已有不满之语,责备昭明太子未能多选范晔等叙事议论之文:"《昭明文选》果当否?近读范史(《后汉书》),其中好文字颇多,却不取,乃取伯喈二碑,何耶?……《文选》不取史传,良是。然西山氏固取节之,何必萧氏之是而真氏之非乎?且昭明不能舍,复取史论及述赞,是何知二五而不知十耶?"②《文选》评点时,孙鑛于任昉《百辟劝进今上笺》总评云:"嗣宗(阮籍)《劝进》犹存体面,此全是非上媚篡语。"《策魏公九锡文》总评云:"全是褒奖篡逆。"清人也曾有云,萧统选录此类文篇,殆为其父萧衍篡齐建梁之事掩丑张目,不知然否。再说此种议论可说是"前有古人,后有来者",宋代苏轼已经讥刺萧统《文选》编次去取失当,甚至嘲讽萧统是无知小儿。近代学者黄季刚对其选文择篇亦有不满之语,如《文选》选入谢庄的《宋孝武宣贵妃诔》,黄氏认为此文有伤风化。至于说孙鑛对于《文选》"诃斥如蒙童",倒没有那么严重。

---

　　① 钱谦益《牧斋初学集》卷二九《葛端调编次诸家文集序》,上海古籍出版社 1985 年版第 872 页。

　　② 孙鑛《月峰先生居业次编》卷三《与余君房论今文选书》。

　　然而孙鑛对《文选》的评点并非十全十美，也确有在所不免的阙失，首先是评语重复稍多，未能区别某些文篇的风格特色。如"流动有姿态"一语，用于卢子谅《答魏子悌一首》，又见于范彦龙《古意赠王中书一首》，又见于《七启》等多篇，几乎成了套语。"腴净有韵"（颜延之《和谢监灵运一首》等篇评）、"典腴炼密"（如《齐竟陵文宣王行状》等篇评）亦重复多次。其次是评语不合文风实际或自相矛盾之处时时存在。如阮籍《咏怀十七首》总评："直抒胸臆，全不雕琢，由气厚力劲，乃出雕琢之上。""气厚力劲，"得其佳美之源由；"直抒胸臆"四字，却不尽合阮氏诗风含蓄之实。而《咏怀》诗之六"登高临四野"首题评："用意深妙，不明点透，而实未尝不透，最含蓄有味。"又与前面的总评相互矛盾。再如谢朓《鼓吹曲》："江南佳丽地，金陵帝王州"云云，孙鑛云："浅景浅语，未见所佳。⋯⋯清丽工整，渐开五七言近体。"孙鑛以为不佳者，以其语言浅易，工丽近律诗，其实语浅而工丽，亦可为佳作，此诗历代盛赞，便是明证，孙鑛好古太过。而于司马相如《封禅文》："遂作颂曰"云云，评云："《三百篇》后四言，此当为第一篇。"推尊未免失实。其三是评语不考虑文体。如评颜延之《宋郊祀歌二首》："极典重、极工细，然乏风致，殆似箴铭耳。""典重"正合"郊祀歌"文体所需，讲求"风致"，反而违背文体风格要求，孙鑛有无视文体而妄加讥刺之嫌。四是理解语意词义有误。如《古诗十九首》"行行重行行"首，"思君令人老"句，孙鑛云："是妇忆夫诗，以比君臣，妙处似质而腴，骨最苍，气最炼。"古可以君称夫，乃常识，孙鑛刻意掘深，反流于附会，后边评语亦就成了无根游谈。还有李陵《与苏武诗三首》"嘉会难再遇"评云："此下两首，是在汉京送子卿使匈奴诗，'三载'、'弦望'皆冀其复来意。"苏武《古诗四首》题评："此是出使时别兄弟诗，可谓极其挑剔，然质意自存，固不伤俗。"说得煞有其事，然而其言根据何在，真如痴人说梦，以此可知考据学之重要。然若因此而一笔抹杀孙鑛评点《文选》的成就，亦不得当。

　　总之，孙鑛的评语较能得其实际，较之他人更简短精核。孙鑛的着笔也壮大了《文选》评点学一派，随后明清选学评点独成一家，对清人及近人评点《文选》深有影响，清代《文选》评点家何焯、方伯海皆受其影响。近代学者黄季刚先生亦撰《〈文选〉平点》，以校勘为主，也多有批点之语。

第九章　明代邹思明《文选尤》评点特色与得失

第一节　邹思明生平与《文选尤》的学术思想倾向

邹思明(1542——1622以后)，字汝诚，号见吾，明末湖州(今属浙江)人。嘉靖甲子(1564)举人，出仕后"两宰名邑"——曾为霍山、彭泽县令，在官勤政清廉。年老退居故乡，寄兴诗文，喜好书法，撰《文选尤》本意乃以教诲本族子孙，年届八十出以示诸同里友人韩敬，韩敬劝其付诸枣梨，始有刊刻传世之意，不久同里书商闵齐伋助以成书。该书由于本是家族教材，所以自然浅易简练，不仅李善注、五臣注全部删去不用，成为明代少有的《文选》白文评点本子，而且对萧统数十卷的《文选》卷次作了比较彻底的变动，缩编为十四卷，篇目也进行了大刀阔斧地删削，其选弃的标准在书前八条"凡例"中讲得颇详，此处不避繁冗，录其内容并略加解释。其"凡例"内容可分为两大方面，一是关于选弃的原则，即"《文选》出之昭明，概全书而论，其弘丽古练不待复言。兹之所取，则于意致委婉、词气渊含、才情奇宕者耳"，也就是说只选那些情感含蓄委婉、富有深意、才气突出的诗文辞赋，凡不甚合乎这一要求的概从舍弃，所以赋篇里像张衡《两都赋》、左思《三都赋》、潘岳《西征赋》、木华《海赋》、郭璞《江赋》、班固《幽通赋》等这些长篇巨制、奥深艰涩、风格或者稍嫌平庸或者稍嫌逞学炫博的均不收录，因为邹思明讲究才情而不讲究博学。《凡例》又云"《选》赋、诗、骚、七,表、笺、书、论,取十之六",这一数量比例倒是合乎《文选尤》实际的,如《文选》"七体"三篇,选录了枚乘《七发》和曹植《七启》,放弃了张协的《七命》。至于四言诗则全部不予收纳,因为邹思明认为四言诗无论阅读或者仿拟都应该以经过圣人删定的《诗经》为准,后人所作无甚价值:"四言诗则以《三百篇》为宗,似不必收,独诏、辞、上书、设论、连珠,俱古今绝构,辄全录之。"其实这5类也没有几个作家的作品,汉武帝二诏、汉武帝和陶渊明二辞、李斯等5人7篇上书、东方朔3人3篇设论、陆机1人50则连珠文。又云:"教、策、问、启、弹事、檄、序、颂、赞、铭、符命、诔、哀文、碑文、吊文、祭文,原选既寡,今谬为简阅,每项所取,总计亦十之六,要之有裨于学者而已。"例如符命类3篇,仅取了司马相如的《封禅文》,扬雄的《剧秦美新》和班固的《典引》均不收录,其实也是聊备一体供后学认识古有某种文体而已,像《封禅文》恐怕早就没了仿拟价值。邹思明又讲到余下的数种文体的选弃情况与此类似:"册、令、奏记、对问、箴、墓志、行状,《选》中每项止一首,皆精研奇古之笔,并取之以备其体",说明了对册令等七种文体篇目全部选录不加弃舍的缘由,因为《文选》本身仅仅选了一篇,所以别无选择,为了保存文体样式只好并予选用。

　　在对篇目大加删削的同时,邹思明对文章原来的次序也进行了颇大的变易。如赋作原来14种小类的顺序依次是京都、郊祀、畋猎、纪行、游览、宫殿、江海、物色、鸟兽、志、哀伤、论文、音乐、情。《文选尤》中全不用这些小类分别,依次是班固《两都赋》、扬雄《甘泉赋》、王延寿《鲁灵光殿赋》、陆机《文赋》、司马相如《子虚上林赋》、扬雄《长杨赋》、王粲《登楼赋》、孙绰《游天台山赋》、鲍照《芜城赋》、谢惠连《雪赋》、谢庄《月赋》、贾谊《鹏鸟赋》、祢衡《鹦鹉赋》、张华《鹪鹩赋》、鲍照《舞鹤赋》、张衡《思玄赋》、张衡《归田赋》、班彪《北征赋》、司马相如《长门赋》、江淹《别赋》、嵇康《琴赋》、傅毅《舞赋》、成公绥《啸赋》、宋玉《高唐赋》《神女赋》和曹植的《洛神赋》。这些篇目原来依次属于京都、郊祀、宫殿、论文、畋猎、游览、物色、鸟兽、志、纪行、哀伤、音乐、情，可见 14 小类中宫殿、论文、畋猎、游览、物色、鸟兽、志、纪行等 8 种都做了变动，而且有的前移后撤非常没有道理，像京都、郊祀、畋猎本都是帝王举动，有关国体，放在最先是当然的，邹思明在郊祀和畋猎中间放入"论文"显得非常荒谬。原来前面九小类都是有形的事物，后边五种"志、哀伤、论文、音乐、情"属于无形的题材，邹思明将纪行后移置于志和哀伤之间也是解释不通的，这些都是非常主观地变易旧章，不尊重古人意志和古人原书的典型表现，受到四库馆臣的谴责批评是完全应该的。

　　不过平心而论，邹思明变易顺序也并非一无是处，像赋类里将宫殿往前提到京都郊祀之后就胜过原来放在"游览"后面。"宫殿"所赋尽皆帝王建筑之事，而"游览"所写皆士人游历之事，按照君臣上下礼仪，邹思明的改动是合理的。而杂文部分邹思明的变更也是同样地得失相兼，从整体上说是不当变乱古人之书的，只有个别杂文篇目变动还算不属全谬，如原书将"辞"体放在"设论"后，"论"置于"史论"后，不管从文章古今源流，还是题材的类似、文体的相近等都很难讲得通。邹思明把"辞"放在"骚"后，看到"辞"协韵、抒情，都是汉代成熟的文体，就有得当的理由；"论"早于"史论"也当无可争议，置于"史论"之前，也算是持之有故，言之成理。

　　通过《文选尤》一书的删削体例，可以看出强烈地表现出明代末期王学兴盛时期的士人心态，他们厌恶训诂之学，读书不愿意求其甚解。王守仁早就主张读书应该直接从经书原文出发，直接领会古代圣贤的心思，发挥读者自由自主的智慧能力，不必阅读后儒的训诂阐释，后儒的章句注文应当束之高阁，并且严厉抨击明代前期死记硬背前儒烦琐讲章的学风："自程朱诸大儒没而师友之道遂亡；六经分裂于训诂，支离芜蔓于辞章业举之习，圣学几于息矣。"①他不仅鄙视训诂之学,而且认为多闻博学不仅无益于君子之学,反而会坏人心术:"是故闻日博而心日外,识益广而伪益增,涉猎考究之愈详,而所以缘饰其奸者愈深以甚,是其为弊亦既可睹矣。"②,所以读书要注重领略义理:"谓圣人为生知者,专指义理而言,而不以礼乐名物之类,则是礼乐名物之类无关于作圣之功矣。圣人之所以谓之生知者,专指义理而不以礼乐名物之类,则是学而知之者,亦惟当学知此义理而已,困而知之者亦惟当困知此义理而已。"③所以到了明末王学后学那里,专讲义理、鄙弃训诂成了非常盛行的习气。而邹思明恰是嗜好谈论义理的一位名士,《文选尤》卷首朱国桢《镌文选尤叙》特别讲到邹思明"力研坟典,而居恒好谭名理"。所以他编撰《文选尤》,就勇于删去前人的一切注释性文字;不管是李善注还是五臣注全部不取,直接让后学从文本入手,直接领略古代文学家诗文辞赋创作的精髓。他径直采用白文本《文选》以授后学,其宗旨、其精神、其心态,是和王守仁等心学权威心心相印的。

不仅白文本的样式突出地表现出王学精神,而且他在选篇时也往往突出自己嗜爱义理的习惯,突破在此书《凡例》中规定的取篇要"意致委婉、词气渊含、才情奇宕"三个前提,选录了一些明显是抽象哲理议论为主、文学特色不是那么明显的篇章,如张衡的《思玄赋》、王巾《头陀寺碑文》等,在引录他人评点资料时也有意选用了一些阐述义理的语句。

同样,他在《凡例》的第二方面内容陈述自己评点《文选》篇章的方针时,也表达出强烈的明末王学思想观念,他认为读书要先获得古人的意旨,再去领略古人文章的文字训诂知识:"凡阅古文,须

---

① 王守仁《王阳明全集》卷七《别三子序》,上海古籍出版社1992年版第226页。

② 同上,卷八《书王天宇卷》,第271页。

③ 同上,卷二《答顾东桥书》,第53页。

先得其意义,而句字之解次之。是集独于脉络指陈处细为分析,而隐微幽远之言聊为解释,俾观者了然于心目间,可神游往古,而不以繁辞起厌怠也。"所以他对于文章背景的介绍、难字难词的训解、篇章纹理的剖析、奥旨深义的指点,都力求简要不烦,三言两句引发读者思考即可,决不做长篇大论的琐细讨论。即使对于文章风格也都讲究意会,不喜用详细的阐说。评点实践中他之所以喜欢用"意象品评"的方式,以华美骈偶的比喻表现篇章的文艺特色,其用意之一就在于此。所以他宣称自己的评点《文选》的目的只有一个,就是启示读者在自己的引导介绍下与古代作者对话:"批评或采诸别简(案,指用他人之说),或出诸愚衷,总期阐发作者心事,融会作者精神,非敢以虚词涂饰也。"他想要使读者关注的是文章的这样几个方面:"圈点必于着意处、结脉处、归重处、奇幻灵变处、诏令华赡处,则不嫌繁密,非漫以采绮斗捷也。"这其实正是他认为读文章应该精心体会的几处地方:作者中心观点所在、作者的结论、作者用词锻句出人意外、变幻莫测之处,还有官样文字里的华美语言,这可能是他设想后学将来出仕有直接实用的资料,总之和传统的一般的文学理论很有歧异。

他在《凡例》中还提到这套三色印刷的评点著作用三种颜色标示着全书评点及略注的三方面内容,一是朱笔进行总评,并且提示结构章法;二是绿笔,"细评探意",论列每段每节的含义;三是墨笔,解释文字音义和个别语典事典。邹思明评点的精粹所在也主要集中在篇章末尾的华美而又含蓄的一节节评语上面,也即第一、二方面。

第二节　《文选尤》评点方法与特色

邹思明评点《文选尤》诗文辞赋,最为常用的方法是所谓的"意象批评"法。这一手段,孙鑛也曾使用过,但没有像邹思明用得如此频繁经常。整部书里，特别是赋篇和杂文，几乎每篇末尾的总评都有一段运用比喻总结文章风格的话语，诗骚部分较少见，但也不是没有，只是用于眉评而不是尾评。例如卷五评陶渊明《杂诗》"结庐在人境"一首云："静居青峰里，高啸紫云中"，用此高洁静谧而又华美的画境来形容他作为一个读者读过陶诗之后心里对于诗味诗境的生动体味。评论赋篇和杂文又往往运用博喻和骈俪兼具的句式，显得既生动形象又铿锵整饬。如卷三评成公绥《啸赋》云："此赋体致秀拔，言词朗耀，镂金鸣玉，孕彩含奇，此琼宇之仙韶，天孙之云锦也。"前二句尚称平易，三四句言其音律抑扬顿挫、彩丽非凡，已经开始运用比拟，末尾二句将成公绥赋篇的韵律和多彩进一步比作天帝的仙乐、织女的云锦，可以说赞赏这篇辞赋，无论是对于读者视觉和听觉的印象都已经是美妙到了登峰造极的地步。还有的是既赞其文更赞其人，如嵇康《琴赋》的尾评："中散品格超异，妙解音律，既得琴中趣，复知弦上声，言言会意，语语传神，风云吐于行间，玑玉生于字里，奇郁词峰，光浮笔海。"（卷三）这一段前半歌颂嵇康人品，后半品赏嵇康音乐之赋，行文里纯熟自然的脱化陶渊明"既得琴中趣、何劳弦上声"的佳话，将这两位旷世高人珠联璧合的联系在了一起，使读者心底深处不由自主地将二人并列，从而加深对本赋美好意境的理解和体认。像这样浅近易知又能够启发直接领悟文章妙处的还有《别赋》的尾评："别惊之愁苦不难摹拟，而别绪之不一难以曲肖。此赋情景逼真，语言如画，气色鲜华，音响秀朗，有霜明月湛之姿，白雪阳春之致。"（卷三）有的就需要加一番深入想象的功夫才能够得知邹思明究竟是在怎样评论文章的，如评司马相如《长门赋》："寂寥伤楚奏，泣断泫秦声。恨留山鸟，啼百卉之春红；愁奇陇云，锁四天之暮碧。"这里评者看来重点不在讲说本赋风格本身如何，而是把他读了《长门赋》后内心逗起的那种对女主人公悲凄愁怨情愫的深切同情描写出来，期待新的读者也能够与其同心感受，一起揾一把伤心泪水，所以他用短短数语刻画出一幅情景交融的愁景。

　　那么,作为一位喜好谈论义理的学者,邹思明为何不采用当时流行的用平实质朴的话语点评《文选》,而用这样的意象式品评呢?这里边至少有三个方面的缘由。一是传统因素。所谓意象批评,是指用具体的意象,以揭示作者作品的风格特色。这种方法又可称作"形象批评"、"意象喻示"、"比喻的品题"、"象征的批评"、"形象性概念"等,但所指的内涵是一样的。其用于文学批评至迟在东晋已经出现,如阮孚评论郭璞《幽思篇》"林无静树,川无停流"云:"泓峥萧瑟,实不可言。每读此文,辄觉神超形越。"(《世说新语·文学》)孙绰评论潘岳、陆机二人诗文差异是人所熟知的例子:"潘文烂若披锦,无处不善;陆文若排沙简金,往往见宝。"(同上)孙绰又自诩自己的《游天台山赋》"掷地要作金石声"(同上),言己赋韵律铿锵悦耳,犹如美妙声乐。又如桓温评价谢安所拟晋简文帝谥议文稿是"安石碎金"(同上),可见当时人们多么喜好以外在物色形容文学风格特征。后来刘勰《文心雕龙》里又开始大规模的用绮丽整饬的骈偶文句评论诗文辞赋,邹思明《文选尤》多处就曾经引录其说以代表自己的评语,如引刘勰《辨骚篇》"《卜居》标放言之致,渔父寄独往之才。故能气往轹古,辞来切今,惊采绝艳,难与并能矣"来评论《渔父》(卷六)。邹思明喜用四六骈语评文可能是受到刘勰的一些启发,但主要的恐怕还是接受明朝后期大文学家王世贞的影响。

　　王世贞评诗文时津津乐道的是宋人敖陶孙的"魏武帝如幽燕老将气韵沉雄"等等,他自己也曾有一节拟作,以品评当代诗歌名家104家、散文名家62家,用语绮丽而且讲究骈俪博喻。如"高季迪如射雕胡儿,伉健急利,往往命中;又如燕姬靓妆,巧笑便辟";"文征仲如仕女淡妆,维摩坐语,又如小阁疏窗,位置都雅,而眼境易穷";"高子业如高山鼓琴,沉思忽往,木叶尽脱,石气自青;又如卫洗马言愁,憔悴婉笃,令人心折"①。《文选尤》中一共引录他人评语二十多家,其中又以引王世贞较多,只是对王世贞还不够俳偶的评语多予加工,如王世贞评《子虚赋》《上林赋》的原话是:"材极富,辞极丽,而运笔极古雅,精神极流动,意极高,所以不可及也;长沙有其意而无其材,班、张、潘有其材而无其笔,子云有其笔而不得其精神流动处。"②邹思明将其前后移位,并添加了数句比喻:"《子虚上林赋》材极富,意极高,辞极丽,运笔极古雅,精神极流动。长沙有其意而无其材,班张有其材而无其笔,子云有其笔而不得其精神。流动处出神入化,照古腾今,彩彻云衢,气冲斗极。"如此随意地改动前人原句或者将自己编撰的评语充作名人名言,实在有伤严谨,亦可见邹思明对炫示才情的热衷。根据如此例证而推,《文选尤》中有的找不到出处的名家评语可能就是邹思明自己杜撰的,如所谓杨慎评司马相如赋之言:"合綦组以成文,列锦绣以为质,包括宇宙,总揽人物,其变幻遒迅若飞鸿戏海,舞鹤游天;其奇郁雄矫,如龙跃天门,虎卧凤阙。"由此可见邹思明勇于窜改他人评语的孟浪态度,像一些激情昂扬才情奔放的评语,他往往也托之名人以图传世,如评宋玉《高唐赋》"窅冥变幻,纵横恣肆,情语理语、险语易语、壮语眇语,无所不有。后来词人任从道出,谁能越其宇下?扬马辈竞衍其绪,稍令秩然,而元气已漓,下逮陆谢,从可知矣",亦托之杨慎。

邹思明这样做也有他的不得已的苦心,自己在《凡例》中标榜重视才情,《文选》和《文选尤》所选皆是古代杰出才子之文,如果用朴实无华的评语施诸眉评尾评,岂不是自曝其丑?还有一个评语运笔风格的整齐划一问题,所以为了这些目的,邹思明不惜窜乱明代名人语句,杜撰评语,试图展示自己的才情,免得后学之辈轻看

---

① 王世贞《艺苑卮言》卷五,《历代诗话续编》第 1032—1034 页。
② 同上,卷二,第 982 页。

了自己，还能够让他们学习一些骈偶知识，亦增强未来撰写八股文篇参与科举考试的实践能力。

那么作为《文选尤》评点本身来说，邹思明这种以骈语展示的"意象批评"有哪些长处呢？

首先是有助于读者从整体上领悟诗文辞赋的风格，把评点者从自己阅读实践里获得的感受化为生动形象的画面或场景，展示在评语里，让读者读了文篇后将自己的感受与之对比，以检验自己对古人文章的风格印象把握到了何等地步。如任昉《到大司马记室笺》的写作心境颇为复杂，原来在南朝齐代，后来的梁朝开国皇帝萧衍和任昉同为竟陵王府中文士，萧衍闲谈时告诉任昉："我将来如果登上三公高位，一定提拔你当我的记室。"任昉当时也回敬了一句："我如果登上三公高位，肯定提拔你当骑兵将军。"后来风云际会，萧衍果然作了萧齐王朝的大司马，随即下令要任昉担任骠骑记室参军一职。任昉在萧衍蒸蒸日上之时，却因得罪齐明帝而一直沉抑下僚，现在老友飞黄腾达了，履践诺言，观人观己，任昉自然感慨万千，既在内心后悔自己当年不识真人言语冒犯，又为如今获得擢用而欣喜，所以这篇短笺写得一波三折，先回顾二人旧情深厚，又忏悔自己言语唐突；最后表达谦虚不才之义并表白效力报恩。寥寥 200 来字，却将自己复杂思绪叙述得条理清晰，层次分明，辞藻妥帖，格调委婉，是一篇特别得体的美妙短信。邹思明对此当亦有所感，故评其"尺幅之中，峰峦如簇；空穴玲珑，苍翠交加，烟云四起"，恰当地归结了此文简短精粹、内涵丰富、有声有色的艺术成就。几句博喻，体味起来比起详细的分析解读还要显得耐人寻味，让读者一下子就进入了完整的文境之内。

二是意象批评能够最大限度地展示文学语言之美。文学批评当然可以也应该对作品进行理性剖析，问题是这种理性分析往往会导致批评话语远离文学的特质，从而忽略感性的东西，将文学哲学化、抽象化，堆砌了许许多多的哲学术语，可是文本本身的艺术成就到底如何，到底美在哪里、妙在何处还是一片茫然，而且将整体混沌的作品支解得支离破碎，不堪卒读。文学作品不加分析还有可读性，经过一番番抽象解说，却变得令人失去了阅读的欲望兴趣和读后的美感。而意象批评却能够引发读者的具体的丰富的联想，从而凸现读者心灵的自由解放，使得读者能够发挥自己的阅读创造力，去解悟作品，完整地体验作者倾吐在语言文字里的情感、隐含在语言文字背后的奇丽景象。所以意象批评能够激发芬芳多彩地审美想象，从而使读者保持对文学本身的热爱。而这些恰恰是邹思明非常自觉追求的效果，他在书前《凡例》中开章明义张扬阅读《文选》篇章首先要领略整体蕴意，其次才是语词句子的认读分析："凡阅古文须先得其意，而字句之解次之。"对于具体辞赋杂文的总评均贯彻着这些理念。

　　如江淹《诣建平王上书》，诉说自己受谮被冤、沦入囹圄的悲愤委曲，可谓字字血声声泪，孙月峰通过追溯文体源流加以褒贬："大约祖邹（阳）《梁王》（《狱中上梁王书》）、马（司马迁）《任安》（《报任安书》）二书，摛词甚工缛，运思亦微婉，无奈气弱何？"①运思怎样的微婉，毕竟太抽象了，容易变成套语。方伯海分析得更细致，可很乏味："按中间所云分寸之末锥刀之利，当是因赃被诬，亦借邹阳书作蓝本，而以不辨辨之。行文轻清爽利，先后层次亦秩秩分明。"②层次分明一句等于没说，层次混乱不堪的文章能够录入《文选》吗？二者评语均未能揭示本篇的独特行文风格，没有提示出本篇有何美妙之处。而邹思明却能够全以具象语言刻画其风格特质以突出其审美价值："不见其张牙舞爪而时有磊落轩昂之致，不见其伤嗟悲愤而时有痛心疾首之音。其商风白云之调、落叶吹蓬之曲乎？"前二句凸现其用语隐约，既不至于有指责建平王不辨良莠

<hr>

① 于光华《重订文选集评》卷九引，清同治壬申（1872 年）江苏书局刊本。
② 方伯海《昭明文选集成》卷十七，方氏仿范轩清乾隆三十二年（1767）刊本。

混淆玉石的嫌疑，又处处表达自己的忠诚和冤屈，后二句用秋风萧瑟叶落蓬飞形容文旨的凄凉悲切，具象真切，内涵丰赡，远胜方伯海所谓的"行文轻清爽利"。

再如谢庄《雪赋》可谓千古绝作，邹思明在篇中圈点连连，赞赏不已，尾评云其："形容处纤悉入微，寓言处须眉独湛。文气古雅，局度优裕，奇而不诡，异而不怪。缫翠蕚于词峰，淬仙花于笔苑。读之顿觉心旷神怡，不忍释手。"如此评语启发读者对本篇应关注其写景刻画的绮丽细密、寄托哲理的深邃含蓄。品味出写景之妙尚不难做到，可对作者所寄托的深邃哲理，古今诸多读者则往往不易得其真谛，明清一些士人甚至对谢庄此篇"白羽虽白，质以轻兮；白玉虽白，空守贞兮；未若兹雪，因时兴灭。玄阴凝不昧其洁，太阳曜不固其节。节岂我名，洁岂我贞，凭云升降，从风飘零。值物赋象，任地班行。素因遇立，污随染成。纵心浩然，何虑何营"一段屡加谴责。本来此篇在沈约《宋书》里称谢惠连"又为《雪赋》，亦以高丽见奇"①，并无误解。而明代杨慎将这节与其《秋怀诗》里的自谦句子联系起来就成了谢惠连为人卑下自暴自弃的铁证："《雪赋》之终云：'节岂我名，洁岂我贞。'无节无洁，殆成何人？与其《秋怀》之首句'平生无志意'，同一自败之旨。朱文公云：'无志意，殆不成人'，信矣。惠连、希逸终身人品，亦与二赋之尾叶焉。"②连清朝乾隆帝也批评《雪赋》"直是儿女情多，风云气少"③。其实这一段强烈表达了一种"无立足境方是干净"的玄理佛旨，仅用俗目观之，怎么能够猎得真解？难能可贵的是邹思明对这一段加以赞赏，评其为"见道之言"，还了谢惠连一个清白高洁。

---

① 沈约《宋书》卷五十三，北京，中华书局 1974 年版第 1525 页。

② 杨慎《升庵全集》卷五十三"月赋雪赋"条，上海，民国商务印书馆《万有文库》本第 620 页。

③ 康熙皇帝《御选唐宋诗醇》卷四十四，《四库全书》第 1448 册第 869 页。

第三节 《文选尤》的义理

　　邹思明是一位喜好谈论义理的儒学先生，其同乡友人韩敬《文选尤叙》称其编撰此书企图宣畅名理，非仅仅为写作文章提供学习的途径。这些方面《文选尤》里多有体现，一是他引录了颇多宋明二代理学家，诸如楼昉、蔡清、真德秀、陈仁子、王守仁、林希元、邹守益、焦竑、邓以赞、杨起元等的评语。这些评语往往佛道间杂，不再是程朱醇儒之论，距离文学更是十万八千里之遥。如曹植的《洛神赋》，古今学者不管是理解成叔嫂之恋还是君臣相念，还是理想幻境，还是哀吊杨修丁仪兄弟，总是从文学审美出发加以诠解的，可是邹思明引录的明儒杨起元（号复所）评语却是以佛理解说文学的："缘想成梦，缘梦成文，终是业念。文字则奇矣，三复裣衽。"这段文字从概念用词到观念视角都带着鲜明的佛教特色，讲缘起业念，而且将曹植对于洛神的爱恋或者是对于嫂子魂灵的爱恋，还有把这种爱恋撰写成诗赋，都说成是"业念"，全是高僧佛说。因为佛教戒律里起"淫念"、作"绮语"都是罪恶，杨起元作为王学大师罗汝芳的首座，承袭晚明心学不以佛道二教为异端的观点，宣称"二氏在往代为异端，在我朝则为正道"，所以他读了《洛神赋》后慎重地取以为戒，这显然不是文学领域里的事体了。邹思明并取此录入己书，不仅仅是表现他对义理之学的强烈嗜好，更重要的是突出地透露出他崇拜王学、对抗程朱理学的鲜明立场。邹思明所录邹定宇评王褒《圣主得贤臣颂》的话语，也是以站在理学立场评文。本来此篇在纯文学的角度看，可谓道理陈腐，语言冗繁，何焯曾经这样评它："文各有体，此固颂也，不得以浮靡薄之"，实际上还是承认了此文风格浮浅委靡，对那些作者言之津津的格言，孙鑛批评它们"有何深味"、"不耐咀嚼"，邹定宇对此篇还是大加褒赞，称其："圣主得贤臣，世道所由以泰也。圣贤论治莫先于此。项项曲尽其理，格言美句不一而足,宜经生学士传诵以为脍美也。"其实此文作为一篇应制献谀之文,有何情致而而信口称美？而且这和本书别的篇章注重从文学审美本身价值进行品骘的做法也颇迥异。

邹思明本人出于喜爱谈论道学义理,也在张衡《思玄赋》和贾谊《鹏鸟赋》总评里大放厥词。张衡《思玄赋》内容非常抽象,并不合乎《凡例》所定的简洁清丽、才情横溢的标准,可它合于邹思明嗜于谈道之习,所以不仅选录,而且眉批密密麻麻,心得繁复,圈点重重,全篇皆加,评语亦用哲学术语以作配搭:"此赋意致玮奇,机神沉郁,综括宏远,奥旨遐深,超尘浊界,如非想天。探玄牝门,出有为际。"全借老庄话语品文论赋。

又如,本来贾谊《鹏鸟赋》也是以阐述义理为主而不以语言工丽见长,而邹思明却评价"阏之岁兮,四月孟夏,庚子日斜兮,鹏集予舍。止于坐隅兮,貌甚闲暇"这几句非常平实质朴的语言为"咳吐皆为珠玑",又将"鹏乃叹息"以下至"或趋西东"等全文大半篇幅密加点圈,尾评又大谈理道:"说尽人物生化之理,勘破人物生化之机,可以同死生、齐物我,真知天人之际者也。奇伟卓朗,爽爽有神,逍遥一世之上,睥睨天地之间。"其实贾谊此篇何尝在表达这样的人生哲理,又何曾"逍遥一世"、"睥睨天地之间"？他仅仅是低沉压抑、抑郁悲哀而已。这些议论其实是邹思明本人心声的倾吐和感悟,他在情不自禁地借题发挥,将平日与友人相互商榷切磋的一些观点利用评点的机会缀于文评之后,显示出强烈的主观化的评点特色。

第四节　重视个人体悟的读书观点和评论主观化的特色

王学理论近禅,重视体悟,所以邹思明评点之所以具有上述一些特点,背后的理论基础正在于此。韩敬称其读书不求甚解,取其大意而已。评点实践中他非常重视展示自己读书时的情感波动、喜怒哀乐，而不是客观地分析作品的结构脉络、风格特色、辞藻运用、主旨归穴等，这种主观化的评点方式可以说贯穿全书，是他自觉追求和安排的。例如评《鹦鹉赋》"此赋言言自寓，俊伟磊落，神满精流，有才如是而漂泊不偶，岂不善藏其用耶？抑数之奇也？三复心恻。"他一方面自问自答，对祢衡一生遭际表达深切同情，一方面又用"三复心恻"四字勾画自己内心的对祢衡悲哀结局的沉痛感受。对于《子虚赋》《上林赋》他也是按照自己心理轨迹叙说阅读过程中心态反应的变化："初览之，如张乐洞庭，耳目摇炫。徐阅之，如文锦千尺，丝理秩然。歌舞甫毕，肃然敛容，掩卷之馀，彷徨追赏。昔扬子云有曰：'长卿赋不从人间来，其神化所至耶？'其心服如此。"不仅是扬雄心底佩服，邹思明更是如此。这是一个非常完整的文学接受心理过程的实验，通过读者主观感受，司马相如辞赋的精妙绝伦也就不需赘说，后学者只需认真诵读也就够了。而启发诱引读者进入文学作品内容的精粹境界恰是评点之学的价值所在，也就是评点不见得焦唇烂舌、喋喋不休地指点文篇佳处，只要能够起到导读作用、引人入胜。也可以是很优秀的尽职尽责。

　　主观化评点有的是以感想议论出现的，如司马彪《赠山涛》："卞和潜幽冥，谁能证奇璞？冀愿神龙来，扬光以见烛。"这本是期盼主持人才提拔的山涛能够赏识自己的暗示，何焯评其"豪健不减刘越石"，邹思明心弦大受拨动，议论道："'世有伯乐然后有千里马，千里马常有而伯乐不常有'，奈何？""奈何"二字强烈透出邹思明怀才不遇、有志不遂的心曲。嵇康《养生论》"心境营营，肯返照便觉灵台寂静；炎歊蒸蒸，作止观，恍疑大地清凉，又何必黄叶白雪玉简金函？悟此理者可读此文"，抒发了一位年届八十的老者对人世人生的大彻大悟，庸庸碌碌、求名逐利、热衷富贵，实是苦海无边，而人生最大的幸福是心理的满足，心境的宁静。他觉得嵇康论中所发，与他的感受是戚戚相印的，只是他的铿锵抑扬、整饬精粹的骈俪对句解说远远不如意会。有的全写自己阅读时的喜怒哀乐:"一字一思,思肠几千结;一字一泪,泪滴几千行,沉痛之言,不忍多读"(李密《陈情表》总评),这好像不是评点,可是对于这篇孝感天地震撼古今的表章来说,千言万语的理性分析、密集圈点,比得上邹思明如此浓情的引发导读吗?

邹思明在《离骚》总评引用明末学者冯梦祯(字开之)的议论,代表了当时诸多学者把读书当作人生享受的心态:"揽其菁华,如浮云之染室,映手脱去;玩其瑶宝,将青春之无主,移人愈深。婉缅翱翔,从容绰至,来去如风,雨之无纵,明谛若日月之停照。乃若沿随注疏,何异学究谈禅? 或更执生意见,又是痴人说梦。惟当扫地焚香,凭山带水,不偕入于人间,竟远投于芳草,于是行洁琳琅,声振金石,泠然而读,一唱三叹",在这般超凡脱俗天成佳境里朗诵古人美文绝对是难得的良辰嘉日,它伴随着美好自由、美丽环境、美妙想象。读书重在过程,而不仅仅在于你非要从书里读到什么切合原作者的"见解"、"结论",读书之乐在你自己的主观发挥、主观理解,只要这种理解发挥是美的,就不需要将文本原文一字字一句句全部按照文字学音韵学训诂学考据学诠解得深透,正像冯梦祯批评的,死读古人注疏或者根据注疏发生争论,都是不善读书之人身上才会发生的事体。直入文本,直入文旨,读出妙趣才是读书的最终目的,《文选尤》的删选评点彻头彻尾地贯彻着这一原则。

明末各种学术派别都在挣扎着、竞争着、呐喊着发出自己的声音,争夺话语权,而《文选尤》正是王学左派喊出的属于他们自己在《文选》学领域里的呼声,它使人们喜爱读书并对读书的妙趣奇境有了新的体验,这是邹思明《文选尤》难得的独特的学术价值,在《文选》研究领域中尚无其他著作可以替代。

第十章 凌濛初《合评选诗》及其对"文选理"的探求

明清评点之家虽多,可是只有极少人自觉地将自己在《文选》评点领域里的著述看成是对于"文选理"的探索,有之则自凌濛初始。

凌濛初(1580—1644),明末小说家、戏曲家,浙江乌程人,父亲凌迪知曾做过常州府同知等官,后隐居乡里,读书著书,喜好刻书。凌濛初饱受家学熏陶,笃志好学,以经史诗文为主而旁及说部。所交多当世名人,如冯梦祯、王稚登、袁中道、汤显祖、陈继儒、祁彪佳等。终身致力经学研究与小说戏曲创作,又勤于经营族传之刊刻事业,曾编纂刊刻《选诗》、《选赋》、《陶韦合集》等。平生屡挫于科举,55岁(1634)出仕地方微官,死于徐州通判任上。

其所刊刻之书多为他将多家评论之语加以搜集整理而成的辑评之作,如《陶靖节集》、《东坡书传》、《苏老泉文集》、《李白诗选》、《王摩诘诗集》、《孟浩然诗集》等等,评者多系前代或当代名士,如刘辰翁、杨慎、袁中道、李梦阳、钟惺、谭元春等,从所列评家姓名,可以看出凌濛初与晚明学术风云、文学思潮的密切关系。

而《合评选诗》是其间非常有特色的一种,全称为"《辑诸名家合评选诗》",又简称为"《选诗》",是将萧统所编《文选》诗歌单独录出印行的本子。所用版本,乃弃置李善注六十卷本而采用五臣本的卷帙规模,一共七卷,即第十卷大半(前几篇是《高唐赋》《神女

赋《登徒子好色赋》和《洛神赋》)、第十一卷至十六卷。此乃尊重
萧统原书之意,以示不满于当时编书刻书诸家胡乱变动古人书籍
顺序的做法,凌濛初还特别批评当时书界往往将《文选》里的赠答
诗前后移位:"赠答之类,旧本有答前赠后者,此盖因其人品地年位
而班次之耳,近本咸取而紊之,非编者之意矣。今悉因旧本。"①均
可见其用心所在。正文也大致使用五臣本,如具有李善本所无的
《君子行》,校勘文字则兼采二家,注文全部集中附录在每一卷之
后,与正文完全分离,并且力避繁琐深奥,只求简单易明:"注从六
臣中取其简明者节录之,取可解而止,不多援故实句证以为博。至
有虽系往事,人人通晓,不录。"各位作者亦集中于前:"诗人,《文
选》或书其名,或书其字,其异同无谓。今尽易以名,而字及爵里别
详卷首。"正文里全部采用郭正域(字明龙)的圈点,另外将所辑各
家评语附于题下、诗后、行间作为题评、夹评和总评:"圈点,诸家无
本,止郭明龙有《批评文选》本,今悉依其笔,前行已列其名,后凡郭
批,俱不载名氏。"所辑评点家多达 47 家。

　　凌濛初在《辑诸名家合评选诗·序》中,详细阐述了自己的评
点宗旨:"严沧浪曰:'诗有别趣,非关理也。'乃杜少陵谕儿诗则曰:
'熟精《文选》理。'昭明选诗,汉魏莽苍,古道犹存。晋宋之交,声色
月露矣。少陵不云精其词其言,而独云理,少陵之所得于选者深
乎!夫理者,格调、情文、顿接、开收,有道存焉。庖丁理解之理,非
宋人理学之理也。李青莲'青山欲衔半边日',杜少陵'四更山吐
月',皆卷中之自得之奇。而康乐'远峰隐半规',实倡之。诸如此
类,不可枚举。岂非蓝可出青、石可化金、而熟其理之明验哉?独
怪宋人谈诗,凡即景咏物,无一不谓托讽君臣治乱贤佞,纷纷傅会,
令人肌栗。然亦滥觞于休文、延年之训《咏怀》,五臣袭而衍之,流

---

① 凌濛初辑评《合评选诗·凡例》,济南,齐鲁书社 1997 年版《四库存目丛书·集
部》第 340 册第 629 页。本章所引《合评选诗》皆依此本。

至宋人,遂为痼疾不可解,而诗道遂堕一大尘劫矣。言《选诗》者,当按《选》于理,征理于《选》,可以直指,可以微言。要之,与沧浪之所谓'趣'是一非二,勿误认字义,以彼道见,以上负少陵也。"

一言以蔽之,凌濛初辑录诸家评语的目的就在于要借他人之言阐明"《文选》理",这在《文选》评点历史上可谓是前无古人的,具有划时代意义的。自从杜甫《宗武生日诗》提出"熟精《文选》理"的要求,历代杜诗注释仅是提示《文选》是何书,凌濛初之前,各家诗话提及杜甫此句的如宋代吴曾《能改斋漫录》(卷八)、王应麟《困学纪闻》(卷十七)、《丹铅余录》(卷二十)也仅仅言及杜甫如何重视《文选》。"《文选》理"究竟有什么具体内涵,此前很少有人阐释。仅有胡仔《苕溪渔隐丛话》对所引《雪浪斋日记》加的按语里,认为"《文选》理"是指《文选》诗代表着与近体诗对应的古体诗所特具的浑厚之气:"《雪浪斋日记》曰:'盖《选》中自三代涉战国、秦、汉、晋、魏、六朝以来文字皆有。在古则浑厚,在近则华丽也。苕溪渔隐曰:'少陵《宗武生日诗》:'熟精《文选》理。'盖为是也。"①再就是南宋赵次公所云:"公诗尝曰:'续儿诵《文选》',则'熟精《文选》理'者,所以责望于宗武也。公诗使字多出《文选》,盖亦前作之菁英为不可遗也。公又曰'递相祖述复先谁',则公之诗法岂不以有据而后用邪?……则公所望其子者在学而已。"②今人一般认为赵次公此节所理解的"《文选》理"包括两项内容,一是炼字之法,二是诗法。只是如此解释"《文选》理",未必切合赵次公原意,毕竟他的注文落脚点是认为杜甫期望儿子宗武勤学诗书有所建树以使父母宽心,所谓尽孝不在于围绕着父母膝下承欢,也就是在于"公所望其子者在学而已"。何况炼字之法又是"诗法"的一部分,二者在逻辑上难以并立。好在赵次公此言将杜诗具体化了,把"《文选》理"和

---

① 胡仔《苕溪渔隐丛话·后集》卷二,北京,人民文学出版社1962年版第9页。
② 郭知达《九家集注杜诗》卷三一,《四库全书》第1068册第547页。

作诗的理论联系了起来，但毕竟还嫌太笼统了些。

难能可贵的是，凌濛初将"《文选》理"的内涵加以扩大，他认为杜甫所指包含多个层面，首先是诗法，具体而言指的是"格调、情文、顿接、开收"，也即诗的风格、情韵、辞藻文采、结构的上下承接、前后照应、开篇结尾等，也即从谋篇布局到修辞炼字的创作方面，也远远超越单纯的用词使字。其次是文学的"道"，这个"道"是与"庖丁解牛"的道相同的，包含着超乎技巧的文学原理，"进乎技矣"，是经过长期阅读经典名篇、借鉴前人创作经验教训反复琢磨体验而获得的创新能力，这种能力对文学可谓"目无全牛"，常人苦心经营篇章，名家则看去毫不费心，又能够"莫不中音，合于桑林之舞，乃中经首之会"，做到了"以神遇而不以目视，官知止而神欲行，依乎天理"，创作进入了一个自由境界，这就是"得道"的境界，这种造诣也属于"《文选》理"的内涵。其粗迹表现之一是"脱胎换骨"、"点石成金"的功夫，如从《选诗》的句子里化出不露痕迹的自己的奇章妙句，凌濛初所举例子为李白"青山欲衔半边日"（《乌栖曲》）、杜甫"四更山吐月"（《月》），都是这些作者的得意之笔，其原材料则出于谢灵运的《游南亭诗》，"岂非蓝可出青，石可化金、而熟其理之明验哉"？再次，凌濛初认为杜甫所张扬的"《文选》理"和宋明理学的"理"截然相背。宋代有的儒者喜称杜甫诗多言理之语，许多文士和注家也称赞杜甫每饭不忘君，甚至要从杜甫的字里行间挖掘出他尊君爱民忧国的理念来。凌濛初非常厌恶这种牵强穿凿的解诗方法，指出这一方法来源于沈约、颜延年阐释阮籍的《咏怀诗》："独怪宋人谈诗，凡即景咏物，无一不谓托讽君臣治乱贤佞，纷纷傅会，令人肌栗。然亦滥觞于休文、延年之训《咏怀》，五臣袭而衍之，流至宋人，遂为痼疾不可解，而诗道遂堕一大尘劫矣。"这种解诗手段不合乎"《文选》理"，对从《文选》、杜诗等诗文里深掘"微言大义"的做法，他主张摒之书外："诗有隐约寄托可以意会，注必专指其为某事某故，恐失作者之意，不录。"（卷首《凡例》）他认为"《文选》理"

不是宋人的理学之"理"，不是注家的强行发明的君臣大义，而是相当于严羽倡导的"理趣"："言《选诗》者，当按《选》于理，征理于《选》，可以直指，可以微言，要之，与沧浪之所谓趣无一非二，勿误认字义，以彼道见，以上负少陵也。"也即《沧浪诗话》"诗有别趣，非关理也"。这非常切合明末轻学重才的思潮。他之所以除去繁冗的注文和对于深奥的语典事典的解说，其目的大致也与此相关，也即采纳严羽诗道在"参悟"以得其妙的学诗理论："大抵禅道惟在妙悟，诗道亦在妙悟，……试取汉、魏之诗而熟参之，次取晋、宋之诗而熟参之，次取南北朝之诗而熟参之，……其真是非自有不能隐者。"将《文选》理和严羽提倡的"理趣"视为一流，好像有些距离远了些，不过联系明末公安、竟陵等派高扬的"不拘格调、独抒性灵"，实乃时代浸润所致，也有其自己的理由根据。

凌濛初自言他是想要聚集南朝唐宋元明千年之中各位名家有关《文选》诗的评语来使读者领略"《文选》理"，从而提高诗歌的鉴赏和写作能力："后之君子，以此寻绎扬挖，恍然如聆诸家之咳唾而晤言一室也。其于所谓'理'，思过半矣。"我们姑且从他对钟惺《古诗归》评语的弃取看他的诗学倾向与选评效果。

钟惺是《合评选诗》中所录数十家里诗学理论最系统的人物，也是此书中存录评语较多的竟陵派的主要成员，其《古诗归》与《合评选诗》对应的有 70 多首诗歌，根据凌濛初所谓"夫理者，格调情文顿接开收"等语，可将凌濛初选录的钟惺评语大致分为风格韵调、诗法结构和后世影响三方面以便论列。

第一方面有关《选诗》的情感文采所体现的风格韵调，例如钟评《大风歌》："雄大不浮。前二句言创，其气大；后一句言守，其思远。虽不欲帝王不可。"评《苏武诗》云："只是极真极厚、若云某句某句佳，亦无寻处。后人一效拟，便失之远矣。"此赞汉诗浑然，难以句摘。

凌濛初喜录评论中指点情韵之语，如钟评左思："太冲笔舌灵动,远出潘陆上。使潘陆作《三都赋》,有其材,决不能有其情思。"
评颜延年《五君咏》:"延年《五君咏》另换出一番心手,如对名士,鄙
吝自消,不敢复言俗事。"

谢朓《游东田》诗绘景轻灵,风格柔和,色彩淡淡,所谓"远树暖
阡阡,生烟纷漠漠。鱼戏新荷动,鸟散馀花落。不对芳春酒,还望
青山郭",一片静谧安和气氛,外在物色与心境均犹如欲眠或养神
状态,读此诗不欲响声而读,唯恐破坏诗的意境,故而钟惺有了与
此相配相应的评语:"出口如不欲重,惟恐伤之。"

钟惺或将诗境想象为画景,情趣亦浓,如评谢朓《之宣城郡出
新林浦向板桥》"天际识归舟,云中辨江树"句云:"水云万里,一幅
烟江送别图。"

整篇如此,篇中名句,凌濛初亦喜录其点示情致者,如钟评谢
朓《晚登三山还望京邑》"有情知望乡"句"浅语深致";评沈约《别范
安成》"梦中不识路,何以慰相思"句:"说得心魂悄然。"

第二方面,诗法结构,涉及到篇章层次、诗人情怀、艺术高下的
因素等。或单论章法,如钟评《古诗十九首·明月皎夜光》:"此首
'明月皎夜光'八句为一段,'昔我同门友'四句为一段,似各不相
蒙,而可以相接,历落颠倒,意法外别有神理。"

或涉及诗道,如钟评《古诗十九首·冉冉孤生竹》:"性情与草
木相关,与鲍照'独为梅咨嗟',皆非寻常观物之言。"鲍照的《梅花
落》虽不在《文选》,凌濛初仍录此语,可见非常赞赏钟惺此言,因为
他揭示了古代诗法的重要途径,将作者性情与草木化为一体,使外
物着己之色,寄情于物,于草木于山水。这种眼光实在是艺术家和
一般人的区别所在,只有具备这样的非凡的超俗的眼光才能够书
写出艺术作品来。

有时钟评将同时代的两首诗比较其结构特色,如评沈约《别范
安成》:"字字幽,字字厚,字字远,字字真,非汉人不能。"赞其情感
深挚悠远、厚重真切。评任昉《出郡传舍哭范仆射》则云:"情辞宛

至，几与'平生少年日'一首同妙。然觉沈诗是全副做到极妙处；此诗是逐句做到极妙处。"指出二诗虽皆精妙，仍有高下之异。沈约诗混沌一体，任昉诗句句间还能够看得出刻凿痕迹。这实际上仍是沿袭传统的"沈诗任笔"任昉诗逊于沈约的观念。从二诗本身来说，颇难言何者更优。沈约诗较短，仅仅四韵，自然容易一气呵成。任昉诗 17 韵，结构稍嫌松懈可以理解。沈约讲究"三易"：易见事、易识字、易读诵，故这首代表性的诗作用字平常、不用典故、韵律流利抑扬；任昉以骈文之法作诗，追求以博学弥补诗才之缺憾，故而骈俪精工、语典事典雅奥辞藻丰赡密集，二者之异与其诗法追求息息相关。

　　第三方面是点化创新。古今学人皆认定杜甫等唐代大家谋篇炼字、组句用词，多从《文选》诗里变化加工而来，凌濛初所录钟评亦多此类例子，如评谢朓山水诗："右丞（王维）以田园作应制语，玄晖以山水作都邑语，非惟不堕清寒，愈见旷远。"这是讲立意题材方面的创新。如评曹操《短歌行》："四言至此，出脱《三百篇》殆尽。此其心手不粘带处。'青青子衿'二句、'呦呦鹿鸣'四句，全写《三百篇》而毕竟一毫不似，其妙难言。"这是讲章法方面的创新。评曹植《美女篇》："缉《洛神》之馀材而成之，自为凄丽之调，真是才子。"言此与《洛神赋》同一主题却能够痕迹全隐，这是讲风格方面的创新。评阮籍《咏怀》："予尝谓陈子昂、张九龄《感遇诗》格韵兴味，有远出《咏怀》上者，此语不可告千古聩人，请即质之阮公。"这是赞美唐代诗人在情韵方面的翻新出奇，后出转精。评左思《招隐诗》："气和语厚，所以为真隐。《咏史》在事，却入情；《招隐》在趣，却入理，所以深妙而远。"特别切合凌濛初的创新观念，又富含情趣，这是突出左思在多方面富有创意。

　　不过所录钟惺评语也不纯是对《文选》恭维有加的称美之词，也有批评性的批点，如评谢灵运《从斤竹涧越岭溪行》："'逶迤傍隈隩，迢递陟陉岘'，开后世律诗熟套恶对。"只是凌濛初不见得喜欢钟惺、谭元春评点时故作耸人耳目的行文格调,零碎窄狭的字眼指点,所以只是选录了立言还算正大宏通的条目,弃而不用的也颇多,亦可见出凌濛初与钟、谭的文学观念相近或相同,大致而言,摒而不取的有以下数类:或是重复冗繁之言,如钟评《大风歌》:"妙在杂霸气习,一毫不讳,便是真帝王、真英雄。"或是隔靴搔痒的浮泛赞誉,如钟评《晚登三山还望京邑》"灞涘望长安,河阳视京县"二句:"帝京长安,第中秀句最难。"真不知此二句有何秀丽之色。或是标新立异,违背常情,如钟评张翰《杂诗》"暮春和气应"篇:"青条若总翠,黄花如散金"句,钟言:"二语丑甚,为千古肤拙一路人资粮。"故意与通达之说作对,而且后代抄袭仿拟,亦非张翰之错,而钟惺滥加诽谤,甚不得当,故凌濛初弃之书外。

钟惺尚有一些轻薄讥诮古人之语,如对秋胡妻,钟惺捡拾明代卫道士迂腐陈说,肆意污蔑,大背人情,如评颜延年《秋胡诗》:"秋胡妻之死,毕竟为窥其夫之无情。昔人谓其妻死于妒,论虽稍刻,实有至理。"对于这些低劣的评点,《合评选诗》全予舍弃,表现了凌濛初严谨慎重的集评原则,只是可惜的是他的《合评选诗》没有充分利用宋金元明四代的诗话文话赋话等著作,又急于付刊,故而缺漏颇多,较之清前期于光华《文选集评》大为逊色。

第十一章　何焯及其《文选》评点

　　清代前期学者何焯是与明代后期孙鑛并称的《昭明文选》评点领域中的著名评点家，故而述其《文选》评点成就与特色如下。

第一节　何焯生平及著述

　　何焯，生于顺治十八年（1661），卒于康熙六十一年（1722），其生活年代恰与康熙王朝相始终，初字润千，母卒泣痛，更字屺瞻，晚号茶仙，江苏长洲（今江苏吴县）人。其祖先于元代元统年间（1333—1335）以义行旌门，故何焯取"义门"二字以名其书塾，学者称义门先生。少读书，数行俱下。为文才思横发。及长，博学多识，敦气节，善持论，名重吴中。康熙二十四年（1685），由崇明县学生拔贡国子监，时昆山徐乾学、常熟翁叔元收召后进，何焯曾游二人门下，后因何焯性好讥刺而与二人相绝，故累踬京闱，然声名益重。康熙四十一年（1702），康熙帝南巡，驻于涿州（今河北涿县）时，召直隶巡抚李光地与语，询草野遗才，李荐何焯，遂召直南书房。次年（1703），赐举人。试礼部，下第。复赐进士，改庶吉士，仍直南书房。后兼武英殿纂修。康熙五十四年（1715），有蜚语诬何焯于康熙帝。皇帝命收系何焯，并悉抄查其书，付直南书房检视，其书中间有讥笑诋诹士大夫著作，谓其近乎俗下文字者，然而并无狂诞之语。帝怒解，仅免其官，又还其书，命其仍直武英殿。何焯愈益感恩,修纂益勤,严寒酷暑,未尝稍怠;历五六年,遂致疾发,以康熙六十一年(1722)六月卒,年62岁。

何焯生平笃志于学,蓄书数万卷。凡经传子史、诗赋文集、杂说小学,多参稽互证,以得其旨归;于其真伪、是非、密疏、隐现、工拙、源流,皆各有题识,如别黑白。性喜校书,吴地多书商,何焯从之访购宋元旧椠及故家抄本,细加雠正。字体之正俗、刊本之讹缺、脱漏、谬误、同异,悉分辨而补正之。所校定《汉书》、《后汉书》、《三国志》当时最有名气。何焯卒后,乾隆五年,皇帝从方苞之请,令写其校本付与国子监,为新刊本所取正。何焯又善书法。所作诗歌、古文数百篇,《语古斋识小录》十馀卷,在何焯被收系时,门下弟子恐其中有触及忌讳之语,悉付祝融。其撰之书,今存者有《义门读书记》五十八卷、《困学纪闻笺》、《庚子消夏记校正》一卷、《义门题跋》一卷、《义门先生集》十二卷、《分类字锦》六十四卷。其批校《文选》本有叶树藩刻本。

何焯平生喜读书,亦喜教人读书。康熙四十二年(1703),直南书房的同时,皇帝又命其侍读皇八子贝勒府,随后又任教习三年。其后归乡丁忧,家居五、六年。在乡以教育子弟为事,其自身穷经究史、钻研诸子,探求《四书》精蕴以作为著文的根本,且欲以举业作为传播儒术的工具。故其论文,往往本之科举要求,讲求起承转合,深究诗文之微言大义。平素好谈经生艺,因此当时欲参加科举考试者,往往持己文投其门下,愿为弟子受其教益,其声名于当时学界颇引人注目。加之性嗜评点,口不绝吟,"手不停披,简端行侧,丹黄错杂"①。评点同时又多考订校雠。精义妙语,时时可见;校勘求精,每至再三;故其评阅之本,流传四方。何焯殁后,其子年方9岁,书贾百计购其评本,不久便风驰电卷,荡然四散。时人得者往往视其为宝,秘而匿之,不肯示人。所幸其弟子之有心者,借

---

① 何堂《义门读书记·序》,见中华书局本附录。

而抄录，存其家者尚有十之三四。其侄何堂与同学三四人，精搜详择，得其六种，即批点《春秋三传》、《汉书》、《后汉书》者，于乾隆十六年刊出。其后何焯弟子蒋元益之从弟蒋维钧因感于何焯批点之作散轶流失，又搜讨数年，终于在乾隆三十四年，录成十八种何焯批点之书，汇为《义门读书记》五十八卷，刊刻面世。蒋元益《义门读书记·序》评此书云："所发正咸有义据；其大在知人论世，而细不遗草木虫鱼。"

义门之学，首在乙部，卓有史识，所持"地理志不熟，不可记战功；食货志不熟，不可以料财用；沟洫志不熟，不可以稽水利，……胸中非先有一代之志，难为一代之纪传，其事变不悉故也"①云云，均深造有得之言。又精于书法，书法作品及鉴识之语特有卓识。

何焯的文学观念非常正统保守，坚持宋明道学重视儒道品行鉴识、轻视文学艺术的观点，其文论集中体现在《士先器识而后文艺论》中，他首先对齐梁陈隋初唐文学文风大加挞伐，贬斥初唐四杰"固器识之不足，而文学虽拔出一时，终无可重者"，然后鼓吹宋儒之论，并且赞颂明清以四书取士的科举制度："若夫自宋以来巨儒继作，其为学也，本之于躬行，而发为有德之言，其书立于学官，复有六德六艺之遗。故士之涉其流者风尚粹然，复返于端厚，庶几于本末兼该，则因其文艺之大醇，可卜其器识之远到。"②大有御用文人为皇家治策张目之态。

义门之文存世不多，然文从字顺，不似孙月峰散文故为奇峭。月峰散文每每当偶对故意不对偶，读之若有脱字，诘曲聱牙。义门全无此弊，然却缺乏雅致韵味，全用质木无文语词，大似村学究串讲四书腔调，其病根在迷信程朱理学，认为诗歌当学邵雍《击壤

①《义门先生集》卷三《上安溪先生书》，《续修四库全书》第1420册第166页，上海古籍出版社2002年版。
② 同上，卷二《士先器识而后文艺论》，第160页。

集》,为文当效朱熹《朱子语类》,创作理念一旦偏颇,笔下文笔自然浅俗平易,缺乏深厚情味馀韵,所以近代学者周星诒(1833—1904)认为何焯存世之文"极少佳者,固由收辑者不善选择,然诸尺牍俗语市话无篇无之,此由学《语类》之果。《语类》是以白话导学者,非教人学以为文也"①,并且指出古今学人文士大多曾读《朱子语类》,然而朱熹的文集里绝少此等文字,实际上这是何焯由于一味盲目崇拜朱熹,以致于混同了口语与书面语的区别,所以所撰散文才形成这般特色。

何焯过分重视八股制艺之学,认为深研经史,全为撰写八股之准备,每喜以他人所撰八股文评定其文学造诣高下,甚而至于以文章似经义讲章为撰写文章的正常取向,替时人蔑弃的时文大抱不平:"宋元名儒文集皆以讲义经义编类其后,复有经疑八股因经义而小变之,专尚实学,典而清、简而明,如口讲者,至矣。……今日乃以文似讲章为诟病,所言皆无稽不根,求一二讲题语者何可得也?"②嗜好制艺,如痴如狂。加上每每任情下笔,出言无状,狂贬古今名士,汪琬与朱彝尊于经于史于文皆清初巨擘,远胜何焯,何焯不能谦逊效之,反而竟妄语相加,云:"近来人搬演猥僻书目以相夸,如汪钝翁(汪琬)、朱竹垞(朱彝尊)辈,皆所谓耳学也。"③不通目录之学,已甚寡陋,蔑视二位名家更显得大言不惭。何焯平生画地为牢,史部外仅读几部唐宋元明儒经注疏之书,如此为学,实足悲哀。

于文学前辈,态度亦颇不谨慎,如推崇朱熹的同时,批评明初文臣之首宋濂,云:"朱子无书不读,事事讲究,非宋潜溪(宋濂)抄

①《义门先生集》卷三《与徐亮直书》,周星诒眉批,第170页。
② 同上,卷十《义门书塾论文》,第243页。
③ 同上。

袭类书可望万一。"①何焯此言,未免轩轾过分。他对同时的诗坛大家朱彝尊、王士禛亦往往出言不逊,如言朱彝尊《明诗综》"诗之去取,几于无目;高季迪名价却要松江几社诸妄语论定,即此已笑破人口"②,又指责王士禛《唐贤三昧集》,"乃钟谭之唾馀;五七言古诗之选,又道听于牧斋(钱谦益)之绪论,而去取失当。……茫无心得,又何足置几案间哉?"③

在他笔下,将博学古今的朱彝尊讽刺为短见乏识,将名扬天下的王渔洋比作清初众所攻讦的钟惺、谭元春和钱谦益,语词不免都过于刻薄。又如抨击明代后七子:"如嘉靖间七子作诗,何尝不套写汉魏盛唐,而中乃枵然无有,则归于尘饭土羹,而作者羞称之,况经义欲通圣贤之旨趣,而乃舍穷理读书,仅套写古人一二文法辄自雄乎?"④故近人讥其"七子岂可菲薄?其中如弇州(王世贞)者,虽百义门岂其敌耶?作时文者故不可不读经史,然读经史,岂仅为时文计耶?以八股为身心性命之学,宜其识学所成,不过《读书记》耳。"⑤

近代学者谓:"义门学问未可厚非,但一生喜读八股制义,于古今人学术不能窥其高远,好为讥评,多不中肯,故为谢山(全祖望)、竹汀(钱大昕)两先生所薄耳。"⑥全祖望与俞正燮二人集中对何焯之学多有辛辣的讥消,此不赘述。

总而言之,何义门的为学之路教训颇多,一是痴迷于八股科举时文传授圣贤之道的作用和效果,真的认为科举时文可以引导后学沉浸儒学义理,将过多的精力心血倾洒于制艺的制作、评点、讲

---

① 《义门先生集》卷三《与徐亮直书》,第170页。
② 同上,卷七《家书摘录》,第219页。
③ 同上,卷六《复董讷夫》,第204页。
④ 同上,卷三《与徐亮直书》。
⑤ 同上,卷三《与徐亮直书》,周星诒眉批。
⑥ 同上,卷三《上安溪先生书》,周星诒眉批。

授。二是缺乏谦逊气度,心态不能平和,对前修今贤不能视其长处
而借鉴效仿,日日与不如己者谈论一些浅庸话题,即使与友人来往
信件亦以讨论八股做法教法、刊刻八股文集等等事宜,不能主动与
当代博学大家交往问道,甚至偏激情感振荡心胸,出语伤人,又不
愿博览群书,故致坐井观天、困守程朱之境而不能自悟。三是在教
授浅易之学上花费精力太多,言谈之间多是童蒙事体,何由获得高
明深奥学理;加之本身学术根柢较浅,生平于经史子集目录之学轻
视之极,长此以往后果可知;对此有时他也曾心有深悲:"蒙童满
屋,安能复有心力从事古人根柢之学?"①

　　只是何义门为学虽多疵病,然于选学投入甚深,特别是精于评
点,使其在《文选》评点方面取得了清代第一的成就。

　　《文选》是何焯平生最为精熟的典籍之一,他提倡经常诵读《文
选》,即使在一些应景之文里,他也不禁提及《文选》问题,如《恭祝
伯母武陵太夫人八秩荣寿序》他痛心疾首于基层士子对"选学"的
陌生:"在昔吾郡士子专工制举之文,间有从事诗古文者,相与目笑
之为杂学。犹记大冶相国为都宪观风,以《吴会吟行》及《和范石湖
阊门初泛》命题。士子相顾,不知《吴会行》载在《文选》,《石湖集》
亦惟汪钝翁前辈架上有之。"②同篇中,他又激赞《文选》乃直承《诗
经》,其义正大崇高:"夫诗足以宪章《三百篇》者莫如昭明之所选,
其首以广微之《补雅》,继以康乐之《述德》,又继以韦、张之《劝》、
《励》。……康乐之《述德》曰:'兼抱济物性,而不婴垢氛。'盖亦推
其洁白者以兼济,非以出处为加损也。韦孟作《讽谏》之诗,是其原
本忠孝、家世传经之本。"可见他对《文选》篇章讽诵之广泛、义理钻
研之深入。曾经仿效左思《咏史》诗撰《拟古》五言古诗,反其意而
用之;撰《咏王昭君事》以抒发感慨,且以正注家训诂之误;《补昭明

----

　　① 《义门先生集》卷三《与徐亮直书》。
　　② 同上,卷一《恭祝伯母武陵太夫人八秩荣寿序》,第153页。

〈五君咏山涛王戎〉二诗》，以补《文选》颜延年诗篇，均是其浸润《选》学之证明。

第二节　何焯的《文选》评点

何焯的《文选》评点，今日可见者有两种出处，一是清代学者于光华《文选集评》所录，二是《义门读书记》所存。二者以《义门读书记》较为可靠，此处所论依后者为据。《义门读书记》里评点《文选》的篇幅，共有五卷，即自卷四十五至卷四十九：卷四十五《赋》、卷四十六、四十七《诗》、卷四十八《骚》、卷四十九《杂文》。其后卷五十为《陶靖节诗》、卷五十一至五十六为《杜工部诗》，二者中亦各有数则涉及选学者。何焯《文选》施加评点，表现出五方面的特色，即妙言佳句指点欣赏时用语切要质朴；章法结构分析评判时着重照应；文篇风格体味品评时推重雄健笔力；篇章旨意阐发考索时喜好索求微言大义；作者人品褒贬时强调仁孝的道德标准。

第一是妙言佳句指点欣赏时用语切要质朴。古人读书往往遇佳妙之处，拍案击节，倾杯痛饮，然后挥毫于彼处批下心得、体味，用语或二三字、或一短句，要之以能表示赞赏、揭出妙窍而足。其风习在汉魏六朝即多有之。如范荣期读孙兴公《天台赋》，"每至佳句，辄云：'应是我辈语。'"[1]后世更是如此。只是与其前《文选》评点大家喜好创立新词奇语的孙月峰相比，何焯用语不求耸人耳目，而以表达出个人体味为要，语词简要朴直；往往于全篇中摘出一二句，旁批简当短语，便能使警句凸现，引逗读者放缓读书速度、注目文句并细细体味其妙处。如于潘岳《西征赋》"宝鸡前鸣，甘泉后

---

[1]　余嘉锡《世说新语笺疏·文学》第86条，上海古籍出版社1993年版第267页。

涌"下批云:"如此点化,甚妙。"①点者,点铁成金;化者,化静为动。二句以地名作动物用,赋死物以生命,变抽象为形象,二语陡然立体而具象,生动奇妙,想落天外。谢灵运《登池上楼》:"池塘生春草,园柳变鸣禽。"何批云:"池塘一联惊心节物,乃尔清绮,唯病起即目,故千载常新。"因其诗句写出生命力的苏复,人与自然皆有同心契合的情结,物我相感,处处知音,如宿友之促膝相慰。"即目"一词,显示其评诗深受钟嵘《诗品》影响,不仅在评骘诗人高下风格方面,且用语亦多取自钟嵘。又如评曹丕《芙蓉池作》:"丹霞一绝,直书即目,自有帝王气象。"②直承钟嵘《诗品序》所谓:"'思君如流水',即是即目;'高台多北风',亦唯所见。"有的是谈个人读诗句的感受,如谢灵运《初去郡》:"野旷沙岸静,天高秋月明;憩石挹飞泉,攀林搴落英。"何云:读此"二联,耳目心神为之爽易"。特别前两句,真能使人心胸为之开阔为之净化,确是千载妙句。然而直抒阅读佳句妙语的感受,不设比喻,不创新词,与孙月峰喜造"湿绵承铅弹"、"吞云浴日"之类术语的癖好显然有别。

　　第二是章法结构分析评判时着重照应,首尾照应,前后映衬,强调文篇要曲折有致,波澜起伏。《义门读书记·文选》中,篇章语句的探幽发微与间架结构之分析几乎占全书条目的三分之二。前者语句简练、往往一语中的;后者亦细致入微,足见其庖丁解牛之技能。耿文光曾云:"义门评本,不脱时习气。"因"义门之学,专攻时文。集中杂著,皆论制义"③。故而何焯分析诗文骚赋结构总是运用八股用语,如"破"、"破题"、"从……来"、"引"、"兴"、"入起下",均相当于"起";而"顶"、"生"、"意"、"带"相当于"承";"反映"、

---

　　① 何焯《义门读书记》卷四十五,北京,中华书局 1987 年版第 872 页。为避繁冗,以下引此书卷四十五至卷四十九者不再注卷数与页数。

　　② 何焯《义门读书记》。

　　③ 耿文光《万卷精华楼藏书记》卷一二五评《何义门集》语。北京,国家图书馆出版社 1997 年版第 4152 页。

"衬出"、"转接"等相当于"转","结"、"合"、"收"、"括"相当于"合"。此外尚有"对"、"应"、"伏"等词语。"对"用之于意旨相对,或与上篇对照,或本篇前后对照。或指对偶手法,如潘岳《为贾谧作赠陆机》:"子婴面榇,汉祖膺图。"何云:"面、膺借对。"谓面、膺虽为动词,而作为人体部分,对偶整炼。其实作为动词,对仗亦工。"应"言前后意旨、语词照应或呼应;如陆机《从军行》:"苦哉远征人,飘飘穷四遐;南陟五岭巅,北戍长城阿。深谷邈无底,崇山郁嵯峨;奋臂攀乔木,振迹涉流沙。隆暑固已惨,凉风严且苛。夏条集鲜藻,寒冰结冲波。胡马如云屯,越旗亦星罗。……苦哉远征人,拊心悲如何?"何云:"'胡马'一句应'北戍','越旗'一句应'南陟。'"今按此诗最合乎起承转合之结构:"苦哉"一句总起,"穷四遐"一语承"苦哉远征人",以下做南北分写,最后二句总结并回应首句。"伏"显然指伏笔,不赘。从这些用语与例句足见何焯对《文选》钻研之深邃、品味之细密。既可帮助读者领会选文结构之巧妙,又能使初学者获得作文赋诗之技法。这方面其剖析《上书秦始皇》、《出师表》可作为评点篇章结构的典范。如前篇,何焯抓住对比手法,遂得李斯此文结构上的关键。《上书秦始皇》全文乃处处对比、前后对比。文中云:"今陛下致昆山之玉,……此非所以跨海内、制诸侯之术也。"何焯评云:"'今'字"对前'昔'字,只'昔'字、'今'字对照两大段文字。前举先世之典,以事证;后就秦王一身,以物喻。即小见大,于人情尤易通晓也。"文章最后云:"今乃弃黔首以资敌国,……此所谓借寇兵而赍盗粮者也。"何云:"应明'过矣';前动以利,此怵以害。"何焯借用八股时文评析用语,精细剖析《文选》文篇间架结构,深刻细致而透彻,并无陈腐冗庸之弊,却有借故生新启迪后学之益。于结构又强调曲折有致、波澜起伏,如评《七发》:"数千言之赋,读者厌倦,裁而为七,移步换形,处处足以回易耳目,此枚叔所以独为文章宗。"评傅亮《为宋公至洛阳谒王陵表》:"叙致曲折,复自遒紧。"

　　在指点佳文妙处的同时,于《文选》中某些篇章布局方面有阙失的,亦予指出以为鉴戒。如干宝《晋纪总论》,何焯认为其"平冗失裁"。干宝此文"盖民情风教,国家安危之本也"一节正论民情风教,忽又论取天下当积德累仁,故何焯批评它"段落不清"。

　　第三是文篇风格体味品评时推重雄健笔力,新奇跌宕。风格方面推重雄健笔力。评说任昉《为齐明帝让宣城郡公第一表》云:"彦升表章,此篇颇健。"任昉《王文宪集序》:"任笔为有重名,亦以在当时稍为质健,特不能离去俗格,故高出有限耳。"于班固《答宾戏》云:"丽过于扬,其气质则远不逮,要非崔、蔡所及。"评骘《选》赋,大多依据《文心雕龙》立论。《文心雕龙·诠赋》云:"孟坚《两都》,明绚以雅赡;张衡《二京》,迅发以宏富。"似未加轩轾;然总论赋作要求时曰:"义必明雅"、"词必巧丽"。按此准则,最合其标准的自是孟坚,因其兼含有明、雅特色;亦蕴含张稍逊于班之义。故何焯评点张衡《东京赋》时,认为不如班固。评扬雄《长杨赋》:"奇丽。""其奇则相如所不能笼罩,丽处似天才不逮也"。此评亦与刘勰近似。刘勰云:"子云《甘泉》,构深玮之风。"玮有奇丽之义。但对刘勰,何焯并非亦步亦趋,所持亦有不同。缘于刘评赋准的是"丽词雅义",何焯的最高标尺是"奇"。刘勰论郭璞《江赋》:"景纯绮巧,缛理有馀。"何焯评云:"与《海赋》才力悬绝。"称许木华的《海赋》是"奇之又奇,相如、子云无以复加";无怪乎其贬抑郭赋。评诗大多依据钟嵘《诗品》,亦以跌宕有味为高,如于颜延年云:"颜诗大抵长于铺陈。"于刘琨《重赠卢谌》云:"慷慨悲凉,故是幽并本色。"于张协《咏史诗》云:"其词亦潇洒可爱。"于陆机《答贾长渊》云:"铺陈整赡,实开颜光禄之先。"

　　《义门读书记》品评杂文("杂文"指《文选》李注本卷三十四以下所录各体文篇)时,强调深刻切实。评司马相如《上书谏猎》云:"简当深切,章奏当以此为矩矱。"于扬雄《解嘲》批云:"词古义深。子云文如此篇,固退之所当逊避,《进学解》不能及也。本之东方之体,然恢奇深妙过之。"

批评陈琳《檄吴将校部曲》:"其文甚冗,何事滥存。"今按,此品味甚有卓识。陈琳此文,确是举例缺乏选择,复沓繁杂,篇幅过长,叙事细密而又结构层次甚不分明;语句力度不足,文体不像檄文,倒像一篇史论。历来有人从其中所列史事怀疑其系伪作。清人凌廷堪曾写一专文举其违背史事多例以证其伪,言之凿凿,甚可信从①。

何焯品评文章风格时可取之处有三:首先是出语简炼而能抓住特点,使人读之有正得我心之感。如评陶渊明《归去来辞》:"虽去骚人已远,而词旨超然,自觉尘埃不到。"评刘伶《酒德赋》:"撮庄生之旨,为有韵之文,仍不失潇洒自得之趣,真逸才也。"有时勾勒出一种文体的变化脉络,如评任昉《齐竟陵文宣王行状》:"碑版行状之文,自蔡中郎以来,皆华而无实。"称司马相如《封禅文》为"符命诔佞之祖"。其次是评文时结合创作背景、以知人论世的方法体味文风。如,在庾亮《让中书令表》下批道:"与二王不平,词多激烈,其才气颇锐。"于钟会《檄蜀文》云:"当时事势固然,笔力却无过人处。"或以此对个别篇章作者提出疑问,如曹囧《六代论》,自作品问世,孰为作者便是一谜。何焯发表己见云:"按,元首不以文章名世,安得宏伟至此?"认为非曹囧所撰,可能是曹植之作。再次是批评南朝时文体的讹变,亦多中其弊。如指摘任昉《王文宪集序》不合为书作序之要求,"直是一篇四六行状"。王元长《三月三日曲水诗序》亦是与别种文体交错,何焯指其"序记杂文,遂与辞赋混为一途。自此作俑,其藻愈肥,其味愈瘠,使人思颜之妙"。批评此文不及颜延之诸篇工妙得体。

何焯评点《文选》,总的特色的第四方面,是在篇章旨意阐发考索时喜好索求微言大义,包括对全篇、各章、各节和一些语句含义

---

① 凌廷堪《校礼堂文集》卷三十二,北京,中华书局 1998 年版第 288 页。

的探究。论赋则认为《选》赋之作，指意多在讽谏。如于《两都》、《两京》、《三都》、《甘泉》、《子虚》、《上林》、《长杨》、《景福殿》、《秋兴》、《洛神》等等赋篇，认为皆含有谲谏文句，意在劝讽。如于《东京赋》"大傩"一段，批云："西京尚武功，好远略，故铺陈角觚；东京宦者专权，故寓旨于侲童。"于《洛神赋》亦云："植既不得于君，因济洛川作为此赋，托辞宓妃以寄心文帝，其亦屈子之志也。……而特假以托讽明矣。"于张衡《四愁诗》云："《四愁》之作，所谓（《诗经》）'我瞻四方，蹙蹙靡所骋'者也。"剖析篇章，多能得作者深心幽旨。然亦有求之过深，一一求与史实相牵，反陷于牵强附会与穿凿者。何焯原已经认识到解说文学作品不应流于穿凿或附会，在《义门读书记》卷五十一批点《杜工部诗》开头部分引用宋景濂《为俞默翁杜诗举隅序》："注杜者，无虑数百家，大抵务穿凿者谓一字皆有所出，泛引经史，巧为附会，楦酿而丛脞。骋新奇者，称其一饭不忘君，发为言词，无非忠君爱国之意。至于率尔咏怀之作，亦必迁就而为之说。"何焯称道："余谓此言盖切中诸家之病。"故其评点一般情况下能够注意回避这种过失，如于阮籍《咏怀》云："《咏怀》之作，其归在于魏晋易代之事。而其词旨亦复难以直寻。"评"夜中"首曰："籍之忧思，所谓有甚于生者。"其语甚善。只是有时何焯见人不见己，虽看到他人牵强附会的弊端，自己实际操作中又蹈前人覆辙，如剖析阮籍《咏怀》的具体诗句时便不免此弊。对阮籍"平生少年时"篇"北临太行道"二句，何焯评云："司马氏，河内温县人也，故上文托三河言之，太行在河内之上，言此道崎嶮，恐不可失足也。""开秋兆凉气"首联"开秋兆凉气，蟋蟀鸣床帷"二句，阮籍本是述其写诗的季节与气候环境，何焯却评云："言典午以臣逼君，阴盛而阳微也。"真乃善于深文周纳。

明末清初，学界论文往往从文品论及作者人品。文由人作、由人评，欲摆脱文人人品与文品之评价，亦不可得。因而评论作者心态品行、作品背景及其作品所云是否由衷，亦成为文学评论中的不可或缺的内容,有时还涉及作品的真伪。何焯评文亦是如此。如《李少卿答苏武书》,何焯于此篇辨伪甚精,云:"似亦建安才人之作,若西京断乎无是。即自从初降一段,便似子卿从未悉其降北后事者,其为拟托可疑。"受《义门读书记》批判的作者有曹丕、潘岳与陆机等。剖析曹丕诗作进而剖析其心理进而评述其人品,颇为精当。曹丕《善哉行》题下何批云:"丕他日诗云'遨游快心意,保己终百年',其言如此其偷(苟且)也。复有子孙黎民之远图哉?诗以言志,文帝之志故已荒矣。""他日诗"即其《芙蓉池作》①。彼处何焯批云:"即'君知我喜否'意。丕之所见如此,其语偷(苟且),不似民主。吴人所以券其不十也。"抨击其自私自利、胸无大志、目光短浅、苟欢取乐、不以百姓苦乐萦怀的恶劣倾向。何焯评语甚是。曹丕被封作太子,抱下僚之颈曰:"卿知我今日喜否?"受汉献帝之禅让时云:"尧舜之事,今日知矣。"足见其志得意满,浅薄之极。如果是心忧天下,得为君王,承担亿万百姓之命运,当有沉重之感,魏文帝之言行,并不仅仅是未能免俗,观其施政发策,时有不如常人者,其心其文可知矣。

何焯贬斥曹丕之语,尚有两处。一在曹植《洛神赋》下,云:"文帝以仇雠视其弟,而子建睊睊如此。"一在陆机《吊魏武帝文》云:"(曹操)又曰'吾婕好伎人,……学作履组卖也。百年之后,汝曹皆当出嫁'"下,何云:"此建安十四年作铜雀台时令也。奈何犹有不从其治命,且至狗鼠不食其馀者乎?"引卞太后语以斥曹丕。按之古礼,"父母有婢子,若庶子庶孙,甚爱之,虽父母没,没身敬之不衰"(《礼记·内则》)。卞太后对曹丕的斥骂并不过分。

何焯于潘岳《闲居赋》题下批云:"既以亲疾辄去,复因免官自悔。大本既偏,自然干没不已,方贻慈亲以戚矣。此赋旨趣近乎子

---

① 见《文选》卷二十二。这些诗篇虽作于其为太子时,并不影响对其性格心理与文品的评价。

幼《南山》之诗,岂恬退无欲者乎?"又于此篇"顿足起舞,……孰知其它。"何批:"只是无聊,都非真乐。若以养亲为心,则视天下犹草芥,黜免正其所乐,又何复用其巧拙之叹乎?卒之孙秀修怨,太夫人亦诣东市,悲夫!"指出此赋指意颇似杨恽刺讥朝廷、发泄不满的《与孙会宗书》,颇得其实。潘岳此赋不仅指意与之相近,其用语亦仿佛杨书,如:"于是凛秋暑退"至"孰知其它"一节,其显然者。何评深刻挖掘出潘岳垂涎势位,不甘寂寞、免官之后百无聊赖的心态,斥责其干没不已给慈母带来的灭顶之灾。何焯为人讲求孝义,事亲孝谨,于弟推财让产,颇有令声,其责曹丕待弟之薄、潘岳贻亲以祸,发自衷心,甚中肯綮。再如批评陆机《吴王郎中时从梁陈作》"玄冕无丑士,冶服使我艳。轻剑拂盘厉,长缨丽且鲜",何焯云:"语太陋。"批评他言虽由衷,然沾沾自喜、洋洋自得、自我满假、自我炫耀、浅薄无聊。

　　总之,何焯研究选学,虽有数处阙失,然于清人中自是上乘,影响亦可谓深远。因而被黄侃先生许为清代《文选》研究中的"第一人",这种赞誉当然指其为清代第一个著有选学专著的大学者,更指他在选学研究各个方面的突出成绩。其着力于作者人品文品评价、创作背景缘由揭示、章指的阐幽发微、风格与结构的分析等等,能够入乎其中,以探其风格指意,又能出乎其外以校勘考据,其选学成就均较后来大多数偏于一隅的《文选》研究者全面透彻。其评点弱点处在于阐释作品时过于求深,流于穿凿,而不是一些学者所讥的以八股格式评《文选》。

第十二章 方廷珪《昭明文选集成》之研究

清代《文选》评点发展到何焯，已到最高峰，似乎再已无馀蕴可掘之时，清朝中期福建学者方廷珪编撰《昭明文选集成》问世（以下简称“《集成》”），成为清代为数不多的《文选》全评本，也是《文选》评点史上的重要文献，对其进行探讨研究可以窥见当时书院类机构里《文选》研究与传播情况，还可以认识中国语文教育近代化进程上的一些轨迹。

第一节 《昭明文选集成》的体例特色

方廷珪，字伯海，福建福州人，大约生活在公元 1720 年至1790 年之间。根据《集成》前边的福建提督学政奇宠格和通守福建台湾府澎湖粮捕事务胡建伟撰于乾隆三十年（1765）的二《序》、还有方氏的自序，知方廷珪撰成此书时，是在福州南台（今福州仓山区）大庙山上的钓龙书院任教。方廷珪称撰此书之志，源于自幼诵读《文选》时，觉其辞赋极多难懂字词，即使借助李善五臣注释，仍不通贯，欲全力攻之，因为忙于举业，无暇顾及。乾隆十六年（1751），福州林家聘方廷珪坐馆授其二子学业，乃开始精研《文选》赋类，“积诸日夜，殚心竭思，先其易者，后其难者，梳栉字句，分晰段落，博其义类，穷其归宿，研极既深，涣然冰释，始敢判以丹黄，分其甲乙,骚及诸体,以次相及。《选》犹向来之《选》,而所见异矣"①。自此用了十四年的时光,"暑雨寒风,晓星夜蜡,呫管濡墨,未尝暂辍。其有钩棘戟牾,平其情以探之,恐穿凿愈离也。文微意隐,设其地以处之,恐赋汇愈晦也。索之上下以求其结聚,本之情面以求其变化,庶几书无不可尽之意,意无不可尽之言",终于在乾隆三十年(1765),最终成就了这一部庞大的《文选》评点著作。为了郑重起见,乾隆二十九年(1764),方廷珪将自己投入心力最巨的骚赋类评注部分呈给当时在福州任安察使兼署布政使的大儒朱珪审阅,朱珪大加赞赏,称:"方君廷珪投所注《楚辞》,予览之,叹其用心之密也。……近时士不好古,而生独究心于嬴秦之上,其饮坠露餐落英之志耶?"可见1764年此书尚未全部定稿,也正因此,此书骚赋部分评注详致深入,其对诗文部分的研讨就相应地较为简略。

此书初次刊刻在清乾隆三十二年(1767),全书六十卷,卷首二卷为诸人序言与全书目录。至乾隆三十六年(1771),吴兴䢴宋楼又加重刊,版式卷次照旧。至民国十四年(1925),上海碧梧山庄加以石印,由求古斋书局发行。求古斋书局是1911年成立的以出版发行书法绘画为主的私人出版机构,经理周钟麟,嗜好法帖古画,通晓金石之学,故此书卷首序言或以隶书为之,或以篆字为之,又绘录昭明太子持书诵读之"真像",然不知取自何处,人像矮而粗壮,殊为恶俗,与古来学人心目间形象恐怕大相径庭,大约固执于《梁书》本传所谓昭明太子"体素壮腰带十围"而来。所附陈老莲12幅《离骚》、《九歌》之图颇为珍奇,为全书增色不少。该版本为了与全书24册相配,将方廷珪原书六十卷改易为二十四卷,又将何焯的《文选》评点抄来作为篇章眉批,并将书名《昭明文选集成》改为《昭明文选大成》,理由是:"集中训诂引据俱属善注,解说发明俱属方注。其为注也,句必有解,篇必有评,且所解无不尽之言,所

---

① 《昭明文选集成》卷首方廷珪《绪言》。

评无不尽之意，并标明文法段落，点清作者意旨，又兼采他书所注之善者，荟集众长，冶于一炉，洵乎集诸家之大成，使后学之自修，为《文选》学者第一善本。"①这种行为在民国时期刻印《文选》等古书时并非特例，上海大达书店刊行《孙评文选》亦将何焯评语径自录入眉批，全不加说明，尚不及求古斋书局刊印诚实。

　　方廷珪此书对《文选》篇章次序有所变动，缘由是，他坚持萧统《文选序》讲过"诗赋体既不一，又以类分；类分之中，各以时代相次"，而《文选》却没有按照时代先后收录辞赋文章，以至于没有显示出文学的发展源流，特别是辞赋之间的密切关系。他认为楚骚是一切赋篇的源头，应该置于最前，其次才是汉赋。而七体的《七发》《七命》《七启》也是赋体，也应作为赋放在赋类之尾，平心而论，方廷珪之说也甚有其道理。可是在赋类内部，他自作主张加以新的调整，就显得有些混乱不堪，其变动后与原书赋类次序可以下表示之。

《集成》赋类顺序	文选顺序	类别变动情况
宋玉赋	48	情赋
神女赋	49	情赋
登徒子好色赋	50	情赋
洛神赋	51	情赋
甘泉赋	5	原为"郊祀"，改为"典礼"
藉田赋	6	原为"耕藉"，改为"典礼"

---

① 《昭明文选集成》卷首出版者之语。

（续表）

《集成》赋类顺序	文选顺序	类别变动情况
子虚上林赋	7	畋猎
羽猎赋	8	畋猎
长杨赋	9	畋猎
射雉赋	10	畋猎
北征赋	11	纪行
东征赋	12	纪行
两都赋	1	京都
二京赋	2	京都
南都赋	3	京都
三都赋	4	京都
西征赋	13	纪行
登楼赋	14	游览
游天台山赋	15	游览
芜城赋	16	游览
鲁灵光殿赋	17	宫殿
景福殿赋	18	宫殿
海赋	19	江海
江赋	20	江海
风赋	21	物色
秋兴赋	22	物色
雪赋	23	物色
月赋	24	物色
鹏鸟赋	25	鸟兽

（续表）

《集成》赋类顺序	文选顺序	类别变动情况
鹦鹉赋	26	鸟兽
鹪鹩赋	27	鸟兽
赭白马赋	28	鸟兽
舞鹤赋	29	鸟兽
幽通赋	30	原为"志"，改为"感遇"
思玄赋	31	原为"志"，改为"感遇"
归田赋	32	原为"志"，改为"感遇"
闲居赋	33	原为"志"，改为"感遇"
长门赋	34	哀伤
思旧赋	35	哀伤
叹逝赋	36	哀伤
怀旧赋	37	哀伤
寡妇赋	38	哀伤
恨赋	39	哀伤
别赋	40	哀伤
文赋	41	原为"论文"，改为"经籍"
洞箫赋	42	音乐
舞赋	43	音乐
长笛赋	44	音乐
琴赋	45	音乐
笙赋	46	音乐
啸赋	47	音乐

方廷珪自言如此调整是因为："《选》中如畋猎京都等赋，俱分门类，其《幽通》《思玄》《闲居》《文赋》，皆不列类，且以《藉田》《甘泉》属之郊祀类，义亦未协。今改郊祀为典礼，《幽通》三赋编为"感遇类"，《文赋》一篇编为经籍类。"今案，将"郊祀"、"耕藉"合并为"典礼"有以今约古之嫌。《幽通赋》、《思玄赋》以议论为主，与"感遇"类以抒情为主有异，将《文赋》所属的"论文"类改为"经籍"更是荒诞难从。而且宋元明学者所批评的萧统望题生义，将《鹏鸟赋》、《鹦鹉赋》、《鹪鹩赋》归为"鸟兽"类的弊端，方廷珪全然没有涉及。不过这样一调，可以看出，加上注释，加上分段评点，加上总结段意、篇旨和艺术特色，简直就是一部很体例完备的近当代意义上的"古代文学作品选"了。

这部用了十四年心力铸就的著作，其目的非常明确，就是帮助初学者认识作者之用心，从而获得读书作文的门径，对此，作序者不惮重复地进行强调："李善之注《选》，旁搜远采，原委凿然，特未尝分其段落，标其意旨，读者乃有茫然河汉之虑。方子廷珪笃学士也，治举子业之馀，复究心于《文选》，每篇中抉奥搜微，注释从李善之旧，而段落分明，意旨晓畅，则生以学古心得者赞善注所未及，而昭明一编可揭然共明于世矣。"①又云："夫注家之难，非训诂之难，得作者之用心为难。是何也？注者一家，作者数百家，非以我之心逆作者之心，不得也。即以我之心逆作者之心，先据以成见臆解，不得也。……索之上下以求其结聚，本之情面以求其变化，庶几书无不可尽之意，意无不可尽之言，殆欲以撤蒙昧之葑丰，窥精微之堂奥，俾读者苦前日索解之难，乐今日用力之易。"②（方廷珪《自序》）

细观这些对著书评点目的的揭示，回顾整个宋元明以来的评

---

① 《集成》卷首奇宠格《序》。
② 《集成》卷首方廷珪《自序》。

点发展的轨迹历程,可以看出,方廷珪《集成》实在是对南宋评点模式的复归。在评点氛围上,都是产生于科举改革之后。北宋末年罢黜诗赋,导致学人对策论古文的重视,从而南宋出现了一批品评古文、讲究作文程序的书籍,如《古文关键》、《文章正宗》等。对方廷珪《集成》的出笼,加序宣扬者也不讳言与科举的密切联系:"今天子(乾隆皇帝)崇儒重道,遐陬僻壤,文教丕兴,三年贡士并重策论、诗赋。于是海内咸知向化,凡经书子史而外,声韵之学,上由嬴秦讫乎唐后,莫不探讨以求底蕴,亦云盛矣。"然后称赞《大成》是应运而生的可贵之书,是"欲独标精义以自成一家之言者。……我知是编一出,将不胫而走、不翼而飞,海内之十争奉为圭臬,诚足以扬扢风雅而翊赞文明也"①。方廷珪自己也非常乐观地宣称己书一出将会学子们人手一册,"父诏兄勉,人持一集",从而"发翰墨之英华,赓国家之功德"②,运用于科举应试。从评点者的身份来看,与宋代一样,都是身在书院以授课为生的儒者。评点书籍的阅读对象都是应付科举的初学者,评点的性质注重文章学领域的发挥,也即读书之法、作文之法、对篇章结构的指点,不再是非常主观的象孙鑛、钟惺、谭元春那般标榜格调,张扬文学理念。甚至在方廷珪的评点里,文学概念和文学史概念都是极其淡薄的,着眼就在一篇篇文章本身,文学评点经常运用的对比批评、意象批评、追源溯流,难见其踪影。甚至对文章意旨的讨论也很少见,总是一句带过,随即就是长篇大论地细读式的对文章结构的分析。评点的语言风格也回归了南宋,非常质朴,此前像《文选尤》、《文选瀹注》般行文喜好比拟骈偶辞藻华丽,被平实庸常的语词所取代,语气也不再是文采飞扬,联想丰富,而是好为人师、喋喋不休地指点读书的经验,谋篇的技巧。著者心态也是急功近利的,非常讲究实用的,几乎是要

---

① 《集成》卷首胡建伟《自序》。
② 《集成》卷首方廷珪《自序》。

让所有读到己书的人们，马上就能够获得科举指路明灯，从而在短短时间里掌握应试妙诀，获得举人进士高第："夫读书以致用也，士君子得时利济，则以生平所学见之于行，否则闭户立言、嗣古人而传诸来者，俾后之敏钝不一者皆得以借径而入焉，其亦伟矣"（奇宠格《序》）。总之，所有书院派评点的性质，方廷珪之书不但是无一不具，而且可谓是《文选》评点领域里书院派的典型代表。

第二节 《昭明文选集成》诗赋部分的评点特色

方廷珪非常郑重地宣扬自己书籍的显著特色就在于："兹编所以异于各家者，字句既无疑义，而前后段落，血脉承接、用意结穴，历历分明，无俟质贤师友，兹可了然于展卷之下。至于一篇既终，总括大意，间以议论，尤属切要，非等卮词。"①不过该书骚、赋、诗、文四个部分在详略重心方面还是各有区别的。骚、赋部分实质上是集评，既有方氏自己的注释批评，更有 10 多位他的师友所撰的篇末议论，而且这些议论总量上几乎与方廷珪不相上下。诗歌部分主要是发掘意旨，杂文部分着重以史论文，又是另一般色彩。各类文体既有迥异之处，所以下文分作骚赋（楚骚部分并无特色，略而不论）、诗歌和杂文三部分述其评点成就与得失。

一、辞赋部分的评点

辞赋部分的评点内容大致有三，一是阐述读书之法，这是宋代以来文章评点的首要任务和内容，南宋学者吕祖谦《文章关键》卷首开章明义就是"看文字法"，也即读书之法。方廷珪也自觉不自觉地沿袭这一套路，罗举了数项读书策略。例如读书要先难后易，

---

① 《集成》卷首《凡例》。

"读过此赋(指《上林赋》),《二都》等赋,便不难读。何则？文字不外结构,结构不外层次。虽锻字造句,彼此面目不同,然以意义息心静气求之,则无不同。故读书必先难而后易,于其难处用一番精神思力,自有以见作者之用心。于此举而措之,世间岂有难读之书乎?"(司马相如《上林赋》尾评)如此读书法,乃从《文选》篇目前后顺序中领悟而得,虽未必是萧统原意,然却合乎认识事物获得成功特别是读书认知的规律,后来顾炎武《日知录》、钱钟书《管锥编》等的篇目次序似乎皆具此意。

　　还有"读书要细读序言"条,对初学者指导意义和价值更是不可低估,这也是方廷珪长期治学深有心得的精华所在:"凡读书须读序文。古人著一部书,作一篇文,序文则总括其所以立言大意,详于首简,提纲挈领,于是乎在。杜预注《左传》,一部《左传》尽于一篇序文。范宁注《谷梁》,一部《谷梁》尽于一篇序文。至于赵岐序《孟子》,朱子序《学》、《庸》,皆能道及著述本意。而《学》、《庸》二序,尤能取孔子上继虞廷心法,别白言之,较他序文尤为吃紧。因此赋篇中及'乱',翻来覆去,总不出序中大意,故附论之。"(颜延年《赭白马赋》尾评)方廷珪短短数语就将这一技巧表白于人,后来200年后当代学人每每教授弟子时亦津津乐道这一读书捷径,实是对方廷珪之说的发扬光大。可惜今人不知从者屡见不鲜,未读司马迁《太史公自序》,便大谈特谈《史记》如何如何评价某人某人,殊不知人物定评乃在《太史公自序》。读《史记》评人物,不当只盯着叙事,更应从司马迁《自序》入手。

　　二是讲述读文之法,方廷珪常常放在作文技巧里论列,单论读文之术的仅见《七命》评语:"《七启》、《七发》、《七命》,体裁同赋,且各指一事而发,脉络尤易寻。学者读赋,恐其边幅修延,不如先熟读此类短篇(按,指七体各篇的段节),玩其步骤之次第,学其设想之超妙,想其字句之结撰,隶事属辞,彼此匀称,前偏后伍,纪律森严,更不能登作者之堂。"卓有心得,所论亦对宋人笼统而述的读书法有所补充。

三是讲述作文之术。读书读文落脚点在于作文,方廷珪对此更是见机而发,常加畅论,较之宋人置于卷首的总述式的"论作文法"(见吕祖谦《古文关键》等),显得细密明晰。结合具体篇章评点,讲论的作文之法有些不免老生常谈,如文章皆有理法(《子虚赋》评),所贵意在笔先(《长杨赋》评),取材要精、叙次原委要分明、用意深浅要层叠周到(《西都赋》评),作文最忌沿袭,最苦也在沿袭(《西京赋》评),作文要有正大健全的胸怀气象(《雪赋》评),叙事描写不难于画形而难于摹神(《长门赋》评),作文贵真(《怀旧赋》评),必当以辨体为要(《文赋》),作赋凝厚中必须流动(《舞赋》),贵于情趣相生(《长笛赋》评),铺设辞藻以切实、不袭、生趣流动为佳(《笙赋》),皆作为度人金针细讲漫说,大有诲人不倦之风。

有些技法就不是这样的泛论,而是颇有新意的点拨,如论作文不可轻犯题目,这是就潘岳《藉田赋》立论的:"只中间数句为藉田正文,馀俱从藉田之前后,紧就藉田发意,既不失之肤泛,行文亦绰然有馀地矣。文之正位,原自无多,后人入手便犯,宜其形枯而意索。甚至首尾复叠倒置,皆坐此病。"教育弟子对付命题作文既不要离题太远,更不能一开始就讨论题目本身,以至于内容简陋、意旨褊狭,应该就题目相关话题展开,涉及题目者只用精要数语即可。这般说教对当时就读于书院或私塾的学子来说,自是秘诀。其它还有遇到窄题要细作(《射雉赋》引陈尹梅语),用字施词要"纯色"(如讲到历法天文,不可杂以别的领域的文字词汇,见于《羽猎赋》评),皆属此类。

方廷珪不单纯是将《文选》作为优秀文章范本教导后学,对个别篇章,他从文章学角度也点出不足之处以作前车之鉴,如江淹《恨赋》《别赋》自是千古杰作,方廷珪认为二篇取材上存较大缺点,《恨赋》所列秦帝晏驾、赵王被虏、李陵降北、昭君辞汉、冯衍罢归、嵇康入狱,均非最大恨事,远不及秦廷内荆轲匕首、高渐离之筑和博浪沙张良之椎等等令人引为恨事之深之烈。《别赋》评语亦认为能够重新相见的离别均不足入文:"兹篇用意肤泛尤多。予谓古今别筵之可伤者,勾践入吴、明妃辞汉、易水之歌、垓下之赋,以死为期、无生可望,才可云别也。他如陇头塞下、长亭秋江,近计日远计年,可云关情,未可云伤心也。"所列对开阔读者作文取材视野未必无益,只是强迫古人以就自己的藩篱,未免不通。还有在寥寥无几的主旨议论里指责贾谊行不顾言,也是错读史书所致之谬:"厥后因长沙王坠马,自伤夭殁。何能謇謇言之于前,不能坦坦由之于后耶?"《史记·屈原贾生列传》明明叙道贾谊所傅、坠马而死者乃梁怀王,非长沙王,而且梁怀王又直接关涉着皇帝的偏爱之心、贾谊的政治命运:"梁怀王,文帝之少子,爱而好书,故令贾生傅之。"以贾谊之聪明,绝对知道这一事故宣告了自己政治命运的彻底无望,对于这位平生以政治生命作为第一生命的洛阳才子而言,此后将生不如死矣。

二、诗歌部分的评点

诗歌评点着眼于篇旨的探究归纳和发掘微言。古人或者读书讲究深奥文字浅读之,如辞赋;浅易文字深读之,如诗歌乐府,方廷珪也正是如此而主张的。而且唐宋以后应举诗歌大抵讲究平仄、偶对、句数等格律,皆不是《文选》时代所重的,故而评诗聚力于意蕴和风格也是有点无奈的选择。

方廷珪诗歌评点最后附有"读诗绪言九则",格式方面是继承吕祖谦《古文关键》前面的"读古文法"等,看来是作为诗学总论而保存的,今观其中所言,大多皆是前人所论之陈言,略具心得者有如此语:"作诗淡远难,典丽易。淡远者,词止而意不止,能生人幽赏,发人妙思,得之天分为多。典丽者词止而意亦止,使人肃然动心,穆然正辞,得之学力为多说者以为颜(延年)诗专取典丽,然如

《秋胡子》诗篇,何尝专取乎是。若《拜陵庙》《皇太子入学》及《应诏》诸作,不得不异乎是。譬如明堂太室,杰构雄造,非饰以青黄丹碧,则质掩其文,不成壮观。大抵义取之六经则典,词饰以鲜藻则丽。……颜诗擅长处正多。"能够引入文体学为颜延年辩护,认为颜延年风格成因乃是长期创作应制诗,形成了固定的语言思维模式、词汇积累和风格定型;颜延年风格实际丰富多样,擅长之处不可低估,较之简单贬低颜诗,颇为可观。只是评点诗歌时处处不忘六经,不免有些迂远,如评曹植:"子建诗实擅诸家之长,自非建安七子所及。而《赠白马王彪篇》缠绵恳挚,庶几发乎情止乎礼义,深得《三百篇》之旨。"这种立足经学评点汉魏六朝诗歌,也就成了他的最显著的特色。与此相应的是《赠白马王彪篇》尾评:"通体不言子桓之薄,而薄处自见。温柔敦厚,《常棣》而后,此其嗣响矣。……以己待兄弟之厚,正反形子桓待兄弟之薄,缠绵恳挚,俱从肺腑中流出。怨而不怒,哀而不伤,真可上继《三百篇》矣。"以《诗经》比曹诗,以《诗经》解曹诗,以《诗经》论曹诗。

汉人解《诗经》重美刺,方廷珪亦以此模式解说汉魏诗。《古诗十九首·明月皎夜光》评云:"此刺富贵之士,忘贫贱之交而作。"所持甚是。"去者日益疏"篇评:"刺沉溺利名至死期将至尚不知止者。"但诗的原旨是思乡,不是贬斥那些贪图名利之辈。谢朓《和徐都曹》评:"一幅春游图,清新生动,不以摹拟损才,但据大意,是刺其乐游无节,非美之也。"认为诗里描绘美景,意在讥刺好游无度的人们和事情。谢朓这诗的原文是:"宛洛佳遨游,春色满皇州。结轸青郊路,回瞰苍江流。日华川上动,风光草际浮。桃李成蹊径,桑榆荫道周。东都已俶载,言归望绿畴。"真是圆美流转、情趣无限,孔子学堂上听闻曾子叙说春游亦欣然叹曰:"吾与点也。"方廷珪此处解诗却简直是大煞风景,恐怕圣人知之也会怫然不喜的。

不过方廷珪解诗最有趣的是评讲阮籍《咏怀》。他简直在传授如何逃避文字狱嫌疑和刑罚的技巧。17 篇篇篇以"无可罪"三字作结，犹如邵雍《击壤》诗135首篇篇以"尧夫非是爱吟诗"句子作首尾，理学家和自命理学后学者作诗解诗一脉相承，祖传绝肖。如："此章喻贤奸倒置，君子失所于野而号，小人得志于朝而乐。以林喻朝，以鸣喻乐，然却是写夜中景物，故无可罪。"（"夜中不能寐"篇评）"人情之不可信如此，以刺晋之背魏，通篇只以夫妇不相保守为言，故无可罪。"（"二妃游江滨"篇评）方廷珪的阐释有的还是能够接受的，特别是对后篇，今人诠释多加采纳。然篇篇都认为是阮籍处心积虑地在攻击讽刺司马氏，却又为了逃避司马氏的怀疑而故意托之外物、迂曲而言，又流于深文周纳、无中生有了。

他的理论根据是凡诗皆有寄托："凡古人诗，一个题目，必有所托之意。……大约上半多说景，下半多说情。情即从景生出。……故诗之形貌虽有万端，法律初无二致，引而伸之，是在善学之士者。"（谢朓《郡内登望》尾评）此一段里面他就总结了两个规律，一是诗歌总是前写景后抒情，这还切合《诗经》个别篇章、大小谢创作情况。可是说凡是古人诗篇必有所托之意，就未免以偏概全。而他正是在此观念指导下以此进行诗歌评点的。再如《古诗十九首·青青河畔草》评云："以女之有貌，比士之有才，见人当慎所与。"引申出士人交友要慎重之理。评"冉冉孤生竹"篇："古人多以朋友托之夫妇，盖皆是以义合者。……大意是为有成言始，相负于后者而发。"将《古诗十九首》涉及夫妻男女的大多解释为思友盼友刺友怨友，未必合乎汉人原意。对于解诗穿凿之弊，方氏不是没有警觉，评点傅玄《杂诗》时他特别指出："说诗最忌穿凿、附会时事。"并且批评五臣注将男女附会为君臣关系，可自己却不能避免同样的弊病。

方廷珪习惯以应举文章学之理关照抒情性的诗歌创作，故而造成较之赋文二体，许多篇目好像无话可说，即使勉强归结意旨，也多是语简近陋、语质近俗，可读性差，明显是行文缺乏情趣。特别是要求作诗也要仅仅扣住题目，不得离题偏题，于是郭璞的《游仙》诗就成了反面典型。他认为游仙题材应当像司马相如《大人赋》全写仙界,读了让人飘飘欲仙才算合题,否则就当弃舍不作:"按游仙有二意,一是脱去世网,与仙人游;一是游而不返,污漫无际。此等题目须如汉武帝读《大人赋》有飘飘欲仙气象,乃为得之。(郭璞)七作,合处少,不合处多。"(郭璞《游仙》诗尾评)。此前郭璞诗在《文选》李善注那里,就言其不合文题:"凡游仙之篇,皆所以滓秽尘网,锱铢缨绂,飡霞倒景,饵玉玄都。而璞之制文多自叙,虽志狭中区,而辞无俗累,见非前识,良有以哉。"吕向称其"璞诗虽游仙,意杂傲诞,上下道德,信远乎哉"。李善、五臣不仅没有指责反倒赞许郭璞将游仙演化为抒情诗的做法。可方廷珪则对收入《文选》里的郭璞七篇《游仙》诗,稍见离题便加贬斥。如"京华游侠窟"篇评:"篇中一半仙一半俗。""青溪千馀仞"篇评:"此篇明是隐遁,何尝是游仙事。""翡翠戏兰苕"篇评:"此篇是游仙,但其旨不远。"故意与五臣注为难。可是诗里明言"放情凌霄外,嚼蘂挹飞泉。赤松临上游,驾鸿乘紫烟",不可谓不高不远,"左挹浮丘袖,右拍洪崖肩",更是南朝唐宋文人雅士喜爱的名句,《文选》编者萧统曾经拉着王筠的衣袖,拍着刘孝绰肩膀,口诵"左把浮丘袖,右拍洪崖肩",欣喜遇到这二位才华横溢的文士(《梁书·王筠传》)。方廷珪竟如此评论,难道不怕郭璞的在天之灵和后人嘲笑他孤陋寡闻:"借问蜉蝣辈,宁知龟鹤年"?"六龙安可顿"篇评:"此篇诗纯是叹逝,见年华一往不可复返,曰哀曰悲,不特非仙,并亦非达。更与题远隔蓬山矣。昭明以之入《选》,殊不可解。"责怪萧统不该选录此篇。"逸翮思拂霄"篇评:"只似感士不遇,兼叹逝意。纯是俗肠,非仙肠也。"可见以俗眼观诗,高叟说诗,自己沦为俗物而却不知。

第三节 《昭明文选集成》杂文部分的评点特色

《文选》杂文部分包括 30 多种文体,160 多篇,方廷珪对于这部分的评点最有特色。尾评篇幅长短不一,但以洋洋洒洒长篇大论、大发厥词为常态,语言风格意气风发,也不再像诗赋部分拘谨固陋,可是伦理道德的评判和说教变得更强烈更突出,从而显得每篇末评里概括文风的诸如"文气疏宕"、"凝练风致"等简短词语无关紧要了。

　　方廷珪对于《文选》杂文部分的评点,有颇为系统扎实的理论观点,也即崇尚汉唐散文,贬斥六朝骈文。他的文学发展观仍是传统的退化观,西汉文最优秀,风格疏宕,言尽而意不尽,有浑雄沉厚伸缩卷舒抑扬反复之妙;司马迁《史记》是叙事文里的万古高标。东汉虽不及西汉,但"凝练缜密"(赵至《与嵇茂齐书》尾评),风致渊永,"多取四字为句,实开魏晋之先","运掉轻便,无造作痕迹而神穆冲度"(陈琳《为曹洪与魏文帝书》尾评)。曹魏文风,"事多,行文炼。虽疏荡流逸不及西汉,而严重整齐中,绰有渊然铿然之声。丰度犹未远也。自此而后,渐趋俳偶,则文胜而趣不长矣"(同上)。文学到了六朝,跌入了低谷:"六朝文降入齐梁,浮靡肤庸,愈趋愈下。"(王融《三月三日曲江诗序》尾评)辞藻绮丽密集,初读时炫人眼目,可是内容却沦于浅薄单调,浮泛寡要,没有馀味,缺乏情趣。即是六朝那些优秀的文章也是不合乎正统原则,不登大雅之堂的:"若其雕琢工致,词句清新,犹古乐之有郑卫,五色之有红紫乎?"(任昉《为萧扬州作荐士表》尾评)不过他所贬低的主要是六朝骈文。具体而言杂文部分其评点特色,有下述三点。

一、标榜伦理纲常,又讲究人、文分论

　　首先是他站在君臣大义、臣节以忠贞至上的理念,谴责了一些为权臣篡权夺位涂脂抹粉的所谓"秽文",并且批评萧统选文不当,该弃不弃。本来这种舆论思潮在清前期曾经盛行一时,从顾炎武的《日知录》到何焯的《义门读书记》、到张云璈的《选学胶言》等都

对《文选》选录的此类文篇发挥不满，但作为一本书的重心来处处揭露，还是以方氏最显著。这些文章首先是潘勗为曹操撰写的以汉献帝口吻发布的《册魏公九锡文》，何焯那样注重以德论文的学者，对此亦赞叹其文采，虽亦将之与前代谄谀权奸之文相提并论，语意还是很含蓄的："大手笔，唯退之《平淮西碑》与之角耳。此篇视《汉书》中张竦为陈崇称莽功德奏，精力不逮而体之雅洁过之。"①方廷珪则明确地宣判其为"奸言"、为"乱世之文"："辑《左》《国》《尚书》以成文，浑朴质穆，雅近汉初诏诰，所谓饰六艺以文奸言也。朱子谓《战国策》为乱世之文，予谓此文亦然。"明确承袭朱熹论史论人论文均以德行为纲的评论方式。接下来是任昉所撰的《宣德皇后令》，是为昭明太子父亲萧衍篡位张目的，方廷珪认为萧统很是无识，收录了这样的"扬父之恶"的恶札。而对执笔的任昉更是怒不可遏，声色俱厉："沈约、任彦升皆以文章著名一代，熏心富贵，至以秽墨恶札遗臭千秋。呜呼！君臣之分，五季而绝。约与彦升诚萧氏佐命之功臣也。亦知居奇，贩卖万世之公议。为可畏乎？昭明选此篇文，直是扬父之恶，可删也。"方廷珪所指本来就不当收录的，还有任昉的《百辟劝进今上笺》《为齐明帝作让宣城郡公第一表》，在对后篇的评语里他甚至漫骂任昉"诚贩国之奸贼"。

　　方廷珪认为污口秽笔、绝对该删的还有王俭的《褚渊碑文》。褚渊、王俭同为刘宋驸马，同为处心积虑覆灭刘宋而为萧齐开辟先路的佐命之臣，生前二人沆瀣一气，褚渊死后，王俭又肉麻吹捧，自是无耻之尤，所以方廷珪评注此文时，弃舍了儒者文士的雅致风度，在评语里处处痛骂二人"病狂丧心"、"再醮之妇丑詈前夫"、"满纸犬吠"、"更当拔舌"，尾评里严厉谴责作者"跖徒誉跖"、"肆为狂吠"，怨恨萧统不该以此文入《选》，如此恶毒攻讦古人之文，颇为失态。

---

① 何焯《义门读书记》卷四十九，北京，中华书局 1987 年版第 948 页。

　　如果说对任昉、王俭等纯是破口大骂的话，那么对另一位也曾撰写同一性质文章的扬雄则是憎其失节，哀其不幸，怀抱同情："扬子云以《法言》拟《论语》，以《太玄》拟《易》，始念何尝不以圣贤自期。迨投阁不死，莽赦其罪，因附会符命，忍耻苟活，自结于莽。至以此等恶札流秽千载。厥后《纲目》书为'莽大夫扬雄卒'，为法受恶，无可逭者。嗟乎！莽以符命欺天罔人，当日颂莽功德万有馀人，至自许为'维清维默、守道之极'者二亦为之。噫！晚节末路之难，此固子云遭逢之不幸，其亦守道之未极乎？"比起《文选尤》诅咒其"胡不遄死"温厚多了。

　　其次，方廷珪又坚持人文分开评价的原则，不愿以作者为人的缺失抹煞其作品本身的文学价值，他多次批评曹植的为人华而不实，轻薄寡识，对其文章则赞不绝口，称《求自试表》"卓荦苍郁，"文气流走；《求通亲亲表》"立言有体，弥觉肆好其风"；他不满于祢衡的傲诞、孔融的浅见，但对《荐祢衡表》的评语甚美："疏宕难以典丽，典丽难以疏宕，此独兼之，东汉中另是一种出色文字。"

　　即使文章的创作背景多么的阴暗不堪、令人憎恶，对文章艺术本身，他有时还是力图给予简洁公正的评赏。如潘勖《册魏公九锡文》不仅称许其取材经典，还赞赏其为文巧妙——"但就文论文则善矣"。对多次恶言相加的任昉也未曾抹煞其文章俊才，如评任昉《为褚咨议蓁让代兄袭封表》："骈体文多失之浮泛而寡味，似此之根据确切，气度渊永者少矣。纯是临摹东京人手笔，彦升文当以兹篇为最。"《为卞彬谢修卞忠贞墓启》尾评："字字凝练，截截周到，是有意模拟东汉文字，故一路俱渊然作金石声。"《上萧太傅固辞夺礼表》尾评："陈义极正，语语从肝肺中流出，炼意选词，亦复铮铮作响。"《奏弹刘整》尾评："字字比例而出，俗事能雅，繁事能洁，自推好手。"不免又有溢美之笔，因为方廷珪对六朝文整体评价是非常低的。

二、善于将同类文章对比评点，突出作品主题的优劣和艺术成就的良莠

如羊祜《让开府表》与庾亮《让中书令表》同是朝廷高官推辞优厚利禄，但由于身份、学养和德行不同，所以行文处处迥异："此（庾亮《让中书令表》）与羊叔子《让开府表》同，而用意异。叔子全为国家人才起见，心事如丽日当天。此则全在外戚上较论利害，不谓己才之不堪，直谓人言之可畏，纯是一片私心胸怀，相去远矣。元规相业，毫无足述，原因椒房之亲高踞要津，公议不孚久矣。此表亦是迫于物论不得不辞。"评羊祜《《让开府表》则是："此表见其休休有容，尚存古大臣风度。若庾元规之让中书令，只是为一己计较利害，并不是为国家人才起见。心胸广狭，何啻霄壤。"结合二人人际关系上的背景，在历史上的功过、文章重心所在，可知所予评语深刻入木。

陆机《汉高祖功臣颂》与袁宏《三国名臣序赞》，同为对于风云际会英雄时代涌现的人物，同为赞颂性韵文，自可一较高下。方廷珪认为袁文逊色，就在于刻画人物没有各自的特色，数十位形象非常模糊；"兹篇视之《高祖功臣颂》，用意铸词，似彼此多可移掇，亦以除武侯、文若、公瑾、伯言数子而外，少赫赫可纪之功，因其偏长片善，掇拾成文，故不能恰肖本人面目也。"而陆机一文，之所以高妙，恰恰正得力于以神笔画出数十人的特色，"三十一人中有各人之遇合，有各人之功绩，有各人之面目，必睹影识形，闻响知音，才见精神结聚。若改易字面，俱可相通，便不成章矣。全力包裹，细意熨贴，刻羽引商，镂金错采，令千载下生气奕奕，是为才人极笔"。这段评语观点，明显是沿袭明末李贽、金圣叹、李渔等小说评点理论而来的，即所谓"叙一百八人，人有其性情，人有其气质，人有其形状，人有其声口"（金圣叹语）。而满口"我儒"的方廷珪其实对小说戏曲挺熟悉的，他还用戏曲演出模式评价王褒《四子讲德论》的

结构:"大意总是赞扬本朝功德。讲德虽四人,实止二人,馀二人乃戏台上贴脚,虽二人实止一人,此一人乃戏台上正身,布局离奇谲诡,行文云委波属,真巨观也。"庸腐不堪的献谀之文,方廷珪能够读得有"离奇谲诡"、"云委波属",真的应归功于喜好戏曲,以至于把此篇当作《五女拜寿》之类的喜庆剧品味了。

再如李密《陈情表》与嵇康《与山巨源绝交书》主旨同为不愿出仕,可是口吻、风格因为读者对象、作者身份性格有异有同而富有可比性。李密表哀哀切切,叩首乞怜,声泪俱下,嵇康文嘻笑嘲讽,"语语从肺腑流出,视后代饰情辞宠,判若霄壤矣"。

潘岳《马汧督诔》、颜延年《阳给事诔》,同写为国捐躯英烈,层次铺叙亦相似,"而写法不同,各人有性情面目"(《阳给事诔》尾评)。颜延年《陶征士诔》所述是另一种人物,与前二文相比,"作忠烈人诔文,出色易作;作恬退人诔文,出色难矣。英气故易,静气故难。陶靖节胸怀高迈,性情潇洒,作者能以静气传之。"对三篇文章作者用心之处,探隐发微,深有所得。

三、处处张扬明哲保身、谨慎处世的人生观

方廷珪喜好谈论为人处世之术,教导后学如何做人待物,有的陷于琐碎,如教人莫贪棋艺等。但更多的是讲他自己的人生观,在评点里屡屡畅论,表达得跃然纸上,那就是明哲保身,不惜屈身忍垢。他每逢类似篇目,在尾评里总是数落刚直不阿的名士如何不明智,如何自寻死路,又大赞特赞那些韬光隐晦的人物如何善于避祸逃生。前者如指责嵇康、孔融、祢衡浅见寡识,孔融不自量力,识力不足,推荐祢衡简直是将才子送上刀俎(《荐祢衡表》评语);叙述陆机如何恃才昧时,为赵王伦草诏,几乎被杀(潘勖《册魏公九锡文》尾评)。

他一方面抱怨嵇康如何不识时务,另一方面对阮籍则大加吹

捧："魏晋之际，革除之运已成，求其皎然不滓、自脱尘网之外，不屑为司马氏用者，予得两人焉。一曰嵇中散，一曰阮步兵。然中散有高世之才，防身之智疏，卒以菲薄汤武见杀。步兵虽抱愤俗之志，不废周身之防，如前篇之劝进，此篇之奏记，皆逸情奇气，独往独来于楮墨之间，其视当日之脂车曳裾、趋附权门，直如鹏鹗高飞一举九霄，下视蓬蒿矣。"（阮籍《奏记诣蒋公》尾评）阮籍所撰《为郑冲劝晋王笺》，也是为权臣摇旗呐喊的文章，可方廷珪出于对阮籍的偏爱，反而句句为作者辩护，颇欠公平："操以相国加九锡，受十郡，封魏公于汉。司马氏亦尤而效之于魏，所谓'君以此始必以此终'也。嗣宗非逐膻附臭者，此笺定有所迫而成。然一路只据晋之现在功绩，而以阵骂风樯之势行之。到末直自吐心胸，而以真让与假让，当面一照，庄中寓讽，仍是加以美名，故言者无罪也。公殊不似醉人。"《咏怀诗》评语已经加了十七个"故无可罪"，这里又来了一个"故言者无罪也"，可见这是方廷珪的得意之笔，也是他的得意之计、人生策略，殊不知其可怜可鄙。一方面痛骂前朝叛臣奸臣，一方面自身又苟活于世，整日战战兢兢、慎口寡言，在清朝中下层文士阶层里，这种处世态度看来颇有代表性。倾慕狡黠避祸之流，嘲骂正直刚烈之士，一幅士气衰靡之相，俨然言外。

综观《昭明文选集成》一书，方廷珪评点，实在水平不算很高。此后不久，于光华对此前自从唐宋迄止清前期的《文选》评点，以《文选集评》的名目进行了一次划时代的总结。纪昀编撰的《四库全书总目》对《文选》类明清评点之书全部打入另册。宋元之际开始的《文选》评点，此后直到清末，再无专书。当然许多学人归纳了一些原因，比如清代考据学的兴盛，《文选》评点领域缺乏再加开掘的资源。不过有一个原因是不可忽视的，即个别评点者的学力欠缺造成的某些评点书籍部分内容的硬伤重重，内容低劣，此处仅举《昭明文选集成》里的一例一概其馀："陶靖节为彭泽令，必有所迫而出，亦缘身未沾晋禄，故可以仕宋耳。但仕宋总非本怀，故八十日解组而归。其曰'心为形役','迷途未远',实有自怨自悔,不知前此何故忽踏宦海,故自彭泽而归,写出家中何等受用,愈觉前此之出为非计。总与晋事无涉。若义不可仕,毋论八十日,即一日亦不可。乃因今此之仕,始伤心晋室,何异嫠妇已嫁,哭其前夫耶?故《纲目》仍以晋处士书之,不与宋臣也。评者不深惟其本末,强以晋事扭捏支离,可怪也。兹为一正从前谬解。"(陶潜《归去来辞》尾评)陶潜何尝未食晋禄,何尝出仕刘宋80馀日,何尝平生出处与晋朝无涉,可见他平生连《晋书》、《宋书》、《南史》里陶渊明的传记也未读过或者也未认真读懂。不读史书却喜发史论,真是一绝。正是这些孤陋寡闻所致的谬误,混迹在评点著作里,败坏了评点学的名誉,使许多学者感觉到评点者仅是一些不甚读书的妄言之徒,《文选》评点到此,也真的要山穷水尽了。

第十三章　于光华《文选集评》研究

　　《文选》评点领域出现了孙月峰和何义门两位大家之后，许多学者都感到这一领域到了难以再加创新和超越的时期，而将前人的评注集中起来编成集注、集评形式的书籍，也许既省心省力也更便于为师者传授和初学者自修。方廷珪《文选集成》已经很自觉地将其师友评点辞赋类的言论网罗起来加以编录。与其同时，同是在南方的广州，从事普及教育的于光华耗时二十年编撰成更有价值的《文选集评》(以下或简称"《集评》")一书。

第一节　编者生平与《集评》体例特色

　　于光华，金坛(今江苏常州金坛市)人，据其《重订文选集评自序》，他生于雍正五年(1727)，卒于乾隆四十五年(1780)后。出生书香门第，父亲、叔父均为教师，父辈嗜好《文选》之学，并撰有《文选字辨》一书，对《文选》里的疑难字词进行了全面的注音和训诂，并且在何焯的基础上作了一些校勘。于光华20岁时，其师于琰(号泉庄)郑重地将此书授予他，后来成为了《文选集评》里注文的一部分。父辈自幼所授的《文选》之学，也成了他后来终生从事《选》学事业的基础。乾隆二十八年(1763)，37岁的于光华离开家乡，南下粤地投靠亲戚，随身所带之书只有一部父辈为其发蒙启迪所用的《文选》。这套文选，其父辈将何焯校勘评点全部抄入，于光华沉浸其间,也就成了他所撰《集评》的雏形。

　　于光华平生喜好时文,曾经应过科举,失败之后,绝意仕途,潜心授徒,所编《心简斋集录》、《七种文钞》、《养正编》等,皆为应付科举教材或辅助读物。只是在漫长寂寞的坐馆私塾、主讲书院的生涯中,于光华不甘心"徒于时文觅生活"(书末杨师韩跋语)。故而奔走衣食之际,寻访时人所藏明清诸家校注评点《文选》卷册,废寝忘食10多年,撰成一书,于乾隆三十七年(1772)呈给曾经为乾隆皇帝校勘《文选》的学者秦鐄审阅。秦鐄,无锡人,乾隆十年进士,当时任广东盐运使司盐运使。秦鐄将此书署名为《文选集评》以突出其评点方面集大成的特色。由于这部书非常适用于初学者,当年即刊印问世。不久,于光华读到方廷珪的《文选集成》和邵长蘅的《文选手评》,遂即将其选择抄录于己书的眉端文尾。其友人怂恿再版,乃又于乾隆四十三年(1778)增订付雕,此即《重订文选集评》。然而本文所据锡山启秀堂刻本,钟绚序作"乾隆庚子(1780)春三月既望锡山淡斋钟绚自识",好像与邱先德、黄燁照、于光华序里所言刊于1778年相矛盾。今人范志新考证,启秀堂本不是《重订文选集评》的原刊本,乃是钟绚在锡山重印的本子①,疑问得以消释。

　　《集评》问世后,翻刻重印颇多,影响甚大,今人著文讲学还不时引录,其原因大致有三:

　　一是体例完备,评点兼具。卷首部分有总目、《梁昭明太子文选序》、唐李善《上文选注表》外,还将《文选》所录37种文体的文体源流特征加以解说,基本取材于刘勰《文心雕龙》、蔡邕《独断》等权威的典籍,要言不烦,精粹清晰。此后是《文选》作者《姓氏小传》,将卜商(子夏)以下127位作者的字号、生平、身份、乡里予以简介,并且根据清代一统志注明古地相当于今日何处,如解说"卜商"云:

---

　　① 范志新《文选版本论稿》第174—175页,南昌,江西人民出版社2003年版。

"《家语》：'字子夏，卫人，孔子弟子。按，卫在今河南卫辉府淇县。'"当然最出色的还是正文的注释评点部分。注释对六臣注进行了大规模删繁去复，在此基础上，汲取了张凤翼、何焯等人的补注和校勘成果，还将宋人吴棫、邵长蘅《韵略通叶》的有关内容摘入文下，显得内容富有新意。评点方面，将前此评点里具有的各种样式，诸如题下评点、行间夹评、页首眉评、篇末总评，聚于一文一书，并且圈点认真谨慎，分工明确，"大段落用大画截住，小段落用句中逗圈别之。佳句用密圈，脉络用密点，逐段眼目用尖圈，或用密点，字法用实圈，或用单点，俱各从其轻重"，不乱加，不滥加，段落分明，重点突出，非常有益于初学。

　　二是资料丰富，选择精严。集评类的书籍此前也有，如张凤翼《文选纂注评林》、明陆弘祚《文选纂注评苑》、凌梦初辑评《选诗》，或者简而陋，或者繁而芜，均不得其中。于光华此书网罗了自宋代至清中叶四十多家评点者的言论，按其时代先后和来源可简示如下：

朝代	姓名	评点条数与对象	来源
南齐	刘勰	1.《百一诗》	《文心雕龙》
宋	欧阳修	1.《归去来辞》	《诗人玉屑》
宋	朱熹	5.《离骚》《涉江》	《楚辞集注》
宋	谢枋得	1.《报任安书》	《文章轨范》
元	祝尧	2.《两都赋》	《古赋辨体》
明	杨慎	1.《羽猎赋》	《升庵诗话》
明	王世贞	3.《西都赋》等	《艺苑卮言》
明	钟惺	2.《大风歌》《苏李诗》	《古诗归》
明	张凤翼	46.《六代论》等	《文选纂注》

朝代	姓名	评点条数与对象	来源
明	孙鑛	全录	《文选瀹注》
明	闵齐华	7.《甘泉赋》等	《文选瀹注》
明	郭正域	1.《出师表》	《合评选诗》
明	陆树声	1.《辨亡论》	出处不明
明	陆云龙	130.《西都赋》	陆氏《文选评点》
清	陆敏树	5.《养生论》等	陆氏《文选评点》
清	李光地	19.《东都赋》等	《文选》李光地评本
清	蒲起龙	59.《北山移文》等	《古文眉诠》
清	邵长蘅	113.《西都赋》等	邵长蘅《文选手评》
清	蔡世远	3.《出师表》等	《古文雅正》
清	沈德潜	4.《讽谏诗》	《古诗源》
清	何焯	全录	《文选》何焯评本
清	陈景云	2.《褚渊碑文》等	《文选》何焯评本
清	孙琮	51.《东都赋》等	《山晓阁重订文选》
清	黄叔琳	1.《文赋》	《文心雕龙辑注》
清	俞玚	31.《南都赋》等	《文选》俞玚评本
清	林云铭	1.《离骚》	《楚辞灯》
清	叶星卫	11.《子虚赋》等	叶氏《文选补注》
清	朱予培	6.《南都赋》等	叶氏《文选补注》
清	方廷珪	393.《西都赋》等	《昭明文选集成》
清	潘酉黄	2.《东征赋》等	《昭明文选集成》
清	周平园	7.《江赋》等	《昭明文选集成》

（续表）

朝代	姓名	评点条数与对象	来源
清	陈圣灵	3.《射雉赋》等	《昭明文选集成》
清	陈鸣玉	2.《芜城赋》等	《昭明文选集成》
清	何逢禧	2.（《雪赋》	《昭明文选集成》
清	陈螺渚	2.《汉高祖功臣颂》等	《昭明文选集成》
清	卢此人	1.《宋郊祀歌》	《昭明文选集成》
清	魏霁亭	1.《为顾彦先赠妇》	《昭明文选集成》
清	孙端人	5.《答卢谌诗》	《山晓阁重订文选》
清	张扬庵	1.《幽通赋》	出处不明
清	余氏	1.《齐竟陵王行状》	出处不明

　　《集评》里收集评点家 40 位，南齐 1 家，宋元 4 家，明代 9 家，清代 20 多家。明代杨慎、王世贞、钟惺、孙鑛、闵齐华等，已见前文。陆树声（1509—1605），华亭（今上海市松江）人，字与吉，号平泉。仕至礼部尚书，著有《陆文定公集》、《陆学士杂著》和《平泉题跋》等。陆云龙（1587—1666），字雨侯，号蜕庵，堂号翠娱阁，钱塘（今浙江杭州）人，评点方面有《翠娱阁评选行笈必携》二十卷，由《诗最》二卷、《文奇》四卷、《文韵》四卷、《书隽》二卷、《四六俪》二卷等组成。据其子陆敏树《陆蜕庵先生家传》，其尚编撰有《评昭明文选》、《近思录删》、《翠娱阁文存诗存》、《古今文构》等书。陆敏树（1616—1675），字生生，又字生之、蕙亩，号渭山，钱塘诸生，多次参与父亲主持的编书评书事务，撰有《渭山前后集》。李光地（1642—1718），字晋卿，号厚庵，别号榕村，泉州人，康熙九年（1670）进士，官至文渊阁大学士兼吏部尚书，撰有《榕村全集》、《名文前选》、《离骚经注》、《九歌注》等，曾评点《文选》。蒲起龙，字二田、起潜，号三山侻父、三山老人、山侻先生，三山侻叟等，无锡人，室名宁我斋，雍

正八年进士,官苏州知府,撰有《读杜心解》、《古文眉诠》等书。邵长蘅(1637—1704),字子湘,号青门山人,江苏武进人。撰有《青门集》、《古今韵略》和《文选手评》等。蔡世远(1681—1734),字闻之,号梁村。清漳浦县人。又称"梁山先生"。康熙四十八年(1709)进士,主讲福州鳌峰书院,历仕翰林编修、侍讲学士等职。撰有《二希堂文集》,编有《古文雅正》、《汉魏六朝四唐诗》等。沈德潜(1673—1769),字确士,号归愚。长洲(今江苏苏州)人。乾隆四年(1739)进士,官至内阁学士兼礼部侍郎。著有《沈归愚诗文全集》、《说诗晬语》,编有《古诗源》、《唐诗别裁集》、《明诗别裁集》、《国朝诗别裁集》等书。陈景云(1670—1747),字少章,江苏吴县人,何焯弟子,诸生。撰有《读书纪闻》、《两汉订误》、《三国志校误》、《韩文校误》等。孙琮,字执升,号寒巢,书斋名山晓阁,江南华亭人,康熙间文士,著《山晓阁诗》,编有《山晓阁选古文全集》、《山晓阁重订文选》十二卷、《山晓阁选明文全集》、《山晓阁选唐宋八大家文》等。黄叔琳,字昆圃,顺天大兴县人。康熙辛未(1691)进士,授编修,官至吏部侍郎,撰有《文心雕龙辑注》等。俞场(1644—1694),字犀月,号旅农,吴江人。通晓诗学,沈德潜《国朝诗别裁集》卷十四"俞场"条小传云"犀月精心猎古……评点《文选》、杜诗,流传吴下"。他曾评点《文选》与《李义山诗集》,编撰有《杜诗律》、《治河纂要》等书。林云铭(1628—1697)字西仲,侯官人。顺治十五年(1658)进士。曾官徽州府通判。著有《挹奎楼文集》、《吴山籁音》、《楚辞灯》、《庄子因》、《韩文起》、《精校古文析义合编》等书。何逢禧,字敬儒,号念修,侯官(福州)人,乾隆间学者。陈圣灵,字尹梅,侯官(福州)人,乾隆间学者,林则徐外祖父。孙端人,孙鑛后人,亦以评点为事。

可见在《文选集评》里,明清二代评点《文选》的重要文献都得到了采纳,特别是孙鑛和何焯作为《文选》评点最优秀的结晶,全文悉被收录,显示了于光华卓越的识见。其它各家则仅取其长、舍弃其短。如对张扬"幽深孤峭"的钟惺，没有随从清代当时官方的权威评价对其尽加抹杀，而是也选取了两条平正通达的评语，即评《大风歌》"雄大不浮，前二句言创，其气大；后二句言守，其思远"等等。对钟惺馀下的嗜奇过甚、个性突出的评语，还有谭元春的评语，全摒书外。方廷珪《昭明文选集成》眉评和史论颇多，也仅取其客观端正的，那些与评文较远、语气肆意偏激的，即使合乎伦理纲常也不取录。这既保证了取材广泛、资料全面，又避免了集评类书籍容易出现的芜杂倾向。

三、论点一致，植根中庸，力避牵强附会的诠释与评论

作为一部集评，如何对待各家观点不一致的问题，较为敏感。特别是提出这些观点的学者与编者自己同时，删削不取，恐伤感情；勉强录入，必致矛盾不一。可以看出，于光华的原则是，为初学启蒙起见，只录一家观点中庸切实之论，容易引起争论的一家之言隐于书外。如郭璞《游仙诗》，钟嵘评其"郭璞诗宪章潘岳，文体相辉，彪炳可玩，始变永嘉平淡之体，故称中兴第一。翰林以为诗首。但游仙之作，辞多慷慨，乖远玄宗，而云'奈何虎豹姿'，又云'戢翼栖榛梗'，乃是坎壈咏怀，非列仙之趣也。"批评其诗的内容不合诗的题目。对此李善既有承认，也有辩护："凡游仙之篇，皆所以滓秽尘网，锱铢缨绂，飡霞倒景，饵玉玄都。而璞之制，文多自叙，虽志狭中区，而辞无俗累，见非前识，良有以哉！"指其虽不合传统诗体的思想内容，但也写得雅致超凡，值得赞赏。吕向意见大致与李善相同："璞诗虽游仙意杂傲诞，上下《道德》，信远乎哉！"①言其一派傲世放诞之情，非纯游仙，却能够深于发挥老庄之学，意旨的确放逸。孙鑛赞其"意气慷慨磊落，撰语复奇俊宏肆，略无沾滞，真是仙

---

① 李善等《文选六臣注》第 381 页，杭州，浙江古籍出版社 1999 年版。

品"。何焯也对钟嵘提出了反批评:"景纯之《游仙》,即屈子之《远游》也,章句之士何足以知之?"①

洪若皋也站在郭璞立场上,说是怀才不遇之士"不过借游仙以写愤懑,难以一律论也"。可他对郭璞之死却评价不高:"余见东方曼倩、管公明、郭璞俱复奇才,挟仙术,而宦皆不达。独璞更受惨祸,亦游仙之见未透耳。"②

郭璞勇于反对王敦谋逆篡位,死得壮烈,洪若皋却责其不能明哲保身,议论颇为猥琐,远逊明末张溥对郭璞的歌颂:"烈士殉义,虽死可生,乱臣贼子不能杀也。"③张溥对其为国捐躯的高风亮节赞不绝口,立论与洪若皋截然两样。

可见评价郭璞人和诗的分歧何其严重,简直纷如聚讼。可是作为一部教导初学之书,如果全盘收录,徒增纷扰,乱人心曲,存其一家即可,所以《文选集评》对艺术方面的总结品赏,只取了孙鑛的意见,简要精练。对内容的阐释,只取了沈德潜的观点:"有托而言,坎壈咏怀,其本旨也。钟嵘贬其少列仙之趣,谬矣。"④用孙鑛和沈德潜的观点作为总评,为郭璞本人和其诗定了基调。沈德潜的语气确定而非论辨,对此前的诸家争论下了结论,这一结论是对钟嵘、方廷珪等人的否定,也是对李善、五臣、何焯等的支持。对于郭璞个人的忠节,鉴于清朝的现实,于光华采取了回避的态度,没有录用张溥之说,也不对洪若皋的谬见表达自己的倾向,毕竟在当时攻讦前朝失节之臣很时髦,可是颂扬往代的忠贞之士却容易遭忌。从郭璞《游仙诗》评点文献的取舍,可以看出从众多观点里取用一家以避免各家说法矛盾,保证论点中庸而又一致,是于光华所

---

① 于光华《重订文选集评》卷五,乾隆庚子年(1780)启秀堂刊本。

② 洪若皋《昭明文选越裁》卷四,《四库全书存目丛书》集部第 288 册第 10 页。

③ 殷孟伦《汉魏六朝百三家集题辞注》"郭弘农集"条,北京,中华书局 2007 年版第 189 页。

④ 沈德潜《古诗源》卷八,北京,中华书局 1963 年版第 179 页。

可采纳的颇为明智的做法。

再如,阮籍的《咏怀诗》,自从南朝以来评者接踵,歧说纷繁,大致分作两派,一派是颜延年、钟嵘、李善为代表,认为《咏怀》虽有深意,但难以明言,所以最好不加深求。钟嵘也觉得阮公诗其妙无穷,然索解极难:"《咏怀》之作,可以陶性灵,发幽思。言在耳目之内,情寄八荒之表。洋洋乎会于《风》、《雅》,使人忘其鄙近,自致远大,颇多感慨之词。厥旨渊放,归趣难求。"(《诗品》)李善《文选》注仍然持此态度:"嗣宗身仕乱朝,常恐罹谤遇祸,因兹发咏,故每有忧生之嗟。虽志在刺讥,而文多隐避。百代之下,难以情测,故粗明大意,略其幽旨也",所以只诠释典故、串讲句意,对于诗的创作缘由、句外微意不作发掘。南宋真德秀《文章正宗》全录沈约、颜延年态度谨慎的注文,不予新解。孙鑛评点本身就不喜涉及篇旨,对阮籍十七篇《咏怀》,仅在"平生少年日"篇言"此有悔出之意"而已。凌濛初《合评选诗》引用王世贞、王世懋语,赞叹其深于寄托。钟惺、谭元春《古诗归》言其熟烂于人口,所以尽情删之,只录一首,也不求其意旨。洪若皋叹息历来评论纷纭,所以仅录六篇内容豁明的,以探其源流,认为阮籍前承《古诗十九首》,后开陈子昂、张九龄之先河;"开秋兆凉气"篇评语随文敷衍,言其有"身事乱朝,欲去难去,欲言难言,苦心可拟"(《昭明文选越裁》卷四)。清代持类似观点的还有何焯、沈德潜等。

另一派以《文选》注者五臣和《风雅翼》作者刘履为代表,他们对这种不求言外之意的注释方法很是不满,他们不愿知难而退、采取回避手段,而是以"作者"自命,篇篇都力求深入体味,紧扣史事,以得底蕴:"籍于魏末晋文之代,常虑祸患及已,故有此诗。多刺时人无故旧之情,逐势利而已。观其体趣,实谓幽深,非夫作者不能探测之"(吕延济语)如首篇,吕延济言字字句句都是比兴,深意可得。对《咏怀》首篇"夜中不能寐,起坐弹鸣琴"二句,李善全不加注。吕延济揭其含义是"夜中喻昏乱。不能寐,言忧也。弹琴欲以

自慰其心。"刘履《风雅翼》沿袭吕说，发掘更为细密，每词每字都有
对应的言外比兴之意："此嗣宗忧世道之昏乱，无以自适，故托言夜
半之时起坐而弹琴也。所谓薄帷照月，已见阴光之盛；而清风吹
衿，则又寒气之渐也。况贤者在外，如孤鸿之哀号于野。而群邪阿
附权臣，亦犹众鸟回翔而鸣于阴背之林焉。是时魏室既衰，司马氏
专政，故有是喻。其气象如此，我之徘徊不寐，复将何见邪？意谓
昏乱愈久，则所见殆有不可言者。是以忧思独深而至于伤心也。"
邹思明将刘履结论直接承袭，化为眉批，如第一首说孤鸿于野是喻
贤臣失所；翔鸟比拟权臣在内。甚至像五臣一样将写景的语句诠
释为暗喻，如第五首"天马出西北，由来从东道。艮曰生西北者忽
从东来，喻万事不定，以起下意。"（《文选尤》卷四）最牵强的是方廷
珪的理解，他认为《咏怀》篇篇都有抨击司马氏篡权夺位阴谋的意
思，可阮籍做法精巧，每篇都掩饰得不露痕迹，让专权的司马氏欲
加罪而无处寻衅。如首篇是"此章喻贤奸倒置，君子失所于野而
号，小人得志于朝而乐。以林喻朝，以鸣喻乐，然却是写夜中景物，
故无可罪"。

　　如何调停二派的解说呢？于光华采取一边倒的立场，采纳颜
延年、钟嵘、李善一派之说，全然否定五臣以来的过深开掘，在题评
处引录何焯语："《咏怀》之作，其归在于魏晋易代之事，而其辞旨亦
难以直寻，若篇篇附会，又失之矣。"他又表达自己立场云："《咏怀
诗》当领其大意，不必逐章分解。"在尾评又用沈德潜观点对此加以
强调："阮公《咏怀》之，反复零乱，兴寄无端，和愉哀怨，杂集于中，
令读者莫求归趣，此其为阮公之诗也。必求时事以实之，则凿矣。"
学诗毕竟不是以考证历史为重要职责和归宿，能够探究出来诗歌
创作的背景本事当然有助于理解诗意，可是司马氏那么多走狗文
士当时都嗅不出抓不住刺讥权臣的真凭实据，数百年以至千年之
外的后人却将写作缘由讲得头头是道，是难以取信于人的。所以
为了避免疲精神于无用之地，知难而退是明智的，必要的，特别对

初学者更是应该的。

第二节　《文选集评》所录评点家特色例举

　　《集评》里条目稍多而又前文尚未论及者有陆云龙、陆敏树、蔡世远、孙人龙、李光地、蒲起龙、邵长蘅、孙琼、俞玚、周平园诸家。

　　从涉及文章内容的条目看,蔡世远、陆敏树、李光地三位的评点,理学气息较为浓烈。陆敏树出语浅庸,多为读后感发,已超出轩轾文章、抑扬作者的范围。如评嵇康《养生论》:"声色利欲,世所谓养生,皆伐其生者也。谁其知之? 谁其知而能之?"评曹丕《典论论文》:"富贵无令人笑我肉食,贫贱无令人薄我无闻。"大概皆是作为妙句而取来的。

　　清初理学大师李光地的评语共见十九条,理学色彩更是非常突出。他最喜联系经学阐释文学作品内容,如《东都赋》"乐不极盛,杀不尽物。马踠馀足,士怒未渫",评云:"可作田猎箴。"解说《解嘲》"炎炎者灭,隆隆者绝;观雷观火,为盈为实;天收其声,地藏其热。高明之家,鬼瞰其室"一节:"此数语本《易·丰》之义。"都很切实,毕竟汉魏还是经学非常发达,文士以枕藉经籍沉涵儒学,特别是扬雄最精《周易》,作此文的引发点又是仿拟《易经》撰《太玄》一事,所以拿《周易》的《丰卦》"上六:丰其屋,蔀其家,窥其户,阒其无人,三岁不觌,凶"等来疏证扬雄富贵招祸的观念相当可信。至于讲曹植《杂诗》"亦秦之《小戎》、《无衣》之馀风也",就不大立得住脚。曹植《杂诗》六首在《文选》卷二十九,李善注揭示其诗意乃谓:"此六篇并托喻伤政急,朋友道绝,贤人为人窃势。别京已后,在鄄城思乡而作。"勉强说来,其间与表达同仇敌忾、奋勇赴敌的《秦风·无衣》《小戎》接近的是第五首、第六首:"仆夫早严驾,吾将远行游。远游欲何之,吴国为我仇。将骋万里涂,东路安足由? 江介多悲风,淮泗驰急流。原欲一轻济,惜哉无方舟。闲居非吾志,甘心赴国忧。""飞观百馀尺,临牖御棂轩。远望周千里,朝夕见平原。
烈士多悲心,小人偷自闲。国雠亮不塞,甘心思丧元。拊剑西南
望,思欲赴太山。弦急悲声发,聆我慷慨言。"曹植英雄无用武之地
的悲哀还是和《秦风》的差异太远了,毕竟《秦风·无衣》等是士气
激昂、斗志奋发的群体高歌,曹植诗是悒郁不舒、美志不遂的个人
低吟。李光地有时是借题发挥,推衍理学思想。如对苏武《古诗》
总论云:"骨肉之亲,如枝叶之共根本,不必言矣。即朋友结交亦非
无因而然。必德义之相孚、心膂之相契,则与同气者无异,故曰'谁
为行人'也。交之深者,又如连枝之树,虽异根而合并,岂非共为一
身者乎?"且不说李光地早年曾出卖友人以换取个人荣禄、此话出
口心中有愧与否,读苏李诗有此衍说,也未免过于陈腐庸常。李光
地拙于文学鉴赏更甚者的例子是评曹植的《责躬诗》:"如此气盛词
肆之作,仅见耳。杜子美《咏德诗》颇似之。韩子所谓'卓荦变风
骚'也。"《责躬》一诗创作时何等背景、作品本身何等情调,曹子建
当时岂敢"词肆",又岂容其"词肆"? 与实际景况大相径庭。

　　不过李光地那些不涉理路、纯谈诗艺的论点,好多还是精湛可
取的,如李陵苏武诗的真伪、实际创作时代,自从刘勰、钟嵘以来成
了难以定论的难题。苏轼以为南朝齐梁文士拟作,明清很多诗话
对其予以驳斥,如王世贞对苏轼反唇相讥:"苏子瞻谓李陵三章亦
伪作,此儿童之见,夫工出意表,意寓法外,令曹氏父子犹难之,况
他人乎?"洪若皋亦持"非伪说":"苏李诗,总是字字真,字字厚,然
气象混沌,非琢磨可到,难以摘出其某句某句佳处。苏子瞻以为齐
梁人伪作,观汉人拟苏李别诗,何等深衷苦调,犹下苏李一格,岂后
此者所能措手?"(《文选越裁》卷五)这是从诗歌艺术成就的卓越证
其真作。甚或坐实为苏李之作,并在此基础上加以阐说,邹思明、
方廷珪不用前人所云苏李在匈奴离别而作之见,改立新说,认为当
是二人皆在汉朝长安时候,苏武将使匈奴,李陵临别赠诗(《文选
尤》卷五、《文选大成》卷十),况且《汉书·李陵传》亦记载李陵善歌

舞,并录其诗。此说富有新意,亦算持之有故。李光地则认为苏李诗要坐实出于二人之手甚难,如果解释成汉人,特别是东汉人读其事迹,感激百端,探其语气,拟其口吻而作,更加恰当。李光地云:"数章词意亦似皆送人之诗,但未必是苏武耳。苏武忠节,固汉人所壮,以为盛事。而李陵之志,世亦悲之。故有疑其诗皆为后人拟作者。然相传既久,自杜工部、韩文公无异词。又苏之典故明习,李之悲歌慷慨,具见《汉书》,则其文采风流,兼其事以取传于世,无足疑也。"李光地末尾几句意思有些含混,但大意还是讲后汉人悲李陵之志壮苏武之节,拟其情愫,撰作了这些苏李诗。

如果结合汉代文士喜为模仿之作的时代习惯,产生苏李诗的背景缘由就更为可信。且不必重复扬雄张衡如何模拟前人,就拿班固来讲,也是仿拟大家,仿《史记》作《汉书》,仿《剧秦美新》作《典引》,仿《解嘲》、《答客难》作《答宾戏》,又将《史记·仓公列传》缇萦事迹韵文化成为第一首《咏史诗》。汉魏间仿拟前人口吻所作诗赋被后人怀疑为伪作的,还有司马相如的《长门赋》、班姬的《怨歌行》、蔡琰的《悲愤诗》、陈琳的《饮马长城窟行》。一些诗篇如果失落了原始作者姓名,也极有可能被认为是拟者所作,如曹植《代刘勋妻王氏杂诗》,假如文献失载,成了无主诗的话,可能很快就会成为刘勋妻王氏的诗歌。此风气到晋朝仍然流行,如潘岳所作《为贾谧作赠陆机诗》、《杨氏七哀诗》、陆机所作《为顾彦先赠妇诗》、《为陆思远妇作诗》、《为周夫人赠车骑诗》,还有陆机所拟《行行重行行》系列诗,只是由于作者著名、文献确凿,所以无人怀疑为他人之作。可见后人所谓的汉魏"伪作",颇多都是作者无心作伪,都是属于仿拟之作,后人不识当时创作的机制而命之为"伪",苏李诗也当是如此。李光地之语自觉不自觉地为探讨古人伪篇作者问题提供了新的思路和视角。

艺术技巧方面,《文选集评》所录诸家各有精妙观点,如周平园论赋论骚,喜欢不就文论文,而是善将文章理论和作品实际结合而评,富有深度。评《江赋》,觉察其妙在能够紧扣江水与海水、与池泽之水、与浪涛之水的不同特色,加以描摹刻画,所以文章才新颖高超:"《高唐赋》之水,是山中积潦之水;广陵涛之水是暴来骤至之水。海水莫奇于遇风,移来写江,便不似;江水莫奇于入峡,移来写海,便不似。文字之佳,在彼此移掇不去。"所以宋玉《高唐赋》、枚乘《七发》、木华《海赋》和郭璞《江赋》,才各臻其妙。

浦起龙评文深透细微,喜用起承转合八股术语剖解文篇,偶然间涌出语句生动的佳语奇句,如总结《北山移文》风格,云其"牙尖口利,骨腾肉飞,刻镂尽态矣",很是切当。因为此篇造语尖新、刻画精切、穷形尽相、句净字巧,达到了精绝的高度。他又善于从读者方面通过阅读感受评判《选》文的造诣,如对《广绝交论》"量交"一节,浦起龙云:"直使六腑真形,隔垣洞见,撅斤播两,覆雨翻云,分冰炭于毫毛,判越秦于目睫,所谓势贿谈、穷百态,皆缘此一字(指"量");论交至此,我欲哭之。"可见此文刻画士林恶俗的深刻程度。

孙执升乃清初学者,是明末评点大家孙鑛的后人,长于八股文创作,评点方面多承家风,评点《文选》透射出的特色大致有二,一是讲究评语的对偶精工、词藻简洁整饬,如评《上林赋》:"相如以新进小臣,遇喜功好大之主,直谏不可,故因势而利导之。然始以游猎动帝之听,终以道德闲帝之心,可谓奇而法、正而葩。"《报任安书》评:"却少卿推贤进士之教,序自己着书垂后之意,回环照应,使人莫可寻其痕迹,而段落自而井然。"《九辨》评:"至其音调悲凉,则又落芦花于楚泽,冷枫叶于吴江,弃妇孤臣,不堪多听。"均是将骈文写作手段施之评点,态度严谨,一字一词毫不苟且,寥寥数语,既能够妥帖归结出《选》文创作宗旨、文篇大意、风格特色,更能够增强评语的生动性和可读性,使评语本身也成为累累连珠般的绝妙好词。二是擅长将类似篇目并列比较,增进读者深入领会各篇长短。如评《剧秦美新》,将司马相如《封禅文》拈来相提并论:"《封禅文》于收处微寓箴规，此则全是谀词矣。沉思苦撰，语古意新，似不肯让相如独步。"评司马相如《难蜀父老》，将其文篇悉数作较，轩轾抑扬："武帝雄心好大，相如以词赋得幸，匡救处少，将顺处多。《谏猎书》是正论，《上林赋》是逢君，《巴蜀檄》犹存讽谏，《封禅文》纯是谀词，此文则在进退之间。"实际上数句总结了司马相如一生的文学意义和作品价值。总之，孙执升超于《文选集评》中他人之处正在于能够贯穿纵览《文选》全书，鉴赏体验独特，又出以精粹语句，很是难得。

　　邵长蘅是《文选集评》中少有的评点《文选》的著名文学家。自谓"学诗垂三十年，汉魏三唐至宋元明人诗，鲜所不观"①，文学理念和实践全效同乡先辈明代唐宋派之唐顺之。唐顺之为文极重设"法"，又是八股文大家，讲究起承转合、绳墨布置。邵长蘅与此相类，也认为诗文是属于"艺"，可以学而得其门径，学之方法在乎熟读文献，学习的对象除了圣贤经典的义理，还有前代文豪的形式格律，也就是他所说的"形模"、"句字"。前代文豪的内在神妙不易学得，其行文技巧还是勤学可化为己有的："迁、固之本领不可得而窥，而迁、固之形模句字易袭之也"。通过模拟前人文法完全可以达到接近文豪的地步："能斤斤祖祢欧曾，盖将跻明一代之文，与宋元诸名家并；而由宋元以力追数千载之上，而与之颉颃，如归震川所云者，庶几近之。"想写作出优秀作品，养气之外，要熟于文法，又要精于变化："至于文之法有不变者，有至变者。"不变的是学术分界和文体轨范，叙事和议论不能相混，这是"定体"；"词断意续，筋络相束，奔放者忌肆，雕刻者忌促"，这是"定格"；"言道者必宗经，言治者必宗史"，抒情要委婉畅达，叙事要条理明晰，这是"定理"："定体"、"定格"、"定理"是一成不变须坚守的，"此法之不变者也"。

――――――

　　① 邵长蘅《青门簏稿》卷十一《与金生尺牍》，《四库全书存目丛书》集部247册第787页。

至于"川横驰骛,变化百出,各视工力之所及,巧拙不相师,后先不相袭,此法之至变者也"①。也就是具体写作还是作者在坚守"定法"前提下自由发挥,以勇于创新为贵。他认为这些就是文章的基本底蕴,所以能够教导后学者的也就是两项,即引导熟读经史子唐宋别集,指点撰写文章的"定法"。所以其论文重法,重视结构脉络的剖析,都是从这里引申来的。邵长蘅平生最喜好评点,也喜好别人评点自己的文章。他的《青门集》曾请求和获得过王士禛、陆嘉淑等人的批点,就是明证。

邵长蘅对《文选》的评点内容和体例,与他的文章主张全然一致。评点条目众多而简洁,往往三二句即为一则。其评论范围又以批点选诗、选赋、选文中的字眼、字法、句法、笔法、对法、文法为主,强调"文法",推崇文之"气"、"势"变化,风格要求新奇,讲究结构前后的照应。此其评点特色之一。

如《东京赋》"冠通天,佩玉玺,纡皇组,要干将,负斧扆,次席纷纯,左右玉几而南面以听矣。"评云:"妙在句法参差入化,最易板重之事,而言之磊落生动乃尔。"指在这一节里,有长句,有短句,参差错落,不仅避免了这一节全是同样句式的单调滞重,而且读之磊磊如转丸,优美悦耳。再如评同是铺陈三国并立时的魏都、蜀都、吴都的《三都赋》,左思善于从不同地域特色入手描摹,故而邵氏赞其《魏都赋》"真定之梨,故安之栗"段时云:"山川不摹写,只言其倬诡;物产不侈陈,只言其魁殊,此皆善变化处。"左思大赋对前人多所借鉴又擅长推陈出新,邵长蘅非常赞许他能够从班固、张衡等那里"意化出许多文法"(评《西都赋》)。《蜀都赋》"其园则有林檎枇杷"一节,铺排名物极多,却读来情趣盎然,邵长蘅言其关键在于"草木果蔬,前后不犯重复,极力融化"。其它揭示的文法技巧,诸

① 邵长蘅《青门剩稿》卷四《明文在序》,《四库全书存目丛书》集部 248 册第 180—181 页。

如前后呼应、结尾收束、承前启后、衬染敷畅、停蓄过脉、旁衬虚写、发端起结、字句流转等等,不一而足。

邵长蘅评点特色之二,是具有较强的文学史发展观念,故而对《文选》的作品善于指出其对前人的承续,对后人的启发作用和明显影响,以及作品风格演变的轨迹。如评《子虚赋》云:"长卿赋妙有殊古气。丽而不靡,繁而不缛,此正行以先秦战国掺拟之法也。"评陆机《于承明作与士龙》:"士衡五言,去建安已远,所患意不逮词,对偶胜而古调衰矣。"指出陆机为文,嗜爱铺陈辞藻之中求对偶,明显离弃了汉代质朴浑厚的风格。虽然此类观点在钟嵘《诗品》、刘勰《文心雕龙》已经多次表述过,但邵长蘅能结合具体作品章节内容,对应地揭示其演变情景,增进对作品的鉴赏研讨,还是很有意义的。

邵长蘅还多次谈到从谢灵运到谢朓二人诗风的变化。如评大谢《石壁精舍还湖中》"昏旦变气候,山水含清晖"云:"大谢灵秀,至玄晖,而风致清媚矣,其变处在此,其薄处亦在此。如此一起,宛似宣城。"评谢朓《郡内高斋闲坐》:"宣城得康乐之灵秀,而变以轻清,令人心怡神旷。"谢朓《宣城出新林浦》评云:"玄晖清迥,变大于谢,秀句实足动人。"

将大谢之诗风归结为"灵秀",将小谢诗风归结为"清媚"、"清迥"、富有"秀句",虽有含混之处,但谢朓新诗风的"轻"、"清"、"秀"三字,很是合乎其创作实际风格和历代对其评价的。

邵长蘅评点特色之三,是评语中非常关注文体方面的承袭与演变。如追溯汉魏晋唐盛行的"对问"一体时,他在《对楚王问》总评处认为:"假对答以成文,亦本《卜居》、《渔父》之格。其后转相仿效,至昌黎《进学解》而大变矣。古人文体,各有源流,要以变化为贵。"既正确揭示了对问一体的源头,也点出了这一文体的归穴所在,并且清晰地表述出了他文学鉴赏评论时重视变化的理念。

他认为在对问一体的发展历程中亦有逆流。在评论东方朔

《非有先生论》时，他指出："亦是对问一例，多入问答生波，其流弊为《讲德论》一派。"的确王褒的《四子讲德论》满篇纯是无聊枯燥的议论和令人肉麻的吹捧逢迎、浅庸的理念、牵强的结构，不能算得是优秀作品。其它如评陆机《演连珠》："对偶工，声韵协，以词赋之支流，为四六之滥觞也。"评《齐故安陆昭王碑文》："今人作碑前序，惟用传体。六朝叙事，用排语，在罕譬生姿。"均从历史角度考究文体发展，视野开阔，见解精到。

《文选集评》对保存明清选学家评点成果作出了不可低估的贡献，以至于现在人们在研究和鉴赏《文选》时还不断地引用其中许多精粹评语，作为自己文章的辅助佐证，或者以其为基础和向导深入体会咀嚼《文选》篇章的优美神妙所在。《文选集评》不愧为初学者之向导，研究者之金钥。

第十四章　清代诗话与《文选》评点

清代诗话无论其数量或是内容都极其丰富，据蒋寅统计，"清诗话存世书籍已知977种，亡佚待访书籍随手记录，也有506种"（《清诗话考·自序》）。此文仅据丁福保《清诗话》和郭绍虞《清诗话续编》进行论述，取其简便而易得。

第一节　清代诗话总论汉魏六朝诗歌与《文选》

中国传统文学发展到清代，敏感的文学批评家们已经感到他们面临着巨大的变革，传统诗文赋的创作不容易再延续下去了，所以他们喜好回顾文学史特别是诗歌自先秦到明清的演变历程，用总结性的话语将这一轨迹勾勒出来。讲得最生动形象的是钱泳，他将中国传统诗史比作美丽花朵的一生："诗之为道，如草木之花，逢时而开，全是天工，并非人力。溯所由来，萌芽于《三百篇》，生枝布叶于汉魏，结蕊含香于六朝，而盛开于有唐一代，至宋元则花谢香销，残红委地矣。"①这是论列整个诗史，对六朝诗歌成就评价颇高。张实居引录高廷礼和李本宁之说，也均认为登峰造极的好诗出在唐代："高廷礼曰：'时自《三百篇》以降，汉魏质过于文，六朝华

①　钱泳《履园谭诗》，北京，中华书局1978年版丁福保《清诗话》（以下简作"《清》"）第872页。

浮于实,得二者之中,备风人之体,惟唐为然。'李本宁曰:'譬如水,《三百篇》,昆仑也;汉魏六朝,龙门积石也。唐则滇渤尾间也。将安所益乎?'"承此之说,他也以水喻诗,抑扬唐前诸代:"五言之兴,源于汉,注于魏,汪洋乎两晋,浑浊乎梁陈,风斯下矣。"①

　　然而比喻类语言毕竟显得笼统而不够具体确切。能够将汉魏六朝诗歌各代特色概括得切实凝练,还要数乔亿的一段诗话:"汉诗和平,魏诗激昂。晋诗高处与魏颉颃,次之则信如刘彦和所谓'轻绮'也。宋诗已有排句,然骨重体拙,古意尚存。齐诗骨秀神清,而力不厚。梁诗高者可匹宋齐,下者与陈隋并入唐律矣。"②在他看来,汉魏诗最优,晋诗已经趋于轻绮,刘宋讲究俳偶,齐诗骨力不厚,梁诗中佳者仅仅勉强追及宋齐,可见所持乃传统的文学发展倒退论之说。

　　同样也是持诗史倒退说的黄子云,则从情志和景物在诗里所占比例的增减,将先秦汉魏晋南北朝诗史分为三个阶段:"《三百篇》下迄汉魏晋,言情之作居多,虽有鸟兽草木,藉以兴比,非仅描摹物象而已。迨元嘉诗,鲍谢二公为之倡,风气一变,嗣后仿效者情景参半;历梁陈而专尚月露风云。"③他认为,情志是诗的根柢,景物是诗的枝叶。先秦汉魏晋是言情占主体的时期,即使有写景咏物之全篇,或者篇中含有写景咏物语句,也是属于比兴,服务于言志抒情;宋齐二代由于鲍照和谢灵运的倡导和影响,诗风转变为言志抒情与咏物画景平分秋色;到了梁陈就等而下之,只顾描摹月露风云而诗里的情志成分稀薄可哂。

　　王士禛以"味"论诗史,结论与此颇有歧异,认为最数正味的是

---

　　① 郎廷槐《师友诗传录》,《清》第140、130页。

　　② 乔亿《剑溪说诗》,北京,中华书局1983年版郭绍虞《清诗话续编》(以下简称"《续》")第1075页。

　　③ 黄子云《野鸿诗的》,《清》第853页。

《诗经》,可是最有美味的当数六朝之诗:"诗有正味焉。太羹元酒,陶匏茧栗,诗《三百篇》是也。加蓬折俎,九献终筵,汉魏是也。庖丁鼓刀,易牙烹熬,燀薪扬芳,朵颐尽美,六朝诸人是也。"①毕竟浅薄寡味的太羹元酒不及易牙烹调出的丰盛佳肴,虽然他也承认,《诗经》属于代表正味的诗篇。

　　用严肃传统术语论述唐前诗风,扬汉魏而贬六朝的言论出自朱庭珍的《筱园诗话》:"两汉厚重古淡之风,至建安而渐漓;至晋氏潘陆辈而古气尽矣。故陶谢诸公出而一变。渊明以古淡自然为宗,康乐以厚重独造制胜,明远以俊逸生动求新,而诗复盛。宋齐以后,绮丽则无风骨,雕刻则乏气韵,工选句而不解谋篇,浅薄极矣。"②他将自汉至隋诗的演变线索描画为抑扬顿挫的轨迹,两汉诗歌成就最高,建安下滑,两晋跌入谷底;晋末宋初陶渊明、谢灵运和鲍照重振诗风,其后齐梁时期又陵夷不堪。概括陶潜诗为"古淡自然"、谢灵运诗为"厚重独造"、鲍照诗为"俊逸生动",虽非新创,倒也集中贴切。

　　结合诗歌类型的创新,串讲汉魏至陈隋诗歌发展史,做得最为细密,可能要以叶燮为第一,他认为汉诗只重抒发自己情志,到了建安正始以后,很多诗歌变成了重要的应酬工具,多出了"献纳"、"倡和"、"纪行"、"颂德"等名目;他又将唐前诗歌的变化分作"四变",每次变化都以创造力宏大者为领军人物。建安黄初之诗,沿袭着苏李诗与《古诗十九首》;而《古诗十九首》只是"自言其情,建安黄初之时,乃有献酬、纪行、颂德诸体,遂开后世种种应酬等类,则因而实为创,此变之始也"。《诗经》一变而成为苏李诗和《古诗十九首》,再变而成为建安诗风,其特色是敦厚而浑朴,中正而达情。再变而为晋宋之诗,而为齐梁之诗,其间诸家诗风鲜明突出,

---

　　① 郎廷槐《师友诗传录》,《清》第 143 页。
　　② 朱庭珍的《筱园诗话》,《续》第 2329 页。

"各不相师,咸矫然自成一家,不肯沿袭前人以为依傍"①。叶燮这节论述不仅没有刻意蔑视六朝,还赞赏当时诗人耻于沿袭、勇于创新、各成一家、各具特色的长处和实绩,立论客观可信。

清代是中国传统学术发展的颠峰,其诗话也喜于学术背景论诗,他们认为欲撰佳诗,先应博学经史百家,博闻强记,打好知识基础。若仅仅盯着集部诗文,恰恰是根柢浅薄,不会有出息的。如王士禛就曾反复地训诫后学者云:"学诗须有根柢,如《三百篇》、《楚辞》、汉魏,细细熟玩,方可入古。"又云:"为诗须博极群书,如《十三经》、《廿一史》,次及唐宋小说,皆不可不看。所谓取材于《选》,取法于唐者,未尽善也。"②

沈德潜也认识到仅仅就诗学诗,难以出众:"以诗入诗,最是凡境。"写诗的重要门径之一就是善于将经史诸子化为诗语,这样诗的语言和内容才源深流长,才不会流于浅薄寡味③。刘熙载也通过探究魏晋诗歌名家所用的语典,发现和揭示出他们对前代文献接受的重要奥秘:"曹子建、王仲宣之诗出于《骚》,阮步兵出于《庄》,陶渊明则大要出于《论语》。"他还指出,阮籍的《咏怀》诗,语从诸子而来;颜延之的《五君咏》,语从史家而来等等④。其说甚是。虽然宋代真德秀已经早说过陶诗内容多从经术来,刘熙载连带追溯曹植、王粲和阮籍等的学术渊源,也非词费。刘熙载同时将东晋诗风不竞之因归结到当时学人嗜好老庄,以致如此:"东晋一朝无诗,以老庄汩之也。越石、景纯,西晋之后劲耳。康乐出而诗道始中兴,秋水芙蕖,一洗污泥之染矣。"⑤当然,重视从古典文献特别是经史诸书里学习语言,也是和清代士林普遍嗜好讲究考据

① 叶燮《原诗》,《清》第 566 页。
② 何世璂《然灯记闻》,《清》第 119—120 页。
③ 沈德潜《说诗晬语》,《清》第 524 页。
④ 刘熙载《诗概》,《续》第 2421—2423 页。
⑤ 同上,第 2253 页。

等学风密切相关的。

清人对于六朝诗歌成绩的评价分歧不一,赞赏六朝,提倡学习其风格的有王士禛、厉志等人。

有人曾问王士禛:"诗至六朝遂不可问?"王士禛严厉驳斥道:"六朝各有六朝之体格。谓六朝全不及唐者,大非。"①他认为,陈隋才是诗歌创作滑入了最低谷的时期,到了初唐四杰雅正诗风慢慢有所恢复。厉志也说,六朝诗创作者自觉地回忌声病,作品韵调谐和、抑扬悦耳,是值得效法的:"求句调谐适,音韵铿锵,须多读熟读六朝诗。"②

贬低六朝、反对模仿六朝的学人更多些,他们的理由非常传统,大多皆前代学者已经多次指出的,只是在这些清人笔下更加集中罢了,如所谓:"六朝中有不可学者四,不细意贴题,而模棱成章者,一也;行文涣溢,而漫无结束者,二也;不本性灵,专以典故填砌,而辞旨不能融畅者,三也。对偶如夹道排衙,无本末轻重之别,可存可削者,四也。"③所指瑕疵,也即文不切题、结构涣散、堆砌典故、对偶呆板。总之是拿唐诗宋文来约束规范衡量六朝文学,结论自是效法唐宋而已。宋荦的意见与此几无二致:"汉魏高古,不可骤学;元嘉永明以后,绮丽是尚,大雅浸衰。"创作只应步趋唐诗④。施补华则从诗风体现出的文化风尚和政治效果两方面,强调南朝后期诗歌绝不可学:"齐梁陈隋间,自谢玄晖、江文通外,古诗皆带律体,气弱骨靡,思淫声哀,亡国之音也。"⑤

为何南朝后期诗歌沦入下品,宋大樽认为原因在于王俭、范云、丘迟、任昉、江淹、沈约、徐陵等诗人,不讲节义,仕于多朝,人品

---

① 郎廷槐《师友诗传录》引,《清》第145页。
② 厉志《白华山人诗说》卷二,《续》第2286页。
③ 黄子云《野鸿诗的》,《清》第852页。
④ 宋荦《漫堂说诗》,《清》第416页。
⑤ 施补华《岘佣说诗》,《清》第977页。

不佳，失节文士所发的言语也难以高妙："女事二夫，男仕二姓，尚何言乎？"个人情操和政治人格一旦破产，所写诗文也就一文不值；而晋宋南齐守节者，如不仕二朝的陶渊明，如以身许国、展现忠节的嵇绍、刘琨和郭璞，如耿介自守的颜延之、如淡泊谦退的张翰、顾欢、张协、束皙、王徽、王僧祐、孔稚珪，人品均为当世和后人敬仰，所撰诗文自易传世①。叶燮也评价道，六朝诗人最低下者是潘安、沈约二人，所作"几无一首一语可取。诗如其人之品也。"②亦是着眼于为人和为文的统一。他们强调的还是传统的人以文传的另一面，也即所谓"文以人传"。

还有一些学者不满于上述二派对六朝文学或者全盘抹煞或者全面肯定的态度，认为六朝时期为时三百年，朝代众多，诗文风格变动不居，应当分析而观。如沈德潜评论刘宋诗坛，着眼于诗人的长处特别是对于诗艺的贡献和诗史上的地位："诗至于宋，性情渐隐，声色大开，时运一转关也。康乐神工默运，明远廉俊无前，允称二妙。延年声价虽高，雕镂太多，不无沉闷。要其厚重处，古意犹存。"③所谓的"诗至于宋，性情渐隐，声色大开，时运一转关也"四句，对于刘宋文学在唐前地位与成就的概括揭示，精切凝粹，成为今人研究文学史屡加引录的警句。

清代诗话亦有颇多条目直接论及萧统《文选》。一些是提倡作诗效法"选体"，以《文选》诗歌为楷模；一些则是沿袭苏轼观点，肆意攻讦萧统。前者如李重华深知《文选》诗风雅正，学之可以祛除初学者易患的浅俗村野之气，故而学诗就应当以《文选》为入门之书："五古从选体入手，不致杂村野气。以有规矩准绳，且汉魏以来

---

① 宋大樽《茗香诗论》，《清》第 108 页。
② 叶燮《原诗》，《清》第 602 页。
③ 沈德潜《说诗晬语》，《清》第 531 页。

源流具在也。"①持此见解者还有徐增《而庵诗话》,认为诗圣杜甫的诗艺也是从《文选》理脱化而来,前贤学诗成功之道值得遵循。

同时黄子云等人则对当时某些诗人创作五言古诗刻意仿拟《文选》大发不满,云:"大抵近代能自好者,五律则冠裳王孟,五古则皮毛《文选》;然不过游览宴赏数韵而已,若夫大章大法,窃恐有待。"因为在他看来,萧统及其所编《文选》均千疮百孔,不值一读:"昭明材本平庸,诗亦阘劣,观其选本,多所未协。如机、云兄弟、休文、安仁之徒,警策者绝少,而采录几无遗漏。若文姬《悲愤》、太冲《娇女》诸篇,反弃而不取。具识力者,自必有定论。故子美云:'熟精《文选》理。''精'者,明察之谓;'理'有是是非非之别。其意盖教人熟察而去就其是非也。苟无异同,曷不云'《文选》句',而曰'《文选》理'乎?后来者闻子美有是言,不揆其义,尽皆目之为禁脔,黑白于是乎混淆,而胸臆无所持循矣。"②黄子云丝毫不顾杜甫上下文教育儿子读书求进的主题,强词夺理,不惜歪曲杜甫诗之原意。还自作聪明地臆测杜甫如教儿子钻研《文选》,只会教他"熟精《文选》句",不当是"熟精《文选》理"。殊不知《文选》作为一部文学总集,杜甫怎么会只让儿子学其"句法"或句意?蔡琰《悲愤诗》的真伪至今尚未取得完全一致的结论,萧统弃而不取正可见其目光如炬。其实"不揆其义"、"黑白于是乎混淆"的恰恰是黄子云自己。如果说黄子云主要是挑剔萧统选文不当,李重华攻击萧统的主要弊病,是《文选》分门别类未能遵照"赋比兴风雅颂"的义理,分类琐细,当然去取不公也是李重华攻讦的重要方面:"乐府郊庙,不取汉,取宋;子建乐府最优,而佳者顾阙之;渊明高古特出,取其近于谢者;汉五言,诗之权舆,反列卷末。"③其实仍是以今例古、徒逞口

---

① 李重华《贞一斋诗说》,《清》第924页。
② 黄子云《野鸿诗的》,《清》第849页。
③ 李重华《贞一斋诗说》,《清》第923页。

舌而已。

第二节　清代诗话与汉代诗歌评论

清代诗话关于汉代诗歌主要涉及三方面内容,一是汉诗总论,二是苏李诗,三是《古诗十九首》。

一、汉诗总论

清诗话探讨汉代五言诗不发达的原因,将其归结到经学势力强盛,士人精力凝聚于读经研学,无暇作诗,此论颇为深刻切实。此即乔亿所论:"汉京自杂歌乐章外,五言概不多见,是殆历武、宣之世,崇尚经术,不暇以为。"[1]

最能够代表清代学者评论水平的还是他们总论汉诗——也即汉代五言诗的艺术风格。诸家议论虽多,观点极其一致,也即汉诗典质朴奥、高浑淡泊。其间典型的评语可见如下:"读汉诗不可看作三代衣冠,望而畏之;须看得极轻妙,极灵活,极风艳,极悲壮,极典雅,凡后人所谓妙处,无不具之。……汉诗典质朴奥,与《雅》《颂》相近,岂晋宋以下所能,况在近代乎?"[2]

"汉人诗风味醇茂,高浑中具见淡泊,岂唐人所能径造?"[3]

"汉五言诗去《三百篇》最近,以直抒胸臆,一意始终,而字圆句稳,相生相续成章。如一人之身五体分明,而气血周行其间,不事点染而文采自生也。……汉诗出语自然,朴妙无可议。……汉诗无字不活,无句不稳,句意相生,缠绵不断,而章法次第,井然有章,

---

① 乔亿《剑溪说诗》卷上,《续》第 1076 页。
② 费锡璜《汉诗总说》,《清》943 页。
③ 郎廷槐《师友诗传录》引张历友语,《清》第 951 页。

真《三百篇》之嫡派。"①

这些见解，宋明诗话也曾屡次形诸纸面，并非是清人的创新发现，但清代学者论述得更加集中、更加明晰，也是不可抹煞的。

发掘汉代诗艺深刻又妙喻连珠的是叶燮的《原诗》，他将汉魏六朝诗史比拟为不同的图画与青铜器，认为汉诗突出特色在于混沌重拙，其它时代均难企及："汉魏之诗如画家之落墨于太虚中，初见形象，一幅绢素，度其长短阔狭，先定规模；而远近浓淡，层次脱卸，俱未分明。"②其品评深具文化与美学内涵，非常切当。汉魏诗篇，的确不仅混沌朴茂，而且气魄宏大，意境深厚。

二、苏李诗评论

《文选》所录苏武五言诗四篇、李陵五言诗三篇，共七篇，对其真伪，南朝时期已经不甚了了，清人对此亦持三种意见，一是认定其为伪作，根据是苏武诗里有"江汉"、"战场"等词，不像是苏武使北之作，如吴乔云："苏武李陵诗，余疑是汉人送别之作，托名苏李。诗之叙景，必不绝远，而苏诗有'俯视江汉流，行役在战场，'何也？"③李重华《贞一斋诗说》所持观点和论据与此大同小异。

至于其实际作者，吴乔认为苏李诗本是汉魏时文士中的好事者揣想苏武和李陵的感受心态，仿拟而撰；再后来人们不知其为拟作，乃认定为苏武、李陵二人所撰："凡拟诗之作，其人本无诗，诗人知其人与事而拟为之诗，如拟苏李送别诗及魏文帝之《刘勋妻》者最善。其人固有诗，诗人知其人与事与意，而拟其诗，如文通之于阮公，子瞻之于渊明者亦可。《十九首》之人与事与意皆不传，拟之

---

① 庞垲《诗义固说》，《续》第731、732、742页。
② 叶燮《原诗》卷四《外篇下》，《清》第601页。
③ 吴乔《围炉诗话》卷二，《续》第515页。

则惟字句而已。"①解说苏李诗来源、阐述苏李诗的本质最为正确。

第二种意见是不承认对苏李诗真实性的怀疑,认定苏李诗确实出于苏武、李陵之手。这些学者所持根据也是诗艺、诗风,他们感到苏李诗抒情自然真挚,情味悠远,非旁人可以拟得。坚持这一观点的沈德潜云:"苏李诗言情款款,感寤具存,无急言竭论,而意自长,神自远,使听者油油善入,不知其然而然也。是为五言之祖。苏李之别,谅无会期矣,而云:'安知非日月,弦望自有期。'何怊惆而缠绵也?后人如何拟得。"②朱庭珍强调,苏李诗真实就真实在无意写诗,直率抒情,自然浑成,非他人可为:"汉代去古未远,尚无以诗名家之学。如《十九首》,不著作家姓名。苏李诗乃情不容已,各抒心所蕴结之意,非欲以立言见长,自炫文采。其独绝千古处,正在称情而言,略无雕琢粉饰,自然浑成深厚耳。"③

第三种意见是对其真伪采取回避态度,只论诗本身表现的思想感情和艺术成就。叶矫然《龙性堂诗话初集》等赏析苏李诗,便是如此。

至于苏武诗各篇的具体主题,李善、五臣、沈德潜均认为,首篇乃别兄弟;第二篇,李善、五臣认为乃别友人,沈德潜认为乃别妻。第三篇,李善和五臣认为乃别妻之作,吕向讲得更明晰:"此诗意者,武将使匈奴之时,留别妻也。"沈德潜认为乃告别李陵之作。第四篇,六臣均认为乃别友之作,沈德潜认为告别李陵之作。明末钟惺《古诗归》则认为四篇全属别陵之作。厉志对上述诸家均加驳正,云:"愚以为首章前半实是比喻,'鹿鸣'以下明出正意,分明别友无疑。次章统就夫妇言,当是别为一首。三四又是别友。如此

---

① 吴乔《围炉诗话》卷二,《续》第 516 页。

② 沈德潜《说诗晬语》,《清》第 530 页。

③ 朱庭珍《筱园诗话》卷二,《续》第 2370 页。

似较二说稍妥。"①亦可自成一说。

三、《古诗十九首》评论

　　清代诗话涉及《古诗十九首》的有三个方面，一是其作者与产生时代；二是其诗意主旨；三是风格特色。

　　萧统将所见古诗选取十九篇罗致为一组，作为无名氏之作，收入《文选》，取一总名为《古诗十九首》。而《文心雕龙》将其中"冉冉孤生竹"一篇作为东汉作家傅毅的作品。《玉台新咏》将其中"青青河畔草"、"西北有高楼"、"涉江采芙蓉"、"庭中有奇树"、"迢迢牵牛星"、"东城高且长"、"明月何皎"等全作为枚乘作品。对《文心雕龙》和《玉台新咏》的做法，鲁九皋信以为真，立论云："是十九首中东西两都并有其人，而枚乘在陵武之前，又不得与始于苏李也。"②对此问题，王士禛、张笃庆、张实居三人有一番讨论话语，清学者郎廷槐录入《师友诗传录》。王士禛云："二书出于六朝，其说必有依据，要之为西京无疑。"张笃庆云："相其体格，大抵是西汉人口气。因篇中有'驱车上东门，游戏宛与洛'，故论者或以为似东汉人口角，断其非枚乘者。殊不知西京人亦何必不游戏宛洛耶？"张实居云："《明月皎夜光》一章内，'玉衡指孟冬'，如'促织鸣东壁'、'白露沾野草'、'秋蝉鸣树间，玄鸟将安适'等语，所序皆秋事，乃汉令也。《汉书》曰：'高祖十月至霸上，故以十月为岁首。'汉之孟冬，今之七月也，似为汉人之作无疑。"③

　　王士禛等三家，均以为《古诗十九首》纯系西汉作家之作。根据是《文心雕龙》和《玉台新咏》的观点，还有就是诗的风格、诗里的

---

　　①　厉志《白华山人诗说》卷二，《续》第 2281 页。

　　②　鲁九皋《诗学源流考》，《续》第 1353 页。

　　③　郎廷槐《师友诗传录》，《清》126—127 页。

历法和地理背景。对此，自然不宜漠然视之，可见今人认其为东汉作品的观点，未必是确凿不移的定论。

二是关于其诗意主旨。系统分析《古诗十九首》的有毛先舒，只是他将《古诗十九首》拆分为二十首，不合《文选》篇数，而且解说时全以汉儒解说《诗经》的套路，牵合君臣大义，不免沦于附会穿凿，如"'行行重行行'，谪宦思君也。'青青河畔草'，怨不得其君也。'青青陵上柏'，愤时竞逐，相羊玩世也。'今日良宴会'，遇时明良，思自奋也。'西北有高楼'，悲有君无臣，思自效忠也"①等等。他如此说诗的直接源头是《文选》五臣注，于此可见五臣注文影响之深刻悠久。再者如此细碎分析，反而不如沈德潜简短数语归结得明晰宏通："《古诗十九首》，不必一人之辞，一时之作，大率逐臣弃妻，朋友阔绝，游子他乡，死生新故之感。"②

第三方面是关于其风格特色。张谦宜先总论之，又逐篇以起承转合术语详细剖析其结构句法，颇为深入，论风格特色数语很值得注意，云："十九首内快心顺意之事绝少，然心平气和，委婉冲穆之气溢于言表，殆近小雅之变，所以品调卓绝，千古同珍。不矜才，不使气，并不恃学问，直以性情笃挚，遂接风人之绪。"③"不矜才，不使气，并不恃学问，直以性情笃挚"四句非常切合实际，而"心平气和，委婉冲穆之气溢于言表"云云，则与诗的情调颇为不符。

首先，对于《古诗十九首》的情真意切，清代许多评家都有一致的感受，如吴乔云："诗至《十九首》，方是烂然天真，然皆不知其意，以词求意，其诗全出赋义乃得。兼有比兴，意必难知。"④乔亿云："《古诗十九首》最近《国风》、《小雅》，读之久，令人感叹流连，泣下

① 毛先舒《诗辨坻》卷一"古诗二十首解"条，《续》第21页。
② 沈德潜《说诗晬语》，《清》第530页。
③ 张谦宜《絸斋诗谈》卷四"古诗十九首"条，《续》第820页。
④ 吴乔《围炉诗话》卷二，《续》第515页。

沾衣。"①

　　其次,《古诗十九首》突出的风格还有自然浑成,清人亦多有揭示。如张可定云:"故《十九首》拟者千百家,终不能追踪者,由于着力也。"②朱庭珍云:"《古诗十九首》及苏武李陵五言诗,皆和平温厚,高浑自然,始终一气相生,化尽笔墨痕迹。"③

　　再次是平淡婉曲,田雯云:"《十九首》之妙,词义炳婉而成章。"④黄子云云:"理明句顺,气敛神藏,是谓平淡。如《十九首》岂非平淡乎?"⑤

　　尚有学者试图区别《古诗十九首》和苏李诗的风格,发语亦颇能够引人深思,刘熙载云:"《古诗十九首》与苏李同一悲慨,然古诗兼有豪放旷达之意,与苏李之于委曲含蓄,有阳舒阴惨之不同,知人论世者,自能得诸言外。"⑥指出《古诗十九首》风格多有"豪放旷达"之气,较之苏李诗纯为委婉含蓄,自是有异。刘熙载三言二语便能够揭破底蕴,表现出超凡的鉴识能力。

第三节　清诗话与魏代诗歌

　　清代诗话论及三国文学,主要限于曹魏。对三国时代,魏国文学独盛的原因,乔亿认为有地域、时代和人为三方面的因素:"三国文士,尽属当途。良由邺下去东京不远,文物未即散亡,且老瞒父子才华,实堪统制。"⑦也即曹魏(主要指建安时期)政治中心邺都

① 乔亿《剑溪说诗》卷上,《续》第 1075 页。
② 郎廷槐《师友诗传录》引,《清》第 128 页。
③ 朱庭珍《筱园诗话》卷二,《续》第 2350 页。
④ 田雯《古欢堂集》卷二,《清》第 695 页。
⑤ 黄子云《野鸿鹄的》,《清》第 850 页。
⑥ 刘熙载《诗概》,《续》第 2419 页。
⑦ 乔亿《剑溪说诗》卷上,《续》第 1076 页。

距离东汉都城洛阳很近,保持着浓厚的文化气氛;二是时代也承袭着东汉末年激扬文字挥斥方遒、慷慨悲壮的士风传统;三是曹操父子卓有才华,又均饱读诗书,故而能够垄断整个三国文学,形成一家独大的局面。也因此引发了中国文学史上最早的以文学名家的群体的形成:"论诗首推汉魏,汉以前无专家。至魏,曹操植子建一家继美,以沉雄俊美之音,公然笼罩一代,可谓'文奸'矣。王粲、陈琳、刘桢、徐干、应场、应璩起而和之,阮籍、嵇康辈皆渊渊乎臻于大雅。"①

曹氏父子诗风的区别,清代诗话也曾加以探究,以黄子云与叶矫然论述得最为深透。黄子云说:"孟德霸则有馀,而子桓王则不足。若子建则骎骎乎有三代之隆焉。"②只是对曹丕、曹植诗风的概括有些含糊,不及叶矫然所论:"武乐府质而古,去西京不远。子桓婉而文,似兆晋宋之风。思王宏中肆外,质有其文,真古诗耳。此三曹之辨也。"③其意乃谓,曹操诗质朴古直,全似汉风,继承大于创新;曹丕委婉温雅,文胜于质,下启晋宋诗风;曹植文质相半,可谓彬彬。

清代诗话分论三国作家,论曹操主要是关注其诗歌的"霸气",今所见三则语异义同,一则云:"曹孟德如宛马骋健,扬沙朔风。"④一则云:"魏武帝诗如鸿门巨鹿,霸气淋漓。"⑤一则云:"曹孟德诗,鹰扬虎视,自具横槊气象。"⑥均称许其情志慷慨,意象宏大。

论曹丕主要是突出其风格的女子般阴柔之美。或云:"魏文帝

---

①　李调元《雨村诗话》卷上,《续》第 1523 页。

②　黄子云《野鸿诗的》,《清》第 861 页。

③　叶矫然《龙性堂诗话初集》,《续》第 954 页。

④　毛先舒《诗辨坻》卷二,《续》第 29 页。

⑤　牟愿相《小澥草堂杂论诗》,《续》第 911 页。

⑥　乔亿《剑溪说诗》卷上,《续》第 1076 页。

诗如邯郸美女,踮屧鸣琴。"①或云:"子桓风流猗靡,如合德新妆,不作妖丽,自然荡目。……至《燕歌》、《善哉》诸篇,深秀婉约,便是子桓别开阡陌。"②称道其辞藻铺陈、情感抒发方面均有创新。

　　曹植是清代诗话评述特别多的大家,清人首先着眼曹植如何承继《诗经·小雅》传统,从而成为诗界正宗。正如毛先舒所论:"曹子建言乐而无往非愁,言恩而无往非怨,真小雅之再变,离骚之绪风。"③认为司马迁赞赏《离骚》兼有"好色而不淫,怨诽而不乱"两方面的优长,曹植之作最接近屈原作品的风调。特别是曹植的赠答诗,处处具有《诗经》风雅规范。刘熙载亦云:"曹子建《赠丁仪王粲》有云:'欢怨非贞则,中和诚可经。'此意足推风雅正宗,至骨气情采,则钟仲伟论之备矣。"④宋征璧也认为曹植诗篇深明君臣大义,风格敦厚忠实:"思王《赠白马王彪》一诗,忠厚悱恻,有韵之《三百篇》乎?"⑤言其思想感情纯正无邪,可比孔子所删编的《诗经》,吹捧曹植诗篇的地位未免过高,而且"有韵之《三百篇》"一句语词不通,《诗经》何尝无韵。牟愿相论诗极其不满于《文选》,可对于曹植也赞许其全心全意致力于君臣理念的发挥:"曹子建全副精神在君臣上用",曹植甚至要高于陶渊明和谢灵运,因为"陶渊明全副精神在朋友田园上用,谢康乐全副精神在山水上用";甚至认为曹植反对曹丕篡汉,与父兄政治立场和人生追求均有歧异:"《送应氏诗》,极黍离之感,非老瞒《蒿露》《蒿里》等篇,隐然急于觊觎王室也。"⑥清人认为曹植忠于大汉,实源于陈寿《三国志·苏则传》记载史事过于简略含混:"初,则及临淄侯植闻魏氏代汉,皆发服悲

---

① 牟愿相《小澥草堂杂论诗》,《续》第 911 页。
② 毛先舒《诗辨坻》卷二,《续》第 29、26 页。
③ 同上,第 26、27 页。
④ 刘熙载《诗概》,《续》第 2420 页。
⑤ 宋征璧《抱真堂诗话》,《续》第 126 页。
⑥ 牟愿相《小澥草堂杂论诗》,《续》第 918、1077 页。

哭。"好像真的是曹植反对篡汉。但裴松之注引录更原始的资料《魏略》则云:"临淄侯植自伤失先帝意,亦怨激而哭。"则曹植之哭乃是因为自悲失宠于曹操,并非怨愤于兄长篡汉自立。乔亿更进一步认为曹植后来屡受曹丕迫害,原因就在于不支持曹丕废汉自立:"陈思王植初封临淄侯,闻魏氏代汉,发服悲哭,其不得于兄宜矣。"①亦从陈寿书里引申,实则违背史实,不可信从明矣。曹丕迫害曹植,源于二人争立世子,冤仇深刻,曹丕当时备受精神折磨,故而父死己立,遂对曹植横加报复,不关乎曹植反对不反对篡汉也。

　　立论更为荒谬的是王夫之,故意与传统的扬植抑丕相反对,处处吹求曹植,不惜罗织罪名,言曹植有意于开宗立派,诱人倾慕自己,实则其才不及曹丕远甚;为了吹扬曹丕、贬抑曹植,他甚至不惜编造史实,妄言阮籍、张协、左思、郭璞、陶潜、谢客皆蔑视曹植:"建立门庭自建安始。曹子建铺排整饰,立阶级以赚人升堂,用此致诸趋赴之客,容易成名,伸纸挥毫,雷同一律。子桓精思逸韵,以绝人攀极跻,故人不乐从,反为所掩。子建以是压倒阿兄,夺其名誉。实则子桓天才骏发,岂子建所能压倒耶?故嗣是而兴者,如郭景纯、阮嗣宗、谢客、陶公,乃至左太冲,张景阳,皆不屑染指建安之羹鼎,视子建蔑如矣。"其实郭璞诸人何尝有轻看曹植的片言只语,特别是谢客,以举世敬仰之才之大名,狂傲矜持之性格,而自甘屈居子建之下,谓天下有才一石,子建独占八斗,自己可占一斗,馀者天下才子共分之。可知王夫之出言何其无根妄诞。接下来王夫之又一笔抹煞历代诗歌所有流派,讥刺其为"和哄汉"(骗子):"降而萧梁宫体,降而王、杨、卢、骆,降而大历十才子,降而温、李、杨、刘,降而江西宗派,降而北地、信阳、琅琊、历下,降而竟陵,所翕然从之者,皆一时和哄汉耳。……是知立才子之目,标一成之法,煽动庸才,旦傲而夕肖者,原不足以羁络骐骥;惟世无伯乐,则驾盐车上太

---

① 乔亿《剑溪说诗》卷上,《续》第 1076 页。

行者,自鸣骏足耳。"①虽然王夫之是清初大思想家,也不应当对其如此偏激论点加以回护。清代诗话论七子、阮籍与嵇康,其说均无显著的新意,略之可也。

第四节　清代诗话与晋代诗歌(上)

清代诗话论述晋代诗歌资料也不是很多,主要涉及的有张华、张协、潘岳、陆机、左思、刘琨、郭璞七人。论张华,有牟愿相所谓"张茂先诗如涧窄山平,风云不起"②,实际上是钟嵘评张华"儿女情长、风云气短"的翻版,只是以比喻出之,显得更生动形象。倒是黄子云所论较为切实:"茂先失于气馁而不健,然其雍和温雅中规中矩,颇有儒者气象。《情诗》《杂诗》等篇,不免康乐'千篇一体'之讥。馀若《励志》诸什,断不可以一概掩之。"③"掩"即抹煞之义。此处批评张华为诗"气馁"、"不健",还是缺乏风云慷慨之气的意思,然而《文选》所录其《励志诗》、《答何劭》,出入儒家经典,如"复礼终朝,天下归仁"、"进德修业,辉光日新"(以上《励志诗》句),"周任有遗规,其言明且清;负乘为我戒,夕惕坐自惊"(以上《答何劭》句),殊多儒者风范,显示出张华对儒家经典的熟悉和笃信。清诗话论张协新意不多,而评价潘岳诗风,牟愿相比喻为"如烂边鹅鸭,体重飞难"④,形象独特新鲜,引人发噱;但并不切合潘岳诗艺特色,移去形容陆机的诗歌,才算合适。

《文选》卷二十四录入潘岳的《为贾谧作赠陆机》和陆机的答诗《答贾长渊》,潘岳此诗开头"肇自初创,二仪烟煴。粤有生民,伏羲

---

① 王夫之《〈姜斋诗话〉》,《清》第 15 页。
② 牟愿相《小澥草堂杂论诗》,《续》第 911 页。
③ 黄子云《野鸿诗的》,《清》第 861 页。
④ 牟愿相《小澥草堂杂论诗》,《续》第 911 页。

始君。结绳阐化，八象成文。芒芒九有，区域以分。神农更王，轩辕承纪。画野离疆，爰封众子。夏殷既袭，宗周继祀。绵绵瓜瓞，六国互峙。强秦兼并，吞灭四隅。子婴面榇，汉祖膺符。灵献微弱，在涅则渝。三雄鼎足，孙启南吴。南吴伊何，僭号称王"26 句后，才讲到晋朝建立，所以何焯批评其"发端太远"。对此，叶矫然加以否定，理由是"潘意铺扬晋得天统，历叙皇王，以诋吴国之僭耳"，可谓得潘岳之为文用心，但叶矫然并没有对潘岳此诗的瑕疵视而不见，他认为此诗远不及陆机的答诗，理由有三，一是回溯历史朝代，从天地开辟开始，中间却漏掉了唐尧虞舜二代，殊为不该。二是潘诗句式单调，缺乏变化："发端二十餘句，如'二仪'、'八象'、'九有'、'六国'、'四隅'、'三雄'等语，堆叠满纸可厌。远不及陆之报章典缛多风、琅琅可诵也。"三是出语不逊，对臣诛君，数落吴主立国不正"僭号称王"，言孙皓归晋为"伪孙衔璧"，使陆机难堪："夫亡国之大夫，结褵之孽妇也。与息妫而讥息君之无良，对甄后而语袁氏之不淑，可乎？"叶矫然接着指出，潘岳如此写来，本质上与当面直呼陆机父祖名讳以问陆机与其何等关系是同样的失礼。所以陆机答诗针锋相对，处处句句为东吴辩护："陆诗云：'迭毁迭兴'，'崇替有征'，又云'改物承天'，'吴实龙飞'，隐然见从古废兴无常，不特亡吴为然。意实言表。……为士衡者，词虽辩而心良苦矣。"①

清代诗话对陆机的评论可谓褒贬相半。贬者谓其诗"才太高，意太浓，法太整"②；也即言其偏重句法的排比对偶，也即厉志所谓"陆士衡雍容华赡，词秾态远，固足动人，惜其心意之所至，大半分向词面上去也"③，整密之中缺乏疏宕流动的灵气，也即施补华所

---

① 叶矫然《龙性堂诗话初集》，《续》第 957 页。
② 毛先舒《诗辨坻》卷二，《续》第 40 页。
③ 厉志《白华山人诗说》卷一，《续》第 2277 页。

指"五言古诗,不废排比对偶,然如陆士衡则伤气,如颜延之则窒机,盖整密中不可无疏宕也"①,李重华所指"陆士衡《拟古诗》,名重当世,余每病其呆板"②。沈德潜考察陆机诗作,认为其创作缺陷的根源在于陆机自身的创作理论基础失当,即陆机《文赋》偏于艺术技巧的锻炼,忽略了作者人格修养和作品主题内容的深化提炼:"士衡旧推大家,然通赡自足,而绚彩无力,遂开出俳偶一家。降自齐梁,专工队仗,边幅复狭,令阅者白日欲卧,未必非陆氏为之滥觞也。所撰《文赋》云:'诗缘情而绮靡。'言志章教,惟资涂泽,先失诗人之旨。"③背离了传统诗教强调的思想内容方面的温柔敦厚的要求,出现偏差是非常自然的事情。沈德潜的批评较之他人仅就艺术技巧着眼,显得深刻透彻。

褒者全然否定上述诸说,处处为陆机辩解,或谓"观士衡诗,顿觉字字有力,语语欲飞"④;或云"机调虽俳,而藻思沉丽,何渠云弱"⑤?

细绎二者争辩之处,核以陆机创作的实际,可知批评陆机短处的大约均有理有据,而辩护者所讲往往是颠倒瑕瑜,以丑为美,强词夺理,实不可信从。

清诗话论左思,惟有沈德潜之说深刻切实,他认为左思的《咏史》组诗,"不必专咏一人,专咏一事,己有怀抱,借古人事以抒写之,斯为千秋绝唱。后人粘着一事,明白断案,此史论,非诗格也。至胡曾绝句百篇,尤为堕入恶道"⑥。他主张,诗歌根本职能在于抒情,不在于评断史实,所以如果将《咏史》写成"史论",就会背离

① 施补华《岘佣说诗》,《清》第 977 页。
② 李重华《贞一斋诗说》,《清》第 935 页。
③ 沈德潜《说诗晬语》,《清》第 532 页。
④ 厉志《白华山人诗说》卷二,《续》第 2286 页。
⑤ 毛先舒《诗辨坻》卷二,《续》第 30 页。
⑥ 沈德潜《说诗晬语》,《清》第 550 页。

文体规范,这也是唐人胡曾《咏史》所以沦于恶俗的根本原因。

刘琨是两晋之际的爱国诗人,清人将其诗风定格为"悲壮",实乃千古定论:"刘公幹、左太冲诗壮而不悲,王仲宣潘安仁悲而不壮,兼悲壮者,其惟刘越石乎?"①细究起来,其诗艺术风格接近于曹操、曹植:"刘太尉诗有孟德之气,子建之骨,特密处不似魏人耳"②,主旨气质则接近于孔融:"孔北海《杂诗》'吕望老匹夫,管仲校囚臣。'刘越石《重赠卢谌》诗:'惟彼太公望,昔在渭滨叟。'又称'小白相射钩'。于汉于晋,兴复之志同也。"以刘琨与汉末性格讦直的党人孔融相提并论,富有新意,大体不差。刘熙载又曾将刘琨与郭璞相类比,亦着目于二人忠节不二,为国殉身而不悔:"刘越石诗,定乱扶衰之志;郭景纯诗,除残去秽之情。第以'清刚''俊上'目之,殆犹未见觇厥蕴。"③皆善于联想,深入比较而出以新见。

第五节　清代诗话与晋代诗歌(下):陶渊明

对陶渊明诗,清代诗话归结出的特色,首先是"真"。"真"就是抒情发自心底,毫不做作,毫不勉强:"陶公诗一往真气,自胸中流出,字字雅淡,字字沉痛,盖系心君国,不异《离骚》,特变其面目耳。……陶公自写悲痛,无意作诗人,故时有直率之笔,学者不可不知。"④"真"也就是没有诗兴便不作诗,有了诗兴,一挥而就,不谋求以诗猎名:"诗可数年不作,不可一作不真。陶渊明自庚子距丙辰17年间,作诗9首,其诗之真,更须问耶? 彼无岁无诗,乃至无日无诗者,意欲何明?"⑤此语简直在讽刺平生以造诗为事的乾

---

① 刘熙载《诗概》,《续》第 2421 页。
② 毛先舒《诗辨坻》卷二,《续》第 40 页。
③ 刘熙载《诗概》,《续》第 2421 页。
④ 施补华《岘佣说诗》,《清》第 977 页。
⑤ 刘熙载《诗概》,《续》第 422 页。

隆皇帝。

　　其次是"深"。陶渊明诗看似脱口而出,却往往富含深意。这"深意"来自深切的人生体味,来自深沉的玄理思索,一言以蔽之,来自超凡脱俗的胸怀,而不是以艰深之辞文饰其浅陋思想的假深沉:"陶诗胸次浩然,其中有一段渊深朴茂不到处。"①语意深刻来自思维的透彻和出语的凝练:"古来称诗圣者惟陶、杜二公而已。陶以己之天真,运汉之风格,词意又加烹炼,故能度越前人;若杜兼众善而有之者也。余以为靖节如老子,少陵如孔子。"②此言陶渊明诗如《老子》般言简意赅,内涵丰赡。

　　再次是"高妙"、"高古"。此亦来自其异于俗人的胸怀:"陶诗句句近人,却字字高妙。不是工夫,亦不是悟性,只缘胸襟浩荡,所以矢口超绝。"③来自对于人生的深切体味和忧乐体验:"陶诗浑然高古,在六朝中自为一格。读陶诗当察乐中有忧,忧中有乐。至其见道语,赤刘以来,诗人所未有。"④

　　再次是"淡","淡"不是无味寡趣,而是各种人生况境结晶和大千自然风物观照的完美融和与凝结,是难以企及的味外之味,色外之色,是天人合一的最高境界,宋大樽指出,陶渊明诗味之"淡",乃是"色香臭味之难可尽者,以极淡不易见耳",是"阴阳和气"的结晶,"有靖节之和,则有靖节之色香臭味"。⑤ 鲁九皋指出,陶诗之"淡",是陶渊明独特的人生取向的结果:"陶公降生,以西山之节,师柳下之行,不激不随,超然闲淡,时时歌咏其性情,而真诗以出。"⑥平生恬淡寡欲,性格平和,超脱一切利欲追逐,写诗自能蕴

---

① 沈德潜《说诗晬语》,《清》第 535 页。
② 黄子云《野鸿诗的》,《清》第 862 页。
③ 张谦宜《絸斋诗谈》卷四,《续》第 823 页。
④ 乔亿《剑溪说诗》卷上,《续》第 1078 页。
⑤ 宋大樽《茗香诗论》,《清》第 106 页。
⑥ 鲁九皋《诗学源流考》,《续》第 1354 页。

有无穷而高妙的情味。

总而言之，"真"、"深"、"高"、"古"、"淡"，归结到底，就是"自然"一词。对于陶渊明诗风"自然"的蕴意，朱庭珍有详致的论述，略引如下："陶诗独绝千古，在'自然'二字。……盖自然者，自然而然，本不期然而适然得之，非有心求其必然也。此中妙谛实费功夫。盖根柢深厚，性情真挚，理愈积而愈精，气愈炼而弥粹。酝酿之熟，火色俱融；涵养之纯，痕迹进化。天机洋溢，意趣活泼，诚中形外，有触即发，自在流出，毫不费力。故能兴象玲珑，气体超妙，高浑古淡，妙合自然，所谓绚烂之极，归于平淡是也。此可以渐臻，而不可以强求。"[1]"自然"不是单纯的"平淡"，而是"绚烂之极"，是炉火纯青，是返朴归真，是时代氛围、哲学发展、文学演变、个人机遇等各种因素混合而成的结果，非个人追逐可得，所以叫做"自然"，而陶渊明及其诗风恰恰是这些综合因素的具象。

第六节　清代诗话与刘宋诗歌(上)：谢灵运

清诗话涉及谢灵运的问题大致而言，有四个方面，一是如何评价谢诗里的议论？二是如何评价其《拟魏太子邺中集八首》？三是如何评价陆机对谢诗的影响？四是如何评价谢诗的风格？以下分别述之。

一是如何评价谢诗里的议论？谢灵运诗常常是三段结构，先叙事，再写景，最后议论，如著名的《登池上楼》，"潜虬媚幽姿"至"举目眺岖嵚"，是为叙事，叙说来到永嘉作太守的过程和背景。"初景革绪风"四句，描写初春景色。"祁祁伤豳歌"以下六句，发表议论，抒发自己遁世无闷的情趣。这种叙事——写景——抒情议论，在他的诗里成了固定的模式。叶矫然对其议论非常赞赏："康

---

① 朱庭珍《筱园诗话》卷一，《续》第 2340 页。

乐造句隽拔,而时出经语、道学语。……故知真道学人,即真风雅人也。"①并认为诗末缀以议论的章法并非大谢所创,乃源自《诗经·燕燕》、《雄雉》等篇。王夫之认为大谢以议论结尾的章法也可能来自《诗经·小宛》等篇,诗里议论不但可行,而且别有胜处:"谢灵运一意回旋往复,以尽思理,吟之使人卞躁之意消。《小宛》抑不仅此,情相若,理尤居胜也。王敬美谓:'诗有妙悟,非关理也。'非理抑将何悟?"②沈德潜亦认为诗中议论能够增加理趣:"(谢诗)大约匠心独造,少规往则,钩深极微,而渐进自然,流览闲适中,时时浃洽理趣。"③刘熙载则认为诗含议论乃谢灵运的创造:"谢客诗刻画微眇,其造语似子处,不用力而工益奇,在诗家为独辟之境。"④"子"即子书,"似子处"即指议论。惟有毛先舒对在诗里发表议论的做法持谨慎态度,觉得易染学究之气:"谢灵运语妙古今,……至'平生疑若人,通蔽互相妨。理感深情恸,定非识所将';又'彭薛裁知耻,贡公未遗荣,或可优贪竞,岂足称达生';又'矜名道不足,适已物可忽';斡旋发义,去学究也几希。惟其含吐宛隽,而体沿雅质,故不嫌耳。"⑤立论稳妥,较之一味替大谢辩护为客观可从,毕竟诗当以抒情为归穴。

二是如何评价其《拟魏太子邺中集八首》? 萧统对大谢此八篇颇为重视,录入《文选》第三十卷。可是清人却往往大加贬斥,原因在于大谢的拟作多有纰漏,首先是语调不似原作者:"(康乐)《拟魏太子诗》云:'百川赴巨海,众星环北辰',开口便气色矜动,子桓楱娟之姿,哪忽有此?"言谢灵运所拟诗句矜重宏大,犹如国君之语,不似曹丕诗句轻柔和婉,女气十足。其次是行文讲究俳偶,不似建

① 叶矫然《龙性堂诗话初集》,《续》第963页。

② 王夫之《姜斋诗话》,《清》第6页。

③ 沈德潜《说诗晬语》,《清》第31页。

④ 刘熙载《诗概》,《续》2422页。

⑤ 毛先舒《诗辨坻》卷二,《续》第42页。

安章法句法,谢灵运主观上是在仿拟建安之作,可是实际风格却是"太康之调"①。所谓"太康之调"也即以陆机为代表的致力于排比对偶的诗风,缺乏建安诗风的自然流畅。

三是如何评价陆机对谢诗的影响?陆机对大谢的影响非常突出,正如毛先舒所云:"平原骈整,时复隽思。一变而为康乐侯,遂辟一家蹊术。……士衡、灵运,才气略等,结撰同方。然灵运隽掩其雄,士衡雄掩其隽。故后之论者,虽无复云谢出于陆耳。"②此言大谢诗法乃自陆机变出,并自矜揭出此秘之价值。毛先舒对大谢所受陆机的影响无所轩轾,而牟愿相则是全加否定,认为大谢乐府诗所以令读者难以惬心,主要过失在所染陆机之风:"谢康乐吐翕山川,妙绝千古,独其乐府不满人。康乐乐府专拟大陆,大陆固不满人也。"③鲁九皋亦言大谢崇尚俳偶、语辞雕琢,前承陆机,后启梁陈,造成了抒情淡薄的不良后果:"盖自谢氏游山,体尚俳偶,词工雕绘,虽在彼为之,弥见古朴。而由此日趋日下,性情愈隐,至陈极矣。"④其实大谢接受大陆影响的缘起,还可从二人身份的类同追溯。二人均系先朝重臣之后,均系亡国之臣,均出仕于新朝而心态难安。

四是如何评价谢诗的风格?大谢诗风古来早有定评,即所谓"谢诗如芙蓉出水"(钟嵘《诗品》引汤惠休语)。钟嵘《诗品》云:"其源出于陈思,杂有景阳之体。故尚巧似,而逸荡过之,颇以繁芜为累。"清人诗话对钟嵘所谓大谢诗艺源出曹植很少论及,较多的是论其与陆机之关系,已见上述。单论其诗歌艺术风格,有新意者约五则。刘熙载云:"康乐诗较颜为放手,较陶为刻意,炼句用字,在

---

① 毛先舒《诗辨坻》卷二,《续》第 41、34 页。
② 同上,第 39 页。
③ 毛先舒《小湃草堂杂论诗》,《续》第 917 页。
④ 鲁九皋《诗学源流考》,《续》第 1354 页。

生熟深浅之间。"①言大谢虽不及陶诗自然,然较之颜延年的"错彩镂金"、"弥见拘束",显得秀逸灵动。此观点与钟嵘《诗品》相去不远。

黄子云称许大谢写景、抒情、言理样样擅长,又开辟山水诗题材,当世无人可及:"康乐于汉魏外别开蹊径,舒情缀景,畅达理旨,三者兼长,洵堪睥睨一世。"②王夫之称扬大谢擅长取势,风格宛转绮丽:"惟谢康乐为能取势,宛转屈伸,以求尽其意,意已尽则止,殆无剩语。夭矫连蜷,烟云缭绕,乃真龙,非画龙也。"③如此评语,不免含混笼统,不易索解。

清人对大谢并非都是这样美言屡加,施补华和宋大樽对其颇有劣评。施补华贬抑谢诗,云其风格"巉削可喜",似褒而实贬:"大谢山水游览之作,极为巉削可喜。巉削可矫平熟,巉削却失浑厚。故大谢之诗,胜于陆士衡之平,颜延年之涩。然视左太冲,郭景纯,已逊自然,何以望子建、嗣宗之项背乎?"④将大谢置于上品与中品之间,言其不及阮籍,更不用说曹植,无论在古在今,同意者都不会很多的,毕竟谢客诗艺之出类拔萃,早有定论,摇撼不得的。

第七节　清代诗话与刘宋诗歌(下):颜延年与鲍照

刘宋时代以元嘉三大家诗艺最为突出,对颜延之长处,清人众口一词屡加赞誉,前代所指短处亦必千方百计为之辩护。例如颜延年生前,汤惠休谓其诗作"如错彩镂金",颜终身引以为愧。乔亿言其"错彩镂金"之处包含古风,不可抹煞:"颜诗昔人病其刻镂太

---

① 刘熙载《诗概》,《续》2422页。
② 黄子云《野鸿诗的》,《清》第862页。
③ 王夫之《姜斋诗话》,《清》第8页。
④ 施补华《岘佣说诗》,《清》第976页。

甚,余谓刻镂处亦近古。《秋胡行》体裁明密,九首如一首,《五君咏》章句似各不相属,皆高作也。"①

陈仅承认撰写山水诗,大谢远胜颜延年,然而庙堂之作,颜延年却独占鳌头,无人可比,亦可谓是颜延年的专长:"谢工于山水,至庙堂大手笔,不能不推颜擅场。大家不必兼工也。大抵山林、廊庙两种,诗家作者,每分镳而驰。"②对陈仅之说,刘熙载又加发挥,又举出《五君咏》等作,言其成就绝不逊色于大谢:"延年诗长于廊庙之体,然如《五君咏》,抑何善言林下风也。所蕴之富,亦可见矣。"③

鲍照诗篇之风格,牟愿相形容为"如胡缨楚客,剑气纵横"④,最为贴切。他人之说均可看作对此的发挥衍说。乔亿云:"鲍明远五言轻俊处似三谢,至其笔力矫捷,直欲与左太冲、刘越石中原逐鹿矣。"⑤刘熙载云:"'孤蓬自振,惊沙坐飞',此鲍明远赋句也。若移以评明远之诗,颇复相似。"⑥叶矫然云:"鲍明远诗灵心慧舌,不可弹指。……其写情写景,无限悲婉,'俊逸鲍参军',有以也。"⑦

吴乔提出鲍明远为宫体诗之祖的观点,云:"不言鲍明远,则宫体红紫之文,不知其所法矣。虽言徐、庾,亦忘祖矣。"⑧此说甚为新颖,钟嵘撰《诗品》时候,宫体诗尚未盛行,不及立论,仅言鲍照"善制形状写物之词,得景阳之诡诡,含茂先之靡嫚。骨节强于谢混,驱迈疾于颜延"。从"含茂先之靡嫚"一语可知钟嵘已经看出鲍

---

① 乔亿《剑溪说诗》卷上,《续》第 1079 页。
② 陈仅《竹林答问》,《续》第 2253 页。
③ 刘熙载《诗概》,《续》第 2423 页。
④ 牟愿相《小澥草堂杂论诗》,《续》第 911 页。
⑤ 乔亿《剑溪说诗》,《续》第 1079 页。
⑥ 刘熙载《诗概》,《续》第 2423 页。
⑦ 叶矫然《龙性堂诗话初集》,《续》第 964 页。
⑧ 吴乔《围炉诗话》卷二,第 522 页。

照诗风具备"儿女情长"的侧面，与后来宫体诗的产生瓜葛，也是非常自然的。

清代诗话作者议论齐梁诗歌，具有新意的仅仅谢朓一人，即所谓"齐人寥寥，谢玄晖独有一代，以灵心妙悟，觉笔墨之中、笔墨之外，别有一段深情妙理。元长（王融）诸人，未齐肩背"①。具体而言有两个方面可言，第一方面是赞许谢朓工于发端，王士禛云："古人谓玄晖工于发端，如《宣城集》中'大江流日夜，客心悲未央'，是何等气魄。唐人起句，尤多警策。"②费锡璜云："前辈称曹子建、谢朓、李白工于发端，然皆出于汉人。"③后者言工于发端之章法源于汉代诗篇，亦可谓言之成理持之有故，然而若向前推究，自然亦可追溯到《诗经》、《楚辞》。

第二方面是指认为小谢引发了唐代诗风。施补华云："谢玄晖名句络绎，清丽居宗，虽不如魏晋诸贤之厚，然较之阴铿徐陵庾信，骨干坚强多矣。其秀气成采，江郎五色笔尚不能逮，唐人往往效之，不独太白也。'玄晖诗变有唐风'，真确论矣。"④这里所谓的"玄晖诗变有唐风"，乃宋人赵师秀《秋夜偶成》之句。叶矫然亦云："谢玄晖集，……至其'大江流日夜，客心悲未央'，'风云有鸟道，江汉限无梁'，'春草秋更绿，公子未西归'，……此等高华绝尘，直开三唐诸公妙境。"⑤虽然仅仅是在宋代学者观点的基础上加以阐述，也算有自己的读书体会和心得，不纯然是词费。

---

① 沈德潜《说诗晬语》，《清》第 533 页。
② 刘大勤《师友诗传续录》引，《清》第 150 页。
③ 费锡璜《汉诗总说》，《清》第 949 页。
④ 施补华《岘佣说诗》，《清》第 977 页。
⑤ 叶矫然《龙性堂诗话初集》，《续》第 958 页。

第十五章 黄侃先生《文选平点》述论

第一节 《文选平点》书名探微①

黄侃先生的《文选平点》内容博赡,包括校勘、训诂、考据,还有一般意义上的评点,可为何以"平点"为名呢? 这实际上表现了著者浓重的复古意识和特立独行的精神。

先看"平"字意义的内涵与外延。《说文·亏部》:"平,语平舒也。"张舜徽《说文解字约注》卷九:"平之本义当起于治土。《诗·小雅·黍苗篇》:'原隰既平。'《毛传》云:'土治曰平。'……平之本义为平地,因引申为凡平之称。"与此相类,又有"正"义,《诗经·召南·何彼秾矣》"平王之孙"毛传:"正,正也。"又引申为对于混乱的平定,见于《诗经·小雅·常棣》"丧乱既定"郑玄笺。又引申为判断是非,《周礼·地官·调人》"以民成之"郑玄笺"成,平也"孙诒让《正义》云:"平谓断其是非,使两得其当,息其争讼也。"又可以引申为"议",见于《文选》孔融《荐盛孝章书》"或能讥平孝章"李周翰注。又与"辨"、"辩"相通,《诗·小雅·采菽》"平平左右"孔颖达《正义》认为"平"和"辨"是古今字关系:"'平'、'辨'义通而古今之异耳。"《尚书·尧典》"平章百姓",司马贞《史记索隐》云:"今文作辩章。"

---

① 黄侃《文选平点》,上海古籍出版社 1985 年版。

这一意义后来造新字"评"作为通用字,《说文解字》中无"评"字。《盐铁论·忧边》"故使廷尉评等"张之象注云:"评,古本作平。""评"有议论、评量、订正等等意义。黄侃注重存古复古,所以书名用"平"字而不用"评"用作书名。"平"有"判断"、"订正"等义,它自然可以包含对讹误衍脱文字的校勘,包括对字词句义和篇旨以及修辞文法等等的议论和评判,对前人之说的纠正和发挥。

再看"点"字。《说文·黑部》:"点,小黑也。"指点污之义,孔子弟子曾点字子晳,前后意思恰相反对。后来引申为以墨点涂没错字,《文选·鹦鹉赋序》记载祢衡写作此篇时"文不加点"。《尔雅·释器》郭璞注云:"以笔灭字为点。"后来郝懿行《尔雅义疏》认为"古人书于简牍,误则用书刀灭除之,……非如后世误书用笔加点也。"其实刀笔时代未必不用墨点灭字,毕竟较之刀削要快捷。点与窜常连用,二字合则同义,分则有异,清代黄生《字诂》云:"点谓涂其字,窜谓除其句也。"至迟到宋代,"点"就有了为初学者给白文加标点的意思,《朱子语类》记载朱熹弟子请朱熹为《尚书》加标点以便后学:"道夫请先生点《尚书》以幸后学。曰:'某今无工夫。'曰:'先生于《书》既无解,若更不点,则句读不分,后人承舛听讹,卒不足以见帝王之渊懿。'"①宋元明称校勘为"点勘""点定",均由涂改错字之义引申而来。

黄侃先生所用"平点"二字,作为一个词组,此前少见。其"平"包括校勘、训诂、考据、议论等内容,"点"包括圈点、校勘等内容,二字含义是有所交叉的。其间非常重视的圈点,也是凸现了强烈的复古心态的。

《文选平点》中占最大比例的是对于关键字眼和精妙语句的圈点,所用符号特别多样,这在近代时期可谓惊世骇俗,因为即使黄侃门下骆鸿凯等人也是极端蔑视圈点的。可见这也是存心复古而

---

① 黎靖德《朱子语类》卷七十八,北京,中华书局 1986 年版第 1981 页。

为。"圈点"等手法，最早出现在文献中是在宋元，四库馆臣云此皆是从宋人读书法衍发出的："宋人读书，于切要处率以笔抹。故《朱子语类》论读书法云，先以某色笔抹出，再以某色笔抹出。吕祖谦《古文关键》、楼昉《迂斋评注古文》亦皆用抹，其明例也。谢枋得《文章轨范》、方回《瀛奎律髓》、罗椅《放翁诗选》始稍稍具圈点，是盛于南宋末矣。"①方回认为评点圈点用意在教示初学："予已为研朱圈点指似其眼以晓学者。"②元代学者程端礼《读书分年日程》引《勉斋批点四书例》云，红点标示"字义"、"字眼"，"黑点"以"补不足"，并详细讲说《批点韩文凡例》云"缴上文、结上文、紧切全句，或发明于事实之下，或先发明事之所以然于事实之上者，红侧圈。转换呼应字、及用力字、及缴结句内虽已用红侧圈，而字合此例者每字，黄侧圈"③等等，不一而足。这些点法圈法，黄侃此书都一一采纳，加以发扬光大。

第二节　评点揭示篇旨隐意，嗜言文章讽谏

《文选》许多篇章的写作缘由自古迄今仍无一致令人信服的结论，对此黄侃斟酌百家之说，纵观其人其文，倡导其一家之言。如《洛神赋》篇旨，在纷如聚讼的众说里，黄侃独取何焯之言，也即曹植表达的是效忠君王曹丕之心："洛神，子建自比也。何焯解此文独得之。"其证据乃在下列句子的含义："悼良会之永绝兮。哀一逝而异乡。无微情以效爱兮，献江南之明珰。虽潜处于太阳，长寄心于君王。"黄侃云："此当与《责躬》、《应诏》、《赠白马王》诸诗，《求通

---

① 纪昀《四库全书总目》卷三十七"《苏评孟子》"条，中华书局 1965 年版第 307 页。

② 方回《桐江续集》卷三十二《唐师善月心诗集序》，《四库全书》第 1193 册第 657 页。

③ 程端礼《读书分年日程》卷二，《四库全书》第 709 册第 489、493 页。

亲》、《求自试》二表,《六国论》及《陈思王传》参看,其旨自明,感甄之谤于此雪矣。"又"命仆夫而就驾,吾将归乎东路。揽骒辔以抗策,怅盘桓而不能去。"黄侃云:"缠绵如此而文帝不悟,可为陨涕。"不仅如此,黄侃还曾在民国《卮言杂志》发表《曹子建洛神赋识语》一文,对自己的这种观点详加衍说。

西晋初年,陆机兄弟北上入洛,权贵贾谧让潘岳代自己撰诗一首赠与陆机,后被萧统录入《文选》,题目为《为贾谧作赠陆机》,陆机随即复诗一篇,即《答贾长渊》。何焯谓陆机诗"济同以和"句隐含讥刺:"时谧多无礼于太子,'和同'之语盖有刺也。……'吴实龙飞',曰'龙飞',则非伪也。曰'改献',为故主讳衔璧之。"黄侃为何焯之说补充道:"细为绅绎赠诗,始知此诗亢傲风刺,兼而有之,未识贾谧喻其旨否。"之所以陆机如此回应贾诗,缘于贾谧赠诗多有侮慢陆机人格之言,如述及孙权建立政权一节,云:"南吴伊何,僭号称王。"述及孙皓降晋,云:"伪孙衔璧,奉土归疆。"处处贬抑孙氏政权的合法性。最后又以教训口气云:"欲崇其高,必重其层。立德之柄,莫匪安恒。在南称甘,度北则橙。崇子锋颖,不颓不崩。"对此,心绪特别敏感的陆机必当涌起强烈反感。《世说新语·方正篇》曾记载卢志直呼陆机父祖之名,致令陆机大为光火、当面反唇相讥一事,所以陆机在此诗里以亢傲不驯的态度予以回复,也是很自然的。例如贾谧诗言孙吴乃伪政权,陆机诗偏为孙吴赞颂,渲染其立国正大,有功于王室黎民:"雄臣驰骛,义夫赴节。释位挥戈,言谋王室。王室之乱,靡邦不泯。如彼坠景,曾不可振。乃眷三哲,俾乂斯民。启土绥难,改物承天。爰兹有魏,即宫天邑。吴实龙飞,刘亦岳立。"对东吴的灭亡与降晋,陆机也巧加隐讳:"陈留归蕃,我皇登禅;庸岷稽颡,三江改献。"最后又以自勉对应贾谧的训告,颇显自尊。陆机的《辨亡论》也是如此。黄侃言其"上篇主颂诸主,下篇扬其先公,而皆致暗咎归命之意"。文中"元首虽病,股肱犹存"二语,黄侃评云:"暗咎归命(孙皓)而仍不明言。"陆机"彼此之化殊,授任之才异也",黄侃评云"初无深责归命之辞,文特忠厚",均着眼于陆机自我矜持的性格,故而即使是对于故国的昏乱之君也不忍斥言。

黄侃认为《文选》作家,饱受经学浸染熏陶,所以文章富含讽谏内容,需要深入反复诵读仔细体会,才不致误解原文创作时的苦心。所以他每每指点辞赋和杂文间比兴暗讽之意以提起读者重视。

他以《甘泉赋》为例,提醒道,作品中的托讽如果不予明示,后人往往就会看作不关疼痒的敷衍之语含糊而过:"'闶阆阆其寥廓兮,似紫宫之峥嵘;……袭琁室与倾宫兮,若登高眇远,亡国肃乎临渊。'《汉书·扬雄传》自以为托讽在此,使不自言,亦寻常比况语耳。故曰,比易解,兴难知,由此也。"如《七发》篇,古人或以为讽劝梁怀王,或以为讽劝吴王刘濞,总之都是警戒其勃勃野心必致招灾惹祸,此赋歌曰:"麦秀蕲兮雉朝飞,向虚壑兮背槁槐,依绝区兮临回溪。"黄侃云:"此以麦秀托讽也。"言"麦秀"一词的来源关乎着整篇主旨,在提示着诸侯王如放纵野心不止,必致亡国灭家。其他篇章诸如《子虚赋》本戒梁王、《上林赋》本戒武帝、《登徒子好色赋》与《神女赋》本戒楚襄王、吴质《答临淄侯书》乃风谏曹植、司马相如《难蜀父老》和《封禅文》、东方朔《非有先生论》皆以隐藉语句劝谏武帝,王褒《四子讲德论》主意也在讽谏汉宣帝。班固《典引》,也是"讽汉以制作也"。

这样的评语,实际上是在否定前人把这些文章看作是媚上之作的意见,因为黄侃主张对前人文章不可妄加评论,即使其文显有疵病,也当讲究一个"恕"字,不能抓住古人一字一句失误,肆口诬蔑,而错解前人创作意图更容易误会古代先贤,所以更要慎重对待。

他觉得《文选》里最受误解的莫过于扬雄的《剧秦美新》,其次还有阮籍及其《为郑冲劝晋王笺》。李善题下注里声讨扬雄:"王莽潜移龟鼎，子云进不能辟戟丹墀，亢辞鲠议；退不能草玄虚室，颐性全真。而反露才以耽宠，诡情以怀禄，'素餐'所刺，何以加焉。"黄侃则处处为扬雄辩诬，如评"剧秦美新"题目云"剧秦而不剧汉，文旨已明"；又指示文中实际上是处处暗暗讥刺攻讦王莽，如原文："况尽汛扫前圣数千载功业，专用已之私而能享佑者哉"，黄侃评云："此正詈莽之尽改汉制也。长卿之文，讽而已耳。子云则直攻讦之矣。"扬雄云："受命甚易，格来甚勤。"评云："明不如秦。"扬雄云："昔帝缋皇，王缋帝，随前踵古，或无为而治，或损益而亡"，评云："正所以斥莽之纷纭改作也。"均可谓深掘文心，善于洗白古贤之污。对于阮籍《为郑冲劝晋王笺》也是如此，云其讽刺多端，不可视为阮公失节之证据："此文讽刺至明，不识当时何以竟用之也。后人梦梦，且以是为阮公罪，是但观劝进之题，初不已究其文义也。"

第三节　《文选》正文与注文撰者辨伪

　　《文选》一书收载诗文辞赋七百多篇，牵涉到一些正文作者的辨伪问题，这些篇目有《长门赋》（司马相如）、《怨歌行》（班婕妤）、苏李诗、《答苏武书》（李陵）、《与嵇茂齐书》（赵至）、《毛诗序》（子夏）、《尚书序》（孔安国）等。对此，黄侃几乎每篇均有所论，其依据或从风格切入，如论《尚书序》作者当为魏晋学人，或者可能是王肃之流："此与《家语序》文体相似，今世排古文者谓之俗，则又非也。文体沿建安以来之制。"其例证例举丰富："'睹史籍之烦文，惧览之者不一'，此二句不似西汉。《匡谬正俗》称，晋宋时书皆云'惧览者之不一'，《史通·自叙篇》同。'以阐大猷'，此亦不似西汉。'于是遂研精覃思'至'庶几有补于将来'，此皆不似西汉。"再如论《答苏武书》，先进一步证实其乃伪作："取《汉书·苏武传》读之，便知此书之伪，较然明白。"李陵降敌于苏武使北之后第二年，在汉时俱为侍中，无话不谈，彼此了解甚深，李陵又曾面晤苏武，言谈甚多，可李陵与苏武的书信却喋喋不休地叙述自己如何与匈奴交战，如何无奈降敌等事。如此行文，何焯已经初步从内容上揭其伪迹："似亦建安才人之作，若西京断乎无是。即自从初降一段，便似子卿从未悉其降北后事者，其为拟托何疑。"①黄侃进一步从风格上推断作伪者当为建安时代人，有可能是陈琳，决不可能是齐梁诸家："正殆建安以后人所为，而尤类陈孔璋，以其健而微伤繁富也。刘知幾以为齐梁人作，则非也。"又为何焯之加以补证，云："'昔先帝授陵步卒五千'至'故陵不免耳'，似又子卿不悉此等行事者，此段即从子长《报任安书》中一段化出，少卿岂能见子长书耶？'闻子之归'至'陵复何望哉'，此上官桀之意，李少卿安得闻之。"文中称武帝为先帝，拟书口气已在武帝卒后，昭帝初立，霍光辅政之时，距离苏武使北、李陵降敌已经二三十年，实在没有必要缕述前事，而且苏武体念旧情，亦必不至于写信邀请李陵南归。

左思《三都赋》名震千古，其序文、注文亦丰赡充实，且皆是晋代大家所撰：皇甫谧为之《序》，刘逵注《蜀都赋》和《吴都赋》，张载注《魏都赋》。对此，晋宋时人所撰《左思别传》揭露左思作伪造名伎俩，声称序文与注文皆出太冲之手，左思托名人以使己作更能行世："思造张载问岷蜀事，交接亦疏。皇甫谧西州高士，挚仲治宿儒知名，非思伦匹。刘渊林、卫伯舆并早终，皆不为思赋序注也。凡诸注解，皆思自为，欲重其文，故假时人名姓也。"②对此清代王士禛指此为怨家所诬："太冲《三都赋》，自是接迹扬、马，乃云假诸人为重，何其陋耶？且西晋诗气体高妙，自刘越石而外，岂复有太冲

---

① 何焯《义门读书记》卷四十九，北京，中华书局 1987 年版第 955 页。
② 刘义庆《世说新语·文学》第 68 条刘孝标注引，上海古籍出版社 1993 年版第 247 页。

之比？《别传》不知何人所作，定出怨谤之口，不足信也。"①王士禛为乡贤扬名之心甚切，殊不知在晋代当时，左思确实名微言轻，较之陆机兄弟、二潘叔侄，成名迟晚，备受轻视，观陆机闻其欲作《三都赋》讥其为伧父，期以之覆瓮，可得一二真相。左思急于成名之心，《咏史》诗班班可证，所以自造序注，假之名宿，亦在情理之间。黄侃先肯定《三都赋》注皆出于左思之手："《左思别传》称，注解皆思自为，今细核之，良信。"又从注里细加探微，发掘出多例作者自以为苦心经营、唯恐后学容易淡然滑过、所以特意指出文心之语句，以论证《左思别传》所言之不诬。如"西踰金堤，东越玉津，朔别期晦，匪日匪旬"注云："金堤在岷山都安县西，堤有左右口，当成都西也。壁玉津在犍为之东北，当成都之东也。扬雄《羽猎赋》前曰'邪界虞渊'，后曰'浮彭蠡'；张衡《羽猎赋》前曰'逐息昆仑'，后曰'劳许公于箕隅'，道里辽迥，非一日所游。金堤玉津，东西分行，所欲经营，亦非一所，其间悠远，故曰'朔别晦期'也。若云一月之中，乃能周遍，不以旬日者也。"黄侃云："观此一节，是太冲自注之铁证。使他人为之，安能得其用心如此之微乎？"左思逞强好胜，迫切与前代赋家一争高下的心态，在注里体现得淋漓尽致。又如"虽有石林之岞崿，请攘臂而靡之；虽有雄虺之九首，将抗足而跐之。"注云："虽有石林、虽有雄虺者，盖张诞之云，非必临时所遇。"黄侃云："此又自注也。正无异自驳其非《长杨》之言。"再如"思假道于丰隆，披重霄而高狩；笼乌兔于日月，穷飞走之栖宿"注云："言欲假道丰隆，非实事也，然欲穷高极远，究变化、备幽明之故设此云。"黄侃云："此又自注也。"注文的语气与正文的语气前后恰相衔接，如非一人为之，怎么会有注家屡屡如此真切地津津乐道作者撰文时用心所在之言？

　　只有一点使得黄侃先生尚不愿最后确定乃左思所为，那就是

_____

① 王士禛《古夫于亭杂录》卷三，《四库全书》第 870 册第 628 页。

《三都赋》序文和注文的矛盾。《序文》严厉批评司马相如、扬雄之赋夸张虚诬,《三都赋》正文却每每涉及鲁阳回戈等神话想象,而注里不仅没有予以指出其自相抵触,还大加赞赏,不似一家之言:"《左思别传》称,注解皆思自为。今注有失文义处,以此观之,《别传》不能悉信也。"对此,后来钱钟书《管锥编》言这些纯粹属于左思的狡黠之笔,这一谜团才进一步廓清,左思自撰序文、注文之说变得更加圆合可信。

第四节　借助评点以议论抒情,畅言文学、历史、社会、政治

黄侃先生非埋首故纸之学者,往往对世间万象多有感触,倾吐于《文选平点》之间,举一反三,骤读之惊骇心魄。细思之妥帖难移,启迪后学端的非浅。

黄侃谈唐前文学时言中国古代文学史有两大伟人,一是创立声律论的沈约,一是倡导文学复古的苏绰:"骈文律诗小词曲子皆自声律论出者也。陈张李杜之诗,韩柳李孙之文,皆自复古论出者也。工拙之数,不系于此,纷纷争论,只在形貌间耳。"(《文选·宋书谢灵运传论》评)又言探讨文章风格因素应结合作者心目中的读者对象:"(嵇康)集载《与吕长悌绝交书》云,古之君子绝交不出丑言,然此书乃激切已甚,想彼乃朋友间细故,此则关于出处大节,彼所对者为恶人,固当逊辞。此则本为同志,一旦乖异,遂不能不介怀耳。"(《与山巨源绝交书》评)

黄侃又强调文章要得体。精于《文心雕龙》的黄侃,于刘勰文体论之说,烂熟如数家珍,故而对《文选》不合文体之篇章语句特别敏感。如哀策文,刘勰倡言当情感悲切、行文质朴,并且要讲究上下君臣之别,即古人所谓"孝经垂典,丧言不文"(《文心雕龙·情采》),而南朝哀类文章往往为文而文,哀而不敬,不顾文章之体,此所谓讹而新也,对此黄侃颇为不满,如贬斥谢朓《齐敬皇后哀策文》

"回塘寂其已暮兮,东川淡而不流"一节:"此等语殊失体,虽哀而不恭。"又批评《宋文皇帝元皇后哀策文》"抚存悼亡,感今怀昔":"此八字固缠绵凄怆,而与上文不接,盖斯言惟文帝自述可言耳,不可施于储嗣列辟也。"最不可让其容忍的是谢庄的《宋孝武宣贵妃诔》,所悼宣贵妃乃宋孝武皇帝刘骏(字休龙)之堂妹,刘骏杀其叔父,抄其全家,以其女儿入宫,既然有如此乱伦事体之背景,其相关文章绝不当取以入《选》:"其事干犯人伦,诔纵能佳,亦不宜取也。"何况此文缺乏庄严肃穆气氛,黄侃指出:"其辞曰'玄丘烟煴,瑶台降芬',起即不庄,可见方丈仙人出渺茫也。'移气朔兮变罗纨,白露凝兮岁将阑。庭树惊兮巾帷响,金钉暖兮玉座寒。纯孝擗其俱毁,共气摧其同棻',诔词变调,不可为式。"指责这些语句均不合诔文所当有的行文风格。黄侃认为文章要讲究伦理,讲究道德,议论要平心静气,不能肆口骂人,所以《辨命论》"是使浑敦、梼杌踵武于云台之上,仲容、庭坚耕耘于岩石之下"一节,他也认为写得不好,因为"此则肆詈,非文德也"。

　　既然倡言复古,那么古人极其看重的君臣大义如何评价是无法回避的,黄侃也有自己的独特见解,他首先对传统的君臣大义观念肯定一如古贤,对身为权贵却出仕二朝的褚渊和王俭深表不满:"渊、俭同为宋婿,同作齐臣,语关废兴,曾无赧怍,异已!"但是如果当事人不是朝廷顾命大员,所值又是华夏内部的改朝换代,则不必拘于君臣之义而死抱着前代君王牌位,出仕新朝也是无可谴责的。在他看来,如对前代多受谩骂的扬雄,宽恕待之是应该的:"以是(事王莽)责子云,则卓茂明德、窦融功臣、张纯通侯,皆有仕莽之嫌,何止区区一郎吏乎?"(《剧秦美新》评)又评论李密云:"出处之际宜慎,固也;然诸夏兴废,臣僚改隶,素非显厚,何得责以守忠。扬雄、李密并蒙诟消,此后人奴于一姓之鄙见也。"(《陈情事表》评)袁宏《三国名臣赞序》"夫仁义不可不明,则时宗举其致;生理不可不全,故达识摄其契"一节处,他又评论道:"此所以不必讥诮子云、子鱼(华歆)也。"均为一致之论。但是投降外寇,无耻地仕于强虏是绝对不可容忍的:"惟置身虏廷,若李陵、卫律之辈,乃真罪通于天耳。"(《陈情事表》评)如果外敌入侵时,刘孝标的选择是可敬佩的:"假使孝标生于郅特、爱新之世,惟有蹈东海而死耳。"(《辨命论》评),此黄侃先生借以明志耶?也即君臣之义虽不可固执,可以仕于华夏其他政权,但决不能出仕于外寇。针对近代外寇侵陵之局势,黄侃先生此言可谓清醒。

黄侃之师刘师培生前亦喜《文选》,曾著数篇论文,主张"定命说"以回应《文选》中的李萧远《运命论》和刘孝标《辨命论》所提出的论题。对此论题,黄侃兴趣亦颇为浓厚,他认为"定命论"等将自身个人遭际推之于命运的颠簸,仍然是心怀愤激的表现,还不够旷达放逸,所以他持"偶然论",自觉胜于前人诸说而与王充保持了一致:"自来言命之篇,皆寄其不遇之感,斤斤然论命之有无于作者之前,必为所笑。王仲任但言偶会,而不言天命,岂不卓尔特立哉!"(《运命论》评)所以不但相术、符命均属虚夸无实之谬说,即使班彪的《王命论》只是黔驴技穷用来吓唬英雄的精制谎言。历代帝王一为天子往往追溯其祖乃三皇五帝,黄侃嘲笑道:"凡在华夏,孰不本帝系哉?自曹、马以来,有何德而登大位?赵、朱之世,亦复久长。至于沸唇辩发之流,亦据赤县和羹之地,如曰有命,一何谬乎?以为适遭暴乱得奋其剑,此言得之矣。"(《王命论》评)三皇五帝为中华始祖,是人皆能攀附为先祖,不足为奇,也无足为贵。

既然人类个体对自身命运无可奈何,最理智的处世办法是尽人事,任自然。所以仁人志士最当"保爱年华"(《辨命论》评)。近代以来,文士与学者分野更加清晰,黄侃自身定位为何呢?从他评点曹丕《与吴质书》数语可得其端倪:"文之繁简隐显,百状千名,所最忌者弱耳。有毕世劬劳、熟谙文律而文反不显者,大抵由于斯。至于理非精到,文不师古,乃有后世之名,为流俗所附者,亦其气强之至也。然气之强弱,不可强为;学之精粗,可以尽力。吾侪亦为所可为而已。"此乃畅言文、学之异，才、学之选择。有才为文，有力则为学。为文不是为学者的选择。既然为学，就要有学者的人格和学格，绝不能曲学阿世。黄侃的宣言是这样的："学术兴废，亦各有时，惟君子能不嫿嫛。"(《演连珠》第三十四首评)嫿嫛者，依违随人，没有主见。如果既没有独立的精神，又没有独立的思想，这样的学者，往往实际上就等于是学界的乡愿。

所以，他的一些观点不惜与时代潮流相背。如当近代民粹主义兴盛之时，黄侃所持的立场却是只有聪明者、智力超俗者当统治者，天下才能够太平："以智役愚，穷九州岛岛，亘万古而无术以变者也。自馀阶级皆不合道真，丧乱弘多，宁不出此欤？"(《恩倖传论》"周汉之道，以智役愚"评)其明确的社会历史观是：聪明人统治天下。如果人是因为不够聪明而陷于贫困，也就不需要恨天怨地，仇视天命："此等不缘他害，必属无能，或自损其生，或群无善制，归之于命，毋乃颠顿。"(《王命论》"何则贫穷亦有命也"评)对当时的民国之世，黄侃又如何看待呢？应该说是一肚子的不合时宜，愤世嫉俗。诸如"官人之方既废，则士之进者无过坐谈，退者又当横议，自古所患，今庸不然"(《永明十一年策秀才文》"若闲冗毕弃，则横议无已；冕笏不澄，则坐谈弥积"评)。此抨击当时吏治腐败，选拔官员良莠颠倒。"休其蚕织，市也婆娑，今古同然，斯可异矣"(干宝《晋纪总论》"其妇女庄栉织纴皆取成于婢仆，未尝知女工丝枲之丛、中馈酒食之事也"评)，此愤怒于近代妇女抛弃家务，不务正业，相夫教子之责全然不顾。"万邦思治，则国安；不思，则不安：古今一轨。其如彼不思者何哉？"(陆机《五等论》"国安由万邦之思治"评)此怨愤于外寇祸害黎民。"以如此民俗，虽亡百晋可也。晋不足惜，所痛者华夏之民耳。"(《晋纪总论》〈"由是毁誉乱於善恶之实，至其此之谓乎"评〉)此抒发忧时伤乱之情，怜我众生百姓、爱我中华之心。总之，一部《文选平点》，既为学而作，更为时而作，黄侃先生其意可谓远矣。

第十六章　民国诗话与《文选》作家作品评论

今人张寅彭所编《民国诗话丛编》收集民国诗话 37 种①，遗憾的是涉及《文选》的可谓凤毛麟角，寥寥无几，而含有新意的部分更加难得。例如丁仪所撰《诗学渊源》中的"名人小传诗品"部分，引录史传，抑扬作家作品，洋洋洒洒，仅唐前作家就有 100 多人，为文三万字左右，然自创己说者仅仅数则而已，缕述如下。

一是鉴赏曹操的《短歌行》，句句中其肯綮，分析得入木三分，曹公若在，亦必首肯："今读其乐府诸作，如《善哉行》之真切，而《短歌行》尤为绝唱。字里行间，不激不随，妙在看去似平淡，久读之则千回百转，悲壮伊郁，令人声泪俱下。'呦呦鹿鸣'一段，虽复活剥《小雅》，亦正少此不得，所谓'运古入化'者也。而起句之雄浑，结处之有力，中间情景宛然，虽画亦难到，通篇精奥融和，不着一丝刻划痕迹，而比、兴、赋三者俱备，《风》《雅》以后，吾见实罕。试更读建安诸子，则着力多矣。后世惟渊明、太白得其概。诸篇名句，指不胜屈，而声调之高下疾徐、自然中节，上兼两汉之长，下为六朝之祖。陈思犹当望尘，馀子等之自郐。"②于曹公四言诗的成就，赞述其风格的慷慨悲壮、用典的似拙实巧、结构的完美一体、起结的雄浑有力、行文的自然妥帖，归结得均甚全面透彻。

---

① 张寅彭《民国诗话丛编》，上海书店出版社 2002 年版，以下注中简作"《民》"。
② 丁仪《诗学渊源》，《民》第三册第 160—161 页。

二是评价陶潜五言诗技巧，云："渊明五言，非不锤炼，亦非不用典，特泯其迹象，故无语不自己出，如'素标插人头'，乃用《三国志》'插标卖首'语，初看平淡，三复之，宁非奇句。唐人李杜，每祖其意。……又如'狗吠深巷中，鸡鸣桑树巅'，'巅'字；'暧暧远人村，依依虚里烟'，添毫生色，而运用不着痕迹，斯则摩诘得之。用叠字传神，尤为渊明独绝，故诗中累见之，然他人学之，不能自如也。"①此处纵论陶渊明五言诗法的三个方面，论其用典无迹，论其炼字炼句，论其叠字传神，例证典型，在前人旧说基础上再创新意。

三是言大谢与颜延年二人诗风有异有同，上下不远："钟嵘《诗品》曰：'灵运富艳难踪，颜延之镂金错彩。'实则二人之诗，在晋宋之际，犹质胜于文，辞藻之饰，亦当时风尚使然。而延之典雅温厚，灵运流利清逸，此其不同者也。至气骨凝重遒劲，大体无别。宋初之诗，为之宗者，惟二谢与延之而已。"②总结颜、谢同者三处，异者一处，同者三处之一即二人诗篇仍属质胜于文一类，此与梁陈诗风作比而后所得结论；之二即讲究辞藻雕饰，句式偶对，同为刘宋时代风气所致；之三即颜谢诗篇均风格凝重遒劲。异者为颜诗典雅厚重，谢诗清新流动。所言极是，较之片面夸大二人之异、将大谢扬之九天之上，将颜延年抑之九泉之下的观点，温厚可信。

其他诗话涉及《文选》评论者又有由云龙，其论《高唐赋》、《神女赋》，广征博引，结论是高唐乃齐地，并非楚地，更非蜀地，二赋所言乃连齐御秦之事也，非关男女情事③。论证虽足炫人，观点却怪异难从。

今人刘衍文撰于民国时的《雕虫诗话》，曾论及《诗经》作为四言诗集的长处与局限，亦发前人之所未发："不读《诗经》，不知诗有

---

①　丁仪《诗学渊源》，《民》第三册第 172 页。
②　同上，第 176 页。
③　由云龙《定庵诗话》卷下，《民》第三册第 590 页。

繁富之源汇。顾仅诵《诗经》，仍不能写好诗也。……王船山等以《诗经》为后之诗人所不可及，实为过于尊经之说，未可信从也。然《诗经》实为四言诗之极诣。后有作者，纵陶元亮亦未能及之。但苦文繁意少。就成熟而言，其诗虽具社会性与地方性，而无我之个性在焉。故《诗经》虽为源汇，而不能不有待于进化矣。"①其间实际上蕴涵着秦汉之后，四言诗不必再做，做亦难有佳绩，徒费精神之意，富有进化论思想。而"社会性"、"地方性"、"我之个性"等词汇，皆闪耀着新时代的崭新亮色，而以文言文法运于笔下，此所谓旧瓶装新酒耶？

　　刘衍文又论自己嗜好曹操诗歌的缘由，理由亦颇充足："建安风骨，世重曹(植)刘(桢)。……而区区则生性粗率，故赏心所至，反在一世之奸雄。诵其诗，足以荡气回肠，一销胸臆之郁勃肮脏也。板桥道人《与江宾谷、江禹九书》谓'曹之丕、植，萧之统、绎，皆有公子秀才气，小乘也。老瞒《短歌行》、萧衍《河中之水歌》，勃勃有英气，大乘也'云云，则得吾心之同然矣。"②此前谢灵运独爱曹植，云天下有才一石，子建独占八斗；钟嵘以曹植为上品，曹丕为中品，曹操为下品；刘勰虽为曹丕一鸣不平，言"文帝以位尊减才，陈思以势窘益价"，然对三曹位置的传统评价也未予重置；明代陆时雍和清初王夫之的贬低曹植，称美曹丕，曹操诗坛地位仍在二子之下。刘衍文则自言喜好曹操诗的英气勃发，厌烦曹丕曹植弟兄的公子秀才之气，引佛家大乘、小乘为喻，并引自己秉性粗率为据，切合文学接受理论的真谛，足为一家之言。

　　民国时代，已经有许多盛名灼灼的中国文学史著作刊行，更有诸多学术刊物收载研究古代文学的专篇论文，自然亦出版了一些研究文学的专书巨著，评论古代诗歌的主要载体已非诗话，诗话的

---

① 刘衍文《雕虫诗话》卷一，《民》第六册第 415 页。
② 同上，第 416 页。

没落即在所难免。而诗话里评论唐前文学特别是《文选》作家作品的内容的缺乏,亦是时代所致。

参考文献

孔颖达《周易注疏》,北京,中华书局 1980 年版《十三经注疏》本。

孔颖达《毛诗正义》,北京,中华书局 1980 年版《十三经注疏》本。

孔颖达《春秋左传正义》,北京,中华书局 1980 年版《十三经注疏》本。

丁福保《说文解字诂林》,北京,中华书局 1988 年版。

张舜徽《说文解字约注》,郑州,郑州书画社 1983 年版。

司马迁《史记》,北京,中华书局 1959 年版。

班固《汉书》,北京,中华书局 1962 年版。

陈寿《三国志》,北京,中华书局 1982 年版。

房玄龄《晋书》,北京,中华书局 1974 年版。

沈约《宋书》,北京,中华书局 1974 年版。

姚思廉《梁书》,北京,中华书局 1973 年版。

李延寿《南史》,北京,中华书局 1975 年版。

宋濂《元史》,北京,中华书局 1976 年版。

黄宗羲《宋元学案》,北京,中华书局 1986 年版。

纪昀《四库全书总目》,北京,中华书局 1965 年版。

许维遹《吕氏春秋集释》,北京,中华书局 2009 年版。

安居香山、中村璋八辑《纬书集成》,石家庄,河北人民出版社

1994 年版。

余嘉锡《世说新语笺疏》，上海古籍出版社 1993 年版。

黎靖德《朱子语类》，北京，中华书局 1986 年版。

王观国《学林》，北京，中华书局 1988 年版。

周密《癸辛杂识》，北京，中华书局 1988 年版。

周密《齐东野语》，北京，中华书局 1983 年版。

何焯《义门读书记》，北京，中华书局 1987 年版。

萧统编，李善注，《文选》，上海古籍出版社 1986 年版。

萧统编，李善等注，《六臣注文选》，浙江古籍出版社 2000 年版。

方廷珪《昭明文选集成》，方氏仿范轩清乾隆三十二年（1767）刊本。

于光华《重订文选集评》，清同治壬申（1872）江苏书局刊本。

凌濛初《合评选诗》，济南，齐鲁书社 1997 年版《四库全书存目丛书》本。

张溥《汉魏六朝百三家集》，《四部丛刊》本。

严可均《全上古三代秦汉三国六朝文》，北京，中华书局 1958 年版。

逯钦立《先秦汉魏晋南北朝诗》，北京，中华书局 1988 年版。

真德秀《文章正宗》，台北，商务印书馆 1986 年《景印四库全书》本。

元好问《中州集》，北京，中华书局 1959 年版。

顾嗣立《元诗初选集》，北京，中华书局 2007 年版。

许学夷《诗源辩体》，北京，人民文学出版社 1987 年版。

沈德潜《古诗源》，北京，中华书局 1963 年版。

徐铉《徐骑省集》，上海，商务印书馆《万有文库》本。

范仲淹《范仲淹全集》，成都，四川大学出版社 2002 年版。

李逸安点校《欧阳修全集》，北京，中华书局 2001 年版。

孔凡礼点校《苏轼文集》,北京,中华书局1986年版。

陈宏天校点《苏辙集》,北京,中华书局1990年版。

王国轩校点《李觏集》,北京,中华书局1981年版。

刘公纯等校点《叶适集》,北京,中华书局1961年版。

邓广铭点校《陈亮集》,北京,中华书局1986年版。

文天祥《文天祥全集》,北京,中国书店1985年版。

方回《桐江集》,南京,江苏古籍出版社1988年版《宛委别藏》本。

方回《桐江续集》,台北,商务印书馆1986年《景印四库全书》本。

谢肃《密菴稿》,上海,商务印书馆民国二十五年(1936)年版《四部丛刊三编》本。

王守仁《王阳明全集》,上海古籍出版社1992年版。

孙鑛《月峰先生居业次编》,明嘉靖刊本。

孙鑛《姚江孙月峰先生全集》,清嘉庆十九年(1814)静远轩刊本。

凌廷堪《校礼堂文集》,北京,中华书局1998年版。

陈师道《后山诗话》,《丛书集成初编》本。

王正德《馀师录》,同上。

朱弁等《冷斋夜话·风月堂诗话·环溪诗话》,北京,中华书局1988年版。

胡仔《苕溪渔隐丛话》,北京,人民文学出版社1962年版。

刘克庄《后村诗话》,北京,中华书局1983年版。

阮阅《诗话总龟》,北京,人民文学出版社1987年版。

魏庆之《诗人玉屑》,上海古籍出版社1981年版。

祝尧《古赋辨体》,北京图书馆出版社2006年版《赋话广聚》本。

胡应麟《诗薮》,上海古籍出版社1979年版。

吴景旭《历代诗话》，北京，中华书局1958年版。

何文焕《历代诗话》，北京，中华书局1981年版。

丁福保《历代诗话续编》，北京，中华书局1983年版。

张寅彭《民国诗话丛编》，上海书店2002年版。

张伯伟《全唐五代诗格汇考》，南京，凤凰出版社2002年版。

郭绍虞《宋诗话辑佚》，北京，中华书局1980年版。

郭绍虞《沧浪诗话校释》，北京，人民文学出版社1961年版。

吴文治《宋诗话全编》，南京，凤凰出版社1998年版。

吴文治《辽金元诗话全编》，南京，凤凰出版社2006年版。

吴文治《明诗话全编》，南京，凤凰出版社1997年版。

黄侃《文选平点》，上海古籍出版社1985年版。

范志新《文选版本论稿》，南昌，江西人民出版社2003年版。

郭绍虞《中国文学批评史》，天津，百花文艺出版社1999年版。

孙琴安《中国评点文学史》，上海社会科学院出版社1999年版。

余冠英《汉魏六朝诗选》，北京，人民文学出版社1958年版。

罗宗强《隋唐五代文学思想史》，上海古籍出版社1986年版。

张伯伟《中国古代文学批评方法研究》，北京，中华书局2002年版。

涂光社《势与中国艺术》，北京，中国人民大学出版社1990年版。

詹杭伦《方回的唐宋诗律学》，北京，中华书局2002年版。

后　记

2005 年夏完成国家社科基金重点项目《昭明文选研究发展史》之后，笔者遂即转向《昭明文选评点研究》这一与古典文学、古典文学批评关系更加密切的研究内容，2008 年这一设计成为河南省教育厅社科规划项目后，这一课题的研究进程正式提到日程上来，按时完成后在 2009 年末其研究成果通过了结项审批，其后又断断续续修改了两年多。对这一课题的探讨，如果从 2005 年算起，迄今整整进行了 8 个年头，终于在 2012 年初得以修订完稿成为今天这个样子。书名之所以称"述略"，因其内容在探究归结古贤对《文选》评点成就时，引文颇多，其定位也不重在发挥笔者对《文选》一书的观点意见，所以有此命名。书中按照时代先后整理排比历代学者们评点《文选》作家作品的资料文献并提出笔者个人的臧否判断，似有"史"的轮廓，然而毕竟陈述学术背景、发掘社会思潮、政治文化与《文选》评点间的关系疏略颇甚，也非笔者着力所在。再者这些问题，此前《昭明文选研究发展史》一稿论述已多，再予陈述必致重复冗赘，故而集中笔墨于《文选》评点一事，以免庸而寡要之弊。

书中一些章节，曾以单篇论文形式发表于《郑州大学学报》、《河南师范大学学报》、《广西社会科学》、《鄂州大学学报》等学术期刊上，在此谨再致谢忱。

全面论述和总结历代学者在《文选》评点方面的成就得失，是一较新的课题。由于笔者所见文献不广,文学理论修养不深,文中必有浅陋粗疏之处,期盼方家不吝赐教,予以批评指出。